LA JAULA DEL REY

GRANTRAVESÍA

VICTORIA AVEYARD

LA JAULA
DEL REY

Traducido por
Enrique Mercado

GRANTRAVESÍA

LA JAULA DEL REY

Título original: *King's Cage*

© 2017, Victoria Aveyard

Traducción: Enrique Mercado

Ilustración de portada: © 2017, John Dismukes
Diseño de portada: Sarah Nichole Kaufman
Guardas y mapa: © &™ 2017, Victoria Aveyard. Todos los derechos reservados
Guardas y mapa ilustrados por Amanda Persky

D.R. © 2017, Editorial Océano, S.L.
Milanesat 21-23, Edificio Océano
08017 Barcelona, España
www.oceano.com

D.R. © 2017, Editorial Océano de México, S.A. de C.V.
Eugenio Sue 55, Polanco Chapultepec,
C.P. 11560, Miguel Hidalgo, Ciudad de México
www.oceano.mx
www.grantravesia.com

Primera edición: 2017

ISBN: 978-607-527-141-5

IMPRESO EN MÉXICO / *PRINTED IN MEXICO*

Nunca dudes de tu valor y tu fuerza, y jamás pienses que no mereces todas las oportunidades del mundo para perseguir y realizar tus sueños.
–HRC

UNO
Mare

M e levanto cuando él me lo permite.
La cadena tira de mí y tensa el collar con púas que rodea mi garganta. Sus picos se clavan en mi piel, aunque no lo suficiente para que sangre... todavía. Pero las muñecas ya supuran. Exhiben heridas morosas de los días de cautiverio que pasé tosca y lastimosamente esposada en estado de inconsciencia. Mis mangas blancas se tiñen de un vivo escarlata y un carmesí oscuro que se atenúan entre la sangre vieja y nueva en mudo testimonio de mi suplicio. Para enseñar a la corte de Maven lo mucho que he sufrido.

Él se eleva junto a mí con una expresión indescifrable. Los filos de la corona de su padre hacen que parezca más alto, como si el hierro emergiera de su cráneo. La corona brilla y cada una de sus puntas es una flama encrespada de metal negro con vetas de plata y bronce. Fijo mi atención en ese objeto penosamente conocido para no tener que mirar a Maven a los ojos. Él me atrae de todas formas, porque tira de otra cadena que no puedo ver. Sólo sentir.

Una mano blanca rodea con delicadeza mi muñeca llagada. Muy a mi pesar, mi vista vuela al rostro de su dueño, incapaz de quedarse quieta. Su sonrisa es todo menos amable.

Fina y afilada como un puñal, me muerde con cada uno de sus dientes. Y lo peor son sus ojos. Son los ojos de ella, de Elara. Un día pensé que eran fríos, hechos de hielo glacial. Ahora sé que eso no es cierto. El fuego más ardiente tiende al azul y los ojos de Maven no son la excepción.

La sombra de la llama. Él arde sin duda, aunque la oscuridad recorta su contorno. Unas manchas azul-negras como contusiones rodean unos ojos inyectados en sangre y con venas de plata. No ha dormido. Lo recordaba menos delgado, menos enjuto, menos cruel. Su cabello, negro como el vacío, le llega a las orejas y se riza en los extremos y sus mejillas son suaves aún. A veces olvido que es muy joven todavía. Que ambos lo somos. Bajo mi vestido suelto, la marca *M* sobre mi clavícula produce escozor.

Maven se gira de pronto, con mi cadena apretada en su mano, y me obliga a moverme con él. Soy una luna alrededor de un planeta.

—¡Contemplen a esta prisionera, esta victoria! —dice mientras se alza sobre el nutrido público frente a nosotros.

Son por lo menos trescientos Plateados, nobles y civiles, agentes y oficiales. Tengo plena conciencia de los centinelas situados en los bordes de mi campo visual, cuya indumentaria llameante es un firme recordatorio de que mi jaula se contrae de prisa. Tampoco mis celadores Arven desaparecen de mi vista un solo instante; sus uniformes blancos me ciegan y su habilidad silenciadora me sofoca. La presión de su presencia podría asfixiarme.

La voz del rey vibra en los opulentos confines de la Plaza del César y reverbera en una muchedumbre que responde con idéntica emoción. Debe de haber micrófonos y altavoces en algún sitio, para propagar las rudas palabras del monarca por toda la ciudad, y sin duda al resto del reino también.

—¡Ésta es la líder de la Guardia Escarlata, Mare Barrow!
—pese a mi apurada situación, casi suelto un resoplido. *Líder*.
La muerte de su madre no ha moderado las mentiras de Maven—. Es una asesina, una terrorista y una gran enemiga de
nuestro reino. ¡Ahora se arrastra frente a nosotros sin poder
ocultar su sangre un minuto más!

La cadena se agita de nuevo y me lanza de bruces; tengo
que extender los brazos para no perder el equilibrio. Reacciono
aturdida y fijo la mirada en el piso. Hay demasiado boato. La
ira y la vergüenza me acometen cuando comprendo el mal
que este simple acto le hará a la Guardia Escarlata. Rojos en
los cuatro puntos cardinales de Norta me verán bailar al son
de Maven y pensarán que somos débiles, unos fracasados
indignos de su atención, esfuerzo o esperanza. Nada podría
estar más lejos de la verdad. Con todo, no puedo hacer gran
cosa ahora, atenida como estoy a la compasión de Maven.
Me pregunto qué fue de Corvium, la ciudad militar que vimos arder en nuestro camino al Obturador. Hubo disturbios
después de mi mensaje televisado. ¿Fue ése el primer grito de
libertad… o el último? No puedo saberlo. Y dudo que alguien
se moleste en traerme noticias.

Cal me previno contra la amenaza de una guerra civil
hace mucho tiempo, antes de que su padre muriera, antes
de que lo único que le quedara fuera una tempestuosa Niña
Relámpago. *Una rebelión en ambos bandos*, dijo. Pero aquí, ma-
niatada frente a la corte de Maven y su reino Plateado, no
veo división. Pese a que yo se lo mostré; pese a que les hice
saber a todos de la cárcel de Maven y que sus seres queridos
les habían sido arrebatados y su confianza traicionada por un
rey y su madre, aún soy yo el enemigo. Y por más que me den
ganas de gritar, sé que no debo hacerlo. La voz de Maven será
siempre más fuerte que la mía.

¿Mamá y papá *me ven en este momento*? Sólo pensar en eso me hunde en una nueva ola de aflicción y muerdo con fuerza mi labio para mantener mis lágrimas a raya. Sé que hay cámaras de video cerca que enfocan mi rostro. Aun cuando ya no puedo sentirlas, lo sé. Maven no dejaría pasar la oportunidad de inmortalizar mi caída.

¿Están a punto de verme morir?

El collar me dice que no. ¿Por qué se molestaría en montar este espectáculo si sólo fuera a matarme? Esto aliviaría a otro, pero mis entrañas se hielan de temor. No me matará. Lo siento en la forma como me toca. Sus largos y pálidos dedos siguen adheridos a mi muñeca, y su otra mano en poder de mi correa. Incluso ahora, cuando soy ya ignominiosamente suya, no me soltará. Yo preferiría la muerte a esta jaula, a la retorcida obsesión de un rey niño y loco.

Recuerdo sus notas. Todas ellas terminaban con el mismo extraño lamento:

Hasta que volvamos a encontrarnos.

A pesar de que continúa hablando, su voz se apaga en mi cabeza como si fuese el zumbido de un avispón que se acerca demasiado y me crispa los nervios. Miro sobre mi hombro. Mis ojos vagan entre el gran número de cortesanos a nuestras espaldas. Todos ellos se yerguen soberbios y repugnantes bajo sus negros ropajes de luto. Lord Volo, de la Casa de Samos, y su hijo, Ptolemus, lucen espléndidos con su pulida armadura de ébano y las bandas de plata desconchada que les cruzan el pecho. Cuando veo al segundo, mi mirada se tiñe de un virulento rojo escarlata. Contengo el impulso de arremeter en su contra y rasgarle la cara. De atravesarle el corazón como él hizo con mi hermano Shade. Mi deseo es evidente y él tiene el descaro de arrojarme una sonrisa de suficiencia. Si no fuera por este collar y los silenciadores que restringen todo lo que soy, convertiría sus huesos en un amasijo humeante.

Por alguna razón, su hermana, una enemiga de hace muchos meses, no me mira. Enfundada en un vestido ornado con púas de sombrío cristal, Evangeline es siempre la estrella rutilante de esta constelación violenta. Supongo que será reina pronto, tras haber sufrido su compromiso con Maven el tiempo suficiente. Tiene la vista fija en la espalda del rey, a cuya nuca apunta sus ojos oscuros con una concentración ardorosa. La brisa agita su satinada cabellera plateada y la aparta de sus hombros, pero ella ni siquiera parpadea. Sólo después de un lapso muy largo advierte que la miro. E incluso entonces sus ojos apenas se detienen en los míos. No traslucen sentimiento. Ya no soy digna de su atención.

—Mare Barrow es una prisionera de la corona y enfrentará la sentencia del trono y del consejo. ¡Deberá responder por sus muchos crímenes!

¿Con qué?, me pregunto.

La multitud reacciona a este veredicto con un rugido de aclamación. La componen Plateados "comunes", no de linaje noble. Mientras ellos se deleitan en las palabras de Maven, la corte no se inmuta. De hecho, algunos de sus miembros lucen grises y enfadados y adoptan una expresión pétrea. Nadie supera en esto a la Casa de Merandus, cuya vestimenta de duelo está decorada con cuchilladas del oscuro azul de la difunta reina. Aunque Evangeline no reparó en mí, esta familia clava su mirada en mi rostro con una intensidad alarmante. Ojos de un azul abrasador me ven desde todas direcciones. Imagino que oiré sus murmullos en mi cabeza, una docena de voces que hurgan como gusanos en una manzana podrida. Pero sólo hay silencio. Quizá los agentes Arven que me flanquean no son únicamente carceleros, sino también protectores, y extinguen mi habilidad tanto como la de cualquiera que pudiese usarla en mi contra. Supongo que son órdenes de Maven. Nadie más podría lastimarme en este sitio.

Nadie sino él.

Pero todo duele ya. Duele estar en pie, duele moverse, duele pensar. Debido a la caída del avión, al resonador, al peso opresivo de mis vigilantes. Y éstas son apenas las heridas físicas. Moretones. Fracturas. Dolores que sanarán si se les da tiempo para ello. No puede decirse lo mismo de los otros. Mi hermano está muerto. Soy una cautiva. E ignoro qué les ocurrió a mis amigos hace no sé cuántos días, cuando tramé este acuerdo diabólico. Cal, Kilorn, Cameron, mis hermanos Bree y Tramy. Los dejamos en el claro, heridos, inmovilizados y vulnerables. Puede ser que Maven haya enviado una infinidad de asesinos a terminar lo que él comenzó. Me ofrecí a cambio de todos ellos y ni siquiera sé si sirvió de algo.

Maven me lo diría si se lo preguntara. Lo veo en su rostro. Dirige sus ojos a los míos después de cada una de sus frases abominables para puntuar todas las mentiras que dramatiza ante sus rendidos súbditos. Para comprobar que observo, que presto atención, que lo veo. Esto confirma que es un niño.

No suplicaré. No aquí. No como me encuentro. Aún me queda bastante orgullo.

—Mi madre y mi padre murieron por combatir a estos animales —prosigue—. ¡Dieron su vida para que este reino permaneciera indemne, para que ustedes estuvieran a salvo!

Vencida como estoy, es irremediable que lo mire y que oponga a su fuego un chirrido. Ambos recordamos la muerte de su padre. Su asesinato. La reina Elara se abrió camino con susurros hasta el cerebro de Cal y convirtió al amado heredero del rey en un arma aniquilante. Maven y yo vimos que él era obligado a asesinar a su padre y que, junto con la cabeza del soberano, cortaba todas sus posibilidades de gobernar. He visto un sinfín de cosas horribles desde entonces, y su memoria me tortura todavía.

No recuerdo bien lo que le sucedió a la reina fuera de las murallas de la prisión de Corros. El estado posterior de su cuerpo fue constancia suficiente de lo que el desenfrenado relámpago es capaz de hacer con la carne humana. Sé que la maté sin miramiento, sin remordimiento, sin pesar. Mi arrolladora tormenta fue avivada por la muerte repentina de Shade. La última imagen clara que tengo de la batalla de Corros fue cuando él cayó, con el corazón perforado por la aguja de Ptolemus, de frío e implacable acero. No sé cómo escapó él a mi cólera ciega, pero la reina no lo logró. Al menos el coronel y yo nos encargamos de que el mundo supiera qué fue de ella y exhibimos su cadáver en nuestro mensaje televisado.

¡Cómo querría que Maven poseyese algo de la habilidad de su madre, para que inspeccionara mi cerebro y viera exactamente qué final le propiné! Quiero que sienta tanto como yo el dolor de una pérdida.

Posa su mirada en mí mientras concluye su memorizado discurso y tiende la mano para exhibir mejor la cadena con que me sujeta. Todo lo que hace es metódico, busca proyectar cierta imagen.

—¡Prometo hacer lo mismo: terminar con la Guardia Escarlata, con monstruos como Mare Barrow, o morir en el intento!

Muere entonces, quiero gritar.

El bramido de la gente ahoga mis pensamientos. Centenares de personas vitorean a su rey y su tiranía. Yo lloré en mi trayecto al otro lado del puente, de cara a tantos que me culpaban de la muerte de sus seres queridos. Siento aún las lágrimas que se secan en mis mejillas. Y ahora quiero sollozar otra vez, no de tristeza sino de furia. ¿Cómo es posible que ellos crean todo esto? ¿Cómo es posible que toleren estas mentiras? Como si fuese una muñeca, me apartan del escenario. Con la fuerza que me queda, estiro el cuello para mirar por encima del hombro en pos de las cámaras, de los ojos del mundo. *Véanme*, ruego. *Vean cómo su rey miente.* Mi mandíbula se tensa y mientras bajo ligeramente los párpados miro lo que imploro que sea una imagen de rabia, resistencia y rebelión. *Soy la Niña Relámpago. Soy una tormenta.* Parece una mentira. La Niña Relámpago está muerta.

Pero esto es lo último que puedo hacer por la causa y por las personas que amo y están ahí todavía. No me verán caer en este momento final. No, resistiré. Y aunque no tengo idea de cómo voy a hacerlo, debo luchar aún, incluso en el vientre de la bestia.

Otro tirón me obliga a girar para hacer frente a la corte. Me miran insensibles, con su piel apagada por el azul, el negro, el índigo y el gris, carente de vida y con venas de diamante y acero en lugar de sangre. No me ven a mí sino a Maven. Encuentro en ellos mi respuesta. Los veo ansiosos.

Por una fracción de segundo compadezco al rey niño solo en su trono. Luego, en lo más profundo de mi ser, siento el insinuante hálito de la esperanza.

¡Ay, Maven! No sabes en qué lío te metiste.

Sólo puedo preguntarme quién asestará el primer golpe.

La Guardia Escarlata… o las damas y caballeros dispuestos a cortarle el pescuezo al rey y tomar todo aquello por lo que su madre murió.

Él cede mi correa a uno de los Arven tan pronto como huimos por los escalones del Fuego Blanco para refugiarnos en el inmenso vestíbulo del palacio. ¡Qué extraño! Estaba obsesionado con que me recuperaría, con que me metería en su jaula, y ahora deja mis cadenas casi sin verlas. *Cobarde*, me digo. No me mira si no es para brindar un espectáculo.

—¿Cumpliste tu promesa? —le pregunto sin aliento; mi voz rechina después de varios días en desuso—. ¿Eres un hombre de palabra?

No responde.

El resto de la corte se ha formado detrás de nosotros. Sus filas no son producto de la casualidad; se basan en las embrolladas complejidades del prestigio y el rango. La única persona que está fuera de sitio soy yo; la primera en seguir al rey apenas unos pasos atrás, como si fuese la reina. No podría estar más lejos de este título.

Miro al más corpulento de mis custodios con la esperanza de ver en él algo más que ciega lealtad. Viste un uniforme blanco y grueso a prueba de balas cerrado hasta el cuello. Y guantes que brillan, no porque sean de seda sino de plástico: hule. Sólo verlo me asusta. Pese a su habilidad sofocadora, los Arven no correrán riesgo conmigo. Aun si lograra deslizar una chispa en su continuo asedio, los guantes protegerán sus manos y permitirán que yo siga cautiva, encadenada, enjaulada. El Arven robusto no intercambia miradas conmigo; fija los ojos al frente y frunce los labios. El otro hace lo propio e iguala junto a mí el paso de su hermano o primo. La cabeza a rape de ambos resplandece, lo que me recuerda a Lucas Samos. Mi guardián amable, mi amigo, quien fue ejecutado porque yo existía y porque lo usé. Tuve suerte entonces, cuando Cal puso a un Plateado honorable a cargo de mi reclusión.

19

Y la tengo ahora. Será más sencillo matar a guardianes indiferentes.

Porque ellos deben morir. De alguna manera. Por algún motivo. Si he de fugarme, si quiero reclamar mi rayo, ellos son los primeros obstáculos. Los demás serán fáciles de predecir: los centinelas de Maven, los otros agentes y vigilantes apostados en el palacio y, desde luego, el propio Maven. No me iré de este lugar a menos que deje atrás su cadáver... o el mío.

Pienso en matarlo. En enredar mi cadena en su garganta y apretar hasta arrancar de su cuerpo la vida. Gracias a esto, ignoro que cada paso me sumerge más en la casa real, sobre blanco mármol, junto a enormes muros de oropel y bajo una docena de candelabros con flamas de cristal por candilejas. Es tan hermoso y tan frío como lo recordaba, una cárcel con cerraduras de oro y rejas de diamante. Cuando menos, no tendré que encarar al más violento y peligroso de sus guardianes. La antigua reina ha muerto. De todas formas, tiemblo cuando pienso en ella. Elara Merandus. Su sombra ronda como un fantasma por mi cabeza. Una vez se paseó sin piedad por mis recuerdos. Ahora es uno de ellos.

Una figura acorazada cruza mi vista y esquiva con sigilo a mis celadores para plantarse entre el rey y yo. Hace suyo nuestro paso; es un oficial perseverante pese a que no porta el atuendo ni la careta de los centinelas. Sabe que deseo estrangular a Maven, supongo. Me muerdo el labio y me preparo a recibir el afilado aguijón de un susurro.

Pero no, él no pertenece a la Casa de Merandus. Su armadura es de un obsidiana oscuro, su cabello de plata, su piel blanca como la Luna. Y sus ojos, cuando me atisba por encima del hombro, están negros y vacíos.

Ptolemus.

20

Ataco con los dientes, sin saber qué hacer y no me importa, mientras deje marca. Me pregunto si la sangre Plateada sabrá diferente a la Roja.

No lo descubro.

Mi collar retrocede y me jala con tanta violencia que arqueo la columna y encuentro el piso. Un poco más fuerte y me habría roto el cuello. El golpe del cráneo contra el mármol hace que el mundo dé vueltas, aunque no al extremo de no poder levantarme. Me incorporo con dificultad y restrinjo mi vista a las blindadas piernas de Ptolemus, quien voltea hacia mí. Me precipito sobre ellas de nuevo y una vez más el collar me hace dar marcha atrás.

—Basta —sisea Maven.

Se detiene y se eleva a mi lado para observar mis burdos intentos de venganza contra Ptolemus. El resto del cortejo frena también; muchos de sus integrantes se adelantan, quieren ver el modo en que la perversa rata Roja pelea en vano.

El collar se tensa y yo trago saliva contra él y me llevo las manos a la garganta.

Maven no pierde de vista el metal que se encoge.

—¡Dije basta, Evangeline!

Pese al dolor, volteo y la encuentro a mis espaldas, con un puño en el costado. Como él, clava la mirada en mi collar, que vibra cuando se mueve. Palpita sin duda al ritmo de su corazón.

—¡Permite que la suelte! —pide, y me pregunto si escuché bien—. Permite que la suelte en este instante. ¡Despide a sus guardianes y la mataré, con relámpago y todo!

Emito un gruñido, como si fuera de pies a cabeza la fiera que ellos creen que soy.

—Inténtalo —le digo, porque deseo de todo corazón que Maven acepte.

Incluso con mis heridas, mis días de silencio y mi desventaja de varios años con la magnetrona, quiero lo que ofrece. La vencí un día. Puedo hacerlo otra vez. Es una posibilidad al menos, más alta de lo que jamás habría esperado.

Los ojos de Maven vuelan de mi collar a su prometida con un ceño fruncido y calcinante. Veo mucho de su madre en él.

—¿Cuestiona usted las órdenes de su soberano, Lady Evangeline?

Los dientes de ésta relucen entre labios pintados de púrpura. Su manto de finos modales amenaza con disolverse, pero antes de que ella pueda decir algo en verdad ruin, su padre roza su piel. El mensaje es claro: *Obedece*.

—No, su majestad —vacila, porque quisiera decir sí. Dobla el cuello y baja la cabeza.

El collar se afloja y vuelve a deslizarse en mi garganta. Es posible incluso que esté más suelto que hace un rato. No deja de ser una bendición que Evangeline no sea tan minuciosa como se empeña en aparentar.

—Mare Barrow es prisionera de la corona y la corona hará con ella lo que estime apropiado —afirma Maven con una voz que llega más allá de su irascible prometida. Sus ojos recorren el resto de la corte como si quisiera poner en claro sus intenciones—. La muerte es un destino demasiado indulgente para ella.

Un rumor apagado se extiende entre los nobles. A pesar de que oigo notas discordantes, las armoniosas las exceden en número. ¡Qué raro! Creí que todos querían verme ejecutada de la manera más atroz, colgada para alimentar a los buitres y para recuperar hasta el último tramo de terreno que la

Guardia Escarlata haya ganado. Sospecho que planean para mí peores destinos.

Peores destinos.

Eso fue lo que Jon dijo cuando vio lo que el futuro me deparaba, adónde conducía mi sendero. Sabía que esto iba a ocurrir. Lo sabía y se lo dijo al rey. Compró un lugar al lado de Maven con la vida de mi hermano, y mi libertad. Lo descubro entre la multitud, que le rehúye. Tiene rojos, amoratados los ojos; lleva atado en una pulcra coleta el cabello, prematuramente encanecido. Es otra mascota nuevasangre de Maven Calore, aunque no carga eslabones que yo pueda ver. Porque lo ayudó a frustrar nuestra tarea de salvar a una legión juvenil antes siquiera de que empezara. Le reveló nuestros caminos y nuestro futuro. Me envolvió como regalo para el rey niño. Nos traicionó a todos.

Ya me mira, por supuesto. No espero una disculpa por lo que hizo, ni la recibo.

—¿Qué hay de un interrogatorio?

Una voz que no reconozco suena a mi izquierda. Pero identifico ese rostro.

Sansón Merandus. Un campeón en el ruedo, un susurro salvaje, un primo de la difunta reina. Se abre paso a empujones hasta mí y es inevitable que me intimide. En otra vida lo vi forzar a su adversario a matarse a puñaladas. Kilorn estaba a mi lado y aplaudía, disfrutaba de sus últimas horas de libertad. Después, su patrón murió y nuestro mundo entero fue otro. Nuestros caminos cambiaron. Y ahora estoy tendida sobre el inmaculado mármol, fría y sangrante, menos que un perro a los pies de un rey.

—¿Un interrogatorio es también demasiado indulgente para ella, su majestad? —continúa Sansón y apunta una mano

23

blanca hacia mí. Me toma por la barbilla y me obliga a levantar la mirada. Resisto el impulso de morderlo. No necesito dar a Evangeline otra excusa para que me ahorque—. Piense en lo que ella ha visto. En lo que sabe. Es la líder de la Guardia y la clave para descifrar a su despreciable calaña.

Aunque está equivocado, el pulso bombea en mi pecho. Sé lo suficiente para causar mucho daño. Tuck destella un momento en mi vista, lo mismo que el coronel y los gemelos de Montfort. La infiltración de las legiones. Las ciudades. Los Whistle en todo el país, que llevan ahora a los refugiados a lugares seguros. Son preciosos secretos celosamente guardados que pronto quedarán al descubierto. ¿A cuántos pondrá en peligro lo que sé? ¿Cuántos morirán cuando se me haga hablar?

Y ésa es sólo la inteligencia militar. Las partes lúgubres de mi mente son peores aún. Los rincones donde cobijo mis más espantosos demonios. Maven es uno de ellos. El príncipe al que recordaba y amé y deseé que fuera real. Cal es otro. Lo que he hecho para conservarlo, lo que he ignorado y las mentiras que me digo sobre sus lealtades. Mi vergüenza y mis errores me carcomen y consumen mis raíces. No puedo permitir que Sansón y Maven vean esas cosas dentro de mí.

Por favor, quiero rogar. Mis labios no se mueven. Por más que odie a Maven, por más que quiera verlo sufrir, sé que él es la mejor oportunidad que tengo. Pero suplicar misericordia ante sus más fuertes aliados y acérrimos enemigos sólo debilitará a un rey de suyo débil. Así que guardo silencio, intento desentenderme de la mano de Sansón en mi quijada y me concentro en el rostro de Maven.

Sus ojos se encuentran con los míos durante el más largo y más corto de los momentos.

—Tienen sus órdenes —dice con brusquedad a mis celadores, hacia los que inclina la cabeza.

Ellos me levantan con vigor, pero sin saña, y se sirven de sus manos y mis cadenas para apartarme de la concurrencia. Dejo atrás a todos. A Evangeline, Ptolemus, Sansón y Maven.

Éste último gira sobre sus talones para seguir la dirección contraria, hacia lo único que le queda para no helarse.

Un trono de llamas glaciales.

DOS
Mare

Jamás estoy sola.

Mis carceleros no me abandonan un solo instante. Dos de ellos me observan sin cesar, se cercioran que siempre esté silenciada y oprimida. Les basta una puerta con cerrojo para que sea su prisionera. Esto no significa que pueda acercarme siquiera a la entrada, porque me tomarán del brazo y me llevarán al centro de la habitación. Son más fuertes que yo y están alerta en todo momento. El único rincón donde no me ven es el pequeño cuarto de baño, un aposento de blancos azulejos y accesorios dorados con una intimidante línea de roca silente en el suelo. Hay tantas losetas de color gris nacarado que mi garganta se contrae y siento la cabeza estallar. Debo ser rápida cuando estoy ahí y aprovechar al máximo cada asfixiante segundo. Esta sensación me recuerda la habilidad de Cameron, quien puede matar con la fuerza de su silencio. Por más que aborrezca la constante vigilancia de mis guardianes, no correré el riesgo de sofocarme en el piso de un baño a cambio de unos minutos extra de paz.

Curiosamente, antes creía que el mayor de mis miedos era quedarme sola. Ahora estoy todo menos eso y nunca he experimentado tanto pavor.

No he sentido mi relámpago en cuatro días.

En cinco.

En seis.

En diecisiete.

En treinta y uno.

Marco cada día en el friso inferior de la pared junto a la cama, donde señalo con un tenedor el paso del tiempo. Me siento bien cuando dejo mi huella e inflijo un pequeño agravio a la cárcel del Palacio del Fuego Blanco. Esto no les importa a los Arven. Me ignoran casi siempre, concentrados como están en un silencio total y absoluto. Permanecen en su sitio a un lado de la puerta y se sientan como estatuas con los ojos encendidos.

Ésta no es la misma alcoba en la que dormí la última ocasión que estuve en el Fuego Blanco. Es obvio que no resultaría apropiado alojar a una cautiva de la corona en el mismo lugar que a la prometida de un príncipe. Pero no estoy en una celda tampoco. Mi jaula es cómoda y está bien amueblada, con una cama afelpada, un librero repleto de tomos aburridos, algunas sillas, una mesa para comer e incluso cortinajes finos, todo ello en matices neutrales de gris, blanco y marrón. Todo está desprovisto de vida, así como los Arven se encargan de que yo esté desprovista de poder.

A pesar de que me acostumbro poco a poco a dormir sola, las pesadillas me asedian y Cal no está a mi lado para ahuyentarlas. Nadie se ocupa de mí. Cada vez que despierto, acaricio los aretes que puntúan mi oreja y menciono todas las piedras: Bree, Tramy, Shade, Kilorn, mis hermanos de sangre y por elección, tres de ellos viven mientras que el otro ya es un fantasma. ¡Ojalá tuviera un arete igual al que le regalé a Gisa para que dispusiera de una pieza suya también! Sueño con ella en ocasiones. No es algo concreto, meros destellos de su rostro, de su cabello rojo y oscuro como sangre que se derrama. Sus palabras me persiguen como nada más lo hace. *Un día vendrán a llevarse todo lo que tienes.* Tenía razón.

Ni siquiera en el baño hay espejos. Aun así, sé lo que este lugar hace conmigo. Pese a las abundantes comidas y la falta de ejercicio, siento el rostro más afilado. Mis huesos cortan bajo la piel y son más puntiagudos que nunca en tanto me marchito. Si no duermo o leo uno de los volúmenes del código tributario de Norta, es poco lo que puedo hacer, pero la fatiga se asienta en mí desde hace varios días. Donde se me toca aparecen moretones. Y siento caliente el collar a pesar de que tiemblo de frío a diario. Puede que sea fiebre. O que estoy en agonía.

No tengo a quién decírselo. Apenas hablo mientras los días pasan. La puerta se abre para recibir agua y alimentos, para el cambio de mis carceleros y nada más. No he visto una sola doncella ni asistente Roja, aunque sin duda existen. Los Arven toman las comidas, la ropa de cama y las prendas que se depositan fuera y las traen para que yo las use. Asean igualmente, y hacen muecas cuando ejecutan una tarea tan ordinaria. Supongo que permitir que una Roja entre a mi celda es demasiado peligroso. Esta idea me hace sonreír. Significa que la Guardia Escarlata es tan amenazadora todavía que se justifica el rígido protocolo de que no se permita a los sirvientes siquiera acercarse a mí.

Nadie lo hace. Nadie viene a tontear ni a regodearse con la Niña Relámpago. Ni siquiera Maven.

Los Arven no me dirigen la palabra. No me han dicho sus nombres, así que yo los llamo como me place. Gatita es la señora de menor estatura que yo, rostro diminuto y vista de lince. Huevo, el sujeto de la cara redonda, blanca y calvo como los demás vigilantes. Trío posee tres líneas tatuadas en el cuello, como marcas de perfectas garras. Y Trébol tiene ojos verdes y mi edad y es inflexible en el cumplimiento de su deber. Es también la única que se atreve a mirarme de frente.

Cuando me enteré que Maven me quería de regreso, supuse que habría dolor, oscuridad o ambas cosas y, sobre todo, que lo vería y sufriría mi tormento bajo sus ojos infernales. Pero no he recibido nada de eso desde el día que llegué y se me obligó a ponerme de rodillas. Aunque él me dijo entonces que exhibiría mi cuerpo, ningún verdugo se ha presentado. Tampoco susurros como Sansón Merandus y la difunta reina han venido a forzar mi cabeza y a desenredar mis pensamientos. Si éste es mi castigo, Maven no tiene imaginación.

Hay voces en mi cabeza todavía, y muchos, demasiados recuerdos. Cortan con el filo de una espada. A pesar de que intento adormecer el dolor con libros más adormecedores aún, las palabras flotan ante mis ojos y las letras se reacomodan hasta que lo único que veo son los nombres de aquellos que dejé atrás. Vivos y muertos. Y Shade está presente siempre, en todas partes.

Aunque Ptolemus mató a mi hermano, fui yo quien lo puso en el camino. Porque fui egoísta, me creí una especie de salvadora. Porque deposité una vez más mi confianza en quien no debí hacerlo y jugué con vidas como un tahúr lo hace con cartas. *Pero liberaste una prisión. Pusiste en libertad a muchas personas… y salvaste a Julian.* Es un pensamiento débil, y un consuelo más débil todavía. Sé ahora cuál fue el costo de la prisión de Corros. Y cada día acepto el hecho de que si se me diera a escoger, no pagaría ese precio de nuevo, ni por Julian ni por un centenar de nuevasangres vivos; no salvaría a uno solo de ellos con la vida de Shade.

Al final fue inútil. Maven me pidió volver durante meses enteros, me lo rogaba en cada nota manchada de sangre. Tenía la esperanza de que me compraría con cadáveres, con los cuerpos de los muertos. Yo decidí que no haría canje alguno, ni siquiera por un millar de vidas inocentes. Ahora querría haberlo complacido hace mucho, antes de que él pensara en salir en busca de quienes amo a sabiendas de que yo los salvaría. A sabiendas de que Cal, Kilorn, mi familia… representaban el único acuerdo al que estaría dispuesta a llegar. Lo di todo por sus vidas.

Sospecho que él está consciente de que no debe torturarme. Ni siquiera con el resonador, un aparato ideado para reflectar el relámpago hacia mí, para desgajarme nervio a nervio. Mi martirio le es inútil. Su madre lo educó bien. Mi único consuelo es saber que el joven monarca no cuenta ya con su despiadada titiritera. Mientras permanezco aquí, vigilada de día y de noche, él está solo a la cabeza de un reino, sin Elara Merandus para que guíe su mano y cuide sus espaldas.

Ha pasado ya un mes desde que disfruté de aire fresco, y aún más desde que vi otra cosa que no sea el interior de mi alcoba y el limitado paisaje que mi única ventana ofrece.

Esta ventana da a un jardín con el aspecto más que muerto de finales del otoño. Su arboleda ha sido retorcida por las

31

manos de los guardafloras. Cuando tiene su fronda, debe lucir espléndida, una guirnalda verdeante de capullos en ramas de espirales imposibles. Deshojados, en cambio, los nudosos robles, olmos y hayas se ensortijan en dedos agarrotados, secos y yertos que se rozan unos a otros como huesos. Este jardín está abandonado, olvidado. Igual que yo.

No, musito para mí.

Ellos vendrán a buscarme.

Me atrevo a desear. Mi estómago sufre una sacudida cada vez que la puerta se abre. Por un momento, espero ver a Cal, Kilorn o Farley, quizás a Nanny cubierta con la cara de otra persona e incluso al coronel; ahora lloraría si viera su ojo escarlata. Pero nadie viene a buscarme. Nadie lo hará.

Es cruel dar esperanza cuando no existe razón para albergarla.

Y Maven lo sabe.

En el momento en que se pone el sol el día treinta y uno, comprendo lo que se propone.

Quiere que me pudra. Que me apague. Que sea olvidada.

En el jardín de los huesos una nieve prematura cae en ráfagas desde un cielo gris oscuro. Aunque el cristal se siente frío, se niega a congelarse.

Haré lo mismo.

La nieve es perfecta bajo la luz de la mañana, una capa de un blanco dorado sobre árboles cada día más desnudos. Ya se habrá derretido en la tarde. Según mis cuentas, hoy es 11 de diciembre, un periodo gris, muerto y frío en el eco entre el otoño y el invierno. Las nieves genuinas no llegarán hasta el siguiente mes.

En casa saltábamos del zaguán a los bancos de nieve incluso después de que Bree se rompiera una pierna, cuando cayó sobre un montón de leña oculta. Su curación costó un mes de salario de Gisa y yo tuve que robar casi todos los suministros que el supuesto médico necesitó. Aquél fue el invierno antes de que alistaran a Bree, la última vez que todos los miembros de la familia estuvimos juntos. La última en verdad. Nunca volveremos a reunirnos.

Mamá y papá se encuentran con la Guardia, Gisa y mis hermanos viven también. *Están a salvo. Están a salvo. Están a salvo.* Repito esas palabras igual que cada mañana. Son un consuelo, pese a la probabilidad de que no sean ciertas.

Aparto despacio mi plato del desayuno. El ya rutinario festín de avena azucarada, fruta y pan tostado no me reconforta en absoluto.

—Terminé —digo por costumbre, en conocimiento de que nadie contestará.

Gatita está ya junto a mí y mira con desdén mi comida a medio consumir. Recoge el plato como si fuera una chinche, lo sostiene a prudente distancia y lo lleva hasta la puerta. Yo levanto pronto la vista con la ilusión de atrapar un destello de la antesala contigua. Está vacía como siempre y mi ánimo se desploma. Cuando ella suelta el plato en el piso, éste produce un estruendo y quizá se rompe, pero eso no es asunto suyo; algún sirviente lo limpiará. La puerta se cierra a sus espaldas y ella regresa a su asiento. Trío ocupa la otra silla, cruza los brazos y mira mi torso sin pestañear. Siento su habilidad y la de ella. La sensación que me provocan es la de una manta demasiado enrollada que mantiene inmóvil y oculto mi relámpago, en un lugar apartado totalmente fuera de mi alcance. Esto provoca que quiera arrancarme la piel.

No lo soporto. No lo soporto

No. Lo. Soporto.

¡Zas!

Arrojo a la pared un vaso con agua que salpica y se hace añicos contra la horrible pintura gris. Ninguno de mis celadores reacciona. Hago mucho esto.

Y me ayuda, por un minuto quizá.

Sigo el horario habitual, que he desarrollado durante el último mes de cautiverio. Despierto. Lo lamento al instante. Recibo el desayuno. Pierdo el apetito. Se llevan mi comida. Lo lamento al instante. Arrojo el agua. Lo lamento al instante. Destiendo la cama. Puede que haga pedazos las sábanas, a veces al mismo tiempo que grito. Lo lamento al instante. Intento leer un libro. Me asomo a la ventana. Me asomo a la ventana. Me asomo a la ventana. Recibo la comida. Repito.

Soy una chica muy ocupada.

O debería decir una mujer.

Los dieciocho años de edad son la arbitraria división entre el niño y el adulto. Yo los cumplí hace unas semanas, el 17 de noviembre, aunque nadie lo supo ni lo notó. Dudo que a los Arven les importe que la persona a su cargo sea un año mayor. Sólo a un individuo en este carcelario palacio le habría importado. Y no me visitó, para mi alivio. Ésta es la única satisfacción que mi cautiverio me procura: que mientras estoy detenida aquí, rodeada por las peores personas que conoceré jamás, no tengo que padecer su presencia.

Hasta hoy.

El completo silencio a mi alrededor se hace trizas, no con una explosión sino con un chasquido. Es la conocida vuelta de la cerradura, que ocurre sin excusa ni previo aviso. Giro deprisa la cabeza hacia el ruido, como lo hacen los Arven, cuya concentración es interrumpida por el asombro. Mis venas se llenan de adrenalina, mi corazón se acelera de repente. Durante menos de un segundo me atrevo a albergar esperanzas de nuevo. Sueño en quién podría estar al otro lado de la puerta.

Mis hermanos. Farley. Kilorn.

Cal.

Quiero que sea Cal. Quiero que su fuego consuma este sitio y a todas estas personas.

Pero el hombre que aparece al otro lado no es alguien que yo conozca. Lo único que me resulta familiar es su ropaje: uniforme negro, accesorios de plata. Es un agente de seguridad sin nombre ni importancia. Entra a mi prisión y mantiene abierta la puerta con la espalda. Otros iguales a él permanecen en la antesala, que ensombrecen con su presencia.

Los Arven se ponen en pie de un salto, tan sorprendidos como yo.

—¿Qué hace usted aquí? —pregunta Trío con desdén. Es la primera vez que oigo su voz.

Gatita hace lo que se le enseñó a hacer y se coloca entre el agente y yo. Otra descarga de silencio se impacta en mí, provista por el temor y la confusión de ella. Se estrella como una ola y consume la poca fuerza que me queda. Permanezco en mi silla, me resisto a derrumbarme ante otras personas.

El agente de seguridad guarda silencio. Mira el suelo. Espera.

Ella entra en respuesta, cubierta con un vestido de agujas. Su cabello argentino está peinado y trenzado con gemas al modo de la corona que ansía portar. Tiemblo cuando la veo perfecta, fría y severa, una reina en el porte pese a que no lo sea todavía en el título. Porque no es reina aún. Eso se nota.

—Evangeline... —murmuro mientras intento ocultar el tremor en mi voz, de miedo y falta de uso.

Sus ojos negros pasan sobre mí con la dulzura de un látigo restallante. De la cabeza a los pies y de regreso, toman nota de cada imperfección, cada debilidad. Sé que hay muchas. Posa al fin la mirada en mi collar, en cuyos filos metálicos y puntiagudos repara. Hace una mueca de asco e impaciencia. ¡Qué fácil le sería apretar, introducir las puntas del collar en mi garganta para que me desangre hasta quedar completamente seca!

—No tiene permiso para estar aquí, Lady Samos —dice Gatita, aún en pie entre nosotras. Su osadía me sorprende.

Los ojos de Evangeline aletean un momento sobre mi carcelera con creciente sorna.

—¿Cree usted que desobedecería al rey, mi prometido? —fuerza una risa fría—. Estoy aquí por órdenes suyas. Requiere ahora mismo la presencia de la prisionera en la corte.

Cada una de sus palabras hiere. Un mes de reclusión parece de súbito demasiado breve. Una parte de mí desea prenderse de la mesa y obligar a que Evangeline me saque a rastras de esta jaula, aunque ni siquiera el aislamiento ha vencido mi orgullo. No todavía.

Nunca lo hará, me recuerdo. Me levanto sobre mis débiles piernas, con dolor en las articulaciones y manos trémulas. Hace un mes ataqué al hermano de Evangeline con poco más que mis dientes. Ahora trato de reunir todo el fuego que puedo, así sea sólo para incorporarme.

Gatita se mantiene firme. Inclina la cabeza hacia Trío, con quien entrecruza miradas.

—No hemos recibido una orden de esa naturaleza. Ése no es el protocolo.

Evangeline ríe de nuevo y muestra dientes blancos y luminosos. Su sonrisa es tan hermosa y violenta como una espada.

—¿Se niega a obedecer, guardiana Arven?

Mientras habla, desliza las manos por su vestido y una piel blanca y perfecta resplandece sobre las agujas. Algunas se adhieren a ella como a un imán y Evangeline termina con un puñado de espigas. Acaricia paciente las esquirlas colgantes, a la expectativa y con una ceja en alto. Los Arven saben que no deben prolongar su arrollador silencio contra una hija de la Casa de Samos, y menos todavía a la futura reina.

Intercambian miradas mudas; es obvio que sopesan las aristas de la pregunta de Evangeline. Trío arruga la frente al tiempo que lanza miradas fulminantes y Gatita suelta por fin un sonoro suspiro. Se hace a un lado. Retrocede.

—Ésta es una decisión que no olvidaré jamás —murmura Evangeline.

Me siento expuesta ante ella, sola frente a sus penetrantes ojos, a pesar de que los demás celadores y agentes miran. Me conoce, sabe lo que soy, lo que puedo hacer. Aunque estuve a punto de matarla en el Cuenco de los Huesos, corrió, temerosa de mí y de mi relámpago. Es un hecho que no siente miedo ahora.

Doy un lento paso al frente. Hacia Evangeline. Hacia el bienaventurado vacío que la rodea y le permite preservar su habilidad. Doy otro, al aire libre, a la electricidad. ¿La sentiré al instante? ¿Volverá de inmediato? Así debe ser. Tiene que hacerlo.

Pero su desprecio se resuelve en una sonrisa. Da marcha atrás, iguala mi paso y yo casi refunfuño.

—No tan rápido, Barrow.

Es la primera vez que me llama por mi verdadero apellido.

Hace chasquear los dedos y apunta hacia Gatita.

—Acompáñenla.

Me arrastran como lo hicieron el día en que llegué, encadenada al collar, apretada mi correa en el puño de Gatita. Su silencio y el de Trío persisten y redoblan como un tambor en mi cráneo. El trayecto por el Palacio del Fuego Blanco es tan largo que da la impresión de que corriéramos varios kilómetros a toda velocidad, pese a que avanzamos a paso moderado. Como en la ocasión anterior, no me vendaron los ojos. No se molestan en intentar confundirme.

Reconozco un creciente número de lugares a medida que nos acercamos a nuestro destino y atravesamos pasajes y galerías que exploré en libertad hace una vida. Entonces no sentí la necesidad de clasificarlos. Ahora hago todo lo posible por trazar en mi cabeza el mapa del palacio. Es indudable que tendré que conocer su distribución si pienso salir viva de él. Mi habitación da al este y se halla en el quinto piso; lo sé porque he contado las ventanas. Recuerdo que el Palacio tiene la forma de cuadrados entreverados y que cada ala rodea un patio como aquél al que da mi habitación. La vista de las altas ventanas en arco cambia en cada nuevo pasadizo: un jardín, la Plaza del César, los largos trechos de la sección de entrenamiento donde Cal se ejercitaba con sus soldados, las remotas murallas y el ya reconstruido puente de Arcón a lo lejos. Por suerte, no cruzamos las áreas residenciales donde encontré el diario de Julian, donde vi a Cal enfurecerse y a Maven conspirar en secreto. Me sorprende que el resto del palacio aloje tantos recuerdos pese a la corta temporada que pasé en él.

Atravesamos un rellano y un bloque de ventanas que dan al oeste, al cuartel junto al río Capital y la otra mitad de la urbe al fondo. El Cuenco de los Huesos está enclavado entre los edificios y su titánica forma me resulta demasiado familiar.

Conozco esta vista. Estuve con Cal frente a estas ventanas. Le mentí, sabía que esa noche sobrevendría un ataque. Pero ignoraba las consecuencias que eso tendría para nosotros. Él susurró entonces que le gustaría que las cosas fueran distintas. Comparto ese lamento.

Con seguridad hay cámaras que siguen nuestro avance, aunque ya no las siento. Evangeline guarda silencio mientras descendemos a la planta principal del palacio con sus agentes a nuestras espaldas, una copiosa bandada de mirlos en torno a un cisne de metal. Se oye música. Vibra como un corazón pesado y henchido. Jamás he oído música como ésa, ni en la fiesta a la que asistí en esta casa ni durante las lecciones de baile de Cal. Tiene vida propia, posee algo misterioso, estrujante y extrañamente tentador. Evangeline tensa los hombros delante de mí cuando escucha esas notas.

Por raro que parezca, la corte está vacía, con apenas unos cuantos vigilantes apostados en los corredores. Son vigilantes, no centinelas, quienes deberán estar con Maven. Evangeline no gira a la derecha como yo esperaba, para entrar a la sala del trono por sus suntuosas puertas arqueadas. Toma en cambio la delantera, con nosotros a la zaga, y se escurre con sigilo en otro recinto que conozco demasiado.

La sala del consejo es un círculo impecable de mármol y madera pulida y refulgente. Asientos recubren los muros y el sello de Norta, la Corona Ardiente, domina el piso ornamentado, rojo, negro y plata real con puntas de flamas rebosantes. Casi tropiezo cuando lo veo y debo cerrar los ojos. Gatita me arrastrará a través de la sala, no tengo duda de ello. Permitiré con gusto que me jale si eso significa que no tengo que ver este sitio. Recuerdo que Walsh murió aquí. Su cara aparece un segundo bajo mis párpados. La cazaron como a un conejo.

Y los que la atraparon eran lobos: Evangeline, Ptolemus, Cal. La capturaron en los túneles subterráneos de Arcón, donde seguía órdenes de la Guardia Escarlata. Dieron con ella, la arrastraron hasta aquí y la presentaron ante la reina Elara para ser interrogada. Las cosas no llegaron tan lejos, porque Walsh se quitó la vida. Tragó una píldora envenenada frente a todos nosotros para proteger los secretos de la Guardia Escarlata, para protegerme a mí.

Cuando la música triplica su volumen, abro los ojos.

La sala del consejo ha desaparecido pero, en cierto modo, el panorama que se despliega ante mi vista es aún peor.

TRES
Mare

La música danza en el aire, socavada por la empalagosa y nauseabunda tufarada del alcohol que impregna cada rincón de la espléndida sala del trono. Llegamos a un descansillo que descuella unos metros sobre el recinto y que nos brinda una vista excelente de la escandalosa fiesta momentos antes de que cualquier persona perciba nuestra presencia.

Lanzo la mirada en todas direcciones, nerviosa, a la defensiva, como si buscara una oportunidad o un peligro en cada rostro y cada sombra. Sedas, alhajas y hermosas armaduras titilan a la luz de una docena de candelabros, lo que produce una constelación humana que gira y se eleva sobre el piso de mármol. Después de un mes de confinamiento, este espectáculo es un asalto a mis sentidos, pero lo devoro como la muchacha hambrienta que soy. ¡Hay tantos colores, tantas voces, tantas damas y caballeros conocidos! No reparan en mí por ahora. No desvían la vista. Fijan su atención unos en otros, en sus copas de vino y licores policromados, el ritmo agitado, el humo aromático que sube en volutas por el aire. Sin duda celebran algo hasta el delirio, aunque no tengo idea de qué es.

Desde luego que echo a volar mi imaginación. ¿Consiguieron otra victoria sobre Cal, sobre la Guardia Escarlata, o aclaman mi captura todavía?

Una mirada a Evangeline es respuesta suficiente. Jamás había visto que pusiera tan mala cara, ni siquiera ante mí. Su desprecio felino se torna horrible, furioso, rabioso más allá de toda proporción. Sus ojos se ensombrecen al pasear por este despliegue ostentoso. Son tan negros como el vacío y absorben la visión de los suyos en un estado de absoluta complacencia.

O mejor dicho, inconsciencia.

Por órdenes de alguien, un aluvión de criados Rojos se desprende de la pared del fondo y deambula por el aposento en estudiada formación. Cargan charolas de copas de cristal con la luz líquida de las estrellas, de colores rubí, diamante y oro. Cuando llegan al extremo opuesto de la sala, sus bandejas se han vaciado y son reabastecidas rápidamente. Sirven una ronda más y las charolas se vacían de nuevo. Ignoro lo que algunos de los Plateados hacen para mantenerse en pie. Persisten en sus festejos y bailan o conversan con las copas sujetas a sus manos. Unos cuantos inhalan de embrolladas pipas y arrojan al viento un humo de extraña tonalidad. No huele a tabaco, que muchos ancianos de Los Pilotes acaparan. Miro celosa las chispas de sus pipas, cada una de las cuales es un pinchazo de luz.

Lo que soporto menos es ver a los sirvientes, los Rojos. Me hace sufrir. ¡Qué no daría por tomar su lugar y ser una simple ayudante en vez de una prisionera! *Tonta*, me reprendo. *Ellos están tan cautivos como tú, como todos los de tu especie. Yacen atrapados bajo una bota Plateada, aunque algunos tienen más espacio para respirar.*

Gracias a él.

Evangeline baja del descansillo y los Arven me obligan a seguirla. La escalera nos conduce directo a la tarima, otra plataforma lo bastante elevada para denotar su importancia, ocupada, desde luego, por una docena de aterradores centinelas armados y con caretas.

Doy por descontado que veré los tronos que recuerdo, de llamas de cristal de diamante el del rey, de zafiro y oro blanco pulido el de la reina. En cambio, Maven se sienta en el mismo trono del que lo vi levantarse hace un mes, cuando me mantuvo encadenada frente al mundo.

Este trono prescinde de gemas y metales preciosos. Consta solamente de losas de piedra gris combinada con algo terso y de aplanados bordes, y carece por completo de distintivos. Parece frío e incómodo, por no decir demasiado pesado. Encoge a Maven, a quien hace ver más joven y pequeño. Parecer poderoso es ser poderoso. Ésta es una lección que aprendí de Elara y que por algún motivo él no digirió. Tiene el aspecto del chico que es, muy pálido en contraste con su uniforme negro; los únicos colores que porta son el rojo sangre del forro de su capa —un derroche platinado de medallas— y el azul estremecedor de sus ojos.

La mirada del rey Maven de la Casa de Calore se cruza con la mía tan pronto como él sabe que estoy aquí.

El instante flota, suspendido en un hilo de tiempo. Un desfile de distracciones se abre entre nosotros, lleno de ruido y de un caos encantador, pese a lo cual la sala bien podría estar vacía.

Me pregunto si él nota la diferencia que hay en mí, la enfermedad, el dolor, la tortura a la que mi callada prisión me ha sometido. Debe hacerlo. Su vista baja por mis pómulos prominentes hasta mi collar y la enagua blanca con que me visten. Aunque no sangro esta vez, querría hacerlo, para mostrarles a todos lo que soy, lo que siempre he sido: una Roja herida, pero con vida. Tal como lo hice ante la corte y frente a Evangeline hace unos minutos, me yergo y miro con toda la fuerza y la condena de las que soy capaz. Lo observo sin perder detalle, busco las grietas que sólo yo puedo ver: ojos sombríos, manos nerviosas, una postura tan rígida que su columna podría hacerse pedazos.

Eres un asesino, Maven Calore, un cobarde, la personificación de la debilidad.

Surte efecto. Deja de mirarme y se pone en pie de un salto sin apartar los brazos de su trono. Su cólera cae como el golpe de un martillo.

—¡Explíquese, guardián Arven! —estalla en dirección al más cercano de mis carceleros.

Trío hace chocar sus botas.

Ese arrebato pone fin a la música, el baile y las libaciones en el espacio de un latido.

—S-Señor… —se atropella Trío y una de sus manos enguantadas toma mi brazo; esparce suficiente silencio para volver más pausado mi pulso. Quiere hallar una explicación que no culpe ni a la futura reina ni a él, pero no la encuentra.

Mi cadena tiembla en la mano de Gatita, aunque su puño se mantiene inalterable.

Sólo Evangeline se muestra impertérrita ante la ira del rey. Esperaba esta reacción.

Él no ordenó que me trajeran. No se me requirió en absoluto.

Maven no es tonto. Sacude la mano hacia Trío para finiquitar su titubeo.

—Su torpe intento es respuesta suficiente —afirma—. ¿Y tú qué tienes que decir, Evangeline?

En medio del gentío, el padre de ésta levanta la cabeza y mira con ojos sorprendidos y severos. Otro podría llamarlo medroso, pero yo no creo que Volo Samos tenga la capacidad de sentir emociones. Acaricia su plateada barba puntiaguda con una expresión inescrutable. Ptolemus no es tan apto como él para ocultar sus pensamientos. Está en el estrado con los centinelas y es el único entre ellos sin vestidura llameante ni careta. A pesar de que permanece quieto, sus ojos vuelan del rey a su hermana, y uno de sus puños se cierra poco a poco. ¡Bien! Teme por ella como yo temí por mi hermano. *Mírala sufrir como yo lo vi morir.*

¿Por cuál otro motivo podría Maven hacer esto ahora? Evangeline desobedeció deliberadamente sus órdenes, excedió las concesiones que su compromiso le otorga. Si acaso sé algo es que contrariar al rey constituye un acto que debe castigarse. ¿Y hacerlo aquí, frente a toda la corte? Él podría ejecutarla en seguida.

Si Evangeline cree arriesgar la vida, no lo demuestra. Su voz no se quiebra ni vacila.

—Usted ordenó que la terrorista fuera encarcelada, encerrada como una inservible botella de vino, y después de un mes de deliberaciones el consejo no ha llegado todavía a un acuerdo sobre qué hacer con ella. Sus crímenes son muy numerosos, dignos de una docena de muertes, de un millar de vidas en nuestras peores prisiones. Desde que fue descubierta ha matado o lisiado a cientos de súbditos suyos, entre ellos sus padres, y pese a todo descansa en una habitación cómoda, come, respira en este mundo y sigue viva sin haber recibido el castigo que merece.

Como buen hijo de su madre, el porte cortesano de Maven es casi perfecto. Se diría que las palabras de Evangeline no lo alteran en absoluto.

—El castigo que merece... —repite y tiende la mirada por el recinto al tiempo que eleva un ángulo de su mentón—. Así que fuiste tú quien la trajo aquí. ¿En verdad son tan malas mis fiestas?

Un clamor de risas espontáneas y forzadas recorre a la arrobada multitud. La mayoría de quienes la componen están ebrios, aunque hay suficientes cabezas despejadas que entienden lo que sucede. Lo que Evangeline hizo.

Ella esboza una sonrisa tan artificial que supongo que las comisuras empezarán a sangrarle.

—Sé que llora la muerte de su madre, su majestad —dice sin muestra alguna de compasión—. Todos lo hacemos. Pero su padre no actuaría de esa manera. La hora de llorar ha pasado.

Estas palabras no son suyas, sino de Tiberias VI, el padre de Maven, la sombra que lo persigue. La máscara del soberano amenaza con caer un momento y sus ojos destellan de cólera y pavor en partes iguales. Recuerdo esa frase tan bien como él. Se pronunció ante una muchedumbre como ésta después de que la Guardia Escarlata ejecutó a políticos distinguidos. Esos blancos fueron elegidos por Maven a instancias de su madre. Nosotros hicimos el trabajo sucio de ambos y ellos contribuyeron a la cuenta de bajas con un ataque atroz. Me usaron, usaron a la Guardia para eliminar a algunos de sus enemigos y satanizar a otros de un solo golpe. Destruyeron y mataron más de lo que cualquiera de nosotros podría haber querido alguna vez.

Huelo el humo y la sangre todavía. Oigo aún a una madre que llora a sus hijos muertos. Incluso escucho las palabras que se levantaron en armas contra todo esto.

—¡Fuerza, poder, muerte! —murmura Maven y hace chasquear su dentadura. Estas palabras me asustaron en su día y me aterran ahora—. ¿Qué propone entonces, *milady*? ¿La horca, un escuadrón de fusilamiento, que descuarticemos a la prisionera miembro por miembro?

El corazón se me desboca en el pecho. ¿Él permitiría algo así? No lo sé. No sé qué haría. Tengo que recordarme que no lo conozco. Aquel chico que conocí en la corte fue una ilusión. ¿Y qué hay de sus notas, dejadas en circunstancias brutales pero repletas de súplicas de que volviera? ¿Y de este mes de cautiverio gentil y tranquilo? Quizá todo eso fue falso también, otro ardid para atraparme, otro tipo de tortura.

—Hacemos lo que la ley exige. Como su padre lo habría hecho.

La forma en que ella dice *padre*, palabra que emplea con la misma crueldad que una navaja, es confirmación suficiente. Igual que tantos otros en la sala, sabe que Tiberias VI no acabó como se rumora.

Maven permanece aferrado a su trono y sus nudillos se tornan blancos sobre las losas grises. Mira a la corte, cuyos ojos siente en los suyos, antes de contestar con desdén a Evangeline.

—Usted no pertenece a mi consejo, y no conoció a mi padre como para comprender su mente. Yo soy rey como él lo fue y entiendo lo que debe hacerse para alcanzar la victoria. Nuestras leyes son sagradas, pero libramos dos guerras ahora.

Dos guerras.

La adrenalina corre tan pronto por mi cuerpo que pienso que mi relámpago ha regresado. No, no es el relámpago; es la esperanza. Me muerdo el labio para no sonreír. Varias semanas después de iniciado mi cautiverio, la Guardia Escarlata sobrevive y prospera. No sólo combate todavía, sino que además Maven lo admite abiertamente. Ahora es imposible ocultarla o descartarla.

Pese a que necesito saber más, mantengo cerrada la boca. Maven atraviesa a su prometida con una mirada calcinante.

—Ningún prisionero enemigo, en especial tan valioso como Mare Barrow, debería desaprovecharse en una ordinaria ejecución.

—¡Usted igualmente la desaprovecha! —protesta ella tan rápido que sé que ensayó este debate. Da otro par de pasos al frente para acortar la distancia que la separa de él. Todo esto parece un espectáculo, teatro puro, algo representado en un escenario con objeto de ilustrar a la corte, ¿en beneficio de quién?—. ¡Ella acumula polvo, no hace nada, no nos da nada y entretanto, Corvium arde!

Ésta es otra joya de información que atesorar. *Más, Evangeline. Dame más.*

Hace un mes vi con mis propios ojos que se desataban disturbios en la ciudad-fortaleza, el corazón del ejército de Norta. Esto continúa. La sola mención de Corvium reanima a la concurrencia. Maven no lo pasa por alto y tiene que hacer un esfuerzo para conservar la calma.

—El consejo está a unos días de tomar una decisión, *milady* —dice entre dientes.

—Disculpe mi atrevimiento, su majestad. Sé que desea honrar lo más posible a su consejo, aun a sus partes más endebles. Incluso a los cobardes que no pueden hacer lo que se debe —da otro paso y baja la voz hasta reducirla a un ronroneo—. Pero el rey es usted. La decisión es suya.

Una jugada magistral, admito. Evangeline es tan hábil para la manipulación como cualquiera de sus pares. Con unas cuantas palabras no sólo ha evitado que Maven parezca débil; también lo ha obligado a hacer su voluntad para mantener una imagen de fuerza. Muy a mi pesar, emito un resuello de agobio cuando tomo aire. ¿Hará lo que ella pide o se rehusará, echará leña al fuego de la insurrección que ya se propaga por las Grandes Casas?

Maven no es tonto. Comprende el juego de Evangeline y no le quita la vista de encima. Se sostienen la mirada el uno al otro, como si se comunicaran con sonrisas forzadas y ojos perspicaces.

—Es indudable que la prueba de las reinas reveló a la más talentosa de las hijas —dice él mientras la toma de la mano. Da la impresión de que este acto les desagrada a ambos por igual. Él voltea hacia la multitud e identifica a un hombre esbelto vestido de azul oscuro—. ¡Tu petición de interrogar a la prisionera te es concedida, primo!

Sansón Merandus se cuadra y emerge del grupo con una mirada decidida. Hace una reverencia y casi sonríe. Su traje azul ondula, opaco como una humareda.

—Gracias, su majestad.

—¡No! —suelto yo sin que pueda impedirlo—. ¡No, Maven! —Sansón actúa rápido y sube al estrado con una furia controlada. Acorta la distancia entre nosotros con pasos largos y resueltos hasta que sus ojos son lo único que existe en mi mundo. Son azules, los ojos de Elara, los ojos del rey—. ¡Maven! —jadeo de nuevo, suplico, aunque sea inútil, aunque destroce mi orgullo saber que imploro. ¿Qué otra cosa puedo hacer? Sansón es un susurro. Me destruirá por completo, indagará todo lo que soy, todo lo que sé. ¿Cuántos morirán a causa de lo que he visto?—. ¡Por favor, Maven! ¡No permitas que lo haga!

No soy tan fuerte para lograr que Gatita deje mis eslabones o para resistirme siquiera a que Trío me tome de los hombros. Ambos me mantienen en mi sitio con facilidad. Mi mirada se apresura de Sansón a Maven, una de cuyas manos permanece en el trono mientras la otra está en la de Evangeline. *Te extraño*, decían sus mensajes. Maven es indescifrable, pero al menos observa.

¡Bien! Si no me salvará de esta pesadilla, quiero que la atestigüe.

—¡Maven…! —balbuceo por última vez y trato de ser sincera, no la Niña Relámpago, no Mareena, la princesa perdida, sino Mare. La joven a la que él vio entre las rejas de una celda y prometió salvar. Pero esa joven no basta. Él baja los ojos. Aparta la mirada.

Estoy sola.

Sansón toma mi cuello en su mano y lo aprieta por encima del collar metálico para forzarme a ver sus ojos conocidos y despreciables, azules como el hielo e igual de despiadados.

—No debiste matar a Elara —dice sin molestarse en suavizar sus palabras—. Ella era una sutil cirujano de la mente —se acerca intranquilo, como un hombre famélico ansioso de devorar su comida—. Yo soy un carnicero.

Cuando el resonador arrasó conmigo, me revolqué de dolor durante tres largos días. Un torrente de ondas de radio volvió mi electricidad contra mí. Repercutió en mi piel, traqueteó entre mis nervios como centellas atrapadas en un cántaro. Dejó cicatrices, líneas dentadas de blanca carne en mi cuello y espalda, cosas feas a las que no me acostumbro todavía.

Punzan y jalan en ángulos extraños y vuelven dolorosos los movimientos más inofensivos. Incluso mis sonrisas se empañaron, se contrajeron después de lo que padecí. Ahora imploraría el resonador si pudiera. El chirriante chasquido de un resonador al desollarme sería un paraíso, una bendición, una merced. Preferiría que me rompieran los huesos y los músculos, verme reducida a uñas y dientes y que se me devastara palmo a palmo a sufrir los susurros de Sansón un segundo más.

Lo siento. Siento su mente. Invade hasta el último de mis rincones como una corrupción, una putrefacción o un cáncer. Raspa en mi cabeza con piel áspera e intenciones más ásperas aún. Y las zonas de mi ser que su veneno no penetra se retuercen de dolor. Le agrada hacerme esto. Es su venganza, por lo que le hice a Elara, su sangre y su reina.

Ella fue el primer recuerdo que me arrancó. Mi ausencia de remordimiento lo puso furioso; hoy lo lamento. Ojalá hubiera fingido un poco de compasión, pero la imagen de la muerte de Elara fue tan aterradora que suscitó algo más que horror. Lo recuerdo ahora. Él me obliga a hacerlo.

En un instante de dolor cegador que me arrastra hasta mis recuerdos, me veo nuevamente en el momento en que la maté. Mi habilidad extrae relámpagos del cielo en líneas violáceas y desiguales. Uno de ellos le da de frente y cae en cascada por sus ojos y su boca hasta llegar al cuello y los brazos, a los dedos de las manos y los pies, y de regreso. El sudor hierve y se evapora en su carne, su piel se calcina hasta humear y los botones de su saco arden al rojo vivo y queman la tela y el cuerpo. Se desgarra a sí misma cuando se sacude, quiere librarse de mi furia eléctrica. Las yemas de sus dedos se rasgan y exponen el hueso mientras los músculos de su bello rostro se aflojan, y cae víctima de la fuerza incesante de las corrientes saltarinas. El cabello cenizo se torna negro y se desintegra al chamuscarse. ¡Y están además el olor, el ruido...! Ella grita hasta que sus cuerdas vocales se hacen trizas. Sansón se encarga de que la escena transcurra lentamente, manipula con su habilidad el recuerdo olvidado hasta que cada segundo se imprime en mi conciencia. Es en verdad un carnicero.

Su cólera me hace girar sin que pueda aferrarme a nada, atrapada como estoy en una tormenta que es imposible controlar. Lo único que puedo hacer es rogar que yo no vea lo que él busca. Intento apartar el nombre de Shade de mi mente pero las paredes que erijo son poco más que papel. Sansón las rompe jubiloso. Cada vez que desprende una pared, una parte de mí se derrumba. Él sabe lo que quiero esconder porque no podría vivirlo otra vez. Da caza a mis pensamientos con más celeridad que mi cerebro y vence cada débil intento mío de frenarlo. Intento gritar o implorar y ningún sonido sale de mi boca o mi mente. Él retiene todo en la palma de su mano.

—Es demasiado fácil.

Su voz reverbera en mí, a mi alrededor.

De igual forma que el fin de Elara, la muerte de Shade se reproduce en perfecto, penoso detalle. Debo revivir en mi cuerpo cada horroroso segundo, incapaz de hacer algo más que mirar, atrapada en mí misma. La radiación hace que el aire tintinee. La prisión de Corros está a orillas del Wash, cerca del páramo nuclear que forma nuestra frontera sur. Una bruma fría envuelve la mañana y vela el amanecer. Por un momento todo está quieto, en equilibrio. Miro con fijeza, inmóvil, paralizada a medio paso. La cárcel se abre a mis espaldas, estremecida aún por el disturbio que iniciamos. Reos y perseguidores salen a raudales por las puertas. Nos siguen a la libertad o algo semejante. Cal no está aquí, su reconocible contorno lo distingue a cien metros. Le pedí a Shade que lo hiciera saltar primero, para proteger a uno de nuestros escasos pilotos y única vía de escape. Kilorn continúa a mi lado, está congelado como yo y carga un rifle al hombro. Apunta a nuestras espaldas, hacia la reina Elara, su escolta y Ptolemus Samos. Una bala escapa del fusil, nacida de las chispas y la pólvora. Flota en el aire también, a la espera de que Sansón libere mi mente. El cielo se arremolina en lo alto, cargado de electricidad. De mi potencia. Sentirla me haría llorar si pudiera.

La memoria comienza a avanzar, muy despacio al principio.

Ptolemus se torna una aguja larga y fulgurante que se suma a las muchas armas en su poder. El filo perfecto destella de sangre Roja y Plateada, cada gotita una gema que gorjea en el viento. Pese a su don, Ara Iral no es lo bastante rápida para esquivar su arco mortífero, que le rebana el cuello en un segundo dilatado. Cae a unos metros de mí, con lentitud, como si lo hiciera en agua. Ptolemus quiere matarme en el mismo lance, usar el impulso de su golpe para apuntar la aguja a mi corazón. Halla a mi hermano en el camino.

Shade regresa con nosotros de un salto, para teletransportarme a un sitio seguro. Su cuerpo se materializa en el aire: primero cobran vida su pecho y su cabeza, luego sus extremidades; tiende las manos, concentra la mirada, fija en mí su atención. No ve la aguja. No sabe que está a punto de morir.

Aunque Ptolemus no se propuso matarlo, no le importa haberlo conseguido. Le da lo mismo un muerto más. Es apenas otro obstáculo en su guerra, otro cuerpo sin nombre ni rostro. ¿Cuántas veces he hecho lo mismo?

Quizá ni siquiera sabe quién es Shade.

Quién era.

Sé lo que viene después, pero por más que intento Sansón me impide cerrar los ojos. La aguja perfora a mi hermano con soltura precisa, atraviesa sus órganos y sus músculos, su sangre y su corazón.

Algo dentro de mí explota y el cielo responde. Cuando mi hermano cae, ocurre lo mismo con mi ira. No siento su liberación agridulce. El rayo no impacta en el suelo, no mata a Elara ni dispersa a sus guardias como debiera. Sansón no me concede este pequeño favor. Regresa la escena. La proyecta de nuevo. Mi hermano muere de nuevo.

Una vez más.

Y luego otra.

En cada ocasión me obliga a ver un detalle adicional, un error, un tropiezo, una decisión que pude haber tomado para salvarlo, pequeñas alternativas. Pisa aquí, da la vuelta allá, corre un poco más rápido. Esto es tortura de la peor especie.

Mira lo que hiciste. Mira lo que hiciste. Mira lo que hiciste.

Su voz se desdobla en torno mío.

Otros recuerdos se escinden de la muerte de Shade, visiones que se enlazan entre sí. Cada una aprovecha un temor o una debilidad diferente. Ahí está el diminuto cadáver que hallé en Templyn, el bebé Rojo que los cazadores de los nuevasangre asesinaron por órdenes de Maven. En otro momento, Farley me asesta un puñetazo en la cara. Grita cosas horribles, me culpa de la muerte de Shade mientras su angustia amenaza con consumirla. Lágrimas humeantes ruedan por las mejillas de Cal al tiempo que una espada tiembla en su mano, con la hoja puesta en el cuello de su padre. La precaria tumba de Shade en Tuck, sola bajo el cielo otoñal. Los oficiales

Plateados que electrocuté en Corros, en Harbor Bay, hombres y mujeres que sólo seguían órdenes. No tenían otra opción. Ninguna. Recuerdo todas las muertes, todas las penas. El semblante de mi hermana cuando un agente le rompió la mano. Los nudillos sanguinolentos de Kilorn cuando comprendió que lo reclutarían. El día que se llevaron a mis hermanos a la guerra. A mi padre cuando volvió del frente mutilado del pensamiento y del cuerpo, y se exilió en una desvencijada silla de ruedas, en una vida apartada de la nuestra. Los ojos tristes de mi madre cuando me dijo que estaba orgullosa de mí, una mentira entonces y una mentira ahora. Y por último, el dolor malsano, la estridente verdad que me persiguió cada momento de mi antigua vida: al final estaba condenada al fracaso.

Lo estoy todavía.

Sansón pasa con desparpajo por todo eso. Me conduce por recuerdos inútiles, que exhibe sólo para someterme a más dolor. Hay sombras que danzan en mi cabeza. Son imágenes emotivas que se esconden detrás de cada momento deplorable. Sansón las devana demasiado rápido y soy incapaz de captarlas de verdad, aunque reúno suficientes de ellas. La cara del coronel, su ojo escarlata, sus labios que forman palabras que no puedo escuchar pero que de seguro Sansón sí oye. Esto es lo que busca: inteligencia, secretos que le sirvan para aplastar la rebelión. Siento como si el cascarón roto de un huevo calara poco a poco en mis entrañas. Él arranca cuanto quiere. Ni siquiera tengo la capacidad de avergonzarme de los demás recuerdos que encuentra.

Las noches que pasé acurrucada con Cal. Cuando obligué a Cameron a unirse a nuestra causa. Los momentos que robé al sueño y en que releí las escalofriantes notas de Maven. Los recuerdos de quien pensaba yo que era el príncipe olvidado. Mi cobardía, mis pesadillas, mis errores, cada paso egoísta que di y que me trajo hasta acá.

Mira lo que hiciste. Mira lo que hiciste. Mira lo que hiciste.

Maven sabrá todo esto muy pronto.

Eso fue lo que quiso siempre.

Las palabras que trazó con su caligrafía curva están grabadas con fuego en mi mente.

Te extraño.

Hasta que volvamos a encontrarnos.

CUATRO
Cameron

No puedo creer todavía que hayamos sobrevivido. A veces, sueño con eso: un par de colosos gigantescos se llevan a rastras a Mare, cuyo cuerpo sostienen con fuerza. Usaron guantes para protegerse de su relámpago pese a que ella no intentó blandirlo una vez que ofreció su vida a cambio de la nuestra. No creí que el rey Maven honrara su palabra; la vida de su hermano exiliado estaba en juego. Pero cumplió lo acordado. La quería a ella más que al resto de nosotros.

Aun así, despierto de mis recurrentes pesadillas con miedo de que él y sus perros de caza hayan regresado para matarnos. Los ronquidos de los demás ocupantes de mi cuarto de literas ahuyentan esos pensamientos.

Aunque me dijeron que el nuevo cuartel general estaba en ruinas, supuse que sería como el de Tuck. Que, igual que éste, sería un edificio abandonado, funcional a pesar de su aislamiento, y reconstruido en secreto para ser provisto de todos los servicios que una rebelión en auge puede requerir. Odié Tuck desde que la vi. Sus cuarteles de piedra y sus soldados con traza de celadores, por más que fueran Rojos, me recordaban la prisión de Corros. La isla me pareció otra cárcel, otra celda a la que sería obligada a entrar, esta vez por Mare

Barrow en reemplazo de un oficial Plateado. Pese a todo, en Tuck tenía al menos el cielo por techo y aire limpio en mis pulmones. En comparación con Corros, con Ciudad Nueva y con esto, era un respiro.

Ahora tiemblo junto con los otros en los túneles de concreto de Irabelle, un baluarte de la Guardia Escarlata a las afueras de la ciudad lacustre de Trial. Las paredes están heladas y carámbanos cuelgan de las habitaciones a falta de una fuente de calor. Algunos soldados de la Guardia siguen a Cal a todas partes, así sea sólo para beneficiarse de su radiante calidez. Yo hago lo contrario: evito su insoportable presencia lo más que puedo. No tolero al príncipe Plateado, quien me mira con un aire acusatorio.

Como si yo pudiera haberla salvado.

Mi subdesarrollada habilidad se había desvanecido. *Y usted no pudo hacer nada tampoco, su maldita alteza,* quiero escupirle en cada ocasión que coincidimos. Su llama no fue digna rival del rey y sus sabuesos. Además, Mare propuso el pacto y tomó la decisión. Si con alguien debería estar enojado es con ella.

La Niña Relámpago lo hizo para salvarnos y yo le estaré siempre agradecida. Aunque era una hipócrita egocéntrica, no merece la suerte que corre ahora.

El coronel dio la orden de desocupar Tuck tan pronto como pudimos comunicarnos con él. Sabía que interrogarían a Mare Barrow y que la confesión los llevaría directo a la isla. Farley puso a salvo a todos, en embarcaciones o en el inmenso avión de carga que sustrajimos de la prisión. Nosotros tuvimos que viajar por tierra y salir como balas del lugar donde la aeronave se desplomó para reunirnos con el coronel al otro lado de la frontera. Digo *tuvimos* porque a mí me ordenaron de nuevo lo que debía hacer y el sitio al que tenía que dirigirme. Nos encaminábamos al Obturador, donde intentaríamos rescatar una legión de niños soldados. Mi hermano era uno de ellos. Por desgracia, nos fue preciso abandonar nuestra misión. *Hasta nuevo aviso*, me decían cuando tenía el valor de negarme a dar otro paso lejos del frente de guerra.

El recuerdo hace que las mejillas me ardan. Debí continuar mi camino. Nadie me habría detenido. No habrían podido. Pero tuve miedo. Estaba tan cerca de la línea de trincheras que supe lo que significaba partir sola. Habría muerto en vano. De todos modos, no puedo librarme de la vergüenza de esa decisión. Me fui y dejé solo a mi hermano, una vez más.

Pasaron varias semanas antes de que todos estuviéramos juntos de nuevo. Farley y sus oficiales fueron los últimos en llegar. Imagino que su padre, el coronel, dio vueltas de arriba abajo los días de su ausencia en los helados corredores de nuestra nueva base.

Al menos Barrow saca provecho de su prisión. La distracción que causa una prisionera como ella, para no hablar del caos extremo que impera en Corvium, ha detenido todo movimiento de tropas en el Obturador. Mi hermano está a salvo. Bueno, tan a salvo como lo puede estar un chico de quince años con un arma y un uniforme. Sin duda, más a salvo que Mare.

No sé cuántas veces he visto el mensaje del rey Maven. En cuanto llegamos, Cal se apoderó de una esquina de la sala de control para repetirlo sin tregua. La primera vez que lo vimos nadie se atrevió a respirar. Temimos lo peor. Creímos estar a punto de ver que le cortaran la cabeza a Mare. Sus hermanos estaban fuera de sí y contenían las lágrimas, mientras que Kilorn ni siquiera podía mirar y se cubría el rostro con las manos. Cuando Maven declaró que la ejecución sería un acto indulgente para ella, creo que Bree se desmayó de alivio. En cambio, Cal se sumió en el más absoluto y concentrado silencio, con el entrecejo fruncido. En el fondo sabía, como lo sabíamos todos, que algo mucho peor que la muerte aguardaba a Mare Barrow.

Ella se arrodilló ante el rey Plateado y no se movió mientras él rodeaba su garganta con un collar. No dijo nada, no hizo nada. Dejó que la llamara terrorista y asesina frente a toda la nación. Una parte de mí quería que ella se opusiera, pero sé que no podía extralimitarse. Veía a todos en torno suyo, paseaba los ojos entre los Plateados que llenaban el estrado. Todos querían acercarse a ella. Eran los cazadores alrededor de su invaluable presa.

Pese a la corona, Maven no parecía tan augusto. Se veía cansado, quizás enfermo, definitivamente furioso. Tal vez porque la chica que estaba junto a él acababa de asesinar a su madre. Tiró del collar de Mare y la obligó a entrar a la sala. Ella consiguió lanzar una última mirada sobre su hombro, con los ojos muy abiertos. Otro tirón la obligó a darse la vuelta para siempre y no hemos visto su cara desde entonces.

Como ella, yo también me pudro y congelo aquí, y dedico mis días a reparar equipo más viejo que yo, chatarra de la peor especie.

Permanezco un último minuto en mi litera para pensar en mi hermano, dónde estará, qué hace. Morrey es mi gemelo sólo en apariencia. Fue un niño frágil en los duros callejones de Ciudad Nueva, donde a menudo se enfermaba a causa del humo de la fábrica. No quiero imaginar lo que la instrucción militar ha hecho con él. Según a quien se lo preguntes, los trabajadores tecnos eran demasiado valiosos o demasiado débiles para el ejército, hasta que la Guardia Escarlata se entrometió, mató a algunos Plateados y obligó al antiguo rey a entrometerse un poco también. Nos reclutaron a los dos pese a que teníamos empleo y apenas quince años. Las malditas Medidas que el padre de Cal decretó lo cambiaron todo. Fuimos elegidos, nos dijeron que seríamos soldados y nos alejaron de nuestros padres.

Nos separaron casi de inmediato. Mi nombre estaba en una lista y el suyo, no. En alguna ocasión di gracias por haber sido yo a quien mandaron a Corros; Morrey no habría sobrevivido en las celdas. Ahora quisiera cambiar su lugar por el mío, que él estuviera libre y yo en el frente. Pero por más que le pido al coronel que hagamos otro intento a favor de la Pequeña Legión, no me escucha.

Así que bien podría pedírselo de nuevo.

El cinturón de herramientas se ha convertido en un peso recurrente en mi cadera y emite un ruido sordo a cada paso. Camino con determinación suficiente para convencer a cualquiera de que no se tome la molestia de cruzarse en mi sendero, pero casi siempre los corredores están vacíos. Nadie acecha para verme pasar con un bollo del desayuno en la boca. Un número mayor de unidades y capitanes debe estar otra vez patrullando para hacer un reconocimiento de Trial y la frontera, y buscar a los Rojos —pienso— que tuvieron la suerte de llegar al norte. A pesar de que algunos de ellos vienen a enrolarse aquí, siempre cumplen con la edad militar o son trabajadores con aptitudes útiles para la causa. No sé adónde mandan a las familias: los huérfanos, las viudas, los viudos, aquellos que sólo se interpondrían en el camino.

Como yo misma, aunque estorbo a propósito. Es la única manera de atraer atención, por poca que sea.

El armario de escobas del coronel —es decir, su oficina— se encuentra en el piso que está arriba de los cuartos de literas. No me detengo a llamar a la puerta y acciono la perilla. Gira fácilmente y da a una habitación lúgubre y estrecha con paredes de concreto, algunos muebles cerrados con llave y un escritorio que se halla ocupado ahora.

—Él está arriba, en el control —dice Farley sin levantar la mirada de sus documentos.

Tiene las manos manchadas de tinta, igual que la nariz y la piel bajo los ojos enrojecidos. Examina lo que aparentan ser comunicados de la Guardia, mensajes y órdenes clasificados. Sé que pertenecen a la comandancia, porque recuerdo los constantes rumores sobre las altas esferas de la Guardia Escarlata. Nadie sabe mucho acerca de ellas, y yo menos que nadie. Ninguno me informa si no pregunto antes una docena de ocasiones.

Arrugo la frente debido a su aspecto. A pesar de que la mesa le cubre la cintura, su estado es visible. Tiene hinchados los dedos y el rostro. Sobra decir que tres platos con restos de comida están apilados en un extremo.

—Quizá sería bueno que durmieras de vez en cuando, Farley.

—Quizá.

Siento que mi preocupación le irrita.

Está bien, no me hagas caso. Suspiro débilmente, me giro hacia la puerta y le doy la espalda.

—Avísale que Corvium está al borde —añade con voz enérgica y cortante. Es una orden y algo más.

La miro sobre el hombro y levanto una ceja.

—¿Al borde de qué?

—Ha habido disturbios, informes esporádicos de oficiales Plateados muertos y depósitos de municiones que han desarrollado el feo hábito de explotar.

Casi sonríe al decirlo. Casi. No la he visto sonreír desde que Shade Barrow murió.

—Parecen las faenas de rutina. ¿La Guardia está allá?

Eleva la vista al fin.

—No que sepamos.

—Entonces las legiones ya regresan a sus cuarteles —un deslumbrante rayo de esperanza ilumina mi pecho—. Los soldados Rojos...

—Hay miles de ellos posicionados en Corvium. Y varios entienden que son mucho más numerosos que sus oficiales Plateados, en proporción de cuatro a uno por lo menos.

Cuatro a uno. Mi esperanza se apaga de pronto. He visto de cerca lo que los Plateados son y lo que pueden hacer. He sido su prisionera y su rival, capaz de combatir sólo gracias a mi habilidad. Cuatro Rojos contra un Plateado es una apuesta suicida, una derrota asegurada, aunque supongo que Farley no está de acuerdo.

Nota mi malestar y se reblandece todo lo que puede. Como una navaja que se volviera un cuchillo.

—Tu hermano no está en Corvium. La Legión de la Daga se encuentra todavía detrás de las líneas del Obturador.

Es decir, atrapada entre un campo minado y una ciudad en llamas. ¡Fantástico!

—Morrey no es lo que me preocupa —*Por el momento*—. Sólo que no imagino cómo piensan los Rojos tomar la ciudad. Puede que sean muchos, pero los Plateados son... bueno, Plateados. Una docena de magnetrones podría matar a cientos sin pestañear.

Proyecto una imagen de Corvium en mi cabeza. La he visto sólo en breves videos, fragmentos de emisiones Plateadas o reportajes que la Guardia ha obtenido en secreto. Es una fortaleza más que una ciudad, amurallada con ominosa piedra negra, un monolito que da a los áridos terrenos bélicos del norte. Me recuerda el sitio que yo de mala gana llamaba "hogar". Ciudad Nueva también contaba con murallas y numerosos agentes supervisaban nuestra vida. Aunque éramos miles, nuestras únicas rebeliones consistían en llegar tarde al trabajo o salir a escondidas después del toque de queda. No había nada que hacer. Nuestra vida era tan insustancial y vacía como el humo.

Farley retorna a su tarea.

—Repítele lo que te dije. Él sabrá qué hacer.

Asiento, cierro la puerta tras de mí, mientras intenta en vano ocultar un bostezo.

—Hay que recalibrar los receptores de video, son órdenes de la capitana Farley…

Los dos miembros de la Guardia que flanquean la puerta del control central retroceden antes de que yo termine de decir mi usual mentira. Apartan la mirada para evitar la mía y siento que mi rostro arde de vergüenza.

Los nuevasangre asustamos a la gente tanto como los Plateados, si no es que más. A su juicio, los Rojos con habilidades somos igual de impredecibles, igual de imponentes e igual de peligrosos.

Conforme más soldados llegaban a la base, los rumores sobre mí y los demás se extendieron como reguero de pólvora. *La señora cambia de rostro. El malabarista te envuelve en ilusiones. La muchacha tecno puede matar con el pensamiento.* Es horrible que te teman. Y lo peor es que no puedo culpar a nadie. Somos diferentes y exóticos, con capacidades que ni siquiera los Plateados pueden reclamar. Somos alambres gastados y máquinas defectuosas que apenas hemos empezado a conocernos a nosotros mismos y nuestras habilidades. ¿Quién sabe en qué podríamos convertirnos?

Me trago el acostumbrado fastidio y entro en el cuarto adyacente.

Pese a que el control central suele ser un hervidero de pantallas y equipo de comunicación, ahora está extrañamente callado. Un único transmisor hace ruido y escupe una larga tira de papel de correspondencia que lleva impreso un mensaje desclasificado. El coronel se detiene a un lado de la máquina y lee a medida que la tira se prolonga. Sus fantasmas habituales, los hermanos de Mare, se han sentado junto a él y se muestran tan nerviosos como un par de conejos. Me basta ver al cuarto ocupante del recinto para saber de qué trata el reporte que llega en este momento.

Son noticias de Mare Barrow.

¿Por cuál otra causa estaría Cal aquí también?

Cavila como siempre, con el mentón apoyado en sus entrelazados dedos. Largos días bajo tierra han impuesto su precio y decolorado su piel, pálida de por sí. Para ser un príncipe, se descuida mucho en tiempos de crisis. Justo ahora le haría falta una ducha y rasurarse, para no hablar de unas buenas bofetadas que lo sacaran de su letargo. Pese a ello, no deja de ser un soldado. Sus ojos buscan los míos antes que los demás.

—Cameron —intenta no gruñir.

—Calore.

En el mejor de los casos, él es un príncipe en exilio. No hay necesidad de títulos, a menos que quiera hacerlo enojar.

Hijo de tigre... El coronel Farley no quita la vista del comunicado y me saluda con un suspiro enfático.

—Ahorrémonos tiempo, Cameron. No tengo el personal ni la posibilidad de rescatar a una legión entera.

Esbozo con los labios sus palabras. Me las dice casi todos los días.

—Una legión de muchachos inexpertos que Maven matará salvajemente a la primera oportunidad —replico.

—Como no dejas de recordármelo...

—¡Porque necesita que se lo recuerden, señor! —y casi me estremezco con la palabra. *Señor*. No he jurado lealtad a la Guardia, por más que me traten como si perteneciera a su círculo.

Los ojos del coronel se achican sobre una parte del mensaje.

—La interrogaron.

Cal se levanta tan aprisa que se golpea con su silla.

—¿Fue Merandus?

Una descarga de calor recorre la sala y me invade una sensación de náusea, no por Cal sino por Mare, por los horrores que vive ahora. Trastornada, junto las manos detrás de la cabeza y jalo el cabello oscuro y rizado de mi nuca.

—Sí —responde el coronel—. Un tal Sansón.

El príncipe suelta maldiciones subidas de tono para un miembro de la familia real.

—¿Qué significa eso? —se atreve a preguntar Bree, el robusto hermano mayor de Mare.

Tramy, el otro Barrow sobreviviente, gesticula demasiado.

—Merandus es la Casa de la reina. Son susurros, los que leen el pensamiento. La harán pedazos para encontrarnos.

—Y por el solo gusto de hacerlo —murmura Cal.

Los hermanos enrojecen al entender lo que sugiere. Bree contiene lágrimas súbitas y violentas. Quiero tomarlo del brazo pero no me muevo. He visto a demasiadas personas rehuir a mi tacto.

—Por eso Mare no sabe nada de nuestras operaciones fuera de Tuck, que ya desalojamos —dice rápidamente el coronel.

Es cierto. Abandonaron Tuck con gran celeridad, para invalidar todo lo que Mare Barrow sabía. Incluso los Plateados que capturamos en Corros —o que rescatamos, según a quién le preguntes— se quedaron en la costa. Era muy peligroso conservarlos, eran demasiados por controlar.

Llevo sólo un mes con la Guardia y ya me sé de memoria sus frases. *Nos levantaremos, rojos como el amanecer,* desde luego, y *No preguntes lo que no necesitas.* La primera es un grito de batalla; la segunda, una advertencia.

—Todo lo que ella diga será secundario o menos que eso —añade—. No sabe nada importante de la comandancia y poco de nuestros asuntos fuera de Norta.

Eso no le interesa a nadie, coronel. Me muerdo la lengua para no hablar con descortesía. *Mare es una prisionera. ¿Qué importa si ellos no consiguen nada sobre la comarca de los Lagos, las Tierras Bajas o Montfort?*

Pienso justo en Montfort, la lejana nación donde priva una supuesta democracia, con Rojos, Plateados y nuevasangres en partes iguales. ¿Será un paraíso, como dicen? Quizás, aunque desde hace tiempo sé que en este mundo no existen los paraísos. Es probable que ahora sepa de ese país más que Mare; los gemelos, Rash y Tahir, no paran de graznar sobre sus méritos. No soy tan tonta para confiar en su palabra, por no decir que conversar con ellos es una tortura, con su costumbre de que uno termine lo que el otro piensa y dice. A veces quisiera usar mi silencio contra ambos y suprimir la habilidad que une sus mentes. Pero eso sería cruel y hasta idiota. La gente ya desconfía de los nuevasangre como para todavía vernos pelear entre nosotros.

—¿En verdad importa lo que obtengan de ella en este momento? —inquiero entre dientes.

Espero que el coronel comprenda lo que trato de decir. *Por lo menos evíteles esto a los hermanos. Tenga un poco de vergüenza.*

Se limita a parpadear, con un ojo bueno y el otro arruinado.

—Si eres incapaz de soportar la inteligencia, no vengas al control. Es indispensable que sepamos qué información obtuvieron de ella en el interrogatorio.

—Sansón Merandus es un héroe en el ruedo, aunque sin razón —dice Cal en voz baja, intenta ser diplomático—. Le gusta usar su habilidad para infligir dolor. Si él fue quien interrogó a Mare, entonces... —la lengua se le atasca, se resiste a hablar— la torturó sin más. Maven la puso en manos de un torturador.

Sólo pensarlo nos turba a todos, incluido el coronel.

Cal mira el piso y no agrega nada durante un largo e inmutable momento.

—Jamás pensé que Maven le hiciera esto —balbucea al fin—. Quizás ella tampoco.

Entonces los dos son unos tontos, vocifera mi cerebro. ¿Cuántas veces es necesario que un chico maléfico los traicione para que aprendan?

—¿Se te ofrece algo más, Cameron? —pregunta el coronel mientras enrolla el comunicado como si se tratara de un hilo. Es obvio que el resto no está destinado a mis oídos.

—Farley manda decir que Corvium está al borde.

Pestañea.

—¿Ésas fueron sus palabras?

—Justo las que acaba de escuchar.

De repente ya no soy el centro de su atención. Sus ojos vuelan a Cal.

—Es momento de pasar al ataque.

Se ve ansioso y Cal no podría mostrarse más reacio. Permanece inmóvil, sabe que cualquier acción delataría sus verdaderos sentimientos. Su quietud es igual de contundente.

—Veré qué se me ocurre —suelta por fin.

Esto parece ser suficiente para el coronel, quien hunde la barbilla en un gesto afirmativo antes de dirigir su atención a los hermanos de Mare.

—Será mejor que informen a su familia —hace gala de caballerosidad—. Y a Kilorn.

Cambio de postura, incómoda de ver cómo asimilan la noticia sobre su hermana y aceptan el peso de transmitirla a los suyos. Bree no puede articular palabra; Tramy tiene fuerza suficiente para hablar por su hermano mayor.

—Sí, señor —dice—. Aunque ahora ya no sé dónde encontrar a Warren.

—Prueben en el cuartel de los nuevasangre —propongo—. Pasa ahí casi todo el tiempo.

Sí, Kilorn frecuenta mucho a Ada. Cuando Ketha murió, ella asumió la ardua tarea de enseñarle a leer y escribir. Sospecho que el verdadero motivo de que no se separe de nosotros es que no tiene a nadie más. Los Barrow son lo más cercano que tiene a una familia, y ahora son un puñado de espectros asediados por el recuerdo. Nunca he visto a los padres de Mare. Viven encerrados en lo más profundo de los túneles.

Los cuatro nos despedimos del coronel y salimos de la sala de control en una fila torpe y ceremoniosa. Bree y Tramy se apartan en seguida y enfilan con paso firme a las habitaciones de su familia, al otro lado de la base. No los envidio. Recuerdo cómo gritó mi madre cuando a mi hermano y a mí nos separaron de ella. ¿Qué dolerá más: no saber de tus hijos, la conciencia de que están en peligro, o recibir las noticias de su sufrimiento una a una?

Creo que no lo sabré jamás. Los jóvenes, y sobre todo mis probables hijos, no tienen cabida en este arruinado y maldito mundo.

Dejo que Cal se adelante, pero luego lo pienso mejor. Medimos casi lo mismo, así que igualar su enérgica zancada no me causa ninguna dificultad.

—Si no pones tu corazón en esto, harás que mucha gente muera.

Se voltea con tanto ímpetu que casi me pega en el trasero. He visto su fuego, aunque nunca tan vivo como el que ahora centellea en su mirada.

—Mi corazón está literalmente en esto, Cameron —sisea.

Son palabras vanas, una declaración de amor. Me resulta imposible entornar los ojos.

—Guárdalo para cuando recuperemos a Mare —refunfuño.

Digo *cuando*, no *si*. Él estuvo a punto de prenderle fuego a la sala de control porque el coronel rechazó su propuesta de llevarle mensajes a Barrow al palacio. No necesito que derrita el pasillo por culpa de una mala elección de palabras.

Pese a que echa a andar de nuevo con paso redoblado, no soy tan fácil de dejar atrás como la Niña Relámpago.

—Lo que quiero decir es que el coronel cuenta con sus estrategas... gente en la comandancia... oficiales de la Guardia que no tienen... —busco el término apropiado— lealtades encontradas.

Resopla ruidosamente y sus anchos hombros suben y bajan. Es obvio que sus lecciones de etiqueta fueron relegadas por su instrucción militar.

—Muéstrame un oficial que sepa tanto como yo de los protocolos Plateados y el sistema de defensa de Corvium y me haré a un lado.

—Estoy segura de que hay alguien, Calore.

—¿Que haya peleado codo a codo con los nuevasangre? ¿Que conozca sus aptitudes? ¿Que sepa usarlos de la mejor manera en un combate?

Su tono me irrita.

—Usarnos... —escupo.

Usarnos, en verdad. Pienso en los nuestros que no sobrevivieron en Corros, nuevasangres reclutados por Mare a los que ella prometió proteger. En cambio, Cal y ella nos arrojaron a una batalla para la que no estábamos preparados y al final quedó claro que Mare era incapaz de protegerse a sí misma. Pienso en Nix, Gareth, Ketha y otros de la prisión a los que yo no conocía. Hubo docenas de muertos, desechados como piezas de un tablero.

Las cosas fueron siempre así con los amos Plateados y así es como enseñaron a Cal a combatir. A ganar a cualquier costo. A pagar cada centímetro con sangre Roja.

—Sabes lo que quiero decir.

Suelto un bufido.

—Quizá por eso no siento mucha confianza —*¡Dale duro, Cameron!*—. Mira —cambio de táctica—, sé que asaría a todos los que están aquí si con eso recuperara a mi hermano. Por suerte, no es una decisión que yo pueda tomar. En cambio tú... tú sí podrías tomarla. Quiero estar segura de que no lo harás.

Es cierto. Él y yo estamos aquí por la misma razón: no por ciega obediencia a la Guardia Escarlata, sino porque ella es nuestra única esperanza de salvar a los que amamos y perdimos.

Esboza una sonrisa torcida, justo con la que he visto fantasear a Mare. Lo hace parecer más idiota que de costumbre.

—No intentes engatusarme, Cameron. Hago todo lo que puedo para no exponernos a otra masacre. Todo —se pone serio—. ¿Crees que la victoria sólo les importa a los Plateados? —rezonga—. He visto los informes del coronel y la correspondencia con la comandancia. He oído cosas. Estás involucrada con personas que piensan de esa misma forma. Acabarán con todos nosotros con tal de obtener lo que desean.

Tal vez es verdad, me digo, *pero cuando menos quieren justicia.*

Pienso en Farley, en el coronel, en los soldados jurados de la Guardia Escarlata y en los refugiados Rojos a los que protegen. He atestiguado cómo llevan gente al otro lado de la frontera. Me senté en uno de sus chillantes aviones en dirección al Obturador para rescatar a una legión de niños soldados. Pese a que tienen objetivos con costos muy altos, no son Plateados. Pese a que matan, no lo hacen sin razón.

La Guardia Escarlata no es amante de la paz, pero la paz no tiene cabida en este conflicto. Sea lo que sea que Cal opine acerca de sus métodos y su sigilo, el de ella es el único modo exitoso de hacer frente a los Plateados. La nación de Cal se lo buscó.

—Si Corvium te preocupa tanto, no vayas —encoge forzadamente los hombros.

—¿Crees que me perdería la oportunidad de manchar mis manos de sangre Plateada? —lo paro en seco. No sé si es un intento fallido de bromear o una amenaza directa. Mi paciencia se ha extinguido otra vez. Tuve que lidiar ya con las quejas de un pararrayos ambulante; no toleraré las cuitas de un príncipe de pacotilla.

Sus ojos se encienden de nuevo de calor y de furia. ¿Seré lo bastante rápida para incapacitarlo con mi habilidad? ¡Qué pelea sería ésa! El fuego contra el silencio. ¿Quién se consumiría: él o yo?

—Es curioso que seas tú quien me diga que no debo despreciar la vida humana. Hiciste cuanto pudiste por matar en esa prisión.

Era una cárcel en la que había estado recluida. En la que me mataron de hambre, me olvidaron y obligaron a ver marchitarse y morir a personas que habían nacido... mal. Y antes de llegar a Corros, había estado ya en otra prisión. Soy hija de Ciudad Nueva, así que fui alistada en otro ejército desde el día que nací, condenada a vivir en las sombras y el polvo y a merced del silbato y el horario de la fábrica. ¡Claro que intenté matar a quienes me habían tenido cautiva! Y volvería a hacerlo si me dieran oportunidad.

—Estoy orgullosa de eso —aprieto la quijada.

Es evidente que lo saco de quicio. ¡Bien! Ni toda la oratoria del mundo me haría inclinarme a su modo de pensar. Dudo que alguien más preste mucha atención. Cal es un príncipe de Norta. Exiliado, sí, pero diferente a nosotros en todos los sentidos. Aunque su habilidad es tan útil como la mía, él es un arma a la que apenas se tolera. Sus palabras no pueden llegar demasiado lejos. E incluso entonces caerán en oídos sordos, en especial los míos.

Da vuelta sin previo aviso en un pequeño pasaje, uno de los muchos que fueron excavados en el laberinto de Irabelle. Éste se desprende del amplio corredor y sube ligeramente hacia la superficie. Perpleja, dejo que él se marche. En esa dirección no hay sino pasillos vacíos, ociosos y abandonados. A pesar de todo, algo tira de mí. *He oído cosas,* dijo. La sospecha llamea en mi pecho conforme él avanza. Su fornido cuerpo se empequeñece a cada segundo.

Dudo un momento. Cal no es mi amigo. Apenas puede decirse que estemos del mismo lado.

Pero es noble hasta decir basta. No me hará daño.

Así que lo sigo.

Resulta obvio que este pasadizo no se emplea, lleno como está de basura y oscuro en los tramos donde las lámparas se han fundido. Aun a lo lejos, la presencia de Cal calienta el ambiente. La temperatura es agradable y tomo nota de hablar con otros tecnos rescatados; quizá podamos hallar la manera de calentar los pasajes más profundos con aire presurizado.

Mis ojos siguen la pista de los cables dispuestos en el cielo raso, que cuento. Hay más de los que se requerirían para alimentar unas cuantas lámparas.

Me rezago mientras Cal quita unas planchas de madera y hojas de metal de una pared. Deja al descubierto una puerta sobre la cual los cables se dirigen a una habitación. Desaparece, cierra la puerta tras de sí y me atrevo a acercarme un poco.

La maraña de cables se percibe aquí con más nitidez; va a dar a un equipo de radio. Comprendo ahora, tan claro como el agua: la reveladora trenza de alambres negros indica que desde esta habitación es posible comunicarse más allá de las murallas de Irabelle.

¿Con quién estará en contacto Cal?

Mi primera reacción es avisar a Farley o a Kilorn.

Aunque... si él cree que lo que hace me librará, y a otros mil, de un ataque suicida contra Corvium, debería permitir que continúe.

Espero no lamentarlo.

CINCO
Mare

Navego sin rumbo por un mar brumoso y las sombras me acompañan.

Quizá sean recuerdos. Podrían ser sueños de cosas conocidas pero extrañas, y algo no está bien. Los ojos de Cal están inyectados de sangre plateada que hierve y humea. El rostro de mi hermano parece más cráneo que carne. Aunque papá deja su silla de ruedas, sus nuevas piernas son delgadas y huesudas y podrían astillarse a cada paso. Gisa tiene alfileres en los dedos y la boca firmemente cerrada. Kilorn se ahoga en el río enredado en sus redes perfectas. Paños rojos cuelgan del cuello herido de Farley. Cameron oprime su garganta, intenta hablar, está atrapada en su propio silencio. Escamas metálicas pulsan en la piel de Evangeline y se la tragan. Maven cae en su raro trono y deja que lo ciña y consuma hasta convertirlo en piedra, una estatua sedente con ojos de zafiro y llanto de diamante.

Los contornos de mi vista se tiñen de púrpura. Quiero que me abracen, sabedora de lo que contienen. Mi rayo está muy cerca. ¡Si pudiera encontrar su recuerdo y saborear una última gota de fuerza antes de hundirme otra vez en la oscuridad! Pero se desvanece como el resto, refluye. Supongo que sentiré frío cuando las tinieblas avancen. En cambio, hace más calor.

De pronto Maven se aproxima demasiado para resistirme ante él, con sus ojos azules y su pelo negro, pálido como un muerto. Detiene su mano a unos centímetros de mi mejilla. Le tiembla, quiere tocar, desea alejarse. Ignoro lo que yo preferiría. Creo que duermo. La oscuridad y la luz intercambian lugares, vienen y van. Aunque trato de moverme, mis extremidades son tan pesadas que me lo impiden. Se debe a los grilletes, los celadores o ambos. Ahora pesan más, y las terribles visiones son mi única escapatoria. Persigo lo que más quiero: a Shade, Gisa, el resto de los míos, Cal, Kilorn, el relámpago. Pero ellos huyen siempre de mi mano como si bailaran o se reducen a nada cuando los alcanzo. Pienso que ésta es otra tortura, la forma en que Sansón me desgarra mientras duermo. Maven está ahí también; no me acerco ni él se mueve. Permanece sentado, mira siempre, se da un masaje en la sien con la mano. Jamás parpadea.

Pasan años o segundos. La presión disminuye. Mi mente se agudiza. La niebla que me mantenía cautiva se disipa y se extingue. Me dan permiso de despertar.

Tengo sed, deshidratada como estoy por lágrimas amargas que no recuerdo haber derramado. El aplastante peso del silencio oprime igual que siempre. Por un momento me cuesta mucho trabajo respirar y me pregunto si es así como moriré, ahogada en este lecho de seda, consumida por la obsesión de un rey, asfixiada por el aire libre.

Estoy de vuelta en la habitación que me sirve de prisión. Quizás he estado aquí todo el tiempo. La blanca luz que se filtra por las ventanas hace saber que ha nevado de nuevo y que afuera priva un invierno radiante. Cuando mi vista se adapta y puedo ver el cuarto con más claridad, me arriesgo a mirar a mi alrededor. Pese a que lanzo los ojos a izquierda y derecha, no me muevo más de lo debido. Como si importara. Los Arven montan guardia en las cuatro esquinas de la cama y observan con fijeza. Gatita, Trébol, Trío y Huevo. Intercambian miradas cuando les guiño un ojo.

Aunque no veo a Sansón por ningún lado, supongo que se alzará sobre mí con una sonrisa maliciosa y una bienvenida procaz. En cambio, una mujer menuda vestida de civil y con una piel inmaculada de un azul muy oscuro como gema pulida está al pie de mi lecho. No la reconozco, pero hay algo familiar en sus facciones. Lo que creí grilletes, en realidad son manos, las de ella. Cada una me rodea un tobillo y alivia mi piel y mis huesos.

Reconozco sus colores. Rojo y plateado se cruzan en sus hombros, en representación de ambos tipos de sangre. Es una sanadora, una sanadora de la piel de la Casa de Skonos. Me cura al tocarme, o por lo menos me mantiene viva ante el asalto de cuatro pilares de silencio. La presión de éstos bastaría para matarme de no ser por la sanadora. A decir verdad, es un equilibrio delicado. Ella debe ser muy talentosa. Sus ojos son como los de Sara, expresivos y de un gris oscuro y brillante.

Pero no me mira. Posa los ojos en algo que se encuentra a mi derecha.

Me estremezco cuando sigo su vista.

Maven está sentado igual que como lo soñé, quieto, concentrado, con una mano en la sien al tiempo que con la otra gira una orden muda.

Los grilletes se materializan entonces. Los celadores actúan con rapidez y fijan en mis tobillos y muñecas un extraño metal trenzado tachonado de pulidas esferas. Cierran todas las argollas con la misma llave. A pesar de que intento seguir la trayectoria de ésta, mi sopor hace que pierda nitidez. Sólo distingo los grilletes, que siento fríos y pesados. Imagino que habrá uno más, un collar nuevo que señale mi garganta; por fortuna, ésta queda descubierta. Las engalanadas espinas no regresarán.

Para mi extrema sorpresa, la sanadora y los custodios se retiran de mi habitación. Los veo marcharse en medio de una confusión creciente; intento ocultar la agitación que acelera mi pulso. ¿En verdad son todos tan estúpidos? ¿Me dejarán sola con Maven? ¿Él cree que no trataré de matarlo?

Me vuelvo hacia su lado y procuro salir de la cama, intento moverme. Pese a ello, cualquier acto más rápido que el de incorporarme resulta imposible, como si mi sangre se hubiera vuelto de plomo. Comprendo el motivo de inmediato.

—Sé muy bien lo que querrías hacerme —dice en voz muy baja.

Cierro las manos, los dedos me tiemblan. Quiero alcanzar algo que no responderá todavía, que no puede hacerlo.

—Más roca silente —siseo como si fuese una maldición. Las pulidas esferas de mi cárcel portátil fulguran—. Se te acabará algún día.

—Gracias por preocuparte, pero aún tengo mucha.

Como lo hice en las celdas bajo el Cuenco de los Huesos, le escupo. El salivazo cae inofensivamente a sus pies. No parece importarle. De hecho, sonríe.

—Convéncete de una vez de que a la corte no le hará ninguna gracia esa conducta.

—Como si… ¿A la corte? —disparo esta palabra.

Su sonrisa se ensancha.

—Lo dije bien.

Se me encogen las entrañas cuando lo veo sonreír.

—¡Qué hermoso! —suelto—. Estás harto de tenerme enjaulada donde no puedes verme.

—En realidad, me cuesta trabajo estar tan cerca de ti.

Sus ojos bailan sobre mi cuerpo impelidos por una emoción que no quiero precisar.

—El sentimiento es mutuo —rezongo, así sea sólo para extinguir su insólita tersura.

Preferiría enfrentar su fuego, su cólera, a cualquier palabra comedida.

No muerde el anzuelo.

—Lo dudo.

—¿Dónde está mi correa entonces? ¿Recibiré una nueva?

—Basta de correas y collares —dirige su mentón a mis grilletes—. Con eso es suficiente por ahora.

No atino a desentrañar el sentido de sus palabras. Hace mucho que renuncié a entender a Maven Calore y los meandros de su laberíntico cerebro. Permito que siga hablando. Al final me dice siempre lo que necesito.

—Tu interrogatorio fue fructífero, muy instructivo sobre ti y los terroristas que se hacen llamar la Guardia Escarlata —la respiración casi se me corta. ¿Qué descubrieron, qué perdí? Intento recordar la información más importante en mi poder para saber qué será lo más perjudicial para mis amigos. ¿Tuck, los gemelos de Montfort, las habilidades de los nuevasangre?—. ¡Qué ralea más cruel!, ¿verdad? —continúa—. Inclinada a destruirlo todo, y a todos los que no son como ella.

—¿A qué te refieres?

Pese a que, en efecto, el coronel me encerró y me teme aún, somos aliados ahora. ¿Qué podría importarle esto a Maven?

—A los nuevasangre, desde luego.

Sigo sin entender. No hay razón de que él se interese en los Rojos con habilidades más allá de la necesidad que tiene de deshacerse de nosotros. Primero negó que existíamos y me llamó embustera. Ahora somos bichos raros, amenazas, alguien que temer y erradicar.

—¡Me dio lástima saber que fueron tan maltratados que debieron huir del viejo que responde al título de coronel! —esto le agrada, explica su plan en pequeñas piezas para que yo las una. Me siento débil y confundida aún y hago lo que puedo por entender el significado—. Peor todavía que haya considerado enviarlos a las montañas para desembarazarse de ustedes como si fueran basura —habla de Montfort, pero eso no fue lo que pasó, no fue eso lo que nos ofrecieron—. Y claro que me contrarió mucho conocer las verdaderas intenciones de la Guardia Escarlata. Forjar un mundo Rojo, un amanecer Rojo, sin cabida para nada más. Para nadie más.

—Maven... —su nombre vibra en mi boca con toda la rabia que puedo reunir. Si no fuera por mis grilletes, explotaría—. No puedes...

—¿No puedo qué? ¿Decir la verdad? ¿Decirle a mi país que la Guardia Escarlata atrae a los nuevasangre sólo para matarlos? ¿Para cometer un genocidio con ellos, con ustedes, tanto como lo hace con nosotros? ¿Que la rebelde infame Mare Barrow regresó a mí por voluntad propia y que todo fue descubierto en un interrogatorio en el que la verdad es imposible de esconder? —se acerca y guarda distancia, aunque sabe que apenas puedo levantar un dedo—. ¿Que ahora estás de nuestro lado porque has visto a la Guardia Escarlata tal como es? ¿Porque tus nuevasangre y tú son temidos como nosotros, bendecidos como nosotros y Plateados como nosotros, en todo menos en el color de la sangre?

Por más que mi empeñosa quijada abre y cierra mi boca, no encuentro palabras que se igualen con mi horror. Todo esto se hizo sin la intervención de los susurros de la reina Elara, con ella muerta y fría.

—¡Eres un monstruo! —es todo lo que puedo decir.

Un monstruo por mérito propio.

Se recuesta otra vez en su asiento, sonriente aún.

—Nunca digas lo que no puedo hacer. Y jamás subestimes todo lo que haré... por mi reino.

Su mano cae sobre mi muñeca y pasa un dedo por la esposa de roca silente que me tiene presa. Tiemblo de temor; él también.

Con sus ojos puestos en mí, me da tiempo para estudiarlo. Negra como siempre, su ropa informal está arrugada y él se olvida de ceremonias. No porta corona ni insignias. Es un chico malvado, pero un chico al fin.

Al cual debo saber combatir. ¿De qué manera? Estoy débil, mi relámpago ha huido y todo lo que pueda decir será malinterpretado más allá de mi control. Apenas puedo caminar, y menos todavía fugarme sin ayuda. El rescate es casi ilusorio, un sueño imposible en el que no puedo perder más tiempo. Estoy atascada aquí, atrapada por un rey letal y conspirador. Me persiguió durante meses y me rondó por todos los medios, de programas de televisión a devastadores mensajes.

Te extraño. Hasta que volvamos a encontrarnos.

Dijo que era un hombre de palabra. Quizá lo sea, en esto únicamente.

Respiro hondo y hurgo en la única debilidad que sospecho que conserva.

—¿Estuviste aquí? —unos ojos azules se dirigen con violencia a los míos. Es su turno de mostrarse confundido—. Mientras todo esto transcurría —miro la cama y después a lo lejos. Es doloroso recordar la tortura de Sansón; espero que sea notorio—. Soñé que estabas aquí.

Su calor cede y deja un cuarto frío a causa de la proximidad del invierno. Él bate los párpados de pestañas oscuras contra piel blanca. Recuerdo por un segundo al Maven que conocí. Lo veo otra vez, sea un sueño o un fantasma.

—Cada segundo —contesta.

Cuando un rubor gris se extiende por sus mejillas, sé que ha dicho la verdad.

Y ahora sé cómo herirlo.

Los grilletes hacen que sea demasiado fácil dormir, de modo que fingir resulta complicado. Aprieto un puño bajo la cobija y clavo las uñas en mi palma. Cuento los segundos. Cuento las respiraciones de Maven. Su silla cruje por fin. Se pone en pie. Vacila. Casi siento sus ojos, que queman mi rostro inmóvil. Se marcha con suaves pisadas sobre el suelo de madera y atraviesa mi cuarto con la gracia y sigilo de un gato. La puerta se cierra silenciosamente a sus espaldas.

Dormir es demasiado fácil.

En cambio, espero.

Pasan dos minutos y los celadores Arven no regresan.

Imagino que creen que los grilletes bastan para mantenerme aquí.

Están equivocados.

Mis piernas se bambolean cuando tocan el suelo con los pies desnudos contra un helado piso de parqué. Si hay cámaras que me vigilan, no me importa. No pueden impedir que camine. O que intente hacerlo.

Me desagrada hacer las cosas despacio. En especial ahora, cuando cada momento cuenta. Cada segundo podría significar otra persona muerta entre las que amo. Dejo la cama, obligo a levantarme sobre piernas débiles y endebles. Es una sensación extraña, pues la roca silente pesa en mis muñecas y tobillos y succiona la escasa fuerza que mi cólera ofrece. Transcurre un largo lapso antes de que la presión sea tolerable. Dudo que me acostumbre alguna vez a esto. Pero puedo hacer que se diluya.

El primer paso es el más fácil. Me lanzo contra la mesita donde me alimento. El segundo es arduo, ahora que sé el esfuerzo que implica. Camino como si estuviera ebria o coja. Envidio por un segundo la silla de ruedas de mi padre. La vergüenza de estos pensamientos empuja mis siguientes pasos por toda la habitación. Llego entre jadeos al extremo opuesto y casi me desplomo contra la pared. El ardor en mis piernas es puro fuego y produce en mi columna una picazón de sudor. Es una sensación conocida, como si acabara de correr un kilómetro. La náusea en la boca del estómago es distinta, otro efecto secundario de la roca. Hace que cada latido de mi corazón se sienta más lerdo y en cierto modo desacompasado. Quiere vaciarme.

Toco con la frente la pared de paneles para que el frío me apacigüe.

—De nuevo —consigo pronunciar.

Doy la vuelta y atravieso la celda a traspiés.

De nuevo.

De nuevo.

De nuevo.

Cuando Gatita y Trío traen mi comida, estoy empapada en sudor y tengo que consumirla en el suelo. A Gatita no le causa la menor impresión y empuja con el pie el plato, que contiene carne y verduras a partes iguales. Pase lo que pase fuera de las murallas de la ciudad, nada indica que repercuta en la provisión de alimentos. Es una mala señal. Trío deja algo más en mi cama, pero primero me dedico a comer. Paso a duras penas cada bocado.

Me pongo en pie más fácilmente. Mis músculos responden ya, se adaptan a los grilletes. Éstos no dejan de ser una bendición. Los Arven son Plateados de carne y hueso y su habilidad fluctúa con su concentración, la cual es tan variable como las retumbantes olas. Es mucho más complicado adaptarse a su silencio que a la presión constante de la roca.

Abro de un tirón el paquete colocado sobre mi cama y quito la gruesa y lujosa envoltura. Aparece un vestido que cae sobre las mantas. Doy un lento paso atrás y mi cuerpo se enfría en tanto me invade el usual impulso de saltar por la ventana. Por un segundo, cierro los ojos y trato de olvidar el vestido.

No porque sea feo. Es bellísimo, un fulgor de joyas y seda. Pero me obliga a admitir una terrible verdad. Antes de él, yo era capaz de ignorar las palabras de Maven, su plan y lo que se propone hacer. Ahora este objeto me mira a la cara como una socarrona obra maestra. La tela es roja. *Igual que el amanecer*, susurra mi mente. Esto también es falso. Éste no es el color de la Guardia Escarlata; el nuestro es un rojo chillante, lustroso, inflamado, imposible de confundir, casi ofensivo a la vista. Este vestido es diferente. Ha sido trabajado en matices más opacos, carmesí y escarlata, cubierto con esquirlas de piedras preciosas y tejido con un bordado exquisito. Brilla en forma misteriosa, atrae la luz como una charca de rojo aceite.

Como una charca de sangre roja.

Este vestido me hará —a mí y a lo que soy— imposible de olvidar.

Río con amargura. Es casi gracioso. Pasé oculta mis días como prometida de Maven, fingía ser una Plateada. Al menos ahora no tendrán que maquillarme para que sea uno de ellos. Es un pequeño favor a la luz de todo lo demás. Me presentaré ante su corte y el mundo con el color de mi sangre al descubierto para que todos lo vean. ¿Se dará cuenta el reino de que no soy sino una carnada que esconde un gancho de acero afilado?

Él regresa a la mañana siguiente. Cuando entra, frunce el ceño al ver que el vestido está hecho bola en una esquina. No soporté verlo. Tampoco puedo verlo a él y continúo con mis ejercicios, una versión imperfecta de abdominales. A pesar de que me siento una niña torpe, con los brazos más pesados que de costumbre, hago un esfuerzo. Él se acerca unos pasos y aprieto un puño con deseos de lanzarle una chispa. Nada sucede, como nada ha sucedido la última docena de veces que he intentado usar mi electricidad.

—Es bueno saber que por fin acertaron —cavila mientras se acomoda en su asiento a la mesa. Hoy luce elegante, con insignias cegadoras en el torso. De seguro viene de la calle. Hay nieve en su pelo y se quita los guantes de piel con la boca.

—¡Ah, sí!, estas pulseras están preciosas —devuelvo la dentellada y sacudo hacia él una mano pesada. Aunque las esposas giran, están lo bastante apretadas para que no pueda quitármelas, aunque me dislocara un pulgar. Consideré esto último hasta que me di cuenta de que resultaría inútil.

—Transmitiré tus cumplidos a Evangeline.

—¡Claro, ella las hizo! —digo entre risas. Debe complacerle mucho saber que es la creadora literal de mi jaula—. Me sorprende que haya tenido tiempo para esto. Seguro dedica cada minuto a hacer las coronas y diademas que en algún momento se pondrá, y los vestidos también. Apuesto que te cortas cada vez que la tomas de la mano.

La mejilla le tiembla. No ama a Evangeline, lo he sabido siempre. Algo que puedo explotar fácilmente.

—¿Ya tienen fecha? —me incorporo.

Unos ojos azules salen disparados hacia los míos.

—¿Qué?

—Dudo que una boda real sea algo que pueda hacerse con poca anticipación. Supongo que ya sabes cuándo te casarás con la hija de la Casa de Samos.

—¡Ah, eso! —se alza de hombros y desecha la idea con un gesto—. La planeación de la boda es cosa suya.

Sostengo su mirada.

—Si así fuera, ella sería reina desde hace varios meses —como no reacciona, persisto—: No quieres casarte con Evangeline.

En lugar de venirse abajo, su fachada se consolida. Incluso ríe, proyecta una imagen desinteresada.

—Los Plateados no nos casamos por eso, como bien sabes.

Pruebo una táctica distinta, para jugar con piezas suyas que conozco. Espero que las tenga aún.

—Bueno, no te culpo por dar largas…

—No es dar largas posponer una boda en tiempos de guerra.

—No la habrías elegido a ella…

—Como si se pudiera escoger en este caso.

—Y fue de Cal antes de ser tuya.

La mención de su hermano acalla su desganada protesta. Casi veo que sus músculos se tensan bajo su piel y pasa una mano por la pulsera que lleva en la muñeca. Cada leve tintineo del metal suena tan fuerte como una señal de alarma. Una chispa y él arderá.

Pero el fuego ya no me asusta.

—A juzgar por tu avance, en un día más habrás aprendido a caminar bien con esas cosas —mide, calcula, fuerza sus palabras. Quizá las ensayó antes de venir—. Y por fin me servirás de algo.

Vuelvo a mirar a mi alrededor en busca de cámaras. Aunque no las veo todavía, deben estar aquí.

—¿Me espías todos los días o un agente de seguridad te da un resumen? ¿Una especie de informe por escrito?

Deja que el comentario se le resbale.

—Mañana te pondrás de pie y dirás justo lo que yo te ordene.

—¿O si no qué? —me obligo a pararme sin la delicadeza ni agilidad que me caracterizaban. Me mira de pies a cabeza. Se lo permito—. Ya soy tu prisionera. Puedes matarme cuando te plazca. Y francamente, preferiría eso a atraer a los nuevasangre a tu red para que mueran.

—No te mataré, Mare —pese a que sigue sentado, siento como si descollara sobre mí—. Ni quiero matarlos.

Comprendo lo que estas palabras significan, pero no cuando salen de la boca de Maven. No tienen sentido. Ninguno en absoluto.

—¿Por qué?

—Aunque sé que nunca pelearán por nosotros, los sujetos como tú son fuertes, más fuertes de lo que muchos Plateados podrán serlo jamás. Imagina lo que haremos con un ejército así combinado con uno mío. Cuando ellos oigan tu voz, vendrán. La forma en que se les trate una vez que lleguen dependerá de tu conducta, por supuesto. Y de tu docilidad

—se levanta al fin. Ha cambiado en los últimos meses; ahora es más alto y esbelto, más parecido a su madre, como en casi todo lo demás—. Así que tengo dos opciones, y tú decidirás cuál seguiré: o me traes a los nuevasangre para que se nos unan o no cesaré de buscarlos y matarlos por mi cuenta.

Mi débil bofetada mueve apenas su mandíbula. Con la otra mano le doy en el pecho un golpe igual de simbólico. Casi entorna los ojos por el esfuerzo. Podría decirse que lo disfruta.

Siento que mi cara se torna de un rojo granate, que se ruboriza de furia y un disgusto inútil.

—¿Por qué eres así? —lo denuesto y quisiera hacerlo añicos. De no ser por los grilletes, mi relámpago estaría en todas partes. En cambio, lo único que brota de mí es un torrente de palabras, que apenas puedo pensar antes de que salgan embravecidas—. ¿Por qué eres así todavía? Ella está muerta. Yo la maté. Eres libre. Ya no deberías comportarte como su hijo.

Me toma con fuerza por el mentón, consigue asustarme y me reduce al silencio. Me doblo, me inclino hacia atrás hasta casi perder el equilibrio. ¡Ojalá así fuera! ¡Ojalá pudiese caer de sus manos, dar en el suelo y quebrarme en mil pedazos!

En la Muesca, al calor del camastro que compartía con Cal, en lo hondo de la noche, pensaba en instantes como éste. En estar sola con Maven otra vez. En tener la oportunidad de conocerlo realmente bajo la máscara que yo recordaba y la persona que su madre lo obligó a ser. En ese extraño momento entre el sueño y la vigilia, sus ojos me seguían. Pese a que eran del mismo color siempre, cambiaban. Eran los ojos de él, los ojos de ella, ojos que conocí y que quizá nunca conocí. Semejan ser los mismos que amenazan con consumirme ahora y que arden con un fuego frío.

Sé que eso es lo que él quiere ver, así que permito que lágrimas de frustración me agobien y rueden por mis mejillas. Sigue su curso con voracidad. Y después me aparta de un empujón. Me tambaleo y caigo sobre una rodilla.

—Soy lo que ella hizo de mí —susurra y se marcha.

Antes de que la puerta se cierre detrás de él, noto que hay guardianes a ambos lados, Trébol y Huevo en esta ocasión. Los Arven no están lejos, aunque consiguiera liberarme de algún modo.

Bajo lentamente al piso y me siento sobre mis talones. Me llevo una mano al rostro como si quisiera ocultar que mis ojos están secos. Aunque deseaba que la muerte de Elara lo hiciera cambiar, sabía que no sería así. No soy tan tonta. No puedo confiar en Maven.

La más pequeña de sus insignias ceremoniales pica en mi otra mano, escondida. Ni siquiera la roca silente puede embotar los instintos de una ladrona. La punta metálica de la insignia se entierra en mi piel. Me siento tentada a permitir que penetre, que saque sangre carmesí y escarlata, para recordarme, y a quien me vea, lo que soy y de lo que soy capaz.

Con el pretexto de enderezarme, deslizo la insignia bajo mi colchón con el resto de mi botín: pasadores, dientes de tenedores, trozos de vidrio y platos de porcelana. Humilde como es, mi arsenal deberá bastar.

Miro el vestido en el rincón como si, por alguna causa, tuviera la culpa de esto.

Mañana, dijo él.

Regreso a mis abdominales.

SEIS

Mare

Las tarjetas están mecanografiadas con esmero y explican lo que debo decir. Ni siquiera puedo mirarlas, las dejo en mi mesita de noche.

Dudo que se me conceda el beneficio de disponer de doncellas que me conviertan en lo que Maven desea presentar en la corte. Abotonarme y subir los cierres del vestido escarlata se antoja una tarea ardua. Es una prenda de cuello alto, falda larga y mangas sueltas para esconder no sólo la marca de Maven en mi clavícula, sino también los grilletes, fijos aún en mis tobillos y mis muñecas.

Por más que huya de este esplendor, todo indica que estoy condenada a desempeñar un papel en él. El vestido me quedará demasiado grande cuando me lo ponga al fin, flojo en los brazos y la cintura. Estoy más delgada ahora, pese a que me esfuerzo por comer. Por lo que deduzco de mi reflejo en la ventana, mi cabello y mi piel también han sufrido bajo el peso del silencio. Mi tez es amarillenta y tiene una apariencia ajada y enfermiza, mientras que un aro encendido rodea mis ojos. Mi cabello castaño oscuro, teñido todavía de gris en las puntas, está más maltratado que nunca y enredado hasta la raíz. Lo trenzo a toda prisa en mi espalda y separo los mechones que se han hecho nudo.

Ni toda la seda del mundo podría cambiar mi aspecto bajo el disfraz de Maven. Pero no importa. No me lo pondré si todo sale de acuerdo con lo planeado.

El paso siguiente de mis preparativos provoca que mi corazón palpite con fuerza. Hago cuanto puedo por mostrarme tranquila, al menos para las cámaras instaladas en mi habitación. No deben saber lo que haré, o no servirá de nada. Y aun si logro engañar a mis celadores, hay otro obstáculo muy grande que debo vencer.

Éste podría matarme.

Maven no puso cámaras en mi baño. No lo hizo para respetar mi privacidad, sino para aplacar sus celos. Lo conozco lo suficiente para saber que no permitirá que nadie más vea mi cuerpo. El peso adicional de la roca silente, de las losetas incrustadas en los muros, es la confirmación de ello. Él se encargó de que mis carceleros jamás tuvieran que escoltarme hasta aquí. Mi corazón late despacio en mi pecho, pero lo ignoro. Debo hacerlo.

La regadera silba y humea y está hirviendo tan pronto como abro la llave por completo. Si no fuera por la roca dispuesta en este sitio, habría disfrutado muchos días del singular alivio de un baño caliente. Debo actuar rápido o me ahogaré.

En la Muesca teníamos la suerte de bañarnos en ríos de aguas heladas, en tanto que en Tuck había una hora para asearse y el agua de las regaderas era tibia. Me da risa pensar en lo que se entendía por baño en mi casa. Llenábamos una bañera con el grifo de la cocina, agua caliente en el verano y fría en el invierno, y nos lavábamos con jabones robados. Sigo sin envidiar la tarea de mamá de bañar a mi padre.

Con algo de suerte —o más bien, mucha—, volveré a verlos pronto.

Alejo el cabezal de la regadera y lo dirijo al piso. El agua choca con el azulejo blanco y lo empapa. El rocío salpica mis pies desnudos y su calor me pone de gallina la piel, suave e incitante como una cálida manta.

Cuando el agua escurre por debajo de la puerta del baño, me apresuro. Pongo primero el gran trozo de vidrio en la repisa, justo a mi alcance, y tomo después la verdadera arma.

El Palacio del Fuego Blanco es un portento en cada detalle y mi baño no es la excepción. Lo ilumina un candelabro modesto, si puede haber tal cosa: trabajado en plata, con brazos rizados como ramajes con brotes en forma de una docena de lámparas. Tengo que subirme al lavabo y balancearme precariamente para llegar hasta él. Un par de tirones enérgicos pero concentrados desprenden el accesorio colgante, cuyos alambres quedan al descubierto en el techo. Una vez que tengo suficiente espacio, me pongo en cuclillas, con el candelabro aún encendido en la mano. Lo apoyo en el lavabo para esperar.

El zapateo comienza minutos después. Quien vigila mi alcoba ha notado que sale agua bajo la puerta del baño. Diez segundos más tarde, dos juegos de pies entran en tropel a mi habitación. Ignoro de cuáles de los Arven porque no importa.

—¡Barrow! —llama una voz de hombre acompañada por un porrazo en la puerta del baño.

No pierden tiempo cuando no respondo, ni yo tampoco.

Huevo empuja la puerta y su cara blanca casi se confunde con las paredes de azulejo al entrar en medio de chapoteos. Trébol no lo sigue. Pone una planta en el baño y mantiene la otra en mi habitación. No importa. Los dos tienen metidos los pies en el charco de agua humeante.

—¿Barrow...? —pregunta Huevo boquiabierto.

A pesar de que no pasa mucho tiempo antes de que el candelabro caiga al piso, la acción parece violenta.

La araña se hace añicos contra los húmedos azulejos. Cuando la electricidad toca el agua, una descarga sacude el cuarto de baño y funde no sólo las demás lámparas, sino también las de mi alcoba y quizá las de toda esta ala del palacio.

Los dos Arven brincan y se retuercen a medida que las chispas danzan por su piel. Se encogen pronto, con los músculos agarrotados.

Salto sobre el agua y sus cuerpos, con el aliento casi entrecortado en lo que se diluye la opresión de la roca silente del baño. Los grilletes pesan todavía en mis miembros y me precipito a registrar a los Arven, aunque tengo cuidado de evitar el agua. Vacío sus bolsillos lo más rápido posible en busca de la llave que aparece en los momentos en que estoy despierta. Siento emocionada un zarcillo de metal bajo el cuello de Huevo, pegado a su esternón. Se lo arranco con manos temblorosas y lo uso para abrir uno por uno mis grilletes. Cuando caen, el silencio se disipa poco a poco. Jalo aire, quiero forzar el relámpago dentro de mí. ¡Ya vuelve! Debe hacerlo.

Me siento aturdida todavía.

El cuerpo de Huevo está a mi merced, vivo y caliente bajo mis manos. Podría cortarle la garganta, igual que a Trébol, rebanar sus yugulares con cualquiera de los trozos de vidrio dentado que escondí tan bien. *Debería hacerlo*, me digo. Pero ya he perdido demasiado tiempo. Los dejo vivir.

Como era de esperar, los Arven son tan diestros en el cumplimiento de su deber que cerraron con llave la puerta de mi habitación. No importa; un pasador puede funcionar. Hago saltar la cerradura en un segundo.

Han pasado varios días desde la última vez que salí de mi prisión; Evangeline llevaba entonces mi correa y me vigilaban por todos lados. Ahora el corredor está vacío, lo atraviesan lámparas fundidas en el techo, burlonas en su vacuidad. Mi sentido eléctrico es débil, apenas una chispa en la penumbra. Tiene que volver. Esto no dará resultado si no regresa. Contengo un acceso de pánico. ¿Y si desapareció para siempre? ¿Y si Maven arrebató mi relámpago?

Corro lo más rápido que puedo, atenida a lo que conozco del Fuego Blanco. Evangeline me condujo a la izquierda, a los salones de baile, los suntuosos pasillos y la sala del trono. Esos lugares estarán plagados de guardianes y agentes, por no hablar de la nobleza de Norta, de suyo peligrosa. Doy vuelta a la derecha.

Las cámaras me siguen, desde luego; las avisto en cada esquina. Me pregunto si se fundieron también o si soy la diversión de algunos agentes. Quizás apuestan hasta dónde llegaré, el inútil empeño de una joven condenada al fracaso.

Una escalera de servicio me baja a un rellano y casi tiro a un sirviente en mi premura.

Mi corazón da un vuelco cuando lo veo. Es un chico de mi edad, que se ruboriza mientras sostiene con firmeza su charola de té. Se ruboriza.

—¡Es una farsa! —le grito—. ¡Lo que ellos me forzarán a hacer es una farsa!

En lo alto y al pie de la escalera, un par de puertas se abren de golpe sucesivamente. Estoy acorralada otra vez, un mal hábito que he desarrollado.

—¡Mare! —mi nombre tiembla en los labios del chico. Me teme.

—Busca la forma de decírselo a la Guardia Escarlata. Díselo a todos los que puedas. ¡Es una mentira más!

Alguien me toma de la cintura y me jala hacia arriba y a un lado. Mantengo fija la atención en el sirviente. Los agentes uniformados que subieron lo empujan y lo oprimen contra la pared sin miramiento alguno. Su charola repiquetea en el suelo y derrama té.

—¡Todo es una mentira! —logro decir antes de que una mano me tape la boca.

Trato de echar chispas, de asir el relámpago que siento apenas. Como no sucede nada, muerdo tan fuerte que saco sangre.

El agente deja caer la mano y arroja maldiciones al tiempo que otro aparece frente a mí y me sujeta hábilmente de las piernas, con las que trato de patearlo. Escupo sangre en su cara.

Cuando me da una bofetada con una gracia mortífera, la reconozco.

—¡Qué gusto me da verte, Sonya! —siseo.

Aunque quiero patearle el vientre, ella me esquiva con hastío.

Por favor, ruego en mi cabeza, como si la electricidad pudiera oírme. Nada me responde y reprimo un sollozo. Estoy demasiado débil. Ha sido mucho tiempo de inactividad.

Sonya es una seda, demasiado ágil y veloz para que la resistencia de una débil muchacha la mortifique. Miro su uniforme, negro con ribetes de plata y el rojo y azul de la Casa de Iral en los hombros. A juzgar por las insignias que porta en el torso y los distintivos en su cuello, es ahora una agente de alto rango.

—Felicidades por el ascenso —balbuceo rebosante de frustración y la emprendo a golpes contra ella porque eso es lo único que puedo hacer—. ¿Acabaste tan pronto el entrenamiento?

Aprieta mis pies con manos como tenazas.

—¡Qué lástima que tú nunca hayas terminado el protocolo! —se frota la cara contra el hombro sin soltarme, para limpiar la sangre plateada en su mejilla—. Te vendría bien un curso de buenos modales.

Han pasado unos cuantos meses desde la última vez que la vi. Estaba con su abuela Ara y con Evangeline, vestidas de luto a causa de la reciente muerte del rey. Ella fue una de las muchas personas que me miraron en el Cuenco de los Huesos, que querían verme morir. Su Casa es célebre por la destreza no sólo física sino también mental. Cada uno de sus miembros es un espía y ha sido instruido para descubrir secretos. Dudo que ella le haya creído a Maven cuando dijo a todos que yo era una embustera, una creación de la Guardia Escarlata enviada para infiltrarse en el palacio. Y dudo que crea lo que está a punto de oír.

—Vi a tu abuela —le digo.

Juego una carta audaz.

Aunque se muestra inalterable, siento que suelta mis piernas, así sea sólo un poco, y después baja el mentón. *Continúa*, intenta decir.

—En la prisión de Corros. Famélica, debilitada por la roca silente —*Como yo lo estoy ahora*—. La pusimos en libertad —otro me llamaría mentirosa; Sonya guarda silencio, con los ojos en todas partes menos en mí. A cualquiera le daría la impresión de que no le interesa—. No sé cuánto tiempo pasó allá, pero se defendió como nadie —la recuerdo fugazmente ahora, una mujer mayor dotada de la sanguinaria fuerza de su sobrenombre, la Pantera. Incluso me salvó la vida; desvió un disco afilado antes de que me cortara la cabeza—. Ptolemus se encargó de ella justo antes de que matara a mi hermano.

Dirige la mirada al suelo y arruga un poco la frente. Se tensa palmo a palmo. Aunque por un segundo creo que llorará, las lágrimas amenazadoras no brotan.

—¿Cómo? —la oigo decir apenas.

—Le atravesó el cuello. En un instante.

Pese a que la bofetada que me da entonces es certera, no lleva mucha fuerza. Es apariencia pura, como todo lo demás en este lugar diabólico.

—¡Guárdate tus asquerosas mentiras, Barrow! —silba y pone fin a nuestra conversación.

Acabo desplomada en el piso de mi alcoba, con ambas mejillas heridas y agobiada por el peso arrollador de cuatro custodios Arven. Huevo y Trébol se ven un poco maltratados, pero los sanadores se han ocupado de sus lesiones, cualesquiera que sean. ¡Es una lástima que no los haya liquidado!

—¿Les sorprende verme? —pregunto arrastrando las palabras y me río de mi broma macabra.

En respuesta, Gatita me enfunda en el vestido escarlata, no sin antes hacer que me desnude frente a todos. Se toma su tiempo para humillarme. El vestido me lastima al pasar por mi marca. Es la *M* de *Maven*, la *M* de *monstruo*, la *M* de *muerte*.

Siento en la lengua todavía el sabor de la sangre del agente cuando Gatita introduce en mi pecho las tarjetas del discurso.

La corte Plateada ha sido convocada en pleno a la sala del trono. Las Grandes Casas se aglomeran en su desorden de costumbre. Todos los colores son un atentado, una pirotecnia de brocados y gemas. Me sumo al caos, añado el rojo sangre a la serie. Las puertas de la sala del trono se cierran firmemente tras de mí y me enjaulan con lo peor de ellos. Las Casas se abren a mi paso y forman un extenso corredor de la entrada al trono. Susurran mientras evoluciono, captan cada defecto y cada rumor. Oigo algunos fragmentos. Claro que todos saben de mi pequeña aventura de esta mañana. Los celadores Arven, dos al frente y dos atrás, son confirmación suficiente de mi constante condición de cautiva.

La más reciente mentira de Maven no se dirigirá a la corte en esta ocasión. Intento explicarme los motivos de él, los virajes de sus laberínticas manipulaciones. De seguro sopesó los costos de lo que diría y decidió que confiar tan delicioso secreto a sus nobles más leales bien valía el riesgo. Sus mentiras no les importarán si no los engaña.

Como la vez anterior, ocupa su trono de losas grises, con ambas manos clavadas en los descansabrazos. Los centinelas a sus espaldas cubren toda la pared y Evangeline está a su izquierda, erguida con orgullo. Relumbra como una estrella letal, con una capa y un vestido acuchillado y elaboradas escamas de plata. Su hermano, Ptolemus, no se queda atrás, con una armadura nueva, tan cerca de su hermana y el rey como un guardián. Otro rostro penosamente conocido se levanta a la derecha de Maven. No lleva puesta armadura. No la necesita. Su mente basta como arma y escudo.

Sansón Merandus me sonríe. Es una aparición de azul oscuro con cordones blancos, colores que odio sobre todos los demás, incluso el plateado. *Soy un carnicero*, me advirtió antes de interrogarme. Y no era mentira. Nunca me recuperaré por completo de la forma en que me destazó, como a un puerco en un gancho hasta dejarme desecar por completo.

Maven repara en mi apariencia y se muestra complacido. Aquella misma sanadora Skonos trató de hacer algo con mi cabello y lo peinó en una pulcra cola de caballo mientras aplicaba algo de maquillaje en mis descompuestas facciones. No tardó mucho, pero a mí me habría gustado que se demorara. Su tacto era fresco y relajante y remedió las contusiones que me gané en mi malograda escapatoria.

No siento miedo cuando me aproximo ante los ojos de docenas de Plateados. Hay cosas peores que temer, como las cámaras que están al frente, por ejemplo. No apuntan a mí todavía, pero pronto lo harán. Y apenas puedo soportar esta idea. Maven nos detiene de golpe con un gesto, la palma en alto. Los Arven saben lo que significa y se retiran, me dejan caminar por mí misma los últimos metros. Las cámaras se encienden entonces, para mostrar que estoy sola, sin ataduras ni vigilancia, que soy una Roja libre entre Plateados. Esta imagen se transmitirá por doquier, a cada una de las personas que amo y a cualquiera a la que alguna vez haya querido proteger. Esta simple acción podría bastar para sentenciar a muerte a docenas de nuevasangre y asestar un duro golpe a la Guardia Escarlata.

—Acércate, Mare.

Es la voz de Maven. No de Maven sino de Maven, el chico al que creí conocer, considerado y afectuoso. Guarda esa voz, la tiene lista para emplearla contra mí como una espada. Me hiere en lo más vivo, él lo sabe. Muy a mi pesar, siento la frecuente añoranza de un muchacho que no existe.

Mis pasos retumban en el mármol. Durante las clases de protocolo, la difunta Lady Blonos trató de enseñarme a guardar las apariencias en la corte. Su expresión ideal era fría, insensible, más allá de lo indiferente. No es mi naturaleza y refreno el impulso de resbalar detrás de esa máscara. Intento convertir mis rasgos en algo que satisfaga a Maven y permita saber de algún modo al país que esta decisión no fue mía. Tarea difícil.

Aún sonriente, Sansón se hace a un lado y deja un sitio junto al trono. Pese a que su propósito me produce un escalofrío, hago lo que debo. Me pongo a la derecha de Maven.

¡Qué cuadro debe ser éste! Evangeline vestida de plateado, yo de rojo y el rey de negro, en medio de las dos.

SIETE
Cameron

La nombrada "alerta de relámpago" resuena en la planta principal de Irabelle, arriba y abajo de los improvisados rellanos y a uno y otro lado de los pasillos. Los mensajeros salen en pos de las personas que merecen ser puestas al día sobre Mare. Por lo general, no soy una prioridad. Nadie me arrastra a recibir informes con el resto del círculo de Barrow. Los chicos me buscan más tarde en el trabajo y me tienden un documento con los datos que los espías de la Guardia reunieron sobre el precioso tiempo que ella pasa en su celda. Se trata de actividades inútiles, como lo que comió y la rotación de sus custodios. Pero hoy la mensajera, una chica menuda de cabello lacio y brillante y piel rojiza, me jala del brazo.

—¡Alerta de relámpago, señorita Cole! Acompáñeme —dice, resuelta y fastidiosa.

Quiero contestarle que mi prioridad es el buen funcionamiento de la calefacción en mi cuartel, no saber cuántas veces Mare pasó al baño el día de hoy, pero su dulce rostro me detiene. Es un hecho que Farley envió a la niña más linda de la base. ¡Maldita sea!

—Está bien, vamos —y, junto con un resoplido, arrojo las herramientas a su caja.

Cuando ella me toma de la mano, recuerdo a Morrey. Es más bajo que yo; de chicos, cuando trabajábamos en la línea de montaje, asía mi mano por el miedo que le provocaban las estruendosas máquinas. Esta niña no da muestras de temor. Me conduce por pasajes sinuosos, orgullosa de conocer el camino. El paño rojo que lleva atado en la muñeca causa que yo frunza el entrecejo. Es demasiado joven para haber jurado lealtad a los rebeldes, y más aún para vivir en su cuartel táctico. Sin embargo, recuerdo que a mí me mandaron a trabajar cuando tenía cinco años, a que separara desechos en las pilas de chatarra. Ella tiene el doble de esa edad.

Abro la boca para indagar el motivo que la trajo aquí pero lo pienso mejor. Es obvio que fueron sus padres, por sus decisiones en la vida o el final de su existencia, y me pregunto dónde estarán. Justo lo que me pregunto de los míos.

Los pasajes 4 y 5 y el túnel 7 requieren cambio de cableado. El cuartel A requiere calefacción. Repito la siempre creciente lista de tareas para aliviar el dolor repentino. Mis padres desaparecen de mis pensamientos cuando hago a un lado sus rostros. Papá manejaba una camioneta de transporte de pasajeros y tenía las manos siempre firmes sobre el volante. Mamá trabajaba en la fábrica junto a mí, era más rápida de lo que yo seré nunca. Estaba enferma cuando nosotros nos fuimos, con el cabello cada vez más escaso y una piel oscura que daba la impresión de hacerse gris. El recuerdo casi me ahoga. Los dos están fuera de mi alcance. Morrey no. A él sí lo puedo atajar.

Los pasajes 4 y 5 requieren cambio de cableado. El cuartel A requiere calefacción. Morrey Cole requiere rescate.

Llegamos al pasillo del control central al mismo tiempo que Kilorn. Lo sigue su mensajero, quien corre para no rezagarse del desgarbado muchacho que da vuelta en la esquina. Kilorn estuvo sin duda en la superficie, en el aire helado del invierno ya próximo; sus mejillas lucen rojas. Mientras avanza, se quita una gorra tejida y deja ver rizos pardos y disparejos.

—Cam —inclina la cabeza y frena donde nuestros caminos se cruzan. Tiembla de temor, con vívidos ojos verdes bajo las luces fluorescentes del pasadizo—. ¿Tienes idea de por qué estamos aquí?

Me encojo de hombros. Sé menos que nadie sobre Mare. Ni siquiera sé por qué se molestan en mantenerme en el circuito. Quizá para que me sienta incluida. Todos saben que no quiero permanecer aquí pero no tengo adónde ir. No regresaré a Ciudad Nueva ni al Obturador. Estoy atrapada.

—Ninguna —contesto.

Se vuelve hacia su mensajero y le dirige una sonrisa.

—Gracias —dice con amable desdén. El chico entiende la indirecta y se marcha aliviado. Hago lo mismo con mi mensajera, a quien dirijo una sonrisa de agradecimiento en tanto que meneo la cabeza. Parte en la dirección contraria y desaparece en un recodo.

—Los inician muy jóvenes —susurro sin poder evitarlo.

—No tanto como a nosotros —replica Kilorn.

Arrugo la frente.

—Es cierto.

En el último mes he terminado por conocer a Kilorn lo suficiente para saber que puedo confiar en él tanto como en cualquier otro aquí. Nuestras vidas son similares. Empezó de aprendiz muy joven y, como yo, pudo darse el lujo de tener un empleo que le evitara el reclutamiento. Hasta que las reglas cambiaron para ambos, lo que nos atrajo a la órbita de la Niña Relámpago. Aunque él aseguraría que su presencia en este sitio es por decisión propia, sé que es falso. Era el mejor amigo de Mare y la siguió a la Guardia. Una obstinación ciega —por no mencionar su condición de fugitivo— lo mantiene aquí ahora.

—Pero no nos aleccionaron en algo, Kilorn —continúo y dudo en dar los pasos siguientes. Los vigilantes de la sala de control aguardan a unos metros de nosotros, cumplen en silencio sus deberes en la puerta. Nos miran a ambos. La sensación no me agrada.

Kilorn les lanza un remedo de sonrisa, extraño y lamentable. Fija la vista en mi cuello tatuado, la marca permanente de mi profesión y mi origen. La tinta negra destaca pese a mi piel oscura.

—Sí lo hicieron, Cam —dice en voz baja—. Démonos prisa.

Rodea mis hombros con un brazo y me impulsa al frente. Los vigilantes se apartan y nos dejan pasar.

Nunca había visto tan llena la sala de control. Cada uno de los técnicos que la ocupan mira absorto las diversas pantallas dispuestas en el área delantera del recinto. Todas exhiben lo mismo: la Corona Ardiente, el emblema de Norta con sus llamas rojas, negras y plateadas. Este símbolo rubrica por lo general las emisiones oficiales, así que supongo que estoy a punto de someterme al mensaje más reciente del rey Maven. No soy la única que lo piensa.

—Puede ser que la veamos —deja escapar Kilorn, con una voz atenuada en partes iguales por la ilusión y el temor. La imagen salta un poco en la pantalla, detenida, congelada—. ¿Qué esperamos?

—Más bien a quién —respingo y recorro el salón con la mirada. Hasta donde alcanza mi vista, Cal ya está aquí, inexpresivamente encogido al fondo del aposento, donde se mantiene a distancia de todos.

Aunque sabe que lo observo, no hace más que asentir. Para mi consternación, Kilorn le indica con la mano que se aproxime. Tras dudarlo un segundo, Cal accede y cruza con agilidad la atestada sala. Por alguna razón, esta alerta de relámpago atrajo al control a muchos, y todos se muestran tan nerviosos como Kilorn. A pesar de que no conozco a la mayoría, algunos nuevasangre se han unido al conjunto. Distingo a Rash y Tahir en su lugar de costumbre, sentados con su equipo de radio, mientras que Nanny y Ada permanecen muy juntas. Como Cal, ocupan la pared del fondo, renuentes a llamar la atención. Cuando el príncipe se acerca, unos oficiales Rojos se apartan de su camino casi a saltos. Él pretende ignorarlos.

Intercambia con Kilorn sonrisas tímidas. Aunque su usual rivalidad desapareció hace tiempo, fue reemplazada por la reserva.

—¡Ojalá el coronel no tarde mucho! —dice una voz a mi derecha.

Cuando me giro, veo que Farley se desplaza con sigilo hacia nosotros e intenta pasar inadvertida pese a su barriga. Una gran casaca cubre su vientre casi en su totalidad, pero en un sitio como éste es difícil guardar secretos. Está cerca de cumplir cuatro meses y no le importa quién lo sepa. Justo ahora balancea un plato de papas a la francesa en una mano y un tenedor en la otra.

—Cameron, chicos —se inclina.

Yo hago lo mismo, igual que Kilorn. Ella saluda a Cal con apenas una sacudida de su tenedor y él gruñe en respuesta. Aprieta tanto la quijada que sus dientes podrían volar en pedazos.

—Pensé que el coronel se había quedado a dormir aquí —replico y fijo la vista en la pantalla—. ¡Típico! Justo cuando más lo necesitamos.

En otro momento me habría preguntado si su ausencia era una artimaña, quizá para hacernos saber quién está al mando. Como si pudiéramos olvidarlo. Aun junto a Cal, quien es un príncipe Plateado y un general, o al cúmulo de los nuevasangre con una aterradora serie de destrezas, en cierto modo él tiene todas las cartas en su poder. Porque aquí, en la Guardia Escarlata, en este mundo, la información resulta más importante que cualquier otra cosa y él es el único que sabe lo suficiente para controlarnos a todos.

Lo respeto. Las piezas de una máquina no necesitan saber lo que las demás hacen. Pero no soy sólo un engranaje. Ya no.

El coronel entra flanqueado por los hermanos de Mare. No hay todavía ningún signo de sus padres, quienes permanecen escondidos en algún lado, junto con su hermana de cabello rojo oscuro. Creo haberla visto una vez en que, rápida y despabilada, atravesó como una flecha el comedor, aunque no me acerqué a averiguarlo. He oído rumores, desde luego, murmuraciones de los otros técnicos y soldados. Un agente de seguridad le aplastó un pie, lo que obligó a Mare a mendigar en el palacio de verano, o algo por el estilo. Tengo la sensación de que pedirle a Kilorn que me narre la historia exacta sería una falta de consideración.

Todos los que nos hallamos en el centro de control volteamos hacia el coronel, impacientes de que ponga en marcha lo que vinimos a ver. Así, reaccionamos con exclamaciones ahogadas o expresiones de sorpresa cuando otro Plateado llega con él a una sala que ya está abarrotada.

Cada vez que lo veo, lo quiero insultar. Él fue la razón de que Mare me impusiera a unirme a ella, de que me obligase a retornar a mi prisión y a matar y de que forzara a otros a morir, todo para que esta insignificante garrocha humana pudiera seguir viva. Aunque él no lo decidió así. Estaba preso como yo, condenado a las celdas de Corros y a la pausada y aplastante extinción impuesta por la roca silente. No es culpa suya que la Niña Relámpago lo quiera tanto; él tiene que soportar la maldición que el amor trae consigo.

Julian Jacos no se contrae en la pared del fondo con los nuevasangre ni toma asiento junto a su sobrino Cal. Permanece cerca del coronel y permite que la gente se aparte para que él pueda ver esta emisión lo mejor posible. Me fijo en sus hombros mientras se acomoda. Su postura erguida y perfecta desborda hedonismo Plateado. Incluso cubierto por el uniforme que heredó, y que está desvaído por el uso, y con su cabello entrecano y la mirada pálida y fría que todos asumimos bajo tierra, nada niega lo que él representa. Otros comparten mis sentimientos. Los soldados que lo rodean tocan las fundas de sus armas y no pierden de vista al Plateado. Los rumores sobre él son más punzantes. Es el tío de Cal, hermano de una difunta reina, el antiguo tutor de Mare, entretejido en nuestras filas como un hilo de acero en la lana. Incrustado, peligroso, pero fácil de extirpar.

Dicen que puede controlar a un hombre con su voz y sus ojos, algo que esa reina hacía también y que muchos pueden hacer todavía.

He ahí una persona más a la que nunca le daré la espalda. La lista es extensa.

—Veamos esto —vocifera el coronel e interrumpe los murmullos provocados por la presencia de Julian. Las pantallas reaccionan al momento y se activan en medio de sacudidas.

Nadie dice nada. Ver el rostro del rey Maven nos paraliza a todos.

111

Él hace una seña desde su rústico trono justo en el corazón de la corte Plateada, con ojos muy abiertos e incitadores. Sé que es una víbora, así que ignoro su bien elegido disfraz. Pero imagino que la mayoría del país no entrevé la máscara de un chico llamado a la grandeza y que realiza con prontitud lo que puede por un reino al borde del caos. Es de buena apariencia, no corpulento como Cal, sino de fina complexión, una escultura de pómulos salientes y cabello negro y satinado. Es hermoso, no apuesto. Oigo que alguien garabatea unos apuntes, quizá para registrar lo que aparece en la pantalla y permitir que los demás veamos sin cortapisas, concentrados exclusivamente en el horror que Maven va a perpetrar.

Se inclina hacia delante y extiende una mano para llamar a alguien.

—Acércate, Mare.

Las cámaras giran suavemente y muestran a Mare en pie ante el rey. Creí que la vería en harapos y en cambio porta atavíos con los que yo jamás podría soñar. Está cubierta de pies a cabeza con piedras preciosas y seda bordada de color rojo sangre. Todo resplandece mientras ella cruza un grandioso pasillo y separa a la multitud de Plateados que se han reunido para este acto, sin importar su naturaleza. Ya no lleva collares ni correas. La entreveo nuevamente a través de la máscara. Aunque espero otra vez que el reino también lo haga, ¿cómo sería posible esto? No la conoce como nosotros. No percibe las sombras en sus ojos oscuros, que titilan a cada paso, ni sus mejillas hundidas, labios fruncidos, dedos nerviosos y tenso maxilar. Y eso es sólo lo que yo advierto. ¿Quién sabe qué pueden ver en la Niña Relámpago Cal, Kilorn o sus hermanos?

Su vestido la envuelve desde el cuello hasta las muñecas y los tobillos, quizá para esconder heridas, cicatrices y la marca del rey que ella porta. No es un vestido; es un disfraz.

No soy la única que toma aire con miedo cuando ella llega hasta el rey. Éste toma su mano entre la suya y ella vacila antes de cerrar los dedos. A pesar de que dura una fracción de segundo, basta para confirmar lo que ya sabemos: no fue decisión propia. O si lo fue, la alternativa era mucho peor.

Una corriente de calor atraviesa el aire. Kilorn se empeña en apartarse de Cal sin llamar la atención y choca conmigo. Le hago sitio. Nadie desea estar cerca del príncipe de fuego si las cosas se ponen mal.

Maven no tiene que hacer gestos. Mare lo conoce lo bastante bien, y a sus intrigas, para comprender lo que quiere de ella. La imagen de la cámara retrocede en lo que ella se desplaza a la derecha del trono. Lo que vemos ahora es un despliegue de suprema fuerza. Evangeline Samos, la prometida del rey, una futura reina en poder y apariencia, se eleva a un lado y la Niña Relámpago al otro. Plateados y Rojos se han unido.

Otros nobles, de las mayores entre las Grandes Casas, se congregan en el estrado. Aunque son nombres y rostros que ignoro, estoy segura de que muchos de los que están aquí los conocen. Son generales, diplomáticos, guerreros y consejeros, todos consagrados a nuestra completa aniquilación.

Lentamente, el rey vuelve a tomar asiento en su trono con los ojos fijos en la cámara, es decir, en nosotros.

—Primero que nada, antes de que dé comienzo a este discurso —gesticula, tan seguro de sí mismo que resulta casi encantador—, quiero dar las gracias a los combatientes, hombres y mujeres, Plateados y Rojos, que protegen nuestras fronteras y que hoy en día nos defienden de los enemigos externos e internos. ¡Soldados de Corvium, leales guerreros que resisten los constantes y deplorables ataques terroristas de la Guardia Escarlata, los saludo! ¡Estoy con ustedes!

113

—¡Farsante! —brama alguien en el salón pero se le hace callar de inmediato.

En la pantalla, todo indica que Mare comparte ese sentir. Hace cuanto puede por no crisparse ni permitir que su rostro traicione sus emociones. Da resultado. Casi. Un rubor sube por su cuello, oculto en parte por su ropaje, pero no lo es lo suficiente. Maven tendría que cubrirle la cabeza con una bolsa para esconder sus sentimientos.

—Hace unos días, y luego de prolongadas deliberaciones con mi consejo y la corte de Norta, Mare Barrow, de Los Pilotes, fue sentenciada por sus crímenes contra este reino. Acusada de homicidio y terrorismo, la tuvimos por la peor de las ratas que roen nuestras raíces —voltea a verla con rostro quieto y concentrado; no quiero saber cuántas veces ensayó esto—. Su castigo fue una vida en prisión, después de ser interrogada por mis primos de la Casa de Merandus.

A petición suya, un hombre vestido de azul oscuro pasa al frente. Se acerca tanto a Mare que podría rozarla con la mano. Ella se paraliza y hace un gran esfuerzo por no encogerse.

—Soy Sansón, de la Casa de Merandus. Yo interrogué a Mare Barrow.

Delante de mí, Julian se lleva una mano a la boca. Es el único indicio de que esto le afecta.

—En mi carácter de susurro, soy capaz de eludir las mentiras y distorsiones comunes a las que la mayoría de los prisioneros recurren. Así, cuando Mare Barrow nos dijo la verdad sobre la Guardia Escarlata y sus horrores, confieso que no le creí. Declaro públicamente que me equivoqué al dudar de ella. Lo que vi en sus recuerdos era, en efecto, espeluznante y repulsivo.

Esto despierta otra ronda de rumores en la sala y una más para acallarlos. La tensión es palpable aún, tanto como la confusión. El coronel se endereza y cruza los brazos. Estoy segura de que todos piensan en sus faltas y en lo que el idiota de Sansón podría pregonar al respecto. A mi lado, Farley golpetea sus labios con el tenedor y cierra los ojos a medias. Maldice para sí; no puedo preguntar por qué.

Mare levanta el mentón como si fuera a vomitar en las botas del soberano. Apuesto que quiere hacerlo.

—Entré a la Guardia Escarlata por voluntad propia —dice—. Ahí se me dijo que mi hermano había sido ejecutado mientras servía en las legiones, por un crimen que no cometió —la voz se le quiebra cuando menciona a Shade. Junto a mí, Farley respira agitadamente y posa una mano sobre su abdomen—. Me preguntaron si quería vengar su muerte. Mi respuesta fue afirmativa. Juré lealtad a su causa y me destinaron como ayudante en la residencia real de la Mansión del Sol.

"Llegué al palacio como espía Roja, pero ni siquiera yo misma sabía que era algo muy diferente. En la prueba de las reinas descubrí que, por alguna razón, poseía una habilidad eléctrica. Después de realizar ciertas consultas, los difuntos reyes Tiberias y Elara decidieron aceptarme y estudiar con calma mi naturaleza, con la esperanza de enseñarme a desarrollar mi habilidad. Me fingieron Plateada para protegerme. Sabían que a una Roja con una habilidad se le consideraría un bicho raro en el mejor de los casos y una abominación en el peor, y encubrieron mi identidad para mantenerme a salvo de los prejuicios de Rojos y Plateados por igual. Mi condición de sangre fue hecha del conocimiento de unos cuantos, entre ellos Maven, lo mismo que Ca… el príncipe Tiberias.

"Pero la Guardia Escarlata se enteró. Me amenazó con exhibirme para arruinar la credibilidad del rey y ponerme en peligro. Me obligó a servirle como espía, seguir sus órdenes y facilitar su infiltración en la corte. El nuevo tumulto en la sala es más ruidoso y menos fácil de sofocar.

—¡Son sólo mentiras! —se queja Kilorn.

—Mi principal misión fue ganar aliados Plateados para la Guardia. Recibí la instrucción de apuntar hacia el príncipe Tiberias, un guerrero astuto y heredero del trono de Norta. Él fue... —titubea, sus ojos perforan los nuestros, van y vienen, buscan; veo de reojo que Cal baja la cabeza— él fue fácil de convencer. Una vez que supe cómo persuadirlo, colaboré en los planes de la Guardia para consumar la Masacre del Sol, que dejó once muertos, y el atentado en el puente de Arcón.

"Cuando el príncipe Tiberias mató a su padre, el rey Maven actuó con rapidez y tomó la única decisión que juzgó factible —levanta la voz y, junto a ella, Maven se esmera en mostrarse triste por la mención de su padre asesinado—. Estaba de duelo y al príncipe y a mí se nos sentenció a ser ejecutados en el redondel. Escapamos con vida gracias a la Guardia Escarlata, que nos llevó a un baluarte en una isla frente a la costa de Norta.

"Fui hecha prisionera ahí, junto con el príncipe Tiberias y el hermano que pensé que yo había perdido. Igual que yo, él poseía una habilidad, e igual que yo era temido por la Guardia Escarlata. Ésta se propuso matarnos y nos llamó los nuevasangre. Cuando descubrí que había otros semejantes a mí y que la Guardia los perseguía para exterminarlos, logré huir en compañía de mi hermano y algunos más, entre ellos el príncipe Tiberias. Sé ahora que él quería formar un ejército con el cual desafiaría a su propio hermano. Meses después la Guardia nos halló y mató a los pocos Rojos con habilidades que habíamos podido encontrar. Mi hermano fue muerto en el conflicto y yo escapé sola.

Por una vez, el calor en el recinto no procede de Cal. Todos hervimos de cólera. Ésa no es Mare. Esas palabras no son suyas. Estoy tan enojada como los demás. ¿Cómo es posible que ella permita siquiera que esas palabras salgan de su boca? Yo escupiría sangre antes que decir las mentiras de Maven. Pero ¿qué otra opción tiene?

—Sin tener adónde ir, recurrí al rey Maven y la justicia que él quisiera aplicar —su determinación se quiebra pieza por pieza y lágrimas ruedan por sus mejillas. Me apena decir que contribuyen a su discursito más que cualquier otra cosa—. Estoy aquí ahora como prisionera voluntaria. Aunque lamento lo que he hecho, me declaro dispuesta a hacer todo lo posible por detener a la Guardia Escarlata y su aterradora esperanza para el futuro. Ella no aboga más que por sí misma y los individuos a los que puede controlar. Mata al resto, a todos los que se interponen en su camino, a todos los que son diferentes.

Estas últimas frases oponen resistencia, se rehúsan a salir. En el trono, Maven se mantiene inmóvil pero su garganta se dilata un tanto. Emite un ruido que la cámara no consigue registrar e insta a la cautiva a concluir como él manda.

Mare Barrow levanta la barbilla y mira al frente. Sus ojos tienen el aspecto de tizones encendidos por la rabia.

—Nosotros, los nuevasangre, no estamos dispuestos a contribuir a su amanecer.

Gritos y protestas hacen erupción en la sala: se lanzan obscenidades a Maven, al susurro Merandus e incluso a la Niña Relámpago por decir esas palabras.

—… qué vileza de una bestia de rey…

—… yo preferiría matarme antes que decir eso…

—… un mero títere…

—… lisa y llanamente traidora…

—… no es la primera vez que baila a su son…

Kilorn es el primero que los interrumpe, con ambas manos hechas puños.

—¿Creen que ella quiso hacer eso? —pregunta con voz fuerte y clara, aunque no chillante.

El rostro se le enciende de frustración y Cal posa una mano en su hombro en muestra de apoyo. Esto hace enmudecer a más de alguno, en particular a los oficiales jóvenes. Lucen abochornados, arrepentidos y hasta apenados por la reprimenda de un chico de dieciocho años.

—¡A callar todo el mundo! —la voz del coronel retumba y silencia a los demás. Se vuelve y mira con sus ojos disparejos—. Esa ave rapaz habla todavía.

—¡Coronel…! —reclama Cal. Su tono es una amenaza tan clara como la luz de la aurora.

En respuesta, el coronel apunta a la pantalla. A Maven, no a Mare.

—… brinda refugio a todos los que huyen del terror de la Guardia Escarlata. Y para los nuevasangre entre ustedes, que se esconden de lo que tiene visos de ser poco más que un genocidio, mis puertas están abiertas. He instruido a los palacios reales de Arcón, Harbor Bay, Delphie y Summerton, así como a los fuertes militares de Norta, que protejan a los suyos de la masacre. Tendrán comida, techo y, si lo desean, cultivo de sus habilidades. Son mis súbditos, debo protegerlos y lo haré con todos los recursos a mi alcance. Mare Barrow no es la primera de ustedes que se ha unido a nosotros, ni será la última.

Tiene el descaro suficiente de alargar los dedos y tocar el brazo de ella.

Así que ésta es la forma en que alguien poco más que un niño se convierte en rey. Además de ser implacable y despiadado, es brillante. Si no fuera por la furia que retuerce mis entrañas, estaría impresionada. Su ardid le causará problemas a la Guardia, desde luego. En lo personal, me preocupan más los nuevasangre que aún quedan. Mare y su rebelión nos reclutaron sin ofrecernos muchas opciones. Ahora las hay menos todavía: la Guardia o el rey. Ambos nos ven como armas. Ambos nos matarán. Pero sólo uno de ellos nos mantendrá encadenados.

Miro por encima del hombro en busca de Ada. Tiene los ojos pegados a la pantalla, memoriza sin esfuerzo cada movimiento y entonación para escudriñarlos después. Como yo, arruga la frente y piensa en la profunda inquietud que aún no aqueja a los integrantes de la Guardia. ¿Qué pasará con personas como nosotros?

—A la Guardia Escarlata le digo sólo esto —añade Maven mientras se pone en pie frente a su trono—: su amanecer es poco más que oscuridad. No sucederá nunca en esta nación. ¡Lucharemos hasta el fin! ¡Fuerza y poder!

En el estrado y el resto de la sala del trono, la consigna se repite en cada boca, incluida la de Mare.

—¡Fuerza y poder!

La imagen se prolonga un segundo para grabarse con fuego en cada cerebro. Rojos y Plateados, la Niña Relámpago y el rey Maven unen fuerzas contra el gran mal que supuestamente somos nosotros. A pesar de que sé que no fue decisión de Mare, sí es culpa suya. ¿No se dio cuenta de que él no la mataría para poder usarla?

No pensó que haría algo así. Cal pronunció estas palabras hace unos días, acerca del interrogatorio. Ambos son débiles ante Maven, y esa debilidad no deja de afectarnos a todos. En la Muesca Mare se obstinó en educar mi habilidad. Aquí practico cuando puedo, junto con los demás nuevasangre que apenas empiezan a conocer sus límites. Pese a que Cal y Julian Jacos tratan de ayudar, yo y muchos otros nos resistimos a confiar en su tutela. Además, tengo ya a otra persona para que me ayude.

Sé que la fuerza de mi habilidad ha aumentado, si no es que también su control. La siento ahora, que empuja bajo mi piel, es un vacío gozoso con el cual acallo el caos que me rodea. Suplica y cierro un puño contra ella, porque así mantengo a raya el silencio. No puedo volver mi enojo contra las personas que están en esta sala. Ellas no son el enemigo.

Cuando la pantalla aparece en negro e indica que el discurso ha finalizado, una docena de voces suenan en forma simultánea. Cal golpea con la palma el escritorio frente a él, se da la vuelta y murmura algo para sí.

—¡Ya vi suficiente! —creo que dice antes de salir de la sala a empujones. ¡Idiota! Conoce a su hermano. Es capaz de diseccionar sus palabras mejor que cualquiera de nosotros.

El coronel lo sabe también.

—Tráiganlo de regreso —dice entre dientes y se agacha para hablar con Julian. El Plateado asiente y se levanta con soltura para ir por su sobrino. Muchos interrumpen sus conversaciones y lo ven alejarse.

—¿Qué opina, capitana Farley? —pregunta el coronel con una voz aguda que nos devuelve al tema. Se cruza de brazos y voltea hacia su hija.

Farley se apresta a entrar en materia; se diría que el discurso no la alteró en absoluto. Pasa un bocado de papa.

—La reacción natural sería que difundiéramos nuestro propio mensaje. Que refutáramos las afirmaciones de Maven y le enseñáramos al país las personas a las que salvamos.

Esto equivale a usarnos como propaganda, lo mismo que Maven hizo con Mare. Mi estómago se encoge de sólo imaginarme ante una cámara, obligada a cantar las alabanzas de personas que apenas tolero y en las que no puedo confiar.

Su padre asiente.

—Estoy de acuerdo...

—Pero yo no creo que ése sea el curso debido.

El coronel eleva la ceja de su ojo estropeado. Ella lo toma como una invitación a continuar.

—Serán sólo palabras y al final no servirá, en el marco de los sucesos del momento —se golpetea los labios con los dedos y casi veo girar los engranajes en su cabeza—. Hagamos, en cambio, que Maven no pare de hablar mientras nosotros no cesamos de actuar. La infiltración de nuestros agentes en Corvium ya ejerce presión sobre el rey. Vea cómo privilegió a ese poblado. ¿Su ejército? Le levantó la moral. ¿Por qué lo habría hecho si fuera innecesario?

Julian retorna a la sala con una mano sobre el hombro de Cal. Son de la misma estatura, aunque este último pesa unos veinte kilos más que su tío. La cárcel de Corros le cobró sin duda un alto precio a Julian, lo mismo que al resto de nosotros.

—Tenemos mucha información sobre Corvium —agrega Farley—. Y su importancia para el ejército de Norta, por no decir para la moral Plateada, la convierte en el sitio ideal.

—¿Para qué? —me oigo preguntar y sorprendo a todos en la sala, yo incluida.

Farley tiene la decencia de hablarme de frente.

—Para lanzar el primer ataque. Para emitir la declaración de guerra oficial de la Guardia Escarlata contra el rey de Norta.

Cal suelta un grito ahogado, muy distinto del que se esperaría de un soldado y un príncipe. Palidece y abre mucho los ojos con lo que no puede ser otra cosa que miedo.

—¡Corvium es una fortaleza, una ciudad construida con el único propósito de sobrevivir a una guerra! Hay un millar de oficiales Plateados ahí, soldados entrenados para...

—Organizar, combatir a los lacustres, quedarse en una trinchera y marcar lugares en un mapa —replica Farley—. Dime que estoy equivocada, Cal. Dime que tu gente está preparada para pelear murallas adentro.

La mirada que él le dirige traspasaría a otro, pero ella se mantiene firme. Afianza su oposición.

—Es suicida, para ustedes y para quien se interponga en su camino —dice él. Farley ríe de cara a una evasiva tan flagrante y lo instiga más. Él se controla, es un príncipe de fuego renuente a calcinar—. Yo no participaré en esto —ruge—. Les deseo buena suerte en su ataque a Corvium sin la información que daban por descontado que recibirían de mí.

Las emociones de Farley no sufren el obstáculo de una habilidad Plateada. El salón no arderá con ella, por rojo que se le ponga el rostro.

—Gracias a Shade Barrow, ¡tengo ya todo lo que necesito!

Este nombre suele ejercer un efecto aleccionador. El recuerdo de Shade trae a la memoria el modo en que murió y lo que causó en las personas que él amaba. En el caso de Mare, convirtió a una persona vacía e indiferente en alguien dispuesto a ofrecerse a cambio de sus amigos y su familia para evitarles un destino funesto. A Farley la dejó sola, única en su lucha, concentrada en la Guardia Escarlata y nada más. Aunque yo no conocí bien a ninguna de las dos antes de que Shade muriera, lloro su desaparición. Esta pérdida las cambió a ambas, y no para bien.

Farley se abre paso por el dolor del recuerdo de Shade, así sea sólo para restregárselo a Cal en la cara.

—Antes de que fingiéramos su ejecución, Shade era nuestro principal agente en Corvium. Usó su habilidad para proporcionarnos toda la información que pudo reunir. No creas ni por asomo que eres nuestra única carta —dice sin alterarse y gira hacia el coronel—. Propongo un ataque frontal en el que utilicemos a los nuevasangre junto con los soldados Rojos y los agentes que ya infiltramos en esa ciudad.

Utilicemos a los nuevasangre. Estas palabras duelen, cortan y queman, dejan un sabor amargo en mi boca.

Creo que es mi turno de abandonar airadamente la sala.

Cal ve que me marcho y aprieta los labios en una línea firme y severa.

No eres el único que puede hacer gala de dramatismo, pienso cuando le doy la espalda.

OCHO
Mare

Les facilito a los Arven la tarea de retirarme del estrado. Huevo y Trío me toman de los brazos y dejan atrás a Gatita y a Trébol. Me insensibilizo mientras me escoltan y me sacan de este sitio. ¿Qué he hecho?, pregunto. *¿Qué ocasionará esto?* Los demás lo presenciaron en alguna parte. Cal, Kilorn, Farley y mi familia lo vieron. La vergüenza casi me hace vomitar sobre mi maldito y magnífico vestido. Me siento peor que cuando leí las Medidas del padre de Maven, que condenaron a tantos al alistamiento en pago por la acción de la Guardia Escarlata. Todos sabían entonces que las Medidas no eran cosa mía. Fui sólo el heraldo.

Los Arven me empujan, no hacia el camino por el que llegué sino detrás del trono, a un acceso que conduce a unas habitaciones que no he visto nunca.

La primera de ellas es otra sala del consejo, con una larga mesa de mármol y rodeada por más de una docena de sillas lujosas. Uno de los asientos es de piedra, una obra fría de color gris dispuesta para Maven. La sala está muy iluminada: el sol poniente la inunda por un costado. Las ventanas dan al oeste, lejos del río, y dominan las murallas del palacio y las colinas de pendientes suaves cobijadas por bosques nevados.

El año pasado Kilorn y yo cortamos hielo del río a cambio de unas monedas extra y nos arriesgamos a la congelación en favor de un trabajo honrado. Eso duró una semana, hasta que entendí que ganar unos centavos por desprender hielo que se regeneraría muy pronto era un mal uso de nuestro tiempo. ¡Qué raro es saber que sucedió hace apenas un año, y parece toda una vida!

—Me disculpo... —dice una voz apagada que tiene su origen en el único asiento bajo las sombras. Cuando volteo, veo que Jon se levanta de su silla con un libro en la mano.

Es el vidente. Sus ojos encendidos irradian una luz interior que no consigo identificar. Lo creí un aliado, un nuevasangre con una habilidad tan extraña como la mía. Es más poderoso que un ojo, capaz de ver un futuro más distante que cualquier Plateado. Ahora está ante mí como un enemigo, el que nos entregó a Maven. Su mirada produce una sensación de agujas calientes que punzan mi piel.

Él es la razón de que yo haya llevado a mis amigos a la cárcel de Corros y de que mi hermano esté muerto. Verlo disipa el entumecimiento causado por el frío y reemplaza esa vacuidad por un calor desaforado y eléctrico. Quisiera golpearlo en la cara con cualquier cosa. Me conformo con bufar.

—Es bueno saber que Maven no ata a todas sus mascotas.

Se limita a parpadear.

—Y lo es también ver que ya no eres tan ciega como antes —replica en el momento en que paso junto a él.

Cuando lo conocimos, Cal me advirtió que hay quienes enloquecen por resolver acertijos del futuro. Estaba en lo cierto y no caeré en esa trampa otra vez. Dirijo mi mirada hacia otro lado y contengo el impulso de analizar las selectas palabras de Jon.

—Ignóreme cuanto quiera, señorita Barrow. No soy de su incumbencia —añade—. Aquí sólo una persona lo es —miro por encima del hombro porque mis músculos se mueven antes de que mi cerebro pueda reaccionar. Él se me adelanta, por supuesto, y me quita las palabras de la boca—. No, Mare, no me refiero a usted.

Lo dejamos y proseguimos nuestro camino. El silencio se convierte en un martirio como el suyo, que no me brinda nada en qué pensar salvo sus sentencias. Me percato de que habla de Maven. Y no es difícil adivinar la insinuación... y la advertencia.

Hay partes de mí, partes pequeñas, todavía enamoradas de una ficción. De un fantasma que reside en un chico de carne y hueso al que ni siquiera comprendo. El fantasma que se sentó junto a mi lecho mientras yo dormía agobiada de dolor. El fantasma que mantuvo lejos de mi mente a Sansón, lo sé, hasta que no pudo aplazar más una tortura inevitable.

El fantasma que me ama, a su muy perversa manera.

Y siento que esa perversidad surte efecto en mí.

Tal como sospechaba, los Arven no me llevan de vuelta a la prisión de mi habitación. Intento memorizar nuestro trayecto y tomo nota de las puertas y pasillos que se desprenden de las numerosas salas del consejo y otros recintos en esta ala del palacio. Son las estancias reales, cada cual más adornada que la anterior. Pero antes que el mobiliario, me interesan los colores que predominan en estas inmediaciones. El rojo, el negro y el plata real se entienden con facilidad: son los tonos de la Casa reinante, la de Calore. Hay azul marino también, un color que me provoca náuseas, porque representa a Elara. Aunque ella ha muerto ya, permanece aquí.

Nos detenemos al fin en una pequeña y bien provista biblioteca. El crepúsculo se cuela por los pesados cortinajes, que han sido corridos para impedir el paso de la luz. Unas motas de polvo bailan bajo los encarnados rayos como cenizas sobre un fuego agónico. Siento como si estuviera dentro de un corazón y me rodeara un rojo sanguinolento. Reparo en que me encuentro en el estudio de Maven y contengo el impulso de sentarme en el sillón de piel que está detrás de un escritorio laqueado, para reclamar algo suyo como mío. Pese a que me haría sentir mejor, duraría un instante apenas.

Observo cuanto puedo y miro a mi alrededor con ojos atentos y absorbentes. Unos tapices de color escarlata trabajados con hilo negro y un chispeante plateado cuelgan entre los retratos y fotografías de los antiguos Calore. La Casa de Merandus no está tan representada aquí; la simboliza sólo una bandera azul y blanca que pende del techo abovedado. Los colores de otras reinas también están presentes en este salón —algunos son flamantes, otros deslavados y otros más presa del olvido—, salvo el amarillo oro de la Casa de Jacos, que brilla por su ausencia.

Coriane, la madre de Cal, ha sido eliminada de este aposento.

Examino las imágenes deprisa, aunque en realidad no sé lo que busco. Ningún rostro me parece conocido, excepto el del padre de Maven. Su cuadro, más grande que el resto y señalado por una mirada furiosa sobre la chimenea vacía, es difícil de ignorar. Un crespón de luto lo distingue aún. Ese rey falleció hace apenas unos meses.

Veo a Cal en ese rostro, y también a Maven. Tienen la misma nariz recta, iguales pómulos salientes e idéntico cabello negro, abundante y lustroso. Son rasgos de familia, a juzgar por las imágenes de los demás reyes Calore. Tiberias V es muy atractivo, casi se diría que demasiado, pero debo admitir que a los pintores no se les paga para que hagan quedar mal a sus modelos. No me asombra que no haya ningún retrato de Cal. De la misma forma que su madre, ha sido eliminado. Destacan los espacios vacíos; supongo que él los ocupaba. ¿Por qué no habría de ser así? Era el primogénito, el favorito de su padre. No es de sorprender que Maven haya retirado las imágenes de su hermano. Las quemó sin duda alguna.

—¿Cómo va esa cabeza? —le pregunto a Huevo con una sonrisa hueca y pícara. Responde con una mirada y mi sonrisa se extiende. Atesoraré el recuerdo de su cuerpo tendido bocarriba y electrocutado hasta la inconsciencia—. ¿Los espasmos no han vuelto? —insisto y agito una mano, de la misma manera en que él lo hizo. Aunque tampoco contesta esta vez, su cuello se colorea de azul-gris a causa de un rubor airado. Me basta como pasatiempo—. ¡Vaya si son buenos esos sanadores de la piel!

—¿Te diviertes?

Maven llega solo. Curiosamente, su figura resulta menuda en comparación con la que proyecta en el trono. Sus centinelas deben estar cerca, justo afuera del estudio. No es tan tonto para no dejarse acompañar por ellos. Hace una seña para que los Arven abandonen la sala y ellos se retiran al instante, callados como ratones.

—No tengo mucho más con qué entretenerme —contesto cuando los carceleros han desaparecido ya.

Por milésima ocasión en este día, maldigo la presencia de los grilletes. Sin ellos, Maven estaría tan muerto como su madre. En cambio, me obligan a tolerarlo con todo su repelente esplendor.

Sonríe, satisfecho de mi humor negro.

—Me da gusto ver que ni siquiera yo puedo hacerte cambiar.

No tengo respuesta para eso. Son incontables las formas en que ha cambiado y destruido a la chica que solía ser antes.

Como lo imaginé, se contonea hasta su escritorio y se sienta con serena y estudiada elegancia.

—Debo disculparme por mi mala educación, Mare —ríe y temo que los ojos se me salgan de las órbitas—. Celebraste tu cumpleaños hace más de un mes y no te regalé nada.

Al igual que con los Arven, me hace una seña y me indica que tome asiento frente a él. Sorprendida, vacilante, aturdida todavía por el pequeño espectáculo que acabo de dar, obedezco.

—Créeme —rezongo—, estoy bien sin ningún nuevo horror que quieras obsequiarme.

Su sonrisa se ensancha.

—Esto te gustará, te lo juro.

—No lo creo.

Sonríe y abre un cajón de su escritorio. Sin la menor ceremonia, me arroja un paño de seda. Es negro y la mitad está bordada con flores de oro y carmesí. Lo tomo con avidez. Es obra de las manos de Gisa. Paso los dedos por sus pliegues. Se siente liso y suave aún, pese a que yo esperaba algo limoso, corrompido, contaminado por la posesión de Maven. Cada curva del hilo es una pieza de ella. Perfecta en su belleza brutal, impecable, un recordatorio de mi hermana y nuestra familia.

Me ve darle vuelta al paño una y otra vez.

—Te lo quitamos cuando te aprehendimos. Mientras estabas inconsciente —*Inconsciente*. Presa en mi propio cuerpo, torturada por el peso del resonador.

130

—Gracias —suelto con fría formalidad, como si tuviera alguna razón para agradecerle algo.

—Y...

—¿Y...?

—Te concedo una pregunta —dice y parpadeo confundida—. Házmela y responderé con sinceridad.

Por un segundo no le creo.

Soy un hombre de palabra... cuando quiero, dijo en una ocasión y ha cumplido. En verdad sería un regalo, si él fuera fiel a su promesa.

La primera pregunta que se me ocurre es irreflexiva. ¿Están vivos? *¿En verdad los dejaste en libertad y les permitiste huir?* Estas palabras casi resbalan por mis labios antes de que lo piense mejor y me rehúse a malgastar mi interrogante. Claro que ellos huyeron. Si Cal hubiera muerto, yo lo sabría. Maven se regocijaría o alguien habría dicho algo. Y la Guardia Escarlata le preocupa; si los otros hubieran sido capturados, él sabría más y temería menos.

Ladea la cabeza y me ve pensar, como un gato mira a un ratón. Lo disfruta. Provoca que la piel se me erice.

¿Por qué me hace este obsequio? ¿Por qué me permite preguntar? Otra interrogante que estoy a punto de malgastar, porque sé su respuesta también. Aunque Maven no es quien creí que era, no significa que desconozca algunos rasgos suyos. Adivino lo que es esto, por más que desearía estar equivocada. Es su versión de una explicación, una manera de hacerme entender qué ha hecho y por qué lo hace todavía. Sabe cuál es la pregunta que al final tendré el valor de formular. Es un rey, pero también es un muchacho, solo en un mundo que él mismo forjó.

—¿Cuánto de esto fue obra de ella?

No se turba. Me conoce demasiado bien para sorprenderse. Una chica insensata se habría atrevido a abrigar esperanzas; lo habría creído el títere de una mujer mala, hoy abandonado y a la deriva en un curso que ignora cómo cambiar. Por suerte no soy tan tonta.

—Tardé en caminar, ¿sabes? —ya no me mira a mí sino a la bandera azul que pende sobre nosotros. Decorada con perlas y gemas blanquecinas, es un lujo condenado a acumular polvo en memoria de Elara—. Los médicos y hasta mi padre le dijeron a mi madre que todo era cuestión de tiempo, que yo aprendería algún día. Pero *algún día* no era lo bastante rápido para ella. No podía ser una reina con un hijo lento y tullido después de que Coriane le había dado al reino un príncipe como Cal, siempre sonriente, hablantín, risueño y perfecto. Hizo despedir a mi nodriza, a la que culpó de mis defectos, y se hizo cargo de ponerme en pie. No lo recuerdo; ella me contó la anécdota muchas veces. Pensó que así me demostraba cuánto me quería.

El pavor se acumula en mi estómago, aunque no entiendo el motivo. Algo me advierte que haría bien en levantarme, salir de esta habitación y arrojarme en brazos de mis pacientes celadores. *Es otra mentira, otra mentira*, me digo, *ingeniosamente confeccionada, como sólo él puede hacerlo.* No es capaz de mirarme. El aire sabe a vergüenza.

Pese a que sus perfectos ojos de hielo resplandecen, desde hace mucho soy insensible a sus lágrimas. La primera de ellas se adhiere a sus pestañas oscuras, una palpitante gota de cristal.

—Era un bebé y ella entró a martillazos en mi cerebro. Hizo que mi cuerpo se incorporara, caminara y cayera. Lo hacía a diario, hasta que terminé por llorar cada vez que ella llegaba a una habitación, hasta que aprendí a hacerlo solo. Por miedo. Eso tampoco bastó. ¿Un bebé que rompía a llorar siempre que su madre lo cargaba? —sacude la cabeza—. Al final, ella eliminó el miedo también —sus ojos se ensombrecen—, como tantas otras cosas.

"Preguntas cuánto de esto fue obra mía —susurra—. Algunas partes. Las suficientes."

Pero no todas.

No soporto más. Con movimientos torpes, doblada por el peso de mis grilletes y el dolor intenso que estruja mi corazón, me levanto de la silla.

—Deja ya de culparla, Maven —siseo y doy marcha atrás—. No mientas ni digas que haces esto a causa de una difunta.

Tan rápido como llegaron, sus lágrimas desaparecen. Las enjuga como si jamás hubieran existido. La fisura en su máscara se cierra. ¡Qué bueno! No tengo el menor deseo de ver al chico que está detrás.

—No lo hago así —dice con lento énfasis—. Ella no está ya. Mis decisiones son mías. De eso estoy completamente seguro.

Pienso en el trono, en su asiento en la sala del consejo. Son objetos sencillos en comparación con la obra maestra de cristal de diamante y terciopelo que su padre empleaba para sentarse. Fueron tallados en bloques de piedra, son simples, sin gemas ni metales preciosos. Ahora entiendo por qué.

—Es la roca silente. Tomas todas tus decisiones sentado en ella.

—¿Tú no harías lo mismo, con las incesantes acechanzas de la Casa de Merandus? —se recarga en su silla y apoya el mentón en una mano—. Ya estoy harto de los susurros que llaman consejo. Harto como para que dure toda una vida.

—¡Magnífico! —escupo—. No tienes ya a quién culpar de tu maldad ahora —un lado de su boca se eleva en una débil sonrisa condescendiente.

—En teoría...

Resisto el ansia de tomar cualquier cosa para borrar su sonrisa de la faz de la Tierra.

—¡Si pudiera matarte y terminar con esto!

—¡Cuánto daño me haces ya! —chasquea divertido la lengua—. ¿Y después de eso qué? ¿Correrías de regreso con tu Guardia Escarlata, con mi hermano? Sansón lo vio muchas veces en tus pensamientos, en tus sueños y recuerdos.

—¿Sigues obsesionado con Cal a pesar de que ya ganaste?

—ésta es una carta fácil de jugar. Aunque sus gestos complacientes me irritan, mi sonrisa de suficiencia lo saca de quicio. Sabemos cómo fastidiarnos uno al otro—. ¡Qué raro que te esfuerces tanto en ser como él!

Es su turno de levantarse. Golpea el escritorio con ambas manos mientras busca mi mirada. Una comisura de su boca tiembla, tira de su cara con un brusco aire despectivo.

—Hago lo que mi hermano jamás pudo hacer. Cal sigue órdenes pero no puede tomar decisiones. Lo sabes tan bien como yo —sus inquietos ojos dan caza a un lugar vacío en el muro, buscan el rostro de Cal—. Por admirable que él te parezca, por aguerrido, valiente y perfecto, sería un peor rey del que yo podría ser jamás.

Casi estoy de acuerdo con él. Vi durante demasiados meses que Cal no se decidía entre aliarse con la Guardia o ser el príncipe Plateado, que se negaba a matar pero también a impedírnoslo. No se inclinaba a un lado ni al otro. Aun cuando había visto horrores e injusticias, no tomaba partido. Pese a todo, él no es Maven. No es ni de lejos tan malvado.

—He oído a una sola persona describirlo como perfecto: tú —afirmo tranquilamente y esto lo enfurece más—. Creo que estás obsesionado con él. ¿También culparás de ello a tu madre?

Aunque se lo digo en broma, para él no lo es. Su mirada vacila por un espantoso segundo. Muy a mi pesar, siento que abro demasiado los ojos y que el desaliento se apodera de mí. Él no lo sabe. No sabe en realidad qué partes de su mente son suyas y cuáles fueron concebidas por ella.

—Maven... —no puedo evitar murmurar, aterrada por aquello con lo que acabo de tropezar.

Se pasa una mano por el cabello oscuro y tira de sus mechones hasta que los alza. El extraño silencio que se impone nos exhibe a ambos. Siento que me inmiscuí donde no debía, que entré a un lugar al que no quería ir.

—¡Lárgate! —dice al final con una palabra que palpita.

No me muevo, permanezco al pendiente de todo. *Para usarlo más adelante*, me digo. No porque esté demasiado aturdida para caminar. No porque sienta una aún más increíble oleada de compasión por el príncipe fantasma.

—Te dije que te largaras.

Estoy habituada a que el enojo de Cal temple un cuarto. El de Maven hiela y un escalofrío recorre mi espalda.

—Cuanto más los hagas esperar, es peor.

Evangeline Samos es de lo más y de lo menos oportuna.

Irrumpe radiante en su usual huracán de espejos y metales y arrastra una capa larga, que recoge el rojo de la habitación con chispas de escarlata y carmesí y centellea a cada paso. Cuando la observo, mi corazón late con fuerza y la capa se abre y cierra de nuevo ante mis ojos, mientras cada mitad envuelve una pierna musculosa. Sonríe con presunción y me deja mirar cuando su vestido de gala se torna una armadura imponente. Letalmente hermosa, digna de una reina.

Como de costumbre, no soy asunto suyo y cesa su interés en mí. No pasa por alto la rara corriente de tensión en el aire ni el semblante atribulado de Maven. Entrecierra los ojos. Como yo, no pierde detalle de lo que ve. Como yo, usará esto en su beneficio.

—¿Me escuchaste, Maven? —da un par de pasos enérgicos, rodea el escritorio y se detiene junto al rey, quien se retuerce para evitar que lo toque—. Los gobernadores esperan y mi padre...

Él toma con toda malicia un documento de su escritorio. A juzgar por las ornamentadas firmas al calce, se trata de una petición. Mira a Evangeline, aleja el papel de su cuerpo y sacude la muñeca, donde su pulsera arroja chispas. Éstas se encienden en una doble flama arqueada que se esparce por el documento como un cuchillo ardiente en mantequilla. La hoja se reduce a cenizas que empolvan el suelo deslumbrante.

—Diles a tu padre y a sus títeres lo que pienso de su propuesta.

Si a ella le asombran sus acciones, no lo evidencia. En cambio, olfatea e inspecciona sus uñas. La miro de reojo, consciente de que me atacará si respiro muy fuerte. Guardo un silencio azorado. Quisiera haber visto la petición antes, saber su contenido.

—Ten cuidado, querido —dice ella con un dejo que dista mucho de ser amable—. Un rey sin partidarios no es un rey.

Él arremete en su contra, tan rápido que la toma desprevenida. Son casi de la misma estatura; el fuego y el hierro se miran de frente. Doy por cierto que ella no se acobardará

—no por Maven, el chico, el príncipe con quien corría en las sesiones de entrenamiento, tan distinto a Cal—, pero parpadea con sus negras pestañas sobre una piel blanca de plata, lo que revela un ápice de temor que preferiría ocultar.

—No pretendas que conoces la clase de monarca que soy, Evangeline.

Escucho a su madre en él y esto nos asusta a ambas.

Maven vuelve sus ojos a mí. El joven confundido de hace un momento ha desaparecido, ha sido reemplazado por una roca viva y una mirada glacial. *Lo mismo va para ti*, dice su expresión.

Aunque lo único que quiero es huir de este cuarto, me quedo inmóvil. Él me ha quitado todo; no le cederé mi temor ni mi dignidad. No escaparé ahora, menos aún frente a Evangeline.

Ella me observa otra vez, con una mirada que escudriña cada centímetro de mi figura. Memoriza mi aspecto. De seguro ve lo que hay bajo la mano de la sanadora, los moretones que gané en mi intento de fuga, las sombras permanentes en la base de mis ojos. Cuando se concentra en mi clavícula, tardo un momento en comprender la razón. Separa un poco los labios con lo que sólo puede ser sorpresa.

Resentida, avergonzada, me subo el cuello del vestido para cubrir mi marca sin dejar de verla un segundo. Tampoco ella me quitará mi orgullo.

—¡Guardias! —dice Maven al fin en dirección a la puerta. Cuando los Arven reaccionan y extienden sus guantes para alejarme a toda prisa, Maven apunta el mentón hacia Evangeline—. Tú también.

Ella no se toma a bien esto.

—No soy una rea para que me des órdenes...

Sonrío mientras los Arven me sacan a tirones. A pesar de que la puerta se cierra por completo, la voz de Evangeline retumba a nuestras espaldas. *¡Buena suerte!*, pienso. *Le importas mucho menos que yo.*

Mis custodios establecen un paso ágil y me obligan a seguirlos. Decir esto es más sencillo que hacerlo debido a mi vestido ajustado, pero me las arreglo. El paño de seda de Gisa acaricia mi piel, apretado en mi puño. Contengo el deseo de oler la tela y atrapar lo que resta de mi hermana. Lanzo atrás la vista y espero vislumbrar quién podría requerir una audiencia con nuestro infame soberano. Veo sólo a los centinelas, de caretas negras y atuendos llameantes, que hacen guardia en la sólida puerta.

Se abre de golpe, rebotan las bisagras antes de ser cerrada con estrépito. Aunque se le educó como noble, Evangeline tiene problemas para controlar su carácter. Me pregunto si mi antigua instructora de etiqueta, Lady Blonos, alguna vez intentó educarla. La imagen casi me hace reír y trae a mis labios una sonrisa inusitada. Duele pero no me importa.

—Ahórrate tus sonrisitas, Niña Relámpago —gruñe ella y redobla su velocidad.

Su reacción me aguijonea a pesar del peligro. Río con descaro mientras me giro. Aunque ninguno de mis celadores pronuncia una sola palabra, aceleran un poco el paso. Ni siquiera ellos quieren poner a prueba a una magnetrona deseosa de pelear.

Nos alcanza de todos modos y hace a un lado a Huevo para plantarse ante mí. Los celadores paran en seco y me retienen a su lado.

—Por si no te has dado cuenta, estoy muy ocupada —señalo a los guardias que me sujetan de los brazos—. Mi horario no incluye tiempo para discusiones. Ve a importunar a alguien que pueda defenderse.

Su sonrisa destella, afilada y brillante como las escamas de su armadura.

—No te subestimes. Te queda aún mucho espíritu de lucha —se acerca demasiado, como lo hizo antes con Maven. Es una manera fácil de demostrar que es intrépida. Me mantengo firme, decidida a no hacer gestos pese a que arranca de su armadura una escama filosa como si fuera un pétalo—. Al menos eso espero —dice entre dientes.

Corta con un lance preciso el cuello de mi vestido, del que desprende una pieza de bordado escarlata. Refreno el impulso de cubrir la marca en forma de *M* sobre mi piel y siento que una vergüenza ardiente sube despacio por mi garganta.

Lo ve por un largo rato y sigue las toscas líneas de la marca de Maven. Se muestra sorprendida de nuevo.

—Eso no parece un accidente.

—¿Alguna observación aguda más que compartir? —pregunto por lo bajo. Sonríe y devuelve la escama a su corpiño.

—No contigo —contesta y retrocede por fortuna, pone preciosos centímetros entre nosotras—. ¿Elane?

—Sí, Eve —dice una voz que sale de quién sabe dónde.

Casi muero del susto cuando Elane Haven se materializa detrás de ella. Elane es una sombra, capaz de manipular la luz, lo bastante poderosa para volverse invisible. Me pregunto cuánto tiempo lleva con nosotras, o si estuvo en el estudio con Evangeline o antes siquiera de que ésta entrara. Quizá nos ha observado todo el tiempo. Hasta donde sé, podría haber sido mi espectro desde que llegué a este lugar.

—¿Alguien ha intentado ponerte un cencerro alguna vez? —espeto, así sea sólo para esconder mi malestar.

Esboza una linda sonrisa de labios apretados que no sube hasta sus ojos.

—Sí, en una o dos ocasiones.

La conozco, igual que a Sonya. Pasamos juntas muchas mañanas en el entrenamiento, siempre confrontadas. Es una más de las amigas de Evangeline, lo suficientemente listas para aliarse con una futura reina. Como es una dama de la Casa de Haven, su vestido y sus joyas son de un negro intenso; no de luto, sino por deferencia a los colores de su Casa. Su cabello es tan rojo como yo lo recordaba, un cobre reluciente que contrasta con ojos oscuros y angulosos y una piel de aspecto difuminado, perfecto e intachable. La luz que la rodea es producto de un cuidadoso manejo que le confiere un resplandor celestial.

—Ya no tenemos nada que hacer aquí —dice Evangeline y fija la vista en Elane—. Por ahora.

Arroja una mirada fulminante que confirma sus palabras.

NUEVE
Mare

Ser una muñeca es extraño. Paso más tiempo guardada que en el salón de juegos. Pero cuando se me obliga a hacerlo, bailo a las órdenes de Maven. Él respeta nuestro acuerdo mientras yo haga lo mismo. Después de todo, es un hombre de palabra.

El primer nuevasangre que responde al llamado de la corona busca refugio en Ocean Hill, el palacio de Harbor Bay y, tal como lo prometió, Maven le brinda plena protección del supuesto terror de la Guardia Escarlata. El pobre hombre, Morritan, es escoltado días después a Arcón y presentado al rey en un acto ampliamente difundido por la televisión. Su identidad y habilidad son muy conocidas en la corte. Para sorpresa de muchos, Morritan es un quemador, como los vástagos de la Casa de Calore. A diferencia de Cal y Maven, sin embargo, no necesita una pulsera flamígera ni siquiera una chispa. Su fuego procede de su habilidad y nada más, igual que mi relámpago.

Debo sentarme a mirar en una silla de oro junto con el resto del séquito de Maven. Jon, el vidente, se acomoda a mi lado en silencio, con los ojos rojos. Ya que somos los dos primeros nuevasangre que se han unido al rey Plateado, se nos conceden lugares de honor junto a él, por debajo sólo de Evangeline y Sansón Merandus. A pesar de ello, Morritan es el único que repara en nosotros. Cuando se acerca, ante los ojos de la corte y una docena de cámaras, no aparta la vista de mí. Aunque tiembla de temor, algo en mi presencia le impide escapar, lo obliga a persistir en su avance. Obviamente cree que lo que Maven me hizo decir es cierto, que la Guardia nos persiguió a todos los nuevasangre. Incluso se arrodilla y jura integrarse al ejército de la corona, instruirse con oficiales Plateados, combatir para su rey y su país.

Guardar silencio y mantener la calma es la parte más difícil. Pese a sus largos miembros, piel dorada y manos encallecidas por numerosos años de trabajo como sirviente, Morritan parece un conejito que corre directo a la trampa. Ésta se accionará tan pronto como yo pronuncie una palabra indebida.

Muchos otros lo siguen.

Aparecen día tras día, semana a semana. A veces es uno, otras una docena. Proceden de todos los rincones del país, de los que huyen en pos de la pretendida salvaguarda de su rey. Aunque la mayoría lo hace por temor, otros son tan insensatos que buscan un lugar aquí: dejar atrás su vida de opresión y convertirse en lo imposible. No puedo culparlos. Después de todo, se nos ha dicho desde siempre que los Plateados son nuestros amos, nuestros mayores, nuestros dioses. Y ahora son lo bastante misericordiosos para dejarnos vivir en su paraíso. ¿Quién no querría sumarse a ellos?

Maven desempeña bien su papel. En medio de amplias sonrisas, abraza a todos como si fueran sus hermanos y hermanas, sin mostrar vergüenza ni temor, en un acto que la mayoría de los Plateados juzga repulsivo. Por más que la corte sigue su ejemplo, percibo burlas y malas caras detrás de manos enjoyadas. Y pese a que ello forma parte de la farsa y es un golpe certero a la Guardia Escarlata, les disgusta. Más todavía: les da miedo. Las habilidades en ciernes de muchos nuevasangre son más poderosas que las suyas propias o escapan a su comprensión. Observan con ojos de lobo y preparan sus garras. Por una vez, no soy el centro de la atención. Éste es mi único respiro, por no decir una ventaja. La Niña Relámpago no le importa a nadie sin su rayo. Hago lo que puedo. Es poco, pero no es intrascendente. Escucho.

Evangeline está inquieta a pesar de su fachada de acero. Golpetea los brazos de su asiento y sólo se calma cuando Elane se aproxima, le cuchichea algo o la toca. Con todo, no se atreve a relajarse después, permanece en un filo tan sutil como el de sus navajas. No es difícil adivinar por qué. Pese a que soy sólo una prisionera, he oído hablar muy poco de la boda real. Y aun si no cabe duda de que ella es la prometida del rey, no es una reina todavía. Esto le asusta. Lo veo en su cara, en su actitud, en su constante procesión de vestidos fastuosos, cada cual más complicado y espléndido que el anterior. Es reina en todo menos en el nombre y el nombre es lo que más anhela. Y su padre también. Volo no se separa de su lado, resplandeciente en su terciopelo negro y brocado de plata. A diferencia de su hija, no porta ningún metal que yo pueda ver ni cadena o anillo siquiera. No necesita usar armas para ser peligroso. Con su porte callado y sus prendas oscuras, semeja más un verdugo que un noble. No sé cómo Maven soporta su presencia o la constante y concentrada voracidad de sus ojos. Me recuerda a Elara, quien estaba siempre atenta al trono, a la primera oportunidad de arrebatarlo.

Maven lo sabe y no le importa. Le otorga a Volo el respeto que requiere y poco más. Y deja a Evangeline en la fascinante compañía de Elane, visiblemente contento de que su futura esposa no se interese en él. Es un hecho que la atención del monarca está en otra parte; no en mí, por cierto, sino en su primo Sansón. También paso trabajos para ignorar al susurro que torturó las regiones más profundas de mi ser. Percibo su presencia en todo momento e intentó sondear sus murmullos, a pesar de que apenas cuento con fuerzas para resistirlos. Maven no tiene que preocuparse gracias a su silla de roca silente, que lo mantiene a salvo, en el vacío.

Cuando se me educó como princesa, algo risible por sí mismo, fui la prometida del príncipe segundo y asistí a varias reuniones de la corte. A bailes, lo mismo que a un gran número de banquetes, pero a nada como lo presente. Casi he perdido la cuenta de las veces en que se me ha obligado a sentarme como la amaestrada mascota de Maven para escuchar a suplicantes, políticos y nuevasangre que prometen lealtad.

Todo indica que hoy es más de lo mismo. El gobernador de la región de la Fisura, un señor de la Casa de Laris, concluye una ensayada petición de fondos del Tesoro para reparar unas minas propiedad de la Casa de Samos. Se trata de una más de las marionetas de Volo, con los hilos claramente visibles. Maven se deshace de él con facilidad, un gesto y la promesa de revisar su solicitud. Por más que conmigo es un hombre de palabra, no lo es en la corte. El gobernador baja los hombros, abatido como está porque sabe que su petición no se leerá nunca.

La espalda me duele de tanto estar sentada en esta dura silla, por no hablar de la rígida posición que debo mantener a causa de mi más reciente conjunto de prendas, de encaje y cristal. Es rojo desde luego, como siempre. A Maven le gusta que me vista de ese color. Dice que me hace ver más animada, aun cuando me arrebatan la vida día a día.

Las audiencias cotidianas no requieren la presencia de toda la corte y hoy la sala del trono está semivacía, pese a lo cual el estrado luce repleto. Los selectos que flanquean al rey se toman a mucho orgullo su puesto y la oportunidad de aparecer en una emisión más que se difundirá en todo el país. Cuando las cámaras ruedan, sé que han llegado otros nuevasangre. Suspiro y me resigno a un día más de culpa y vergüenza.

El estómago se me retuerce cuando las elevadas puertas se abren. Bajo la vista. No quiero recordar los rostros de esas personas. La mayoría seguirá el categórico ejemplo de Morritan y se sumará a la guerra de Maven con el propósito de conocer sus propias habilidades.

A mi lado, Jon se mueve a su modo habitual. Me concentro en sus largos y finos dedos, que trazan líneas en la pierna de su pantalón. Los desliza de un lado a otro como si hojeara las páginas de un libro. Quizá lo hace, lee los tentativos hilos del futuro a medida que se tejen y transforman. Me pregunto qué ve, aunque jamás se lo consultaría. Nunca le perdonaré su traición. Cuando menos no hace el intento de hablarme desde que pasé junto a él en la sala del consejo.

—Sean todos bienvenidos —dice Maven a los nuevasangre con firme e impostada voz que se extiende por la sala del trono—. No tienen de qué preocuparse. Están a salvo ahora. Les aseguro que la Guardia Escarlata no los amenazará jamás aquí.

¡Es una lástima!

No levanto la cabeza. Quiero esconder mi rostro de las cámaras. Un torrente de sangre ruge en mis oídos, pulsa en sincronía con mi corazón. Me mareo, siento náuseas. *¡Corran!*, grito dentro de mí a pesar de que ningún nuevasangre podría huir ahora de la sala real. Veo todo menos a Maven y los nuevasangre, todo menos la jaula invisible que se cierra alrededor de ellos. Mis ojos se posan en Evangeline, sólo para descubrir que ella me mira. Por una vez no sonríe con aire de suficiencia. Su rostro está pálido, vacío. Posee en esto mucho más experiencia que yo.

Mis uñas son un desastre, tengo las cutículas en carne viva después de largas noches de zozobra y días más largos aún de esta tortura que no duele. La sanadora Skonos, a la que debo mi saludable apariencia, olvida siempre revisar mis manos. Espero que quienes vean estas transmisiones no hagan lo mismo.

Junto a mí, el rey continúa con este infame espectáculo.

—¿Y bien?

Se presentan cuatro nuevasangre, cada cual más nervioso que el anterior. Sus aptitudes suelen ser recibidas con exclamaciones de asombro o pasmados murmullos. Parece una copia lamentable de la prueba de las reinas. En lugar de ejercer sus habilidades en pos de una corona nupcial, los nuevasangre se exhiben por su vida, para hacerse merecedores de lo que creen es un santuario al lado de Maven. Intento no mirar pero mi vista se desvía, movida por el temor y la compasión.

El primero de ellos, una mujer corpulenta dotada de bíceps que rivalizan con los de Cal, camina vacilante hacia una pared. La traspasa sin más, como si la madera lustrosa y las muy decoradas molduras fueran de aire. Presa del encanto, Maven la alienta a continuar y ella repite su actuación con un centinela. Aunque éste se encorva como único indicio de su humanidad detrás de la máscara negra, resulta ileso. No tengo la menor idea de cómo opera esta habilidad y pienso en Julian. Está con la Guardia también. Confío en que vea cada una de estas emisiones, si el coronel se lo permite, por supuesto; no es precisamente un admirador de mis amigos Plateados.

Dos hombres mayores siguen a la mujer. Son veteranos de cabello blanco, mirada ausente y anchos hombros. Conozco sus destrezas. El de baja estatura, al que le faltan dientes, es como Ketha, una de las nuevasangre que recluté hace unos meses. Aunque podía hacer explotar un objeto o una persona con el pensamiento, no sobrevivió a nuestro asalto a la prisión de Corros. Aborrecía su habilidad, violenta y sanguinaria. Pese a que este nuevasangre se limita a destruir una silla, que hace añicos con sólo pestañear, da la impresión de que tampoco le agrada. Su amigo, de suave voz, se presenta como Terrance antes de decirnos que manipula el sonido, como lo hacía Farrah, otra persona que enrolé. No fue a Corros. Espero que continúe con vida.

La última es otra mujer, quizá de la edad de mi madre y con un cabello negro y trenzado veteado de gris. De movimientos gráciles, se acerca al rey con las zancadas silenciosas y elegantes de una auxiliar bien adiestrada, como Ada, como Walsh, como yo alguna vez. Como fuimos y somos aún tantos de nosotros. Cuando ella se inclina, llega casi al suelo.

—Su majestad —murmura, con una voz tan dulce y tenue como una brisa de verano—. Soy Halley, asistente de la Casa de Eagrie —Maven le hace señas para que se yerga y adopta su sonrisa falsa. Ella cumple la orden.

—Así que fuiste una ayudante en la Casa de Eagrie… —dice con cortesía y mira sobre el hombro de ella en busca del príncipe de la Casa de Eagrie entre la compacta multitud—. Mi agradecimiento, Lady Mellina, por ponerla a salvo.

La mujer alta y con cara de ave hace una reverencia, sabe lo que él dirá antes de que hable. Como es un ojo, ve el futuro inmediato e imagino que advirtió la aptitud de esta auxiliar antes de que ella misma supiese lo que era.

—¿Y bien, Halley?

Los ojos de la ayudante vuelan un momento a los míos. Espero resistir su escrutinio, aunque no busca mi miedo ni lo que escondo detrás de mi máscara. Sus ojos llegan más lejos, entrevén y no ven nada al mismo tiempo.

—Ella controla y crea electricidad, grande y pequeña —dice—. Ustedes no tienen un nombre para esta habilidad —añade y se vuelve hacia Jon, sobre quien desliza una mirada similar—. Él ve el destino, lo lejos que llega un sendero mientras una persona lo atraviesa. Ustedes no tienen un nombre para esta habilidad —Maven entrecierra los ojos, duda y yo me odio porque siento lo mismo. La mujer prosigue, mira y habla conforme da la vuelta—. Ella controla materiales metálicos mediante la manipulación de campos magnéticos. Magnetrona.

"Susurro.

"Sombra.

"Magnetrón.

"Magnetrón.

Recorre la fila entera de los consejeros de Maven y señala y nombra sus habilidades con poco trabajo. El rey se inclina hacia delante con una actitud socarrona y ladea la cabeza con la curiosidad de un animal. Mira con atención, parpadea apenas. Muchos lo creen un estúpido ahora que no está su madre, que no es un genio militar como su hermano, así que

¿para qué puede servir? Olvidan que la estrategia no se reduce al campo de batalla.

—Ojo. Ojo. Ojo —señala ella a sus antiguos amos, a quienes nombra también antes de dejar su mano a un costado. Cierra y abre el puño a la espera de la muestra inevitable de incredulidad.

—¿Así que tu habilidad es percibir otras habilidades? —pregunta Maven por fin y levanta una ceja.

—Sí, su majestad.

—Es un juego fácil de seguir.

—Sí, su majestad —admite con voz más baja todavía.

Esto podría hacerse sin complicaciones, sobre todo en una posición como la de ella. Sirve en una Gran Casa, presente en la corte muy a menudo. Le sería fácil memorizar lo que otros hacen, pero ¿incluso Jon? Hasta donde sé, a él se le exalta como el primer nuevasangre que se unió a la corona, aunque no creo que muchos conozcan su destreza. Maven no querría hacer creer que alguien de sangre roja dirige sus decisiones.

—Continúa —levanta unas cejas oscuras para aguijonearla. Para que demuestre su talento.

Ella obedece y nombra a los ninfos de la Casa de Osanos, los guardafloras de la de Welle y un solitario coloso de la de Rhambos; a uno tras otro, por más que visten sus colores, y ella es una ayudante. Se supone que debe saber estas cosas. Su habilidad es una treta de salón en el mejor de los casos y una mentira y sentencia de muerte en el peor. Sé que ella siente que una espada pende sobre su cabeza y se aproxima con cada movimiento de la quijada de Maven.

Al fondo, un seda de la Casa de Iral, vestido de rojo y azul, se pone en pie y se ajusta el saco mientras avanza. Lo percibo sólo porque sus pasos son extraños, no tan sueltos como deberían ser los de un seda. ¡Qué extraño!

La asistente lo nota también y tiembla, un segundo apenas. Podría ser su vida o la de aquel hombre.

—Ella cambia de cara —sisea Halley y su dedo tiembla en el aire—. Ustedes no tienen un nombre para esta habilidad.

Los murmullos usuales de la corte llegan a su fin sin hacer eco, se apagan como una vela. El silencio se impone, sólo roto por mi pulso acelerado. *Ella cambia de cara*.

Mi cuerpo se sacude de adrenalina. *¡Corre!*, quiero gritar. *¡Corre!*

Cuando los centinelas toman de los brazos al señor de Iral, al que fuerzan a pasar al frente, ruego para mis adentros: *¡Por favor, que sea falso! ¡Por favor, que sea falso! ¡Por favor, que sea falso!*

—Soy un hijo de la Casa de Iral —protesta e intenta zafarse de los centinelas. Un Iral sería capaz de hacerlo, se desenredaría con una sonrisa. Pero quienquiera que él o ella sea, no lo hace y el temor se apodera de mí—. ¿Aceptan la palabra de una Roja esclava y embustera sobre la *mía*?

Sansón reacciona antes de que Maven lo pida, veloz. Desciende los escalones del estrado con ojos de un azul eléctrico que crepitan de ansiedad. Supongo que no ha tenido muchos cerebros para alimentarse desde el mío. Con una queja, el hijo de Iral se postra y dobla el cuello. Sansón entra de golpe a su mente.

Su cabello se mancha de gris, se acorta, se ajusta a una cabeza diferente con una cara distinta.

—¡Nanny! —me oigo gemir.

La vieja se atreve a mirar, con ojos muy abiertos, asustados y conocidos. Recuerdo que la recluté, la llevé a la Muesca, la vi reñir con los chicos nuevasangre y contarles anécdotas de sus nietos. Estaba tan arrugada como una nuez, era mayor que cualquiera de nosotros y se encontraba siempre lista para una misión. Correría a abrazarla si fuera remotamente posible.

En cambio, caigo de rodillas y sujeto la muñeca de Maven. Ruego como lo he hecho una sola vez, cuando mis pulmones se llenaron de cenizas y aire frío y mi cabeza giraba todavía tras la controlada caída de un avión.

Mi vestido se rasga en una costura. No está hecho para que me arrodille como lo hago.

—¡Por favor, Maven, no la mates! —suplico, trago aire, me aferro de lo que sea para salvar su vida—. Puede servir, es valiosa, ¡mira lo que sabe hacer…!

Me aparta, con su palma sobre mi herraje.

—Es una espía en mi corte, ¿no es así?

De todos modos ruego, hablo antes de que la afilada boca de Nanny le cueste literalmente la vida. Por una vez espero que las cámaras miren aún.

—¡La Guardia Escarlata la traicionó, le mintió, la engañó! ¡No es culpa suya!

El rey no se digna a levantarse, ni siquiera para consumar un asesinato a sus pies. Teme dejar su roca silente, tomar una decisión fuera del círculo de su seguridad y comodidad.

—Las reglas de la guerra son muy claras. Los espías deben ser enfrentados en el acto.

—Cuando estás enfermo, ¿a quién culpas? —inquiero—. ¿A tu cuerpo o a la enfermedad? —me mira y me siento hueca.

—Culpas al remedio, que no dio resultado.

—¡Te lo ruego, Maven…! —no sé en qué momento empecé a llorar pero lo hago, son lágrimas de vergüenza porque lloro también por mí misma. Éste fue el inicio de un rescate. Se hizo por mí. Nanny era mi oportunidad.

Mi vista se empaña, nubla sus bordes. Sansón levanta una mano, ansioso de hundirse en obtener lo que ella sabe. ¿Qué tan devastador será para la Guardia Escarlata? ¿Por qué fueron tan tontos para hacerlo? ¡Qué gran riesgo, qué desperdicio!

—¡Nos levantaremos, rojos como el amanecer! —escupe ella.

Su rostro cambia por última ocasión a una cara que todos reconocemos.

Sorprendido, Sansón retrocede medio paso mientras Maven lanza un grito contenido.

Elara nos mira desde el piso, es un fantasma viviente. Su rostro está destrozado, destruido por el rayo. Un ojo ha desaparecido y el otro está inyectado de sangre con un plata inmundo. Su semblante se enrosca en una mueca inhumana. Desata terror en la boca de mi estómago aunque sé que está muerta. Sé que yo la maté.

Es una maniobra astuta con la que Nanny gana tiempo para llevarse una mano a los labios, para tragar.

He visto antes píldoras suicidas. Pese a que cierro los ojos, sé qué sucede después.

Es mejor que lo que Sansón habría hecho. Y ella guarda sus secretos para siempre.

DIEZ
Mare

Destruyo cada tomo en mi librero, lo hago pedazos. Las cubiertas crujen, las páginas se rasgan y yo querría verlas sangrar, verme sangrar. Ella está muerta porque yo no lo estoy. Porque sigo aquí, soy el cebo de una trampa, un señuelo para sacar a la Guardia Escarlata de sus santuarios.

Después de varias horas de absurda destrucción, me doy cuenta de que estoy equivocada. La Guardia Escarlata no haría esto, ni el coronel ni Farley. No por mí.

—¡Eres un idiota, Cal, un completo idiota! —digo para nadie.

Porque es obvio que fue idea suya. Eso fue lo que le enseñaron: la victoria a toda costa. Espero que deje ya de pagar por mí este precio prohibitivo.

Afuera nieva otra vez. No siento ese frío, sólo el que está dentro de mí.

Despierto en mi cama a la mañana siguiente, vestida todavía, pese a que no recuerdo haberme levantado del suelo. Los libros destrozados ya desaparecieron, fueron retirados de mi vida con esmero. Hasta los más pequeños trozos de papel se han esfumado. Pero los libreros no están vacíos. Una docena de volúmenes encuadernados en piel, nuevos y viejos, los ocupan. Me consume el ansia de destruirlos también y me incorporo atropelladamente para arremeter contra ellos.

El primero que tomo está raído, tiene una cubierta rota y desgastada por los años. Supongo que era amarilla o quizá dorada, no importa en realidad. Lo abro de golpe y agarro con una mano un montón de páginas, lista para hacerlas pedazos como al resto.

Una letra conocida me paraliza. Mi corazón da un vuelco de reconocimiento.

Propiedad de Julian Jacos.

Las rodillas ya no me sostienen. Caigo con un ruido sordo con el objeto que más consuelo me ha dado en muchas semanas. Mis dedos siguen las líneas de su nombre como si así él pudiera emerger de ellas para que yo escuche su voz más allá de mi cabeza. Hojeo el libro en busca de evidencias de él. Las palabras rozan mis ojos, cada una es un eco de su cordialidad. Es un tomo de historia de Norta y su formación y trescientos años de reyes y reinas Plateados pasan en un suspiro. Algunas partes están subrayadas o tienen anotaciones. Cada nueva ráfaga de Julian estruja mi pecho de felicidad. A pesar de mis circunstancias y mis dolorosas cicatrices, sonrío.

Los demás libros son iguales, todos ellos de Julian, piezas de sus inmensas colecciones. Los manoseo como una niña ávida. Él prefiere los libros de historia, aunque los hay de ciencias también, e incluso una novela. Ésta lleva escritos dos nombres: *De Julian para Coriane.* Miro las letras, son la única prueba en este palacio de la existencia de la madre de Cal. Devuelvo el volumen con delicadeza, paso largamente los dedos por su lomo intacto. No lo leyó nunca. Quizá no tuvo la oportunidad de hacerlo.

Muy en el fondo, no soporto que estos libros me hagan feliz. Que Maven me conozca tan bien que sepa lo que debe regalarme. Porque es indudable que estos tomos proceden de él. Es la única clase de disculpa que puede ofrecer, la única que yo podría aceptar. Pero no, claro que no lo haré. Mi sonrisa desaparece tan rápido como llegó. No puedo permitirme sentir otra cosa que odio por el rey. Pese a que sus manipulaciones no son tan perfectas como las de su madre, las siento y no permitiré que me venzan.

Me debato un instante entre destruir o no estos libros como lo hice con los demás. Demostrarle a Maven lo que siento por su obsequio. Pero no puedo hacerlo. Mis dedos se demoran en las páginas, tan fáciles de romper. Después los acomodo con cuidado, uno por uno.

Como no los destrozaré, me conformo con el vestido. Arranco de mi cuerpo la tela con incrustaciones de rubíes.

Es probable que alguien como Gisa haya hecho este atuendo. Una doncella Roja de finas manos y ojos de artista que cosió a la perfección algo tan bello y tan terrible que sólo una Plateada podría usar. Aunque esta idea debería entristecerme, lo único que corre por mis venas es furia. Después de lo de ayer, no tengo más lágrimas.

Cuando, silenciosas y con cara de piedra, Trébol y Gatita me entregan mi nuevo atavío, me lo pongo sin dudar ni quejarme. La blusa está salpicada de un tesoro de rubíes, granate y ónix, y tiene largas mangas con rayas de seda negra. Los pantalones son un obsequio también, tan sueltos que resultan cómodos.

La sanadora Skonos llega entonces. Concentra sus esfuerzos en mis ojos y remedia la hinchazón y el punzante dolor de cabeza que las lágrimas de frustración de anoche me dejaron.

Como Sara, es hábil y discreta y sus dedos de un azul muy oscuro aletean sobre mis dolores. Trabaja rápido y yo hago lo mismo.

—¿Puede hablar o la reina Elara le cortó la lengua también? —sabe a quién me refiero. Su mirada vacila, bate las pestañas en ágiles parpadeos de sorpresa. De cualquier forma no habla, está bien instruida—. Es una buena decisión. La última vez que vi a Sara, la rescaté de una cárcel. Que haya perdido la lengua no parece haber sido castigo suficiente —miro a Trébol y Gatita detrás de ella, que me observan. Como la sanadora, se concentran en mí. Siento la fría ondulación de sus dedos, que vibra en sincronía con el silencio constante de mis grilletes—. Había cientos de Plateados ahí, miembros muchos de ellos de las Grandes Casas. ¿Algún amigo suyo ha desaparecido en fechas recientes?

Aunque no dispongo de muchas armas en este lugar, debo probar las que poseo.

—Cierre la boca, Barrow —rezonga Trébol.

Sólo conseguir que hable es victoria suficiente para mí y continúo.

—Me confunde que a nadie le desvele la crueldad del tirano que es su reyezuelo. Pero soy Roja. No los comprendo.

Río mientras Trébol me separa bruscamente de la sanadora en medio de bufidos.

—Ya es bastante sanación para ella —silba y me arrastra fuera de la alcoba.

Sus ojos verdes emiten chispas de enfado, aunque también de ofuscación, de desconfianza de sí misma. Son las pequeñas grietas que me propongo aprovechar para abrirme camino.

Nadie más debe correr el riesgo de rescatarme. Debo hacerlo yo sola.

—Ignórala —le dice Gatita a su camarada con un tono entrecortado y agudo que destila veneno.

—¡Qué honor ha de ser para ustedes cuidar de una rapazuela Roja! —no paro de hablar mientras me conducen por largos y conocidos corredores—. Y tener que recoger después las sobras de su comida, ordenar su cuarto. Todo para que Maven pueda tener cerca a su muñeca justo cuando lo desee.

Esto las enoja y las vuelve más rudas conmigo. Aceleran el paso, me obligan a seguirlas. De repente damos vuelta a la izquierda, no a la derecha, a otra parte del palacio que apenas recuerdo. Son las estancias residenciales, donde vive la familia real. Yo también habité aquí alguna vez, aunque sólo fuera por una corta temporada.

Mi pulso se apresura cuando pasamos junto a una estatua emplazada en un nicho. La reconozco. Mi cuarto —mi antigua habitación— se halla a unas puertas de aquí. La habitación de Cal también, y la de Maven.

—Ya no estás tan parlanchina ahora —dice Trébol con una voz que resuena a la distancia.

Los rayos del sol se desbordan por las ventanas y brillan con doble intensidad, pues se reflejan en la nieve fresca. No me brinda el menor consuelo. Puedo manejar a Maven en la sala del trono, en su estudio, cuando soy puesta en exhibición, ¿pero sola, en verdad sola? Su marca duele y quema bajo mi ropa.

Cuando nos detenemos ante una puerta y entramos al salón al que da acceso, comprendo mi error. Una sensación de alivio me envuelve. Maven es el rey ahora. Sus habitaciones ya no están en esta área.

En cambio, las de Evangeline sí.

Está sentada en el centro de un salón curiosamente vacío, rodeada por retorcidas piezas de metal. Varían en colores y materiales: hierro, bronce, cobre. Sus manos trabajan con diligencia y componen flores de cromo que dobla en una banda trenzada de oro y plata. Es otra corona para su colección, una más que no puede usar todavía.

Dos asistentes aguardan a su lado, un hombre y una mujer con prendas modestas que ostentan en rayas los colores de la Casa de Samos. Con una sacudida, me doy cuenta de que son Rojos.

—Pónganla presentable, por favor —dice Evangeline y no se molesta en voltear.

Los Rojos me hacen señas para que me acerque al único espejo en la sala. Mientras me reflejo en él, veo que Elane también está aquí, tumbada en un largo sillón al sol como una gata satisfecha. Cruza su mirada con la mía sin vacilación ni temor, sólo desinteresada.

—Esperen afuera —interrumpe nuestro contacto visual y voltea hacia mis celadoras Arven. Su rojo cabello absorbe la luz, que se extiende como fuego líquido. Pese a que puedo justificar mi horroroso aspecto, me siento cohibida en su presencia.

Evangeline asiente y las Arven salen en fila. Me dirigen miradas de descontento, que capto codiciosa para atesorarlas más tarde.

—¿Alguien podría explicarme qué ocurre? —pregunto al callado salón sin esperar respuesta.

Ellas ríen e intercambian miradas cáusticas. Aprovecho la oportunidad para evaluar la sala y la situación. Hay otra puerta, que lleva quizás a la habitación de Evangeline, y las ventanas están bien cerradas contra el frío. El salón da a un patio que conozco, y descubro que la celda que uso como alcoba queda frente a la de ella. Esta revelación me hace temblar. Para mi sorpresa, Evangeline suelta su labor, que hace ruido al caer. La corona se fragmenta, incapaz de mantener su forma sin la habilidad de su creadora.

—Es deber de la reina recibir a los invitados.

—Bueno, yo no soy una invitada y tú no eres una reina, así que...

—¡Si acaso tu cerebro fuera tan rápido como tu boca! —replica.

La mujer Roja pestañea y se encoge como si nuestras palabras la hirieran. Podrían hacerlo, así que decido ser menos cretina. Me muerdo los labios para evitar que derramen más necedades y estorben el trabajo de los sirvientes Rojos. Él se ocupa de mi cabello, que cepilla y enrolla en espiral, y ella arregla mi rostro. Aunque no me maquilla como Plateada, usa rubor, algo de color negro para delinear mis ojos y un carmín muy llamativo para mis labios. El resultado es estridente.

—Con eso basta —dice Elane detrás de ella. Los Rojos retroceden con prontitud, se llevan las manos a los costados e inclinan la cabeza—. No debemos presentarla como si se le tratara muy bien. Los príncipes no lo entenderían.

Abro mucho los ojos. *Príncipes. Invitados.* ¿Ante quién me harán desfilar en esta ocasión?

Evangeline lo nota. Resopla con fuerza mientras le lanza a Elane una flor de bronce. Se incrusta en la pared sobre su cabeza pero ésta no da trazas de que le importe. Suspira lánguidamente.

—Cuidado con lo que dices, Elane.

—Ella lo descubrirá en unos momentos, querida. ¿Qué hay de malo en ello?

Abandona sus cojines y extiende sus largos miembros que relumbran con su habilidad. Los ojos de Evangeline siguen cada uno de sus movimientos, se aguzan cuando ella atraviesa la habitación hasta llegar a mi lado. Se me une en el espejo y mira mi cara.

—Te comportarás hoy, ¿verdad?

Me pregunto qué tan rápido me desollaría Evangeline si estampara mi codo en los dientes perfectos de Elane.

—Sí.

—¡Magnífico!

Su figura se desvanece entonces, no la sensación que imparte. Siento todavía su mano en mi hombro. Es una advertencia.

Miro a Evangeline a través del espacio que el cuerpo de Elane dejó vacío. Se incorpora y su vestido ondea en torno suyo, suelto como el mercurio. Bien podría serlo.

Cuando avanza decidida hasta mí, me turbo sin remedio, aunque la mano de Elane me impide moverme a fin de que me enderece y Evangeline se incline sobre mí. Una comisura de su boca se eleva. Le agrada ver que me atemorizo. Cuando levanta una mano y me estremezco, sonríe con descaro. Pero en lugar de pegarme, acomoda un mechón detrás de mi oreja.

—No te confundas, todo esto es en mi beneficio —dice—, no para el tuyo.

Ignoro de qué está hablando, pero asiento.

Evangeline no nos conduce a la sala del trono sino a la sala del consejo privada de Maven. Los centinelas que resguardan las puertas tienen un aire más imponente que de costumbre. Cuando entro, veo que las ventanas están cubiertas. Es una precaución adicional después de la infiltración de Nanny. La última vez que pasé por este lugar, la sala estaba vacía excepto por Jon. Él sigue aquí, mudo en una esquina, discreto junto a media docena de otros concurrentes. Me estremezco cuando veo a Volo Samos, una araña estática con un traje negro en compañía de Ptolemus, su hijo. Sansón Merandus también está aquí, desde luego. Me lanza una mirada socarrona y bajo la vista, lo evito como si ello me protegiera del recuerdo de que él penetró mi mente.

Imagino que veré a Maven solo en la cabecera de la mesa de mármol, pero dos hombres lo flanquean, cubiertos con pesadas pieles de tersa gamuza, ataviados para resistir un frío glacial pese a que estamos bien resguardados contra el invierno. Lucen una piel de un azul muy oscuro, como piedra pulida. El de la derecha lleva trenzas tachonadas de abalorios de turquesa y oro y el de la izquierda se contenta con largos y relucientes rizos que rematan en una corona de brotes tallados en cuarzo blanco. Es obvio que son miembros de la realeza, aunque no de la nuestra, no de la de Norta.

Maven levanta una mano y le indica a Evangeline que se acerque. Bajo la luz del sol de invierno, ella luce fulgurante.

—Ella es mi prometida, Lady Evangeline, de la Casa de Samos —dice—. Fue esencial en la captura de Mare Barrow, la Niña Relámpago y líder de la Guardia Escarlata.

La magnetrona cumple su función y se inclina ante ambos. Ellos bajan la cabeza a su vez, con movimientos pausados y fluidos.

—Felicidades, Lady Evangeline —dice el príncipe de la corona e incluso tiende una mano para requerir la suya. Ella permite que le bese los nudillos y sonríe, encantada por la atención.

Cuando ella me mira, descubro que quiere que la acompañe. Lo hago de muy mala gana. Tengo intrigados a los desconocidos, quienes me observan con fascinación. Me niego a hacer otro tanto e inclino la cabeza.

—¿Ella es la Niña Relámpago? —pregunta el otro príncipe y exhibe dientes que brillan con un blanco lunar contra una piel tan oscura como la noche—. ¿La joven que le causó tantas dificultades? ¿Y pese a todo usted le permite vivir?

—¡Por supuesto! —alardea su compatriota, quien se pone en pie y revela medir al menos dos metros de alto—. Ella es una carnada estupenda, aunque me sorprende que sus terroristas no hayan intentado rescatarla todavía, si es tan importante como usted dice.

Maven se encoge de hombros. Exuda un talante de serena satisfacción.

—Mi corte está bien defendida. La infiltración es prácticamente imposible.

Mis ojos se encuentran con los suyos. *Eres un mentiroso.* Casi me dirige una sonrisa de suficiencia, como si aquélla fuera una broma entre él y yo. Refreno el rutinario impulso de escupirle.

—En las Tierras Bajas la haríamos marchar por las calles de cada ciudad —dice el príncipe con la corona de cuarzo—, para enseñarles a nuestros ciudadanos lo que les sucede a las personas como ella.

Las Tierras Bajas. Me suena este nombre. ¡De manera que éstos son los príncipes de las Tierras Bajas! Me devano los sesos cuanto trato de recordar lo que sé de su país. Es un aliado de Norta, forma parte de nuestra frontera sur. Lo gobierna una serie de príncipes. Sé todo esto gracias a las lecciones de Julian. Aunque conozco otras cosas también. Recuerdo que hallé remesas en Tuck, provisiones robadas de las Tierras Bajas. Y Farley insinuó que la Guardia ya se establecía ahí, decidida a extender su rebelión al aliado más cercano de Norta.

—¿Sabe hablar? —continúa el príncipe mientras pasea la mirada entre Maven y Evangeline.

—Por desgracia —responde ella con una sonrisa de presunción.

Ambos visitantes echan a reír, igual que Maven. El resto de la sala sigue su ejemplo, halaga a su amo y señor.

—¿Y bien, príncipe Daraeus, príncipe Alexandret? —los ve Maven por turnos. Desempeña orgulloso su papel de rey, pese a que estos dos nobles duplican su edad y estatura. En cierto modo se mide con ellos. Elara lo educó como debía—. Deseaban ver a la prisionera y lo han hecho ya.

Muy cerca de mí, Alexandret me toma del mentón con manos delicadas. ¿Cuál será su habilidad? ¿Cuánto debería temerle?

—Así es, su majestad. Pero tenemos algunas preguntas que hacer, si fuera usted tan amable de permitirlas.

Aunque lo formula como una petición, es poco menos que una exigencia.

—Ya le dije todo lo que ella sabe, su majestad —tercia Sansón con fuerte voz desde su silla y se inclina sobre la mesa para señalarme—. Nada en la mente de Mare Barrow escapó a mi pesquisa.

Pese a que yo asentiría, la mano de Alexandret me mantiene inmóvil. Lo miro, intento calcular qué es exactamente lo que quiere de mí. Sus ojos son un abismo, imposibles de descifrar. No conozco a este hombre ni encuentro en él nada que me sea de utilidad. La piel se me eriza bajo su tacto y querría que mi relámpago pusiera un poco de distancia entre los dos. Veo sobre su hombro que Daraeus cambia de postura para observarme mejor. Sus abalorios reflejan la luz del invierno y dan a su cabello una cegadora brillantez.

—Nos gustaría escucharlo de los labios de ella, rey Maven —dice, se inclina hacia él y sonríe para hacer gala de carisma y despreocupación. Daraeus es hermoso y sabe usar su apariencia—. Así nos lo requirió el príncipe Bracken, usted comprenderá. Necesitamos sólo unos cuantos minutos.

Alexandret, Daraeus, Bracken. Memorizo estos nombres.

—Pregunten lo que deseen —Maven se aferra al borde de su asiento. Ni Daraeus ni él abandonan sus sonrisas y nadie ha tenido jamás un aspecto tan falso—. Háganlo aquí mismo.

Después de un largo momento, Daraeus cede. Inclina su cabeza en una reverencia deferente.

—Muy bien, su majestad.

Su cuerpo se desdibuja, se desplaza tan rápido que apenas veo sus movimientos. De pronto está a mi derecha, es raudo. No es tan veloz como mi hermano, aunque sí lo bastante para desatar en mi cuerpo una descarga de adrenalina. No sé todavía lo que Alexandret es capaz de hacer. Sólo puedo pedir que no sea un susurro, que yo no tenga que enfrentar de nuevo esa tortura.

—¿La Guardia Escarlata opera en las Tierras Bajas? —inquiere, se eleva sobre mí con ojos que perforan los míos. A diferencia de Daraeus, no sonríe. Espero el aguijón revelador del choque de otra mente con la mía; no ocurre. Los grilletes no permitirán que ninguna habilidad penetre en mi capullo de silencio. Se me quiebra la voz.

—¿Qué?

—Quiero oír lo que usted sabe sobre las operaciones de la Guardia Escarlata en las Tierras Bajas.

Todos los interrogatorios a los que se me ha sometido hasta ahora han sido ejecutados por susurros. Se siente raro que alguien me formule preguntas de buena manera y confíe en mis respuestas sin que antes me parta el cráneo. Supongo que Sansón ya puso al tanto a los príncipes de todo lo que sabe de mí, pero que no confían en su palabra. Es razonable entonces que comprueben si mi versión coincide con la suya.

—La Guardia es buena para guardar secretos —contesto sin saber qué más decir. ¿Miento? ¿Lanzo más leña al fuego de la desconfianza entre Maven y las Tierras Bajas?—. No me daban mucha información sobre sus operaciones.

—Las operaciones de usted —Alexandret arruga la frente y un pliegue hondo se forma en su centro—. Usted era su líder. Me niego a creer que sea tan inútil para nosotros —*Inútil*. A pesar de que hace dos meses era la Niña Relámpago, una tormenta en forma humana, antes de eso fui lo que él dice: inútil, para todos y para todo, aun para mis enemigos. En Los Pilotes detestaba esto, ahora me agrada. Soy un arma defectuosa como para que un Plateado la empuñe.

—No soy su líder —le digo. Escucho detrás de mí que Maven se recarga en su silla. Ojalá se esté retorciendo—. Ni siquiera conocí a sus líderes —no me cree, pero tampoco confía en lo que se le dijo.

—¿Cuántos agentes suyos hay en las Tierras Bajas?

—No lo sé.

—¿Quién financia sus actividades?

—Lo ignoro.

Comienza como un escozor en mis manos y en mis pies, una sensación muy leve. No es agradable pero tampoco incómoda, como cuando se adormece una extremidad. Alexandret no suelta mi mandíbula. Son los grilletes, me digo. Me protegerán de él. Deben hacerlo.

—¿Dónde están el príncipe Michael y la princesa Charlotta?

—No sé quiénes son esas personas.

Michael, Charlotta. Más nombres que memorizar. El escozor persiste, asciende ahora por mis brazos y mis piernas. Inhalo entre dientes una respiración sibilante.

Él baja un poco los párpados, concentrado. Me preparo para una explosión de dolor causada por la habilidad a la que va a someterme.

—¿Ha tenido algún contacto con la República Libre de Montfort?

El escozor es tolerable todavía. Lo que me duele es la forma en que él aprieta mi mandíbula.

—Sí —respondo cortante.

Da marcha atrás y suelta mi barbilla con una expresión de desprecio. Mira mis muñecas y sube enérgicamente una manga para ver mis ataduras. El hormigueo en mis brazos y mis piernas disminuye al tiempo que él pone mala cara.

—¿Podría interrogarla sin los grilletes de roca silente, su majestad? —es otra exigencia disfrazada de petición. Maven se niega esta vez. Sin mis grilletes, la habilidad del príncipe será ilimitada. Ha de ser enorme para que haya penetrado siquiera un poco en mi jaula de silencio. Seré torturada de nuevo.

—No, su alteza. Ella es demasiado peligrosa —responde Maven y sacude su cabello. Pese a todo mi odio, siento un minúsculo brote de gratitud—. Y como usted mismo dijo, vale mucho. No puedo permitir que le haga daño.

Sansón no se molesta en ocultar su fastidio.

—Alguien debería hacerlo.

—¿Hay algo más que pueda hacer por sus altezas o el príncipe Bracken? —continúa Maven por encima de su diabólico primo. Se incorpora de su asiento y alisa su uniforme de gala, repleto de medallas e insignias de honor. Mantiene una mano en la silla, clavada en un brazo de roca silente. Es su ancla y escudo. Daraeus hace una profunda reverencia en nombre de los dos y sonríe de nuevo.

—Escuché rumores acerca de un banquete.

—Por una vez —replica Maven con una sonrisa sarcástica hacia mí—, los rumores son ciertos.

Lady Blonos nunca me enseñó el protocolo para tratar a la realeza de una nación aliada. Aunque he visto banquetes, bailes y una prueba de las reinas que arruiné sin querer, jamás había presenciado algo como esto. Quizá porque al padre de Maven no le interesaba tanto la apariencia, pero éste es en todo hijo de su madre. *Parecer poderoso es ser poderoso*, dijo ella en una ocasión. Hoy él se toma a pecho esta enseñanza. Sus consejeros, sus invitados de las Tierras Bajas y yo nos sentamos a una mesa larga donde descollamos sobre los demás.

Nunca antes había puesto el pie en este salón de baile. Eclipsa a la sala del trono, las terrazas y salones de banquetes del resto del Fuego Blanco. Aloja con holgura a la corte entera, a todas las damas y caballeros y sus extensas familias. Es un recinto de tres pisos, con imponentes ventanas de cristal y vidrios de colores, cada cual corresponde a los de las Grandes Casas. El resultado es una docena de arcoíris que se curvan sobre un piso de mármol con venas de negro granito y en el que cada haz de luz es un prisma que transmuta al pasar por las facetas de diamante de los candelabros en forma de árboles, pájaros, rayos, constelaciones, tormentas, infiernos, tifones y un puñado más de símbolos de la fuerza Plateada. Dedicaría la cena entera a contemplar el techo si no fuera por mi precaria posición. Cuando menos, esta vez no estoy al lado de Maven. Los príncipes son quienes deben padecerlo esta noche. Pero Jon se encuentra a mi izquierda y Evangeline a mi derecha. Mantengo los codos bien unidos a mis costados para no tocar por accidente a ninguno de los dos. Evangeline podría apuñalarme y Jon compartir otra premonición nauseabunda.

Por suerte, el menú es bueno. Me obligo a comer y evito el licor. Sirvientes Rojos circulan por doquier y ninguna copa está vacía nunca. Después de diez minutos de tratar de llamar la atención de alguno de ellos, abandono mi intento. Son listos y no quieren arriesgar su vida por una mirada mía.

Fijo los ojos al frente y cuento las mesas, las Grandes Casas. Todas están aquí, junto con la de Calore, sólo representada por Maven. Que yo sepa, no tiene primos ni otros familiares, aunque supongo que existen. Igual que los sirvientes, quizá son lo bastante cuerdos para eludir su envidiosa ira y trémulo control del trono.

La Casa de Iral parece pequeña, apagada, pese a sus trajes radiantes de rojo y azul. No hay muchos de sus miembros y me pregunto cuántos de ellos fueron enviados a la prisión de Corros o huyeron de la corte. Sonya está aquí todavía, con una postura distinguida, estudiada y extrañamente tensa. Ha cambiado su uniforme de agente por un vestido centelleante y está sentada junto a un hombre mayor que porta un esplendente collar de rubíes y zafiros. Quizás es el nuevo señor de su casa, ya que su predecesora, la Pantera, fue asesinada por un hombre que está sentado a unos metros de aquí. ¿Les habrá dicho Sonya lo que le conté de su abuela y Ptolemus? ¿Les importará?

Me sobresalto cuando ella voltea de pronto y atrae mi atención.

Junto a mí, Jon suspira largo y bajo. Toma en una mano su copa de vino escarlata y aparta su cuchillo con la otra.

—¿Podrías hacerme un pequeño favor, Mare? —pregunta con calma. Incluso su voz me desagrada. Con un gesto de desdén, volteo para mirarlo con toda la malevolencia de la que soy capaz.

—¿Disculpa?

Algo restalla y una sensación de dolor abrasa mi pómulo, corta la piel, quema la carne. Me sacude y caigo de lado, huidiza como un animal despavorido. Mi hombro choca con Jon, quien se inclina hacia delante y derrama vino y agua sobre el elegante mantel, y también sangre. Hay mucha sangre. La siento, húmeda y caliente, pero no volteo a ver el color. Mis ojos se posan en Evangeline, quien se ha levantado de la mesa y extiende un brazo.

Una bala vibra en el aire frente a ella, que no se mueve un ápice. Imagino que es igual a la que cortó mi mejilla y que podría haber hecho algo mucho peor.

Evangeline cierra el puño y la bala sale disparada por donde llegó, perseguida por las esquirlas de frío acero que hacen explosión en su vestido. Miro con horror que figuras de rojo y azul se abren en sinuoso camino por la tempestad metálica, esquivan, se agachan, siguen una trayectoria en zigzag a cada golpe. Incluso atajan piezas de los proyectiles metálicos de la magnetrona y se las devuelven, con lo que reinician el ciclo en una danza violenta y deslumbrante.

Evangeline no es la única que embiste. Algunos centinelas se adelantan, cruzan por encima la mesa alta y forman una muralla ante nosotros. Sus movimientos son perfectos, producto de cuantiosos años de incesante entrenamiento. De cualquier forma, sus filas tienen oquedades. Y algunos se quitan la máscara y desechan sus ropas llameantes. Se lanzan unos contra otros.

Las Grandes Casas hacen lo mismo.

Nunca me he sentido tan expuesta, tan inerme, y decirlo no es poca cosa. Ante mí, los dioses se baten a duelo. Abro bien los ojos, trato de captarlo todo, de darle sentido. Jamás imaginé algo así, una batalla campal en medio de un salón de baile, con joyas en lugar de armaduras.

Todo indica que las Casas de Iral, Haven y Laris, con su impactante amarillo, componen uno de los bandos, sea lo que fuere esta contienda. Se respaldan unas a otras, se ayudan entre sí. Con ráfagas intensas, forjadores de vientos de la Casa de Laris arrojan de un extremo a otro de la sala a sedas de la de Iral, a las que blanden como flechas vivientes, mientras que otros miembros de esta última disparan y lanzan navajas con mortífera precisión. Los de la Casa de Haven han desaparecido por completo, aunque ciertos centinelas frente a nosotros caen derribados por ataques invisibles.

Los demás no saben qué hacer. Algunos de ellos —de las Casas de Samos y Merandus, así como la mayor parte de los agentes y centinelas— se congregan en la mesa alta, corren a defender a Maven, a quien yo no logro avistar. La mayoría se repliega sorprendida, defraudada, reacia a intervenir en este desastre y arriesgar el pellejo. Se defiende y nada más. Observa para ver qué dirección sigue la marea.

Mi corazón da un vuelco en mi pecho. Ésta es mi oportunidad. En medio de este caos nadie me prestará atención.

Los grilletes no me han despojado de mis instintos o talentos de ladrona.

Me pongo en pie, recupero el control de mis extremidades y no me molesto en indagar acerca de Maven o cualquier otro. Me concentro en lo que está frente a mí, en la puerta más próxima. No sé adónde lleva, pero me alejará de aquí y eso es suficiente. Cuando me marcho, tomo un cuchillo de la mesa e intento forzar con él las cerraduras de mis grilletes.

Alguien huye delante de mí y deja un rastro de sangre escarlata. Cojea pero avanza con rapidez, se agacha para atravesar una puerta. Descubro que es Jon en plena huida. Ve el futuro. Sin duda percibe la mejor vía para salir de aquí.

Me pregunto si podré seguirle el ritmo.

Obtengo mi respuesta después de un gran total de tres pasos, cuando un centinela me sujeta por detrás. Fija con fuerza mis brazos a mis costados. Gimoteo como una niña enfadada, exasperada más allá de la frustración, al tiempo que mi mano suelta el cuchillo.

—¡No, no, no! —dice Sansón cuando se cruza en mi trayecto. El centinela no permite siquiera que me atemorice—. No podemos tolerar esto.

Ahora sé a qué se debe este tumulto. No es mi rescate. Es un golpe de Estado, un intento de magnicidio. Vienen por Maven.

Las Casas de Iral, Haven y Laris no pueden ganar esta batalla. Son inferiores en número y lo saben. Se prepararon para esto. Los de la Casa de Iral son intrigantes y espías. Su plan es diestramente ejecutado. Ya escapan por las maltrechas ventanas. Los miro atónita lanzarse al cielo, atajar vendavales que los llevan muy lejos. No todos lo consiguen. Quienes son veloces atrapan a algunos de ellos, como lo hace el príncipe

Daraeus pese al largo cuchillo que le sale del hombro. Sospecho que los Haven también se fueron hace mucho tiempo, aunque logro ver a uno o dos, sangrantes, moribundos, asaltados por algún susurro de la Casa de Merandus. Daraeus mismo tiene un brazo difuminado y prende a alguien del cuello. Cuando aprieta, un Haven cobra vida poco a poco.

Los centinelas que arremetieron, todos ellos de las Casas de Laris e Iral, tampoco consiguen huir. Están arrodillados y furiosos pero no temen, rebosan determinación. Sin sus máscaras no muestran un aspecto tan terrible.

Un ruido ahogado llama nuestra atención. El centinela que me tiene presa se vuelve y permite que yo vea el centro de lo que fue la mesa del banquete. Gran cantidad de personas se aglomera donde estaba el asiento de Maven, algunas en guardia, otras de rodillas. Lo veo por entre las piernas de esa gente.

Sangre Plateada borbotea de su cuello y se derrama en las manos del centinela más próximo, quien trata de ejercer presión sobre una herida de bala. Maven entorna los ojos y mueve la boca. No puede hablar, ni siquiera gritar. Lo único que hace es emitir un sonido acuoso y jadeante.

Es una suerte que el centinela me impida zafarme, o de lo contrario correría hasta él. Algo en mí quiere hacerlo, para terminar el trabajo o consolarlo mientras muere, no lo sé. Deseo ambas cosas en igual medida. Quiero mirarlo a los ojos y ver que me abandona para siempre.

Pero no puedo moverme y él no morirá.

Mi sanadora de la piel Skonos corre a su lado, se desliza sobre sus rodillas. Creo que se llama Abadejo, un nombre apropiado; es pequeña y veloz como su ave homónima. Truena los dedos.

—¡Sáquenla, lo tengo! —vocifera—. ¡Fuera, ya!

Ptolemus Samos se inclina, abandona su alerta protectora, tuerce los dedos y una bala sale del cuello de Maven, junto con una fresca fuente de plata. Maven intenta gritar, hace gárgaras con su propia sangre.

La sanadora se empeña, arruga la frente y mantiene ambas manos sobre la herida. Se dobla como para recargar su peso en él. Aunque desde este ángulo no alcanzo a ver la piel, la sangre deja de manar a borbotones. La herida que debería haberlo matado, sana. Músculos, venas y carne vuelven a unirse, quedan como nuevos. La única cicatriz es el recuerdo.

Tras un momento largo y asfixiante, Maven se pone en pie de un salto y el fuego que explota en sus manos hace que su séquito se tambalee. La mesa frente a él sale volando, impulsada por la fuerza y ferocidad de su flama. Aterriza en una pila resonante, de la que corren charcos de alcohol que llamea azul. El resto arde, alimentado por la cólera del rey y por el terror, creo yo.

Volo es el único con el temple preciso para acercarse a él en ese estado.

—Su majestad, deberíamos llevarlo al…

Maven se vuelve con ojos encendidos. Arriba de él, las lámparas de los candelabros estallan y escupen llamas en lugar de chispas.

—No tengo motivo para huir.

Todo acontece en unos cuantos minutos. El salón es un caos, lleno como está de vidrios rotos, mesas volcadas y cuerpos destrozados.

El del príncipe Alexandret es uno de ellos, está desplomado en su honorable asiento con un agujero de bala entre los ojos.

No lamento su pérdida. Su habilidad era el dolor.

Como cabía suponer, soy la primera que interrogan. Ya debería haberme acostumbrado.

Exhausta, emocionalmente deshecha, me derrumbo sobre el frío piso de piedra cuando Sansón me suelta. Se me dificulta respirar, como si acabara de participar en una carrera. Hago lo que puedo para que mi pulso se normalice, deje de jadear y pueda aferrarme a una pizca de dignidad y sensatez. Me encojo mientras los Arven fijan de nuevo mis grilletes en su sitio y hacen desaparecer la llave. Son un alivio y una carga al mismo tiempo, una jaula y un escudo.

Esta vez nos replegamos a la majestuosa sala del consejo, la sala circular en la que vi morir a Walsh en favor de la Guardia Escarlata. Hay más espacio aquí para juzgar a la docena de asesinos capturados. Los centinelas aprendieron la lección y sujetan con firmeza a los prisioneros, a los que mantienen inmovilizados. Maven arroja una mirada de burla desde su silla del consejo, flanqueado por Volo y Daraeus. Este último luce muy irritado, dividido entre la furia desmedida y la congoja. El príncipe que lo acompañaba ha muerto, perdió la vida en lo que ahora sé que fue un intento de magnicidio contra Maven. Un intento que, tristemente, fracasó.

—Ella no sabía nada de la revuelta de las Casas ni de la traición de Jon —informa Sansón a la sala.

El espacio aterrador aparenta ser pequeño, con la mayoría de los asientos vacíos y las puertas bien cerradas. Sólo los más cercanos consejeros de Maven permanecen aquí, observan, y los engranajes giran en su cabeza.

En su silla, Maven asume una expresión desdeñosa. Se diría que haber estado cerca de ser asesinado no lo ha puesto nervioso.

—No, esto no fue obra de la Guardia Escarlata. Ella no opera de esta forma.

—¡Usted no lo sabe! —espeta Daraeus, olvidando sus modales y sonrisas—. No sabe nada de ellos, por más que diga lo contrario. Si la Guardia se ha aliado con...

—Se ha corrompido —suelta Evangeline desde su lugar tras el hombro izquierdo de Maven. No tiene un asiento en el consejo ni título propio y debe permanecer en pie, a pesar del abultado número de sillas vacías—. Los dioses no se alían con insectos, pero pueden ser infectados por ellos.

—Sabias palabras de una mujer hermosa —dice Daraeus y la ignora en el acto, lo que la enfurece—. ¿Qué hay del resto?

A una señal de Maven, un nuevo interrogatorio comienza. Se aplica a una sombra de la Casa de Haven, que Trío sujeta con fuerza para impedir que huya. Sin su habilidad, ella se muestra débil, un eco de su bella Casa. Su cabello rojo es más oscuro, más apagado, sin su usual fulgor escarlata. Cuando Sansón le pone una mano en la sien, lanza un chillido.

—Piensa en su hermana —dice él sin clemencia, quizá aburrido—. En Elane.

Hace apenas unas horas la vi deslizarse por el salón de Evangeline. Nada induce a pensar que supiera de un inminente magnicidio, aunque ningún buen intrigante lo dejaría ver.

Maven también lo sabe. Mira furioso a Evangeline.

—Según me dicen, Lady Elane escapó con la mayoría de los miembros de su Casa para huir de la capital. ¿Tienes idea adónde fueron, querida?

Ella mantiene los ojos al frente, recorre una línea cada vez más fina. Pese a la cercanía de su padre y su hermano, no creo que haya alguien que pueda salvarla de la ira de Maven si él se inclina a desatarla.

—¿Por qué habría de saberlo? —responde Evangeline con displicencia y examina sus uñas en forma de garras.

—Porque era la prometida de tu hermano y tu golfa —contesta el rey con toda naturalidad. Si ella está avergonzada o arrepentida, no lo demuestra.

—¡Ah, eso! —ríe, se toma la acusación con calma—. ¿Cómo podría obtener información de mí? Tú conspiras para excluirme de los consejos y la política. En todo caso, te hizo un favor al tenerme gratamente ocupada.

Este altercado me recuerda a otro rey y otra reina: los padres de Maven, quienes pelearon después de que la Guardia Escarlata asaltó una fiesta en la Mansión del Sol. Cada cual se arrojó sobre el otro y dejó profundas heridas que explotaron después.

—Permite entonces que te interroguen, Evangeline, y ya veremos —replica él y apunta con una mano alhajada.

—Ninguna hija mía hará jamás tal cosa —retumba Volo con una afirmación antes que amenaza—. Ella no participó en esta conspiración y lo defendió a usted con su vida. Sin su rápida acción y la de mi hijo… ¡Vaya! Sólo *decirlo* es traición.

El viejo patriarca frunce el entrecejo y arruga su blanca piel como si la idea fuera intolerable. Como si, en su caso, no hubiera celebrado la muerte de Maven.

—¡Viva el rey! —gruñe la mujer de la Casa de Haven tendida al centro de la sala mientras intenta zafarse de Trío. Él la atenaza fuerte para mantenerla de rodillas—. ¡Sí, viva el rey! —dice y nos mira—. ¡Viva el rey Tiberias VII!

Se refiere a Cal.

Maven se levanta y golpea con los puños los antebrazos de su trono. Doy por seguro que la sala caerá presa de las llamas, pero el fuego no cobra vida. No puede hacerlo en tanto él permanezca en la roca silente. Sus ojos son lo único que arde. Esboza una sonrisa histérica y echa a reír.

—¿Todo esto es por él? —inquiere inflamado de presunción—. Mi hermano asesinó al rey nuestro padre, contribuyó al asesinato de mi madre y ahora quiere matarme a mí. Continúa, Sansón, por favor —se inclina hacia su primo—. No tengo compasión ni piedad por los traidores, menos aún cuando son estúpidos.

Los otros se vuelven para ver que prosiga el interrogatorio, oír a la mujer de Haven cuando suelte los secretos de su facción, sus metas y planes de reemplazar a Maven por su hermano, convertir a Cal en rey y hacer que las cosas vuelvan a ser como antes.

Entretanto, miro al chico en el trono. Conserva su máscara. Tensa la quijada, aprieta los labios en una línea sutil e inexorable. No mueve los dedos, endereza la espalda. Pero su mirada vacila. Algo en sus ojos se ha marchado muy lejos. Y por su garganta sube un ínfimo rubor gris que tiñe su cuello y las puntas de sus orejas.

Está aterrado.

Esto me hace feliz durante un segundo. Y entonces recuerdo: los monstruos son más peligrosos cuando están asustados.

ONCE
Cameron

Aunque habría terminado hecha hielo, quería permanecer en Trial. No por temor sino para demostrar la fuerza de un argumento: no soy un arma para ser usada, algo que Barrow permitió que hicieran con ella. Nadie tiene por qué indicarme el lugar adonde debo ir o lo que estoy obligada a hacer. Eso se acabó para mí. He vivido de esa forma siempre. Y todos mis instintos me piden que no participe en la operación de la Guardia en Corvium, ciudad-fortaleza que devora a cada soldado y escupe sus huesos.

Sólo que mi hermano, Morrey, se halla a unos kilómetros de aquí, atrapado en una trinchera. Incluso con mi habilidad, necesitaré ayuda si quiero llegar a él. Y si deseo conseguir algo de esta estúpida Guardia, tendré que darle algo a cambio. Farley lo dejó muy claro.

Me simpatiza, y más ahora que ya se disculpó por el comentario sobre la *utilización*. Dice lo que piensa. No se acobarda, pese a que tendría sobrados motivos para hacerlo. Por el contrario, Cal rumia cada decisión, se niega a ayudar y cede cuando se le da la gana. El príncipe deshonrado es enervante. No sé cómo Mare pudo soportarlo o tolerar su incapacidad para tomar partido, sobre todo cuando la decisión es tan obvia. Aun ahora se pone difícil y vacila entre proteger a los Plateados de Corvium y destruir esa ciudad.

—Deben controlar las murallas —se queja ante Farley y el coronel. Operamos ya desde nuestro cuartel en Rocasta, ciudad de suministros menos protegida que se ubica a unos kilómetros de nuestro objetivo—. Si lo hacen, volverán de cabeza la ciudad... o derribarán las murallas. Inutilizarán a Corvium para todos.

Paso el rato en el poco concurrido salón mientras escucho la discusión desde mi lugar junto a Ada. Esto fue idea de Farley. Somos dos de las nuevasangre más visibles, conocidas por ambos tipos de Rojos. Nuestra presencia en estas reuniones transmite un claro mensaje al resto de la unidad. Ada mira con ojos muy atentos y memoriza cada gesto y cada palabra. Nanny se sentaba con nosotras a menudo, pero ya no está aquí. Pese a que era pequeña, deja un hueco enorme. Y yo sé quién tuvo la culpa.

Mis ojos traspasan la espalda de Cal. Siento la picazón de mi habilidad y resisto el impulso de ponerlo de rodillas. Nos matará por Mare y no matará a los suyos por otros. A pesar de que Nanny decidió infiltrarse sola en Arcón, todos saben que la idea no fue suya.

Farley está tan molesta como yo. Apenas puede mirar a Cal, aunque habla con él.

—La pregunta es ahora cómo enviar con eficacia a los nuestros. No podemos concentrar a todos en las murallas, por importantes que éstas sean.

—Según mis cálculos, hay por el momento diez mil soldados Rojos en Corvium —casi me río de la modestia de Ada. *Según mis cálculos*. Sus cálculos son perfectos y todos lo saben—. El protocolo militar establece que debe haber un oficial por cada diez soldados, lo que nos da al menos mil Plateados ahí sin contar las unidades de mando y administración. Nuestro objetivo debería ser neutralizarlos —Cal cruza los brazos, ni siquiera le convence la impecable e indiscutible información de inteligencia de Ada.

—No estoy seguro. Nuestra meta es destruir Corvium, golpear al ejército de Maven donde más le duele. Esto puede hacerse sin... —se le traba la lengua— sin una masacre en ambos bandos.

Como si le importara lo que ocurra con el nuestro. Como si le importara que alguno de nosotros muera.

—¿Cómo es posible destruir una ciudad que cuenta con mil Plateados al acecho? —pregunto, aunque sé que es probable que no obtenga respuesta—. ¿El príncipe les pedirá que se sienten a observar en silencio?

—¡Por supuesto que combatiremos a quienes se resistan! —interviene el coronel y mira a Cal como si lo retara a contradecirlo—. Y se resistirán, de eso podemos estar seguros.

—¿En verdad? —el tono de Cal es sencillamente petulante—. Algunos miembros de la corte de Maven intentaron asesinarlo la semana pasada. Si hay división en las Grandes Casas, la hay en las fuerzas armadas también. Atacarlas de frente no hará otra cosa que unificarlas, por lo menos en Corvium.

Mi risa resuena en el salón.

—¿Entonces qué esperamos? ¿Le permitimos a Maven lamerse las heridas y reagrupar sus fuerzas? ¿Le damos tiempo para que recupere el aliento?

—Le damos tiempo para que se ahorque solo —contesta Cal y hace suyo mi ceño fruncido—. Para que cometa más errores. Pisa ya terreno pantanoso en las Tierras Bajas, su único aliado, y tres Grandes Casas están en franca rebelión.

Una de ellas controla casi por completo la flota aérea y otra una vasta red de inteligencia, por no mencionar que todavía debe encargarse de nosotros y los lacustres. Tiene miedo, no sabe qué hacer. A mí no me gustaría estar en su trono en este momento.

—¡No me digas! —exclama Farley con tono despreocupado, aunque sus palabras cruzan la sala como puñales y lo hieren. Cualquiera puede verlo. La buena educación de Cal le impide mover el rostro pero sus ojos lo delatan, destellan bajo la luz fluorescente—. No nos mientas con que no te importa la otra noticia de Arcón, el motivo por el que las Casas de Laris, Iral y Haven quisieron asesinar a tu hermano.

—El intento de golpe de Estado se debe a que Maven es un dictador que abusa de su poder y mata a los suyos —Cal la mira fijamente.

Golpeo con el puño el brazo de mi asiento. Esta vez Cal no se saldrá con la suya.

—¡Se rebelaron porque quieren que seas su rey! —grito. Para mi sorpresa, retrocede. Quizás espera algo más que palabras. Pese a ello, mantengo bajo control mi habilidad, por difícil que sea—. ¡Viva Tiberias VII!, clamaron a Maven sus agresores. Nuestros agentes en el Fuego Blanco fueron muy específicos.

Suelta un largo suspiro de frustración. Este intercambio tiene el aparente efecto de aumentar su edad: arruga la frente, tensa la quijada. Los músculos del cuello resaltan y cierra las manos en un puño. Es una máquina a punto de descomponerse... o de explotar.

—Era de esperar —dice entre dientes, como si eso mejorara las cosas—. Tenía que haber una crisis de sucesión tarde o temprano. Pero es imposible que alguien me haga subir al trono.

Farley ladea la cabeza.

—¿Y si pudieran? —en mi mente, la aliento a seguir. No lo dejará escapar tan fácil como Mare—. Si te ofrecieran la corona, tu supuesto derecho de primogenitura, a cambio de terminar con todo esto... ¿la aceptarías?

El príncipe deshonrado de la Casa de Calore se endereza y la mira a los ojos.

—No.

No es tan bueno como Mare para mentir.

—Por más que me cueste admitirlo, él tiene razón en que debemos esperar.

Casi escupo el té que Farley me sirvió. Pongo la taza despostillada en la maltrecha mesa.

—No hablas en serio, ¿verdad? ¿Cómo puedes confiar en él?

Camina de un lado a otro, le bastan un par de pasos largos para atravesar su diminuta habitación. Entretanto, se masajea la espalda con una mano para aliviar sus dolores. Su cabello le crece más cada día, lo mantiene trenzado en longitudes inusitadas. Le ofrecería mi asiento, pero últimamente no le agrada sentarse. No debe dejar de moverse, para su comodidad y en vista de su nerviosa energía.

—¡Desde luego que no confío en él! —replica y patea apenas una de las paredes con pintura descascarada. Su frustración es tan intensa como sus demás emociones—. Pero puedo confiar en algunas actitudes suyas. En que actuará en cierta forma respecto a determinadas personas.

—Te refieres a Mare —*Obviamente*.

—A Mare y su hermano. Su afecto por uno neutralizaba su odio por el otro. Quizás ésa sea la única manera en que podamos mantenerlo de nuestro lado.

—Yo propongo que lo expulsemos, dejemos que haga enfurecer a algunos Plateados más y sea otra espina para Maven. No lo necesitamos aquí —la risa en la que ella casi estalla es un ruido penoso en su estado.

—Sí, y yo le diré a la comandancia que despedimos al más conocido y legítimo de nuestros agentes. Esto le va a caer de maravilla.

—Ni siquiera está de nuestro lado…

—Mare tampoco está del de Maven y nada indica que la gente lo entienda, ¿verdad? —aunque tiene razón, pongo mala cara—. Mientras tengamos a Cal de nuestro lado, la gente nos hará caso. Por más que hayamos fracasado en nuestro primer intento en Arcón, acabamos con un príncipe Plateado de nuestra parte.

—Un príncipe que no sirve para nada.

—Irritante, exasperante, insoportable… pero no inútil.

—¿Ah, sí? ¿Qué ha hecho por nosotros, además de conseguir que mataran a Nanny?

—Nadie obligó a Nanny a ir a Arcón, Cameron. Ella tomó una decisión y murió. A veces las cosas son así —tan comprensiva como se muestra, Farley no es mucho mayor que yo; tendrá veintidós años a lo sumo. Creo que su instinto maternal apareció antes de tiempo—. Además de que nos consigue puntos con los Plateados poco hostiles, Montfort tiene interés en él.

Se refiere a la misteriosa República Libre de *Montfort*. Los gemelos, Rash y Tahir, la describen como un paraíso de libertad e igualdad donde Rojos, Plateados y Ardientes —como llaman a los nuevasangre— viven en paz y armonía. Es imposible creer que exista un lugar así. Sin embargo, debo creer en su dinero, sus provisiones y su apoyo. La mayoría de nuestros recursos proviene de ellos.

—¿Qué quieren? —revuelvo el té en mi taza y dejo que el calor cubra mi rostro. Aquí no hace tanto frío como en Irabelle, sin embargo el invierno se cuela por la casa de seguridad de Rocasta—. ¿Un abanderado?

—Algo por el estilo. Se ha hablado mucho de ello con la comandancia y yo tengo acceso restringido a este tema. Querían a Mare pero...

—Está algo ocupada —aunque la mención de Mare Barrow no afecta a Farley tanto como el recuerdo de Shade, una crispación de dolor cruza su rostro. Intenta esconderla. Se empeña en aparentar que es impenetrable, y por lo general lo es—. Así que es imposible que la rescatemos —susurro.

Cuando afirma con una inclinación, siento en el pecho una sorpresiva punzada de tristeza. A pesar de ser desesperante como Mare, me gustaría que Mare regresara. La necesitamos. Y en estos largos meses me he dado cuenta de que *yo* la necesito también. Sabe lo que es ser distinto y buscar a alguien que sea como tú, temer y ser temido por igual, pese a que con frecuencia se comportara como una idiota condescendiente.

Farley interrumpe su caminar y se sirve otra taza de té. El vapor que emerge de ella inunda la habitación de un cálido aroma a hierbas. A pesar de que la toma entre sus manos, no bebe y se acerca a la alta y empañada ventana por la que se derrama la luz del sol.

—No veo cómo podríamos hacerlo con lo que tenemos. La infiltración de Corvium es fácil comparada con la de Arcón. Ésta implicaría un asalto a gran escala, algo que no podemos lograr y menos ahora, después de la muerte de Nanny y un intento de magnicidio. La seguridad en la corte de Maven debe estar en su apogeo... peor que en una prisión. A menos que...

—¿A menos que qué?

—Cal recomienda que esperemos. Que permitamos a los Plateados en Corvium atacarse entre sí. Que dejemos que Maven cometa errores antes de que nosotros actuemos.

—Y esto ayudará a Mare también —ella asiente.

—Le será más sencillo huir de la corte débil y dividida de un rey paranoico —suspira y ve su té intacto—. Ahora nadie puede salvarla más que ella —la conversación es fácil de desviar en este punto. Por más que desee el regreso de Mare, anhelo más el de otra persona.

—¿A cuántos kilómetros estamos del Obturador?

—¿Otra vez eso?

—Sí, lo haré siempre —me aparto de la mesa para ponerme en pie. Siento que debo hacerlo. Aunque soy tan alta como Farley, tiende a subestimarme. Soy joven e inexperta, no sé mucho del mundo fuera de mi aldea, pero eso no significa que deba quedarme sentada y obedecer órdenes—. No pido tu ayuda ni la de la Guardia. Sólo necesito un mapa y quizás un arma. Haré sola el resto.

No parpadea.

—Tu hermano está integrado a una legión, Cameron. No es como extraer una muela —cierro el puño en mi costado.

—¿Crees que llegué hasta aquí para sentarme a ver cómo Cal mueve sus fichas? —es una discusión antigua. Ella me hace callar fácilmente.

—No creo que hayas llegado hasta aquí para que te maten —repone con tranquilidad y levanta un poco sus anchos hombros en señal de desafío—. Eso es justo lo que pasará, por potente o mortífera que sea tu habilidad. Y aun si capturas a una docena de Plateados, no te dejaré morir por nada, ¿está claro?

—Mi hermano no es *nada* —protesto. Aunque está en lo cierto, no quiero admitirlo. Evito sus ojos y volteo hacia la pared. Arranco con molestia pedazos de pintura descascarada, un acto que, pese a ser infantil, me hace sentir mejor—. No eres mi superior. No tienes autoridad para decirme lo que debo hacer con mi vida.

—Es verdad. Soy sólo una amiga que se siente inclinada a señalar algo —oigo que cambia de posición, sus pesados pasos en el suelo chirriante. Su tacto es ligero, una caricia en mi hombro. Su movimiento es automático, en realidad desconoce la manera de reconfortar a alguien. Con una actitud sombría, me pregunto cómo fue posible que haya compartido alguna vez una conversación, y más aún una cama, con el cordial y sonriente Shade Barrow—. Recuerdo lo que le comentaste a Mare cuando te encontramos. Le dijiste en el jet que su búsqueda de los nuevasangre para salvarlos era un error, la perpetuación de la división de las sangres, favorecer a un tipo de Rojos sobre el otro. Tenías razón.

—Esto no es lo mismo. Lo único que quiero es salvar a mi hermano.

—¿Cómo piensas que todos llegamos aquí? —ríe—. Para salvar a un amigo, a un hermano, a un padre; para salvarnos a nosotros mismos. Todos llegamos aquí por razones egoístas, Cameron, pero no podemos permitir que ellas nos distraigan. Debemos pensar en la causa, en el bien mayor. Y tú puedes hacer mucho más aquí con nosotros. No podemos perderte... —*a ti también. No podemos perderte a ti también.* Estas últimas palabras flotan en el aire pese a que no fueron pronunciadas. Las escucho.

—Estás equivocada. Yo no vine aquí por decisión propia. Fui raptada. Mare Barrow me obligó a seguirla y ustedes lo aceptaron.

—Ya has jugado muchas veces esa carta, Cameron. Hace tiempo que decidiste quedarte. Decidiste ayudar.

—¿Y tú qué decidirías ahora, Farley? —la miro. Puede que sea mi amiga, pero eso no quiere decir que yo deba retroceder.

—¿Cómo dices?

—¿Elegirías el bien mayor o a Shade?

Su silencio, su mirada ausente son la respuesta que busco. No quiero ver sus lágrimas, le doy la espalda y me dirijo a la puerta.

—Tengo que entrenar —le digo a nadie.

Dudo que haya escuchado.

El entrenamiento en la casa de seguridad de Rocasta es más difícil. No tenemos el espacio suficiente, por no hablar de que la mayoría de los agentes que conozco se quedaron en Irabelle. Kilorn, entre ellos. Entusiasta como es, dista mucho de estar preparado para una batalla en toda forma y no posee una habilidad en la cual apoyarse. Se quedó allá, pero mi entrenadora no. Después de todo, es Plateada y el coronel no iba a permitir perderla de vista.

Sara Skonos espera en el sótano de nuestra remozada bodega, en una habitación destinada a los ejercicios de los nuevasangre. Es la hora de la cena y los demás habitantes de este santuario están arriba, comparten alimento con el resto. Tenemos el espacio entero para nosotras, aunque necesitamos mucho.

Ella se ha sentado con las piernas cruzadas y las palmas sobre el piso de concreto, del mismo material que las paredes. Tiene a un lado un cuaderno, listo para su uso en caso necesario. Sigue mi entrada con los ojos, el único saludo que recibo. No ha recuperado el habla; no se nos ha unido aún otro sanador de la piel. A pesar de que ya me acostumbré, ver sus mejillas hundidas y saber que no tiene lengua aún me produce un escalofrío. Como siempre, finge que no se da cuenta y señala el espacio frente a ella.

Me siento tal como indica y contengo el conocido impulso a correr o atacar.

Es Plateada. Es todo lo que se me enseñó a temer, odiar y obedecer. Pero no soy capaz de despreciar a Sara Skonos como a Julian o Cal. No es que la compadezca. Creo que... la comprendo. Comprendo la frustración de saber lo que es correcto y ser ignorada o castigada por eso. Innumerables veces recibí medias porciones por mirar con malos ojos a un supervisor Plateado, por hablar cuando no debía. Ella hizo lo mismo, salvo que dirigió sus palabras contra una reina y se las quitaron para siempre.

Aunque es incapaz de hablar, dispone de un medio para comunicarse. Golpetea mi rodilla para que mire sus turbios ojos grises. Luego sume la cabeza y se lleva una mano al corazón.

Sigo sus movimientos, sabedora de lo que desea. Imito su respiración: inhalaciones regulares y profundas en uniforme sucesión. Es un mecanismo relajante que sirve para ahogar los pensamientos que giran en mi cabeza. Esto despeja mi mente, me permite sentir lo que usualmente ignoro. Mi habilidad zumba bajo mi piel, constante como siempre, ahora me es posible notarla. No para que la use, sino para reconocer su existencia. El silencio es nuevo para mí todavía y debo dominarlo como cualquier otra destreza.

Después de largos minutos de respiración, me golpetea de nuevo y subo la vista. Esta vez apunta hacia ella.

—No estoy de humor para eso, Sara —le digo, pero atraviesa el aire con una mano tajante.

Cierra la boca, indica lisa y llanamente.

—Hablo en serio. Podría lastimarte.

Ríe en lo profundo de la garganta, una de las pocas vocalizaciones que es capaz de hacer y que resuena casi como una risa verdadera. Luego tamborilea sus labios y esboza una sonrisa enigmática. Ha recibido peores heridas.

—Bueno, te lo advertí —suspiro.

Me muevo un poco y me acomodo mejor. Arrugo la frente para permitir que mi habilidad flote en torno mío, se ahonde y se expanda hasta tocarla a ella y hacer descender el silencio.

Abre mucho los ojos cuando lo siente. Es una punzada al principio, o cuando menos así lo espero. Sólo practico, no pretendo someterla. Pienso en Mare, capaz de invocar tormentas, mientras que Cal produce infiernos, pero a ambos se les dificulta sostener una conversación sin explotar. El control requiere más práctica que la fuerza bruta.

Mi habilidad se intensifica y Sara levanta un dedo para indicar el nivel de molestia. Intento mantener el silencio en su sitio, constante pero estable. Es como contener una marea. No sé lo que se siente ser sofocado. Aunque la roca silente no produjo ningún efecto sobre mí en la prisión de Corros, ahogó, vació y mató poco a poco a todos a mi alrededor. Puedo hacer lo mismo ahora. Ella levanta un segundo dedo un minuto después.

—¿Sara...?

Hace señas con la otra mano para que continúe.

Recuerdo nuestra sesión de ayer. La dejé fuera de combate en el número cinco, a pesar de que sabía que podía llegar más lejos. Pero incapacitar a nuestra única sanadora de la piel no es prudente ni algo que yo quiera hacer.

Pese a que el rubor tiñe sus mejillas, la puerta del sótano se abre de golpe antes de que ella pueda levantar otro dedo. Mi concentración y mi silencio se interrumpen y Sara suelta un soplido de alivio. Las dos giramos para hacer frente a quien osa perturbarnos. Ella pone una sonrisa rara y yo frunzo el ceño.

—Jacos —rezongo en su dirección—. Estamos entrenando, por si no te has dado cuenta.

Un lado de su boca tiembla y el gesto amenaza con derivar en desdén, pero Julian se contiene. Como los demás, luce mejor aquí en Rocasta. Es más fácil conseguir provisiones, la ropa es de mayor calidad y está acolchada y forrada contra el frío, la comida es más abundante y las habitaciones más acogedoras. Julian ha recuperado su color y su cabello salpicado de gris es más lustroso. Él es Plateado, nació para triunfar.

—¡Vaya, qué tonto! Pensé que estaban sentadas en el frío y duro concreto por pura diversión —replica. Es obvio nuestro antagonismo. Sara lo mira con una débil expresión de reproche, pero suficiente para ablandarlo—. Disculpa, Cameron —añade rápidamente—. Sólo quería decirle algo a Sara —ella enarca una ceja como si formulara una pregunta. Cuando me incorporo para marcharme, me detiene con una inclinación y le pide a Julian que continúe. Él la obedece siempre—. Hubo un éxodo en la corte. Maven expulsó a docenas de nobles, en su mayoría antiguos consejeros de su padre y los que aún guardaban lealtad a Cal. Es… en un principio no creí lo que el informe de inteligencia decía. Jamás había visto nada semejante.

Se sostienen la mirada uno a otro, ponderan el significado de esa información. A mí me tiene sin cuidado un manojo de damas y caballeros Plateados, viejos amigos de ambos.

—¿Y qué hay de Mare? —pregunto.

—Sigue ahí, es una prisionera todavía. Y las demás fracturas que podríamos haber esperado desde la rebelión de las Casas... —suspira y sacude su cabello—. Maven ya declaró la guerra y se alista ahora para una tormenta.

Me muevo en el piso y traslado mi peso a una postura más cómoda. Julian tiene razón, el frío concreto no es agradable. ¡Menos mal que ya me acostumbré a él!

—Sabíamos que sería imposible rescatarla. ¿Qué más implica para nosotros?

—Es bueno y es malo. Más enemigos de Maven nos permiten trabajar fuera de su alcance. Pero cierra filas, se repliega cada vez más en su enclave de protección. Nunca daremos con él.

Junto a mí, Sara emite un zumbido grave. No puede decir lo que pensamos, así que yo lo hago.

—Ni con Mare.

Julian asiente con ojos expresivos.

—¿Cómo va tu entrenamiento? —cambia de tema con brusca celeridad e improviso una respuesta.

—Tan bien... como puede ir. No tenemos muchos maestros aquí.

—Porque te niegas a entrenar con mi sobrino.

—Los demás pueden hacerlo —no me molesto en evitar un tono mordaz en mi voz—. Me es imposible prometer que no lo mataré, así que es mejor que no me tiente a mí misma.

Sara lanza un grito ahogado que Julian ignora con un gesto.

—Está bien, en verdad. Quizá creas que no entiendo, que no puedo comprender tu punto de vista, y tienes razón. Pero hago todo lo posible por lograrlo, Cameron —da un atrevido paso hacia nosotras, que tenemos aún las piernas cruzadas en el suelo. Esto no me gusta nada y me pongo apresuradamente en pie, permito que mis instintos defensivos se impongan. Si Julian Jacos va a acercarse, quiero estar preparada—. No es necesario que me temas, te lo aseguro.

—Las promesas Plateadas no valen nada —reclamo, con palabras hoscas. Para mi sorpresa él sonríe, aunque con una expresión hueca.

—Como si no supiera de eso —musita, más para sí y para Sara—. Debes contener tu ira. Aun si Sara no está de acuerdo, aprender a controlarla te ayudará más que ninguna otra cosa.

Por más que no quiera recibir consejos de un hombre como él, acepto éste. Entrenó a Mare. Sería una tonta si negara que puede contribuir al desarrollo de mi habilidad. Y la ira es algo que poseo a manos llenas.

—¿Hay alguna otra noticia? —pregunto—. Farley y el coronel dan la impresión de haberse inmovilizado o de que tu sobrino los inmovilizó.

—Sí, eso parece.

—¡Qué raro! Pensaba que estaba siempre listo para pelear —él exhibe su extraña sonrisa otra vez.

—Cal fue educado para la guerra así como tú fuiste educada para las máquinas. Eso no significa que quieras regresar a la fábrica, ¿verdad?

Una respuesta, cualquier respuesta, se me atora en la lengua. *Yo era una esclava. Me obligaron. Eso era lo único que sabía hacer.*

—No quieras pasarte de listo conmigo, Julian —digo de forma mecánica, con fuego entre dientes. Se alza de hombros.

—Trato de entender tu perspectiva. Haz un esfuerzo por comprender la de él.

En otro momento habría salido furiosa de la sala y buscado distracción en un fusible fundido o un alambre gastado. En cambio, me acomodo de nuevo en el piso y tomo mi lugar junto a Sara. Julian Jacos no me hará salir deprisa como una niña reprendida. He tenido que lidiar con supervisores mucho peores que él.

—Vi morir a bebés que nunca conocieron el sol, que no respiraron aire fresco, esclavos de su gente, Lord Jacos. ¿Y usted? Cuando lo haga, podrá darme sermones sobre su punto de vista —me volteo—. Y avíseme cuando el príncipe por fin tome partido y si elige el correcto —me inclino hacia Sara—. ¿Lista para continuar?

DOCE
Mare

Hace unos meses, los Plateados huyeron unidos de la Mansión del Sol, alarmados por el asalto de la Guardia Escarlata en uno de sus fastuosos bailes. Nos marchamos juntos, al mismo tiempo, y nos seguimos unos a otros río abajo para reagruparnos en la capital. Esto es muy distinto.

Las destituciones de Maven ocurren en serie. No tengo conocimiento de ellas, pero advierto que el número de miembros de la corte disminuye. Faltan antiguos consejeros: el tesorero real, algunos generales, integrantes de diversos consejos. *Fueron relevados de sus cargos*, dicen los rumores, aunque yo sé que es falso. Eran individuos cercanos a Cal, cercanos a su padre. Maven acierta al no confiar en ellos y ha sido implacable en su remoción. No los mata ni los hace desaparecer. No es tan necio para desatar otra guerra de Casas. Es un paso contundente, por decir lo menos: eliminar obstáculos como si se tratara de las piezas de un tablero. El resultado son banquetes que semejan bocas sin dientes. Hay vacíos que aumentan en número cada día. La mayoría de los que se han marchado son viejos, hombres y mujeres con antiguas lealtades que recuerdan más y confían menos en su nuevo rey.

Algunos la llaman ya la Corte de los Niños.

Gran cantidad de damas y caballeros han partido, expulsados por el rey, pero sus hijos e hijas permanecen. Es una petición, una advertencia, una amenaza.

Son rehenes.

Ni siquiera la Casa de Merandus escapa a la creciente paranoia de Maven. Únicamente la de Samos se mantiene entera; ninguno de sus miembros ha caído presa de las tempestuosas destituciones del rey.

Los que continúan aquí son devotos en su lealtad, o al menos es lo que aparentan.

Quizá por ello él demanda mi presencia ahora más a menudo. Por ello lo veo tanto. Soy la única persona en cuyas lealtades puede confiar. La única a la que en realidad conoce.

Lee informes mientras desayunamos, con ojos que recorren las palabras con una velocidad vertiginosa. Es inútil tratar de indagar el contenido de esos documentos. Él toma la precaución de conservarlos a su lado, doblarlos cuando concluye su lectura y ponerlos fuera de mi alcance. En lugar de que lea los informes debo descifrarlo a él. No se molesta en rodearse de roca silente aquí, en su comedor privado. Incluso los centinelas aguardan afuera, apostados en cada puerta y al otro lado de los altos ventanales. Aunque los veo, no pueden escucharnos, lo cual es justo el propósito de Maven. El saco de su uniforme está desabotonado, no se ha peinado ni se pone la corona a una hora tan temprana. Pienso que éste es su pequeño santuario, un lugar donde puede creer que está a resguardo.

Casi tiene el aspecto del muchacho que imaginé, un príncipe segundo satisfecho del sitio que ocupa y sin el peso de una corona que no le perteneció jamás.

Sobre el borde de mi vaso de agua miro cada vibración y destello en su rostro. Cuando baja un tanto los párpados y aprieta la quijada, sé que ha recibido una mala noticia. Las ojeras han retornado y aunque come por dos y devora los platillos que nos sirven, luce más delgado cada día. ¿Tendrá pesadillas en las que revive el intento de magnicidio, de su madre a la que maté con mis propias manos, de su padre muerto por sus acciones, de su hermano que representa una amenaza incesante incluso en el exilio? Es curioso. Decía ser la sombra de Cal, pero Cal es la sombra ahora, y ronda cada rincón del frágil reino de Maven.

Los informes acerca del príncipe exiliado son tan ubicuos y frecuentes que hasta yo me entero de ellos. Lo sitúan en Harbor Bay, Delphie o Rocasta; incluso hay información precaria que insinúa que escapó al otro lado de la frontera, a la comarca de los Lagos. Francamente, ignoro cuál de estos rumores es cierto, si alguno lo es. Por lo que sé, él podría estar en Montfort, puesto a salvo en un país remoto.

Pese a que éste es el palacio de Maven, el mundo de Maven, veo a Cal en él: en los uniformes inmaculados, los soldados bajo instrucción, las velas llameantes, las doradas paredes cubiertas de los retratos y los colores de las Casas. Un salón vacío me recuerda las lecciones de baile. Si miro a Maven de reojo, puedo fingir. Son medios hermanos después de todo. Poseen rasgos similares: el cabello oscuro, las elegantes líneas de un rostro señorial, aunque Maven es más pálido, más afilado, un esqueleto en comparación, en cuerpo y alma: un hombre hueco.

—Me miras tanto que me pregunto si puedes leer el reflejo en mis ojos —dice de pronto y siento que piensa en voz alta. Da vuelta a la página que tiene frente a él y oculta su contenido al tiempo que levanta la mirada. Su intento de asustarme fracasa. No dejo de untar una vergonzosa cantidad de mantequilla en mi pan tostado.

—Como si pudiera ver algo en ellos —replico con toda intención—. Eres una persona vacía —este comentario no lo amedrenta.

—Y tú, una inútil —entorno los ojos y golpeteo ociosamente la mesa con mis esposas. El choque del metal y la roca con la madera genera un sonido como cuando llaman a la puerta.

—¡Qué entretenidas son nuestras conversaciones!

—Si prefieres tu celda… —me amonesta.

Es otra amenaza hueca que él urde todos los días. Ambos sabemos que esto es mejor que la alternativa. Por lo menos ahora puedo fingir que hago algo útil, y él que está totalmente solo en esta jaula que creó para sí, para nosotros dos.

Es difícil dormir en este palacio, aun con los grilletes, lo que significa que tengo mucho tiempo para pensar.

Y para planear.

Los libros de Julian no son sólo un consuelo, sino una herramienta. Él prosigue de esta forma con las enseñanzas que me imparte, pese a que nos separan quién sabe cuántos kilómetros. En sus muy conservados textos hay nuevas lecciones que aprender y llevar a la práctica. La primera y más importante de ellas es *Divide y vencerás*. Maven ya la aplicó conmigo. Tengo que devolverle el favor.

—¿Quieres atrapar a Jon?

Mi pregunta lo sorprende, es la primera mención del nuevasangre que aprovechó el intento de magnicidio para escapar. Hasta donde sé, no ha sido capturado todavía. Una parte de mí lo lamenta. Huyó y yo no pude hacerlo. Al mismo tiempo me da gusto: Jon es un arma que quiero lejos de Maven Calore.

Se recupera en una fracción de segundo y vuelve a comer. Cuando se mete a la boca una lonja de tocino, lanza al viento toda su compostura.

—Tú y yo sabemos que no es fácil hallar a ese tipo.

—Pero lo buscas.

—Tuvo conocimiento de un ataque contra su rey y no hizo nada para evitarlo —dice con toda naturalidad—. Eso equivale a homicidio. Por lo que sabemos, conspiró también con las Casas de Iral, Haven y Laris.

—Lo dudo. Si les hubiera ayudado, no habrían fallado. ¡Lástima! —ignora la pulla y continúa con su lectura y su desayuno. Ladeo la cabeza y mi oscuro cabello se derrama en mi hombro. El gris de las puntas se ha extendido y sube hacia las raíces, pese a los mejores esfuerzos de mi sanadora. Ni siquiera la Casa de Skonos puede curar lo que ya está muerto—. Jon me salvó la vida —unos ojos azules se encuentran firmemente con los míos—. Llamó mi atención unos segundos antes del ataque. Hizo que volteara. De no haber sido por eso… —paso un dedo por mi pómulo, donde una bala rozó apenas la mejilla en lugar de hacerme pedazos el cráneo. Aunque la herida sanó, no ha sido olvidada—. Sin duda desempeño una labor significativa en el futuro que él ve, sea cual sea —se concentra en mi cara, no en mis ojos, sino en el punto donde una bala habría destrozado mi cabeza.

—Por alguna razón, es difícil dejarte morir —fuerzo una carcajada breve y amarga para él, en beneficio del espectáculo—. ¿Qué resulta tan gracioso?

—¿Cuántas veces has intentado matarme?

—Sólo una.

—¿Y el resonador qué fue entonces? —mis dedos tiemblan por el recuerdo, el dolor que esa máquina me produjo sigue vivo en mi mente—. ¿Sólo un juego?

Un informe más revolotea bajo la luz del sol y aterriza con el anverso hacia abajo. Maven se chupa los dedos antes de leer otro. A pesar de que se muestra muy serio, sé que es una puesta en escena.

—El resonador no fue pensado para matarte, Mare, sólo para incapacitarte en caso necesario —una mirada extraña atraviesa su rostro, es casi petulante—. Yo ni siquiera ideé ese artefacto.

—Es obvio, no eres de los que tienen ideas. ¿Fue Elara?

—Fue Cal —*Oh*. Antes de que pueda evitarlo veo el suelo, aparto la mirada de él, necesito estar sola un momento. El pinchazo de la traición hiere mis entrañas, así sea sólo un segundo. Sería absurdo enojarse ahora—. No puedo creer que no te lo haya dicho —insiste—. Le gusta vanagloriarse y ése era un objeto muy ingenioso. Pero no importa, ordené que lo destruyeran —posa su mirada en mi semblante, ávido de una reacción. Impido que mi expresión cambie pese al súbito vuelco en mi pecho. El resonador ha dejado de existir. Es otro pequeño regalo, un mensaje más del fantasma—. De todas formas, sería fácil que lo construyéramos de nuevo si decidieras no cooperar más. Cal tuvo la gentileza de dejar los planos aquí cuando salió corriendo con tu banda de ratas Rojas.

—Escapó —siseo. *Sigue. No lo sueltes.* Finjo desinterés y hago a un lado el plato de la comida. A pesar de que me esmero en mostrarme dolida, como Maven lo desea, no me permito sentirme así. Debo apegarme al plan, desviar la conversación adonde quiero—. Tú lo obligaste a irse, para tomar su lugar y ser idéntico a él —al igual que yo, fuerza una carcajada con la que oculta su irritación.

—No tienes idea de cómo habrían sido las cosas si él se hubiera puesto la corona en la cabeza.

Cruzo los brazos y me recargo en la silla. Esto marcha tal como lo deseo.

—Sé que se habría casado con Evangeline Samos, habría continuado una guerra inútil e ignoraría todavía a un país oprimido y encolerizado. ¿Te parece familiar? —puede que sea una víbora en forma humana, pero ni siquiera tiene una réplica. Deja caer un documento frente a sí con demasiada precipitación. El anverso queda un segundo hacia arriba antes de que lo voltee; alcanzo a descifrar unas cuantas palabras: *Corvium, Heridos.* Ve que las leo y suelta un suspiro de fastidio.

—Como si pudieran servirte de algo —dice con calma—. No irás a ningún lado, así que ¿para qué te molestas?

—Supongo que tienes razón. Es probable que mi vida no dure mucho tiempo ya —ladea la cabeza y arruga la frente de preocupación, justo como lo espero. Como lo necesito.

—¿Qué te hace decir eso? —miro al techo, estudio las elaboradas molduras y el candelabro que titila con diminutas lámparas eléctricas. ¡Si pudiera sentirlas!

—Sabes que Evangeline no me dejará viva. Una vez que sea reina... estoy acabada —la voz me tiembla e imprimo todo mi temor en esas palabras. Confío en que dé resultado. Él debe creerme—. Lo ha querido desde el día que caí en su vida —parpadea ante mí.

—¿No has pensado que te protegeré de ella?

—No creo que puedas hacerlo —mis dedos juguetean con mi vestido, no tan bonito como los que hacen para la corte, pero igual de recargado—, aunque ambos sabemos lo fácil que es matar a una reina.

El calor hace que el aire ondule mientras él no me quita los ojos de encima, como si me retara a mirarlo. Pese a que mi reacción natural es hacerlo, volteo hacia otro lado, me niego a verlo. Esto lo enfurecerá más: le encanta tener público. El momento se prolonga y me siento desnuda ante él, la presa en el camino del predador. Eso es justo lo que soy aquí, donde estoy enjaulada, coartada, atada. Lo único que me queda es mi voz y las piezas de Maven que espero conocer aún.

—Ella no te tocará.

—¿Y qué va a pasar con los lacustres —levanto la cabeza y lágrimas de ira acuden a mis ojos, nacidas de la frustración, no del temor— cuando destruyan tu reino, que se desmorona? ¿Qué va a pasar cuando ganen esta guerra interminable y reduzcan tu mundo a cenizas? —río para mí y exhalo trémula. Las lágrimas caen con profusión ahora. Deben hacerlo, tengo que convencerlo con todo mi ser—. Me imagino que terminaremos juntos en el Cuenco de los Huesos, que nos ejecutarán codo a codo —por la forma en que palidece, en que su escaso color huye de su rostro, sé que ha pensado lo mismo. Esto lo atormenta sin medida, es una herida sangrante, así que giro el cuchillo—. Estás al borde de una guerra civil, incluso yo lo sé. ¿Qué caso tiene fingir que existe un escenario en el que salga viva? O me mata Evangeline o me mata la guerra.

—Ya te dije que no permitiré que eso ocurra —no necesito fingir la queja que le lanzo en seguida.

—¿En qué vida puedo confiar en lo que sale de tu boca?

Cuando se pone en pie, el frío temor que se acumula en mi estómago no es falso tampoco. Mientras da la vuelta a la mesa y se acerca a mí con zancadas firmes y elegantes, aprieto cada músculo, me tenso para no temblar pero me estremezco de todas formas. Me preparo para un golpe al momento en que toma mi rostro con manos inquietantemente suaves y pone ambos pulgares bajo mi quijada, a unos centímetros de la yugular.

Su beso arde más que su marca.

La sensación de sus labios en los míos es la peor violación que pueda imaginarse. Aunque para él, para lo que necesito, cierro las manos en mi regazo. Las uñas se hunden en mi carne en lugar de la suya. Debe creer como su hermano creyó. Debe elegirme a mí como intenté que Cal lo hiciera. Pese a todo, no tengo fuerzas para abrir la boca y mi mandíbula permanece inmóvil.

Interrumpe el beso y espero que no sienta mi piel erizarse bajo sus manos. Sus ojos inspeccionan los míos, buscan la mentira que he escondido tan bien.

—Ya perdí a todas las demás personas que amaba.

—¿Y quién tiene la culpa?

En cierto modo, tiembla más que yo. Retrocede, me suelta y sus dedos se arañan entre sí. Me asusto porque reconozco ese movimiento, yo lo hago también. Cuando el dolor en mi cabeza es insoportable, necesito un sufrimiento de otro tipo que me distraiga. Él se detiene cuando nota que lo observo y fija ambas manos en sus costados lo más fuerte que puede.

—Ella destruyó muchos de mis hábitos —admite—. Nunca destruyó éste. Algunas cosas regresan siempre.

—Ella —Elara. Veo su obra ante mí, el chico al que le dio forma de rey con una tortura llamada amor. Se sienta de nuevo, muy despacio. No dejo de mirarlo, sé que lo desconcierto. Lo saco de balance pese a que no entiendo exactamente por qué. *Todas las demás personas que amaba.* Ignoro el motivo de que me incluya en esa frase, aunque sé que ésa es la razón de que yo le dé aliento todavía en este mundo. Con cuidado, dirijo otra vez la conversación a Cal—. Tu hermano vive.

—Por desgracia.

—¿No lo quieres? —no se molesta en voltear, posa los ojos en el informe siguiente, fijos en un solo punto. No porque se haya sorprendido o acongojado. Está confundido, es un niño que intenta armar un rompecabezas al que le faltan demasiadas piezas.

—No —responde al fin con una mentira.

—No te creo —le digo y sacudo la cabeza, porque recuerdo cómo eran: hermanos, amigos, educados juntos contra el resto del mundo. Ni siquiera Maven puede eludirlo. Ni siquiera Elara puede romper un lazo de esa naturaleza. Por muchas que sean las ocasiones en que Maven ha intentado matar a Cal, no puede negar lo que ambos fueron en otro tiempo.

—Cree lo que te apetezca, Mare —replica. Como antes, adopta un aire de indiferencia, trata violentamente de convencerme de que no significa nada para él—. Sé a ciencia cierta que no quiero a mi hermano.

—No mientas. Yo también tengo hermanos. Es complicado, en especial entre mi hermana y yo. Siempre ha sido mejor en todo, más talentosa, más buena, más lista. Todos la prefieren a ella antes que a mí —balbuceo mis antiguos temores, tejo con ellos una telaraña para él—. Óyelo de alguien que sabe. Perder a uno de ellos... perder a un hermano... —mi respiración se dificulta y mi mente vuela. No te detengas. Usa el dolor— duele como no puede doler nada más.

—Shade, ¿no es así?

—¡No te atrevas a pronunciar su nombre! —espeto, olvido por un momento lo que intento hacer. La herida es demasiado fresca, está demasiado abierta. Él se lo toma con calma.

—Mi madre dijo que soñabas con él a menudo —el recuerdo me hace estremecer, lo mismo que pensar en ella.

La siento todavía, siento que clava sus garras en las paredes de mi cráneo—. Supongo que no eran sueños, era él en verdad.

—¿Elara lo hacía con todos? —pregunto—. ¿Nada estaba a salvo de ella, ni siquiera los sueños? —no responde e insisto—. ¿Soñaste conmigo alguna vez? —lo hiero de nuevo sin darme cuenta. Baja la mirada, hacia el plato vacío que tiene frente a sí. Aunque levanta una mano para tomar el vaso de agua, se arrepiente; sus dedos vacilan un segundo antes de que los oculte de mi vista.

—No lo sé —contesta por fin—. No sueño nunca —río.

—Eso es imposible, incluso para alguien como tú.

Algo sombrío, algo triste tiembla en su cara. Su mandíbula se tensa y su garganta se dobla, intenta tragar palabras que no debería decir. Le salen de golpe de todos modos. Sus manos reaparecen, golpetean débilmente la mesa.

—Antes tenía pesadillas. Ella las eliminó cuando era niño. Como dijo Sansón, mi madre era una cirujana de la mente; extirpaba todo lo que no le convenía —aunque en las últimas semanas un enojo ardiente y feroz ha reemplazado la fría vacuidad que sentía antes, la frialdad regresa mientras él habla. Me recorre un veneno, una infección. No quiero oír sus palabras; sus excusas y explicaciones no son nada para mí. No cesa de ser un monstruo, ha sido un monstruo siempre. Pese a todo, no puedo dejar de escuchar. Porque yo podría ser un monstruo también, si se dieran las desafortunadas circunstancias, si alguien me dejara tan destrozada como lo dejaron a él—. Sé que alguna vez quise a mi hermano, a mi padre. Lo recuerdo —sus manos se cierran en torno al cuchillo de la mantequilla, mira la hoja sin filo; me pregunto si quisiera usarlo contra él mismo o contra su difunta madre—. Pero ya no lo siento. Ese amor ya no está ahí. Por ninguno de los dos. Por casi nada.

205

—¿Por qué me tienes aquí entonces? Si no sientes nada, ¿por qué no me matas y terminas con esta situación?

—A ella le costaba trabajo borrar... cierto tipo de sentimientos —admite y cruza su mirada con la mía—. Intentó hacerlo con mi padre, para que olvidara su amor por Coriane. Eso sólo empeoró las cosas. Además —agrega en voz baja—, siempre afirmó que era preferible el desconsuelo. Que el dolor fortalece y el amor debilita. Tenía razón. Aprendí eso antes de conocerte —dice y un nombre más flota en el aire, no pronunciado todavía.

—Thomas —un chico en el frente de guerra, otro Rojo perdido a manos de una guerra inútil. *Mi primer amigo de verdad*, me dijo Maven en una ocasión. Entiendo ahora los espacios entre esas palabras, las cosas no dichas. Quería a ese chico tanto como dice amarme a mí.

—Thomas —repite y aprieta más el cuchillo—. Sentí... —la frente se le frunce, arrugas profundas se forman entre sus ojos. Se lleva la otra mano a la sien para aliviar un dolor que no comprendo—. Ella no estuvo ahí. No lo conoció. No supo. Él ni siquiera era un soldado. Fue un accidente.

—Dijiste que intentaste salvarlo. Que tus guardias lo impidieron.

—Fue una explosión en el cuartel general. En las noticias dijeron que había sido una infiltración lacustre —un reloj registra el paso del tiempo en alguna parte. Él prolonga su silencio en tanto elige sus palabras, cuánto debe permitir que la máscara caiga. Pero ya ha caído, está tan al descubierto como sólo puede estarlo conmigo—. Estábamos solos. Perdí el control —lo veo en mi imaginación, cubro los detalles que él no querrá revelarme. Era quizás un depósito de municiones, o incluso una línea de gas; en ambos casos basta una flama para matar—. Yo no ardí. Fue él.

—Maven...

—Ni siquiera mi madre pudo eliminar ese recuerdo. Ni siquiera ella pudo hacerme olvidar, por más que se lo rogué. Quería que me suprimiera ese dolor y lo intentó muchas veces. En cambio, era peor siempre —sé la respuesta que dará a la pregunta que deseo formular, pero la hago de todas maneras.

—¿No me soltarás?

—No.

—Entonces me dejarás morir a mí también. Como a él —el recinto crepita de calor y siento gotas de sudor en la espalda. Se levanta tan rápido que tira su silla al suelo. Golpea con un puño la mesa antes de azotarla y arrojar platos, vasos e informes al suelo. Los documentos flotan un instante, quedan suspendidos en el aire antes de que caigan sobre la pila de fragmentos de cristal y porcelana.

—¡No lo haré! —gruñe para sí, tan bajo que casi no lo escucho mientras sale indignado del comedor.

Los Arven entran, me toman por los brazos y me apartan de la mesa de documentos, todos fuera de mi alcance.

Me sorprende saber que Maven canceló por el resto del día su agenda de audiencias y reuniones en la corte, por lo general meticulosa. Sospecho que nuestra conversación tuvo un efecto más fuerte del que creí. Su ausencia me confina a mi cuarto, a los libros de Julian. Me obligo a leer, aunque sólo sea para eliminar los recuerdos de esta mañana. Maven es un mentiroso consumado y no confío en una sola de sus palabras, aun si dijo la verdad, aun si es producto de la intromisión de su madre, una flor con espinas forzada a crecer de cierto modo. Pero no cambia las cosas. No puedo olvidar todo lo que me ha infligido, lo que ha infligido a tantos otros.

Cuando lo conocí, su dolor me sedujo. Era el muchacho en las sombras, un hijo olvidado. Me vi en él, siempre por debajo de Gisa, la brillante estrella en el mundo de mis padres. Sé ahora que lo planeó todo. En ese entonces me atrapó, me hizo caer en la trampa de un príncipe. Ahora estoy en la jaula de un rey, pero él también lo está. Mis cadenas son la roca silente; las suyas son la corona.

El país de Norta se forjó a partir de pequeños reinos y señoríos, tan diversos en tamaño como el reino de la Fisura, de la Casa de Samos, y la ciudad-Estado de Delphie. César Calore, señor Plateado de Arcón y talentoso estratega, unió a la fracturada Norta contra la creciente amenaza de invasión por parte de las Tierras Bajas y la comarca de los Lagos. Tan pronto como se le coronó, casó a su hija Juliana con Garion Savanna, el príncipe supremo que gobernaba las Tierras Bajas. Este acto afianzó una alianza perdurable entre la Casa de Calore y los príncipes de esa nación. Muchos hijos de la realeza de Calore y las Tierras Bajas conservaron esa alianza matrimonial por los siglos siguientes. El rey César dio a Norta una era de prosperidad y por eso los calendarios de Norta consideran el inicio de su reinado como el comienzo de la "Nueva Era", o NE.

Debo hacer tres intentos para terminar este párrafo. Los libros de historia de Julian son mucho más densos que lo que aprendí en la escuela. No dejo de divagar en una cabellera negra y unos ojos azules. En las lágrimas que Maven se niega a mostrar, incluso a mí. ¿Es otra actuación? ¿Qué haré si lo es? ¿Qué haré si no lo es? Mi corazón sufre por él; mi corazón se endurece en su contra. Sigo adelante para evitar estos pensamientos.

En contraste, las relaciones entre la recién fundada Norta y la extensa comarca de los Lagos se deterioraron. Después de una serie de guerras fronterizas con la Pradera en el siglo II NE, la comarca de los Lagos perdió un valioso territorio agrícola en la región de Minnowan, así como el control del Río Grande (también llamado Miss). Los tributos siguieron a la guerra, lo mismo que la amenaza de hambruna y rebelión Roja y la expansión forzada a lo largo de la frontera de Norta. En ambos lados surgieron desacuerdos. Para impedir que el derramamiento de sangre continuara, los reyes Tiberias III, de Norta, y Onekad Cygnet, de la comarca de los Lagos, se reunieron en una histórica cumbre en el paso de la Cascada de la Doncella. Las negociaciones fracasaron en poco tiempo y en 200 NE ambos reinos se declararon la guerra y culparon al otro del rompimiento de sus relaciones diplomáticas.

Río sin remedio. Nada cambia nunca.

Conocida como la Guerra Lacustre en Norta y la Agresión en la comarca de los Lagos, el conflicto persiste al momento de escribir estas líneas. Los Plateados han perdido alrededor de quinientos mil elementos, la mayoría de ellos en la primera década de la guerra. No se cuenta con registros exactos de los soldados Rojos, aunque se estima que han muerto más de cincuenta millones de ellos, mientras que el número de heridos es de más del doble. La proporción de heridos de Lacustre y Norta es la misma respecto a la población Roja nativa.

Pese a que tardo un poco más de lo que querría, hago las cuentas en mi cabeza. Casi cien veces más muertos Rojos que Plateados. Si este libro perteneciera a alguien distinto a Julian, lo aventaría presa de cólera.

Un siglo de guerra e inútil derramamiento de sangre.

¿Cómo puede alguien cambiar algo así?

Por una vez, cuento con la habilidad de Maven para distorsionar y conspirar. Quizás él pueda ver una vía —abrir un camino— que nadie haya imaginado antes.

TRECE
Mare

Transcurre una semana hasta que salgo de mi celda nuevamente. Pese a que son un regalo de Maven, un recordatorio de su extraña obsesión conmigo, los libros de Julian
me alegran. Son mi única compañía, una parte de un amigo
en este lugar. Los conservo cerca, igual que el paño de seda
de Gisa.

Las páginas pasan al ritmo de los días. Viajo al pasado en
los libros de historia, a través de palabras cada vez menos
creíbles. Trescientos años de reyes Calore, siglos de caudillos
Plateados: éste es un mundo que reconozco. Pero cuanto más
lejos llego, más turbias se vuelven las cosas.

*Las fuentes documentales del así llamado Periodo de la Reforma
son escasas, aunque la mayoría de los expertos coinciden en que
dicho periodo se inició alrededor del año 1500 de la antigua era
(AE) conforme al calendario moderno de Norta. Casi todos los
documentos previos a la Reforma, después, durante o con ante-
rioridad a las Calamidades que aquejaron al continente, fueron
destruidos, se han perdido o son imposibles de leer en el presente.
Los que fueron recuperados se estudian y protegen con esmero en
el Archivo Real de Delphie y centros similares de reinos vecinos.*

Las Calamidades han sido objeto de amplias investigaciones de campo complementadas con la mitología preplatina para proponer sucesos. Al momento de escribir estas líneas, muchos creen que una combinación de devastadoras guerras, corrimiento geológico, cambio climático y otras catástrofes naturales resultó en la casi total extinción de la raza humana.

Los documentos más antiguos traducibles descubiertos hasta ahora datan de alrededor de 950 AE, aunque el año exacto es imposible de precisar. Uno de ellos, El juicio de Barr Rambler, *es un relato inconcluso de la tentativa de juicio contra un individuo al que se acusó de robo en la Delphie reconstruida. Barr fue culpado de robar la carreta de su vecino. Se dice que en el curso del juicio rompió las cadenas que lo sujetaban "como si fueran varitas" y escapó, pese a la estricta vigilancia. Se cree que éste es el primer registro de un Plateado que haya dado muestras de su habilidad. Hasta la fecha la Casa de Rhambos remonta a él su linaje de colosos. Sin embargo, esa afirmación es refutada por otro documento tribunalicio,* El juicio de Hillman, Tryent, Davids, *según el cual tres ciudadanos de Delphie fueron procesados a causa del asesinato subsecuente de Barr Rambler, de quien se dice no tuvo descendencia. Exonerados esos tres sujetos, sus conciudadanos los aclamaron por haber destruido "la abominación de Rambler"* (Textos y documentos de Delphie, vol. 1).

El trato concedido a Barr Rambler no fue un incidente aislado. Numerosos documentos y textos antiguos detallan el temor y persecución de una creciente población de seres humanos con habilidades y sangre del color de la plata. La mayoría de ellos se unieron para protegerse y formaron comunidades fuera de las ciudades dominadas por los Rojos. El Periodo de la Reforma llegó a su fin con la aparición de las sociedades Plateadas, algunas de

las cuales vivían en conjunción con ciudades Rojas, pese a que la
mayoría se impuso al final sobre sus equivalentes de sangre roja.

La mera idea de que los Plateados hayan sido perseguidos por los Rojos me causa risa. ¡Qué cosa más estúpida, más imposible! Todos los días de mi vida he sabido que ellos son dioses y nosotros insectos. Ni siquiera puedo concebir un mundo donde lo contrario sea cierto.

Estos libros son de Julian. Él vio suficiente mérito en ellos para estudiarlos. De todas formas, estoy demasiado inquieta para continuar y dejo mi lectura para los años por venir. La Nueva Era, los reyes Calore son nombres y épocas que conozco de una civilización que comprendo.

Un día me traen ropa más modesta de lo normal. Es cómoda, está hecha para el trabajo antes que para el lucimiento. Es el primer indicio que recibo de que algo sucede. Casi tengo el aspecto de un agente de seguridad, con pantalones elásticos, un saco negro apenas adornado con abalorios de color rubí y unas botas muy prácticas, lustradas aunque de piel raída, sin tacones, con el ajuste preciso y sobrado espacio para mis grilletes. Las esposas quedan ocultas como de costumbre, cubiertas por unos guantes con forro de piel para el frío. Mi corazón da un vuelco. Nunca unos guantes me habían emocionado tanto.

—¿Voy a salir? —pregunto sin aliento a Gatita porque olvido que es experta en ignorarme.

No me defrauda. Mira al frente mientras me saca de mi lujosa celda. Trébol es siempre más fácil de descifrar. Sus labios fruncidos y entrecerrados ojos verdes bastan como afirmación, por no mencionar que también ellas se han cubierto con gruesos abrigos y guantes, aunque de hule, para proteger sus manos de una electricidad que ya no poseo.

Salir. No he experimentado mucho más que la brisa de una ventana abierta desde ese día en las escaleras del palacio. Creí entonces que Maven me cortaría la cabeza y era obvio que tenía la mente en otro asunto. Ahora querría recordar el aire frío de noviembre, el viento cortante que trae consigo el invierno. En mi prisa casi dejo atrás a las Arven. Ellas me jalonean sin tardanza para que iguale sus pasos. El descenso es enloquecedor, por escaleras y corredores que conozco de memoria.

Percibo una presión familiar y cuando miro por encima del hombro veo que Huevo y Trío se integran a nuestras filas y cierran la marcha de mi escolta de la Casa de Arven. Se mueven unánimemente con Trébol y Gatita, sus pasos al compás, mientras nos abrimos camino hasta el vestíbulo y la Plaza del César.

Mi emoción se desvanece tan rápido como llegó.

El temor me corroe las entrañas. Intenté manipular a Maven para que cometiera costosos errores, para que dudara, para que quemase los últimos puentes que dejó intactos. Pero quizá fracasé. Tal vez él me quemará a mí.

Me concentro en el chasquido de mis botas sobre el mármol, en algo sólido donde anclar mi miedo. Aprieto los puños dentro de mis guantes, suplican la presencia de chispas con que pueda arreglármelas. No llegan nunca.

El palacio está extrañamente vacío, más que de costumbre. Las puertas han sido cerradas a conciencia y algunos sirvientes revolotean por las habitaciones aún abiertas, prestos y callados como ratones. Tienden sábanas blancas sobre muebles y obras de arte, que cubren con peculiares sudarios. Hay pocos agentes y menos nobles. Los que veo a mi paso son jóvenes y de ojos atentos. Conozco sus Casas, sus colores y advierto un temor manifiesto en su rostro. Están vestidos igual que yo, para resguardarse del frío, para realizar sus deberes, para moverse.

—¿Adónde fueron todos? —pregunto a nadie, porque nadie me contesta.

Trébol tira con brusquedad de mi cola de caballo y me obliga a mirar al frente. Aunque no duele, es desagradable. Ella no me trata nunca así, a menos que le dé una buena razón para hacerlo.

Barajo las opciones. ¿Es un desalojo? ¿La Guardia Escarlata intentó otro asalto contra Arcón? ¿Las Casas rebeldes retornaron para terminar lo que emprendieron? No, no es posible. Hay demasiada tranquilidad aquí. No huimos de nada.

En tanto atravesamos el salón respiro hondo y miro en torno mío. Hay mármol abajo, candelabros arriba, espejos altos y rutilantes y cuadros dorados de viejos Calore en las paredes. También hay estandartes rojos y negros, plata y oro y cristal. Siento como si todo fuera a desplomarse y aplastarme. El miedo recorre mi espalda cuando las puertas se abren sin más, de metal y vidrio que giran en bisagras gigantescas. La primera bocanada de aire frío me da de frente y humedece mis ojos.

El sol de invierno brilla radiante en la luciente plaza y me ciega un segundo. Parpadeo rápido para que mi vista se adapte a la luz. No puedo perderme un solo segundo. El mundo exterior adquiere precisión poco a poco. Gruesas capas de nieve cubren los tejados del palacio y de las estructuras circundantes en la Plaza del César.

Una escuadra flanquea las escaleras del Fuego Blanco, inmaculada en sus hileras pulcras. Los Arven me conducen en medio de esa doble fila de soldados, más allá de sus armas, uniformes y ojos impávidos. Lanzo una mirada furtiva a la opulenta y pálida mole del palacio. Varias siluetas merodean por la techumbre; son agentes de uniforme negro, soldados de gris oscuro. Aun desde aquí se distinguen sus rifles, recortados contra un cielo frío y azul. Son apenas los vigilantes que alcanzo a ver. Debe haber más, los que patrullan las murallas y cubren las puertas, escondidos y dispuestos a defender este lugar miserable. Quizás haya cientos de ellos, aún presentes gracias a su lealtad y letal aptitud. Cruzamos solos la plaza, en dirección a nadie, a nada. ¿De qué se trata?

Reparo en los edificios por los que atravesamos. El Tribunal del Reino —una construcción circular con lisas paredes de mármol, columnas en espiral y cúpula de vidrio— ha caído en desuso desde que Maven subió al trono. Es un símbolo de poder, un recinto lo bastante amplio para alojar a las Grandes Casas y sus satélites junto con importantes miembros de la ciudadanía Plateada. Jamás he entrado en él. Espero no hacerlo nunca. Tribunales de justicia, donde las leyes Plateadas se gestan y promulgan con brutal eficiencia, se desprenden de la estructura abovedada. Junto a sus arcos y accesorios de cristal, la sede del Tesoro brinda una apariencia deslucida, de paredes de piedra sin ventanas —más mármol, debo preguntarme cuántas canteras consumió este sitio— que se elevan como un bloque de roca entre esculturas. La riqueza de Norta se halla en alguna parte de ese edificio, más protegida que el rey, encerrada en bóvedas abiertas en el lecho de roca bajo nuestros pies.

—Por aquí —gruñe Trébol y me dirige al Tesoro.

—¿Por qué? —pregunto.

De nuevo, nadie responde.

Mi pulso se acelera, martilleando en mi tórax y me empeño en mantener una respiración uniforme. Cada helado jadeo se asemeja al tictac de un reloj que llevase la cuenta regresiva de los momentos previos a mi desaparición. Las puertas son gruesas, más que las de la cárcel de Corros. Están abiertas de par en par como una boca que bosteza, flanqueadas por guardianes con librea de color púrpura. El vestíbulo del Tesoro dista de ser grandioso, en marcado contraste con las demás estructuras Plateadas que he visto alguna vez; es apenas un largo corredor blanco que se curva y desciende en espiral. Los vigilantes se cuadran cada diez metros con un rubor que destaca contra la piedra blanca pura. Desconozco en qué lugar se encuentran las bóvedas, adónde me dirijo.

Después de exactamente seiscientos pasos, nos detenemos delante de un guardia.

Sin decir palabra, da un paso al frente y a un lado, y apoya los dedos en la pared a sus espaldas. Cuando la empuja, el mármol retrocede treinta centímetros y deja ver el perfil de una puerta. Ésta se desliza bajo su toque hasta abrir en la piedra un hueco de un metro. El soldado no ha hecho ningún esfuerzo. *Es un coloso*, me digo.

La piedra es gruesa y pesada. Mi temor se triplica, trago saliva y siento que mis manos empiezan a sudar dentro de los guantes. Maven me encerrará finalmente en una verdadera celda.

Trébol y Gatita me empujan, intentan tomarme por sorpresa, pero me planto en el suelo y tenso todas mis articulaciones contra ellas.

—¡No! —grito, estampo un hombro en una de mis custodias. Aunque resopla, Gatita no deja de empujar al tiempo que Trébol me toma por la cintura y me levanta sobre el piso—. ¡No me encierren aquí! —ignoro qué carta jugar, qué máscara usar. ¿He de llorar, de implorar? ¿Debo actuar como la reina rebelde que creen que soy? ¿Cuál de ellas me salvará? El temor anula mis sentidos, jadeo como una niña que se ahoga—. Por favor, no puedo... no puedo...

Pese a que lanzo patadas al aire para derribar a Trébol, ella es más fuerte de lo que supuse. Huevo me sujeta las piernas y no se inmuta cuando mi tacón se estrella en su quijada. Me cargan como un mueble sin el menor miramiento.

Me retuerzo y alcanzo a ver al agente del Tesoro mientras la puerta se desliza de nuevo hasta su sitio. Canturrea para sí, despreocupado. Un día más de labores. Me fuerzo a mirar al frente, al destino que me aguarda en estas blancas profundidades, sea cual fuere.

La bóveda está vacía. Su pasillo serpentea como el corredor por el que llegamos, aunque con vueltas más pronunciadas. No hay nada en las paredes, ninguna seña distintiva, ninguna juntura, ni siquiera guardianes, sólo luces arriba y piedra en torno nuestro.

—¡Por favor! —retumba mi voz en el silencio, acompañada solamente por el ruido de mi pulso acelerado.

Miro arriba con la ilusión de que sea un sueño.

Cuando me sueltan, resuello porque me he quedado sin aire. De cualquier forma, me pongo en pie lo más pronto posible, con los puños cerrados y los dientes de fuera, lista para pelear y dispuesta a perder. No me abandonarán aquí sin que le tire los dientes a alguien.

Retroceden codo a codo, serios, indiferentes. Su atención está más allá de mí, detrás de mí.

Al girar no me encuentro con otra pared vacía, sino con un andén curvo y recién construido que comunica con otros corredores, bóvedas o pasajes secretos y da a unas vías.

Antes de que mi cerebro intente atar los cabos, antes incluso de que el más breve hálito de emoción se extienda por mi mente, Maven habla y hace pedazos mis esperanzas.

—No te muevas.

Su voz vibra a mi izquierda, en el otro extremo del andén. Él aguarda ahí, rodeado por una escolta de centinelas junto con Evangeline y Ptolemus. Todos visten abrigos similares al mío, abundantes en pieles para abrigarlos. Los dos jóvenes Samos resplandecen bajo sus martas cebellinas negras.

Maven se acerca a mí mientras sonríe con la confianza de un lobo.

—La Guardia Escarlata no es la única capaz de construir ferrocarriles.

El tren subterráneo traqueteaba, echaba chispas y estaba oxidado por todas partes, era un montón de hojalata que amenazaba con separarse de sus soldaduras. Pero prefiero eso a este gusano glamoroso.

—Tus amigos me dieron la idea, por supuesto —dice Maven en su asiento afelpado frente al mío.

Se solaza, orgulloso de sí mismo. No percibo hoy ninguno de sus males psíquicos. Están muy bien escondidos, hechos a un lado u olvidados por el momento.

Refreno el impulso de hacerme ovillo en mi asiento y mantengo ambos pies bien plantados en el piso. Si algo marcha como no debería, debo estar lista para correr. Lo mismo que en el palacio, inspecciono cada centímetro del tren de Maven en busca de ventajas de cualquier clase; no encuentro ninguna. No hay ventanas y los centinelas y celadores Arven se yerguen en cada punta del largo compartimiento. Está amueblado como un salón, con cuadros, sillas y sillones tapizados, y hasta lámparas de cristal que tintinean al ritmo del tren. Pero como me sucede con todo lo Plateado, veo las grietas. La pintura no ha terminado de secarse; la puedo oler. El tren es flamante, no ha sido puesto a prueba. Al otro lado del compartimiento, los ojos de Evangeline no cesan de volar en todas direcciones, lo que delata su intento de aparentar calma. El tren la pone nerviosa. Apuesto que siente cómo cada pieza se mueve a gran velocidad. Es difícil acostumbrarse a esa sensación. Yo no podría hacerlo nunca, no soportaría experimentar en todo momento el pulso de máquinas como el tren subterráneo o el avión Blackrun. Antes sentía la electricidad en la sangre; pienso que Evangeline siente el metal en las venas.

Su hermano está sentado junto a ella y me fulmina con la mirada. Se reacomoda en una o dos ocasiones y roza el hombro de Evangeline. La penosa expresión de ella se suaviza en esos momentos, atenuada por la presencia de él. Imagino que si este nuevo tren hiciera explosión, ellos serían lo bastante fuertes para sobrevivir a la metralla.

—Lograron escapar ágilmente del Cuenco de los Huesos y trasladarse por los viejos rieles hasta Naercey antes de que yo llegara. Supuse entonces que no estaría nada mal disponer de una modesta vía de escape para mí —continúa Maven y golpetea su rodilla—. Uno nunca sabe qué nuevo invento se le ocurrirá a mi hermano en su afán de derrocarme. Es mejor estar preparado.

—¿Y de qué escapas ahora? —pregunto en voz baja. Él se encoge de hombros y ríe.

—No te acongojes, Mare. Me hago un favor, pero también te lo hago a ti —sonríe, se hunde en su asiento y sube los pies en el que está a mi lado. Arrugo la nariz ante esta acción y aparto la mirada—. La cárcel del Palacio del Fuego Blanco es tolerable sólo hasta cierto punto.

La cárcel. Contengo un contraargumento y me obligo a seguirle la corriente. *No tienes la menor idea de la clase de cárcel que es ésa, Maven.*

Sin ventanas ni otra indicación, no sé adónde vamos o qué tan lejos puede llegar esta máquina infernal. Parece tan rápida como el tren subterráneo, si no es que más. Dudo que nos dirijamos al sur, a Naercey, una ciudad en ruinas ya abandonada incluso por la Guardia Escarlata; Maven hizo alarde del derrumbe de sus túneles tras la infiltración de Arcón.

Me deja pensar. Observa mientras trato de descifrar la imagen que nos rodea. Sabe que no tengo piezas suficientes para completarla. De todas formas, me deja hacer la prueba y no ofrece más explicación.

Los minutos vuelan y fijo mi atención en Ptolemus. Mi odio por él no ha hecho más que acrecentarse en los últimos meses. Mató a mi hermano. Hizo que Shade desapareciera de este mundo. Haría lo mismo con todos los que amo si se le permitiera. Por una vez, no porta su armadura con escamas. Esto lo hace ver más pequeño, más débil, más vulnerable. Fantaseo con que le corto la garganta y mancho con sangre Plateada las recién pintadas paredes de Maven.

—¿Qué tanto ves? —gruñe Ptolemus y nuestras miradas se cruzan.

—Déjala que ponga los ojos donde quiera —dice Evangeline, se recuesta en su asiento y ladea la cabeza sin romper el contacto visual—. No puede hacer mucho más que eso.

—Ya veremos —replico, mis dedos se agitan en mi regazo.

Maven chasquea la lengua y nos reprende.

—¡Damiselas…!

Antes de que ella pueda protestar, dirige su atención a las paredes, al suelo, al techo y Ptolemus la sigue. Perciben algo que yo no puedo sentir. El tren comienza entonces a aminorar la marcha y sus engranajes y mecanismos rechinan contra los rieles de hierro.

—Ya casi llegamos —dice Maven, se pone en pie y me ofrece una mano.

Acaricio por un momento la idea de arrancarle los dedos de una mordida. En cambio, poso mi mano en la suya e incorporo la sensación hormigueante bajo mi piel. Cuando me incorporo, su pulgar roza el borde puntiagudo de mi grillete bajo el guante; es un firme recordatorio del control que él ejerce sobre mí. No lo soporto, me zafo y cruzo los brazos para erigir una barrera entre nosotros. Algo ensombrece sus brillantes ojos, se ha puesto su propio escudo.

El tren se detiene con tal suavidad que apenas lo siento. Los Arven sí lo notan y llegan pronto a mi lado, me rodean con una familiaridad agobiante. Por lo menos, no me atan ni encadenan.

Los centinelas flanquean a Maven como los Arven lo hacen conmigo; sus llameantes ropas y caretas negras son tan agoreras como siempre. Permiten que Maven fije el paso y él atraviesa el compartimiento. Evangeline y Ptolemus lo siguen, nos fuerzan a mis celadores y a mí a ocupar la retaguardia de esta extraña procesión. Cruzamos la puerta y llegamos al umbral que une con el compartimiento aledaño. Tras una nueva puerta recorremos otro largo tramo de mobiliario opulento, esta vez un comedor. No hay ventanas. Aún no hay indicios acerca del lugar en el que estamos.

En el siguiente umbral una puerta se abre, no al frente sino a la derecha. Los centinelas se encorvan para pasar primero, Maven lo hace después, en seguida el resto. Salimos a otro andén, iluminado por una luz muy intensa. Está pulcro —es otra construcción nueva, sin duda—, aunque se percibe humedad en el aire. Pese al puntilloso orden del andén vacío, algo gotea en alguna parte y repiquetea en torno nuestro. Miro a izquierda y derecha por las vías, que se pierden en las tinieblas a ambos lados. Éste no es el final de la línea. Tiemblo al pensar en los muchos progresos que Maven ha logrado en unos cuantos meses.

Subimos una serie de escalones. Me resigno a un largo ascenso, pues recuerdo que la entrada de la bóveda era profunda. Me sorprende que la escalera dé muy pronto a otra puerta. Ésta es de acero reforzado, un mal augurio de lo que podría haber más allá de ella. Un centinela atenaza el cerrojo de barra y lo hace girar con un chirrido, al que responde la queja de un mecanismo inmenso. Evangeline y Ptolemus no levantan ni un solo dedo para ayudar. Lo mismo que yo, miran con mal disimulada fascinación. No creo que sepan mucho más, lo cual es raro para una Casa tan próxima al rey.

La luz entra a raudales cuando el acero cede y revela los colores gris y azul a lo lejos. Árboles muertos con ramas abiertas como venas se yerguen hacia el claro cielo de invierno. Cuando salimos del búnker del tren, respiro hondo. Huele a pino, a la fina limpieza del aire glacial. Estamos en un claro rodeado de árboles de hojas perennes y robles pelados. La dura tierra bajo mis pies está cubierta con varios centímetros de nieve que ya me hiela los dedos.

Me planto en el suelo, gano un segundo más de bosque. Los Arven me empujan para que continúe, me hacen resbalar. Mas que oponerme, los retraso sistemáticamente con mi obstinación de mirar a todos lados. Quiero orientarme. A juzgar por el sol, que ya inicia su descenso en el poniente, el norte está justo frente a mí.

Cuatro transportes militares con un brillo artificial están estacionados frente a nosotros. Sus motores zumban a la espera y su calor arroja columnas de humo al aire. Es fácil deducir cuál de ellos corresponde a Maven. La Corona Ardiente, de rojo, negro y plata real, está dibujada en los costados del más suntuoso. Se eleva unos sesenta centímetros sobre el suelo, con ruedas enormes y lo que de seguro es una carrocería reforzada, a prueba de balas, a prueba de fuego, a prueba de muerte. Todo para proteger al rey niño.

Él trepa sin vacilar con la capa a rastras. Para mi alivio, los Arven no me fuerzan a seguirlo sino que me empujan a otro transporte. El mío no lleva marcas distintivas. En tanto me subo y busco un último destello del cielo, noto que Evangeline y Ptolemus se acercan a su propio vehículo negro y plata con una carrocería de metal cubierta de púas. Es probable que la misma Evangeline lo haya decorado.

Avanzamos a sacudidas al tiempo que Huevo cierra la puerta a sus espaldas y me apresa en el transporte con cuatro carceleros Arven. Hay un soldado frente al volante y un centinela en el asiento contiguo. Me resigno a aguantar otro viaje apretujada entre los Arven.

Cuando menos este transporte tiene ventanas. Casi no pestañeo mientras atravesamos deprisa un bosque que me resulta dolorosamente conocido. Al llegar al arroyo y la amplia calzada pavimentada que corre junto a él, la añoranza arde en mi pecho.

Es el río Capital, mi río. Vamos al norte por el Camino Real. Si me echaran ahora mismo de este transporte y me dejaran sin nada, podría encontrar el camino a casa. Esta sola idea me rebosa los ojos de lágrimas. ¿Qué no haría yo, por mí o cualquier otro, a cambio de la oportunidad de volver a casa?

Pero no hay nadie allá, nadie que me importe. Todos se han marchado, están protegidos, lejos. Mi hogar no es ya el sitio del que soy. Está a salvo con ellos. Eso espero.

Me sobresalto cuando descubro que otros vehículos se unen a nuestra caravana. Son de orden militar, con carrocerías que llevan inscrita la espada negra del ejército. Son casi una docena, aunque otros más se tienden a la distancia. Muchos dejan ver soldados Plateados, suspendidos a un lado o acomodados en el toldo sobre asientos y monturas especiales. Todos están en alerta, listos para actuar. Los Arven no se sorprenden por su llegada, sabían que ocurriría.

El Camino Real ondula por los pueblos de la ribera. Son poblados Rojos. Estamos muy al sur para que pasemos por Los Pilotes, pero esto no mitiga mi emoción. Lo primero que aparece son las ladrilleras que se adentran en los bajíos de la corriente. Vamos justo hacia ellas, a las afueras de una próspera ciudad industrial. Pese a que quisiera ver más cosas, espero que no paremos, que Maven pase por este lugar sin detenerse.

En gran medida, mi deseo se cumple. El convoy reduce la marcha pero no hace alto, cruza el corazón de la ciudad con toda su amenaza brillante. La calle está flanqueada por un sinnúmero de personas que nos saludan. Vitorean al rey, gritan su nombre, se empeñan en ver y ser vistas. Son comerciantes u obreros Rojos, viejos y jóvenes, cientos de ellos que se empujan para apreciar mejor. Supongo que veré en algún momento a los agentes de seguridad que los instigan, que fuerzan esta bienvenida estridente. Me recargo en mi lugar, no quiero que reparen en mí. Ya se les obligó a verme junto a Maven, no echaré más leña a ese fuego manipulador. Para mi alivio, nadie me pone en evidencia. Permanezco inmóvil y miro mis manos en mi regazo con la esperanza de pasar por esta urbe lo más rápido posible. En el palacio, donde veo y me percato de lo que es Maven, es fácil olvidar que tiene casi todo el país en su bolsillo. Se diría que sus magnos esfuerzos por volcar a la opinión pública contra la Guardia Escarlata y sus enemigos han surtido efecto. Estas personas creen lo que él dice, o quizá no tienen la posibilidad de oponerse. No sé qué es peor.

Cuando la ciudad se pierde de vista a nuestras espaldas, los vítores retumban aún en mi cabeza. Todo es por Maven, para el siguiente paso en el plan, sea cual fuere, que ha puesto en movimiento.

Está claro que nos hallamos más allá de Ciudad Nueva. No hay contaminación visible ni éstas son fincas. Recuerdo haber pasado por el río del Remo en mi primer viaje al sur, cuando fingía ser Mareena. Navegamos entonces corriente abajo desde la Mansión del Sol hasta Arcón y atravesamos por aldeas, ciudades y el trecho lujoso de la ribera donde muchas Grandes Casas tenían sus residencias. Intento recordar los mapas que Julian me enseñaba, pero sólo me provoco un dolor de cabeza.

El sol se oculta cuando el convoy afloja el paso después de la tercera ciudad clamorosa y entronca en estudiada formación con una vía de conexión al oeste. Quisiera tragarme la tristeza que me invade súbitamente. El norte tira de mí, me llama pese a que no puedo responder. Los lugares que conozco están cada vez más lejos.

Intento mantener la brújula en mi cabeza. El oeste es el Camino de Hierro, la vía hacia los Lagos Occidentales, la comarca de los Lagos, el Obturador. El oeste es guerra y ruina. Huevo y Trío me impiden moverme demasiado, así que tengo que estirar el cuello para ver. Me muerdo el labio cuando pasamos por una serie de portones y trato de captar una señal o signo. No hay ninguno, sólo rejas de hierro forjado bajo parras increíblemente verdes de enredaderas en flor, propias de otra temporada.

La finca es palaciega y se sitúa al fondo de una calle flanqueada por setos inmaculados. Bajamos a una extensa plaza de piedra ocupada en un costado por la residencia. Nuestra caravana llega hasta ella y se detiene, se organiza en una fila en arco. No hay muchedumbres aquí, sino agentes que nos esperan. Los Arven me obligan a bajar rápidamente del transporte.

Contemplo el espléndido ladrillo rojo y las blancas e impecables filas de pulidas ventanas cargadas de jardineras, columnas ahusadas, balcones floridos y el árbol más grande que haya visto jamás, que emerge del centro de la mansión. Sus ramas se arquean sobre la techumbre acabada en punta, crecen con la estructura. No hay una sola rama ni hoja fuera de lugar. Todas están esculpidas a la perfección, al modo de naturaleza viva. Pienso que se trata de un magnolio, a juzgar por las flores blancas y el perfume. Olvido por un momento que estamos en invierno.

—Sea usted bienvenido, su majestad —dice una voz que no reconozco.

Una chica de mi edad, aunque alta, esbelta y pálida como la nieve que debería haber aquí, baja de uno de los numerosos transportes que se nos sumaron. Fija su atención en Maven, quien desciende con dificultad de su vehículo, y se desliza a mi lado para hacerle una reverencia. Me basta una mirada para identificarla.

Es Heron Welle. Compitió en la prueba de las reinas hace mucho tiempo. Arrancaba de la tierra magníficos árboles mientras su Casa le aplaudía. Como tantas otras, esperaba convertirse en la prometida del príncipe, elegida para casarse con Cal. Ahora está a merced de Maven, cuyas órdenes aguarda con los ojos fijos en el suelo. Se ajusta su abrigo verde y oro para defenderse del frío y de la mirada de su soberano.

La suya es una de las pocas Casas que conocí antes de que fuese forzada a pertenecer al mundo Plateado. Su padre gobierna la región que me vio nacer. Yo veía pasar su barco en el río y saludaba sus verdes banderas con otros niños idiotas.

Maven se toma su tiempo para ponerse los guantes, lo cual es inútil visto el corto tramo entre su transporte y la mansión. En tanto lo hace, la corona simple que se posa en sus negros rizos atrapa los últimos rayos del sol y destella rojos y dorados.

—Hermoso lugar, Heron —dice ociosamente y esto suena siniestro viniendo de él. Es una amenaza.

—Gracias, su majestad. Todo está en perfecto orden para recibirlo.

Cuando me empujan hasta ella, me dedica una mirada, su única admisión de mi existencia. Tiene facciones de pájaro, aunque en su angulosa figura resultan elegantes, refinadas y muy hermosas. Doy por hecho que sus ojos serán verdes, como todo lo relativo a su familia y habilidad; en cambio, son de un azul muy oscuro que contrasta con una piel de porcelana y un cabello castaño.

El resto de los vehículos desaloja a sus pasajeros. Son más colores, más Casas, más vigilantes y soldados. Veo a Sansón entre ellos. Luce ridículo con su traje de pieles y cuero teñido de azul, color que, junto con el frío, lo vuelve más pálido que nunca, un carámbano rubio sediento de sangre. Los demás le rehúyen cuando se aproxima a Maven. Cuento una escasa docena de cortesanos, suficientes para que me pregunte si la mansión del gobernador Welle podrá alojarnos a todos. Maven saluda a Sansón con un gesto antes de echar a andar con paso ágil hacia las ornamentadas escaleras que suben desde la plaza. Heron sigue sus pasos muy de cerca, al igual que los centinelas en su tropel habitual. Todos los demás continuamos, tirados por una soga invisible.

Un hombre que no puede ser otro que el gobernador brota de entre puertas de roble y oro y hace una reverencia mientras camina. Su apariencia es simple en comparación con la de su casa, insignificante con su débil mentón, cabello rubio cenizo y cuerpo ni corpulento ni delgado. Sus prendas lo compensan con creces. Viste botas, pantalones de terso cuero y un saco con brocado e incrustaciones de esmeraldas esplendentes en el cuello y el bies. Esto no es nada ante al antiguo medallón que rebota en su pecho mientras avanza, un enjoyado emblema del árbol que protege su hogar.

—¡No hay palabras que expresen lo mucho que nos complace recibirlo, su majestad! —prorrumpe y se inclina una última vez. Maven aprieta los labios en una sonrisa fina, divertido con este despliegue—. Es un gran honor que seamos el primer destino en su gira de coronación.

Un regusto de asco me retuerce el estómago. Imaginar que desfilo por el país detrás de Maven, siempre a su entera disposición, es una idea que me sobrecoge. En la pantalla, frente a las cámaras, eso es degradante, ¿pero en persona, ante multitudes como las de aquella ciudad? No lo sobreviviré, preferiría la cárcel del Fuego Blanco.

Maven estrecha la mano del gobernador y su sonrisa se amplía hasta pasar por genuina. Concedo que es bueno para la actuación.

—Desde luego, Cyrus, que no pude pensar en mejor sitio para iniciarla. ¡Heron habla tan bien de ti! —añade y le hace señas a ella para que se acerque. Heron se precipita a su lado y ve fugazmente a su padre, con quien intercambia una mirada de alivio. Como todo lo que el rey hace, la presencia de ella es una manipulación que transmite un mensaje muy preciso—. ¿Entramos? —inquiere y apunta hacia la residencia.

Emprende la marcha y los demás seguimos su paso. El gobernador se apresura a flanquearlo, ansioso de aparentar que ejerce un poco de control.

Adentro, el sinfín de sirvientes Rojos que cubren las paredes visten sus mejores uniformes, llevan zapatos lustrados y bajan los ojos. Ninguno de ellos me mira y yo me abstraigo, pienso en la mansión del gobernador. Supuse que vería obras de arte dignas de los guardafloras y no me equivoqué. Flores de toda suerte ocupan el vestíbulo, emergen de jarrones de cristal, están pintadas en los muros, moldeadas en el techo y trabajadas en vidrio en los candelabros o en mosaico en el piso. Se creería que el aroma sería abrumador y es en cambio embriagante, relaja con cada aliento. Inhalo profundamente, me permito este pequeño placer.

Más miembros de la Casa de Welle aguardan al monarca, ante quien hacen una reverencia, inclinación o cumplido respecto de todo, desde sus leyes hasta su calzado. Mientras él los sufre, Evangeline se une a nosotros, luego de haber puesto sus pieles en manos de un pobre sirviente.

Me tenso cuando se aproxima. Todo el verdor se refleja en su atuendo y le confiere una tonalidad espantosa. Me intriga darme cuenta de que su padre no está a su lado. Por lo general merodea entre Maven y ella en actos como éste, listo para intervenir cuando el mal genio de su hija amenaza con estallar. Pero no está aquí ahora.

Ella no dice nada, se contenta con ver la espalda de Maven. La veo mirarlo. Aprieta los puños cuando el gobernador se agacha para susurrar algo en el oído de Maven y hacer señas después a otro Plateado a la espera, una mujer alta y delgada de cabello muy negro, pómulos suaves y fantástica piel de color ocre que no parece formar parte de la Casa de Welle, carente como está de todo matiz verde, en un atuendo azul-gris. Dobla el cuello con rigidez, no pierde de vista el rostro de Maven. La actitud de él cambia, su sonrisa se ensancha un instante. Musita algo, agita emocionado la cabeza. Atrapo una sola palabra.

—Ahora —dice y el gobernador y la mujer obedecen.

Se alejan juntos escoltados por varios centinelas. Miro a los Arven como si les preguntara si debemos marcharnos también pero no se mueven.

Evangeline no lo hace tampoco. Por alguna razón suelta los hombros y se relaja. Le han quitado un peso de encima.

—Deja de mirarme —me encaja y me arranca de mis con-templaciones.

Bajo la cabeza, dejo que gane este pequeño e irrelevante intercambio. Y todavía me pregunto: ¿Qué sabe ella? ¿Qué ve que yo no alcanzo a mirar?

Mientras los Arven me conducen a la que será mi celda esta velada, me desanimo. Dejé los libros de Julian en el Fuego Blanco. Nada me consolará esta noche.

CATORCE
Mare

Antes de mi captura dediqué varios meses a atravesar el país, eludir a los cazadores de Maven y reclutar a otros nuevasangre. Dormía en el piso, comía lo que podía robar y durante el tiempo que pasaba despierta sentía demasiado o muy poco, porque hacía cuanto podía por aventajar a todos nuestros demonios. No soportaba la presión. Me retraía y me aislaba de mis parientes, mis amigos y todos los que me rodeaban, de cualquier interesado en ayudar o comprender. Por supuesto que lo lamento. Por supuesto que querría regresar a la Muesca con Cal, Kilorn, Farley y Shade. Haría las cosas de otra forma. Sería diferente.

Por desgracia, ningún Plateado ni nuevasangre puede cambiar el pasado. Mis errores son imposibles de reparar, olvidar o ignorar. Pero puedo enmendarme. Puedo hacer algo hoy.

Aunque he visto Norta, lo he hecho como forajida, desde las sombras. La visión del lado de Maven, como parte de su abultado séquito, es tan distinta como el día de la noche. Tiemblo bajo mi abrigo, entrelazo mis manos para que se calienten. Debido al aplastante poder de los Arven y a mis esposas, soy más susceptible a la temperatura. A pesar de que lo odio, me acerco un poco a Maven, así sea sólo para aprovechar su calor permanente. Del otro lado, Evangeline hace lo opuesto, marca su distancia. Más que al soberano, presta atención al gobernador Welle, a quien dirige ocasionales siseos en voz muy baja para no perturbar el discurso de aquél.

—¡No soy digno de la bienvenida que ustedes me han brindado ni de su apoyo a un joven rey que no ha sido probado todavía!

Su voz llega a todos los rincones, magnificada por los micrófonos y altoparlantes. No lee de ningún escrito, se diría que hace contacto visual con cada una de las personas que llenan la plaza bajo el balcón. Como todo lo relativo a él, aun este acomodo es una manipulación. Nos hallamos encima de cientos de personas, tenemos que bajar la mirada para verlas, somos inaccesibles para los simples humanos. Los ciudadanos de Arborus, capital de los dominios del gobernador Welle, deben subir la vista, se ven obligados a levantar la cara y eso hace que me hierva la sangre. Los Rojos se empujan unos a otros para ver mejor. Son fáciles de distinguir: se reúnen en grupos a pie, se cubren con abrigos de diversas formas y colores, y se sonrojan de frío, mientras que la ciudadanía Plateada está sentada y se arropa con pieles. Agentes de seguridad de uniformes negros están distribuidos entre la muchedumbre, vigilan como los centinelas apostados en el balcón y en las techumbres vecinas.

—Es mi esperanza que esta gira de coronación me permita no sólo obtener una comprensión más profunda de mi reino, sino también una comprensión más profunda de ustedes: de sus luchas, de sus ilusiones, de sus temores. Porque desde luego que yo también tengo miedo —un murmullo se esparce entre la multitud y la gente reunida en el balcón. Hasta

Evangeline mira a Maven de soslayo, con los ojos entrecerrados sobre el impecable cuello blanco de su saco de piel—. Nuestro reino está en riesgo, bajo la amenaza de ser vencido por el peso del terrorismo y la guerra. Es mi solemne deber impedir que eso ocurra y salvarlos a ustedes de los horrores de la anarquía que la Guardia Escarlata pretende infundir. Muchos han muerto, en Arcón, en Corvium, en Summerton, entre ellos mis propios padres. ¡Mi propio hermano ha sido corrompido por las fuerzas de la insurrección! Pero no estoy solo, los tengo a ustedes, tengo a Norta —emite un lento suspiro, la mejilla le tiembla—. Y todos estamos unidos contra los enemigos, Rojos y Plateados, que quieren destruir nuestro modo de vida. ¡Me comprometo, al costo de mi propia existencia, a erradicar a la Guardia Escarlata por todos los medios posibles!

Los vítores que estallan a nuestros pies son para mí un chirrido horroroso de metal contra metal. No muevo la cara, mantengo una cuidadosa expresión neutra. Esto me sirve tanto como cualquier escudo.

Los discursos de Maven son cada día más firmes, con términos muy bien elegidos y empuñados como dagas. Nunca pronuncia la palabra *rebelde* o *revolución*. Para él, la Guardia Escarlata está compuesta siempre por terroristas, asesinos y enemigos de nuestro modo de vida, cualquiera que éste sea. Y a diferencia de sus padres, toma la magistral precaución de no insultar a los Rojos. La gira recorre fincas Plateadas y ciudades Rojas por igual. Se mueve como pez en el agua en unas y otras, sin temer jamás lo peor de su reino. Visitamos incluso una de las barriadas fabriles, un lugar que no olvidaré nunca. Intento no encogerme cuando pasamos por los atroces dormitorios o salimos al aire contaminado. Maven es el único que no se inmuta, sonríe a los trabajadores de cuello tatuado. No se tapa la boca como Evangeline ni se arquea a causa del olor como tantos otros, yo incluida. Es mejor para esto de lo que supuse. A pesar de que sus padres no pudieron o se negaron a entender, él sabe que atraer a los Rojos a la causa Plateada es quizá su mejor posibilidad de victoria.

En otra ciudad Roja y sobre los peldaños de una mansión Plateada, tiende la loseta siguiente de un camino letal. Un millar de agricultores pobres miran sin atreverse a creer, sin atreverse a tener esperanzas. Ni siquiera yo sé lo que él hace.

—Las Medidas de mi padre se promulgaron después de un explosivo ataque que costó la vida de numerosos funcionarios del gobierno. Fueron el intento de Tiberias VI de castigar a la Guardia Escarlata por su maldad y, para mi vergüenza, sólo los castigaron a ustedes —baja el rostro frente a la mirada de la multitud. El espectáculo es conmovedor, un rey Plateado que se inclina ante las masas Rojas. Debo recordar que es Maven, que esto es una trampa—. ¡Hoy declaro oficialmente revocadas y abolidas las Medidas! Fueron los errores de un rey bienintencionado, pero errores al fin.

Me mira un momento, lo suficiente para que sepa que mi reacción le importa.

Las Medidas consistieron en reducir a quince años la edad de alistamiento, imponer un restrictivo toque de queda y castigar con la pena máxima la totalidad de los delitos, con la intención de poner a la población Roja de Norta contra la Guardia Escarlata. Y eso se evapora en un instante, en un latido del negro corazón del rey. Debería sentirme feliz, orgullosa. Maven ha hecho esto por mí. Una parte de él cree que me complacerá, que me mantendrá a salvo, pero ver que los Rojos, mi propio pueblo, aclaman al opresor sólo me llena de angustia. Cuando bajo la mirada, descubro que mis manos tiemblan.

¿Qué hace? ¿Qué piensa hacer?

Para saberlo debo tener la valentía de acercarme lo más posible a la flama.

Él remata sus apariciones con un paseo entre la gente y estrecha las manos de Rojos y Plateados. Se abre camino por ellos con gran desenvoltura en tanto los centinelas lo flanquean en formación de diamante. Sansón Merandus está siempre a sus espaldas y me pregunto cuántos sienten que acaricia su cerebro. Él es un freno mejor que cualquier otro para un aspirante a homicida. Evangeline y yo lo seguimos, resguardadas por agentes. Como de costumbre, me niego a sonreír, a mirar, a tocar a alguien. Es más seguro para ellos.

Los transportes nos aguardan, con motores en ocioso ronroneo. El cielo nublado se torna oscuro y huelo la proximidad de la nieve. Mientras nuestros vigilantes cierran filas para que el rey suba a su vehículo, yo avivo el paso todo lo que puedo. Mi corazón se acelera y mi aliento se hace humo blanco en el aire frío.

—¡Maven! —exclamo.

Pese a la clamorosa multitud que está detrás de nosotros, él me escucha y hace una pausa en el estribo de su transporte. Se da la vuelta con soltura, su larga capa ondea y muestra un forro rojo sangre. A diferencia de todos, no necesita pieles para mantener su calor.

Ajusto mi abrigo, así sea sólo para dar a mis nerviosas manos algo más que hacer.

—¿Hablabas en serio?

Sansón perfora mis ojos con los suyos desde su vehículo. Aunque no puede leerme el pensamiento cuando llevo puestos los grilletes, eso no lo incapacita. Me valgo de mi genuina confusión para crear la máscara que quiero lucir.

No me hago ilusiones respecto a Maven. Conozco su retorcido corazón y sé que siente algo por mí. Algo que él quisiera suprimir, pero de lo que no puede librarse. Cuando me hace señas para que suba a su vehículo y lo acompañe, imagino que escucharé la risa o la protesta de Evangeline. Sin embargo, ella calla y se dirige deprisa a su propio carruaje. En el frío no irradia tanta brillantez, tiene una apariencia casi humana.

Los Arven no suben conmigo, aunque intentan hacerlo. Maven los detiene con una mirada.

Su vehículo es distinto a todos los que conozco. El conductor y el vigilante del frente están separados de los pasajeros por una estructura de cristal que nos encierra a todos. Las paredes y ventanas son gruesas, a prueba de balas. Tampoco los centinelas abordan, trepan directamente al armazón y ocupan posiciones defensivas en cada esquina. Es inquietante saber que hay un centinela armado justo sobre mi cabeza, aunque no tanto como saber que el rey está sentado frente a mí y me mira expectante.

Me observa mientras froto mis congelados dedos.

—¿Tienes frío? —murmura y meto las manos bajo mis piernas para que se calienten al tiempo que el transporte echa a andar.

—¿En verdad harás eso?, ¿poner fin a las Medidas?

—¿Crees que mentiría?

Suelto sin remedio una risa siniestra. En el fondo, quisiera tener un puñal. Me pregunto si él me incineraría antes de que le tajara la garganta.

—¿Tú? ¡Imposible!

Sonríe con aire de suficiencia, alza los hombros y se acomoda en su asiento afelpado.

—Lo que dije es cierto: las Medidas fueron un error, promulgarlas hizo más daño que bien.

—¿A los Rojos o a ti?

—A ambas partes, claro, aunque yo le daría las gracias a mi padre si pudiera. Espero que corregir sus errores me gane el apoyo de tu pueblo —la indiferencia en su voz resulta molesta, por decir lo menos. Sé que procede ahora del recuerdo de su padre, de cosas emponzoñadas, desprovistas de amor o felicidad—. Temo que a tu Guardia no le quedarán muchos simpatizantes cuando se cumpla. Acabaré con ella sin otra guerra inútil.

—¿Crees que tus migajas aplacarán a la gente? —inquiero y apunto con el mentón a las ventanas, donde campos agrícolas estériles durante el invierno se extienden hasta las colinas—. ¡Ay, qué bueno! El rey me devolvió dos años de la vida de mi hijo. ¡Qué importa si al final se lo llevan de todas formas! —su sonrisita de suficiencia no hace más que ensancharse.

—¿Eso es lo que crees?

—Sí. Así es este reino. Así ha sido siempre.

—Ya veremos —se recuesta y sube un pie al asiento junto a mí. Se quita la corona, la hace girar entre sus manos; llamas de bronce y hierro centellean bajo la luz tenue y reflejan su cara y la mía. Lentamente pongo distancia entre nosotros y me acurruco en el rincón—. Supongo que te di una buena lección —dice—. Pasaste por alto tantas cosas la última vez que ya no confías en nada ahora. Observas siempre, en busca de información que nunca usarás. ¿Te has puesto a pensar adónde vamos o por qué? —inhalo, me siento de nuevo en el aula de Julian, cuando me ponía a prueba con un mapa, aunque

239

lo que está en juego ahora es mucho más importante—. Nos hallamos en el Camino de Hierro hacia el noroeste, a Corvium —tiene todavía la desfachatez de guiñarme un ojo—. Estamos muy cerca.

—No tenemos nada… —parpadeo rápido, trato de pensar. Mi cerebro se afana entre las abundantes piezas que he reunido al paso de los días, pedazos de noticias, fragmentos de rumores—. ¿Rocasta? ¿Persigues a Cal? —se rinclina más atrás en su asiento, divertido.

—¡Qué poca imaginación tienes! ¿Por qué habría de perder mi tiempo en andar a la caza de habladurías sobre mi hermano exiliado? Tengo una guerra que finiquitar y una rebelión que impedir.

—¿Una guerra… que finiquitar?

—Tú misma dijiste que la comarca de los Lagos nos derrotará si lo permitimos. Y yo no lo permitiré, sobre todo cuando las Tierras Bajas tienen puesta su atención en otra parte, en su propio cúmulo de problemas. Debo resolver solo estos asuntos.

Pese al calor del vehículo, debido en gran medida al rey de fuego que está sentado frente a mí, siento que una lengua de hielo desciende por mi espalda.

Antes soñaba con el Obturador, el lugar donde mi padre perdió su pierna, donde mis hermanos estuvieron a punto de perder la vida, donde tantos Rojos mueren. Es un desierto de cenizas y sangre.

—No eres un guerrero, Maven. No eres un general ni un soldado. ¿Cómo puedes creer que vencerás cuando…?

—¿Cuando otros no pudieron hacerlo? ¿Cuando mi padre no pudo, cuando Cal no podría? —espeta, cada palabra retumba como si un hueso crujiera—. Tienes razón, no soy como ellos. No fui hecho para la guerra.

Hecho. ¡Lo dice con tanta facilidad! Maven Calore no es él mismo, me lo confesó sin rodeos. Es una creación, un producto de las sumas y restas de su madre; un mecanismo, una máquina sin alma y a la deriva. ¡Qué horror saber que nuestro destino pende de la temblorosa mano de alguien como él!

—Pero no se perderá nada —habla para que ambos nos distraigamos—. Nuestra economía militar simplemente dirigirá su atención a la Guardia Escarlata, y más tarde a quien decidamos temer después, a la mejor vía para controlar a la población...

Si no fuera por los grilletes, mi furia convertiría este vehículo en un montón de chatarra electrificada. Como no puedo, salto al frente, embisto a Maven con las manos extendidas, quiero sujetarlo del cuello de su saco. Mis dedos se cuelan bajo sus solapas y aprieto la tela con ambos puños. Sin pensarlo, empujo, presiono, lo aplasto contra su asiento. Él se contrae a unos centímetros de mi cara, respira con dificultad y está tan sorprendido como yo, lo cual no es cosa fácil. De inmediato me inmovilizo de espanto, incapaz de moverme, paralizada de terror.

Él me mira a los ojos bajo largas y oscuras pestañas. Estoy tan cerca que veo dilatarse sus pupilas. ¡Ojalá yo pudiera desaparecer! ¡Ojalá estuviera al otro lado del mundo! Lentas pero seguras, sus manos encuentran las mías, aprisionan mis muñecas, sienten las esposas y el hueso. Luego retira mis puños de su pecho. Permito que me mueva, estoy tan aterrada para hacer otra cosa. La piel se me eriza cuando me toca, aun con guantes. ¡Lo ataqué, ataqué a Maven, al rey! Bastaría una palabra, un golpecito en la ventanilla para que un centinela me quebrara la espalda. Él mismo podría matarme, quemarme viva.

—Siéntate —susurra con una palabra afilada, me da una oportunidad. Hago lo que ordena y me repliego en mi esquina como un gato pendenciero. Se recupera más pronto que yo y sacude la cabeza mientras sonríe apenas. Se alisa rápido el saco, del que retira un rizo errante—. Eres lista, Mare. No me digas que no ataste nunca esos cabos —mi respiración se entorpece como si una piedra me obstruyera el pecho. Siento que el calor sube por mis mejillas, de enojo y de vergüenza.

—Quieren nuestras costas, nuestra electricidad. Nosotros queremos sus terrenos agrícolas, sus recursos... —tropiezo con las palabras que me enseñaron en una escuela decrépita, él sólo se muestra más divertido—. En los libros de Julian... los reyes discrepaban. Dos hombres discutían frente a un tablero de ajedrez como niños malcriados. Ellos son la razón de cien años de guerra.

—Creí que Julian te había enseñado a leer entre líneas, a descubrir lo que no se dice —sacude la cabeza, está decepcionado de mí—. Sospecho que ni siquiera él pudo contra tus años de pobre educación, la cual es otra táctica muy útil, tengo que añadir.

Ya sabía eso. Lo he sabido y lamentado siempre. A los Rojos nos mantienen en la estupidez y la ignorancia. Esto nos vuelve más débiles de lo que somos. Mis padres ni siquiera saben leer.

Contengo ardientes lágrimas de frustración. *Ya sabías todo esto*, me digo, trato de calmarme. *La guerra es una artimaña, una fachada para tener a los Rojos bajo control. Aunque un conflicto termine, otro empezará invariablemente.*

Las entrañas se me retuercen cuando me doy cuenta de lo amañado que ha sido este juego para todos durante un periodo tan largo.

—La gente tonta es más fácil de controlar. ¿Por qué crees que mi madre mantuvo a su lado a mi padre tanto tiempo? Él era un borracho, un imbécil de corazón destrozado, ciego ante muchas cosas y que se contentaba con conservar la situación tal como estaba. Era fácil de controlar, fácil de usar. Una persona que manipular... y culpar.

Me paso con furia una mano por la cara, quiero ocultar la evidencia de mis emociones. Él me mira de todas formas, suaviza un poco su expresión, como si sirviera de algo.

—¿Qué harán dos reinos Plateados una vez que dejen de lanzarse Rojos entre sí? —pregunto con un silbido—. ¿Empezarán a arrojarnos al azar por los acantilados? ¿Seleccionarán nombres por sorteo? —él descansa la barbilla en una mano.

—No puedo creer que Cal no te haya dicho nada de esto, pero no era un entusiasta del cambio, ni siquiera por ti. Quizá pensó que no lo soportarías... o que no lo entenderías...

Doy un puñetazo en el vidrio a prueba de balas de la ventanilla. La mano me duele al instante y me sumerjo en el dolor, que utilizo para tener a raya todos mis pensamientos sobre Cal. No puedo permitirme caer en esa espiral descendente, aunque sea cierta, aunque Cal haya estado dispuesto a preservar esos horrores.

—¡No! —estallo—, ¡no!

—No soy ningún tonto, Niñita Relámpago —se queja también—. Si vas a jugar con mi cabeza, jugaré con la tuya. Ambos somos buenos para eso —yo tenía frío antes y ahora el calor de su furia amenaza con consumirme. Siento náuseas, aprieto la mejilla contra el vidrio helado y cierro los ojos.

—No me compares contigo, no somos iguales.

—Los seres como nosotros —ríe— les mentimos a todos, y más a nosotros mismos —pese a que quiero dar un nuevo puñetazo en la ventana, meto las manos bajo mis piernas, intento achicarme, quizá me encoja y desaparezca. Cada vez que respiro lamento más todavía haber subido a este transporte.

—¡La comarca de los Lagos no lo aceptará nunca! —digo y lo oigo emitir una risa gutural.

—Ya lo hizo, curioso, ¿no? —mis ojos se abren desmesuradamente de espanto y él asiente complacido—. El gobernador Welle concertó un encuentro con uno de los altos ministros de esa nación. Tiene contactos en el norte y fue fácil... persuadirlo.

—Quizá porque tomaste a su hija como rehén.

—A lo mejor... —acepta.

Así que esta gira es para eso: para la consolidación del poder, para la forja de una nueva alianza; para torcer brazos y quebrar voluntades por todos los medios que se requieran. Aunque yo sabía que el propósito era algo más que el espectáculo, aquello otro... no lo habría imaginado jamás. Pienso en Farley, en el coronel, en sus tropas lacustres juradas a la Guardia Escarlata. ¿Qué efecto tendrá esta tregua en ellos?

—No te enfurruñes, Mare. Pondré fin a una guerra en la que murieron millones y traeré la paz a un país que ya no conoce el significado de esa palabra. Deberías estar orgullosa de mí y darme las gracias, no... —levanta las manos para cubrirse cuando le escupo—. ¡Busca otra forma de expresar tu enojo, en verdad! —protesta y se limpia el uniforme.

—Quítame los grilletes y te enseñaré una.

Lanza una carcajada.

—¡Sí, claro, señorita Barrow! —el cielo se oscurece y el mundo se vuelve grisáceo. Pongo una palma en el vidrio como si quisiera atravesarlo. Nada sucede, sigo aquí—. Debo reconocer que estoy sorprendido —agrega—. Tenemos en común con los lacustres mucho más de lo que tú crees.

Tenso la quijada y digo entre dientes:

—Ambos usan a los Rojos como esclavos y carne de cañón.

Se incorpora tan rápido que me asusta.

—Ambos queremos terminar con la Guardia Escarlata.

Resulta casi cómico: cada paso que doy me explota en la cara. Intenté salvar a Kilorn del reclutamiento y lisié en cambio a mi hermana; me hice doncella para ayudar a mi familia y en cuestión de horas acabé como prisionera; creí en las palabras y el falso corazón de Maven; confié en que Cal me escogería; tomé por asalto una cárcel para dejar en libertad a la gente y al final tuve que estrechar contra mi pecho el cadáver de Shade; me sacrifiqué para salvar a quienes amo y le di un arma a Maven. Y ahora, por más que trato de desbaratar su reino desde dentro, creo que he hecho algo mucho peor. ¿Cómo serán Norta y la comarca de los Lagos cuando unan sus fuerzas?

Pese a lo que Maven dijo, nos dirigimos rápidamente a Rocasta después de haber hecho escalas adicionales de la gira en la región de los Lagos Occidentales. No nos quedaremos ahí, sea porque no hay residencias dignas de la corte o porque él no lo desea. Entiendo la razón: Rocasta es una ciudad militar, no una fortaleza como Corvium. Fue construida para prestar toda suerte de servicios al ejército. Es un lugar desagradable, hecho para cumplir una función. Se asienta a varios kilómetros de la orilla del lago Tarion y el Camino de Hierro lo atraviesa, lo corta como un cuchillo y separa el rico sector Plateado del Rojo. Sin murallas que ostentar, se acerca con sigilo a mí. Sombras de casas y edificios aparecen en medio de la cegadora blancura de una ventisca. Los Plateados llamados tormentas se encargan de despejar el camino, combaten el mal tiempo para que el rey no sufra retraso alguno. Viajan encima de nuestros transportes y desvían la nieve y el hielo con movimientos acompasados. Sin ellos, el tiempo sería mucho peor, un inclemente azote invernal.

De cualquier forma, la nieve choca contra las ventanas del vehículo en el que viajo y oscurece el exterior. Ya no hay forjadores de vientos de la talentosa Casa de Laris. Han muerto o huyeron, escaparon con las demás Casas rebeldes. Los Plateados restantes no pueden hacerlo todo.

Por lo poco que alcanzo a ver, Rocasta sobrelleva la tempestad. Trabajadores Rojos marchan a los cuatro vientos, cargan faroles que agitan en la bruma como si fueran peces en agua turbia. Están acostumbrados a este tipo de clima después de vivir tanto tiempo en la proximidad de los lagos.

Me acurruco en mi abrigo contenta por el calor, a pesar de que esta prenda es un adefesio de color rojo sangre. Miro a los Arven, ataviados con su blanco habitual.

—¿Tienen miedo? —pregunto al vacío y no espero su respuesta, todos guardan silencio e ignoran mi voz—. Podríamos perderlos en una ventisca como ésta —suspiro y cruzo los brazos—. ¡Qué ilusa soy!, ¿verdad?

El vehículo de Maven rueda delante del mío, lleno de centinelas. Lo mismo que mi abrigo, destaca en la tormenta, su atuendo llameante es un faro para los demás. Me sorprende que no se quiten las caretas pese a la escasa visibilidad. Sin duda les divierte aparentar que son inhumanos y aterradores, monstruos que defienden a otro monstruo.

Nuestra caravana abandona el Camino de Hierro cerca del centro de la ciudad y cruza a toda prisa una amplia calzada dotada de lámparas titilantes. Casas opulentas y mansiones amuralladas se elevan sobre la calle, con ventanas cálidas y tentadoras. El reloj de una torre entra y sale de nuestra vista, oscurecido en ocasiones por briosas ráfagas de nieve. Da las tres cuando nos acercamos, con un sonoro repicar de campanas que reverbera en mis costillas.

Sombras tenebrosas se tienden en la calzada y se intensifican a cada segundo con la tormenta. Estamos en el sector Plateado, como lo dejan ver la ausencia de basura y los Rojos empapados que deambulan por los callejones. Estoy en territorio enemigo, como si no estuviera ya detrás de las líneas enemigas.

En la corte corrían rumores sobre Rocasta, y Cal en particular. Los soldados supieron que estaba aquí o unos viejos creían haberlo visto y querían raciones de comida a cambio de información, pese a que podían decir lo mismo de muchos otros lugares. Cal tendría que ser un idiota para estar en una ciudad que se encuentra todavía bajo el férreo control de Maven, en especial tan cerca de Corvium. Si es listo, está escondido lejos y ayuda a la Guardia lo más posible. Resulta extraño pensar que las Casas de Laris, Iral y Haven se rebelaron en su honor, en nombre de un príncipe exiliado que nunca reclamará el trono. ¡Qué desperdicio!

El edificio administrativo bajo la torre del reloj es elegante en comparación con el resto de Rocasta, parecido a las columnas y el cristal del Palacio del Fuego Blanco. Nuestro convoy se detiene ante él y nos escupe en la nieve.

Subo los escalones lo más rápido que puedo y levanto contra el frío mi exasperante cuello rojo. Supongo que adentro habrá calor y un público ansioso de beber cada calculada palabra de Maven. Sin embargo, hallo el caos.

Éste era antes un espléndido salón de reuniones: sillas y bancas afelpadas flanqueaban las paredes. Ahora eso está hecho a un lado, casi todos los asientos se apilaron para ganar espacio. El olor a sangre me sacude, es algo impropio en una sala llena de Plateados.

Comprendo: esto es menos una sala que un hospital.

Todos los heridos son oficiales y están tendidos en camastros dispuestos en hileras ordenadas. Cuento tres docenas hasta donde alcanza mi vista. Sus medallas y uniformes los identifican como militares de diversos rangos, con insignias de un amplio número de Grandes Casas. Sanadores de la piel los atienden tan rápido como pueden, aunque sólo hay dos de turno, señalados por las cruces rojo y plata en los hombros. Corren para todos lados y se ocupan de las lesiones según su seriedad. Uno de ellos se aleja de un hombre que gimotea y se arrodilla junto a una mujer que tose sangre plateada y cuyo mentón reluce con el líquido metálico.

—¡Centinela Skonos! —dice Maven con gravedad—, ayude a quien pueda.

Uno de los guardias enmascarados reacciona con una reverencia rígida y se aparta del resto de los defensores.

Los demás entramos en fila, abarrotamos una sala de suyo repleta. Algunos miembros de la corte olvidan sus buenos modales e inspeccionan a los soldados en busca de posibles familiares. Otros se muestran horrorizados. Su gente no fue hecha para desangrarse, no de este modo.

Delante de mí Maven mira en todas direcciones, con las manos en las caderas. Si no lo conociera bien pensaría que está afectado, enojado o triste, pero sin duda se trata de una actuación más. Aunque los oficiales son Plateados, siento compasión por ellos.

Esta sala de hospital es la comprobación de que mis celadores Arven no son de piedra. Para mi asombro, Gatita es la que cede primero; cuando mira a su alrededor, sus ojos se rasan de lágrimas. Luego tiende la vista a la distancia, donde hay cuerpos cubiertos por blancos sudarios. Son cadáveres, una docena de muertos.

A mis pies un joven está casi sin aliento, se aprieta el pecho con una mano, contiene lo que debe ser una herida interna. Fijo en él los ojos, tomo nota de su cara y su uniforme. Es mayor que yo, aún guapo bajo manchas de sangre de plata. Sus colores son negro y dorado, los de la Casa de Provos, es un telqui. No tarda mucho en reconocerme, levanta algo las cejas e intenta jalar más aire. Se sacude bajo mi mirada. Me teme.

—¿Qué sucedió? —le pregunto.

En el barullo de la sala, mi voz es poco más que un siseo.

No sé por qué me responde. Tal vez cree que lo mataré si no lo hace. Quizá desea que alguien sepa lo que ocurre.

—Corvium —murmura, resuella, lanza las palabras con dificultad—. La Guardia Escarlata. Una masacre.

Mi voz tiembla de miedo.

—¿Qué zona?

Vacila, aguardo, suelta al fin un suspiro irregular.

—Las dos.

QUINCE
Cameron

Ignoraba qué podía mover a actuar al príncipe exiliado hasta que el rey Maven inició su maldita gira de coronación. Es obvio que se trata de una trampa, otra estratagema, y que está dirigida contra nosotros. Sospechábamos que habría un ataque y nos vimos obligados a golpear primero.

Cal tenía razón en una cosa: tomar las murallas de Corvium era nuestro mejor plan de acción.

Lo cumplió hace dos días.

En coordinación con el coronel y los rebeldes que ya se hallaban en la ciudad-fortaleza, encabezó un regimiento de asalto compuesto por soldados de la Guardia Escarlata y varios nuevasangre. La ventisca les sirvió de cubierta y el impacto de la agresión fue inmenso. Él sabía que me negaría a participar y permanecí en Rocasta con Farley. Dábamos vueltas junto al radio, ávidas de noticias. Aunque me venció el sueño, antes del amanecer ella me despertó con una sacudida y una sonrisa. Los nuestros habían tomado las murallas. Nadie en Corvium lo vio venir. La ciudad estaba sumergida en el caos.

Era imposible que nos abstuviéramos más, incluso yo. Admito que quería partir, no para pelear sino para conocer el verdadero rostro de la victoria y estar un paso más cerca del Obturador, de mi hermano y mi propósito. O lo que esto resulte ser.

Así que aquí estoy, oculta bajo una línea de árboles junto con el resto de la unidad de Farley mientras miro las negras murallas y un humo más oscuro aún. Corvium arde. Pese a que no puedo distinguir mucho, estoy al tanto de los informes. Miles de soldados Rojos, algunos de ellos impelidos por la Guardia, se volvieron contra sus oficiales tan pronto como Cal y el coronel atacaron. La ciudad era ya un polvorín a la espera de que un príncipe de fuego encendiese la mecha y lo hiciera explotar. Aun ahora, un día después, el combate persiste y los nuestros toman la ciudad calle a calle. El estallido ocasional de los disparos rompe el relativo silencio y me hace estremecer.

Tiendo la mirada a lo lejos, intento ver más allá del alcance humano. El cielo está oscuro ya, cubierto como se halla el sol por nubes grises. Al noroeste, en el Obturador, las nubes lucen negras, cargadas de ceniza y muerte. Morrey se encuentra ahí, en alguna parte. A pesar de que Maven licenció a los conscriptos menores de edad, su unidad no se ha movido todavía, según nuestros informes de inteligencia más recientes. Él y su grupo son los más remotos, están sumidos en una trinchera. Resulta además que la Guardia Escarlata ocupa ahora el sitio al que su unidad regresaría. Intento ahuyentar la imagen de mi hermano gemelo acurrucado contra el frío, con un uniforme demasiado grande y los ojos oscuros y hundidos, pero esta idea está grabada con fuego en mi cerebro. Volteo hacia Corvium, a la tarea inmediata, debo fijar mi atención en ella. Cuanto más rápido tomemos la ciudad, más pronto se movilizarán los conscriptos. *¿Y entonces qué?*, me pregunto. *¿Enviaré a Morrey a casa, a otro agujero infernal?*

No tengo respuestas para la voz que escucho en mi interior. Apenas soporto la idea de hacer volver a Morrey a las fábricas de Ciudad Nueva, pese a que eso signifique regresar al lado de nuestros padres. Ellos son mi meta siguiente, una vez que haya recuperado a mi hermano. Un sueño imposible detrás de otro.

—Dos Plateados acaban de arrojar a un soldado Rojo de una torre —Ada entrecierra los ojos frente a un par de binoculares. Inmóvil junto a ella, Farley cruza los brazos. Ada prosigue el examen de las murallas, interpreta las señales. Bajo la luz gris, su piel dorada adquiere un tono amarillento; espero que no esté enferma—. Afianzan su posición, se repliegan y reagrupan en el sector central, detrás de la segunda muralla circular. Calculo que son cincuenta por lo menos —murmura.

Cincuenta. Intento ocultar mi temor, me digo que no hay razón para tener miedo. Media un ejército entre ellos y nosotros, y nadie es tan tonto para forzarme a ir donde no quiero, cuando tengo ya en mi haber varios meses de entrenamiento.

—¿Y las bajas?

—Hay un centenar de muertos en la guarnición Plateada. La mayoría de los heridos escapó con los demás a la montaña, quizás a Rocasta, y fueron menos de un millar. Muchos elementos se habían pasado ya al bando de las Casas en rebelión antes del asalto de Cal.

—¿Qué hay del informe más reciente de él —pregunta Farley— sobre los Plateados que desertan?

—Los incluí ya en mis cálculos —Ada se escucha casi fastidiada. Casi: es más sosegada que cualquiera de nosotros—. Setenta y ocho de ellos están a resguardo ahora, bajo la protección de Cal —pongo las manos en la cadera, ajusto mi peso.

—Una cosa es pasarse al otro lado y otra muy distinta rendirse. No quieren unirse a nosotros sino seguir vivos. Saben que Cal se apiadará de ellos.

—¿Preferirías que los matara a todos y pusiera al mundo entero en contra nuestra? —espeta Farley, se vuelve hacia mí y agita desdeñosamente una mano—. Aún hay más de quinientos, listos para contraatacar y masacrarnos a todos.

Ada ignora nuestro parloteo y se mantiene alerta. Antes de sumarse a la Guardia era una de las doncellas de un gobernador Plateado; está acostumbrada a cosas mucho peores que nosotras.

—Veo a Julian y a Sara arriba de la Puerta de la Imploración —dice.

Siento una oleada de consuelo. Cuando Cal se comunicó por radio, no mencionó bajas en su equipo, pero nada es definitivo. Me da gusto saber que Sara está bien. Observo la imponente Puerta de la Imploración, busco el acceso negro y dorado en el extremo este de las murallas de Corvium. Una bandera roja ondea sobre los parapetos, es un destello apenas contra el cielo nublado. Ada interpreta.

—Nos hacen señas, que podemos avanzar sin peligro —mira a Farley y espera su orden. En ausencia del coronel, ella es la oficial de más alto rango aquí y su palabra es ley. Aunque no lo insinúa, sé que medita sus opciones. Tenemos que cruzar terreno a descubierto para llegar a las puertas. Esto bien podría ser una trampa.

—¿Ves al coronel? —¡Bien! No confiará nuestras vidas a un Plateado.

—No —suelta Ada e inspecciona las murallas de nuevo, escudriña con sus ojos brillantes cada bloque de piedra. Veo sus movimientos mientras Farley aguarda, seria y quieta—. Cal está con ellos.

—Muy bien —dice la capitana de pronto, con ojos muy azules y resueltos—. ¡En marcha!

La sigo con renuencia. Por más que odie admitirlo, Cal no es de los que traicionan, al menos no de modo fatal. No es su hermano. Intercambio miradas con Ada sobre el hombro de Farley. Ella ladea un tanto la cabeza al tiempo que echamos a andar.

Meto mis puños apretados en los bolsillos. No me importa si parezco una adolescente huraña, eso es lo que soy, una adolescente hosca y lúgubre que puede matar con la mirada. El miedo me corroe, es un miedo a la ciudad... y a mí misma.

Durante meses no he usado mi habilidad fuera del entrenamiento, desde que los bastardos magnetrones derribaron nuestro avión. Pero recuerdo lo que se siente usar el silencio como un arma. En la cárcel de Corros maté a varias personas, personas horribles, Plateados que mantenían presos a otros como yo para que murieran poco a poco. Ese recuerdo aún me provoca náuseas. Sentí cómo el corazón de esas personas dejaba de latir, sentí su muerte como si fuera la mía. Ese poder... me asusta. Hace que me pregunte en qué podría convertirme. Pienso en Mare, en cómo oscilaba entre la furia violenta y la indiferencia abstraída. ¿Ése es el precio que debemos pagar por habilidades como las nuestras? ¿Tenemos que optar entre estar vacíos y ser unos monstruos?

Emprendemos la marcha en silencio, más que conscientes de nuestra precaria posición. Destacamos en la nieve fresca, seguimos las huellas de quien nos precede. Los nuevasangre de la unidad de Farley estamos particularmente nerviosos. Una de las que Barrow reclutó, Lory, nos guía como un sabueso y mueve la cabeza para todos lados. Posee sentidos muy finos y en caso de que haya un ataque lo escuchará, lo olerá o lo verá acercarse. Después del asalto a la prisión de Corros y de que se llevaron a Mare, ella tiñó su cabello de rojo sangre; semeja una herida contra la nieve y el cielo acerado. Fijo la vista en su espalda, lista para correr a su primer titubeo.

Aun embarazada, Farley tiene apariencia de líder. Toma el rifle y lo sostiene con ambas manos, aunque no está tan alerta como los demás. Tiene de nuevo una mirada ausente, siento en ella la conocida punzada de la tristeza.

—¿Viniste aquí con Shade? —le pregunto sin más y voltea de inmediato.

—¿Por qué dices eso?

—Porque para ser una espía a veces eres demasiado fácil de descifrar —golpetea el cañón de su arma.

—Ya te dije que Shade es todavía nuestra principal fuente de información sobre Corvium. Dirigí su operación aquí, eso es todo.

—¡Claro!

Continuamos en silencio. Nuestra respiración empaña el aire y el frío se deja sentir, sobre todo en mis pies. A pesar de que en Ciudad Nueva teníamos invierno, no se compara con éste, tal vez por la contaminación. El calor de las fábricas nos hacía sudar aun en lo más álgido del invierno.

Farley es de origen lacustre, se adapta con más facilidad a este clima. No da la impresión de que resienta la nieve ni el frío urticante. Es obvio que su mente sigue en otro lado, con otra persona.

—Creo que fue mejor que no haya ido a buscar a mi hermano —digo al silencio para mí y para ella, para tener otra cosa en qué pensar—. Me da gusto que no esté aquí —me mira de soslayo y baja los párpados desconfiada.

—¿Cameron Cole reconoce que se equivocó en algo?

—Puedo hacerlo, no soy Mare —cualquier otro pensaría que soy grosera, Farley sólo sonríe.

—Shade era terco también, debe ser un rasgo de familia —pienso que este nombre actuará como un ancla y la hundirá, pero continúa paso a paso, palabra por palabra—. Lo conocí a unos kilómetros de aquí. Se supone que debía reclutar a unos agentes Whistle del mercado negro de Norta, emplear a organizaciones existentes para facilitarle la situación a la Guardia. Los Whistle de Los Pilotes me hablaron de varios soldados apostados aquí que podían estar dispuestos a cooperar con nosotros.

—Y Shade era uno de ellos —ella asiente meditabunda.

—Lo asignaron a Corvium como ayudante de oficial de las tropas de apoyo, un buen puesto para él y mejor todavía para nosotros. Nos brindó gran cantidad de información, toda ella canalizada a través mío, hasta que quedó claro que no podía permanecer en este sitio, lo transferirían a otra legión. Alguien supo que poseía una habilidad e iban a ejecutarlo por ello —yo no estaba enterada de esta historia, dudo que haya muchos que la conozcan, Farley no es precisamente comunicativa en asuntos personales. Aunque ignoro la razón de que me la cuente ahora, veo que lo necesita y la dejo hablar, le doy lo que quiere—. Y cuando ocurrió lo de su hermana… Jamás lo había visto tan aterrado. Vimos juntos la prueba de las reinas, cómo cayó, su relámpago. Creyó que los Plateados la matarían. Me imagino que conoces el resto de la historia —se muerde el labio, mira el largo de su rifle—. Fue idea suya. Debíamos sacarlo del ejército para protegerlo y falsificó el informe de su ejecución. Nos ayudó con los documentos y desapareció. Pese a que a los Plateados no les importa que un

Rojo muera, a su familia sí le iba a importar. Esto lo detuvo un tiempo.

—Pero lo hizo de todas formas —intento comprender, dudo que yo hiciera pasar a mi familia por algo así a cambio de nada.

—Debío hacerlo… y fue muy útil. Mare se unió a nuestras filas cuando se enteró, fue un Barrow por otro.

—Entonces esa parte de su discurso no era mentira —pienso en lo que la obligaron a decir ante una cámara semejante a un pelotón de fusilamiento. *Le preguntaron si quería vengar la muerte de su hermano*—. No me sorprende que tenga problemas de personalidad. Nadie le habla nunca con la verdad.

—El camino de regreso será muy largo para ella —murmura.

—Para todos.

—Y ahora está en esa gira diabólica con el rey —ya no cesa de hablar, evoluciona como una máquina, su voz cobra fuerza e impulso a cada segundo y el fantasma de Shade desaparece—. Esto simplificará las cosas. Son todavía muy difíciles, desde luego, pero el nudo ya empezó a aflojarse.

—¿Hay un plan? Ella está cada vez más cerca. Arborus, el Camino de Hierro…

—Estuvo en Rocasta ayer —el silencio a nuestro alrededor cambia. Si el resto de nuestra unidad no escuchaba antes, lo hace ahora. Mi vista se cruza con la de Ada, sus ojos de liquidámbar están muy abiertos, casi veo los mecanismos que giran en su mente infalible. Farley continúa—: el rey visitó a los heridos que fueron evacuados después del primer ataque, lo supe cuando ya estábamos a medio camino. Si me hubiera enterado antes, puede ser que… —exhala—. Bueno, ya es demasiado tarde.

—El rey viaja prácticamente con un ejército —le digo—.
La vigilan día y noche. No habrías podido hacer nada con
nosotros —se ruboriza de todas maneras y no por el frío. Golpetea con gesto ocioso la culata de su arma.

—Quizá no —acepta—, quizá no —repite en voz más baja
para convencerse.

Corvium proyecta una sombra sobre nosotros y la temperatura cae en medio de la penumbra. Subo mi cuello, quiero
sumergirme en su calor. Se diría que esa monstruosidad de
murallas negras nos aúlla.

—Ahí está la Puerta de la Imploración —apunta a una
boca de colmillos de hierro y dientes dorados. Pese a que bloques de roca silente flanquean el arco, no los siento, no me
afectan. Para mi alivio, la puerta está guarnecida por soldados
Rojos, a los que distinguen sus rojizos uniformes y botas gastadas. Dejamos el camino nevado y nos zambullimos en las
fauces de Corvium. Farley mira la Puerta de la Imploración
mientras la atravesamos, con ojos azules muy abiertos y palpitantes. La oigo susurrar—: cuando entras, imploras salir;
cuando sales, ruegas no regresar jamás.

Aunque nadie me escucha, yo también suplico.

Cal se inclina sobre un escritorio y aprieta los nudillos contra la superficie de madera. Su armadura está apilada en el
rincón, son hojas de raída piel negra que dejan ver la mole
musculosa del joven que las viste. El sudor provoca que su
cabello oscuro se adhiera a la frente y pinta en el cuello líneas
flamantes. No a causa del calor, a pesar de que su habilidad
entibia el recinto mejor que cualquier hoguera. No, esto es
miedo, vergüenza. Me pregunto a cuántos Plateados tuvo
que matar. *No a tantos como debería*, susurra una parte de mí.

De todos modos, verlo, y con él los horrores del cerco inscritos con elocuencia en su rostro, me da razón suficiente para ceder. Sé que no es fácil, no puede serlo.

No mira nada, sus ojos broncíneos abren agujeros. Permanece inmutable cuando llego detrás de Farley. Ella se acerca al coronel, sentado frente a Cal con una mano en la sien al tiempo que con la otra alisa un mapa o diagrama, quizá de Corvium, a juzgar por la forma octogonal y los círculos concéntricos que deben ser las murallas.

Siento que a mi espalda Ada duda de seguirnos y me veo obligada a darle un codazo para que lo haga. Es la más calificada, y su refinado cerebro un don para la Guardia Escarlata, pese a que su educación como doncella sea difícil de vencer.

—¡No te vayas! —musito y la tomo de la muñeca. Aunque su piel no es tan oscura como la mía, todos nos confundimos en las sombras. Se inclina un poco hacia mí y me dirige una débil sonrisa.

—¿En qué círculo están, en el central?

—En la torre principal —responde el coronel y señala el lugar en el mapa—. Está bien fortificada, incluso en los niveles subterráneos. Lo aprendieron por las malas —Ada suspira.

—Sí, ese centro se construyó para prever estas situaciones. Es el último núcleo de resistencia, bien armado y abastecido, cerrado con dobles puertas y provisto de cincuenta Plateados debidamente instruidos. Dado el cuello de botella, bien podría haber ahí cinco veces ese número.

—Como arañas en su madriguera —comento y el coronel ríe.

—Quizá se coman unas a otras.

Cal hace una mueca que no pasa inadvertida.

—No mientras un enemigo común esté a la puerta. Nada une más a los Plateados que alguien a quien odiar —no quita los ojos del escritorio, fijos en la madera. El sentido de sus palabras resulta claro—. Y más ahora que todos saben que el rey está cerca —su rostro se ensombrece con una nube de tormenta—. Pueden esperar.

Con un gruñido grave, Farley remata la idea por él:

—Y nosotros no.

—Si se les diera la orden, las legiones acuarteladas en el Obturador podrían estar aquí en un día, y en menos tiempo aún si... se les motivara a hacerlo —Ada tropieza en esta última palabra, que no es necesario que explique. Veo a mi hermano, técnicamente redimido por las nuevas leyes de Maven, obligado por oficiales Plateados a correr en la nieve para arrojarse sobre los suyos.

—De seguro los Rojos se nos unirían —pienso en voz alta, así sea sólo para disipar las imágenes surgidas en mi cabeza—. Que Maven envíe a sus ejércitos, eso no hará otra cosa que reanimar a los nuestros. Los soldados se volverán contra él como lo hicieron los de aquí.

—Ella podría tener razón... —comienza el coronel, de acuerdo conmigo como nunca. La sensación es extraña pero Farley lo interrumpe.

—Y podría no tenerla también. La guarnición en Corvium fue incitada durante meses, lo que provocó estragos, y presionada y estimulada a ocasionar la explosión de este momento. No puedo decir lo mismo de las legiones ni de los numerosos Plateados a los que Maven persuadirá de servir en las filas.

Ada está de acuerdo y asiente.

—El rey Maven ha sido muy cuidadoso en sus razones sobre Corvium. Describe todo lo de esta ciudad como terrorismo,

261

no como rebelión. Como anarquía, la labor de una Guardia Escarlata sangrienta y genocida. Los Rojos de las legiones y los del reino no tienen idea de lo que en verdad ocurre aquí.

Farley está molesta y se lleva al vientre una mano protectora.

—Ya me perdí en medio de tantas especulaciones.

—Todos —dice Cal con voz distante.

Se aleja por fin de su escritorio y nos da la espalda. Llega hasta la ventana en un par de zancadas y se asoma a una ciudad que aún está en llamas.

El humo se eleva en el aire helado y tiñe de negro el cielo. Me recuerda las fábricas y siento una sacudida. Aunque el tatuaje que llevo en el cuello me da comezón, no me rasco con mis torcidos dedos, que se han roto demasiadas veces para contarlas. Sara me sugirió una vez que podía arreglarlos, pero no se lo permití. Al igual que el tatuaje y el humo, me recuerdan mi origen y lo que nadie más debería soportar.

—Supongo que no tienes ideas, ¿verdad? —pregunta Farley, toma el mapa de las manos de su padre y mira de reojo al príncipe exiliado, quien se encoge de hombros y al voltear se nos presenta de perfil.

—Demasiadas, todas malas, a menos que…

—¡No permitiré que ellos salgan de ahí! —dice el coronel, irritado. Supongo que ya lo discutieron—. Maven está muy cerca. Correrán a su lado y regresarán con más brío y más guerreros.

La refulgente pulsera en la muñeca de Cal titila y echa chispas que suben por su brazo en un rápido estallido de flamas rojas.

—¡Maven vendrá de todos modos! Ya oyó usted los informes, está en Rocasta y se dirige al oeste. Ha escenificado un desfile, saluda y sonríe para que nadie se entere que viene a recuperar Corvium. ¡Y lo hará si usted lo enfrenta en una ciudad deshecha con una jaula de lobos a nuestras espaldas! —gira para encarar al coronel y sus hombros son brasas humeantes todavía. No es común que pierda el control y dañe sus prendas, pero ahora echa humo, lo que revela agujeros chamuscados en su camiseta—. Una batalla en dos frentes es suicida.

—¿Y los rehenes? ¿Estás queriendo decir que en esa torre no hay nadie de valor? —replica el coronel.

—No para Maven. Tiene ya a la única persona que daría a cambio de algo.

—Así que no podemos matarlos de hambre, liberarlos ni negociar —Farley no se contiene.

—Ni matarlos a todos —golpeteo uno de mis labios con un dedo, Cal me mira atónito y levanto los hombros—. Si hubiera una manera aceptable de hacerlo, el coronel ya la habría aplicado.

—¿Ada? —incita Farley con sutileza—, ¿puedes ver algo que nosotros no?

Los vivarachos ojos de aquélla analizan el diagrama y sus recuerdos: cifras, estrategias, todo lo que se halla a su colosal disposición. Su silencio no es nada reconfortante.

—Nos hace falta ese maldito vidente —mascullo. No conozco a Jon, el tipo que hizo posible que Mare me hallara y capturara, pero lo he visto en los mensajes televisados de Maven— para que haga el trabajo por nosotros.

—Si quisiera ayudar estaría aquí. Ese fantasma miserable se esfumó —maldice Cal—. Ni siquiera tuvo la decencia de llevarse a Mare cuando partió.

—No perdamos tiempo en lo irremediable —Farley raspa su bota en el suelo—. ¿Lo único que nos queda es la fuerza bruta? ¿Derribar la torre piedra a piedra, pagar cada centímetro con un litro de sangre?

Antes de que Cal estalle otra vez, la puerta se abre de golpe y Julian y Sara entran casi a trompicones, con ojos de azoro y un rubor de plata. El coronel se pone en pie de un salto, sorprendido y a la defensiva. Ninguno de nosotros se engaña sobre los Plateados. El temor que les tenemos nos llega a la médula, circula en nuestra sangre.

—¿Qué pasa? —pregunta y su ojo rojo despide un fulgor escarlata—. ¿Acabaron tan pronto con el interrogatorio?

Julian se eriza por el término *interrogatorio* y hace un mohín despectivo.

—Mis preguntas son clementes en comparación con lo que usted haría.

—¡Bah! —ríe Farley y ve a Cal, quien cambia de posición avergonzado por esa mirada—. No me engaña con la clemencia de los Plateados.

Pese a que Julian me importa poco y confío en él menos, la expresión de Sara es de zozobra. Me mira, su rostro gris desborda piedad y temor.

—¿Qué sucede? —le pregunto aunque sé que sólo Julian puede responder.

Ni siquiera en Corvium ha encontrado un sanador de la piel dispuesto a devolverle el habla. Todos están en la torre central o muertos.

—El general Macanthos supervisa el comando de entrenamiento —contesta Julian y me mira con vacilación, igual que Sara. Mi pulso retumba en mis oídos. Lo que diga no me gustará, sea lo que sea—. Antes del cerco, una sublegión fue convocada a recibir más lecciones. Sus miembros no estaban preparados para ocupar las trincheras, ni siquiera las Rojas

—mi sangre en torrente aúlla en mis oídos, es un vendaval que casi ahoga la voz de Julian. Siento que Ada se acerca, roza mi hombro con el suyo. Sabe qué dirección va a tomar esto, yo también—. Recuperamos las listas. Un centenar de chicos de la Legión de la Daga fueron llamados a Corvium. No se les licenció, pese al decreto de Maven. Identificamos a la mayoría, pero otros... —se fuerza a continuar, se le traba la lengua— son rehenes. Están en el centro con el resto de los oficiales Plateados.

Apoyo una mano en la gélida pared de la oficina para no desfallecer. Mi silencio suplica, vibra bajo mi piel, quiere esparcirse y arrastrar consigo todo lo que hay en este espacio. Debo pronunciar yo misma las palabras porque es evidente que Julian no lo hará.

—Mi hermano está ahí.

El bastardo Plateado titubea, prolonga el momento y por fin dice:

—Eso creemos.

El rugido de mi corazón estentóreo acalla sus voces. No escucho nada mientras huyo de la sala deprisa, evito sus manos y salgo a toda velocidad del edificio administrativo. No sé si alguien me sigue, no me importa.

Lo único que ocupa mi mente es Morrey. Morrey y los cincuenta cadáveres en germen que se interponen entre nosotros.

No soy Mare Barrow. No sacrificaré a mi hermano.

Mi silencio me envuelve, pesado como el humo, suave como una caricia de plumas y brota de todos mis poros como si fuese sudor. No es algo físico, no destruirá el centro por mí. Mi habilidad está hecha para la carne y sólo para la carne. Ya he practicado. Me espanta pero la necesito. Como un huracán, el silencio se revuelve a mi alrededor, rodea el ojo de una tormenta creciente.

Aunque no sé adónde voy, es fácil orientarse en Corvium y el centro de operaciones se delata por sí mismo. La ciudad es ordenada, está bien planeada, es un engranaje gigantesco. Lo comprendo. Mis pies golpean el piso y me lanzan por el sector exterior. A mi izquierda las altas murallas de Corvium rasgan el cielo; a la derecha cuarteles, oficinas y sitios de entrenamiento se apilan contra el segundo círculo de murallas de granito. Debo encontrar la puerta siguiente, iniciar mi infiltración. Mi pañoleta carmesí es camuflaje suficiente. Doy el aspecto de un integrante de la Guardia, podría serlo. Los soldados Rojos me permiten correr, demasiado distraídos, emocionados u ocupados para interesarse en otra rebelde caprichosa que pasa a toda marcha entre ellos. Han derrocado a sus amos, soy invisible para ellos.

Aunque no para su maldita alteza real, Tiberias Calore.

Me toma del brazo y me obliga a girar. Si no fuera por mi silencio que palpita a nuestro alrededor, él estaría en llamas. Es inteligente, se vale de nuestro impulso para empujarme y alejarse de mis nocivos dedos.

—¡Cameron! —grita y tiende una mano que titila, sus llamas exigen la presencia de aire. Cuando retrocede y se planta en mi camino, ellas se agitan con más fuerza todavía y le lamen el codo. Se ha puesto su armadura otra vez; hojas intercaladas de cuero y acero abultan su silueta—. Morirás si entras sola a la torre. ¡Te harán añicos!

—¿Y a ti qué te importa? —protesto.

Tenso mis huesos y articulaciones y pujo un poco más. El silencio lo alcanza. Su fuego mengua, se contrae. Siente mi habilidad, lo lastimo. *Mantenlo así. Recuerda tu punto constante, ni mucho ni muy poco.* Me esmero otro tanto y él retrocede de nuevo, da un paso más en la dirección que debo seguir. La segunda puerta parece burlarse de mí sobre su hombro.

—Estoy aquí por una razón —no quiero pelear, sólo deseo que se aparte—. No permitiré que tu gente lo mate.

—¡Ya lo sé! —explota con una voz gutural. Me pregunto si los demás quemadores tienen ojos como los suyos, que arden y calcinan—. Sé que entrarás. Yo también lo haría si... también lo haría.

—Déjame pasar entonces.

Aprieta la quijada, es la imagen misma de la determinación, una montaña. Aun ahora que viste prendas quemadas, está herido, su cuerpo es un desastre y su mente una ruina, tiene el porte de un rey. Es justo el tipo de persona que no se arrodillará nunca. No está en él. No es su naturaleza.

Pero a mí me han destruido demasiadas veces para que me vuelvan a romper.

—Déjame pasar, Cal. Permite que rescate a mi hermano —suena como un ruego.

Esta vez da un paso adelante y las llamas de sus dedos se tornan azules, tan calientes que queman el aire. De todas formas dudan frente a mi destreza y pugnan por respirar, por arder. Yo podría apagarlas si quisiera, podría tomarlo a él y hacerlo pedazos, matarlo, sentir cómo muere cada centímetro de su ser. Una parte de mí desea hacer eso, una parte insensata, gobernada por la ira y la rabia y una venganza ciega. Permito que esto nutra mi habilidad, que me haga fuerte, no que me controle, tal como Sara me enseñó. Es una fina diferencia que debo entender.

Entrecierra los ojos como si supiera lo que pienso y me sorprende cuando habla. Casi no lo escucho debido al estrépito de mi batiente corazón.

—Déjame ayudar.

Antes de mi casual adhesión a la Guardia Escarlata, creía que los aliados operaban en la misma frecuencia, que eran un conjunto de máquinas que perseguían una meta común. ¡Qué ingenua era! Cal y yo estamos aparentemente del mismo bando, pero es un hecho que no queremos lo mismo.

Expone su plan con franqueza, lo detalla íntegro. Eso basta para que me dé cuenta de que quiere usar mi furia y a mi hermano para cumplir sus fines. *Distrae a los guardias, entra a la torre central, utiliza tu silencio como escudo y consigue que los Plateados entreguen a los rehenes a cambio de su liberación. Julian abrirá las puertas, yo los escoltaré. No habrá derramamiento de sangre. El cerco terminará. Corvium será toda nuestra.*

Es un buen plan, salvo que la guarnición Plateada quedará en libertad y podrá volver a unirse al ejército de Maven.

A pesar de que crecí en una barriada, no soy tonta ni una niña de ojos pasmados a punto de derretirse por la angulosa mandíbula y la sonrisa torcida de Cal. Su encanto tiene un límite. Hechizaba a Barrow, no a mí.

¡Si fuera un poco más perspicaz! Es demasiado blando cuando se trata de sus cosas. No dejará a los soldados Plateados a la inexistente merced del coronel, pese a que la única alternativa sea liberarlos para que nos ataquen de nuevo.

—¿Cuánto tiempo necesitas? —pregunto. Mentirle en su cara no es difícil cuando sé que quiere engañarme también. Sonríe, cree que me ha ganado para su causa. ¡Perfecto!

—Un par de horas para reunir a mi gente. Julian, Sara...

—De acuerdo. Estaré en el cuartel exterior, búscame cuando estés lista —aparto una falsa mirada comprensiva y el viento arrecia, tira de mis trenzas. Se siente más caliente, no debido a Cal sino al sol. La primavera llegará por fin—. Necesito despejarme.

Asiente, aprieta mi hombro con energía y fuerzo en respuesta una sonrisa que es más bien una mueca y que abandono tan pronto como me volteo. Perfora agujeros en mi espalda hasta que la suave curva de la muralla circular me esconde. Pese al aumento de la temperatura, siento un escalofrío. No puedo acceder a que Cal haga lo que pretende, aunque tampoco permitiré que Morrey pase un segundo más en esa torre.

Farley me sale al paso, se mueve tan rápido como su cuerpo se lo permite. Su cara se ensombrece cuando me ve, arruga tanto la frente que su rostro se tiñe como un betabel y la cicatriz nacarada junto a su boca sobresale más que de costumbre. Ofrece en general un espectáculo intimidante.

—¡Cole! —exclama con voz igual de cavernosa que la de su padre—. ¡Temí que estuvieras a punto de hacer una tontería garrafal!

—No soy de ésas —replico casi en un murmullo. Ladea la cabeza y avanzo para que me siga. Una vez a salvo en una tienda, le cuento todo en un segundo. No cesa de resoplar, como si el plan de Cal fuera una mera molestia y no un gran peligro para todos—. ¡Pondrá en riesgo a toda la ciudad! —concluyo, exasperada—. Y si lo hace…

—Lo sé, pero ya te expliqué que Montfort y la comandancia quieren que esté con nosotros prácticamente a toda costa. Él es casi a prueba de balas, cualquier otro sería fusilado por insurrección —se pasa ambas manos por el pelo, reacomoda su cabellera rubia—. Aunque no deseo que lo haga, no me gustaría que me vigilara la espalda un soldado sin incentivos para seguir órdenes y con sus propias motivaciones.

—La comandancia... —odio la palabrita y a quienquiera que se oculte detrás de ella—. Empiezo a creer que no vela por nuestros mejores intereses —Farley no discrepa.

—Pese a que es difícil que depositemos toda nuestra fe en ellos, ven lo que nosotros no podemos. Y además... —lanza un suspiro, fija los ojos en el suelo con atención redoblada— acabo de enterarme de que Montfort está a punto de involucrarse más todavía.

—¿Y eso qué significa?

—Bien a bien, no lo sé.

Me río.

—¿En verdad puede haber algo que no sepas? ¡Me va a dar un ataque!

Su mirada podría perforar un hueso.

—El sistema no es perfecto pero nos protege. Si te vas a poner sensible, no ayudaré.

—¿Tienes alguna idea?

—Varias —sonríe enigmáticamente.

Harrick no ha renunciado a su manía de moverse.

Sube y baja la cabeza mientras Farley le murmura nuestro plan con un rápido movimiento de labios. Aunque ella no entrará a la torre con nosotros, se hará cargo de que tengamos acceso al centro.

Harrick se muestra receloso. No es un guerrero, no fue a Corros ni participó en el ataque a Corvium, pese a que sus ilusiones habrían sido de gran utilidad. Llegó con nosotros, detrás de la capitana embarazada. Le ocurrió algo cuando Mare estaba todavía a nuestro lado, en un reclutamiento de los nuevasangre que marchó mal. Desde entonces se ha mantenido lejos de las hostilidades, en la defensiva antes que en el fragor de la batalla. Lo envidio. No sabe lo que se siente matar a alguien.

—¿Cuántos son los rehenes? —pregunta con voz tan temblorosa como sus dedos. Un sonrojo se enciende en sus mejillas y se difunde bajo una piel dotada de la palidez del invierno.

—Veinte al menos —respondo en el acto—. Creemos que mi hermano es uno de ellos.

—Y hay por lo menos cincuenta Plateados de guardia —añade Farley. No disimula el peligro. No lo engañará para que nos ayude.

—¡Ay! —exhala él—. ¡Ay, chicas! —Farley asiente.

—La decisión es tuya, por supuesto. Podemos buscar otros medios.

—Aunque ninguno con tan pocas posibilidades de provocar un derramamiento de sangre.

—Eso es cierto. Tus ilusiones… —insisto pero levanta una mano trémula y me pregunto si su habilidad es tan temblorosa como él. A pesar de que abre la boca, no emite sonido. Espero en ascuas, suplico con cada nervio de mi ser. Debe darse cuenta de la importancia de esto. Tiene que hacerlo.

—Está bien —me abstengo de celebrar. Éste es un gran paso, no la victoria, y no puedo perderlo de vista hasta que Morrey esté a salvo.

—¡Gracias! —le tiendo mano y me la estrecha—, muchas gracias —parpadea rápido y sus ojos castaños se encuentran con los míos.

—No me agradezcas hasta que termine.

—Tienes razón —dice Farley, intenta no mostrarse triste, por nuestro bien. Pese a que su plan es apresurado, Cal nos fuerza a actuar—. Síganme —agrega—. Será breve, silencioso y, con algo de suerte, limpio.

271

Echamos a andar detrás de ella mientras esquiva a soldados de la Guardia y Rojos que se pasaron a nuestro bando.
Muchos de ellos se llevan la mano a la frente por respeto a la
capitana. Es una conocida figura de la organización y nosotros nos beneficiamos de la estima que se le tiene. Tiro de mis
trenzas al tiempo que avanzamos, las jalo lo más que puedo.
Aunque el tirón duele, me mantiene avispada y ocupadas mis
manos; de lo contrario, temblaría tanto como Harrick.

Con Farley ai frente nadie nos detiene en las puertas de
la muralla y nos dirigimos al centro de Corvium, donde se
yergue la torre central. El negro granito se abre paso en el
cielo, salpicado de ventanas y balcones, todos ellos cerrados
al tiempo que docenas de militares rodean la base y cuidan
los dos accesos fortificados de la torre. Apuesto que son órdenes del coronel. No perdió tiempo para duplicar la vigilancia
cuando se enteró de que me propongo ingresar a la torre y
de que Cal desea sacar de ella a los Plateados. La capitana
no entra sino que pasa de largo, hacia una de las estructuras
adosadas a la muralla central. Al igual que el resto de la urbe,
es dorada, de hierro y piedra negra, lo que la opaca incluso a
plena luz del sol.

Mi pulso se acelera a medida que nos acercamos a la
penumbra de una de las muchas cárceles desperdigadas en
Corvium. Conforme a lo planeado, Farley nos hace bajar por
una escalera hasta las celdas. Mi piel se eriza cuando veo las
rejas y las paredes de roca encerada bajo la luz tenue de las
escasas lámparas. Cuando menos las celdas están vacías. Los
Plateados que desertaron a favor de Cal se encuentran arriba
de la Puerta de la Imploración, confinados a la sala, justo por
encima de los arcos de roca silente, donde sus habilidades son
nulas.

—Distraeré a los guardias de abajo mientras Harrick te hace pasar —dice en voz baja y me entrega dos llaves—. La de hierro es para la primera puerta —señala una tosca llave de negro metal tan grande como mi puño y luego una pequeña y radiante de dientes afilados—, la de plata para la otra —las guardo en bolsillos distintos y a mi alcance.

—Entendido.

—No puedo amortiguar aún el ruido tanto como la vista, tendremos que ser muy sigilosos —murmura Harrick, me da un ligero codazo e iguala su paso con el mío—. No te alejes para que pueda crear una ilusión moderada el mayor tiempo posible.

Asiento, sé que debe guardar su fuerza para los rehenes.

Las celdas se sumergen cada vez más bajo la superficie de Corvium. Aquí está más húmedo y más frío, y mi respiración se entorpece. Cuando una luz nos deslumbra al dar vuelta a una esquina, me siento acongojada. Farley no llegará más lejos.

Nos hace señas para que retrocedamos. Me acerco más a Harrick, ésta es la hora de la verdad. La agitación y el temor me invaden. ¡Voy por ti, Morrey!

Mi hermano está cerca, rodeado por personas que lo matarían. No tengo tiempo para preocuparme de si me asesinarán.

Algo bambolea ante mi vista y cae como un cortinaje. Es la ilusión. Harrick me fija contra su pecho y caminamos juntos, al mismo paso. Observamos con claridad, aunque cuando Farley se gira para confirmar que todo marcha bien, mueve los ojos de un lado a otro, no nos ve. Como tampoco pueden vernos los miembros de la Guardia que encontramos a la vuelta de una esquina.

—¿Todo bien? —pregunta ella y zapatea sobre el suelo rocoso más ruidosamente de lo necesario.

Harrick y yo la seguimos a una distancia prudente y al dar vuelta en el pasaje vemos a seis soldados bien armados, con pañoletas rojas y equipo táctico. Se yerguen al otro lado del angosto pasillo, hombro con hombro.

Se cuadran en presencia de Farley. Uno de ellos, un hombre entrado en carnes cuyo cuello es más ancho que mi muslo, la aborda a nombre de los demás.

—Todo está en orden, capitana, no hay indicios de movimiento. Si los Plateados intentan escapar, no será por los túneles. No son tan tontos, aunque lo aparenten.

Ella aprieta la quijada.

—Está bien. Mantengan su atención... ¡ay!

Hace una mueca, se dobla, se apoya con una mano en una de las negras paredes y se ciñe con la otra el vientre. Su rostro se contrae de dolor.

Tres miembros de la Guardia acuden al instante a ayudarla y dejan en sus filas un vacío más grande del que deberían. Harrick y yo nos escurrimos de inmediato por la pared opuesta para llegar a la puerta cerrada que pone fin al pasaje. Farley la mira mientras se arrodilla sin dejar de fingir un calambre o algo peor. La ilusión que me rodea se ensancha en respuesta a la concentración de Harrick. No sólo nos oculta a nosotros ahora, sino también a una puerta abierta de par en par detrás de media docena de soldados asignados para protegerla.

Farley grita cuando inserto la llave de hierro en el cerrojo y hago girar el mecanismo. Se incorpora y alterna silbidos de malestar y gritos de dolor para ahogar el posible chirrido de las bisagras. Por suerte, la puerta está bien aceitada; cuando se abre nadie ve ni oye.

La cierro despacio, impido que el hierro choque con el granito. La luz desaparece poco a poco hasta que quedamos sumergidos en una oscuridad casi total. Farley y el alboroto de su tropa son acallados también por la puerta cerrada.

—¡En marcha! —le digo a Harrick y engancho mi brazo en el suyo.

Uno, dos, tres, cuatro... Cuento mis pasos en las tinieblas, arrastro una mano por la helada pared.

La adrenalina se dispara cuando arribamos a la segunda puerta, justo bajo la torre central. Aunque no tuve tiempo para memorizar su estructura, conozco lo básico, lo suficiente para llegar hasta los rehenes, sacarlos de aquí y ponerlos a salvo en el sector central. Sin ellos, los Plateados no tendrán nada con qué negociar y deberán someterse.

Recorro a tientas la puerta en busca del cerrojo. Es pequeño, hago varios intentos antes de introducir la llave.

—¡Ahí vamos! —balbuceo, es una advertencia para Harrick y para mí.

Conforme me abro paso en la torre, me doy cuenta de que podría ser lo último que haga en la vida. Incluso con mi habilidad y la de mi socio, no somos dignos rivales de cincuenta Plateados. Moriremos si sale mal. Y los rehenes, sujetos de por sí a innombrables horrores, podrían morir también.

No permitiré que eso suceda. No puedo permitirlo.

La habitación contigua es tan oscura como el túnel, aunque menos fría. La torre está herméticamente sellada contra los elementos, como Farley afirmó. Harrick se apiña detrás de mí y cerramos la puerta juntos. Su mano acaricia la mía, ya no tiembla. ¡Qué bueno!

Debería haber unas escaleras aquí... sí, ahí están, mis pies chocan con un escalón. Sin soltar la muñeca de Harrick, marcho hacia una luz creciente pese a que es tenue. Son dos tramos de ascenso, así como fueron dos de descenso en las celdas.

Unos murmullos resuenan en las paredes, audibles pero indescifrables. Son voces crispadas, discusiones sostenidas entre susurros. Pestañeo rápido cuando la oscuridad se desvanece y llegamos a la planta baja de la torre, donde nuestras cabezas sobresalen de los peldaños. Una luz cálida nos circunda, ilumina el pozo de la escalera de caracol que se eleva en la alta cámara central. Es la columna vertebral de la torre, de la que se desprenden varias puertas en algunos rellanos, todas cerradas. Mi corazón late a un ritmo atronador, tan fuerte que temo que los Plateados puedan oírlo.

Dos de ellos patrullan la escalera, tensos y listos para un asalto, aunque nosotros no somos soldados ni miembros de la Guardia Escarlata. Sus figuras ondulan, como la superficie de agua inquieta. La ilusión de Harrick retorna para protegernos de ojos poco amigables.

Nos movemos al mismo tiempo, seguimos las voces. Apenas me permito respirar mientras ascendemos por los escalones que habrán de conducirnos a la sala principal tres pisos arriba. En el diagrama de Farley, ésta se extiende a todo lo ancho de la torre, ocupa un piso entero. Es ahí donde se encuentran los rehenes y el grueso de los Plateados que aguardan el rescate de Maven o la compasión de Cal.

Los patrulleros Plateados hacen gala de fuertes músculos. Son colosos. Su rostro es del gris de la piedra y sus brazos del grosor de troncos. No podrían partirme en dos si uso mi silencio, pero mi habilidad no surte efecto en las armas y ellos poseen muchas: pistolas dobles y rifles que cruzan su espalda. La torre está bien provista para un cerco; supongo que esto significa que ellos tienen municiones más que suficientes para resistir.

Uno de los colosos baja pesadamente las escaleras cuando nos acercamos. Doy las gracias al Plateado idiota que lo puso de guardia. Su habilidad es la fuerza bruta, nada sensorial, pero sin duda nos sentiría si tropezáramos con él.

Nos deslizamos lentamente a su lado, con la espalda contra la pared exterior de la torre. Pasa junto a nosotros sin sospechar nada, su atención está en otra parte.

Su compañero es más difícil de sortear. Está recargado en una puerta y tiende sus largas piernas frente a él. Casi obstruye los peldaños por entero, así que nos fuerza a usar el lado contrario de las escaleras. Agradezco mi altura, que me permite pasar encima de él sin incidentes. Harrick no es tan grácil; su temblor regresa multiplicado en lo que sube los escalones e intenta no hacer ruido.

Aprieto los dientes, permito que el silencio se acumule bajo mi piel. ¿Podré matar a estos dos hombres antes de que activen la alarma? Esta sola idea hace que me den ganas de vomitar.

Harrick se impulsa y su pie golpea el nuevo escalón. Pese a que no hace mucho ruido, es suficiente para inquietar al Plateado. Voltea para todas partes y me congelo, tomo la muñeca de Harrick. El terror se apodera de mi garganta, clama por salir en un grito.

Cuando se vuelve de espaldas y busca a su camarada, le doy un codazo a Harrick.

—¿Oíste algo, Lykos? —pregunta.

—Nada —responde el otro.

Cada una de esas palabras cubre nuestros ágiles pasos y nos permite llegar a lo alto de la escalera y a la puerta entreabierta. Emito el más silencioso suspiro de alivio que sea posible imaginar. Mis manos tiemblan también.

Se oyen voces rijosas en el salón.

—¡Tendremos que rendirnos! —dice alguien.

Responden gritos de oposición que sofocan nuestra entrada. Resbalamos como ratones dentro de una habitación llena de gatos hambrientos. Varios oficiales Plateados están tendidos a lo largo de las paredes; casi todos heridos. El olor a sangre es imponente. Expresiones de dolor impregnan las numerosas discusiones que se propagan por el recinto. Unos a otros se gritan con caras pálidas de miedo, angustia y dolor. Algunos heridos parecen estar en agonía. Me estremezco al ver y oler a hombres y mujeres en todos los estados de postración. Descubro que no hay sanadores aquí. Estas heridas Plateadas no desaparecerán con el movimiento de una mano.

No estoy hecha de hielo ni roca. Los heridos de mayor gravedad ocupan la pared curva, justo a unos metros de mis pies. El más próximo de ellos es una mujer con el rostro hendido de cortadas. Sangre de plata se acumula bajo sus manos, intenta evitar en vano que los intestinos se le desprendan del cuerpo. Abre y cierra la boca, es un pez moribundo urgido de aire; sufre tanto que no puede quejarse ni gritar. Trago saliva. Me acomete un pensamiento extraño: *Yo podría ahorrarle su dolor si quisiera.* Podría extender una mano de silencio y ayudarla a retirarse en paz.

Esta sola idea basta para provocarme arcadas y tengo que alejarme.

—Rendirse no es la opción. La Guardia Escarlata nos matará o nos hará algo peor todavía…

—¿*Peor*? —escupe uno de los oficiales tendidos en el suelo, con el cuerpo amoratado y vendado—. ¡Mira a tu alrededor, Chyron!

Yo lo hago, me atrevo a albergar esperanzas. Si prosiguen con sus gritos, será mucho más fácil. Los veo de súbito en el otro extremo de la sala. Acurrucados entre sí, de piel rosada y morena y sangre Roja, son no menos de veinte muchachos de quince años de edad. Solamente el temor me mantiene inmóvil en mi sitio, separada de lo único que quiero por un trecho de certeras e iracundas máquinas de la muerte.

Morrey. Está a unos segundos de mí en el tiempo, a unos cuantos centímetros en el espacio.

Atravesamos la sala con tanto cuidado como subimos las escaleras y dos veces más despacio. Los Plateados menos perjudicados deambulan por doquier, atienden a los que sufren lesiones graves o calman sus nervios. Nunca había visto a Plateados así, con la guardia baja, tan cerca, tan humanos. Una oficial de edad mayor con un derroche de insignias en el pecho sostiene la mano de un joven, de dieciocho años quizá. Su rostro es de color blanco hueso, desprovisto de sangre, y mira el techo con serenidad, a la espera de la muerte. El cuerpo junto a él la recibió ya. Contengo una exclamación, me obligo a respirar pausada y regularmente. Aun con tantas distracciones, no correré riesgos.

—¡Dile a mi madre que la amo! —sisea uno de los moribundos.

Otro cadáver en ciernes llama a un hombre ausente, grita su nombre.

La muerte se avecina como una nube. Me cubre a mí también. Podría morir aquí, como el resto, *si Harrick se cansa, si piso en el lugar incorrecto*. Intento ignorar todo menos mis pies y la meta frente a mí, pero cuanto más avanzo en este recinto, más difícil es. El piso flota ante mis ojos y no es por la ilusión de Harrick. ¿Estoy… estoy llorando? ¿Por ellos?

Enjugo mis lágrimas con rabia antes de que puedan caer y dejar huella. Por más que sé que aborrezco a esta gente, no tengo fuerzas para odiar en este momento. Toda la furia que sentía hace una hora ha desaparecido, reemplazada por una extraña piedad.

Los rehenes están tan cerca de mí ahora que podría tocarlos y un perfil me resulta tan conocido como mi propia cara. Tiene el cabello negro y rizado, piel muy oscura, miembros larguiruchos, grandes manos con dedos torcidos y la sonrisa más amplia y brillante que haya visto nunca, aunque en este instante está muy, muy lejos de mí. Si pudiera me avalanzaría sobre Morrey y no lo soltaría jamás. En cambio, me arrastro lentamente a sus espaldas, me inclino hasta llegar junto a su oído. Contra toda esperanza, espero no asustarlo.

—Morrey, soy Cameron —su cuerpo se sobresalta pero no emite ruido alguno—. Vine con un nuevasangre que nos volverá invisibles. Te sacaré de aquí, haz justo lo que yo diga —voltea con ojos muy abiertos y atemorizados. Son los ojos de nuestra madre, de un negro intenso y pestañas densas. Reprimo el impulso de abrazarlo, sacude despacio la cabeza—. Sí puedo hacerlo —exhalo—. Repite a los demás lo que acabo de decirte. Sé discreto, que los Plateados no te vean, ¡anda, Morrey!

Después de un largo momento, aprieta los dientes y accede.

No pasa mucho tiempo antes de que estén al tanto de nuestra presencia. Nadie cuestiona nada. No pueden darse el lujo de hacerlo en el vientre de la bestia.

—Lo que estás a punto de ver no es real.

Le hago señas a Harrick y asiente, está listo. Nos arrodillamos e inclinamos para confundirnos entre ellos. Cuando la ilusión se evapore, los Plateados no repararán en nosotros al principio, estarán distraídos. Esperemos que así sea.

Mi mensaje se transmite con celeridad. Los rehenes se tensan. Aunque son de la misma edad que yo, semejan ser mayores, desgastados por varios meses de instrucción militar y de supervivencia en una trinchera; incluso Morrey, pese a que se le nota mejor alimentado que en casa. Invisible todavía para él, tomo su mano. Cierra sus dedos en los míos, los mantiene fijos. La ilusión que nos hace invisibles se desvanece entonces, dos cuerpos más se suman al círculo de rehenes. Éstos parpadean cuando nos miran, intentan ocultar su sorpresa.

—¡Allá vamos! —murmura Harrick.

Detrás de nosotros, los Plateados aún discuten junto a los muertos y moribundos sin detenerse a pensar ni un momento en los rehenes.

Harrick baja los párpados, se concentra en la pared curva a nuestra derecha. Respira con dificultad, el aire silba por su nariz y sale por su boca, acumula fuerzas. Me preparo para el golpe a pesar de que sé que es fantasía.

La pared hace implosión de repente, es una floración de fuego y piedra que deja a la torre expuesta al cielo. Los Plateados se estremecen, se alejan de lo que juzgan un ataque. Se escucha el estruendo de aeronaves que acometen nubes falsas. Sacudo las pestañas, no puedo creer lo que veo, no debo hacerlo. Aunque esto no es real, lo parece, asombrosa e increíblemente.

No tengo tiempo que perder.

Harrick y yo nos ponemos en pie de un salto, reunimos a los demás junto a nosotros. Traspasamos como bólidos el fuego, son llamas que lengüetean tan cerca que podrían abrasarnos.

Sé que son falsas, pero me asustan. Es distracción suficiente, espanta a los Plateados para que podamos salir en estampida hacia las escaleras.

Avanzo a la cabeza del grupo y Harrick cierra la marcha. Mueve los brazos como un bailarín, teje con el aire ilusiones de fuego, humo y otra descarga de proyectiles. Todo esto impide que los Plateados nos persigan, temerosos de esas imágenes incesantes. El silencio emana de mí, es una esfera de poder mortífero para derribar a los dos vigías Plateados. Morrey me pisa los talones, casi me hace tropezar, pero me toma del brazo e impide que caiga por el pasamanos.

—¡Alto!

El primer coloso carga contra mí, baja la cabeza como un toro. Introduzco el silencio en su cuerpo, estampo mi habilidad en su garganta. Se tambalea, siente todo el peso de mi capacidad. Yo lo experimento también, es la muerte que rueda por su cuerpo. Debo matarlo rápido. La fuerza de mi necesidad causa que le salga sangre por la boca y los ojos mientras las diversas partes de su cuerpo se extinguen un órgano tras otro. Le quito la vida más pronto de lo que nunca había matado a alguien.

El otro muere más rápido aún. Cuando lo ataco con un aniquilante golpe de silencio, tropieza a un lado y cae de cabeza. Se raja el cráneo en el suelo de roca, derrama sangre y materia gris. Un sollozo se ahoga en mi pecho, no tengo tiempo para cuestionar el repentino asco que siento por mí misma. *Es por Morrey. Es por Morrey.*

Mi hermano está tan angustiado como yo, con la mirada fija en el coloso que se desangra en el piso. Quiero convencerme de que le impresiona lo que hago, no que le horroriza.

—¡No te detengas! —bramo con voz ahogada de vergüenza.

Obedece por fortuna, se precipita con el resto al nivel inferior.

Aunque el vestíbulo de la planta baja está bloqueado, los rehenes se hacen cargo de él y tiran las fortificaciones Plateadas hasta que las puertas dobles quedan al descubierto y una cerradura es todo lo que resta entre la libertad y nosotros.

Salto sobre el cráneo aplastado del coloso, lanzo la pequeña llave argéntea y Morrey la atrapa. Su alistamiento y mi reclusión no anularon nuestro lazo como gemelos. La luz entra a raudales cuando abre las puertas y sale al aire fresco acompañado a toda carrera por los demás rehenes.

Harrick vuela escalones abajo y despide fuego falso tras de sí. Aunque me hace señas para que me vaya, permanezco inmóvil. No me marcharé sin el ilusionista.

Salimos dando traspiés y nos apoyamos uno a otro de cara a una plaza repleta de perplejos guardias armados hasta los dientes que nos dejan pasar por órdenes de Farley. Ella está cerca y les instruye a gritos que se concentren en la entrada de la torre por si los Plateados quieren oponer resistencia.

No oigo sus palabras, sigo de frente hasta que tengo a mi hermano en mis brazos. Su corazón late aceleradamente, ese ruido me deleita. ¡Él está aquí, está vivo!

No como los colosos.

Siento todavía lo que les hice.

Lo que le hice a cada persona a la que le quité la vida.

Estos recuerdos me marean de vergüenza. Todo fue por Morrey, para sobrevivir. Pero no sucederá más.

No tengo que ser una asesina.

Él me aprieta, entorna los ojos de terror.

—Es la Guardia Escarlata... —silba y se prende aún más fuerte de mí—. ¡Debemos huir, Cam!

—Estás a salvo, estás con nosotros. ¡Ellos no te harán daño, Morrey!

Su temor se triplica en lugar de moderarse. Me sujeta con fuerza mientras gira hacia todas partes, evalúa a los soldados de Farley.

—¿Saben lo que eres, Cam, lo saben? —mi vergüenza se convierte en confusión. Lo empujo para ver mejor su cara, respira con dificultad.

—¿Lo que *soy*?

—Te matarán por eso. La Guardia Escarlata te matará por lo que eres.

Cada una de sus palabras me hiere con la fuerza de un martillo. Descubro entonces que mi hermano no es el único que aún teme. El resto de su unidad, los demás adolescentes, se aglomeran para protegerse, toman distancia de los soldados de la Guardia. Farley intercambia miradas conmigo, tan desconcertada como yo.

La veo ahora desde la perspectiva de mi hermano. Los veo a todos como a él se le ha dicho que los mire.

Terroristas. Asesinos. La razón de que ellos hayan sido reclutados.

Intento estrechar a Morrey, susurrar una explicación, él sólo se pone frío entre mis brazos.

—¡Eres uno de ellos! —escupe, me ve con tanto enojo y reproche que las rodillas se me doblan—. ¡Perteneces a la Guardia Escarlata...!

Mi alma se llena de pavor.

Maven se llevó al hermano de Mare.

¿También se habrá llevado al mío?

DIECISÉIS
Mare

No puedo ver Corvium, cubierta como está por una capa de nubes bajas. Miro de todas maneras, fijo mis ojos al horizonte que se tiende a nuestros pies. La Guardia Escarlata tomó esa ciudad y la controla ahora; tuvimos que rodearla para evitar ese poblado hostil. Maven se empeña en mantener el secreto, aun cuando ni siquiera él puede ocultar una derrota tan grande. Me pregunto cómo se recibirá la noticia en el reino. ¿Los Rojos celebrarán? ¿Los Plateados tomarán represalias? Recuerdo los disturbios que siguieron a otros ataques de la Guardia. Habrá repercusiones, desde luego. Corvium es un acto de guerra. La Guardia Escarlata ha plantado por fin una bandera que no puede ser derribada tan fácilmente.

Mis amigos están tan cerca que siento que podría correr hasta ellos. Quitarme los grilletes, matar a los celadores Arven, bajar de un salto del vehículo y desaparecer en la penumbra para correr a toda prisa por el desnudo bosque invernal. En esta ensoñación, ellos me esperan fuera de las murallas de una fortaleza destruida. Ahí está el coronel, con su ojo carmesí, el rostro curtido y la pistola al cinto para sentirse seguro como con nada más. Farley se encuentra a su lado, alta, audaz y decidida como la recuerdo. También están Cameron, con su silencio como un escudo más fortalecido que una prisión; Kilorn, a quien conozco tan bien como las líneas de mi mano, y Cal, iracundo y deshecho como yo, con las brasas de su cólera listas para borrar de mi mente todos los pensamientos sobre Maven. Imagino que me arrojo en brazos de todos ellos, les ruego que me lleven a cualquier parte, con mi familia, a casa, que me hagan olvidar.

No, olvidar no. Olvidar mi cárcel sería un pecado, un desperdicio. Conozco a Maven como nadie más, los vacíos de su cerebro, las piezas que no embonarán nunca. Y he presenciado la división de su corte. Si pudiera escapar, si pudieran rescatarme, podría hacer algo bueno todavía. Podría hacer que el insensato acuerdo que yo misma propuse valga el costo terrible que he pagado por él. Y podría empezar a corregir tantos errores.

Aunque las ventanas del vehículo están herméticamente cerradas, huelo humo, cenizas, pólvora, el aroma metálico y amargo de un siglo de sangre. El Obturador está cerca, más cerca a cada minuto mientras el convoy de Maven acelera hacia el oeste. Espero que mis pesadillas de este sitio hayan sido peores que la realidad.

Trébol y Gatita continúan a mi lado, con las manos cubiertas con guantes que posan en sus rodillas, listas para sujetarme, para someterme. Mis otros carceleros, Trío y Huevo, viajan arriba, sobre el armazón del carruaje, atados con una montura al vehículo en movimiento. Es una buena precaución ahora que estamos tan cerca de la zona de guerra, por no decir a unos kilómetros de una ciudad ocupada por la revolución. Los cuatro están más alerta que nunca, para aprisionarme… y protegerme.

Afuera, el bosque que flanquea los últimos kilómetros del Camino de Hierro se vuelve ralo hasta la consunción. Ramas descubiertas caen al suelo y dejan ver una tierra dura, apenas digna de recibir la nieve. El Obturador es un lugar espantoso, de suelo gris y cielos grises tan bien combinados que no sé dónde termina uno y comienzan los otros. Casi espero escuchar explosiones a lo lejos; papá decía que no hay momento en que no se adviertan las bombas, aun a kilómetros de distancia. Sospecho que ya no es así, si la táctica de Maven surte efecto. Pondré fin a una guerra por la que murieron millones sólo para que se siga matando bajo otro nombre.

El convoy avanza hacia los campamentos, una colección de edificios que me recuerdan la base de la Guardia en Tuck. Se pierden a lo lejos en todas direcciones. Son cuarteles en su mayoría, ataúdes para los vivos. Mis hermanos los ocuparon alguna vez, y también mi padre. Quizá sea mi turno de preservar la tradición.

Al igual que en las ciudades que visitamos durante la gira de coronación, la gente sale para ver al rey Maven y su séquito. Soldados de rojo, negro y gris oscuro flanquean la avenida principal, que corta el campamento del Obturador con precisión militar, y todos inclinan la cabeza con respeto. No me molesto en contar cuántos son, es demasiado deprimente. Junto las manos, las aprieto fuertemente para tener otro dolor en que entretenerme. El oficial Plateado herido que encontré en Rocasta me dijo que en Corvium hubo una masacre. *No vayas ahí*, me digo por mi parte, pero mi mente lo hace de todas formas, por supuesto. Es imposible que evites los horrores en los que no quieres pensar. *Masacre*. Para ambos bandos, Rojos y Plateados, la Guardia Escarlata y el ejército de Maven. Cal sobrevivió, lo sé por la actitud del rey, pero ¿qué fue de Farley, Kilorn, Cameron, mis hermanos y el resto? ¡Tantos nombres y rostros que quizás asaltaron las murallas de Corvium! ¿Qué fue de ellos?

Aprieto mis ojos con las manos, trato de contener las lágrimas. Aunque este esfuerzo me fatiga, me niego a llorar delante de Gatita y Trébol.

Para mi sorpresa, la caravana no se detiene en el centro del campamento del Obturador, a pesar de que cuenta con una plaza más que adecuada para otro meloso discurso de Maven. Algunos carruajes, cada uno de ellos con vástagos de varias Grandes Casas, se desvían cuando el nuestro acelera y se hunde más en el paisaje. Aunque intentan encubrirlo, Trébol y Gatita se ponen nerviosas, se miran una a otra y a las ventanas. No les gusta esto. ¡Qué bueno! Que sufran.

Pese a mi osadía, una sombra de temor cae sobre mí también. ¿Maven ha perdido la razón? ¿Adónde nos lleva... a todos? Claro que no conduciría a la corte a una trinchera, un campo minado o algo peor. Los vehículos incrementan la velocidad, corren con rapidez creciente por tierra apisonada vuelta calzada. A la distancia, cañones de artillería y armamento pesado forman monumentales ruinas de hierro, sombras retorcidas con la apariencia de esqueletos negros. Poco más de un kilómetro después, cruzamos las primeras líneas de trincheras y nuestros transportes rugen cuando recorren puentes construidos precariamente. Siguen más trincheras, para las reservas, el apoyo, las comunicaciones; serpentean como los pasajes de la Muesca, se sumergen en el lodo helado. Pierdo la cuenta después de una docena. Están abandonadas o los soldados se han escondido a la perfección. No veo una sola seña de uniformes rojos.

Por lo que sabemos, podría ser una trampa, las intrigas de un rey viejo destinadas a atrapar y vencer a un muchacho. Una parte de mí quiere que sea cierto. Si no puedo matar a Maven, quizás el rey de la comarca de los Lagos lo hará por mí. La Casa de Cygnet, los ninfos que han gobernado por cientos de años. Eso es todo lo que sé del monarca enemigo. Su reino es como el nuestro, está dividido por la sangre, regido por nobles Casas Plateadas y, al parecer, afligido por la Guardia Escarlata. Como Maven, es indudable que se inclina a mantener el poder a toda costa, por cualquier medio, incluso la colusión con un viejo enemigo.

En el este las nubes se abren y algunos rayos iluminan la tierra árida que nos rodea. No hay un solo árbol hasta donde alcanza la vista. Cruzamos las trincheras del frente y lo que veo me arranca una exclamación. Soldados Rojos se apiñan en largas hileras de seis en fondo con uniformes teñidos de varias tonalidades rojizas y carmesíes. Se aglomeran como la sangre en una herida. Con las manos en escaleras, tiritan de frío. Están listos para precipitarse fuera de su trinchera, a la letal zona de muerte del Obturador si su rey lo ordena. Veo a oficiales Plateados entre ellos, señalados por uniformes de colores gris y negro. Maven es joven pero no tonto. Si ésta es una treta lacustre, está preparado para salir avante de ella. Supongo que el rey de la comarca de los Lagos tiene otro ejército a la espera, en sus trincheras, al otro lado de la línea. Más soldados Rojos que desechar.

Cuando las llantas de nuestro vehículo traspasan el límite, Trébol se apiña junto a mí. Mantiene al frente sus ojos de color verde eléctrico, intenta no perder la calma. El sudor que destella en su frente delata su miedo.

El páramo del Obturador está horadado por cráteres que abrió el fuego de artillería de dos ejércitos. Algunos de esos agujeros deben tener décadas de antigüedad. Alambre de púas se enreda en el lodo congelado. Arriba, en el vehículo de avanzada, un telqui y un magnetrón trabajan en equipo, extienden sus brazos a uno y otro lado para quitar todo escombro del camino del convoy. Pedazos de hierro retorcido giran en todas direcciones. Supongo que huesos también. Muchas generaciones Rojas han encontrado su muerte aquí. El suelo está repleto de sus cenizas.

En mis pesadillas, este lugar es infinito, se extiende hacia los cuatro puntos cardinales. En vez de continuar su avance hasta perderse en el olvido, el convoy reduce su marcha a ochocientos metros de las trincheras. Cuando nuestros transportes se acomodan en un arco de media luna, casi estallo en una risa nerviosa. Nada menos que en un sitio como éste, nos detenemos ante un pabellón. El contraste es violento. Este lugar es de hechura reciente, con columnas blancas y cortinas sedosas que ondean al viento emponzoñado. Se erigió con un único propósito: una cumbre, una reunión, como la de hace tanto tiempo, cuando dos reyes decidieron poner en marcha un siglo de guerra.

Un centinela abre la puerta del carruaje y nos hace señas para que bajemos. Trébol vacila medio segundo y Gatita se aclara la garganta para instarla a moverse. Paso entre ellas y desciendo escoltada a un terreno maltrecho. Rocas y tierra vuelven irregular el suelo bajo mis pies. Pido al cielo que nada se astille debajo de mí: un cráneo, una costilla, un fémur o una columna vertebral. No necesito más pruebas de que camino por un cementerio sin fin.

Trébol no es la única asustada. Incluso los centinelas avanzan despacio, nerviosos, y mueven sus enmascarados rostros para todos lados. Por una vez, piensan también en su seguridad, además de la de Maven. El resto de la corte —Evangeline, Ptolemus, Sansón— pierde el tiempo junto a sus vehículos, mira el horizonte, arruga la nariz. Huelen la muerte y el peligro tanto como yo. Bastaría con que vieran un movimiento en falso o percibiesen un indicio de amenaza para que corrieran despavoridos. Evangeline ha cambiado sus pieles por una armadura, el acero la cubre del cuello a las muñecas y los dedos de los pies. Se quita presurosa sus guantes de cuero para dejar desnuda su piel al aire frío. Es mejor así, por si debe pelear. Me dan ganas de hacer lo mismo pero no serviría de nada; hoy los grilletes son más fuertes que nunca.

El único que parece indiferente es Maven. El invierno moribundo le sienta bien, hace destacar su pálida piel con una rara elegancia. Hasta las sombras que rodean sus ojos, oscuras como siempre, negras y comparables a contusiones, lo vuelven trágicamente bello. Se ha puesto encima toda la parafernalia que se atrevió a vestir. Aunque es un rey niño, es rey de todas formas y está a punto de mirar a los ojos a quien se supone que es su principal adversario. La corona que ciñe su cabeza luce natural ahora, fue reajustada para reposar de un extremo a otro de su frente. Despide flamas de bronce y de hierro en medio de una cabellera negra y satinada. Aun bajo la luz grisácea del Obturador, sus medallas e insignias crepitan, son de plata, rubí y ónix. Una capa con un brocado rojo como una llama complementa el conjunto y la imagen de un rey fogoso. El Obturador nos consume a todos. Sus lustradas botas negras se ensucian de tierra mientras avanza y refrena la instintiva reacción de temer este lugar. Lanza sobre su hombro una mirada impaciente para ver a las docenas de personas que arrastró hasta este sitio. Sus ojos de fuego azul son advertencia suficiente, debemos ir con él. No temo a la muerte y soy la primera en seguirlo a lo que bien podría ser una tumba.

El rey de la comarca de los Lagos nos espera.

Tumbado sobre una silla simple, es un hombre menudo en comparación con la enorme bandera que cuelga a sus espaldas, de cobalto, trabajada con una flor de cuatro pétalos en blanco y plata. Sus vehículos, de un metal azul lechoso, se despliegan al otro lado del pabellón en una disposición idéntica a la nuestra. Cuento más de una docena de un vistazo, repletos de la versión lacustre de los centinelas. Otros como ellos flanquean al rey y su séquito, no llevan capas ni caretas sino una armadura táctica de placas destellantes de un zafiro oscuro. Se alzan impasibles y callados, con rostros como de piedra tallada. Cada uno es un guerrero entrenado desde el nacimiento, o casi. Desconozco sus habilidades o las de quienes acompañan al rey. No estudié la corte de la comarca de los Lagos en mis lecciones con Lady Blonos, ocurridas hace ya varios siglos.

Cuando nos acercamos, el contorno del monarca adquiere precisión. Lo miro, intento ver al hombre bajo la corona de oro blanco, topacio, turquesa y oscuro lapislázuli. Así como los colores de Maven son el rojo y el negro, el de este rey es el azul. Después de todo es un ninfo, un manipulador de agua. Asumo que sus ojos serán azules también, pero son de un gris oscuro que hace juego con la subida tonalidad acerada de su larga y lacia cabellera. Lo comparo sin querer con el padre de Maven, el único otro rey que he conocido, con quien hace marcado contraste. Mientras Tiberias VI era barbado y fornido, y su cara y su cuerpo estaban hinchados por el alcohol, el rey lacustre es esbelto, está bien afeitado y tiene ojos claros que sobresalen en su piel morena. Igual que todos los Plateados, un trasfondo azul gris aviva su semblante. Cuando se levanta, revela garbo y la soltura de sus movimientos lo hace parecer un bailarín. No lleva armadura ni uniforme de gala, únicamente prendas de plata y cobalto que brillan y presagian como su bandera.

—El rey Maven de la Casa de Calore —dice, inclina la cabeza justo cuando éste sube al pabellón. La seda negra serpentea sobre el blanco mármol.

—El rey Orrec de la Casa de Cygnet —responde Maven y se inclina intencionalmente más que su rival, con una sonrisa en los labios—. ¡Si mi padre estuviera aquí para atestiguar este encuentro!

—Y su madre también —dice Orrec sin traza de sarcasmo, pese a lo cual Maven se endereza al momento, como si de pronto se sintiera amenazado—. Reciba usted mis más sentidas condolencias, es demasiado joven para haber sufrido tantas pérdidas —tiene acento, sus palabras buscan una melodía extraña. Mueve los ojos sobre el hombro de Maven, pasan sobre mí hasta llegar a Sansón, quien nos sigue, ataviado con el color azul de los Merandus—. ¿Se le transmitieron mis… peticiones?

—Claro que sí —Maven se lleva el mentón al hombro, me mira un segundo y después, como Orrec, desliza su vista hasta Sansón—. Si no te importa, primo, aguarda en tu vehículo.

—¡Primo…! —repone Sansón con toda la renuencia de la que es capaz.

De todos modos se detiene de golpe y planta los pies a varios metros de la plataforma. No hay nada que discutir, no en este sitio. Los guardias del rey Orrec se tensan, mueven las manos hasta su colección de armas, revólveres, espadas, el aire que nos rodea, cualquier cosa de la que puedan servirse para impedir que un susurro se acerque a su rey y su mente. ¡Si la corte de Norta fuera igual!

Sansón cede al fin. Baja las cejas y pone los brazos en los costados con acciones ágiles y estudiadas.

—Como usted diga, su majestad.

Una vez que se mueve, enfila de vuelta a los vehículos y desaparece de la vista, sólo entonces los agentes lacustres se relajan. El rey Orrec ofrece una sonrisa rígida e indica con señas a Maven que se acerque, como a un niño al que se invita a suplicar.

Sin embargo, Maven voltea hacia el asiento contrario al de su enemigo. No es de roca silente, no es seguro, pero se sienta sin la menor sombra de duda. Se recarga y cruza las piernas, deja que su capa caiga de un brazo mientras el otro queda libre. Sus manos cuelgan, su pulsera flamígera es evidente.

Los demás nos congregamos a su alrededor, tomamos asientos iguales a los de la corte de los Lagos, ahora delante de nosotros. Evangeline y Ptolemus se colocan a la derecha de Maven, lo mismo que el padre de Evangeline, quien se sumó en no sé qué momento a nuestro convoy. El gobernador Welle está aquí también, su atavío verde contrasta con rudeza con el gris del Obturador. La ausencia de las Casas de Iral, Laris y Haven salta a mi vista, aunque sus filas han sido reemplazadas por otros consejeros. Mis cuatro celadores Arven me flanquean cuando me siento, tan cerca que los oigo respirar. Me concentro en las personas ante mí, los lacustres. Son los principales consejeros, confidentes, diplomáticos y generales del rey, sujetos a los que hay que temer casi tanto como al rey mismo. Pese a que se omiten las presentaciones, pronto me doy cuenta de quién es más importante. Ella está sentada a la derecha del rey, en el lugar que equivale al que Evangeline ocupa.

¿No es una reina muy joven acaso? No, el parecido de familia es notorio. Debe ser la princesa de la comarca de los Lagos, con ojos como los de su padre y una corona de intachables gemas azules. Su lacia cabellera negra fulgura con cuentas de perlas y zafiros. Cuando la inspecciono, siente mi mirada y me la devuelve de frente.

Maven es el primero que habla y pone fin a mi actividad observadora.

—Por primera ocasión en un siglo, estamos de acuerdo.

—Así es —asiente Orrec y su frente alhajada centellea bajo la menguante luz del sol—. La Guardia Escarlata y su gente han de ser erradicadas, y rápido; no sea que su mal se propague más de lo que ya lo ha hecho y los Rojos de otras regiones se dejen seducir por sus falsas promesas. He recibido rumores sobre problemas en las Tierras Bajas, ¿son ciertos?

—Son sólo rumores —mi rey del negro corazón concede únicamente lo que quiere—. Usted sabe cómo son esos príncipes, no cesan de discutir entre ellos —Orrec sonríe casi con malicia.

—Es cierto, los señores de la Pradera son muy semejantes.

—Respecto a las condiciones…

—¡No se apresure, joven amigo! Me gustaría conocer el estado en que se encuentra su casa antes de que decida atravesar la puerta —incluso desde mi lugar siento que Maven se pone rígido.

—Pregunte lo que desee.

—¿Dónde están la Casa de Iral, la de Laris, la de Haven? —recorre con los ojos nuestra línea sin que se le escape nada. Posa su vista en mí, titubea un segundo—. No veo a ninguna de ellas aquí.

—¿Y qué con ello?

—Que los informes son ciertos: se rebelaron contra su legítimo rey.

—Sí.

—Y lo hicieron en apoyo a un exiliado.

—Sí.

—¿Qué hay de su ejército de los nuevasangre?

—Crece cada día —responde Maven—. Es otra arma que debemos aprender a empuñar.

—Como ella —el rey de los Lagos ladea la cabeza en mi dirección—. La Niña Relámpago es un magnífico trofeo.

Cierro las manos en mis rodillas. Tiene razón, desde luego. Soy poco más que un trofeo para que Maven lo lleve a todas partes, use mi rostro y mis palabras forzadas para atraer a más personas. No me sonrojo. Ya he tenido mucho tiempo para acostumbrarme a mi vergüenza.

No sé si Maven voltea hacia mí. No lo miraré.

—Un trofeo, sí, y un símbolo también —dice—. La Guardia Escarlata es de carne y hueso, no un fantasma. La carne y el hueso pueden controlarse, derrotarse y destruirse.

El rey chasquea la lengua como si sintiera lástima. Se incorpora tan rápido que sus prendas ondean como un río impetuoso. Maven se levanta también y se le une en el centro del pabellón. Se miden y devoran uno a otro, ninguno quiere ser el primero que rompa las hostilidades. Siento que el aire en torno mío se tensa: es caliente, luego frío, después seco, más tarde bochornoso. La voluntad de dos reyes Plateados se encabrita alrededor de todos los presentes.

No sé lo que Orrec ve en Maven, pero cede de súbito y alarga una mano oscura. Sortijas suntuosas hacen guiños en todos sus dedos.

—Bueno, se les enfrentará muy pronto, y a los Plateados rebeldes también. Tres Casas contra el poderío de dos reinos no son nada.

Maven corresponde el gesto con una inclinación y estrecha la mano de Orrec.

Me pregunto apenas cómo fue que Mare Barrow, de Los Pilotes, vino a dar aquí, a unos metros de dos reyes, para presenciar el suceso de un fragmento más de nuestra sangrienta historia. Julian se volverá loco cuando se lo cuente. *Cuando.* Porque lo veré de nuevo. Los veré a todos de nuevo.

—Pasemos ahora a las condiciones —sugiere Orrec.

Me doy cuenta de que no ha soltado a Maven. Lo hacen también los centinelas, que dan un amenazador y uniforme paso al frente; sus túnicas llameantes esconden toda suerte de armas. Del otro lado de la plataforma, los guardias lacustres hacen lo mismo. Cada bando reta al otro a dar el paso que terminará en un derramamiento de sangre.

Maven no intenta soltarse ni acercarse. Permanece firme, inmóvil, intrépido.

—Las condiciones son aceptables —replica con voz calma, no puedo ver su rostro—. El Obturador se dividirá en partes iguales, las antiguas fronteras se conservarán y abrirán al transporte. Usted disfrutará de un uso equitativo del río Capital y el canal Eris…

—Mientras su hermano viva, necesito garantías.

—Mi hermano es un traidor, un exiliado. Estará muerto en poco tiempo.

—Justo es a eso a lo que me refiero, niño. Tan pronto como él haya desaparecido, tan pronto como destruyamos a la Guardia Escarlata pieza por pieza, ¿volverás a tus antiguas costumbres, a tus viejos enemigos? ¿Te verás ahogado de nuevo en cuerpos Rojos y necesitado de un lugar donde arrojarlos? —el rostro de Orrec se ensombrece, se enciende de púrpura y gris. Su actitud fría e indiferente se resuelve en enojo—. El control de la población es una cosa pero la guerra, el interminable estira y afloja, es poco más que una locura. Yo no derramaré una gota más de sangre Plateada sólo porque tú no puedes domeñar a tus ratas Rojas.

Maven se aproxima, se pone al nivel de la intensidad de Orrec.

—Nuestro tratado se firmará aquí y será difundido por televisión a todas las ciudades, a todos los hombres, mujeres y niños de mi reino. Todos sabrán que esta guerra ha concluido, todos en Norta por lo menos. Sé que usted, viejo, no dispone de la misma tecnología en la comarca de los Lagos, aunque confío en que pondrá todo de su parte para informar lo mejor posible a su atrasado reino.

Un estremecimiento nos atraviesa a todos. Hay miedo en los Plateados y emoción en mí. *Destrúyanse uno a otro*, susurro en mi cabeza. *Háganse pedazos*. No tengo la menor duda de que un rey ninfo tendría pocos problemas para ahogar a Maven dondequiera que esté.

Orrec enseña los dientes.

—¡No sabes nada acerca de mi país!

—Sé que la Guardia Escarlata nació en su casa, no en la mía —refuta Maven y con su mano libre indica a sus centinelas que retrocedan. Es un chico insensato y bravucón, espero que esto le cueste la vida—. No pretenda que me hace un favor, usted necesita esto tanto como nosotros.

—Quiero su palabra entonces, Maven Calore.

—La tiene.

—Su palabra y su mano, el lazo más firme que pueda haber.

¡Vaya!

Dejo de ver a Maven, trabado en un puño con el rey de los Lagos, y miro a Evangeline. Está quieta, como congelada, con los ojos fijos en el piso de mármol y nada más. Imagino que se pondrá en pie y gritará para hacer de este sitio un caos de metralla. No se mueve. Incluso Ptolemus, su hermano y perro faldero, permanece en su asiento al tiempo que su padre, vestido con el color negro de Samos, cavila como siempre. No hay en él cambio alguno que yo pueda percibir, ningún indicio de que Evangeline esté en riesgo de perder la posición que tanto se ha empeñado en obtener.

Al otro lado del pabellón, la princesa lacustre parece de piedra. Ni siquiera parpadea. Sabía que esto sucedería.

Una vez, cuando el padre de Maven le dijo que se casaría conmigo, la sorpresa lo sofocó. Creó una puesta en escena de quejidos y discusiones, fingió no saber lo que era una propuesta, qué significaba. Como yo, ha usado un millar de máscaras y desempeñado un millón de papeles. Hoy actúa como rey y los reyes no se sorprenden nunca, jamás se les toma desprevenidos. Si está asustado, no lo demuestra. No oigo sino firmeza en su voz.

—Sería para mí un honor llamarlo padre —dice.

Orrec le suelta la mano por fin.

—Y para mí sería un honor llamarlo hijo.

Ninguno podría ser más falso.

A mi derecha, la silla de alguien raspa el mármol, pronto seguida por dos más en la negra y metálica precipitación con que la Casa de Samos abandona la ceremonia. Evangeline se adelanta a su hermano y su padre, no mira atrás, lleva las manos abiertas a sus costados. Baja los hombros, su postura meticulosamente erguida desmerece un tanto.

Ha sido relevada.

Maven no la ve irse, está concentrado en la tarea frente a sí, la princesa lacustre.

—*Milady* —hace una reverencia en su dirección, ella se inclina sin abandonar nunca su mirada de acero—. A la vista de mi noble corte, pido su mano en matrimonio —he oído antes esas palabras, del mismo hombre. Fueron pronunciadas ante una multitud y cada cual sonó como un candado que gira al cerrarse—. Prometo ser tu esposo, Iris Cygnet, princesa de la comarca de los Lagos, ¿aceptas?

Iris es hermosa, más agraciada que su padre. Pero no es una bailarina, sino una cazadora. Se yergue sobre largas piernas, deja su asiento en medio de una suave cascada de terciopelo zafiro y frondosas curvas femeninas. Alcanzo a ver mallas de piel entre las cuchilladas de su vestido; están gastadas, rotas de la rodillas. No vino aquí sin prepararse. Y como tantos otros que nos rodean, no usa guantes pese al frío. La mano que le tiende a Maven es de ámbar, dedos largos, sin adornos. Sus ojos no dudan, ni siquiera cuando una niebla se forma en el aire y envuelve su mano tendida. Fulge ante mí, minúsculas gotas que al condensarse cobran vida; se tornan cuentas cristalinas de agua y cada cual es un pinchazo de refractada luz que gira y sacude.

Ella pronuncia sus primeras palabras en un idioma que no conozco, el lacustre. Es muy bello, cada palabra se vierte en la siguiente como una canción recitada, como agua. Y luego añade, con acento de Norta:

—Pongo mi mano en la tuya y te entrego mi vida —ella contesta, de acuerdo con sus tradiciones y las costumbres de su reino—. Acepto, su majestad.

Él lanza una mano desnuda para tomar la de ella y la pulsera en su muñeca echa chispas. Una corriente de fuego sacude el aire como una serpiente y se enrolla en los dedos unidos de ambos. No la quema, aunque no dista mucho de intentarlo. Iris no se acobarda ni parpadea.

Y así termina una guerra.

DIECISIETE
Mare

Pasan muchos días antes de que podamos regresar a Arcón. La causa no es la distancia ni que el rey de la comarca de los Lagos haya traído consigo a no menos de un millar de personas, entre cortesanos, soldados y hasta sirvientes Rojos, sino que repentinamente el reino de Norta tiene algo que celebrar: el final de una guerra y una boda inminente. El ahora interminable convoy de Maven serpentea por el Camino de Hierro y después por el Camino Real a paso de tortuga. Plateados y Rojos salen a vitorearlo por igual, suplican una mirada del rey. Maven accede siempre, se detiene para presentarse ante las multitudes con Iris a su lado. Pese a nuestro supuesto odio por los lacustres, los ciudadanos de Norta nos rendimos ante ella. Es una curiosidad y una bendición, un puente. Incluso el rey Orrec recibe calurosas bienvenidas, aplausos corteses, respetuosas reverencias. Es un antiguo enemigo convertido en aliado para el largo camino que nos espera.

Maven lo dice en cada oportunidad.

—Norta y la comarca de los Lagos están unidas ahora, entrelazadas para el largo camino por recorrer contra todos los peligros que amenazan a nuestros reinos.

Se refiere a la Guardia Escarlata, a Corvium, a Cal, a las Casas en rebelión. A todo lo que podría poner en riesgo su débil control del poder.

Nadie entre los vivos recuerda los días previos a la guerra. Mi país no sabe qué es la paz y no es de sorprender que la confunda con esto. Quiero gritar frente a cada cara Roja junto a la que paso, quiero tallar las palabras en mi cuerpo para que todos las vean: *Trampa. Mentira. Conspiración.* Pero mis palabras no significan nada ya. He sido un títere durante mucho tiempo. Mi voz no es mía, sólo mis acciones, y están muy limitadas por las circunstancias. Aunque caería en la desesperación si pudiera, mis días de depresión ya quedaron atrás. Así debe ser, de lo contrario me ahogaré, seré una muñeca arrastrada por un niño, hueca por dentro.

Escaparé. Escaparé. Escaparé. No me atrevo a susurrar estas palabras. Pero me pasan por la mente al mismo ritmo que mi pulso.

Nadie me habla durante el viaje, ni siquiera Maven. Está ocupado, estudiando a su nueva prometida. Tengo la sensación de que ella sabe qué tipo de persona es él y está preparada para el futuro que le espera. Igual que como lo sentí con su padre, espero que se maten entre ellos.

Pese a que las altas torres de Arcón me resultan familiares, no me consuelan. El convoy regresa a una jaula que conozco demasiado bien, atraviesa la ciudad hasta llegar a las empinadas calles que conducen al compuesto palaciego de la Plaza del César y el Fuego Blanco. El sol es engañosamente radiante contra un despejado cielo azul. La primavera está a punto de llegar. ¡Qué extraño! Una parte de mí creyó que el invierno sería eterno, como mi reclusión. No sé si soportaré ver pasar las estaciones desde mi celda real.

Escaparé. Escapare. Escaparé.

Huevo y Trío me pasan casi de uno a otro, me bajan del transporte y me obligan a subir los escalones del Fuego Blanco. El aire es cálido, húmedo, huele a fresco y limpio. Si permaneciera unos minutos más al sol, empezaría a sudar bajo mi saco plateado y escarlata, pero estoy en el palacio en unos segundos y camino bajo candelabros que deben valer una fortuna. No me molestan tanto después de mi primer y único intento de fuga, de hecho casi me hacen sonreír.

—¿Contenta de estar en casa?

Que alguien me hable me asombra tanto como quien lo hace.

Resisto el fuerte impulso a inclinarme y no lo hago cuando me detengo a mirarla. Los Arven hacen alto también, lo bastante cerca para sujetarme si deben hacerlo. Siento que una propagación de su habilidad me quita parte de mi energía. Los guardias de ella están igual de nerviosos, atentos a la sala que nos rodea. Supongo que piensan todavía que Arcón y Norta son territorio enemigo.

—Princesa —respondo.

Aunque el título deja un sabor amargo en mi boca, no creo que tenga sentido hacer enojar a una más de las prometidas de Maven.

Su traje de viaje es falazmente sencillo, sólo mallas y un saco azul oscuro ceñido en la cintura para que exhiba mejor su figura de reloj de arena. No porta joyas ni corona. Su peinado es simple, una trenza negra. Podría pasar por una Plateada común y corriente, rica, pero no de la realeza. Incluso su cara es neutral, sin sonrisas, sin gestos de desdén. No juzga a la Niña Relámpago encadenada. Esto hace un marcado e inconveniente contraste con los nobles que conozco. Ignoro todo acerca de ella. Por lo poco que sé, podría ser peor que Evangeline, o que Elara incluso. No tengo idea de quién es esta joven ni qué piensa de mí y esto me hace sentir incómoda.

Iris lo sabe.

—No, supongo que no —continúa—. ¿Accederías a caminar conmigo?

Tiende una mano que se curva en un rasgo invitador. Aunque es muy probable que los ojos se salgan de mis órbitas, hago lo que pide. Fija un ritmo rápido, no imposible, y obliga a ambas series de guardianes a seguirnos por el vestíbulo.

—Pese a su nombre, da la impresión de que el Fuego Blanco es un lugar frío —mira el techo, los candelabros se reflejan en sus ojos grises y los cubren de estrellas—. No me gustaría estar presa aquí.

Emito una risa gutural. Esta pobre tonta está a un paso de ser la reina de Maven, no creo que exista prisión peor que ésa.

—¿Dije algo gracioso, Mare Barrow? —ronronea.

—Nada, su alteza —sus ojos me examinan, se entretienen en mis muñecas, en las mangas largas que esconden mis esposas. Toca con lentitud una de ellas y lanza un suspiro. A pesar de la roca silente y el temor instintivo que inspira, no se atemoriza.

—Mi padre tiene mascotas también. Quizá sea algo que los reyes hacen —meses atrás yo le habría contestado: *No soy una mascota*. Pero tiene razón y me alzo de hombros.

—No he conocido a muchos reyes.

—Tres para una chica Roja nacida en la pobreza. Cabría preguntarse si los dioses la aman o la odian —no sé si reír o resoplar.

—Los dioses no existen.

—No en Norta. No para usted —dulcifica su expresión. Mira por encima del hombro a los muchos cortesanos y nobles que pululan en torno nuestro, la mayoría de los cuales no se molesta en disimular que la escudriñan minuciosamente. Si esto le irrita, no lo demuestra—. Me pregunto si pueden oírme en un lugar sin dioses como éste. Ni siquiera hay un templo. Tendré que pedirle a Maven que construya uno para mí.

Aunque muchas personas extrañas han pasado por mi vida, todas tienen piezas que puedo entender, emociones que conozco, sueños, temores. Pestañeo ante la princesa Iris y comprendo que cuanto más habla, más desconcertante es. Tiene trazas de ser inteligente, fuerte, segura, pero ¿por qué una persona así aceptaría casarse con alguien que es claramente un monstruo? Sin duda ella lo ve tal como es. Y no puede ser la ambición ciega lo que la impulsa: ya es una princesa, hija de un rey. ¿Qué quiere? ¿Tuvo acaso la opción de elegir? Su conversación sobre los dioses es más desconcertante todavía. Nosotros no tenemos esas creencias. ¿Cómo podríamos tenerlas?

—¿Memorizas mi rostro? —pregunta con tranquilidad mientras intento descifrarla. Tengo la impresión de que ella hace lo mismo, que me observa como si fuera una intrincada obra de arte—. ¿O tan sólo deseas pasar unos minutos más fuera de tu habitación, encerrada bajo llave? Si es esto último, no te culpo; si es lo primero, tengo la corazonada de que verás mucho de mí y yo de ti —provenientes de otra persona, estas palabras tendrían visos de ser una amenaza. No creo importarle a Iris tanto para eso; al menos no parece ser celosa. Para ello sería preciso que sintiera algo por Maven, lo cual dudo—. Llévame a la sala del trono.

Tuerzo los labios a pesar de que quiero sonreír. Por lo común, aquí la gente hace peticiones que en realidad son órdenes férreas. Iris es lo contrario, su orden suena a pregunta.

—Está bien —balbuceo y permito que mis pies nos guíen.

Los Arven no se atreven a apartarme. Iris Cygnet no es Evangeline Samos, y contrariarla podría considerarse un acto de guerra. Volteo y sonrío sin remedio a Trío y Huevo, que me lanzan una mirada fulminante. Su irritación me hace sonreír más, pese al escozor de mis cicatrices.

—Eres una prisionera extraña, señorita Barrow. No sabía que además de presentarte como una dama en sus mensajes, Maven te exigía serlo en todo momento —*Dama*. Este título jamás me ciñó ni lo hará nunca.

—Soy sólo un perrito faldero bien vestido y muy bien amarrado.

—¡Qué rey tan peculiar para considerarte así! Eres una enemiga del Estado, una valiosa pieza de propaganda, y te trata como si fueras de la realeza. Claro que los niños son caprichosos con sus juguetes, sobre todo los que acostumbran perder cosas. Se aferran más que el resto.

—¿Usted qué haría conmigo? —pregunto en respuesta. Cuando sea reina, Iris podría tener mi vida en sus manos; podría ponerle fin o volverla aún peor—. Digo, si estuviera en la posición de Maven.

—Jamás cometeré el error de tratar de entrar en la cabeza de él —esquiva hábilmente la interrogante—. Una persona sana no debería estar en un lugar como ése —ríe entre dientes—. Supongo que su madre pasó mucho tiempo ahí —por más que Elara me odiara y aborreciera mi existencia, creo que detestaría más a Iris. La joven princesa es formidable, por decir lo menos.

—Tiene suerte de no haberla conocido.

—Y eso te lo debo a ti —replica—, aunque espero que no mantengas viva la tradición de asesinar reinas. Hasta los perros falderos muerden —me hace un guiño con sus penetrantes ojos grises—. ¿Lo harás?

No soy tan tonta para responder. *No* sería una vil mentira. *Sí* podría ganarme otro enemigo de la realeza. Mi silencio le hace dirigirme una sonrisa de suficiencia.

El camino hasta el magno aposento donde Maven recibe a la corte no es largo. Después de tantos días frente a las cámaras de televisión, forzada a soportar que un nuevasangre tras otro jurara lealtad al rey, lo conozco íntimamente. Pese a que el estrado suele estar cubierto de sillas, fueron retiradas en nuestra ausencia y sólo quedó el ominoso trono gris. Iris lo mira mientras nos acercamos.

—Es una táctica interesante —murmura cuando llegamos a él. Igual que como lo hizo con mis esposas, desliza un dedo por los bloques de roca silente—. Necesaria también, con tantos suspiros como se permiten en la corte.

—*¿Se permiten?*

—No son bienvenidos en la comarca de los Lagos. No tienen autorizado cruzar las murallas de nuestra capital, Detraon, ni entrar al palacio sin los escoltas apropiados. Además, ningún susurro tiene permitido acercarse a menos de seis metros del monarca —explica—. De hecho, no conozco ninguna familia noble que reclame esa habilidad en mi país.

—¿No existen?

—De donde vengo, ya no.

El significado de estas palabras flota en el aire como humo.

Se aleja del trono, ladea la cabeza a ambos lados. Nada de lo que ve le agrada. Frunce los labios en una fina línea.

—¿Cuántas veces has sentido el tacto de un Merandus en el cerebro? —intento recordar por una fracción de segundo. ¡Tonta!

—Demasiadas para contarlas —respondo y me encojo de hombros—. Primero fue Elara, después Sansón. No sé cuál de los dos fue peor. Ahora sé que la reina podría examinar mi mente sin que yo lo supiera. Pero él... —mi voz flaquea, el recuerdo es doloroso, hace que sienta una presión aniquiladora en las sienes, las masajeo para aliviar el malestar—. La presencia de Sansón se siente cada segundo —su cara adquiere una tonalidad gris.

—¡Hay tantos ojos en este sitio! —dice y mira a mis celadores y después las paredes, las cámaras de seguridad que vigilan cada centímetro de este recinto y nos observan—. Se les invita a mirar.

Se quita el saco con lentitud y lo dobla en su brazo. La blusa es blanca, la cubre hasta el cuello y no tiene espalda. Se vuelve so pretexto de examinar la sala del trono. En realidad, se pavonea. Su torso es potente, musculoso, tallado en largas líneas. Tatuajes negros la atraviesan desde la base de su cabellera hasta la de la espalda y pasan por sus omóplatos. *Raíces*, es lo primero que pienso. Me equivoco, no son raíces sino volutas de agua que se curvan y derraman por su piel en líneas perfectas. Ondulan cuando se mueve, son algo vivo. Por fin se vuelve hacia mí con una ligera sonrisa de presunción.

Desaparece tan pronto como su vista me rebasa. No tengo que voltear para saber quién se acerca, quién encabeza las numerosas pisadas que retumban en el mármol y en mi cráneo.

—Te daré con gusto un recorrido por el lugar, Iris —dice Maven—. Tu padre se instala ya en sus habitaciones, estoy seguro de que no le importará que nos conozcamos un poco mejor.

Los Arven y los guardias lacustres retroceden, dejan espacio al rey y sus centinelas. Se congregan así uniformes azules, blancos y rojo-anaranjados. Sus siluetas y colores han arraigado tanto en mí que los reconozco con sólo mirarlos de soslayo, aunque a nadie como al joven y pálido monarca. A él lo siento tanto como lo veo y su meloso calor amenaza con envolverme. Se detiene a unos centímetros de mí, tan cerca que podría tomarme la mano si quisiera. Tiemblo ante esta sola posibilidad.

—Aceptaré encantada —contesta Iris y baja la cabeza con extraña rigidez, no está habituada a inclinarse—. Le comentaba a la señorita Barrow acerca de tu… —busca la palabra correcta, mira el trono inhóspito— decoración —él ofrece una tensa sonrisa.

—Es una precaución. Mi padre fue asesinado y yo he sufrido varios intentos también.

—¿Una silla de roca silente podría haber salvado su vida? —pregunta ella con inocencia y una corriente de calor vibra en el aire. Al igual que Iris, siento la necesidad de quitarme el saco, no sea que el mal humor de Maven me haga sudar.

—No, mi hermano decidió que cortarle la cabeza era su mejor opción —responde en el acto—. Es casi imposible defenderse de una acción de esa naturaleza —que sucedió en este mismo palacio, a unos pasajes y habitaciones de aquí y varios escalones arriba, en un sitio sin ventanas y con paredes insonorizadas. Cuando los guardias me arrastraron hasta allá estaba aturdida, aterrada por la idea de que Maven y yo seríamos ejecutados por traición. En cambio, el rey acabó partido en dos: su cabeza, su cuerpo y un torrente de plata en medio. Y Maven subió al trono. El recuerdo hace que apriete los puños.

—¡Qué horror! —murmura Iris y siento en mí su vista.

—Sí, ¿verdad, Mare? —la súbita mano de él en mi brazo arde como su marca. Mi seguridad amenaza con venirse abajo, lo miro de reojo.

—Sí —contesto entre dientes—. Fue espantoso —Maven asiente y tensa la mandíbula para que los huesos de su cara se pongan rígidos. No puedo creer que tenga el descaro de mostrarse triste y afligido; no está ni lo uno ni lo otro, no puede estarlo. Su madre le quitó las piezas de las que dependía su amor por su hermano y su padre. ¡Ojalá le hubiera quitado la pieza que me ama! En cambio, ésta se infecta, nos envenena a ambos con su corrupción. Una negra putrefacción carcome su cerebro y cualquier otro rasgo de él que pudiera ser humano. Él también lo sabe. Sabe que algo está mal, algo que no puede remediar con su habilidad ni con su poder. Está destrozado y no hay sanador en este mundo que lo pueda curar.

—Bueno, antes de que te dé un paseo por mi casa, hay alguien más que quiere conocer a mi futura esposa. Centinela Nornus, ¿me hace el favor?

Gesticula hacia su soldado. A su pedido, el centinela en cuestión se convierte en un bólido rojo y naranja que va y viene de la entrada en un segundo vertiginoso. Es un raudo. Ataviado como está, semeja una bola de fuego.

Lo siguen varias figuras de colores conocidos.

—Princesa Iris, éstos son el señor de la Casa de Samos y su familia —dice Maven y agita una mano entre su nueva prometida y la anterior.

Evangeline hace un agudo contraste con la sencillez del atuendo de Iris. Me pregunto cuánto tardó en crear ese metal líquido que abraza cada curva de su cuerpo como una tea ardiente. Las coronas y diademas quedaron atrás, pero sus joyas son una compensación más que placentera. Porta cadenas de plata en el cuello, las muñecas y las orejas, finas como el hilo y cargadas de diamantes. La apariencia de su hermano cambió también, no lleva ya su usual armadura ni sus pieles. Pese a que su amplio perfil es todavía muy amenazador, ahora Ptolemus guarda mayor parecido con su padre, cubierto con un impoluto terciopelo negro y una reluciente cadena de plata. Volo encabeza a sus hijos y lleva a su lado a alguien que no conozco, aunque imagino de quién se trata.

Entiendo un poco más a Evangeline en este instante: su madre es un espectáculo aterrador. Y no porque sea fea. Por el contrario, es una señora muy hermosa. Le heredó a su hija sus angulosos ojos negros y la impecable piel de porcelana, no su terso y lacio cabello negro azabache ni su delicada figura. Se diría que yo podría partir en dos a esta mujer con grilletes y todo; quizás eso forme parte de su aspecto. Viste los colores de su Casa, negro y verde esmeralda, junto con el plateado de Samos para indicar sus lealtades. *Es una víbora*, truena en mi cabeza la voz de Lady Blonos. El verde y el negro son los colores de la Casa de Viper. La madre de Evangeline es una animus. Mientras se acerca deja ver mejor su vestido rutilante y comprendo la causa de que Evangeline insista tanto en usar su habilidad: es una tradición de familia.

Su madre no lleva alhajas, porta serpientes.

Las carga en las muñecas, alrededor de su cuello. Son finas, negras, se mueven muy despacio y sus escamas brillan como aceite derramado. Asco y temor me sacuden por igual. Quisiera correr a mi habitación, cerrar la puerta con llave y poner toda la distancia posible entre mi ser y estas criaturas

313

retorcidas. En cambio, se acercan más a cada pisada de ella. ¡Y yo que creí que Evangeline era mala!

—Son Lord Volo, su esposa Larentia de la Casa de Viper, su hijo Ptolemus y su hija Evangeline, valiosos y estimados miembros de mi corte —explica Maven en tanto señala a cada cual, sonríe abiertamente y enseña los dientes.

—Lamento que no la hayamos conocido antes con la propiedad debida —Volo da un paso al frente y toma la mano tendida de Iris. Con su barba de plata recién cortada es fácil percibir el parecido que tiene con sus hijos: huesos fuertes, líneas elegantes, larga nariz y labios siempre curvos en un gesto de sorna. Su piel tiene un aspecto más pálido junto a la de Iris cuando deposita un tenue beso en los nudillos descubiertos de ella—. Tuvimos que atender unos asuntos en nuestro territorio —Iris baja la frente, es la imagen misma de la gracia.

—No es necesario que se disculpe, milord.

Sobre las manos unidas de ellos, Maven atrapa mi mirada y levanta una ceja, divertido. Si pudiera le preguntaría qué le prometió a la Casa de Samos o con qué la amenazó. Dos reyes Calore se le han ido de las manos, ¡tantas maquinaciones y confabulaciones para nada! Aunque sé que Evangeline no quería a Maven y ni siquiera le agradaba, se le educó para ser una reina. Su propósito se ha frustrado en dos ocasiones. Fracasó y, peor todavía, defraudó a su Casa. Cuando menos ahora tiene a otra a quien culpar, no a mí.

Mira en mi dirección con pestañas largas y oscuras que aletean un instante mientras sus ojos oscilan como el péndulo de un viejo reloj. Me aparto de Iris para poner un poco de distancia entre nosotras. Ahora que la hija de la Casa de Samos tiene una nueva rival que odiar, no quiero causarle una mala impresión.

—¿Usted era la prometida del rey? —Iris aleja su mano de la de Volo y entrelaza los dedos, Evangeline retira sus ojos de mí y los posa en la princesa. La veo por una vez en terreno parejo con una adversaria en igualdad de condiciones. Quizá tenga la suerte de que dé un paso en falso y amenace a la nueva prometida como lo hacía conmigo. Me da la impresión de que Iris no tolerará una sola palabra de esa especie.

—Lo fui por un tiempo —responde—, y de su hermano antes de él —la princesa no se asombra. Sospecho que los lacustres están bien informados de la familia real de Norta.

—Bueno, me alegro que haya vuelto a la corte, necesitaremos mucha ayuda en la organización de nuestra boda —me muerdo tan fuerte el labio que brota sangre; esto es mejor que reír a carcajadas mientras Iris vierte sal en tantas heridas de los Samos. Frente a mí, Maven oculta la cabeza y con ella un gesto de desdén.

Una de las serpientes emite un inconfundible silbido grave. Larentia hace una caravana veloz y desliza sobre el suelo la tela de su destellante vestido.

—Estamos a su disposición, alteza —dice. Su voz es potente, sustanciosa como almíbar. Al tiempo que la observamos, la serpiente más gruesa abandona su cuello, le pasa por una oreja y se interna en su cabellera. Sencillamente repulsivo—. Sería un honor ayudarles en lo que podamos —espero que fuerce a su hija a asentir con ella, pero dirige su atención a mí, tan pronto que no tengo tiempo de voltear para otro lado—. ¿Hay alguna razón de que la prisionera no deje de mirarme?

—Ninguna —contesto y rechino los dientes.

Larentia toma mi contacto visual como un desafío, reacciona al modo de un animal. Da un paso al frente y acorta la distancia entre nosotras, somos de la misma estatura. La serpiente en su cabello no para de sisear y se enreda y retuerce en su clavícula. Sus ojos de bestia salvaje, brillantes como joyas, tropiezan con los míos y su negra y bífida lengua lame el aire cuando sale ágilmente de entre largos colmillos. Aunque me mantengo firme, mi boca se seca de pronto y no puedo evitar tragar saliva. La serpiente no deja de mirarme.

—Dicen que eres diferente —profiere Larentia—, pero tu temor huele igual que el de cada vil rata Roja que he tenido la desgracia de conocer.

Rata Roja. Rata Roja.

He oído eso muchas veces, lo he pensado de mí. Proveniente de sus labios, quiebra algo en mí. El control que tanto me he empeñado en conservar, que debo sostener si deseo seguir viva, amaga con desmoronarse. Inhalo profundo, quiero mantener la calma. Sus serpientes prosiguen con sus siseos, se rizan entre sí en negros enredos de vértebras y escamas. Algunas son tan largas que podrían tocarme si ella lo permitiera.

Maven suelta un suspiro hondo.

—Celadores, creo que ya es hora de que la señorita Barrow regrese a su habitación.

Giro sobre mis talones antes de que los Arven se me acerquen de un salto y me retraiga en la supuesta seguridad de su presencia. *Hay algo en las serpientes que yo no soportaría*, me digo. *No es de sorprender que Evangeline sea horripilante si fue educada por una madre así.*

Mientras huyo a mi celda, me invade una agradable sensación de alivio y gratitud hacia Maven.

Aplasto ese inmundo acceso de emoción con toda la rabia de que soy capaz. Maven es un monstruo. Lo único que siento por él es odio. No puedo permitir que se cuele en mí nada más, ni siquiera lástima.

DEBO ESCAPAR.

Transcurren dos largos meses.

La boda de Maven será una celebración diez veces más fastuosa que el baile de despedida e incluso que la prueba de las reinas. Plateados nobles llegan en torrente a la capital acompañados de séquitos de todos los rincones de Norta, aun aquellos que el rey exilió. Maven se siente tan seguro con su nueva alianza que se permite sonreírles a sus enemigos en la puerta. Pese a que la mayoría posee su propia residencia, muchos se establecen en el Fuego Blanco y parece que el castillo va a reventar. A mí me mantienen la mayor parte del tiempo en mi habitación. No importa, es mejor así. Con todo, aun desde mi celda siento la inminente tormenta de una boda, la tangible unión de Norta con la comarca de los Lagos.

El patio que está bajo mi ventana, y que permaneció vacío durante todo el invierno, florece en una repentina primavera cálida y verde. Los nobles se pasean entre los magnolios a paso perezoso y algunos se toman del brazo. Susurran siempre, traman o rumorean. ¡Cómo me gustaría leer sus labios! Aprendería de esa forma algo distinto a qué Casas tienden a asociarse y hacer brillar más sus colores bajo el sol. Maven tendría que ser un necio para creer que conspiran contra él o contra su prometida, y él puede suscitar muchas cosas pero no ésa.

La rutina que apliqué en mi primer mes de aislamiento —despertar, comer, sentarme, gritar y repetir— no me sirve ya. Tengo maneras más útiles de pasar el tiempo. No hay lápiz ni papel y no me molesto en pedirlos. Sería absurdo que generara basura. En cambio, miro los libros de Julian, paso ociosamente sus páginas. A veces me topo con notas garabateadas, anotaciones del puño y letra de mi amigo. *Interesante. Curioso. Corroborar con el volumen IV.* Palabras sueltas con escaso significado. Paso los dedos por ellas de todas formas, siento la tinta seca y la presión de una pluma que desapareció hace mucho tiempo. Tengo más que suficiente de Julian para alimentar mis pensamientos, leer entre líneas en la página y en lo que se dice en voz alta.

Él reflexiona en un volumen en particular, menos grueso que los libros de historia pese a su denso texto. Su lomo está muy deteriorado, y las páginas atestadas de la letra de Julian. Casi siento el calor de sus manos cuando alisaron las gastadas páginas.

Acerca de los orígenes, dice en la cubierta con letras negras realzadas seguidas por los nombres de la docena de eruditos Plateados que escribieron los numerosos ensayos y debates contenidos en el librito. Aunque en su mayoría es demasiado complejo para mi entendimiento, lo hojeo, así sea sólo por Julian.

Señaló un pasaje específico, dobló un extremo de la página y subrayó ciertas oraciones. Se trata de algo sobre mutaciones, cambios, el resultado de armas antiguas que ya no poseemos ni podemos crear. Uno de los especialistas juzga que ello creó a los Plateados, otros disienten. Algunos mencionan a dioses, quizá a los mismos que Iris venera.

Julian deja clara su posición en unas notas al final de la página.

Es curioso que muchos se hayan creído dioses o elegidos de un dios, escribió. *Bendecidos por algo superior, elevados a lo que somos cuando todas las evidencias apuntan a lo contrario. Nuestras habilidades surgieron de la corrupción, de un azote que mató a muchos. No fuimos elegidos sino maldecidos por un dios.*

Estas palabras hacen que parpadee y me pregunte: *Si los Plateados están malditos, ¿qué puede decirse entonces de los nuevasangre? ¿Algo peor?*

¿O Julian está equivocado? ¿Fuimos elegidos también? ¿Para qué?

Hombres y mujeres mucho más inteligentes que yo no tienen respuestas para estas preguntas, y yo tampoco, para no mencionar que tengo proyectos más apremiantes en qué pensar.

Hago planes mientras tomo mi desayuno, mastico despacio y repaso lo que sé. Una boda real será un caos organizado, seguridad extra, más vigilantes de los que puedo contar, pero es de todas formas una oportunidad excelente. Habrá ayudantes por todas partes, nobles ebrios y una princesa extranjera que distraerá a las personas que a menudo se fijan en mí. Tendría que ser una necia para no intentar algo. Cal lo sería si no lo hiciera.

Miro las páginas a mi alcance, en papel blanco y tinta negra. Nanny trató de salvarme y terminó muerta, la suya fue una vida desperdiciada. Y yo, egoísta como soy, anhelo que lo intenten de nuevo. Porque si permanezco más tiempo aquí, si tengo que vivir el resto de mi vida unos pasos atrás de Maven, con sus ojos voraces y piezas faltantes y su odio por todos en este mundo...

Odio por todos menos...

—¡Alto! —siseo para mí, contengo el impulso a dejar entrar al monstruo sedoso que llama a las paredes de mi mente—. Alto.

La memorización del diseño del Fuego Blanco es una buena distracción y recurro a ella con frecuencia. Son dos vueltas a la izquierda desde mi puerta, luego una galería de estatuas, a la izquierda otra vez para bajar por una escalera de caracol... Trazo el camino hasta la sala del trono, el vestíbulo, el salón de banquetes, diversos estudios y salas del consejo, las habitaciones de Evangeline, la antigua habitación de Maven. Memorizo cada paso que doy en este lugar. Cuanto mejor conozca el palacio, más posibilidades tendré de escapar cuando se presente la ocasión. Sin duda Maven se casará con Iris en el Tribunal del Reino, si no es que en la propia Plaza del César. Ningún otro sitio puede dar cabida a tantos invitados y agentes. Aunque no veo el tribunal desde mi ventana y nunca he entrado en él, cruzaré ese puente cuando llegue.

Maven no me ha arrastrado consigo desde que regresamos. *¡Bien!*, me digo. Una habitación vacía y varios días de silencio son mejores que sus palabras empalagosas. Pero siento un tirón de desconcierto cada noche cuando cierro los ojos. Estoy sola. Tengo miedo. Soy egoísta. Me siento debilitada por la roca silente y los meses que he pasado aquí, durante los que he caminado por el filo de otra navaja. Sería muy fácil permitir que mi ser fracturado se hiciera añicos. Sería muy fácil permitirle que me rearme a su gusto. Quizás en unos años esto ni siquiera se sentirá como cárcel.

No.

Por primera ocasión en mucho tiempo, lanzo mi plato contra la pared y grito. El vaso de agua es lo siguiente, estalla en trozos de cristal. Romper cosas me hace sentir un poco mejor.

Mi puerta se abre medio segundo después y los Arven entran. Huevo es el primero que está a mi lado y me contiene en mi silla. Me sujeta con fuerza, impide que me levante. Ya saben que no deben permitir que me aproxime a los restos mientras limpian.

—Quizá deberían darme utensilios de plástico —río para nadie—. Es una buena idea.

Huevo quisiera golpearme, hunde sus dedos en mis hombros, es probable que deje moretones. La roca silente causa que el dolor me llegue hasta los huesos. Se me retuerce el estómago cuando me doy cuenta de que apenas recuerdo lo que se siente no sufrir un dolor y una angustia constantes e implacables.

Los demás custodios recogen los restos y no se inmutan cuando el vidrio raspa sus guantes. Sólo cuando desaparecen se disipa su punzante presencia y tengo fuerzas para levantarme de nuevo. Irritada, cierro el libro que no estaba leyendo, *Genealogía de la nobleza de Norta, volumen IX*, dice en la cubierta. ¡Qué inútil!

Como no tengo nada mejor que hacer, lo regreso al librero. Empastado en piel, se desliza limpiamente entre sus semejantes, los volúmenes VIII y X. Podría sacar los demás y reacomodarlos, perder algunos segundos de horas interminables.

Termino acostada en el suelo, donde intento estirarme un poco más que ayer. Mi antigua agilidad es un pálido recuerdo, está restringida por las circunstancias. Hago un esfuerzo de cualquier forma, dirijo las manos a mis pies. Los músculos de las piernas me arden, es una sensación preferible al malestar. Persigo el dolor. Es una de las pocas sensaciones que me recuerdan que todavía estoy viva, en este espacio estrecho y opresivo.

Los minutos se suceden unos a otros y el tiempo se estira conmigo. Afuera, la luz cambia cuando las nubes de primavera se persiguen frente al sol.

Alguien llama a mi puerta con ligereza e inseguridad. Nadie se había molestado en hacerlo hasta ahora y me da un vuelco el corazón. El torrente de adrenalina se extingue de pronto; si alguien viniera a rescatarme no llamaría.

Evangeline empuja la puerta, sin esperar la invitación.

Un súbito arranque de temor me paraliza en mi sitio. Me siento sobre mis piernas, lista para saltar si es necesario.

Me mira altanera, cubre su usual superioridad con un abrigo reluciente y unas mallas de piel ajustadas. Permanece quieta un momento, intercambiamos miradas en silencio.

—¿Eres tan peligrosa que ni siquiera te permiten abrir una ventana? —huele el aire—. Aquí apesta.

Mis músculos se relajan un poco.

—Si estás aburrida —repongo—, ve a molestar a otra jaula.

—Quizá después, pero ahora me harás un favor.

—No tengo ganas de ser tu tablero de dardos.

Chasquea los labios.

—No es para mí.

Me toma con una mano del antebrazo y me levanta. Tan pronto como su brazo entra en la esfera de mi roca silente, su manga se afloja y cae al suelo, donde se convierte en fragmentos de metal brillante. Recupera rápidamente su forma y cae de nuevo, sigue un ritmo extraño y regular, y ella me hace salir de la habitación.

No me resisto, sería inútil. Afloja al fin su agresiva mano y permite que camine sin aferrarme.

—Si quieres sacar a la mascota a dar un paseo, basta con que lo pidas —gruño mientras froto mi moretón más reciente—. ¿No tienes una nueva rival que odiar o es más fácil que mortifiques a una prisionera que a una princesa?

—Iris es demasiado cándida para mi gusto —replica—. Tú tienes al menos un poco de mordacidad.

—Es bueno saber que te divierto.

El pasillo se tuerce frente a nosotras, izquierda, derecha, derecha, el plano del Fuego Blanco se afina en mi imaginación. Pasamos por los negros y rojos tapices del ave fénix, de bordes cubiertos de gemas reales. Llegamos luego a una galería de estatuas y cuadros dedicados a César Calore, el primer rey de Norta. Más allá, tras bajar medio tramo de escaleras de mármol, está la que yo llamo la Sala de la Batalla, un largo pasaje iluminado por tragaluces con paredes ocupadas por dos lienzos monstruosos inspirados en la Guerra Lacustre que cubren del suelo al techo. Ella no me hace pasar por escenas de muerte y gloria, no bajamos a los niveles cortesanos del palacio. A pesar de que los salones están cada vez más recargados, despliegan menos opulencia a medida que nos aproximamos a las estancias reales. Un número creciente de dorados cuadros de reyes, políticos y guerreros me contemplan, la mayoría de ellos con el cabello negro que caracteriza a los Calore.

—¿El rey Maven te dejó tus habitaciones aunque te quitó la corona? —tuerce los labios, es una sonrisa, no un ceño fruncido.

—¿Ya ves? Nunca me fallas. Jamás dejarás de ser mordaz, Mare Barrow.

Pese a que no había atravesado nunca estas puertas, adivino adónde conducen. Son demasiado elegantes para ser de otro que no sea el rey, de madera blanca laqueada con molduras de oro y plata e incrustaciones de madreperla y rubí. Evangeline no llama esta vez, abre de golpe y deja al descubierto una lujosa antesala flanqueada por seis centinelas. Nuestra presencia los altera, se llevan las manos a las armas, aguzan la vista detrás de sus caretas refulgentes.

Ella no les grita.

—Díganle al rey que Mare Barrow ha venido a verlo.

—Está indispuesto —contesta uno de ellos, cuya voz vibra de poder. Es un gemido. Podría aullar hasta dejarnos sordas si se le diera la oportunidad—. Retírese, Lady Samos.

Evangeline no muestra temor, se pasa una mano por su larga trenza de plata.

—Avísenle —repite, no tiene que bajar la voz ni gruñir para ser amenazadora—. Querrá saberlo.

Mi corazón late con violencia. ¿Qué está haciendo? ¿Por qué? La última vez que me hizo desfilar por el Fuego Blanco acabé a merced de Sansón Merandus, con la mente rajada para su inspección. Persigue algo, tiene motivos. Si yo supiera cuáles son, podría hacer lo contrario.

Uno de los centinelas avanza ante ella. Es un hombre corpulento, de músculos notorios incluso bajo los pliegues de su ardiente ropaje. Inclina la cabeza y las negras joyas de su careta atrapan la luz.

—Espere un momento, *milady*.

No soporto las habitaciones de Maven. Estar aquí me hace sentir que piso arenas movedizas, me hundo en el mar, caigo de un risco. Échennos de aquí. Échennos de aquí.

El centinela regresa pronto. Cuando se aparta de sus camaradas me lleno de temor.

—Por aquí, Barrow —me hace señas. Perfectamente ejecutado, el ligerísimo codazo que me da Evangeline presiona la zona baja de mi espalda y me arroja adelante—. Sólo Barrow —añade el centinela y mira a los Arven en sucesión.

Permanecen en su sitio, me dejan partir y Evangeline hace lo mismo. Sus ojos se ensombrecen, son más negros que nunca. Me acomete el extraño deseo de atenazarla y llevarla conmigo. Enfrentar a Maven sola, aquí, resulta aterrador.

El centinela, quizás un coloso de Rhambos, no tiene que tocarme para conducirme en la dirección correcta. Cruzamos una sala inundada por la luz del sol, curiosamente vacía y apenas decorada, sin colores de Casas, cuadros ni esculturas, ni siquiera libros. La antigua habitación de Cal estaba repleta de todo tipo de armaduras, sus preciosos manuales e incluso un tablero de ajedrez y piezas suyas regadas por todas partes. Maven no se le asemeja. No tiene motivos para simular aquí y el dormitorio es un reflejo del chico hueco que es por dentro en realidad.

Por extraño que parezca, su cama es pequeña. Está hecha para un niño, aunque salta a la vista que la habitación está dispuesta para alojar una mucho más grande. Las paredes son blancas, sin adornos; las ventanas, la única decoración, dan a una esquina de la Plaza del César, el río Capital y el puente a cuya destrucción contribuí. Cruza la corriente, une el Fuego Blanco con la mitad oriental de la ciudad. El verdor cobra estruendosa vida en todas direcciones, salpicado de capullos.

El centinela aclara despacio su garganta. Lo miro y tiemblo cuando me percato de que me abandonará también.

—Por ahí —dice y apunta a otra serie de puertas.

Sería más fácil que alguien me arrastrara, que el centinela pusiera un arma en mi cabeza y me forzara a caminar. Culpar a otra persona del movimiento de mis pies dolería menos. En cambio, soy únicamente yo, aburrimiento, curiosidad mórbida, la punzada constante del dolor y la soledad. Vivo en un mundo en contracción en el que sólo puedo confiar en la obsesión de Maven. Al igual que los grilletes, es un escudo y una muerte lenta y asfixiante.

Las puertas se abren hacia dentro, se deslizan sobre losas de blanco mármol. El vapor sube en volutas por el aire. No procede del rey de fuego sino del agua caliente, que hierve perezosa a su alrededor, lechosa de jabón y aceites aromáticos. A diferencia de su cama, la bañera es grande, se apoya en patas de metal en forma de garras. Él reposa un codo sobre cada orilla de la porcelana inmaculada y sus dedos recorren desganados el agua en remolino.

Me sigue con la mirada cuando entro, con ojos eléctricos y devastadores. No lo había visto nunca tan desprevenido y enojado. Una chica inteligente se voltearía y huiría; yo cierro la puerta tras de mí.

No hay asientos, permanezco en pie. No sé hacia dónde voltear y me concentro en su cara. Tiene el cabello revuelto, empapado, rizos oscuros se adhieren a su piel.

—Estoy ocupado —susurra.

—Me hubieras negado el acceso —querría recuperar estas palabras tan pronto como las pronuncio.

—Lo hice —no se molesta en explicar lo que quiere decir, parpadea y deja de mirarme. Se recuesta, ladea la cabeza sobre la porcelana para ver el techo—. ¿Qué quieres? —*Salir de aquí, que me perdonen, dormir bien una noche, a mi familia*, la lista es inagotable.

—Evangeline me arrastró hasta acá. No quiero nada de ti —hace un ruido gutural, es casi una risa.

—Evangeline… Mis centinelas son unos cobardes —si fuera mi amigo, lo prevendría de subestimar a una hija de la Casa de Samos. Contengo la lengua. El vapor se adhiere a mi piel, febril como un cuerpo caliente.

—Te trajo para que me convenzas.

—¿De qué?

—De que me case con Iris, de que no me case con Iris. Ciertamente, no te trajo para que tomaras té.

—No —ella no cesará de conspirar por un vestido de reina hasta que Maven se lo ponga a otra. Para eso fue hecha, como él lo fue para acciones más horribles.

—Cree que lo que siento por ti puede opacar mi juicio. Es necia —me encojo, la marca en mi clavícula arde bajo mi blusa—. Me enteré de que empezaste a romper cosas otra vez —continúa.

—Tienes mal gusto para la porcelana.

Sonríe al techo, es una sonrisa torcida como la de su hermano. Por un segundo su rostro es el de Cal, intercambian sus facciones. Me cimbra ver que he estado aquí más tiempo que cuando conocí a Cal. Conozco la cara de Maven mejor que la de él.

Se reacomoda y cuando saca un brazo de la tina el agua ondea. Alejo los ojos, miro los azulejos. Tengo tres hermanos y un padre que no puede caminar. Compartí meses enteros un agujero pretencioso con una docena de hombres y muchachos malolientes. No soy ajena a la forma masculina, aunque eso no quiere decir que desee ver de Maven más de lo que debo. Vuelvo a sentirme al borde de arenas movedizas.

—La boda es mañana —dice por fin y su voz reverbera en el mármol.

—Ah.

—¿No lo sabías?

—¿Cómo iba a saberlo? No me tienen precisamente bien informada —levanta los hombros, otro movimiento del agua que muestra más de su blanca piel.

—No creí que rompieras esas cosas por mí, pero… —hace una pausa y mira en mi dirección, mi cuerpo se tensa— fue agradable preguntarlo.

Si no hubiera consecuencias, aullaría y gritaría y le sacaría los ojos. Le diría que pese a que mi temporada con su hermano fue fugaz, aún recuerdo cada latido que compartimos. La sensación de que se acurrucara a mi lado cuando dormíamos solos e intercambiábamos pesadillas. Su mano en mi garganta, piel contra piel, cuando hizo que lo mirara mientras caíamos del cielo. *Cómo huele. Cómo sabe. Amo a tu hermano, Maven. Tenías razón, tú eres sólo una sombra, ¿y quién contempla las sombras cuando tiene llamas? ¿Quién elegiría a un monstruo sobre un dios?* Aunque no puedo lastimarlo con el relámpago, puedo destruirlo con mis palabras, tocar sus puntos débiles, abrir sus heridas, dejarlo sangrar y que se encostre para que sea algo peor de lo que fue antes.

Las palabras que atino a decir son muy distintas.

—¿Te gusta Iris? —se pasa una mano por el cuero cabelludo y resopla como un niño.

—¿Eso qué tiene que ver?

—Ella es tu primera relación desde que murió tu madre, será interesante saber qué pasa sin el veneno de ella en ti —golpeteo mi costado, mis palabras surten efecto y él asiente apenas, está de acuerdo. Siento una avalancha de piedad por él, la combato con uñas y dientes—. Te comprometiste hace dos meses. Fue rápido, más rápido que tu compromiso con Evangeline.

—Eso sucede cuando un ejército entero está en la balanza —dice con brusquedad—. Los lacustres no se distinguen por su paciencia —me río.

—¿Y la Casa de Samos es muy tolerante? —una comisura de su boca se alza, esboza su sonrisa torcida. Juguetea con una de sus pulseras flamígeras, hace girar poco a poco el círculo de plata en una muñeca de huesos finos.

—Tiene sus ventajas.

—Pensé que a estas alturas Evangeline habría hecho de ti un alfiletero —su sonrisa se expande.

—Si me mata, pierde todas las posibilidades que cree tener, por efímeras que sean. Pero su padre no se lo permitirá.

La Casa de Samos tiene una posición de gran poder pese a que ella no sea reina, ¡aunque qué reina hubiera sido!

—Me imagino… —sus palabras me hacen estremecer. Veo coronas de agujas, dagas y puñales, su madre con serpientes enjoyadas y su padre sosteniendo los hilos de Maven.

—No puedo —admite—, en verdad. Aun ahora la veo siempre como la reina de Cal.

—No estabas obligado a elegirla después de que lo incriminaste…

—No podía elegir precisamente a quien yo quisiera, ¿verdad? —espeta.

En lugar de calor, siento que el aire en torno nuestro se enfría. Esto basta para que me den escalofríos cuando me mira con ojos de un azul profundo y ardiente. El vapor se disipa con la corriente de aire fresco que elimina la tenue barrera entre nosotros.

Tiemblo y me acerco a la ventana más próxima, le doy la espalda. Afuera, los magnolios se agitan bajo una brisa ligera y sus capullos de color crema, blanco y rosa chispean bajo el sol. Tan sencilla belleza no tiene lugar aquí sin la corrupción de la sangre, la ambición o la traición.

—Me arrojaste a morir en un ruedo —le digo con parsimonia como si cualquiera de los dos pudiera olvidarlo—. Me mantienes encadenada en tu palacio, vigilada día y noche. Dejas que me marchite, que enferme…

—¿Crees que me gusta verte así? —murmura—. ¿Crees que quiero tenerte prisionera? —algo se atora en su respiración—. Es lo único que puedo hacer para que te quedes conmigo —el agua escurre por sus manos mientras las mueve sin cesar.

Me concentro en el sonido en reemplazo de su voz. Aunque sé lo que hace y siento que me constriñe, no puedo impedir que tire de mí. Sería demasiado fácil permitir que me ahogara, una parte de mí lo desea.

Mantengo los ojos en la ventana. Por una vez me alegra el ya conocido dolor de la roca silente. Es un recordatorio innegable de lo que él es y de lo que su amor significa para mí.

—Intentaste matar a todos los que quiero. Mataste a niños —recuerdo tan vívidamente a un bebé manchado de sangre con una nota en su manita que podría ser una pesadilla. No ahuyento la imagen, necesito traerla a mi memoria, recordar lo que él es—. Mi hermano está muerto por tu culpa —giro hacia él, suelto una disonante carcajada de venganza. La ira despeja mi mente. Se incorpora de pronto, su torso desnudo es casi tan blanco como el agua de la tina.

—Y tú mataste a mi madre, te llevaste a mi hermano, te llevaste a mi padre. Tan pronto como caíste en este mundo, los engranajes empezaron a moverse. Mi madre inspeccionó tu cabeza y vio oportunidades, una posibilidad que había buscado siempre. Si tú no hubieras… si nunca hubieras… —tropieza con las palabras, salen antes de que pueda detenerlas. Aprieta los dientes, contiene algo más rotundo, permite otro hálito de silencio—. No quiero saber lo que habría sido.

—Yo sí lo sé —reclamo—. Habría terminado en una trinchera, destruida, mutilada o sobrevivido apenas como una muerta en vida. Sé lo que habría sido de mí porque un millón más lo vive, mi padre, mis hermanos, demasiadas personas.

—Conocedora de lo que sabes ahora… ¿volverías? ¿Elegirías esa misma vida, el alistamiento, tu pueblo fangoso, tu familia, el muchacho del río?

Tantos han muerto por mi culpa, por lo que soy. Si fuera sólo Roja, sólo Mare Barrow, vivirían, Shade viviría. Mis pensamientos acuden a él. ¡Daría tantas cosas por tenerlo de nuevo! Me cambiaría por él un millar de veces. Pero luego están los nuevasangre encontrados y salvados, las rebeliones apoyadas, una guerra concluida, los Plateados que se destruyen unos a otros, los Rojos que se unen. Contribuí a todo eso, por poco que haya sido. Se cometieron errores, mis errores, demasiados para contarlos. Estoy muy lejos de ser perfecta e incluso buena. La verdadera pregunta corroe mi cerebro, la que Maven se hace en realidad. ¿Renunciarías a tu habilidad, darías tu poder a cambio de regresar? No necesito tiempo para responder.

—No —susurro. ¿En qué momento me acerqué tanto a él que tengo una mano apoyada sobre la tina?—. No, no lo haría.

Esta confesión quema más que el fuego, carcome mis entrañas. Lo odio por lo que me hace sentir, por lo que me hace entender. Me pregunto si puedo moverme lo bastante rápido para incapacitarlo, cerrar un puño, golpear su quijada con la dura esposa. ¿Los sanadores de la piel hacen que reaparezcan dientes? No tiene caso que lo pruebe, no viviría para saberlo.

Me mira.

—Los que saben qué es vivir en la oscuridad harán lo que sea para permanecer en la luz.

—No finjas que somos iguales.

—Iguales no —sacude la cabeza—, pero quizá parecidos.

—¿Parecidos? —quiero hacerlo pedazos otra vez, usar mis uñas y mis dientes para tajarle el cuello. La insinuación cala casi tanto como el hecho de que quizá tenga razón.

—En varias ocasiones le pregunté a Jon si era capaz de ver un futuro malogrado. Me contestaba que los senderos cambian siempre. Es una mentira complaciente. Le permitía manipularme como ni siquiera Sansón podría hacerlo. Cuando me llevó hasta ti no discutí, ¿cómo iba a saber que serías mi veneno?

—Si soy un veneno líbrate de mí. ¡Deja de torturarme y torturarte!

—Sabes que no puedo hacer eso por más que quiera —sacude las pestañas y mira a lo lejos, a un lugar en el que no puedo alcanzarlo—. Eres lo que fue Thomas. La única persona que me importa, la única que me recuerda que estoy vivo, que no estoy vacío ni solo.

Vivo. No vacío ni solo.

Cada confesión es una flecha que traspasa mis terminaciones nerviosas hasta que mi cuerpo se vuelve de frío fuego. No soporto que él diga esas cosas, no soporto que sienta lo que siento, que tema lo que temo, no lo soporto, no lo soporto. Y si pudiera cambiar lo que soy, lo que pienso, lo haría, pero no puedo. Si los dioses de Iris son reales, saben que lo he intentado.

—Pese a que Jon no me habló de futuros fallidos, los que no son posibles ya, pienso en ellos —balbucea—, en un rey Plateado y una reina Roja. ¿Cómo habrían sido las cosas entonces? ¿Cuántos vivirían aún?

—Ni tu padre ni Cal, y desde luego que yo tampoco.

—Sé que es sólo un sueño, Mare —protesta como un niño al que se corrige en el aula—. La ventana que teníamos, por pequeña que fuera, ya desapareció.

—Fue culpa tuya.

—Sí —y repite más bajo, admitiéndolo—, sí.

No interrumpe el contacto visual y deja escurrir la pulsera flamígera por su muñeca. Es un movimiento lento, pausado, metódico. La oigo golpear en el suelo y rodar, un metal argentado que tintinea en el mármol. La otra le sigue pronto. Sin dejar de mirarme se recuesta en la tina y ladea la cabeza, expone su garganta, mis manos se mueven en mis costados.

¡Sería tan fácil envolver su pálido cuello con mis dedos oscuros, aplicar todo mi peso, inmovilizarlo! Cal le teme al agua, ¿él también? Podría ahogarlo, matarlo, permitir que la bañera nos cociera a ambos. Me reta a hacerlo, una parte de él podría querer que lo haga. O podría ser una más de las mil trampas en las que he caído, otro truco de Maven Calore.

Parpadea y exhala, suelta algo profundo en él. Esto rompe el hechizo y el momento se hace trizas.

—Serás una de las damas de Iris mañana. Diviértete.

Es otro golpe bajo.

Quiero otro vaso para aventarlo contra la pared. Seré una dama de honor en la boda del siglo. No tendré posibilidad alguna de escapar. Deberé posar ante toda la corte. Habrá guardias y ojos por doquier. Quiero gritar.

Usa el enojo, usa la furia, intento decirme. En cambio, esto me consume y se convierte en desesperación.

Maven hace una lánguida seña con la mano abierta.

—Ahí está la puerta.

Aunque intento no voltear cuando me marcho, no lo consigo. Mira el techo con ojos vacíos y en mi cabeza escucho que Julian murmura las palabras que escribió.

No fuimos elegidos sino maldecidos por un dios.

DIECIOCHO
Mare

Por una vez no soy el objeto de la tortura. Si tuviera la oportunidad, le agradecería a Iris que me haya permitido hacerme a un lado y ser ignorada. Evangeline toma mi lugar. Intenta mostrarse serena, inmutable ante la escena en torno nuestro. El resto del séquito de la novia no deja de mirarla, es la joven a la que suponía que iban a servir. Imagino que en cualquier momento se curvará como una de las serpientes de su madre y le silbará a cada persona que se atreva a acercarse a su silla dorada. Después de todo, estas habitaciones fueron suyas en otro tiempo.

El salón ha sido redecorado para su nueva ocupante, como debe ser. Los cortinajes de un azul vivo, las flores en agua limpia y diversas fuentes lo vuelven inconfundible: una princesa de la comarca de los Lagos reina aquí.

En el centro de la habitación Iris se rodea de auxiliares, doncellas Rojas por demás hábiles en el arte de la belleza. Necesita un poco de ayuda, sus pómulos salientes y ojos oscuros destacan demasiado sin maquillaje. Una doncella trenza intrincadamente su cabello negro y forma con él una corona que sujeta con prendedores de perla y zafiro. Otra aplica un brillante rubor para esculpir una estructura ósea de suyo bella y convertirla en algo etéreo y ultraterreno. Sus labios son de un tono púrpura intenso, trazados por una experta. El vestido mismo, de un blanco que se desvanece en el bies en un azul fulgurante, hace resaltar su piel oscura con un resplandor como el del cielo antes del crepúsculo. Aunque la apariencia es lo último que debería interesarme, a su lado me siento una muñeca despreciada. Visto de rojo otra vez, simple en comparación con mis joyas y brocado usuales. Si no estuviera tan enferma, también luciría bella, pero no es que me importe. No debo ni quiero brillar. Y a su lado, es indudable que no lo haré.

Evangeline no contrastaría más con Iris si lo quisiera, ¡y vaya que lo intentó! Mientras que ésta desempeña impaciente el papel de joven novia sonrojada, aquélla ha aceptado gustosa el rol de la chica escarnecida y apartada. Su vestido es de un metal tan iridiscente que podría estar hecho de perlas, con recortadas plumas blancas e incrustaciones de plata por doquier. Sus doncellas se ciernen a su alrededor y dan los últimos toques a su apariencia. Mira a Iris entretanto, con ojos negros que nunca vacilan. Sólo cuando su madre se acerca cambia la atención, para alejarse un poco de las mariposas verde esmeralda que decoran las faldas de Larentia. Aletean con indolencia, como movidas por la brisa. Es un recordatorio delicado de que son seres vivos, adheridos a la mujer Viper por su mera habilidad. Espero que no piense sentarse.

He visto bodas antes, en Los Pilotes, un remedo de tertulias con palabras de enlace y una fiesta apresurada. Las familias pedían préstamos para dar de comer a sus invitados y los polizones se contentaban con un buen espectáculo. Kilorn y yo robábamos las sobras, si quedaba algo. Llenábamos de panes nuestros bolsillos y nos escabullíamos para gozar del botín. No creo que pueda hacerlo hoy.

Lo único a que me aferraré será a la larga cola de Iris y mi cordura.

—¡Es una lástima que otros miembros de su familia no hayan podido asistir a la ceremonia, su alteza!

Una vieja canosa se separa del sinnúmero de damas Plateadas que esperan a Iris y cruza los brazos sobre un uniforme de gala de un negro inmaculado. A diferencia de la mayoría de sus congéneres, sus insignias son pocas pero impactantes. No la he visto nunca, aunque algo en su cara me resulta familiar; la veo de perfil y no puedo identificarla desde ese ángulo.

Iris se inclina. A sus espaldas, dos doncellas aseguran un velo luciente.

—Mi madre es la reina de la comarca de los Lagos, debe estar siempre en su trono. Y mi hermana mayor, su heredera, se rehúsa a dejar nuestro reino.

—Eso es comprensible en estos tiempos tumultuosos —la vieja se inclina de nuevo, no tanto como sería de esperar—. ¡Felicidades, princesa Iris!

—Muchas gracias, su majestad. Me da mucho gusto que pueda acompañarnos.

¿Majestad?

La anciana se gira, le da la espalda a Iris al tiempo que las doncellas concluyen su labor. Posa en mí sus ojos que entrecierra un tanto. Cuando me hace señas, una inmensa gema negra brilla en su dedo anular. A mis costados, Trébol y Gatita me empujan hacia la dama que por alguna razón es poseedora de un título.

—Señorita Barrow —dice.

Es maciza, de cintura gruesa y varios centímetros más alta que yo. Miro su uniforme, busco los colores de su Casa para deducir quién puede ser.

—¿Su majestad? —empleo su título, parece una pregunta y lo es. Me ofrece una sonrisa divertida.

—Me habría gustado conocerla antes, cuando se hacía pasar por Mareena Titanos y no estaba reducida a esta... —toca apenas mi mejilla, me hace estremecer— esta gastada figura. Quizás habría entendido por qué mi nieto dejó su reino por usted.

Sus ojos son de bronce, de oro rojizo, los reconocería en cualquier parte.

Pese a que la facción de la boda se afana a nuestro alrededor y a pesar de las nubes de sedas y perfumes, siento que retorno al horrible momento en que un rey perdió su cabeza y un hijo a su padre. Esta mujer los perdió a ambos.

En las profundidades de mi memoria, de mis momentos desperdiciados en leer libros de tema histórico, recuerdo su nombre: Anabel, de la Casa de Lerolan. Es la reina Anabel, la madre de Tiberias VI, la abuela de Cal. Veo ahora su corona, de oro rosado y negros diamantes, posada en un cabello bien peinado. Es poca cosa en comparación con las que la realeza suele ostentar aquí.

Por fortuna retira su mano. Es una olvido y no me agradan sus dedos cerca de mí. Podrían destruirme con sólo tocarme.

—Lamento lo de su hijo.

El rey Tiberias no fue un buen hombre conmigo, con Maven ni con más de la mitad de sus súbditos, que vivieron y murieron como esclavos, pero amaba a la madre de Cal y a sus hijos. No era malo, sólo débil.

Sostiene mi mirada.

—Es curioso que diga eso, usted ayudó a matarlo.

Su voz no es acusadora, iracunda o colérica.

Miente.

El Tribunal del Reino está desprovisto de color. Consta únicamente de paredes blancas y negras columnas, mármol, granito y cristal, y ahora engulle a una variopinta multitud. Los nobles entran en tropel por sus puertas, con vestidos, trajes y uniformes de todas las tonalidades imaginables. Los rezagados se apresuran antes de que la novia y su cortejo atraviesen la Plaza del César. Cientos de Plateados más se aglomeran al otro lado de la enlosada explanada, son demasiado comunes para merecer una invitación. Esperan en bandadas a cada lado de un trecho flanqueado por guardianes de Norta y lacustres. Las cámaras observan también, dispuestas en plataformas elevadas, y el reino mira con ellas.

Desde mi atalaya, apiñada como estoy en el vestíbulo del Fuego Blanco, veo justo sobre el hombro de Iris.

Guarda silencio y no lleva un solo cabello fuera de lugar, serena como agua quieta. No sé cómo lo soporta. Su padre le sostiene el brazo y sus prendas de un eléctrico cobalto contrastan con la manga blanca del vestido de bodas. Hoy su corona es de plata y zafiro, hace juego con la de ella. No se hablan, fijan la vista en el camino que les aguarda.

La cola de la novia produce en mis manos una sensación líquida, la seda es tan fina que podría resbalar entre mis dedos. La sostengo con fuerza, así sea sólo para no llamar la atención. Me alegra por una vez que Evangeline se halle a mi lado. Ella lleva el otro extremo de la cola. A juzgar por las murmuraciones de las demás damas de honor, el cuadro raya en el escándalo. Reparan en ella, no en mí. Nadie se molesta en la Niña Relámpago sin sus chispas. Evangeline se lo toma con calma, tensa y cierra la mandíbula. No me ha dirigido una palabra, ésta es otra pequeña bendición.

Una trompeta suena en alguna parte. La gente reacciona y se voltea al mismo tiempo hacia el palacio, en medio de un mar de ojos. Siento cada mirada mientras avanzamos al rellano, bajamos los escalones y nos dirigimos a las fauces de un espectáculo Plateado. La última ocasión que vi una muchedumbre aquí, yo estaba arrodillada, sujeta del cuello, ensangrentada, herida y con el corazón destrozado. Lo estoy todavía. Los dedos me tiemblan. Mientras los vigilantes apremian, Trébol y Gatita se plantan tras de mí con atuendos sencillos pero apropiados. La multitud empuja y Evangeline está tan cerca que podría acuchillarme las costillas sin parpadear. Siento que mis pulmones se tensan, el pecho se constriñe y la garganta se cierra. Trago saliva y emito un suspiro largo. *Cálmate.* Me concentro en el vestido entre mis manos, en los centímetros por delante de mí.

Creo sentir que una gota rueda en mi mejilla. Ruego que sea lluvia y no lágrimas de nervios.

—¡Tranquilízate, Barrow! —sisea una voz, podría ser la de Evangeline.

Igual que con Maven, siento un aberrante brote de gratitud por ese flaco apoyo. Intento hacerlo a un lado, trato de razonar conmigo misma, aunque como un perro hambriento tomaré las migajas que me tiren, todo lo que pase por bondad en esta jaula solitaria.

Mi vista se tambalea. Si no fuera por mis pies, mis queridos, veloces y seguros pies, tropezaría. Cada paso es más difícil que el anterior. El pánico me sube por la espalda, me ahogo en la blancura del vestido de Iris. Cuento incluso mis latidos, cualquier cosa con tal de no dejar de avanzar. Ignoro la causa de que esta boda simule cerrar mil puertas. Maven ha duplicado su fuerza y afianzado su control. Después de esto, jamás escaparé de él.

Las piedras bajo mis pies cambian, las losetas lisas y cuadradas se convierten en escalones. Tropiezo en el primero pero me enderezo, levanto la cola de la novia, emprendo lo único que soy capaz de hacer aún: apartarme, arrodillarme, marchitarme, morir de hambre y amargura en las sombras. ¿Será así el resto de mi vida?

Antes de que entre también a las fauces del Tribunal del Reino levanto la mirada, más allá de las esculturas de fuego y las estrellas y las espadas y los antiguos reyes, más allá de los confines de cristal de la brillante cúpula, al cielo. Hay nubes que se acumulan a la distancia, algunas han llegado ya a la plaza, se mueven sin cesar con el viento. Se disipan poco a poco, se deshacen en volutas. Aunque amenaza la lluvia, algo —quizá los tormentas Plateados que controlan el clima— no lo permitirá. No se tolerará que nada arruine este día.

El cielo desaparece y un techo abovedado lo reemplaza, lisos arcos de piedra caliza con ribetes de llamas de plata en espiral. Los estandartes rojos y negros de Norta y los azules de los Lagos decoran cada canto de la antesala como si alguien pudiera olvidar los reinos cuya unión estamos tan cerca de presenciar. Los murmullos de un millar de espectadores suenan como abejas que zumban y aumentan con cada paso que doy. Delante, el pasillo se amplía conforme se acerca a la sala magna del Tribunal, un espléndido recinto circular bajo la cúpula de vidrio. El sol trepa por los claros paneles, ilumina el solemne acto. Todos los asientos están ocupados, forman un anillo desde el centro de la sala en un halo de colorido destellante. El gentío aguarda, sin aliento. Pese a que no veo a Maven todavía, adivino dónde se encuentra.

Cualquier otro titubearía, siquiera un poco. Iris no. No pierde el paso cuando nos adentramos a la luz. Mil cuerpos se ponen ensordecedoramente en pie y el ruido rebota en el salón, son ropas que crujen, lances en brote, murmullos. Me concentro en mi respiración, el corazón se me acelera. Aunque quiero mirar arriba, ver las entradas, los corredores que salen de ellas, las piezas de este sitio que podrían servirme, apenas puedo caminar y menos todavía planear otra fuga desafortunada.

Se diría que pasan varios años antes de que lleguemos al centro. Maven aguarda con una capa tan opulenta como el velo de Iris y casi igual de larga. Proyecta una figura impresionante en rojo y blanco refulgente, en lugar de negro. La corona es de factura reciente, trabajada en plata y rubíes convertidos en flama. Destella cuando él se mueve, vuelve la cabeza hacia la novia y el séquito que se aproximan. Sus ojos se encuentran primero con los míos. Lo conozco tan bien que percibo su aflicción. Vibra, viva por un instante, y baila como la mecha de una vela. Y con igual facilidad desaparece, deja un recuerdo de humo. Lo odio, sobre todo porque no puedo contener la ya rutinaria avalancha de piedad por la sombra de la llama. Los monstruos se hacen. Así ocurrió con Maven. ¿Quién se suponía que debía ser él?

La ceremonia dura una hora casi entera y debo permanecer en pie todo el tiempo junto a Evangeline y el resto del cortejo. Maven e Iris intercambian palabras, juramentos y votos por indicación de un juez de Norta. Una mujer de sencillos ropajes color índigo habla también. Es de la comarca de los Lagos, supongo. ¿Será una emisaria de sus dioses? Apenas escucho, sólo puedo pensar en un ejército rojo y azul que marcha por el mundo. Las nubes circulan aún, cada cual más oscura que la anterior al transitar por la cúpula. Y cada una se desintegra. La tormenta quiere desatarse pero todo indica que no puede hacerlo.

Conozco esa sensación.

—Desde este día hasta el postrero que me toque en suerte, prometo ser tu fiel esposo, Iris, de la Casa de Cygnet, princesa de la comarca de los Lagos.

Frente a mí, Maven extiende una mano. El fuego lame las puntas de sus dedos, débil y gentil como la flama de una vela. Yo podría soplar y apagarla si quisiera.

—Desde este día hasta el postrero que me toque en suerte, prometo ser tu fiel esposa, Maven, de la Casa de Calore, rey de Norta.

Iris repite el acto y tiende la mano. Su manga blanca, orlada con azul radiante, cae con gracia y deja expuesto su terso brazo que toma humedad del aire. Una esfera de agua trémula y clara llena su palma. Cuando une su mano con la de Maven, una habilidad destruye a la otra sin siquiera el silbido del vapor ni el humo. Una unión pacífica se ha consumado y se sella con el roce de sus labios.

No la besa como a mí. Su fuego se ha apagado.

Ojalá yo me hubiera apagado también.

El aplauso me hace trepidar, ruidoso como un trueno. La mayoría vitorea. No los culpo, éste es el último clavo en el ataúd de la Guerra Lacustre. Aunque en ella murieron miles, millones de Rojos, también murieron Plateados. No lamentaré su celebración de la paz.

Suena otro rugido cuando incontables asientos en el Tribunal raspan la piedra. Me estremezco, me pregunto si iremos a ser aplastados por una marea de personas que buscan desearles lo mejor. En cambio, los centinelas apremian. Me aferro al velo de Iris como a una cuerda de salvamento, permito que sus ágiles acciones me conduzcan entre la creciente muchedumbre hasta la Plaza del César.

Desde luego que la presión del ruido no hace más que aumentar diez veces. Las banderas ondean, las aclamaciones estallan y trozos de papel caen sobre nosotros. Inclino la cabeza, trato de ahuyentar el estrépito, pero mis oídos empiezan a tintinear. El sonido no desaparece por más que sacudo la cabeza. Uno de los Arven me toma del hombro, hunde sus dedos en mi piel al tiempo que cada vez más personas nos empujan. Los centinelas gritan, dan indicaciones a la gente para que retroceda. Maven mira sobre su hombro, tiene la cara ruborosa de gris a causa de la emoción, los nervios o ambas cosas. El tintineo se intensifica tanto que debo soltar la cola de Iris para tapar mis oídos. Esto me retrasa, me saca del círculo de protección. Ella sigue adelante, tomada del brazo de su nuevo esposo y con Evangeline a cuestas. La marea nos separa.

Maven ve que me detengo, levanta una ceja y abre los labios para preguntar, retarda sus pasos.

El cielo se pinta de negro en ese instante.

Brotan nubes de tormenta, pesadas y oscuras, que forman sobre nosotros un arco como el humo de un infierno. Relámpagos las atraviesan, rayos teñidos de azul, blanco y verde, cada cual dentado, feroz, destructivo, poco natural.

Mi pulso brama tan fuerte que ahoga al gentío, no al trueno.

El ruido repercute en mi pecho, tan cercano y explosivo que sacude el aire. Siento su sabor en la lengua.

No alcanzo a ver el trueno siguiente antes de que Gatita y Trébol me arrojen al suelo pese a nuestros vestidos. Pinchan mis hombros, hunden sus manos y habilidades en músculos adoloridos. El silencio corre por mi cuerpo tan rápido y tan fuerte que me deja sin aire. Jadeo, clamo por respirar. Mis dedos escarban el piso enlosado, buscan algo de lo cual asirse. Si pudiera respirar, me reiría; no es la primera vez que alguien me sojuzga en la Plaza del César.

Ruge otro trueno, brilla otro fulgor de luz azul. El ímpetu resultante del silencio de los Arven casi hace que vomite mis entrañas.

—¡No la mates, Janny, no! —salta Trébol, *Janny* es el verdadero nombre de Gatita—, lo pagaríamos con nuestra cabeza.

—No soy yo —intento gemir—. ¡No soy yo!

Si me oyen no lo demuestran. Su opresión no cede, es una nueva constante de dolor.

Incapaz de gritar, levanto la cabeza, busco a alguien que me ayude, busco a Maven. Él detendrá esto, me odio por pensarlo.

Lo único que veo son piernas, uniformes negros, colores civiles y prendas efímeras y distantes de rojo y naranja. Los centinelas no dejan de moverse, tensos en su formación. Como en el banquete que estuvo a un paso de acabar en magnicidio, siguen un libreto, concentrados como están en su solo y único propósito: defender al rey. Cambian de dirección súbitamente, no llevan a Maven al palacio sino al Tesoro, a su tren, a su huida.

¿De qué quiere huir?

Esta insólita tormenta no es mía. El rayo no es mío.

—¡Sigue al rey! —gruñe Gatita, es decir Janny.

Me levanta sobre débiles piernas y casi caigo de nuevo. Los Arven no me lo permiten, tampoco la repentina pared de agentes uniformados. Me rodean en formación de diamante, perfecta para atravesar la multitud creciente. Los Arven aminoran su vibrante habilidad, así sea sólo para que yo pueda desplazarme.

Avanzamos uniformemente mientras el relámpago se intensifica. No es lluvia todavía, ni tan brusco o ardiente como el rayo solo. ¡Qué raro! ¡Si pudiera sentirlo, usarlo, arrancar las dentadas líneas del cielo y destrozar a cada persona que me rodea!

La muchedumbre está atónita, la mayoría levanta la vista, algunos señalan. Aunque otros tratan de retroceder, no pueden moverse, hay mucha gente. Miro sus rostros, busco una explicación, sólo veo confusión y temor. Si la multitud se alarma, ¿los agentes podrían impedir que nos pisoteara?

Arriba, los centinelas de Maven abren la brecha entre nosotros. Algunos han comenzado a arrojar al gentío. Un coloso empuja varios metros a un hombre al tiempo que un telqui arrasa con tres o cuatro con un ademán. La multitud les rehúye, despeja el espacio en torno al rey fugitivo y su nueva reina. En medio del tumulto alcanzo a ver los ojos de él cuando voltea en mi busca. Son grandes y salvajes ahora, vívidamente azules aun desde lejos. Mueve los labios, grita algo que no puedo oír bajo el trueno y el pánico ascendente.

—¡Corre! —ladra Trébol y me empuja hacia el claro.

Los guardias se ponen agresivos, acuden a sus habilidades. Un raudo embiste, saca a la gente de nuestro camino. Se desvanece entre cuerpos como un torbellino y se detiene de golpe.

El disparo le da entre los ojos, fue demasiado cerca para esquivarlo, fue demasiado rápido para huir. Su cabeza cae en medio de un arco de sangre y sesos.

No conozco a la mujer que empuña el arma. Tiene el cabello azul, dentados tatuajes azules… y una sanguinolenta pañoleta carmesí amarrada a la muñeca. La gente a su alrededor se atemoriza, sobrecogida por un segundo, antes de romper en completo caos.

Con una mano aún en la pistola, la mujer de cabello azul eleva la otra.

Un relámpago desgaja el cielo.

Se dirige al círculo de centinelas. Ella tiene una puntería infalible.

Me tenso, espero una explosión. En cambio, el rayo teñido de azul cae en un arco repentino de agua rutilante, cruza el líquido aunque no lo hiende. Se ramifica y destella, casi cegador, desaparece en un instante, deja sólo el escudo acuoso. Debajo de él, Maven, Evangeline y hasta los centinelas se agachan, suben las manos. Únicamente Iris se mantiene erguida.

El agua se acumula a su alrededor, se enrosca y se tuerce como una de las serpientes de Larentia. Crece a cada suspiro, se filtra tan rápido que el aire se seca en mi lengua. Iris no pierde tiempo, se arranca el velo. Tengo la ligera esperanza de que no llueva; no quiero saber lo que ella puede hacer con la precipitación.

Guardias lacustres se abren camino entre la muchedumbre, sus figuras de azul oscuro intentan pasar junto a quienes escapan. Los agentes topan con el mismo obstáculo y caen atrapados, se enredan en la confusión. Los Plateados salen en todas direcciones, algunos hacia la conmoción, otros lejos del peligro. No sé si correr con ellos o hacia la mujer del cabello azul. Mi cerebro zumba mientras la adrenalina me recorre, lucha a capa y espada con el silencio que aniquila mi ser. *El relámpago. Ella empuña el relámpago, es una nuevasangre igual que yo.* Esta sola idea casi me hace llorar de alegría. Si no huye rápidamente de aquí, terminará hecha un cadáver.

—¡Corre! —quiero gritar y suelto un susurro.

—¡Pongan a salvo al rey! —indica la voz de Evangeline cuando se levanta de un salto. Su vestido es pronto una armadura, cubre su piel con placas nacaradas—. ¡Evacúen!

Algunos centinelas obedecen, atraen a Maven a su formación protectora. La mano de él crepita con una flama débil que chisporrotea, como su miedo. El resto de su destacamento saca sus armas o asume sus habilidades. Un centinela de los gemidos abre la boca para gritar y cae de rodillas, jadea, desgarra su garganta, no puede respirar. ¿Por qué, quién? Sus camaradas lo arrastran mientras él se asfixia.

Otro rayo cimbra el cielo, es demasiado brillante para mirarlo. Cuando abro los ojos de nuevo, la mujer de cabello azul ya no está, se ha perdido entre el gentío. En alguna parte un fuego de armas acribilla el aire.

Con respiración entrecortada, me doy cuenta de que no todos corren, no todos tienen miedo ni están confundidos por el estallido de violencia. Se mueven de otra forma, con determinación, propósito y una misión. Negras pistolas cintilan, emiten luceros cuando un miliciano las oculta en la espalda o el vientre. Las navajas ciegan en la oscuridad creciente. Los gritos de temor se vuelven de dolor. Caen cuerpos, chocan con las losas de la plaza.

Recuerdo los disturbios de Summerton, los Rojos cazados y torturados, una turba que atacaba a los más débiles. Eso era desorganización, caos, no tenía orden, aquí es lo contrario. Lo que aparenta ser pánico salvaje es la esmerada labor de una escasa docena de pistoleros en una multitud de centenares. Con una sonrisa, reparo en que todos tienen algo en común. Cuando la histeria aumenta, cada cual se pone una pañoleta roja.

La Guardia Escarlata está aquí.

Cal, Kilorn, Farley, Cameron, Bree, Tramy, el coronel están aquí.

Con todas mis fuerzas, le doy un cabezazo en la nariz a Trébol. Aúlla y sangre de plata se derrama por la cara. Me suelta al instante, sólo queda Gatita. Le doy un codazo en el vientre con el que espero derribarla. Suelta mi hombro, rodea mi cuello con su brazo y oprime.

Me retuerzo, trato de abrir suficiente espacio para doblar el cuello y morder. No tengo oportunidad. Ella aumenta la presión, amenaza con aplastar mi tráquea. Mi vista se empaña y siento que tiran de mí lejos del Tesoro, Maven y sus centinelas, entre la muchedumbre letal. Tropiezo en reversa cuando llegamos a los escalones. Pateo sin brío, intento asirme a cualquier cosa. Los agentes esquivan mis pobres esfuerzos. Algunos se arrodillan y levantan sus escopetas, cubren la retirada. Trébol se levanta sobre mí, tiene la mitad inferior de la cara teñida de sangre azogada.

—Debemos redoblar la protección hasta el Fuego Blanco, hay que seguir las órdenes —le sisea a Gatita.

Aunque intento pedir ayuda a gritos, no reúno el aire suficiente para hacer ruido y además no serviría de nada; algo más fuerte que el trueno grita en el cielo, son dos objetos, tres, seis, aves metálicas con las alas afiladas. ¿Son los Dragoncillos, el Blackrun? Estos aviones a reacción son distintos a los que conozco, más ligeros, más rápidos, quizá la nueva flota de Maven. A lo lejos se percibe una explosión de pétalos de fuego rojo y humo negro. ¿Bombardean la plaza o a la Guardia?

Cuando los Arven me arrastran al palacio, otro Plateado casi choca con nosotros. Lo alcanzo, quizá me ayude.

Sansón Merandus me mira con desprecio, zafa su brazo. Retrocedo como si su tacto quemara. Me basta verlo para sentir un agobiante dolor de cabeza. Pese a que no se le permitió asistir a la boda, está vestido para la ocasión, impecable en un traje azul marino y con el cabello rubio cenizo adherido al cráneo.

—¡Si la pierden se las verán conmigo! —gruñe sobre su hombro.

Alarma a los Arven más que cualquiera. Asienten con vigor, igual que los tres agentes restantes. Todos saben lo que el susurro Merandus puede hacer. Si acaso necesito más incentivos para escapar, saber que Sansón hará añicos la mente de todos ellos es sin duda un aliciente.

En mi último atisbo de la plaza, sombras negras se desprenden de las nubes, se aproximan cada vez más. Son nuevas aeronaves, aunque éstas son pesadas, voluminosas, no están hechas para ser veloces ni siquiera para el combate. Quizás aterrizarán pero no las veo descender.

Peleo cuanto puedo, lo que significa que refunfuño y me retuerzo bajo la opresión del silencio. Esto retarda a mis celadores, sólo un poco. Cada centímetro resulta más difícil de conquistar y es en vano. Intentamos seguir. Las salas del Fuego Blanco dan vueltas en torno nuestro. Gracias a que las memoricé sé adónde vamos, hacia el ala este, la parte más próxima al Tesoro. Debe de haber pasajes que comuniquen con él, otra ruta hasta el desolado tren de Maven. Cualquier ilusión de escapar se esfumará tan pronto como ellos me lleven al subterráneo.

Suenan tres disparos, tan cerca que los siento en el pecho. Lo que sucede en la plaza, sea lo que fuere, se extiende poco a poco al palacio. En la ventana, una llama roja estalla en el aire, no sé si es una explosión o una persona. Lo único que puedo hacer es no perder las esperanzas. ¡Aquí estoy, Cal! Lo imagino justo afuera de este edificio, convertido en un infierno de furia y destrucción, con un arma en una mano y fuego en la otra, desatando contra el mundo todo su coraje y su dolor. Si no puede salvarme, confío en que destruya al menos al monstruo que alguna vez fue su hermano.

—¡Los rebeldes toman por asalto el Fuego Blanco!

Me sobresalto cuando oigo a Evangeline Samos. Sus botas suenan fuerte en el piso de mármol, cada paso es el golpe de un martillo iracundo. Sangre plateada mancha el lado izquierdo de su rostro y su complejo peinado es un enredo de mechones agitados por el viento. Huele a humo.

A pesar de que su hermano no la acompaña, no está sola. Wren, la sanadora de la piel de la Casa de Skonos que dedicó tantos días a dotarme de la apariencia de un ser vivo, está a su lado, quizás ha sido arrastrada hasta acá para cerciorarse de que Evangeline no tenga que sufrir ni un rasguño más.

Al igual que Cal y Maven, ella no es ajena a la instrucción ni al protocolo militares. Permanece alerta, lista para reaccionar.

—La biblioteca de abajo y la galería antigua fueron invadidas, debemos llevarla por ahí —apunta con el mentón a un pasillo perpendicular al nuestro y afuera brilla un rayo que se refleja en su armadura—. Ustedes tres —truena los dedos a los agentes— cúbrannos.

Mi ánimo se desploma. Ella se encargará personalmente de que yo suba al tren.

—Te mataré algún día —la maldigo, apresada por Gatita.

Deja que la amenaza se le resbale, está demasiado ocupada en dar órdenes. Los agentes obedecen con prontitud, se agachan para cubrir nuestra retirada, les complace que alguien asuma el mando en esta vorágine infernal.

—¿Qué pasa allá? —rezonga Trébol mientras corremos, con voz teñida de temor—. Tú, reacomoda mi nariz —toma a Wren del brazo.

La sanadora opera sobre la marcha, reinstala en su sitio la nariz rota de Trébol con un sonoro crujido.

Evangeline mira sobre su hombro, no a Trébol sino al pasadizo detrás de nosotros. La oscuridad cae cuando la tormenta convierte el día en noche. Un haz de temor cruza su rostro, algo poco común en ella.

—Sembraron a personas entre la muchedumbre disfrazadas de Plateados nobles. Creemos que son los nuevasangre, tan fuertes que pueden resistir hasta... —dobla a una esquina antes de indicarnos a señas que sigamos—. Aunque la Guardia Escarlata tomó Corvium, no creí que tuviera tanta gente, soldados de verdad, instruidos, bien armados, que cayeron del cielo como insectos.

—¿Cómo ingresaron? Estamos bajo estrictos protocolos de seguridad debido a la boda, más de mil efectivos Plateados además de las mascotas nuevasangre de Maven... —profiere Gatita.

Se interrumpe cuando dos figuras de blanco emergen de un umbral. El peso de su silencio me oprime, hace que mis rodillas se doblen.

—¡Caz, Brecker, acompáñennos!

Pienso que Huevo y Trío eran mejores nombres. Resbalan por el piso de mármol, corren para unirse a mi prisión ambulante. Si tuviera energía, lloraría, con cuatro Arven y Evangeline todo indicio de esperanza desaparece. ¡Si siquiera sirviera de algo suplicar!

—No pueden ganar, es una causa perdida —insiste Trébol.

—No están aquí para tomar la capital, vinieron por ella —espeta Evangeline y Huevo me empuja.

—¡Tanto esfuerzo por este costal de huesos!

Damos la vuelta en otra esquina, hacia la larga y extensa Sala de la Batalla. En comparación con el tumulto en la plaza, este lugar resulta pacífico, sus pictóricas escenas bélicas distan mucho del caos. Descuellan sobre nosotros, nos eclipsan con su antigua grandeza. Si no fuera por el remoto sonido de los chillantes jets y los truenos intimidatorios, pensaría que es un sueño.

—Así es —dice Evangeline y titubea tan sutilmente que los demás no lo notan, pero yo sí—, ¡qué desperdicio!

Se mueve con gracia fluida y felina, y ambas manos al frente. Lo veo todo como en cámara lenta. Placas de su armadura vuelan desde sus muñecas, rápidas y mortíferas como balas. Su contorno se ilumina, se ahúsan cual navajas, sisean por el aire y por la carne.

La súbita caída del silencio me quita un gran peso de encima. El brazo de Trébol se separa de mi cuello, su mano se afloja, ella cae también.

Cuatro cabezas terminan en el piso, chorreando sangre. Sus cuerpos las siguen, todos ellos de blanco y con guantes de plástico en las manos. Tienen los ojos abiertos, no pudieron hacer nada. La sangre —el olor, el cuadro— asalta mis sentidos y tengo una hosca sensación de náuseas. Lo único que impide que me arquee es la púa dentada del temor y el entendimiento.

Evangeline no va llevarme al tren, me matará. Acabará con esto.

Está increíblemente tranquila para haber matado a cuatro de los suyos. Las placas de metal retornan a sus brazos y se adaptan en su sitio. La sanadora Wren no se mueve, mira el techo, no quiere ver lo que ocurrirá.

Debo admitir que correr no serviría de nada.

—Crúzate en mi camino y te mataré poco a poco —susurra, pasa sobre un cadáver para sujetarme del cuello. Su respiración me baña, es cálida y despide un toque a menta—, Niñita Relámpago.

—Termina con esto entonces —digo entre dientes.

Estoy tan cerca que descubro que sus ojos no son negros sino de un gris muy oscuro, como nubarrones de tormenta que entrecierra mientras decide cómo matarme. Tendrá que ser con sus manos. Pese a que mis grilletes no permitirán que sus habilidades toquen mi piel, una daga será más que suficiente. Espero que sea rápido, aunque dudo que tenga clemencia.

—Si fueras tan amable, Wren —dice y alarga los dedos.

En lugar de una daga, la sanadora saca una llave del bolsillo del ya degollado cadáver de Trío y la coloca en su palma. Eso me confunde—. Sabes qué es esto —¿cómo podría no saberlo?, he soñado con esa llave—. Te propondré algo.

—Habla —murmuro, no le quito los ojos de encima a ese objeto puntiagudo de hierro negro—. Te daré lo que quieras —toma mi quijada y me fuerza a verla, nunca la había notado tan desesperada, ni siquiera en la arena. Su mirada vacila y le tiembla el labio.

—Perdiste a tu hermano. No te lleves al mío —siento que la rabia se inflama en mi interior, cualquier cosa menos eso. Porque he soñado con Ptolemus también, que corto su garganta, lo hago pedazos, lo electrocuto. Mató a Shade, vida por vida, hermano por hermano. Sus dedos se sumergen en mi piel, las uñas amagan con perforar mi carne—. Si mientes te mataré donde estés y asesinaré después al resto de tu familia —en alguna parte de los laberínticos salones de este palacio los ecos de la batalla aumentan—. Toma una decisión, Mare Barrow. Deja vivo a Ptolemus.

—Vivirá —grazno.

—Júralo.

—Lo juro.

Se me hace un nudo en la garganta cuando ella se mueve y quita a toda prisa un grillete tras otro. Los arroja lo más lejos posible y cuando termina soy un mar de llanto. Sin las esposas y la roca silente el mundo parece vacío, sin peso. Tengo miedo de flotar. La debilidad es casi extenuante, peor que en mi último intento de fuga. Seis meses de ella no desaparecerán en un instante. Trato de acceder a mi habilidad, sentir las lámparas sobre mi cabeza. Apenas percibo su zumbido. Dudo que pueda apagarlas siquiera, algo que antes daba por hecho.

—Gracias —susurro, una palabra que jamás creí que le diría a Evangeline y que nos incomoda a ambas.

—¿Quieres agradecerme esto, Barrow? —dispara al tiempo que me quita la última de mis ataduras—. Cumple tu palabra. Y deja que este maldito lugar arda.

Antes de que pueda decirle que no seré útil, que necesitaré muchos días, semanas, meses para recuperarme, Wren pone sus manos en mi cuello. Comprendo ahora la razón de que Evangeline haya traído consigo a 'na sanadora de la piel, no era para ella sino para mí.

Una sensación de vivacidad baja por mi espalda y entra en mis venas, mis huesos y mi médula espinal. El impacto es tan fuerte que casi sospecho que la curación será dolorosa. Me desplomo en una rodilla, vencida. El dolor se desvanece, los dedos trémulos, las piernas débiles, el pulso lento: las últimas sombras de la roca silente huyen al tacto de una sanadora. Aunque mi cabeza no olvidará nunca lo que me pasó, mi cuerpo lo hace pronto.

La electricidad regresa desbocada, lanza un alarido desde lo más hondo de mi ser. Cada nervio chilla de vuelta a la vida. Las lámparas del corredor vuelan en pedazos sobre sus candelabros. Las cámaras ocultas explotan en medio de chispas y cables chisporroteantes. Wren retrocede de un salto, grita.

Cuando bajo la mirada, veo mi rayo purpúreo. La electricidad desnuda salta entre mis dedos, silba en el aire. El vaivén es dolorosamente familiar. Mi habilidad, mi fuerza, mi poder están de vuelta.

Evangeline da un mesurado paso atrás, sus ojos reflejan mis chispas, destellan.

—Cumple tu promesa, Niña Relámpago.

La oscuridad camina conmigo.

Cada lámpara crepita y se apaga a mi paso. El vidrio se hace trizas, la electricidad chispea. El aire zumba como un cable vivo, acaricia mis palmas abiertas y tiemblo al sentir ese poder. Aunque creí que había olvidado mi habilidad, es imposible. Puedo olvidar casi todo lo demás de este mundo, pero no mi relámpago, quién y qué soy.

Caminar con los grilletes era agotador. Sin su peso vuelo hacia el humo, el peligro, lo que puede ser mi salvación o mi final, no importa cuál de ambas mientras no esté varada un segundo más en esta maldita prisión. Mi vestido ondea en jirones de color rubí, tan desgarrado que me permite correr a toda prisa. Las mangas arden, me queman con cada nuevo brote de chispas. No me contengo ahora. El relámpago va donde quiere, estalla en mí a cada latido. Los rayos violáceos bailan en mis dedos, arden dentro y fuera de mis palmas. Tiemblo de placer; nunca había sentido algo tan maravilloso. No dejo de mirar la electricidad, embelesada con cada una de sus venas. *¡Ha pasado tanto tiempo! ¡Ha pasado tanto tiempo!*

Esto debe ser lo que los cazadores sienten. En cada esquina espero hallar una presa. Corro por la ruta más corta que conozco, me desplazo por la sala del consejo, sus asientos vacíos me persiguen cuando vuelo sobre el sello de Norta. Si tuviera tiempo, destruiría el símbolo bajo mis pies, desgarraría cada rincón de la Corona Ardiente, pero tengo una corona de verdad que derrocar, porque eso es lo que haré si Maven está todavía ahí, si el maldito no ha escapado aún. Veré su último suspiro y sabré que jamás volverá a sostener mi correa.

Los agentes se repliegan justo adonde voy, me dan la espalda, cumplen todavía la orden de Evangeline. Los tres cuelgan del hombro sus largas armas, tienen el dedo en el gatillo mientras resguardan el corredor. No conozco sus nombres, sólo sus colores: son de la Casa de Greco, colosos todos ellos. No precisan de balas para matarme. Uno solo podría romperme la espalda, aplastar mi tórax, hacer estallar mi cráneo como una uva. Vivirán ellos o viviré yo.

El primero escucha mis pasos, gira la cabeza, mira sobre el hombro. Mi relámpago truena y llega a su cerebro. Siento sus nervios bifurcados durante una fracción de segundo y después las tinieblas. Los otros dos reaccionan, voltean para enfrentarme, el rayo es más rápido que ellos y los parte por la mitad.

No pierdo el paso, brinco sobre sus cadáveres humeantes.

El siguiente salón corre a lo largo de la plaza, sus otrora brillantes ventanas hoy están cruzadas por cenizas. Algunos candelabros yacen destrozados en el suelo, en montones retorcidos de oro y cristal. Hay cuerpos también, agentes enfundados en su negro uniforme, guerreros de la Guardia con su pañoleta roja. Su muerte es resultado de un enfrentamiento, uno de los muchos que se desatan en la gran batalla. Reviso al miembro de la Guardia que está más cerca de mí, es una mujer, me inclino para tocar su cuello, no tiene pulso. Sus ojos están cerrados, me alegra no reconocerla.

Afuera, otra salva de relámpagos azules se ramifica entre las nubes. Sonrío sin remedio, las comisuras de mi boca tiran demasiado de mis cicatrices. Hay otro nuevasangre capaz de controlar el rayo, no soy la única.

Actúo rápido y tomo lo que puedo de los cadáveres, una pistola y municiones de un agente, una pañoleta roja de la mujer que murió por mí. *Otra vez, Mare,* me reprendo y hago a un lado las arenas movedizas de esos pensamientos. Uso mis dientes para atar el paño en mi muñeca.

Las ventanas resienten un rocío de balas. Aunque me asusto y me tiro al suelo, se mantienen firmes, son de cristal de diamante a prueba de balas. Estoy a salvo detrás de ellas y atrapada también.

Nunca más estaré así de nuevo.

Me deslizo contra la pared, intento que no me vean mientras observo. Lo que veo corta mi respiración.

La celebración original de una boda es ahora una guerra total. Pese a la impresión que me causó la revuelta de las Casas Iral, Haven y Laris contra el resto de la corte de Maven, esto lo opaca de modo sustancial. Cientos de agentes de Norta, guardias lacustres y nobles funestos componen uno de los bandos, y los soldados de la Guardia Escarlata, el otro. Debe haber muchos nuevasangre entre ellos, con muchos soldados Rojos, más de los que en alguna ocasión creí posibles. Son superiores en número a los Plateados en al menos cinco a uno, y soldados en toda la extensión de la palabra, instruidos con precisión militar, desde su equipo táctico hasta la forma en que se mueven. A pesar de que me pregunto cómo llegaron aquí, veo las aeronaves, seis de ellas, que aterrizaron en la plaza. Cada una con docenas de soldados. La esperanza y la zozobra rugen en mí.

—¡Qué rescate más endemoniado! —atino a susurrar.

Me haré cargo de que sea exitoso.

No soy Plateada, no necesito extraer mi habilidad de mi derredor, aunque no está de más tener a la mano electricidad y poder adicionales. Cierro los ojos un segundo y convoco a cada cable, cada pulsación, cada carga y hasta a la estática de las cortinas. La energía responde a mi pedido. Me aviva, me cura tanto como lo hizo Wren.

Después de seis meses de oscuridad, siento al fin la luz.

Los contornos de mi vista se encienden con un resplandor púrpura. Todo mi cuerpo vibra, mi piel tiembla bajo la delicia del relámpago. No ceso de correr presurosa, impulsada por la adrenalina y la electricidad. Siento que podría atravesar una pared.

Más de una docena de agentes resguardan el vestíbulo. Uno de ellos, un magnetrón, se ocupa de tapiar las ventanas con rejas de retorcidos candelabros y paneles dorados. Cuerpos y sangre de ambos colores cubren el suelo. El olor a pólvora lo apaga todo menos las ráfagas exteriores. Los agentes aseguran el palacio, mantienen su posición. Tienen la mira puesta en la batalla en la plaza, no en su retaguardia.

Me inclino, apoyo las manos en el mármol bajo mis pies. Siento frío en los dedos. Deseo que mi relámpago estalle contra la roca y recorra el piso con una ondulación dentada de electricidad. Vibra, una onda los toma desprevenidos. Algunos caen, otros salen disparados de espaldas. La intensidad de la detonación resuena en mi pecho. No sé si es suficiente para matar.

Mi único pensamiento está puesto en la plaza. Cuando el aire golpea mis pulmones casi río. Aunque está emponzoñado de cenizas, sangre y el zumbido de la tormenta eléctrica, sabe más dulce que nada. Las nubes negras retumban en lo alto y su estruendo cobra vida en mis huesos.

Cubro el cielo de rayos violáceos, son un símbolo. La Niña Relámpago ha sido puesta en libertad.

No me detengo. Quedarse en los peldaños a observar el tumulto invita a un disparo en la cabeza. Me sumerjo en la refriega, busco una cara conocida, si no amigable, al menos familiar. La gente se estrella en torno mío sin ton ni son. Los Plateados son tomados por sorpresa, incapaces de formarse en sus estudiadas filas. Pese a que únicamente los soldados de la Guardia tienen algún tipo de organización, ésta se descompone pronto. Me dirijo al Tesoro, el último lugar en que vi a Maven y su centinela. Fue hace unos minutos apenas, quizás estén ahí todavía, rodeados, en pie de resistencia. Lo mataré. Debo hacerlo.

Las balas silban junto a mi cabeza. Aunque soy más baja que la mayoría, de todas formas me agacho mientras corro.

El primer Plateado en desafiarme de frente lleva ropas de Provos, negras y doradas, es un hombre frágil y con el cabello más ralo todavía. Saca un arma y caigo, me doy de cabeza contra el suelo enlosado. Sonrío, casi lanzo una carcajada cuando de repente no puedo respirar, mi pecho se contrae, se tensa, mis costillas… Cuando volteo lo veo parado sobre mí, su mano se cierra en un puño, el telqui destrozará mi tórax.

El rayo sube para encontrarlo, centellea feroz. Él lo esquiva, es más rápido de lo que preví. Mi visión se empaña cuando la ausencia de oxígeno ataca mi cerebro. Suelto otro relámpago, él lo evade de nuevo.

Provos está tan concentrado en mí que no ve al robusto soldado Rojo a unos metros. Le dirige a la cabeza una descarga capaz de perforar una armadura. No es agradable. El Plateado salpica mi arruinado vestido.

—¡Mare! —grita el tirador, corre a mi lado.

Reconozco su voz, su cara morena... y sus ojos de un azul eléctrico. Otros cuatro miembros de la Guardia Escarlata se desplazan con él y me rodean para protegerme. Él me levanta con sus fuertes manos.

Tiemblo y respiro aliviada. Ignoro en qué momento el amigo contrabandista de mi hermano se volvió un soldado en toda forma pero ahora no es momento para preguntar.

—¡Crance! —digo. Con una mano en su arma todavía, levanta el radio que porta en la otra.

—¡Aquí Crance, tengo a Barrow en la plaza! —el mudo siseo no es promisorio—. ¡Repito, tengo a Barrow! —maldice y guarda el radio en su cintura—. Los canales son un desastre, hay demasiada interferencia.

—¿Se debe a la tempestad? —miro arriba de nuevo.

Azul, blanco, verde, yo bajo los párpados y arrojo otro rayo morado hacia la estrella de color cegador.

—Es probable, Cal nos lo advirtió...

El aire silba cuando pasa por mis dientes. Sujeto a Crance con tanta fuerza que lo espanto.

—¿Dónde está él?

—Tengo que sacarte de...

—¿Dónde está?

Suspira, sabe que no lo preguntaré otra vez.

—¡En la explanada, no sé exactamente dónde! ¡Tu punto de reunión es en la puerta principal! —grita en mi oído, confirma que lo escuché—. Tienes cinco minutos, busca a la mujer de verde, toma esto —se quita su pesado saco, me lo pongo sin chistar sobre mi vestido raído, se siente como un fardo—. De fuego antiaéreo, casi a prueba de balas, te protegerá un poco.

Mis pies me alejan antes de que pueda dar las gracias y dejo atrás a Crance y su cuadrilla. Cal está aquí, en alguna parte. Persigue a Maven, como yo. El gentío aumenta, la marea cambia muy aprisa. Si no fuera por los miembros de la Guardia que avanzan en medio de la refriega, podría atravesar la plaza, dispararle a quien se pusiera frente a mí. En cambio, me atengo a mis viejos instintos, pasos de baile, agilidad, predicción de cada vibrante onda del caos. El relámpago me sigue, evita todas las manos. Un coloso me golpea de costado, aunque me derriba no regreso a pelear con él. Persisto, avanzo, corro. Un nombre repica en mi cabeza. *Cal, Cal, Cal. Si puedo llegar hasta él, estaré a salvo.* Quizá no sea verdad, pero es una magnífica mentira.

El olor a humo se vuelve más intenso conforme avanzo. La esperanza renace. Donde hay humo hay un príncipe de fuego.

Cenizas y hollín manchan las blancas paredes del Arca del Tesoro. Un proyectil de los aviones a reacción desgajó una esquina, rebanó el mármol como si fuera mantequilla. En la entrada se ha formado una pila de escombros que sirve de defensa. Los centinelas la aprovechan al máximo, han reforzado sus filas con lacustres y unos cuantos guardias del Tesoro, de uniforme lila. Algunos les disparan a los miembros de la Guardia al acecho, se sirven de balas para defender la huida de su rey y muchos más utilizan sus habilidades. Yo eludo algunos cuerpos congelados en pie, obra violenta de un escalofrío de la Casa de Gliacon. Otros están vivos pero de rodillas, sangran de los oídos, trabajo de gemidos de la Casa de Marinos. Evidencias de Plateados inclementes por todas partes. Cadáveres arponeados con metales, cuellos rotos, cráneos hendidos, bocas que derraman agua, un cuerpo en especial horripilante que al parecer se asfixió con las plantas que le salen de la boca. Mientras observo, un verdoso lanza un puñado de semillas contra un escuadrón de asalto de la Guardia. Ante mis ojos, las semillas estallan como granadas, escupen parras y espinas en una explosión de verdor.

No veo a Cal ni a ninguna cara conocida. Maven ya está en el Tesoro, en pos del tren.

Aprieto un puño, arrojo contra los centinelas todo lo que puedo. Mi relámpago restalla en los escombros, los hace retroceder. Oigo apenas que alguien lanza un grito de ataque. Los soldados de la Guardia responden, no cesan de disparar una descarga tras otra. No bajo el ritmo, les arrojo a los centinelas otra ráfaga de rayos como un látigo crepitante.

—¡A la carga! —fulmina una voz.

Volteo, espero un golpe del cielo. Aviones a reacción danzan en las nubes tormentosas, se dan caza entre sí. Ninguno muestra el menor interés por nosotros.

Alguien me empuja, me hace a un lado del camino. Me vuelvo a tiempo para ver que una persona que reconozco cruza como bólido un tramo despejado, gacha la cabeza, con el cráneo, el cuello y los hombros blindados. Debe su gran velocidad a sus piernas incansables.

—¡Darmian!

No me oye, está demasiado ocupado en estamparse en la barrera de mármol. Las balas rebotan en su armadura y su piel. Aunque un escalofrío lanza una descarga de carámbanos contra su pecho, se hacen trizas. Si tiene miedo no lo demuestra, no vacila nunca. Cal se lo enseñó en la Muesca, cuando estábamos juntos. Recuerdo a un Darmian diferente entonces, el que conocí. Era un hombre callado en comparación con Nix, otro nuevasangre que compartía su habilidad de poseer una piel impenetrable. Pese a que Nix murió hace mucho, Darmian está más que vivo. Ruge y trepa sobre la barrera de mármol, se vuelca sobre dos centinelas.

Caen sobre él con todo lo que tienen. ¡Idiotas! Es como si dispararan contra un cristal antibalas. Darmian reacciona, avienta granadas a un ritmo implacable, estallan en fuego y humo. Los centinelas dan marcha atrás, pocos de ellos son capaces de resistir una explosión directa.

Miembros de la Guardia brincan sobre los escombros y siguen a Darmian. Muchos lo rebasan, los centinelas no son su blanco, sino Maven. Se precipitan sobre el Tesoro, le pisan los talones al rey.

Mientras corro, permito que mi habilidad se adelante. Siento que las lámparas de la sala principal del Tesoro se arrojan en una espiral descendente sobre la roca bajo nosotros. Mi sentido sigue la trayectoria de los cables, cada vez más honda. Algo grande reposa abajo, su motor es un ronroneo creciente. Él continúa ahí.

El mármol bajo mis pies es fácil de escalar. Subo los escombros a gatas, con la mente puesta treinta metros bajo la superficie. La siguiente descarga de granadas me toma desprevenida, me lanza con una ola de calor. Caigo bocarriba con la respiración entrecortada, agradezco en secreto el saco de Crance. La explosión ocurre tan cerca que podría haber quemado mi mejilla.

Es demasiado grande para una granada, demasiado controlada para una llama natural.

Con trabajo me levanto, obligo a mis piernas a obedecer en tanto trago aire. *Maven*. Debería haberlo sabido, él no iba a dejarme aquí, no huiría sin su mascota preferida, ha venido él mismo a encadenarme de nuevo.

¡Buena suerte!

El fuego arremolinado echa humo y oscurece aún más la plaza. Me rodea, es cada vez más intenso y caliente. Me tenso y lanzo el relámpago por mis nervios, lo dejo crepitar en todo mi ser. Doy un paso hacia su silueta, negra y extraña bajo la luz vacilante del fuego. El humo se riza, el fuego rompe en una rabiosa flama azul. Mi cuello se empapa de sudor, mis puños se cierran, listos para derramar sobre él cada gota de la furia que reuní en su prisión. He esperado mucho tiempo este momento. Aunque Maven es un rey astuto, no es un guerrero. Lo haré pedazos.

El rayo se extiende sobre nosotros, es más brillante que la llama. Lo ilumina cuando el viento arrecia y al disgregar el humo deja ver… unos ojos de un oro rojizo, hombros anchos, manos encallecidas, conocidos labios, un cabello negro y rebelde y una cara por la que he sufrido.

No es Maven. Todos los pensamientos sobre el rey niño desaparecen en un soplo.

—¡Cal!

La bola de fuego silba en el aire, casi envuelve mi cabeza. Ruedo debajo de ella por mero instinto. La ofuscación se apodera de mi cerebro, él es inconfundible. Cal está aquí, cubierto con su armadura y ceñido por una banda roja. Contengo la innata necesidad de correr hacia él, hago acopio de control para dar marcha atrás.

—¡Cal, soy yo! ¡Mare!

No habla, sólo gira sobre sus pies para quedar siempre frente a mí. El fuego que nos rodea se agita y contrae, jala con una velocidad cegadora. El calor me deja sin aire y el humo me ahoga. Únicamente el rayo me mantiene a salvo, cruje a mi alrededor y forma un escudo de electricidad que impide que arda viva.

Ruedo otra vez para eludir su infierno. Mi vestido arde, despide una estela de humo. No pierdo tiempo ni pensamientos valiosos en tratar de saber qué sucede. Ya lo sé. Sus ojos se ensombrecen, están perdidos, no me reconocen. Es como si no hubiéramos dedicado los últimos seis meses a hacer lo posible por reunirnos. Y sus movimientos son mecánicos, incluso en comparación con la precisión de su adiestramiento militar.

Un susurro ha tomado el control de su mente. No tengo que adivinar cuál de ellos fue.

—Lo siento —murmuro pese a que no puede oírme.

Un aluvión de relámpagos lo obliga a retroceder, las chispas bailan en las placas de su armadura. Se contorsiona cuando la electricidad tira de sus nervios. Me muerdo el labio, cuido más que nunca la diferencia entre la incapacitación y la lesión. Opto por el lado débil y me equivoco.

Cal es más fuerte de lo que imaginé y cuenta con una gran ventaja: intento salvarlo, él quiere matarme.

Se sobrepone al dolor y ataca. Lo esquivo, paso de mantenerlo a raya a huir de su fuerza aplastante. Un puñetazo movido por el fuego forma un arco sobre mi cabeza, huelo a pelo quemado. Otro más me da en el vientre y me derriba. Ruedo con el impulso y me levanto, mis antiguos trucos regresan. Con un giro de los dedos mando otra centella que danza hasta su espalda. Aúlla, el sonido hiere mis entrañas, me da una ventaja.

Mi concentración está fija en un solo objetivo, en el diabólico rostro de una persona: Sansón Merandus.

Debe estar cerca para poder embrujar a Cal y arrojarlo en mi contra. Escudriño el campo de batalla mientras corro, busco su traje azul. Si está aquí, se ha escondido bien, o quizás esté arriba y vea desde el tejado del Tesoro o desde las numerosas ventanas de los edificios aledaños. La frustración corroe mi entereza. Cal está aquí. Estamos juntos de nuevo. Quiere matarme.

El calor de su furia me lame los talones. Otra ráfaga se impacta en mi costado izquierdo, hace subir por mi brazo agujas de tormento al rojo blanco. La adrenalina lo ahoga pronto. No puedo permitirme el dolor ahora.

Cuando menos soy más rápida que él. Después de los grilletes, cada paso es más fácil que el anterior. Concedo que la tempestad me reanime, me alimento de la energía eléctrica de la otra nuevasangre que empuña la centella en algún lado. No he visto de nuevo su cabello azul, ¡es una lástima! Podría serme muy útil en este trance.

Si Sansón se oculta cerca del Tesoro, lo único que debo hacer es sacar a Cal de su círculo de influencia. Freno y miro sobre mi hombro. Cal me sigue todavía, es una sombra de fuego e ira teñida de azul.

—¡Ven por mí, Calore! —le grito, lanzo una salva de relámpagos hacia su pecho, más fuerte que la anterior, lo suficiente para dejar una marca.

Se hace a un lado, elude, no pierde el paso, está cada vez más cerca.

Espero que esto dé resultado.

Nadie se atreve a cruzarse en nuestro camino.

Rojo, azul y púrpura, el fuego y el rayo nos siguen, parten la batalla como un cuchillo. Él persiste con la singular resolución de un perro de caza, y yo me siento perseguida por la Plaza del César.

Me oriento hacia la puerta mayor, al punto de reunión que Crance mencionó. Es mi escapatoria. Pero no todavía, no sin Cal.

Después de cien metros es evidente que Sansón corre a nuestro lado sin exhibirse. Ningún susurro Merandus tiene más alcance que él, ni siquiera Elara. Me retuerzo con vigor, examino el baño de sangre. Cuanto más se prolonga la batalla, más tiempo tienen los Plateados para organizarse. Soldados de uniforme gris oscuro inundan la plaza, ganan sistemáticamente algunas áreas. La mayoría de los nobles se repliegan tras el muro de protección militar, aunque unos cuantos —los más fuertes, los más valientes, los más sanguinarios— continúan en la lucha. Pese a que sospecho que miembros de la casa de Samos no han renunciado a las hostilidades, no reconozco a ningún magnetrón, como tampoco a miembro alguno de la Guardia, Farley, el coronel, Kilorn, Cameron o uno de los nuevasangre que recluté. Sólo a Darmian, quien quizá se abre paso por el Tesoro, y a Cal, que hace todo lo posible por derribarme.

Maldigo, desearía contar con Cameron. Ella podría silenciar a Cal, contenerlo el tiempo suficiente para que yo buscara y destruyera a Sansón. En cambio, debo actuar sola, mantenerlo a raya, continuar viva y erradicar de algún modo al susurro Merandus que nos acorrala a ambos.

Súbitamente un azul marino se insinúa en el rabillo de mi ojo.

Largos meses en cautiverio Plateado me han puesto en sintonía con los colores de las Casas. Lady Blonos me inculcó sus conocimientos y ahora le doy las gracias más que nunca.

Giro, altero radicalmente mi dirección. Una cabellera rubia ceniza vuela entre los soldados Plateados, trata de confundirse en sus filas. En cambio, su traje formal lo distingue, contrasta con los uniformes militares. Todo se concentra en él, mi atención, mi energía. Le arrojo cuanto puedo, suelto rayos mellados contra Sansón y el escudo Plateado que se interpone entre nosotros.

Fija sus ojos en los míos y el relámpago arquea como un látigo restallante. Tiene los mismos ojos de Elara, los mismos ojos de Maven, azules como el hielo, azules como la flama, fríos e inexorables.

Mi electricidad se curva, lo rodea y lo avienta en otra dirección como si fuese una resortera. Mi mano se mece, mi cuerpo ondula a su propio ritmo al tiempo que el relámpago se lanza detrás de Cal. Intento gritar pese a que dar aviso a un hombre embrujado no servirá de nada, pero mis labios no se mueven. El horror se esparce por mi espalda, es la única sensación que puedo experimentar, no el suelo bajo mis pies, no el escozor de quemaduras nuevas, ni siquiera el aire cargado de humo en mi nariz. Todo esto desaparece, es eliminado, secuestrado.

Grito en mi interior porque Sansón se ha apoderado de mí ahora. No puedo emitir ruido. Es un hecho que la caricia dentada de su cerebro toca mi mente.

Cal parpadea como quien despierta de un largo sueño. Apenas tiene tiempo para reaccionar y levanta los brazos para proteger su cabeza del impacto eléctrico. Varias chispas serradas se convierten en llamas cuando su habilidad las manipula, la mayoría llega a su destino y lo pone de rodillas en medio de un bramido de dolor.

—¡Sansón! —vocifera entre dientes.

Veo que mi mano se mueve, va a mi cadera, extrae la pistola que robé y pone el acero en mi sien.

Los susurros de Sansón ascienden hasta mi cráneo, amenazan con ahogar todo lo demás.

Hazlo. Hazlo. Hazlo.

No siento el gatillo, no sentiré la bala.

Cal me toma del brazo con violencia y me hace girar. Me arrebata el arma y la avienta a la explanada, nunca lo había visto tan aterrado.

Mátalo. Mátalo. Mátalo.

Mi cuerpo obedece.

Soy una espectadora dentro de mi propia cabeza. Ante mis ojos se desata una batalla furiosa y no puedo hacer más que mirar. El suelo enlosado se desdibuja mientras Sansón me hace correr y chocar con Cal. Actúo como un pararrayos humano, lo prendo de la armadura y extraigo electricidad del cielo para vaciarla en él.

El dolor y el miedo nublan sus ojos. Su flama puede protegerlo sólo hasta cierto punto.

Aunque arremeto contra él y aprisiono su muñeca, la pulsera flamígera no cede.

Mátalo. Mátalo. Mátalo.

El fuego me repele, caigo, hombros y cráneo rebotan contra el piso. El mundo me da vueltas y mis vacilantes piernas intentan ponerme en pie.

Levántate. Levántate. Levántate.

—¡No te pares, Mare! —escucho desde donde se encuentra Cal. Su figura danza ante mí, se divide en tres; quizá sufrí una conmoción cerebral, sangre roja palpita sobre la losa blanca.

Levántate. Levántate. Levántate.

Mis pies se mueven impacientes bajo mi ser. Me incorporo demasiado rápido, casi me desplomo otra vez cuando Sansón me guía a los escalones, acorta la distancia entre mi cuerpo y el de Cal. He visto esto antes, hace mil años. Sansón Merandus está en la arena, fuerza a otro Plateado a desgarrarse las entrañas. Hará lo mismo conmigo una vez que me utilice para matar a Cal.

Intento combatir, pero no sé dónde empezar. Trato de mover un dedo de la mano, del pie, nada responde.

Mátalo. Mátalo. Mátalo.

El relámpago hace erupción en mi mano y se dirige a Cal en forma de espirales. No da en el blanco, está tan desbalanceado como mi cuerpo. Él arroja en respuesta un arco de fuego, me obliga a esquivarlo y caer.

Levántate. Mátalo. Levántate.

Los susurros me cortan, hieren mi mente, mi cerebro sangra sin duda.

MÁTALO. LEVÁNTATE. MÁTALO.

Veo entre las flamas un azul marino de nuevo. Cal acosa a Sansón y se desliza en una rodilla, apunta con una pistola.

LEVÁNTATE...

El dolor se impacta en mí como una ola y caigo justo cuando pasa una bala, le sigue otra, aún más cerca. Me incorporo por puro instinto, resisto el tañido en mi cráneo atolondrado, me muevo por voluntad propia.

Emito un chillido y torno el fuego de Cal en rayo, los rizos de grana se convierten en venas purpúreas de electricidad. Esto me protege mientras él vacía bala tras bala en mi dirección y Sansón sonríe a sus espaldas.

¡Bastardo! Jugará a enfrentarnos el uno al otro todo el tiempo que quiera.

Dirijo a Sansón el relámpago lo más rápido que puedo. Si pudiera turbar su concentración apenas un segundo quizá sería suficiente.

Cal reacciona, es un títere con hilos; protege a Sansón con su corpulencia, soporta lo peor de mi ataque.

—¡Que alguien me ayude! —grito a nadie.

Somos los tres únicos en una batalla de cientos, una contienda desigual. Las filas Plateadas aumentan, nutridas por refuerzos de los cuarteles y el resto de la guarnición de Arcón. Mis cinco minutos pasaron hace mucho tiempo, la fuga que Crance prometió se evaporó hace un largo rato.

Tengo que destruir a Sansón. Debo hacerlo.

Otro rayo, esta vez por el suelo, es imposible de eludir.

MÁTALO. MÁTALO. MÁTALO.

Los susurros retornan, toman de mis manos la electricidad. Ésta forma el arco de una ola justo antes de que rompa contra la roca.

Cal cae y gira, lanza una patada fulminante. Da en el blanco, hace que Sansón se desplome.

Deja de controlarme y avanzo. Soy otra ola eléctrica.

Esta vez los cubre a ambos. Cal maldice, contiene un grito. Sansón se contorsiona y aúlla, es un alarido que hiela la sangre. No está acostumbrado al dolor.

Mátalo…

El susurro se aleja, se debilita, puedo resistirlo.

Cal toma a Sansón del cuello, lo levanta para golpearlo en la cabeza.

Mátalo…

Cruzo el aire con una mano, tiro del relámpago con ella. Corta a Sansón de la cadera al hombro, de la herida mana sangre Plateada.

Ayúdame…

El fuego que desciende por su garganta carboniza sus entrañas, consume sus cuerdas vocales. El único grito que escucho ahora ocurre en mi cabeza.

Introduzco mi relámpago en su cerebro, la electricidad fríe los tejidos en su cráneo como un huevo en una sartén. Pone los ojos en blanco. Quiero que dure más, que él pague la tortura que me infligió e impuso a tantos otros, pero muere demasiado rápido.

Los susurros desaparecen.

—¡Se acabó! —jadeo.

Cal eleva la mirada, aún está arrodillado junto al cadáver. Abre los ojos como si me viera por primera ocasión. Siento lo mismo. He soñado muchas veces con este momento, lo he deseado durante meses y más meses. Si no fuera por la batalla, por nuestra precaria posición en este instante inoportuno, envolvería su cuello entre mis brazos y me fundiría con el príncipe de fuego.

En lugar de eso, lo ayudo a levantarse, lanza un brazo sobre mi hombro. Cojea, una pierna es presa de espasmos musculares. Estoy herida también, sangro de una rajada en el costado. Aprieto la herida con mi mano libre, el dolor se agudiza.

—Maven está en los sótanos del Tesoro. Tiene un tren —le digo mientras nos alejamos.

Su brazo se tensa en torno mío. Me conduce a la puerta principal, acelera el ritmo a cada paso.

—No vine por Maven.

La puerta se alza frente a nosotros, es tan ancha que tres transportes pueden atravesarla al mismo tiempo. Al otro lado, el puente de Arcón se tiende sobre el río Capital para unirse a la mitad oriental de la urbe. Hay humo por todas partes, llega hasta el cielo negro y borrascoso. Refreno el impulso de volverme y correr hacia el Tesoro. De seguro Maven se ha ido ya. Está fuera de mi alcance.

Más vehículos militares aceleran en dirección a nosotros, nos gritan desde aviones a reacción. Son demasiados refuerzos para resistirse.

—¿Cuál es el plan, entonces? —mascullo.

Estamos a punto de ser rodeados. Esta idea se impone sobre mi espanto y mi adrenalina, y me despierta. Todo esto fue por mí, cuerpos por doquier, Rojos y Plateados, ¡qué desperdicio!

Las manos de Cal encuentran mi rostro, lo giran, hacen que lo observe. Pese a la destrucción que nos rodea, sonríe.

—Por una vez tenemos uno.

Veo verde con el rabillo del ojo, siento que otra mano toma mi brazo.

Y el mundo se convierte en nada.

DIECINUEVE
Evangeline

Está retrasado y mi pulso se acelera al máximo. Me resisto a tener miedo, lo convierto en un aliciente. Uso esta nueva energía para destruir los retratos con marcos dorados que penden del pasillo del palacio. Los fragmentos de chapa de oro se tuercen hasta formar piezas brutales y relucientes. El oro es un metal débil, suave, maleable, inútil para el verdadero combate. Los suelto. No tengo tiempo ni energía que perder en objetos débiles.

Las nacaradas placas de rodio que cubren mis brazos y mis piernas vibran con adrenalina, sus bordes de brillos especulares ondean como mercurio líquido. Están listas para volverse cualquier cosa que necesite a fin de mantenerme viva: una espada, un escudo, una bala. Aunque no estoy en peligro ahora, si Tolly no llega dentro de un minuto tendré que ir a buscarlo y lo estaré.

Ella lo prometió, me digo.

Suena idiota, el deseo de una niña demasiado tonta. Yo debería saber que las cosas no son así. En mi mundo el único lazo es la sangre, la única promesa es la familia. Un Plateado sonríe y hace un acuerdo con otra Casa y rompe su juramento al siguiente latido. Mare Barrow no es Plateada, debe tener menos honor que cualquiera de nosotros. Y está en deuda con mi hermano, está en deuda conmigo, que es menos que nada. Tendría razón si nos matara a todos. La Casa de Samos no ha sido amable con la Niña Relámpago.

—Tenemos cosas que hacer, Evangeline —musita Wren a mi lado.

Sostiene una mano contra su pecho, hace todo lo posible por no hostilizar una quemadura de por sí fea. Pese a que la sanadora de piel no fue tan rápida para evitar el retorno de la habilidad de Mare, hizo su trabajo y es lo que importa. La Niña Relámpago está en libertad ahora de causar todos los estragos que le plazca.

—Le daré un minuto más.

El corredor se extiende ante mí, se alarga a cada segundo. En este lado del palacio se escucha apenas la batalla en la Plaza. Las ventanas dan a un patio silencioso en el que sólo se perciben oscuros nubarrones de tormenta. Si yo quisiera, podría pretender que es otro día de mi usual martirio. Todos enseñan los colmillos cuando sonríen, cercan un trono cada vez más aniquilante. Creí que el final de la reina sería el final del peligro. No es que subestime la maldad de una persona, aunque sin duda subestimé a Maven. Tiene más de su madre de lo que creímos y es al mismo tiempo un monstruo singular.

Un monstruo que ya no tengo que tolerar, gracias a mis colores. En cuanto volvamos a casa le enviaré un obsequio a la princesa lacustre por haber tomado mi lugar junto a él.

Estará muy lejos ahora, puesto a salvo por su tren —los recién casados se encontraban ya en el Tesoro cuando me separé de ellos—, a menos que la repugnante obsesión de Maven con Mare haya triunfado. El chico es impredecible cuando ella está de por medio. Por lo que sé, podría haber regresado a buscarla. Podría estar muerto. Ciertamente, tengo la esperanza de que lo esté. Esto facilitaría mucho los siguientes planes.

Conozco demasiado bien a mis padres para preocuparme por ellos. ¡Ay, de aquel Rojo o Plateado que se atreva a desafiar a mi padre en combate! Y mamá tiene también sus peligros. El ataque contra la boda no fue una sorpresa para nosotros. La Casa de Samos está preparada, mientras Tolly se apegue al plan. A mi hermano se le dificulta retirarse de una pelea y es impulsivo, otro hombre imposible de predecir. No debemos herir a los rebeldes ni impedir su avance. Son órdenes de mi padre y espero que mi hermano las siga.

Estaremos bien. Exhalo despacio, me atengo a estas dos palabras. Hacen poco para calmar mis nervios. Quiero verme libre de este lugar. Quiero volver a casa. Quiero ver a Elane otra vez. Quiero que Tolly dé la vuelta en esa esquina sano y salvo.

Pero apenas es capaz de caminar.

—¡Ptolemus! —exploto, olvido todos los temores menos uno cuando dobla la esquina.

Su sangre destaca vivamente contra la armadura de acero negro, la plata riega su pecho como si fuera pintura. Pruebo el hierro que contiene, deja un punzante sabor metálico en mi boca. Sin pensarlo, jalo su armadura y tiro de él junto con ella. Antes de que pueda desplomarse recargo mi torso en el suyo para mantenerlo en pie. Está demasiado débil para sostenerse y menos todavía para correr. Un terror helado recorre mi espalda.

—Llegas tarde —susurro y obtengo como respuesta una sonrisa de sufrimiento. Está lo suficientemente vivo todavía para no perder el sentido del humor.

Aunque Wren le quita pronto las placas, no es más veloz que yo. Con otro ademán mío se desprenden de su cuerpo entre ecos metálicos. Mis ojos vuelan a su pecho desnudo, creen que verán una herida horrenda. No hay nada ahí sino algunas cortadas superficiales, ninguna lo bastante grave para anularlo.

—Perdió sangre —explica Wren, lo pone de rodillas, le levanta el brazo izquierdo y Ptolemus gime de dolor. No me separo de su hombro, me inclino con él—. No tendré tiempo para curar esto.

Esto. Recorro su brazo con la mirada, su piel blanca ennegrecida por nuevos moretones. Concluye en un muñón sanguinolento y redondeado. Su mano ha desaparecido, le fue separada limpiamente de la muñeca. Sangre plata pulsa poco a poco por las venas rotas pese a los pobres intentos de él de cubrir la herida.

—¡Debes hacerlo! —revienta con voz ronca de dolor.

Asiento impetuosa.

—Te quitará unos minutos, Wren.

Ningún magnetrón es ajeno a la pérdida de un dedo. Jugamos con navajas desde que aprendemos a caminar, sabemos que un dedo puede volver a crecer en poco tiempo.

—Si quiere usar esa mano de nuevo, tendrán que hacer lo que digo —replica—. Sería imposible hacerlo rápido, debo sellar la herida por ahora.

Él suelta otro grito que la amenaza y el dolor ahogan.

—¡Wren! —suplico.

—¡Por ahora! —no cede.

Los bellos ojos grises de Skonos perforan con apremio los míos. Advierto temor en ella y no es para menos, me vio hace unos minutos matar a cuatro guardias y liberar a una cautiva de la corona. Es cómplice en la traición de la Casa de Samos.

—Está bien —aprieto el hombro de Tolly, imploro que escuche—, por ahora. En cuanto estemos fuera de peligro, ella te sanará.

No reclama, asiente mientras Wren se pone a trabajar. Él gira la cabeza, es incapaz de ver cómo crece la piel en su muñeca para sellar las venas y los huesos. Es rápido. Dedos de un azul oscuro danzan por su pálida carne, la reparan. Es fácil que la piel se regenere, o por lo menos eso me han dicho; los nervios y los huesos son más complicados.

Hago cuanto puedo por distraerlo del despuntado final de su brazo.

—¿Quién fue?

—Otro magnetrón, un lacustre —fuerza cada palabra—. Me vio alejarme, me rebanó antes de que yo supiera qué sucedía.

Los lacustres son unos redomados idiotas, tan serios en su azul repulsivo. ¡Y pensar que Maven cambió por ellos el poder de la Casa de Samos!

—Espero que le hayas pagado el favor.

—Ya no tiene cabeza.

—Con eso basta.

—¡Ahí está! —dice Wren y termina con la muñeca, pasa las manos por el brazo y la espalda de Ptolemus—. Estimularé tu médula espinal y tus riñones y elevaré tu producción de sangre tanto como pueda, aunque te sentirás débil todavía.

—Está bien, siempre que pueda caminar —ya se escucha más fuerte—. Ayúdame a levantarme, Evie.

Lo ayudo, pongo su brazo sano en mi hombro. Es pesado, casi peso muerto.

—Deberías dejar de comer postre —refunfuño—. ¡Vamos!, camina conmigo —hace lo que puede, avanzamos a pasos cortos, demasiado para mi gusto—. ¡Muy bien! —tomo su armadura, la aplano y hago con ella una hoja de tenso acero—. Perdón, Tolly.

Lo acuesto en la hoja, uso mi habilidad para sostenerla como si fuera una camilla.

—Puedo caminar... —protesta sin mucho énfasis—, necesitas concentrarte.

—Necesito hacerlo para los dos —replico—. Los hombres son inútiles cuando están heridos, ¿cierto?

Mantenerlo en el aire consume una parte de mi habilidad pero no toda. Corro tan rápido como puedo, con una mano en la hoja. Ella me sigue como si se tratara de una cuerda invisible, flanqueada por Wren al otro lado.

El metal silba en el borde de mi percepción. Tomo nota de cada elemento mientras progresamos y los archivo instintivamente. Alambres de cobre: un garrote para estrangular; los cerrojos y bisagras de una puerta: dardos o balas; marcos de ventanas: empuñaduras de hierro con dagas de cristal. Papá solía ponerme a prueba con objetos así hasta que aprendí a hacerlo en forma natural; hasta que me fue imposible entrar a una habitación sin señalar sus armas. A la Casa de Samos nadie la toma nunca por sorpresa.

Papá ideó nuestra pronta escapatoria de Arcón por los cuarteles y acantilados del norte hasta barcazas que aguardarían en el río, de acero de fabricación especial, acanaladas en pro de su celeridad y sigilo. Entre mi padre y yo haremos que surquen las aguas como las agujas lo hacen en la carne.

Estamos retrasados, pero sólo unos minutos. En medio de este caos pasarán varias horas antes de que alguien de la corte de Maven se dé cuenta de que la Casa de Samos desapareció. No dudo que otras Casas aprovechen la oportunidad también, como ratas que huyen del barco que acaba de naufragar. Maven no es el único que tiene un plan de fuga. De hecho, no me sorprendería que cada Casa tenga el suyo. La corte es un polvorín con una mecha cada vez más corta y un rey incendiario. Habría que ser un idiota para esperar la explosión.

Mi padre sintió que los vientos cambiaban en el momento en que Maven dejó de escucharlo; tan pronto como quedó claro que aliarse con el rey Calore sería nuestra ruina. En ausencia de Elara, nadie podría sostener la correa de Maven, ni siquiera papá. Entretanto, la plebe de la Guardia Escarlata se organizó más, dejó de ser un mero inconveniente para convertirse en una amenaza verdadera. Crecía cada día. Comenzó operaciones en las Tierras Bajas y la comarca de los Lagos, se rumoró de una alianza con Montfort en el lejano oeste. La Guardia es ahora más grande de lo que nadie había previsto, está mejor organizada y es más decidida que cualquier otra insurrección de que se tenga memoria. Mientras, mi detestable prometido perdió el control del trono, de su cordura, de todo, menos de Mare Barrow.

Intentó dejarla, o al menos eso fue lo que Elane me dijo. Él sabía tanto como cualquiera que su obsesión se volvería un peligro. *Mátala, acaba con ella, líbrate de su veneno*, solía balbucear. Elane escuchaba sin ser vista, callada en la esquina de las habitaciones privadas de Maven. Fueron sólo palabras, jamás pudo separarse de ella. Resultó simple empujarlo por ese camino y descarriarlo, el equivalente de agitar una bandera roja frente a un toro. Ella era su tormento y cada empellón lo hundía más en el ojo del huracán. Creí que Mare sería una herramienta fácil de esgrimir. Un rey distraído permite que su reina sea más poderosa.

Pero Maven me expulsó del lugar que me correspondía. No supo detectar a Elane, mi amada e invisible sombra. Los informes de ella llegaban más tarde, bajo el manto de la noche. Eran exhaustivos. Los siento aún, susurrados contra mi piel y sólo con la luna como testigo. Elane Haven es sin duda la mujer más hermosa que haya visto jamás, y luce más bella bajo la luz de la luna.

Después de la prueba de las reinas, le prometí una corona como consorte. Ese sueño desapareció junto con el príncipe Tiberias, como sucede con casi todos los sueños en la ruda aurora. *Golfa*. Así la llamó Maven tras el atentado contra su vida. Estuve a punto de matarlo.

Sacudo la cabeza, me concentro en la tarea inmediata. Elane puede esperar. Elane espera, como mis padres prometieron. Está a salvo en nuestra casa, resguardada en la Fisura.

El patio trasero de Arcón da a jardines floridos, limitados por los muros del palacio. Unas cercas de hierro forjado, que servirían para hacer lanzas, protegen las flores y arbustos. Las patrullas de los muros y el jardín constaban antes de guardianes de varias Casas —los forjadores de vientos de Laris, los sedas de Iral, los ojos vigilantes de Eagrie—, pero las cosas cambiaron en los últimos meses. Laris e Iral se oponen al régimen de Maven, lo mismo que la Casa de Haven. Y con una batalla virulenta y el propio rey en riesgo, los demás defensores del palacio se han dispersado. Miro entre el verdor los brotes de los magnolios y los cerezos que brillan contra el cielo oscuro. Figuras de negro merodean por los terraplenes de cristal de diamante.

La Casa de Samos es la única que resguarda los muros.

—¡Primos de hierro! —ellos reaccionan a mi voz y responden:

—¡Primos de hierro!

Un sudor de miedo y tensión corre por mi cuello conforme me aproximo al muro, faltan unos cuantos metros. En previsión de ello, refuerzo el metal nacarado de mis botas y vuelvo más firmes mis últimos pasos.

—¿Puedes subir solo? —le pregunto a Ptolemus mientras le tiendo la mano a Wren.

Él se levanta de la camilla con un gruñido, se obliga a ponerse en pie.

—No soy un niño, Eve. Puedo caminar diez metros.

En prueba de lo que dice, el negro acero cubre su cuerpo de nuevo con bruñidas escamas.

Si tuviéramos más tiempo le haría ver los defectos de su armadura, usualmente perfecta; tiene agujeros a los lados y, en menor número, en la espalda. Pero sólo inclino la cabeza.

—Tú primero —le digo. Levanta una comisura de la boca, intenta sonreír, trata de mitigar mi preocupación. Exhalo aliviada cuando se eleva por las fortificaciones. Nuestros primos lo atrapan hábilmente, tiran de él con su propia destreza—. Es nuestro turno.

Wren se apiña a mi lado para refugiarse en mi brazo. Jalo aire y me aferro a la sensación del metal de rodio que se curva en mis pies, sube por mis piernas y llega hasta mis hombros. *Asciende*, le digo a mi armadura.

¡Pum!

La primera sensación que mi padre me hizo memorizar fue la de una bala. Dormí dos años con una de ellas colgada al cuello hasta que se volvió tan familiar para mí como mis colores. Soy capaz de distinguir disparos a cien metros, conozco su peso, forma y composición. Una pieza de metal tan menuda puede ser la diferencia entre la vida de otro y mi muerte. Podría ser mi ruina o mi salvación.

¡Pum, pum, pum! Las balas que estallan en sus cámaras producen una sensación afilada, son punzantes, imposibles de ignorar. Vienen de atrás. Mis pies golpean el suelo de nuevo, mi concentración se agudiza y mis manos vuelan hasta el refugio contra el súbito ataque.

Disparos que traspasan armaduras, gruesas chaquetas de cobre con un alma brutal de tungsteno y puntas afiladas forman un arco ante mis ojos y vuelan hasta aterrizar inofensivamente en la hierba. Otra descarga procede de al menos una docena de armas y tiendo un brazo para defenderme. El trueno del cañoneo automático ahoga a Tolly, quien grita arriba de mí.

Cada bala ondula contra mi habilidad, toma otra parte de ella, de mí. Algunas se detienen en pleno vuelo, otras se desmoronan. Acumulo todo lo que puedo para crear un capullo de protección y Tolly y mis primos hacen lo mismo en el muro. Levantan mi peso lo suficiente para que pueda saber quién dispara en mi contra.

Son paños rojos, ojos duros: la Guardia Escarlata.

Aprieto los dientes. Sería fácil rebotar contra sus cráneos las balas que terminan en la hierba. En cambio, rasgo el tungsteno como si fuera lana, lo hilo en una cuerda flamante lo más rápido que puedo. El tungsteno es fuerte y pesado, trabajarlo consume más energía, otra gota de sudor rueda por mi espalda.

Las cuerdas se esparcen en una telaraña y golpean de frente a los doce rebeldes. En el mismo lance arrebato sus armas, las despedazo. Wren no me suelta, siento que alguien tira de mí hacia arriba y me desliza por el perfecto cristal de diamante.

Tolly me atrapa, como siempre.

—¡Y abajo otra vez! —dice y aprieta con fuerza mi brazo.

Wren traga saliva, se inclina para mirar, abre mucho los ojos.

—Un poco más lejos esta vez.

Lo sé. Éste es un risco escarpado de treinta metros de profundidad y otros sesenta de roca empinada hasta la margen del río. *Al abrigo del puente*, dijo mi padre.

En el jardín, los rebeldes forcejean con mi red. Siento que la jalan y la empujan y que el metal tiende a ceder. Esto carcome mi atención. *¡El tungsteno!*, maldigo para mí. *Necesito más práctica.*

—Vámonos —les digo a todos.

Detrás de mí el tungsteno se hace polvo. Pese a ser fuerte y pesado, es quebradizo. Sin la mano de un magnetrón, se rompe antes de doblarse.

La Casa de Samos ha terminado con ambas cosas.

No nos romperemos y no nos doblaremos más.

Los navíos cruzan el agua silenciosos, se deslizan por la superficie. Logramos buen tiempo. Nuestro único obstáculo es la contaminación de Gray Town. Su mal olor se adhiere a mi cabello y persiste en mi cuerpo cuando atravesamos el segundo círculo de la barrera de árboles. Wren siente mi malestar y posa una mano en mi muñeca. Su tacto sanador limpia mis pulmones y ahuyenta mi fatiga. Impulsar el acero en el agua resulta agotador después de un rato.

Mi madre se inclina sobre el lado pulcro de mi barcaza para arrastrar una mano sobre el rumoroso Capital. Algunos bagres suben hasta sus dedos, contra los que hacen temblar sus bigotes. Aunque estas viscosas criaturas no incomodan a mamá, tiemblo de asco. A ella no le preocupa lo que le indican, no perciben a nadie que nos persiga. El halcón de mi madre vigila el cielo también; cuando el sol se ponga, lo reemplazará por murciélagos. Como era de esperar, ni ella ni mi padre tienen un solo rasguño. Él se levanta en la proa de la nave capitana, fija nuestro sendero, es un perfil negro contra el río azul y las verdes colinas. Su presencia me tranquiliza más que la serenidad del valle.

Nadie habla a lo largo de muchos kilómetros, ni siquiera los primos, en cuyos disparates puedo confiar. Se ocupan de eliminar sus uniformes de agentes de seguridad. Dejamos atrás los emblemas de la flota de Norta, y las medallas e insignias fulgentes se sumergen en los abismos. Fueron arduamente ganadas con la sangre de los Samos, simbolizaban nuestra lealtad y ahora han sido cedidas a las profundidades del río y del pasado.

No perteneceremos a Norta un minuto más.

—Así que ya está decidido —murmuro.

Tolly se endereza a mis espaldas, su maltrecho brazo está vendado aún. Wren no se arriesgará a regenerar una mano entera en el río.

—¿Hubo alguna vez una duda?

—¿Hubo alguna vez una opción? —mi madre mira sobre su hombro, se mueve con la esbelta gracilidad de un gato, se estira bajo su radiante vestido verde, del que las mariposas se marcharon ya—. Aunque era un rey débil que podíamos controlar, no hay locura que sea manejable. Tan pronto como Iral decidió oponerse, nuestro juego quedó decidido. Y cuando Maven optó por los lacustres —entorna los ojos—, cortó los últimos lazos entre nuestras Casas —casi me río en su cara.

Nadie decide nada por mi padre. Pero reírme de mamá no es un error que tenga la imprudencia de cometer.

—¿Las demás Casas nos respaldarán entonces? Sé que mi padre negociaba con ellas —al tiempo que dejaba solos a sus hijos, a merced de la corte de Maven, cada vez más inestable. Éstas son otras palabras que nunca me atrevería a pronunciar ante mis padres, pero mamá las percibe de todas formas.

—Lo hiciste bien, Eve —canturrea y posa una mano sobre mi cabello, pasa sus húmedos dedos por algunos mechones de plata—. En cuanto a ti, Ptolemus, entre el caos en Corvium y la rebelión de las Casas, nadie dudó de tu lealtad. Ganaste para nosotros tiempo muy valioso —mantengo fija mi atención en el acero y el agua, ignoro el frío tacto de mi madre.

—Espero que haya valido la pena.

Antes de este día, Maven debió hacer frente a muchas rebeliones. Sin la Casa de Samos, nuestros recursos, nuestro territorio, nuestros soldados, ¿cómo habría podido vencer? Claro que antes no tenía consigo a la comarca de los Lagos. Ignoro qué pasará ahora y esta sensación no me agrada. Mi vida ha sido un ejercicio de planeación y paciencia. Un futuro incierto me asusta.

En el oeste, el sol se mete ruboroso en las colinas, tan rojo como el cabello de Elane.

Ella espera, me digo de nuevo. *Está a salvo.*

Su hermana no fue tan afortunada. Mariella murió en condiciones lamentables, vaciada por el furioso susurro Merandus. Lo evité lo más que pude, ¡qué bueno que yo no sabía nada acerca de los planes de mi padre!

Vi en Mare las honduras del castigo de Merandus. Después del interrogatorio se alejó de él como un perro apaleado. Fue culpa mía, forcé la mano de Maven. Sin mi intromisión, es probable que él no hubiese permitido que el susurro se saliera con la suya, aunque habría permanecido lejos de ella y Mare no lo habría cegado. En cambio, hizo lo que yo esperaba y la atrajo. Quería que se ahogaran uno a otro, así de simple; que se hundieran como dos enemigos con una sola ancla. Pero ella opuso resistencia. La joven que recuerdo, la ayudante disfrazada y aterrada que creía todas las mentiras, se habría sometido a Maven hace meses. En cambio, se puso otra máscara. Bailaba al son que él le tocaba, se sentaba a su lado, vivía una semivida sin libertad ni destreza. Y aun así, se aferró a su orgullo, a su fuego, a su ira. Ésta estuvo ahí siempre, ardía en sus ojos.

Tengo que respetarla por eso. Aunque me haya quitado tantas cosas.

Ella era un recordatorio constante de lo que yo debía ser: una princesa, una reina. Nací diez meses después de Tiberias, fui educada para ser su esposa.

Mis primeros recuerdos son las serpientes de mi madre, que silbaban en mis oídos y respiraban sus susurros y promesas. *Eres hija de los colmillos y el acero, ¿para qué otra cosa estás hecha sino para gobernar?* Cada lección en el aula o en el ruedo formaba parte de mis preparativos. *Debes ser la mejor, la más fuerte, la más inteligente, la más mortífera y astuta. La más digna.* Y yo representaba todo eso.

Los reyes no se caracterizan por su bondad ni compasión. La prueba de las reinas no persigue matrimonios felices sino hijos fuertes. Con Cal yo obtenía ambas cosas. Él no habría rechazado a mi consorte ni intentado controlarme. Sus ojos eran bondadosos y considerados. Era más de lo que yo había esperado jamás. Y lo había ganado con cada gota de sangre que derramé, con todo mi sudor, con todas mis lágrimas de dolor y frustración. Con cada sacrificio de quien yo anhelaba ser en el fondo.

La noche anterior a la prueba de las reinas soñé cómo sería mi futuro, mi trono, mis hijos, no sometidos a nadie, ni siquiera a papá. Tiberias sería mi amigo y Elane mi amante. Ella se casaría con Tolly, según lo planeado, para que nada pudiera separarnos jamás.

Mare apareció en ese momento en nuestra vida e hizo dinamitar aquel sueño.

Alguna vez creí que el príncipe heredero haría lo impensable, que me dejaría de lado por la inmemorial Titanos de extrañas costumbres y una habilidad más excepcional aún. En cambio, ella fue un peón explosivo que sacó a mi rey del tablero. Los caminos del destino dan vueltas inesperadas. Me pregunto si ese vidente nuevasangre estaba al tanto de lo que sucedió el día de hoy. ¿Se ríe de lo que ve? ¡Ojalá yo le hubiera puesto las manos encima! Odio no saber.

En las riberas que nos aguardan, ya aparecen elegantes jardines. Los filos del césped están teñidos de dorado y rojo, lo que confiere a las fincas que flanquean el río un resplandor mágico. Nuestra casa está cerca, apenas a un kilómetro y medio. Daremos entonces vuelta al oeste, hacia nuestro verdadero hogar.

Mamá no ha contestado mi pregunta.

—¿Mi padre pudo convencer a las demás Casas?

Baja un poco los párpados, su cuerpo entero se tensa, se enrolla como una de sus serpientes.

—La Casa de Laris ya estaba con nosotros.

Yo sabía eso. Además de controlar la mayor parte de la flota aérea de Norta, los forjadores de vientos de Laris gobiernan la Fisura, aunque en realidad lo hacen bajo nuestras órdenes.

Son ansiosas marionetas dispuestas a dar lo que sea para mantener nuestras minas de carbón y hierro.

Elane, la Casa de Haven. Si ellos no están con nosotros...

Humedezco mis labios, se me han secado de repente. Un puño se cierra en mi costado, el navío gime bajo mis pies.

—¿Y qué más?

—La Casa de Iral no ha aceptado las condiciones y más de la mitad de la de Haven no lo hará tampoco —dice con desdén y cruza los brazos como si eso la agraviara—. No te preocupes, Elane no se encuentra entre los renuentes. ¡Y deja ya de menear la nave! No tengo ganas de recorrer a nado el último kilómetro.

Tolly me da un ligero codazo. Exhalo y me doy cuenta de que había apretado demasiado el acero. El remo se alisa de nuevo, cobra forma otra vez.

—Perdón —murmuro—, estoy algo confundida. Pensé que las condiciones ya estaban acordadas. La Fisura se levantará en abierto desafío. Iral traerá consigo a la Casa de Lerolan y a todo Delphie. Un estado entero declarará su separación.

Mi madre mira más allá de mí, a mi padre. Él dirige su navío a la orilla y sigo su guía. Nuestra finca asoma entre los árboles, iluminada por el crepúsculo.

—Hubo cierta discusión sobre los títulos.

—¿Los títulos? —pregunto con sorna—. ¡Qué tontería! ¿Cuál podría ser su argumento?

El acero golpea con roca, topa con el bajo muro de contención que corre a lo largo de la ribera. Me concentro en mantener firme el metal contra la corriente. Wren ayuda a Tolly a bajar primero a la alfombra exuberante del prado. Mi madre observa, se entretiene en la mano ausente de él al tiempo que los primos lo siguen.

Una sombra nos cubre a ambas. Es mi padre, que se ha puesto junto al hombro de mamá. Un viento ligero sacude su capa, juega entre los pliegues de una seda tan negra como el vacío y del hilo plateado. Viste debajo un traje de cromo teñido de azul, tan fino que podría ser líquido.

—*No me arrodillaré ante otro rey codicioso* —susurra con su voz de siempre, suave como el terciopelo, inexorable como un depredador—, eso fue lo que dijo Salin Iral.

Se inclina y le ofrece a mi madre su mano. Ella la toma con presteza y baja del navío, que mi habilidad mantiene estable.

Otro rey.

—¿Quieres decir, papá...? —la interrogante se extingue en mi boca.

—¡Primos de hierro! —vocifera sin dejar de verme.

Detrás de él, nuestros primos Samos se postran sobre una rodilla. Ptolemus no lo hace, mira tan confundido como yo. Los parientes consanguíneos de una Casa no se arrodillan unos ante otros, no de esta manera.

Responden como uno solo, con voz retumbante:

—¡Reyes de acero!

Mi padre extiende en el acto su mano para tomar mi muñeca antes de que mi asombro se transfiera a la nave.

Susurra tan bajo que apenas lo escucho:

—¡Por el reino de la Fisura!

VEINTE
Mare

El teletransportador de uniforme verde desciende sin problema sobre mis pies estables. Ha pasado mucho tiempo desde que el mundo se comprimía y borraba para mí. La última vez fue con Shade. Recordarlo por una fracción de segundo resulta doloroso. Si a esto se añade mi herida y el nauseabundo ataque de dolor, no es de sorprender que yo caiga sobre mis manos y rodillas. Los puntos que bailan ante mis ojos amenazan con esparcirse y consumirme. Me propongo mantenerme alerta y no vomitar… dondequiera que me encuentre.

Antes de que pueda ver más allá del metal bajo mis dedos, alguien me levanta y me abraza hasta el sofoco. Me aferro a eso lo más fuerte que puedo.

—Cal —murmuro en su oído y acaricio su piel con mis labios. Él huele a humo y a sangre, a calor y sudor. Mi cabeza se ajusta perfectamente al espacio entre su cuello y su hombro.

Tiembla en mis brazos, se sacude. Incluso su respiración flaquea, piensa lo mismo que yo.

Esto no puede ser cierto.

Retrocede un poco, cubre mi cara con sus manos. Examina mis ojos y contempla cada palmo de mi ser. Hago lo mismo, busco el truco, la mentira, la traición. Quizá Maven tiene personas que cambien de piel como Nanny o ésta sea otra alucinación de Merandus. Yo podría despertar en el tren de Maven, frente a sus ojos de hielo y la sonrisa afilada de Evangeline. La boda entera, mi huida, la batalla: todo podría ser una broma de mal gusto. Pero Cal parece real.

Está más pálido de lo que lo recordaba, con el cabello despuntado y muy corto; se le rizaría como a Maven si lo dejara crecer. Una barba tosca cubre sus mejillas, junto con algunos rasguños y cortes sobre el filo de su mandíbula. Está más delgado que antes, siento sus músculos más duros bajo mis manos. Sólo sus ojos siguen iguales, broncíneos, de un oro rojizo, como hierro forjado al rojo vivo.

Mi apariencia ha cambiado también. Me he convertido en un esqueleto, un eco. Él pasa los dedos por un mechón lacio y sin vida, y ve cómo el marrón se desvanece en gris. Toca después las cicatrices de mi cuello y mi espalda y concluye en la marca bajo mi arruinado vestido. Su tacto es delicado, lo cual no deja de asombrarme luego de que casi nos hicimos añicos uno a otro. Soy de cristal para él, un objeto frágil que podría romperse o esfumarse en cualquier momento.

—Soy yo —susurro palabras que ambos necesitamos oír—, regresé —*Regresé*—. ¿Eres tú, Cal? —mi voz suena como la de una niña, él asiente con mirada firme.

—Sí, soy yo.

Me muevo porque él no lo hará y eso nos toma por sorpresa. Mis labios se amoldan con ferocidad a los suyos y lo atraigo a mí. Su calor se posa como una manta en mis hombros y evito que mis chispas hagan lo mismo. De todas formas se le paran los pelos de la nuca en respuesta a la corriente eléctrica que vibra en el aire. Ninguno de los dos baja la vista, esto podría ser un sueño.

Él es el primero que recupera la compostura y me levanta. Una docena de rostros fingen apartar la mirada por decencia. No me importa, que vean, no me avergüenzo ni me ruborizo. Me han obligado a hacer cosas mucho peores frente a multitudes.

Viajamos en aeroplano. El largo fuselaje, el rugido monótono de los motores y las nubes por las que atravesamos lo vuelven inconfundible, por no hablar del delicioso ronroneo de la electricidad que pulsa en los cables que se extienden por doquier. Alargo la mano y pongo la palma sobre el fresco y curvo metal de la pared. Sería fácil embeberse en esta pulsación rítmica, hacerla mía... fácil y absurdo. Por más que quisiera sumergirme en esa sensación, acabaría muy mal.

Cal no quita la mano de la base de mi espalda. Mira por encima del hombro a una entre la docena de personas que están sentadas.

—Sanador Reese, atiéndala a ella primero, por favor —dice.

—¡Desde luego!

Mi sonrisa desaparece en el momento mismo en que un desconocido pone sus manos sobre mí. Sus dedos se cierran sobre mi muñeca, su mano me produce una sensación desagradable, pesada, como de piedra, como la de mis grilletes. Me zafo sin pensarlo y doy un salto atrás como si me hubiera quemado. El terror ataca mis entrañas al tiempo que mis dedos emiten chispas. Varios rostros aparecen de súbito en mi cabeza y nublan mi vista: Maven, Sansón, los celadores Arven con sus manos hostiles y ojos crueles. Las lámparas parpadean.

El sanador pelirrojo da marcha atrás y grita mientras Cal se cuela entre nosotros.

—Él tratará tus heridas, Mare. Es un nuevasangre, está con nosotros.

Apoya una mano en la pared junto a mi cara, me protege, me encajona. De repente el avión resulta demasiado pequeño, y el aire viciado y asfixiante. Aunque el peso de los grilletes ha desaparecido, no lo he olvidado. Los siento en mis muñecas y tobillos todavía.

Las luces parpadean otra vez. Trago saliva, aprieto los ojos, trato de concentrarme. Control. Pero mi pulso se acelera, es un trueno. Jalo aire entre dientes, quiero tranquilizarme. *Estás a salvo. Estás con Cal, con la Guardia. Estás a salvo.*

Él toma mi cara nuevamente, suplica.

—Abre los ojos, mírame —el silencio es absoluto—. Nadie te lastimará, Mare. Todo ha pasado ya, ¡mírame!

Oigo la desesperación en él. Sabe tan bien como yo lo que podría sucederle al avión si pierdo el control por completo.

El jet se mueve bajo mis pies, desciende a un paso constante. Acercarnos a la superficie sería lo peor que podría ocurrir. Aprieto la quijada y obligo a mis ojos a abrirse.

Mírame.

Maven dijo esas palabras en una ocasión, en Harbor Bay, cuando el resonador amagaba con despedazarme. Lo escucho en la voz de Cal, lo veo en su rostro. *No, escapé de ti. Huí.* Pero Maven está en todas partes.

Cal suspira, exasperado y afligido.

—¡Cameron…!

Este nombre provoca que yo abra los ojos de golpe y sacuda el pecho de Cal con los puños. Él retrocede vacilante, sorprendido por mi fuerza. Un rubor de plata colorea sus mejillas, la confusión lo lleva a fruncir el ceño.

A sus espaldas, Cameron mantiene una mano sobre su asiento y se mece al compás del jet. Se ve fuerte, está enfundada en su uniforme táctico de costura gruesa y sus trenzas recién peinadas se ciñen a la cabeza. Fija sus ojos marrones en los míos.

—¡Eso no! —el ruego sale con demasiada facilidad—. ¡Cualquier cosa menos eso, por favor! No puedo... no puedo sentirlo otra vez.

Es el ahogo del silencio, la muerte lenta. Pasé seis meses bajo ese peso y ahora que me siento yo misma de nuevo no sobreviviría a otro momento con él. Un respiro de libertad entre dos prisiones es sencillamente otra tortura.

Cameron conserva las manos en sus costados, sus dedos morenos y largos están quietos, a la espera de atacar. Los meses la han cambiado también, pero su fuego no ha desaparecido. Tiene dirección, motivo, propósito.

—Está bien —replica, cruza despacio los brazos, dobla sus manos letales y yo casi me desplomo de alivio—. Me da gusto verte, Mare.

Pese a que mi pulso no cesa de repicar hasta dejarme sin aliento, las luces interrumpen su parpadeo. Inclino la cabeza, aliviada.

—Gracias.

A mi lado, Cal mira con melancolía, la mejilla le tiembla. Aunque ignoro qué piensa, puedo adivinarlo. Pasé seis meses con monstruos y no he olvidado lo que se siente ser uno de ellos.

Me hundo poco a poco en un asiento vacío, pongo las palmas en mis rodillas. Después entrelazo los dedos y me siento en mis manos. No sé cuál de ambas cosas parece menos amenazadora. Furiosa conmigo misma, miro el metal entre los dedos de mis pies. De pronto estoy consciente de mi saco del ejército, mi vestido estropeado, desgarrado en casi cada costura, y del frío exterior.

El sanador nota mi estremecimiento y cubre mis hombros con una manta. Se mueve sin cesar, muy serio. Cuando atrapa mi mirada, me dirige una sonrisa a medias.

—Ocurre a menudo —dice, suelto una risa forzada, un sonido hueco—. Veamos ese costado, ¿de acuerdo?

Giro para mostrarle la tajada larga y superficial en mis costillas y Cal toma asiento junto a mí y me sonríe.

Lo siento, esboza con los labios.

Lo siento, respondo.

Pese a todo, por una vez no tengo nada que lamentar. He pasado por cosas horribles, hecho cosas horribles para sobrevivir. Por ahora es más fácil de esta manera.

No sé por qué finjo dormir. Mientras el sanador hace su trabajo, mis ojos resbalan hasta cerrarse y permanecen así horas enteras. He añorado tanto tiempo este momento que resulta casi arrollador. Lo único que puedo hacer es recostarme y respirar. Me siento como una bomba, hay que evitar movimientos súbitos. Cal permanece a mi lado, aprieta su pierna contra la mía. Aunque lo oigo moverse en ocasiones, no habla con nadie, lo mismo que Cameron. Reservan para mí toda su atención.

Una parte de mi ser desea hablar, preguntarles por mi familia, Kilorn, Farley, qué ha pasado, qué sucede ahora, adónde diablos vamos. No vienen en mi auxilio las palabras. Sólo tengo energía para sentir un alivio delicioso y relajante. Cal está vivo, Cameron está viva, yo estoy viva.

Los demás cuchichean entre ellos, en voz baja como muestra de respeto o simplemente porque no quieren despertarme y arriesgar otro roce con el caprichoso relámpago.

Escuchar a escondidas es algo que hago por naturaleza a estas alturas. Atrapo unas cuantas palabras, las suficientes para darme una idea de la situación: Guardia Escarlata, éxito táctico, Montfort. Esto último me lleva a reflexionar un largo momento. Apenas recuerdo a los gemelos nuevasangre, emisarios de una nación remota. Sus rostros se borran en mi memoria, pero recuerdo su oferta: un refugio seguro para los nuevasangre siempre y cuando yo los acompañara. Esto me desconcertó entonces y me desconcierta ahora. Si formaron una alianza con la Guardia Escarlata, ¿cuál fue el precio? Mi cuerpo se tensa al comprender las implicaciones. Montfort me quiere para algo, eso está claro, y todo indica que contribuyó a mi rescate.

Me sacudo la electricidad del jet, permito que llame a la que hay en mí. Algo me dice que esta batalla no ha terminado todavía.

El avión aterriza sin contratiempos después del atardecer. La sensación me sobresalta y Cal reacciona con reflejos de gato y baja su mano hasta mi muñeca. Me encojo de nuevo con una descarga de adrenalina.

—Perdón —dice—. Yo...

A pesar de mis náuseas, me obligo a calmarme. Tomo su muñeca en mi mano, mis dedos acarician el acero de su pulsera flamígera.

—Él me mantuvo encadenada y con esposas de roca silente día y noche —susurro, aprieto el puño para que él sienta un poco de lo que recuerdo—. No me las puedo quitar de la cabeza todavía.

Arruga la frente sobre unos ojos sombríos. Aunque conozco íntimamente el dolor, no soporto verlo en Cal. Bajo la mirada, deslizo un pulgar por su piel caliente. Es otro recordatorio de que él y yo estamos aquí. Pase lo que pase, esto estará presente siempre.

Se mueve con su gracia infalible hasta que lo tomo de la mano. Nuestros dedos se entrelazan y aprietan.

—¡Ojalá pudiera hacerte olvidar! —dice.

—No servirá de nada.

—Lo sé, pero de todas formas querría hacerlo.

Cameron observa al otro lado del pasillo, mueve una pierna sobre la otra. Tiene una apariencia casi divertida cuando la miro.

—¡Increíble! —exclama, intento no irritarme. Pese a su brevedad, mi relación con ella no fue precisamente pacífica. En retrospectiva, la culpa fue mía. Éste es uno más en una larga lista de errores que estoy impaciente por corregir.

—¿Qué cosa? —inquiero, ella sonríe y se incorpora mientras la aeronave baja la velocidad.

—Todavía no has preguntado adónde vamos.

—Cualquier lugar es mejor que donde estaba —le lanzo a Cal una mirada intencionada y retiro mi mano para hacerme tonta con los broches del cinturón de seguridad—. Y supuse que alguien me pondría al corriente —él sube los hombros y se levanta.

—Hay que esperar el momento adecuado. No quería agobiarte —río en verdad por primera ocasión en mucho tiempo.

—¡Qué buen chiste! —su amplia sonrisa iguala la mía.

—Sirvió de algo...

—¡Vaya horror! —musita Cameron.

Una vez libre de mi asiento, me acerco a ella con cierto recelo. Nota mi aprensión e introduce las manos en los bolsillos. No es propio de Cameron ceder ni suavizarse, lo hace por mí. No la vi en la batalla y sería una necia si no me diera cuenta de su verdadero propósito: está en el avión porque no debe quitarme la vista de encima, es un cubo de agua junto a una hoguera, por si ésta se sale de control.

Lentamente, rodeo sus hombros con mi brazo y la estrecho. Me convenzo de que la sensación de su piel no debe acobardarme. *Puede controlar esto*, me digo. *No permitirá que su silencio te toque.*

—Gracias por estar aquí —hablo en serio. Ella asiente con rigidez, su barbilla roza la punta de mi cabeza, es muy alta. O sigue creciendo o yo ya comencé a encoger. O ambas cosas—. Ahora dime dónde estamos —doy un paso atrás— y de qué diablos me perdí.

Baja el mentón y apunta a la cola del aeroplano. Al igual que el viejo Blackrun, este jet dispone de una entrada con rampa que desciende con un siseo neumático. El sanador Reese dirige la salida del grupo y nosotros lo seguimos unos pasos atrás. Me tenso mientras avanzamos sin saber lo que nos espera.

—Tenemos suerte —dice Cameron—. Veremos cómo son las Tierras Bajas.

—¿Las Tierras Bajas? —miro a Cal, incapaz de ocultar mi sorpresa y confusión. Alza los hombros, un rayo de malestar cruza su cara.

—No lo supe hasta que ya estaba decidido, no nos revelan muchas cosas.

—Como de costumbre.

Así opera la Guardia, así mantiene su ventaja sobre Plateados como Elara o Sansón. La gente sabe lo necesario y nada más. Hace falta mucha fe, o mucha necedad, para seguir órdenes en esas condiciones.

Desciendo por la rampa, cada pisada es más ligera que la anterior. Sin el peso muerto de los grilletes, siento que podría volar. Los otros miembros de la Guardia continúan adelante de nosotros y se unen a un numeroso grupo de soldados.

—Ésa es la sección de la Guardia Escarlata en las Tierras Bajas, ¿verdad? Es numerosa, al parecer.

—¿A qué te refieres? —murmura Cal en mi oído. Sobre su hombro, Cameron nos mira igual de perpleja. Los veo a ambos, quiero decir lo correcto. Opto por la verdad.

—Por eso estamos aquí. La Guardia opera en este sitio, además de Norta y la comarca de los Lagos —las palabras de los príncipes de esta nación, Daraeus y Alexandret, resuenan en mi mente. Cal sostiene un momento mi mirada antes de volverse hacia Cameron.

—Eres íntima de Farley, ¿tenías conocimiento de esto? —ella golpetea sus labios.

—Nunca lo mencionó, dudo que lo sepa o tenga permiso para decírmelo —el tono de ambos cambia, es más incisivo, muy serio, no simpatizan. Lo entiendo de Cameron, ¿pero de Cal? Fue educado como un príncipe y ni siquiera la Guardia podrá quitarle toda su petulancia.

—¿Mi familia está aquí? —me avivo también—. ¿Saben eso al menos?

—¡Claro! —contesta Cal, no es bueno para mentir y no percibo mentira en él—. Yo mismo me encargué, llegó de Trial con el resto del equipo del coronel.

—Bien, iré a verlos en cuanto pueda.

El aire de las Tierras Bajas es caliente, pesado, viscoso como el peor del verano, pese a que apenas estamos en primavera. Nunca había empezado a sudar tan pronto. Hasta la brisa es cálida y no da respiro cuando se extiende por el concreto. La pista de aterrizaje está repleta de luces, son tan brillantes que casi desplazan a las estrellas. A lo lejos están formados más jets. Algunos son de color verde oscuro como los que vi en la Plaza del César, naves como el Blackrun y aviones de carga más grandes. *Son de Montfort,* comprendo cuando los cabos se atan en mi cerebro. *El triángulo blanco en sus alas es su marca distintiva.* Lo vi en Tuck, sobre cajas de equipo y en los uniformes de los gemelos. Entre las aeronaves de Montfort hay otros jets azul oscuro, así como blancos y amarillos con rayas pintadas en las alas. Los primeros son lacustres, los segundos de las Tierras Bajas. Todo a nuestro alrededor está bien organizado y a juzgar por los hangares y edificios anexos, bien financiado.

Es evidente que nos hallamos en una base militar, y no de la clase a la que la Guardia está habituada.

Cal y Cameron se muestran tan sorprendidos como yo.

—Acabo de pasar seis meses como cautiva ¿y sé de nuestras operaciones más que ustedes dos? —me río de ellos. Cal parece apenado, es un general, un Plateado, nació príncipe, la confusión e indefensión lo perturban profundamente. Cameron sólo se enfada.

—Tardaste apenas unas horas en recuperar tu altanería, ha de ser un nuevo récord —tiene razón y eso duele. Me apresuro a alcanzarla, con Cal a mi lado.

—Es que... discúlpame. Pensé que sería más fácil —una mano en la base de mi espalda derrama calor, suaviza mis músculos.

—¿Qué sabes tú que nosotros no sepamos? —pregunta Cal con voz pesarosamente gentil. Una parte de mí quiere zafarse, no soy una muñeca, ni de Maven ni de nadie, y me mando sola otra vez, no necesito que me manejen. Pero el resto se deleita con el dulce trato del príncipe. Esto es mejor que todo lo que he experimentado en mucho tiempo. De cualquier forma, no pierdo el paso y hablo en voz baja.

—El día que la Casa de Iral y otras intentaron matar a Maven, él daba un banquete a dos príncipes de las Tierras Bajas, Daraeus y Alexandret. Me interrogaron antes, indagaron sobre la Guardia Escarlata, sus operaciones en el reino, algo acerca de un príncipe y una princesa —mi memoria se aclara—, Charlotta y Michael, que están desaparecidos —una nube oscura se cierne sobre el rostro de Cal.

—Nos enteramos de que fueron a Arcón. Alexandret murió después, en el intento de magnicidio —parpadeo asombrada.

—¿Cómo lo...?

—Hicimos todo lo posible por estar cerca de ti —explica—. Eso apareció en los informes —*Informes*, la palabra me da vueltas.

—¿Por eso Nanny fue a la corte?, ¿para vigilarme?

—Lo de Nanny fue culpa mía —murmura Cal, se mira los pies— y de nadie más —Cameron frunce el ceño junto a él.

—Es la maldita verdad.

—¡Señorita Barrow!

La voz que me llama no resulta inesperada para mí. Donde va la Guardia, va el coronel Farley. Su aspecto es casi el mismo de siempre: agobiado, hosco y brutal, con el cabello rubio muy corto, el rostro enmarcado por un estrés prematuro y un ojo empañado con una película permanente de sangre escarlata. Los únicos cambios en él son el encanecimiento uniforme del cabello, la nariz quemada por el sol y nuevas pecas en los antebrazos expuestos. El lacustre no está acostumbrado al sol de las Tierras Bajas y lleva aquí el tiempo suficiente para resentirlo.

Soldados lacustres a sus órdenes, con uniformes rojos y azules, lo acompañan en posición de flanqueo. Otros dos de verde lo siguen también. Reconozco a la distancia a Rash y Tahir, caminan al mismo ritmo. Farley no está con ellos y no la veo en la plancha de concreto, ni que descienda de alguno de los jets. No suele rehuir a la batalla, a menos que en esta ocasión ni siquiera haya salido de Norta. Hago a un lado esta idea inquietante y me concentro en su padre.

—Coronel —bajo la cabeza en gesto de saludo y me sorprende que la mano que me tiende esté tan encallecida.

—Me da gusto verla entera —dice.

—Tan entera como se puede —esto le incomoda, tose, nos mira a los tres, aquí es un lugar precario para un hombre que teme abiertamente lo que somos—. Voy en camino a visitar a mi familia, coronel —no hay razón para que pida permiso, me muevo para rebasarlo pero su mano me detiene en seco y resisto el visceral impulso de zafarme. Nadie verá mi temor ahora. Lo miro a los ojos para que repare en lo que hace.

—No fue decisión mía —dice con aplomo, levanta las cejas, implora que escuche, ladea la cabeza. Sobre sus hombros, Rash y Tahir hacen lo propio.

—Señorita Barrow...

—Se nos ha instruido...

—... escoltarla...

—... a que rinda parte de su misión.

Parpadean al mismo tiempo, terminan su irritante discurso conjunto. Igual que el coronel, sudan a causa de la humedad y sus barbas negras y piel ocre resplandecen, idénticas.

En lugar de golpearlos como me gustaría, doy un corto paso atrás. *Rendir parte de mi misión.* La idea de explicar todo lo que pasé a unos estrategas de la Guardia Escarlata hace que quiera gritar, correr o ambas cosas.

Cal se coloca entre nosotros, así sea sólo para amortiguar el golpe que yo podría lanzarles.

—¿En verdad la obligarán a hacer eso ahora? —su tono de incredulidad lo es también de advertencia—. Eso puede esperar —el coronel exhala despacio, es la imagen misma de la exasperación.

—Podría parecer desconsiderado —dirige una mirada arisca a los gemelos de Montfort—, pero usted posee información vital sobre nuestros enemigos. Son las órdenes que recibimos, Barrow —suaviza la voz—. Desearía que no fuera así —hago a Cal a un lado sin lastimarlo.

—¡Veré… a… mi… familia… ahora! —grito en sucesión a los insufribles gemelos, que sólo fruncen el ceño.

—¡Qué grosera! —masculla Rash.

—¡Muy grosera! —masculla Tahir a su vez, y Cameron contiene una risa grave que más parece tos.

—¡No la tienten! —los previene—. Miraré para otra parte si les cae un rayo.

—Las órdenes pueden esperar —añade Cal, usa su instrucción militar para mostrarse enérgico pese a que tiene poca autoridad aquí. La Guardia lo ve como un arma nada más, lo sé porque yo hacía lo mismo antes. Los gemelos no ceden, Rash se yergue como un ave que esponja sus plumas y cacarea:

—¿Acaso no tiene usted más motivos que nadie para ayudar a la caída del rey Maven?

—¿No conoce los mejores medios para derrotarlo? —continúa Tahir. Y tienen razón: he visto las heridas más hondas y las partes más oscuras de Maven, sé dónde golpearlo para que sangre más. Pero en este momento, cuando las personas que amo están tan cerca, apenas puedo ser sensata. Si en este instante alguien encadenara a Maven en el suelo frente a mí, no me detendría a patearle los dientes.

—No sé quién sea su amo —me acerco—. Díganle que espere —intercambian miradas, discuten en su mente entre sí. Me marcharía si supiera adónde dirigirme, estoy irremediablemente perdida. Mi cabeza corre ya hacia mamá, papá, Gisa, Tramy y Bree, los imagino hundidos en otro cuartel, apretados en un dormitorio más pequeño que nuestra casa en Los Pilotes. Los desafortunados guisos de mamá contaminan el ambiente. La silla de papá, los paños de Gisa... ¡qué aflicción!—. Yo misma buscaré a mi familia —murmuro con ganas de abandonar a los gemelos para siempre y ellos hacen una reverencia.

—Muy bien...

—Rendirá informes mañana en la mañana, señorita Barrow.

—Coronel, si fuera usted tan amable de acompañarla a...

—Sí —ataja él, los interrumpe, agradezco su prisa—. Sígame, Mare.

La base de las Tierras Bajas es más grande que la de Tuck, a juzgar por el tamaño de la pista de aterrizaje. Aunque es difícil distinguir en la oscuridad, me recuerda más a Fort Patriot, el cuartel militar de Norta en Harbor Bay. Los hangares son más grandes, los aviones se cuentan en docenas. En lugar de caminar a nuestro destino, los hombres del coronel nos suben a un transporte descubierto. Al igual que algunos de los jets, sus costados están pintados con rayas blancas y amarillas. Yo podía entender el caso de Tuck, una base abandonada, oculta, insignificante, quizá más fácil de tomar por la Guardia Escarlata. Ésta no se le parece en nada.

—¿Dónde está Kilorn? —pregunto entre dientes y codeo a Cal que está a mi lado.

—Supongo que con tu familia, se la pasó con ellos y los nuevasangre casi todo el tiempo —porque no tiene una familia propia. Después, bajo la voz aún más, para no perturbar al coronel.

—¿Y Farley? —Cameron se inclina sobre Cal con ojos raramente enternecidos.

—Está en el hospital, no te preocupes, no fue a Arcón ni está herida, la verás pronto —parpadea rápido, elige bien sus palabras—. Ambas tendrán… muchas cosas de qué hablar.

—Está bien.

El aire cálido me envuelve con su viscosidad, revuelve mi cabello. Apenas puedo estar quieta en mi sitio de tan agitada y nerviosa que me siento. Cuando fui hecha prisionera, Shade acababa de morir… por mi culpa. No le reprocharía a nadie, incluida Farley, que me odiara por eso. El tiempo no siempre sana las heridas, a veces las agrava.

Cal conserva una mano en mi pierna, es un peso firme que me recuerda su presencia. Junto a mí, sus ojos vivaces registran cada detalle del vehículo. Aunque yo debería hacer lo mismo, porque esta base es territorio desconocido, sólo consigo morderme el labio y esperar. Pese a que mis nervios zumban, no es a causa de la electricidad. Cuando damos vuelta a la derecha para introducirnos a un conjunto de casas de ladrillo color cereza siento que podría explotar.

—Aquí están las residencias de los oficiales —susurra Cal—. Es una base de la corona, financiada por el gobierno. Hay pocas de este tamaño en el país.

Su tono me indica que se pregunta lo mismo que yo. ¿Por qué estamos aquí?

Nos detenemos frente a la única casa que tiene todas las luces encendidas. Sin pensarlo, bajo de un salto del transporte y casi tropiezo con los jirones de mi vestido. Mi visión se reduce al camino que está ante mí, un sendero de grava con escalones de piedra, y a los indicios de movimiento detrás de las encortinadas ventanas. Escucho sólo mi pulso y el crujido de una puerta que se abre.

Mamá es la primera que me tiende los brazos, se adelanta a mis dos hermanos, pese a sus largas piernas. El choque me deja casi sin aire y el abrazo culmina la tarea. No importa, ella podría romperme cada hueso y a mí me tendría sin cuidado.

Bree y Tramy por poco nos cargan por los peldaños, gritan mientras mamá susurra en mi oído. No escucho nada, la felicidad y el júbilo embotan mis sentidos, nunca había sentido nada igual.

Mis rodillas rozan un tapete y mamá se hinca conmigo en el enorme vestíbulo. No cesa de besar mi cara. Alterna mejillas tan rápido que creo que me va a dejar alguna marca. Gisa se arrastra junto a nosotras, veo de reojo su radiante cabello rojo oscuro. Lo mismo que el coronel, tiene una nueva capa de pecas, puntos marrones sobre su piel dorada. La estrecho a mi lado, antes era más pequeña.

Tramy sonríe sobre nosotras, ostenta una cuidada barba oscura. Quiso tenerla desde que era un adolescente, jamás había pasado de ser unos parches aislados. Bree se burlaba de él, no lo hace ahora. Se arroja sobre mi espalda con gruesos brazos que nos envuelven a mamá y a mí. Sus mejillas están húmedas, me sobresalto cuando veo que las mías también.

—¿Dónde está…? —interrogo.

Por fortuna, no tengo tiempo de temer lo peor. Cuando él aparece me pregunto si no estoy alucinando.

Se apoya pesadamente en el brazo de Kilorn y un bastón. Los meses lo han tratado bien. Las comidas diarias lo han hecho embarnecer. Camina despacio desde un cuarto contiguo. *Camina.* Su paso es tenso, forzado, desconocido. Mi padre no había disfrutado de sus dos piernas desde hace años, ni de más de un pulmón en funcionamiento. Mientras se aproxima con ojos relucientes, escucho. No hay resuello, ni chasquido de una máquina que le ayude a respirar, ni chirrido de una vieja y oxidada silla de ruedas. No sé qué pensar ni decir. Había olvidado lo alto que es.

Es obra de los sanadores, quizá de Sara misma. Le doy las gracias un millar de veces en mi corazón. Me levanto poco a poco, tiro del saco militar, tiene agujeros de bala. Papá los mira, es un soldado todavía.

—Puedes abrazarme, no me caeré —dice.

Mentiroso, casi se viene abajo cuando envuelvo su cintura con mis brazos, Kilorn lo sostiene en pie. Nos abrazamos como no lo habíamos hecho desde que era niña.

Con mano suave mamá retira de mi cara un par de mechones y posa su cabeza junto a la mía. Me tienen entre ellos, protegida y segura. Por un momento, olvido. No existen Maven ni grilletes, marcas, cicatrices, guerra o rebelión.

Tampoco Shade.

No fui la única que desapareció en nuestra familia. Nada puede cambiar eso.

Él no está aquí ni lo estará nunca. Mi hermano yace solo en una isla abandonada.

No permitiré que ningún otro Barrow comparta su destino.

VEINTIUNO
Mare

El agua que se arremolina en la bañera es roja y marrón por la tierra y la sangre. Mamá la drena en dos ocasiones y aun así halla más residuos en mi pelo. El sanador del aeroplano se ocupó de mis heridas más recientes, así que puedo disfrutar sin dolor de la calidez del jabón. Gisa se sienta en un banco en el borde, con la rígida postura que ha perfeccionado al paso de los años. O está más bonita o seis meses desdibujaron su rostro en mi recuerdo: nariz recta, labios carnosos y brillantes ojos oscuros. Son los ojos de mamá, mis ojos, los que todos los Barrow tenemos, salvo Shade. Él era el único con ojos como la miel o el oro, que heredó de la madre de mi papá. Esos ojos se han marchado para siempre.

Dejo de pensar en mi hermano y miro la mano de Gisa, la misma que rompí con mis estúpidos errores.

La piel es tersa ahora, los huesos están de nuevo en su sitio. No hay evidencia de esa parte destruida de su cuerpo, destrozada por la culata de un agente de seguridad.

—Fue Sara —explica cortésmente y flexiona los dedos.

—Hizo un buen trabajo —le digo—, con papá también.

—Eso tardó una semana, ¿sabes? Regeneró todo, del muslo para abajo. Y él se acostumbra apenas, aunque no dolió tanto como esto —dobla los dedos y sonríe—. ¿Sabes que ella tuvo que romper otra vez estos dos? —mueve sus dedos índice y medio—. Usó un martillo, dolió hasta el culo.

—¡Gisa Barrow, cuida tu lenguaje! —arrojo un poco de agua a sus pies, suelta otra maldición, los aleja.

—Culpa a la Guardia Escarlata, su gente no hace otra cosa que maldecir y pedir más banderas —*parece cierto.*

Incapaz de permitir que la venza, introduce la mano a la tina y me avienta agua. Mamá nos calma, intenta ponerse seria y fracasa.

—¡Ya, quietas, ustedes dos!

Tiende entre sus manos una toalla blanca y esponjosa. Por más que deseo destinar otra hora a remojarme en la relajante agua caliente, tengo más ganas de volver a la sala.

El agua se desliza por mi cuerpo cuando me levanto, salgo de la bañera y me enredo en la toalla. La sonrisa de Gisa mengua un poco. Mis cicatrices son tan claras como el día, tramos nacarados de carne blanca contra una piel oscura. Incluso mamá aparta la vista, me concede un segundo para que me envuelva mejor en la toalla y oculte la marca en mi clavícula.

Me concentro en el baño en reemplazo de sus rostros de vergüenza. A pesar de que no es tan elegante como el que tenía en Arcón, la ausencia de roca silente lo compensa con creces. Al oficial que vivió aquí le gustaba lo brilloso. Las paredes son de un naranja chillante con ribetes blancos que hacen juego con los accesorios de porcelana: un lavabo ondulado, la tina profunda y una regadera oculta detrás de una cortina verde lima. Mi reflejo me mira en el espejo sobre el lavamanos. Parezco una rata ahogada. Pero muy limpia. Junto a mi madre, veo más de cerca nuestra semejanza. Ella es de huesos pequeños como yo, y nuestra piel es del mismo tono dorado, pese a que la suya está más marchita y arrugada, tallada por los años.

Gisa se nos adelanta en el pasillo y mamá la sigue mientras seca mi cabello con otra toalla sedosa. Me llevan a una habitación de un color verde-azulado con dos camas mullidas; es pequeña pero más que apropiada. Yo preferiría un piso de tierra a la más suntuosa alcoba del palacio de Maven. Mamá me pone al instante un pijama de algodón, además de calcetines y una pañoleta satinada.

—¡Me voy a asar, mamá! —protesto sin aspereza y me la quito. Ella la retira con una sonrisa, me besa de nuevo y se inclina para acariciar mis mejillas.

—Lo único que quiero es que estés cómoda.

—Créeme que lo estoy —le aprieto el brazo y de pronto veo en la esquina el lujoso vestido que usé en la boda, ahora reducido a hilachos. Gisa sigue mi mirada y se sonroja.

—Pensé que podría rescatar algo —admite casi con timidez—. Son rubíes, no desperdiciaré unos rubíes —ignoraba que fuera tan ladrona como yo. Y al parecer, también mamá, quien habla antes de que pueda dar siquiera un paso a la puerta de la habitación.

—¡Si crees que permitiré que dediques tu tiempo a hablar de guerra estás muy equivocada!

Como prueba de ello, cruza los brazos y se planta en mi camino. Aunque es bajita como yo, ha trabajado toda la vida y está lejos de ser débil. La he visto maltratar a mis tres hermanos y sé que me obligará a meterme a la cama de ser necesario.

—Hay cosas que debo decir, mamá...

—Tu interrogatorio será mañana a las ocho, dilas entonces.

—... y quiero saber qué me perdí...

413

—La Guardia tomó Corvium, opera en las Tierras Bajas, eso es todo lo que saben los que están en la sala —habla con rapidez y me conduce a la cama. Busco el apoyo de Gisa, pero ella retrocede, con las manos en alto.

—¡No he hablado con Kilorn...!

—Él comprenderá.

—Cal...

—Él es muy amable con tu padre y tus hermanos. Si puede tomar por asalto la capital, puede manejarlos a ellos —lo imagino entre Bree y Tramy, y esto me produce una sonrisa maliciosa—. Además, hizo todo lo posible para traerte con nosotros —me guiña un ojo—. No le darán problemas esta noche. ¡Ahora métete a la cama y cierra los ojos o te los cerraré yo! —las luces sisean en sus lámparas y el cableado del cuarto serpentea en líneas eléctricas: nada de esto se compara con la fuerza en la voz de mamá. Obedezco y me sumerjo en las cobijas del lecho más próximo. Para mi sorpresa, se mete conmigo, me estrecha fuerte y por milésima vez en esta noche, besa mi mejilla—. No irás a ninguna parte.

En el fondo de mi corazón sé que es falso.

Esta guerra dista mucho de haber sido ganada.

Pero podría ser cierto esta noche.

Las aves de las Tierras Bajas hacen un alboroto espantoso. Chillan y gorjean más allá de las ventanas, e imagino que se posan en bandadas sobre los árboles. No hay otra explicación de tanto ruido, aunque es bueno por una causa: jamás escuché pájaros en Arcón. Antes siquiera de que abra los ojos, sé que el día de ayer no fue un sueño, sé dónde despierto y para qué.

Mamá acostumbra levantarse temprano. Y pese a que Gisa tampoco está aquí, no estoy sola. Cuando me asomo por la puerta de la habitación, veo a un chico larguirucho sentado en lo alto de la escalera con las piernas tendidas sobre los peldaños.

Kilorn se levanta con una sonrisa y los brazos abiertos. Hay una alta probabilidad de que yo termine destrozada por tantos abrazos.

—¡Vaya si te tomaste tu tiempo! —dice. Ni siquiera después de un semestre de tormento y captura me trata con pinzas. Recaemos en nuestro antiguo estilo con una velocidad cegadora. Le pico las costillas.

—No fue gracias a ti.

—No, los ataques militares y golpes tácticos no son mi especialidad.

—¿Tienes una especialidad?

—¿Además de la de ser un fastidio? —ríe y me lleva escaleras abajo.

Ollas y cazuelas chocan en alguna parte y sigo el olor del tocino frito. A la luz del día, la casa parece agradable y fuera de sitio en una base militar. Paredes de amarillo mantequilla y alfombras de un lila floreado dan vida al corredor de en medio, sospechosamente desprovisto de adornos. Agujeros de clavos salpican el papel tapiz, tal vez sostenían una docena de cuadros. Las habitaciones por las que pasamos —una sala y un estudio— tienen pocos muebles también. El oficial que vivía aquí vació su casa o alguien lo hizo en su nombre.

Basta, me digo. Me he ganado el derecho de no pensar en traiciones ni puñaladas traperas por un maldito día. *Estás a salvo, estás a salvo, todo pasó.* Repito estas palabras en mi cabeza.

Kilorn alarga un brazo y me detiene en la puerta de la cocina. Invade mi espacio hasta que no puedo evitar sus ojos, verdes como los recordaba. Los entrecierra de preocupación.

—¿Estás bien?

En condiciones normales asentiría y desecharía la insinuación con una sonrisa. Lo hice así muchas veces. Apartaba a los que me rodeaban, pensaba que podía desangrarme sola. No lo haré más. Eso me volvió odiosa y horripilante. De todas formas, las palabras que quiero expresar se resisten a salir. Kilorn no entendería.

—Comienzo a creer que necesito una palabra que signifique sí y no al mismo tiempo —susurro y me miro los pies.

Pone en mi hombro una mano que retira pronto. Conoce las líneas que he trazado entre nosotros y no las rebasará.

—Estaré aquí cuando quieras hablar —no *si, cuando*—. Te acosaré hasta entonces —ofrezco una sonrisa trémula.

—De acuerdo —la grasa en el fuego crepita en el aire—. Espero que Bree no se haya comido todo.

Lo intenta. Mientras Tramy ayuda a cocinar, Bree revolotea en el hombro de mi madre, toma tiras de tocino directo de la grasa caliente. Ella intenta alejarlo a manotazos en lo que Tramy se regodea y sonríe ante una sartén de huevos. A pesar de que ambos son adultos, parecen niños, justo como los recuerdo. Gisa ya está a la mesa y mira de reojo, hace cuanto puede por no perder la compostura, golpetea la cubierta de madera.

Papá está más contenido, recargado en una pared de alacenas, con su nueva pierna doblada al frente. Me mira antes que los demás, me dirige una sonrisa de mutuo entendimiento. Pese a lo festivo del cuadro, lo corroe la tristeza.

Siente la pieza que nos falta, la que jamás recuperaremos.

Trago saliva pese al nudo en mi garganta y hago a un lado el espectro de Shade.

La ausencia de Cal se nota también, aunque no demorará mucho tiempo. Quizás esté dormido o planeando la etapa siguiente... de lo que sea.

—Los demás también quieren comer —riño a Bree cuando paso a su lado y le arrebato una pieza de tocino. Seis meses no han afectado mis impulsos y reflejos. Le sonrío y tomo asiento junto a Gisa, que enrolla su larga cabellera en un moño perfecto.

Bree hace una mueca y se sienta, con un plato de pan tostado y mantequilla. No se alimentó nunca tan bien en el ejército ni en Tuck. Como el resto de nosotros, aprovecha al máximo la comida.

—Sí, Tramy, deja algo para los demás.

—Como si en verdad lo necesitaras —replica éste, le pellizca la mejilla, se abofetean. *Son unos niños*, pienso de nuevo, *y soldados también.*

Los dos fueron reclutados y sobrevivieron más tiempo que la mayoría. Pese a que algunos dirán que fue suerte, son vigorosos y prestos en el campo de batalla, aunque no en casa. Auténticos guerreros se esconden bajo su fácil sonrisa y conducta de muchachos. Por ahora me alegra que no deba verlos en el ambiente militar.

Mamá me sirve primero. Nadie se queja, ni siquiera Bree. Ataco los huevos con tocino y una taza de sabroso café caliente con crema y azúcar. Este desayuno es digno de un Plateado noble y lo sé.

—¿Cómo conseguiste esto, mamá? —pregunto entre bocados. Gisa hace un gesto, arruga la nariz por la comida que cuelga de mi boca mientras hablo.

—Es la asignación diaria de esta calle —contesta mamá, se echa al hombro una trenza de cabello cano y castaño—. Es una calle de oficiales de alto rango de la Guardia y de individuos importantes... y su familia.

—¿*Individuos importantes* significa... —quiero leer entre líneas— los nuevasangre?

—Si son oficiales, sí —responde Kilorn—, aunque los reclutas nuevasangre residen en los cuarteles con el resto de los soldados. Pensaron que era mejor así, con menos división y menos temor. No tendremos nunca un ejército apropiado si la mayoría de las tropas teme a la persona de al lado —muy a mi pesar, siento que mis cejas se levantan de sorpresa—. ¡Te dije que tenía una especialidad! —murmura y me hace un guiño. Mamá sonríe radiante, le pone un plato enfrente, agita con cariño su cabello y le jala los rizos pardos, que él intenta alisar con torpeza.

—Kilorn ha ayudado a las buenas relaciones entre los nuevasangre y el resto de la Guardia —dice con orgullo, y él intenta esconder su rubor detrás de una mano.

—Warren, si no vas a comer eso... —papá reacciona antes que nadie y golpea con su bastón la mano extendida de Tramy.

—¡Modales, muchacho! —gruñe y toma un poco de tocino de mi plato—. Está bueno.

—Nunca había comido uno mejor —confirma Gisa, quien come con voraz delicadeza huevos bañados de queso—. Montfort conoce bien sus alimentos.

—¡Son las Tierras Bajas! —corrige papá—. Los alimentos y las tiendas son de las Tierras Bajas.

Archivo esta información y pongo mala cara por mero instinto. Estoy tan acostumbrada a analizar las palabras de quienes me rodean que lo hago sin pensar, hasta con mi familia. *Estás a salvo, estás a salvo, todo pasó.* Las palabras retornan a mi cabeza, su ritmo me reconforta un poco.

Papá se rehúsa a sentarse todavía.

—¿Cómo va esa pierna? —le pregunto.

Se rasca la cabeza preocupado.

—No me recuperaré pronto —responde con una rara sonrisa—. Uno tarda en habituarse. La sanadora de la piel ayuda cuando puede.

—Eso es bueno, en verdad.

Jamás me avergonzó la lesión de papá. Significaba que estaba vivo y a salvo del alistamiento. Muchos otros padres, como el de Kilorn, murieron en una guerra sin sentido, mientras que el mío sigue con vida. La falta de una pierna lo amargó, lo frustró, lo enojó con su silla. Ponía mala cara en lugar de sonreír, era para la mayoría un ermitaño resentido. Pero estaba vivo. Una vez me dijo que era cruel dar esperanzas cuando no había ninguna. No confiaba en que volvería a caminar, en que sería como antes. Ahora es una prueba de lo contrario y de que la esperanza, por pequeña e increíble que sea, puede surtir efecto aún.

Yo me impacientaba en la prisión de Maven, me desgastaba. Contaba los días y quería que el final me llegara, cualquiera que éste fuera. Pese a todo, albergaba esperanza, una esperanza ilógica y absurda, a veces un mero aleteo, otras, una llama. Se me figuraba que también era inútil, justo como el camino que nos aguarda a través de la guerra y la revolución. Todos podríamos morir en los próximos días. Podríamos ser traicionados… o ganar.

Ignoro lo que es eso o qué esperar con exactitud. Lo único que sé es que debo mantener viva mi esperanza. Es mi escudo contra mis tinieblas interiores.

Miro alrededor en la mesa de la cocina. Alguna vez lamenté que mi familia no me conociera, no entendiera aquello en lo que me había convertido. Me sentía apartada, aislada, sola.

No podía estar más equivocada. Sé ahora que no es cierto. Sé quién soy.

Soy Mare Barrow, no Mareena ni la Niña Relámpago. Mare.

Mis padres se ofrecen a acompañarme al interrogatorio, Gisa también. Me rehúso. Es una tarea militar, muy formal, por la causa. Será más fácil que recuerde las cosas con detalle si mi madre no sostiene mi mano. Puedo ser fuerte ante el coronel y sus oficiales, no ante ella; sería demasiado tentador rendirme. La debilidad es aceptable y perdonable en la familia, no cuando hay vidas y guerras en la balanza.

El reloj de la cocina da las ocho y justo a esa hora un vehículo descubierto llega a la casa. Me retiro tranquila. Sólo Kilorn me acompaña, pero no sube conmigo. Sabe que no tiene participación en esto.

—¿Qué harás hoy? —pregunto cuando abro la puerta de perilla dorada; él se encoge de hombros.

—Tenía un horario en Trial: algo de entrenamiento, pruebas de tiro con los nuevasangre, lecciones con Ada. Supongo que lo reanudaré aquí.

—Un horario… —resoplo y salgo a la luz—. Suenas como una dama Plateada.

—Bueno, cuando se es tan bien parecido como yo… —suspira.

Ya hace calor, el sol arde en el horizonte y me quito la chamarra ligera que mamá me obligó a ponerme. Árboles frondosos flanquean la calle, disfrazan la base militar de barrio de clase alta. La mayoría de las casas de ladrillo dan la impresión de estar vacías, en penumbras y con ventanas cerradas. Mi vehículo aguarda al pie de la escalera. El conductor se baja los anteojos oscuros, me mira sobre el armazón. ¡Debería haberlo sabido! Pese a que Cal me concedió todo el tiempo que necesitaba con mi familia, no podía alejarse mucho tiempo.

—¡Hola, Kilorn! —agita una mano, éste corresponde con una sonrisa. Seis meses han cortado de raíz su rivalidad.

—Nos veremos más tarde —le digo—, para que intercambiemos impresiones.

—¡Claro! —asiente.

Aunque es Cal quien ocupa el asiento del conductor y me incita a subir como un guía, me aproximo al transporte poco a poco. Motores de avión rugen a la distancia. Cada paso me acerca más a la recapitulación de seis meses de cautiverio. Nadie me culparía si retrocediera, a pesar de que sólo prolongaría lo inevitable.

Cal observa con cara adusta bajo la luz. Tiende una mano, me ayuda a subir como si fuera una inválida. El motor ronronea, su corazón eléctrico es un consuelo y un recordatorio. Es posible que esté atemorizada, pero no soy débil.

Él se despide por última vez de Kilorn, acelera y hace girar el volante para que avancemos. La brisa revuelve su cabello mal cortado, evidencia las áreas disparejas. Le paso los dedos por la nuca.

—¿Tú hiciste esto? —se sonroja en plateado.

—Lo intenté —deja una mano en el volante y con la otra toma la mía—. ¿Te sientes bien para esto?

—Lo superaré. Supongo que tus informes contienen casi todas las partes importantes, así que nada más tendré que llenar los huecos —los árboles se hacen más ralos en cada borde justo donde la calle de los oficiales desemboca en una avenida. A la izquierda está la pista de aterrizaje, doblamos a la derecha, el transporte arquea con suavidad en el pavimento—. Y ojalá alguien me pusiera al corriente de... todo esto.

—A estas personas hay que exigirles respuestas, no esperarlas.

—¿Las ha exigido usted, su alteza?

—Ellas así lo creen —suelta una risita gutural.

El trayecto a nuestro destino dura cinco minutos que él dedica a ponerme al día. Un cuartel se instaló en la frontera lacustre cerca de Trial. Los soldados del coronel desocuparon el norte en previsión de un ataque a la isla. Pasaron meses bajo tierra, en búnkeres helados, mientras Farley y él intercambiaban comunicados con la comandancia y se preparaban para su siguiente objetivo: Corvium. La voz se le quiebra un tanto cuando describe el cerco. Él dirigió el asalto, tomó las murallas en un ataque sorpresa y después la ciudad-fortaleza, manzana por manzana. Es probable que conociera a los soldados que combatió, es probable que matara a amigos. No avivo ninguna de estas heridas. Una vez consumado el cerco, desalojaron a los últimos oficiales Plateados con la oferta de rendición o ejecución.

—La mayoría de ellos son rehenes ahora, algunos fueron rescatados por su familia y otros más eligieron morir —se apaga su voz y me mira un momento con los ojos escondidos detrás de sus lentes oscuros.

—Lo lamento —hablo en serio no sólo porque Cal sufre, sino también porque desde hace mucho aprendí lo triste que es este mundo—. ¿Julian estará presente en la rendición de parte? —suspira, agradece que cambie de tema.

—No sé. Esta mañana me dijo que el alto mando de Montfort ha sido muy complaciente con él: le da acceso a los archivos de la base, un laboratorio, todo el tiempo que quiera para continuar sus estudios sobre los nuevasangre —tiempo y libros: no se me ocurre mejor recompensa para Julian Jacos—. Pero quizá no estén tan dispuestos a permitir que un arrullador se acerque a su líder —añade pensativo.

—Es comprensible —replico. Aunque nuestras habilidades son más destructivas que la de él, sus manipulaciones son igual de devastadoras—. ¿Cuánto tiempo lleva Montfort en esto?

—Tampoco lo sé —responde con obvio fastidio—, aunque sólo se interesó después de Corvium. ¿Qué pasará ahora que Maven se ha aliado con la comarca de los Lagos? Él reúne fuerzas también, luego de la rebelión —explica—. Montfort y la Guardia hicieron lo mismo. En lugar de armas y alimentos, aquél envió soldados, Rojos, nuevasangre. Tenía ya un plan para rescatarte de Arcón con un movimiento de pinzas, nosotros desde Trial, él desde las Tierras Bajas. Debo admitir que sabe de organización. Nada más necesitaba el momento justo —me río.

—¡Pues qué buen momento eligió! —disparos y sangre derramada nublan mi pensamiento—. Hicieron todo eso por mí, parece estúpido —aprieta mi mano. Se le educó para ser el soldado Plateado perfecto. Recuerdo sus manuales, sus libros sobre táctica militar. *Victoria a toda costa*, decían. Y él creía en ello, así como yo pensaba que nada en la Tierra me haría regresar a Maven.

—O Montfort tenía otro objetivo en Arcón o en verdad te quiere a ti —musita al tiempo que reduce la velocidad del transporte.

Nos detenemos frente a otro edificio de ladrillo, su fachada está decorada con columnas blancas y un portal largo y curvado. Pienso de nuevo en Fort Patriot con sus puertas adornadas de un bronce ominoso. A los Plateados les gustan las cosas bellas y ésta no es la excepción. Unas enredaderas trepan por las columnas con lilas de glicinas y fragante madreselva. Soldados uniformados deambulan bajo las plantas, permanecen en las sombras. Veo a integrantes de la Guardia Escarlata con su ropa desigual y pañoletas rojas, a los lacustres de azul y a varios oficiales de Montfort de verde. Siento que se me revuelve el estómago.

El coronel sale a recibirnos, por fortuna está solo. Habla antes de que yo descienda del vehículo.

—Usted se reunirá conmigo, dos generales de Montfort y un oficial de la comandancia —Cal y yo nos sobresaltamos, abrimos los ojos de asombro.

—¿De la comandancia? —pregunto con extrañeza.

—Sí —el ojo sano del coronel destella, él gira sobre sus talones y nos fuerza a seguirlo—. Digamos que los engranajes se han puesto en marcha —entorno los ojos, ya exasperada.

—¿Por qué no nos lo dijo antes?

—Quizá porque no lo sabía —responde una voz que reconozco.

Farley se inclina bajo la sombra de una de las columnas con los brazos cruzados muy arriba de su barriga. Me quedo boquiabierta. Está enorme, hilarantemente embarazada. Su vientre forcejea con un uniforme modificado, un vestido y pantalones sueltos. No me sorprendería que diera a luz en los siguientes treinta segundos.

—¡Ah! —es todo lo que se me ocurre decir, Farley se muestra casi divertida.

—Haz las cuentas, Barrow.

Son nueve meses, Shade, la reacción de ella en el avión de carga cuando le confié lo que Jon había dicho. *La respuesta a tu pregunta es sí.*

No comprendí el significado, a diferencia de ella. Ya lo sospechaba y supo que estaba embarazada del hijo de mi hermano menos de una hora después de que él muriera. Cada una de estas revelaciones es un golpe en el bajo vientre, produce por igual alegría y congoja. Shade tiene un hijo... al que no conocerá nunca.

—¡No puedo creer que nadie te lo haya dicho! —continúa y lanza miradas de reproche a Cal, quien arrastra los pies—. Tuvieron tiempo de sobra para hacerlo —en medio de mi azoro lo único que puedo hacer es coincidir con ella. No sólo Cal pudo haberme contado, también mi madre, el resto de la familia.

—¿Todos lo sabían?

—No tiene caso que hablemos de eso ahora —ataja y se aparta de la columna. Aun en Los Pilotes la mayoría de las mujeres guardan cama en esta etapa del embarazo, pero Farley no. Porta un revólver al cinto, es una advertencia expresa a pesar de que esté cubierto por una funda. Por embarazada que esté, no deja de ser peligrosa, quizá más que antes—. Tengo la sensación de que quieres acabar con esto lo más pronto posible.

Cuando se gira para guiarnos, golpeo a Cal en las costillas. Dos veces, por si hiciera falta.

Él aprieta los dientes, resopla a causa del impacto.

—Lo siento —refunfuña.

El interior de lo que es sin duda el edificio de la comandancia de esta base parece algo más que una mansión. Unas escaleras ascienden en círculo a cada lado del vestíbulo y se unen arriba en una galería flanqueada por ventanas. Molduras de coronas cubren el techo, pintado a la manera de las glicinas del exterior. El piso es de parqué y en él se alternan tablas de caoba, roble y cerezo de intrincados diseños. Como en las casas de la calle de los oficiales, todo lo desprendible ha desaparecido. Espacios en blanco revisten las paredes al tiempo que nichos destinados a esculturas o bustos dan cabida a guardias, agentes de Montfort.

Vistos de cerca, sus uniformes están mejor hechos que los de la Guardia o los de los lacustres del coronel; son similares a los que usan los oficiales Plateados. Se les fabrica en serie, tienen trazas de ser durables y cuentan con insignias, distintivos y el triángulo blanco estampado en los brazos.

Cal observa con tanta atención como yo. Me da un codazo y apunta a las escaleras. En la galería, no menos de seis oficiales de Montfort nos ven llegar. Son canosos, experimentados y cargan suficientes medallas para hundir un barco. Son generales.

—Hay cámaras también —musito.

Mientras atravesamos el vestíbulo, capto en mi cabeza cada señal eléctrica.

Pese a las vacías paredes y escasos adornos, los pasillos elegantes hacen que se me ponga la piel de gallina. No dejo de decirme que la persona que está junto a mí no es uno de los Arven. Éste no es el Fuego Blanco y mi habilidad es prueba de ello. Nadie me tiene cautiva. ¡Ojalá pudiera bajar la guardia! Ésta es para mí algo natural a estas alturas.

El salón de reuniones me recuerda la sala del consejo de Maven. Cuenta con una mesa larga y pulida y sillas finamente tapizadas, lo ilumina un ventanal que da a otro jardín. Estos muros también están vacíos, salvo por el sello pintado en la pared, de franjas blancas y amarillas con una estrella morada en el centro, de las Tierras Bajas.

Somos los primeros en llegar. Aunque supongo que el coronel tomará asiento en la cabecera, elige la silla de la derecha.

Los demás nos sentamos en fila junto a él, contra el costado que dejamos desocupado para los oficiales de Montfort y la comandancia.

Cuando Farley se sienta enfrente, el coronel la mira perplejo, con dureza y frialdad en su ojo sano.

—No tiene autorización para estar aquí, capitana —Cal y yo intercambiamos miradas con las cejas en alto. Ellos chocan a menudo; por lo menos, la situación sigue igual.

—Oh, ¿no le avisaron? —replica ella y extrae de su bolsillo una hoja doblada—. ¡Qué lástima! —la desliza ante el coronel.

Él la desdobla con desesperación y escudriña un documento rudimentariamente mecanografiado. Aunque no es extenso, lo contempla un largo rato sin creer lo que ve. Por fin alisa el mensaje contra la mesa.

—Esto no puede ser cierto.

—La comandancia quiere tener un representante en la mesa —sonríe Farley y extiende los brazos a los lados—. Aquí estoy.

—Entonces la comandancia cometió un error.

—Yo soy la comandancia ahora, coronel. No hay ningún error.

La comandancia está a la cabeza de la Guardia Escarlata, es el eje de una rueda muy secreta. Sólo conozco rumores de su existencia, los suficientes para saber que controla una organización vasta y complicada. Si incorporó a Farley a sus filas, ¿quiere decir que la Guardia saldrá en verdad de las sombras o nada más la quiere a ella?

—Diana, no puedes...

Ella enrojece y estalla.

—¿Porque estoy embarazada? Le aseguro que puedo manejar dos tareas a la vez —si no fuera por su gran parecido en actitud y apariencia, sería fácil olvidar que Farley es hija del coronel—. ¿Quiere llegar más lejos todavía, Willis? —él arruga el mensaje, los nudillos se le ponen de color blanco hueso, y sacude la cabeza—. ¡Muy bien! Y ahora soy la general, así que actúe en consecuencia.

Una réplica perece en la garganta del coronel, le da un aspecto de ahorcado. Farley recupera el mensaje con una sonrisa de satisfacción, lo guarda y advierte que Cal la mira tan confundido como yo.

—Usted no es el único oficial de alto rango en la sala ahora, Calore.

—Eso creo. Felicidades —le brinda una sonrisa tensa que la deja atónita. Tras la abierta hostilidad de su padre, no esperaba el apoyo de nadie, y menos del renuente príncipe Plateado.

Las generales de Montfort entran por otra puerta, fulgurantes en sus uniformes verde oscuro. A una de ellas la vi en la galería, es una mujer con una mata de cabello blanco, vidriosos ojos castaños y pestañas largas y palpitantes. Parpadea rápido. La otra, una dama de cabello oscuro y piel morena, tiene alrededor de cuarenta años y la complexión de un toro. Ladea la cabeza en mi dirección como si saludara a una amiga.

—La conozco —intento identificar su cara—, ¿por qué?

No responde, mira sobre su hombro a la espera de una persona más, un hombre de cabello cano con ropas sencillas. Apenas le presto atención, distraída como estoy en su compañía. Aun sin los colores de su casa, vestido con simples tonalidades grises en lugar de su usual oro deslavado, pasar por alto a Julian es difícil. Siento una avalancha de afecto cuando veo a mi antiguo tutor. Inclina la cabeza, me dedica una ligera sonrisa de saludo. Se ve mejor que nunca, incluso que cuando lo conocí en el palacio de verano. Estaba exhausto entonces, agotado por una corte de enemigos y obsesionado con su difunta hermana, la desdicha de Sara Skonos y sus propias dudas. Aunque su cabellera es ahora más canosa que castaña y sus arrugas más profundas, luce vigoroso, vivaz, aligerado, sano. La Guardia Escarlata le ha dado un propósito y apuesto que a Sara también.

Su presencia tranquiliza más a Cal que a mí. Se relaja un poco a mi lado, destina a su tío una inclinación muy leve. Los dos entendemos el sentido de la presencia de ambos, el mensaje que Montfort desea transmitir: no odia a los Plateados... ni les teme.

El otro hombre cierra la puerta tras de sí cuando Julian toma asiento y se planta firmemente de nuestro lado en la mesa. Pese a que mide uno ochenta, sin uniforme aparenta una estatura menor. Viste de civil: camisa abotonada, pantalones, zapatos. No porta ningún arma que yo pueda advertir. Tiene sangre roja, eso es seguro, a juzgar por el trasfondo rosa de su piel color arena. No sé si es nuevasangre o Rojo. Todo en él es neutral, agradable en su modesto promedio. Semeja una página en blanco, sea por naturaleza o por cálculo. No hay nada más que indique quién o qué podría ser.

Farley sabe de quién se trata. Se prepara para levantarse y él la detiene con un gesto.

—No es necesario, general —dice. De alguna manera, me recuerda a Julian. Ambos tienen los mismos ojos vehementes, lo único notable que hay en él. Los suyos son angulosos y vuelan como flechas, lo perciben todo para su observación y comprensión—. Es un placer al fin conocer a todos ustedes —se inclina por turnos ante nosotros—, coronel, señorita Barrow, su alteza.

Cal tuerce los dedos sobre su pierna. Nadie lo llama así ya, nadie que hable en serio.

—¿Quién es usted? —inquiere el coronel.

—¡Ah, sí, claro! —responde—, lamento no haber llegado antes. Me llamo Dane Davidson, señor. Soy el primer ministro de la República Libre de Montfort —Cal mueve los dedos otra vez—. Gracias a todos por venir. He deseado esta reunión desde hace tiempo —continúa— y creo que juntos podemos lograr grandes cosas.

Este hombre es el líder de su país. Es quien solicitó mi presencia, quien quería que me uniera a él. ¿Preparó la revuelta para salirse con la suya? Lo mismo que el rostro de su general, su nombre me suena vagamente.

—Ella es la general Torkins y ella, la general Salida —las señala.

Salida… no conozco su apellido, pero ahora estoy segura de que la he visto antes. La corpulenta general advierte mi confusión.

—Llevé a cabo algunas tareas de reconocimiento, señorita Barrow. Me presenté ante el rey Maven cuando entrevistaba a los ardientes, quiero decir a los nuevasangre, quizás usted lo recuerde.

Para demostrarlo, pasa la mano por la mesa. No, no *por*, *a través* de ella, como si fuera de aire… o ella misma lo fuese.

Mi memoria se afina de pronto. Demostró sus habilidades y fue aceptada bajo la *protección* de Maven junto con muchos otros nuevasangre. Uno de ellos, una mujer atemorizada, exhibió a Nanny ante toda la corte.

La miro fijamente.

—Usted estaba ahí el día que murió Nanny, la nuevasangre que cambiaba de rostro —Salida se muestra apesadumbrada, baja la cabeza.

—Si lo hubiera sabido, si hubiese podido hacer algo, lo habría hecho, en verdad. Pero en ese entonces Montfort y la Guardia no tenían una comunicación oficial. No conocíamos las operaciones de ustedes, ni ustedes las nuestras.

—Ya no es así —Davidson permanece en pie y con los puños sobre la mesa—. La Guardia Escarlata precisa de sigilo, sí, aunque me temo que en adelante esto hará más daño que bien. Son demasiadas partes móviles para no estorbarse unas a otras —Farley se revuelve en su asiento, o quiere discrepar o su silla es incómoda. Contiene la lengua, permite que Davidson prosiga—. Por eso, en afán de transparencia, sentí que lo mejor era que la señorita Barrow detallara lo más posible su cautiverio a todas las partes. Después contestaré todas sus preguntas acerca de mí, mi país y el camino que nos aguarda.

En los libros de historia de Julian había noticias de gobernantes electos, no impuestos por una dinastía. Se ganaron su corona gracias a una serie de atributos: un poco de fuerza, cierta inteligencia, algunas promesas vacías e intimidación. Davidson gobierna la así llamada República Libre y su pueblo lo eligió para que lo dirigiera. Con base en qué, no puedo decirlo todavía. Habla con firmeza, con convicción natural, y salta a la vista que es inteligente, por no mencionar que es la clase de hombre que resulta más atractivo con los años. Es fácil encontrar la razón de que su pueblo lo haya elegido como gobernante.

—Cuando usted diga, señorita Barrow.

Para mi sorpresa, la primera mano que toma la mía no es la de Cal sino la de Farley, me da un apretón de aliento.

Comienzo por el principio, el único punto en que se me ocurre iniciar.

La voz se me quiebra cuando explico cómo se me obligó a recordar a Shade. Farley baja los ojos, su dolor es tan profundo como el mío. Continúo hasta la creciente obsesión de Maven, el rey niño que convierte las mentiras en armas y que usó mi rostro y sus palabras para volver contra la Guardia Escarlata a todos los nuevasangre posibles. Entretanto, era cada vez más evidente que él se debilitaba.

—Asegura que ella dejó vacíos —les digo—, la reina. Que jugaba con su mente, quitaba unas piezas, ponía otras, lo revolvía todo. Pese a que sabe que está equivocado, cree tener una ruta marcada y no la abandonará.

Una racha de calor se propaga por el aposento. A mi lado, Cal mantiene inmóvil su rostro, sus ojos perforan orificios en la mesa. Debo ser cauta.

Su madre le arrebató el amor que sentía por ti, Cal. Él te amaba y lo sabe. Ese afecto ya no está ahí y no lo estará nunca. Ni Davidson ni el coronel, y ni siquiera Farley, deben oír estas palabras.

Las representantes de Montfort se muestran muy interesadas en la visita de las Tierras Bajas. Se enderezan a la mención de Daraeus y Alexandret y las guío paso a paso por ese suceso: el interrogatorio de los príncipes, su actitud, incluso la ropa que vestían. Cuando pronuncio los nombres de Michael y Charlotta, los príncipes desaparecidos, Davidson frunce los labios.

Conforme desahogo mi dura experiencia, un sopor me invade. Tomo distancia de las palabras, mi voz se vuelve monótona. Cuento la rebelión de las Casas, la huida de Jon, el atentado que estuvo a punto de costarle la vida a Maven, la sangre de plata que manaba de su cuello, el otro interrogatorio al que fuimos sometidas la mujer de la Casa de Haven y yo. Ésa fue la primera ocasión que vi muy alterado a Maven, cuando la hermana de Elane juró lealtad a otro rey, a Cal. Esto dio como resultado el exilio de un sinfín de miembros de la corte, quienes en otras condiciones habrían sido posibles aliados.

—Intenté separarlo de la Casa de Samos, sabía que era la aliada más fuerte que le quedaba, así que exploté su debilidad por mí. Si se casaba con Evangeline, le dije, ella me mataría —las piezas ocupan su sitio en tanto hablo. La insinuación de que soy el motivo de esa funesta alianza me hace enrojecer—. Puede ser que esto lo haya convencido de buscar esposa en la comarca de los Lagos...

Julian me interrumpe.

—Volo Samos ya buscaba una excusa para alejarse de Maven. La cancelación del compromiso matrimonial fue sólo la gota que derramó el vaso. Y supongo que las negociaciones con los lacustres duraron mucho más de lo que crees —esboza una sonrisa. Aun si miente, me hace sentir un poco mejor.

Paso a toda velocidad por mis recuerdos de la gira de coronación —un pretencioso desfile para ocultar los tratos de Maven con los lacustres—, la revocación de las Medidas por el rey, el fin de la Guerra Lacustre, su compromiso con Iris. Todos fueron pasos calculados para adquirir buena voluntad para su reino y acreditarse el fin de una guerra cuya destrucción no ha concluido todavía.

—Muchos Plateados nobles regresaron a la corte antes de la boda y Maven me mantuvo aislada casi todo el tiempo. Llegó el día de las nupcias y la alianza con los lacustres fue sellada. Siguió la tormenta que ustedes desencadenaron, Maven e Iris huyeron al tren de la fuga y fui separada de ellos —ocurrió apenas ayer y ya es como si recordara un sueño. La adrenalina opaca la batalla y reduce mis recuerdos a colores, dolor y temores—. Mis carceleros me arrastraron al palacio —hago una pausa, titubeo, ni siquiera ahora puedo creer que Evangeline haya hecho lo que hizo.

—¿Ocurre algo, Mare? —pregunta Cal con voz tan gentil como su caricia, muestra la misma curiosidad que los demás. Resulta más fácil enfrentarlo a él que a los otros; es el único que comprende el motivo de que mi huida haya sido tan extraña.

—Evangeline Samos nos separó. Mató a los celadores Arven y... me dejó en libertad. Ella me soltó. Todavía ignoro la razón.

Se hace un gran silencio en la sala. Mi rival más importante, una chica que amenazó con matarme, una persona con frío acero en lugar de corazón es la causa de que yo esté aquí. Julian no disimula su asombro, sus finas cejas casi se pierden en su cabello. En cambio, Cal no se muestra sorprendido, respira profundo y su pecho se infla. ¿Esto podría ser... orgullo?

No tengo energía para hacer conjeturas ni para detallar la muerte de Sansón Merandus, cuando jugó con Cal y conmigo y nos opuso uno a otro hasta que lo quemamos vivo.

—El resto ya lo conocen —termino, exhausta. Siento como si hubiera hablado durante décadas.

El primer ministro Davidson se endereza y estira. Aunque espero más preguntas, abre un armario y me sirve un vaso de agua. No lo toco. Estoy en un lugar desconocido a cargo de desconocidos; me queda muy poca confianza y no la desperdiciaré en alguien que no había visto nunca.

—¿Es nuestro turno? —pregunta Cal y se inclina hacia delante, impaciente de iniciar su interrogatorio. Davidson baja la cabeza y aprieta los labios en una línea plana y neutral.

—¡Desde luego! Supongo que usted se pregunta qué hacemos en las Tierras Bajas, y en una base de la flota real además —nadie lo interrumpe y continúa—. Como bien saben, la Guardia Escarlata surgió en la comarca de los Lagos y se infiltró en Norta el año pasado. El coronel y la general Farley fueron esenciales en ambos empeños y les agradezco su ardua labor —se inclina por turnos ante ellos—. Por órdenes de la comandancia de ustedes, otros agentes emprendieron una campaña similar en las Tierras Bajas, de infiltración, control y derrocamiento. Fue aquí, de hecho, donde agentes de Montfort se encontraron por primera vez con los de la Guardia Escarlata, lo que hasta el año pasado habíamos creído una ficción. Pero la Guardia era real y es indudable que compartíamos una meta. Como compatriotas suyos, queremos derribar a los opresivos gobernantes Plateados y ampliar las fronteras de nuestra república democrática.

—Da la impresión de que ya lo hicieron —indica Farley a la sala.

—¿En qué forma? —Cal entrecierra los ojos.

—Concentramos nuestros esfuerzos en las Tierras Bajas debido a su precaria estructura. Príncipes y princesas gobiernan sus territorios en medio de una paz frágil bajo un príncipe magno elegido de entre sus filas. Algunos controlan grandes territorios, otros una ciudad o unos cuantos kilómetros de granjas. El poder fluye, cambia siempre. En la actualidad, Bracken, del País Bajo, es el príncipe magno, el Plateado más fuerte de la nación, con el territorio más grande y los recursos más cuantiosos —pasa los dedos por el sello de la pared, recorre la estrella violeta—. Ésta es la mayor de las tres fortalezas militares en su poder, ahora cedida para nuestro uso personal.

—¿Colaboran con Bracken? —Cal jala aire.

—Él trabaja para nosotros —responde Davidson con orgullo.

La cabeza me gira. ¿Alguien de la realeza Plateada opera en nombre de un país que quiere arrebatarle todo? Suena ridículo por un momento, pero entonces recuerdo quién se sienta a mi lado.

—Los príncipes visitaron a Maven a nombre de Bracken, me interrogaron para él —dirijo al primer ministro una mirada de confusión—. ¿Usted les pidió que lo hicieran? —la general Torkins se revuelve en su asiento y aclara su garganta.

—Daraeus y Alexandret son aliados jurados de Bracken. No teníamos conocimiento de su contacto con el rey Maven hasta que uno de ellos acabó muerto en el curso de un intento de magnicidio.

—Y gracias a usted ahora sabemos por qué —añade Salida.

—¿Qué hay del superviviente, Daraeus? Trabaja para ustedes... —digo, y Davidson pestañea lentamente, con ojos en blanco e indescifrables.

—Trabajaba para nosotros.

—¡Ah! —murmullo. Pienso en todas las formas en que este príncipe pudo ser asesinado.

—¿Y los otros? —insiste el coronel—. Michael y Charlotta, el príncipe y la princesa desaparecidos.

—Son los hijos de Bracken —responde Julian con voz tensa y siento que me invade una sensación de náusea.

—¿Secuestraron a sus hijos para que cooperara?

—¿Qué tiene de malo intercambiar un par de chicos por el control de la costa de las Tierras Bajas y todos estos recursos? —ríe Torkins y su cabello blanco ondea cuando sacude la cabeza—. Fue un trueque muy ventajoso. Piense en las vidas que perderíamos si tuviéramos que pelear cada kilómetro. Montfort y la Guardia lograron un progreso real —mi corazón se encoge ante la idea de dos jóvenes, Plateados o no, a los que se tiene cautivos para que su padre se arrodille. Davidson adivina el sentimiento en mi rostro.

—Están bien atendidos —las lámparas aletean como polillas.

—Una celda es una celda, no importa cómo se le disfrace —digo con desdén.

—Y una guerra es una guerra, Mare Barrow, por buenas que sean las intenciones de usted —él no se amilana.

Sacudo la cabeza.

—¡Vaya, qué lástima! Haber protegido aquí a todos esos soldados para desperdiciarlos en rescatar a una persona. ¿Ése fue también un trueque ventajoso, sus vidas por la mía?

—¿Cuál fue el último conteo, general Salida? —pregunta el primer ministro, ella asiente y recita de memoria:

—De los ciento dos ardientes que el ejército de Norta reclutó en los últimos meses, sesenta actuaron como guardias especiales en la boda. Los sesenta fueron rescatados y rindieron parte anoche.

—Y eso fue gracias a los esfuerzos de la general Salida, a quien se infiltró entre ellos —Davidson palmea el carnoso hombro de la oficial—. Incluida usted, salvamos de su soberano a sesenta y un ardientes, cada uno de los cuales recibirá techo, sustento y una opción de reinstalación o servicio. Nos apoderamos además de un monto enorme del Tesoro de Norta. Las guerras no son baratas, rescatar a prisioneros débiles o sin valor no nos llevará muy lejos —hace una pausa—. ¿Eso responde su pregunta? —mi sensación de alivio se combina con la del temor que no me abandona nunca. El ataque a Arcón no se debió nada más a mí, no fui librada de un dictador para ser arrojada a otro. Aunque nadie sabe lo que Davidson podría hacer, él no es Maven, su sangre es roja—. Me temo que tengo una pregunta más para usted, señorita Barrow —indica Davidson—. ¿Afirmaría que el rey de Norta está enamorado de usted? —en el Fuego Blanco destrocé demasiados vasos de agua para contarlos, siento el impulso de hacerlo de nuevo.

—No lo sé —es una mentira, una mentira fácil y Davidson no se dejará engatusar. Sus ojos vehementes parpadean divertidos; tienen bajo la luz una pátina dorada, después parda y dorada de nuevo, cambian como el sol en un trigal mecido por el viento.

—Podría hacer una hipótesis informada.

Una cólera ardiente lengüetea dentro de mí como una flama.

—Lo que Maven considera amor no lo es en absoluto —me arranco el cuello de la blusa y revelo mi marca, la *M* es clara como el día. Muchos pares de ojos acarician mi piel, perciben los filos realzados del tejido cicatricial nacarado y la carne quemada. Davidson sigue con la vista las líneas de fuego, siento el tacto de Maven en su mirada—. ¡Suficiente! —devuelvo la blusa a su sitio y el primer ministro asiente.

—Está bien. Voy a pedirle que...

—No, lo que quise decir es que ya fue suficiente de esto. Necesito... tiempo.

Respiro titubeante y me aparto de la mesa. Mi silla hace fricción con el piso, retumba en el súbito silencio. Nadie me detiene, observan con ojos llenos de compasión. Por una vez, esto me agrada, su piedad permite mi retiro.

Otra silla sigue a la mía, no es necesario que voltee para saber que es la de Cal.

Como en el avión, siento que el mundo se cierra y sofoca, se expande y abruma. Al igual que los del Palacio del Fuego Blanco, los pasillos se tienden en una línea infinita. Las luces resplandecen arriba, me apoyo en la sensación que me producen, espero hacer tierra. *Estás a salvo, estás a salvo, todo pasó.* Mis pensamientos se salen de control y mis pies bajan solos las escaleras, cruzan otra puerta y llegan a un jardín pleno de aromáticas flores. El cielo despejado es un tormento, quiero que llueva, quiero ser purificada.

Las manos del Cal encuentran mi nuca, las cicatrices duelen bajo su piel. Su calor se derrama en mis músculos, quiere ahuyentar el dolor. Me froto los ojos con la base de las palmas y esto me alivia un poco. No veo nada en la oscuridad, ni Maven ni su palacio ni los confines de ese cuarto atroz.

Estás a salvo, estás a salvo, todo pasó.

Sería fácil permanecer en las tinieblas, ahogarse en ellas. Bajo despacio las manos y me obligo a mirar el sol, me exige más esfuerzo del que creí. No permitiré que Maven me tenga prisionera un segundo más. No viviré de ese modo.

—¿Te llevo a tu casa? —pregunta Cal en voz baja mientras sus pulgares describen círculos regulares en el espacio entre el cuello y mis hombros—. Podemos caminar para que te tomes algo de tiempo.

—No le daré un solo minuto más de mi tiempo —volteo enojada y levanto el mentón para ver a Cal a los ojos. No se mueve, paciente y discreto. Su reacción se ajusta a mis emociones, permite que yo fije el ritmo. Después de tanto tiempo a merced de otros, resulta agradable que alguien me conceda tomar mis propias decisiones—. No quiero regresar todavía.

—Está bien.

—No quiero quedarme aquí.

—Yo tampoco.

—No quiero hablar de Maven ni de política ni de guerra.

Mi voz hace eco en las hojas. Sueno como una niña, pero él asiente. Por una ocasión parece un niño también, con su corte de cabello desigual y ropa de civil, sin uniforme, sin accesorios militares, apenas una camisa ligera, pantalones, botas y sus pulseras. En otra vida, sería una persona normal. Lo miro fijamente, espero a que sus facciones se conviertan en las de Maven. Nunca lo hacen. No es él mismo tampoco, está más preocupado de lo que pensé. Los últimos seis meses lo estropearon tanto como a mí.

—¿Estás bien? —le pregunto.

Deja caer los hombros, es la ligerísima liberación de una tensión agobiante, y parpadea. No es de quienes se dejan sorprender. ¿Alguien se habrá molestado en hacerle esa misma pregunta desde el día en que se le raptó? Luego de una larga pausa, suelta un suspiro.

—Lo estaré, eso espero.

—Igual yo.

Este jardín estuvo un tiempo bajo el cuidado de los guardafloras y ahora sus abundantes setos yacen bajo una maleza de diseños intrincados. La naturaleza se ha impuesto sobre él, los diversos colores y capullos se superponen entre sí, se mezclan, decaen, mueren, renacen a su antojo.

—Recuérdenme pedirles un poco de valor en un momento más oportuno.

La tosca solicitud de Julian me hace reír. Se pasea a la orilla del jardín y su intromisión no me molesta. Sonrío, cruzo a toda prisa el prado para abrazarlo y él corresponde mi acto con mucho gusto.

—Eso sonaría extraño si viniera de cualquier otro —me aparto, Cal está de acuerdo y ríe a mi lado—. Siéntete en libertad de hacerlo, Julian. Además te lo debo —ladea la cabeza confundido.

—¿Cómo?

—Encontré unos libros tuyos en el Fuego Blanco —aunque no miento, cuido mis palabras. Sería ocioso lastimar más a Cal, no necesita saber que Maven me regaló esos libros. No le daré más falsas esperanzas sobre su hermano—. Me ayudaron a pasar el... rato.

Mientras que la mención de mi cárcel sobresalta a Cal, Julian no permite que nos hunda en el dolor.

—Comprendes entonces lo que quiero hacer —dice al instante, su sonrisa no llega a sus ojos sombríos—, ¿verdad, Mare?

—*No fuimos elegidos sino maldecidos por un dios* —recuerdo las palabras que garabateó en un libro olvidado—. Resolverás nuestro origen y su razón —cruza los brazos.

—No tengas la menor duda de que trataré.

VEINTIDÓS
Mare

Todas las mañanas empiezan igual. No puedo quedarme en la habitación, los pájaros me despiertan temprano siempre. ¡Qué bueno que lo hacen! Más tarde hace demasiado calor para salir a correr, aunque la base de las Tierras Bajas es una buena pista de carreras. Está bien resguardada, gracias a la protección de sus fronteras por soldados de Montfort y de este país. Todos estos últimos son Rojos, desde luego. Davidson sabe que Bracken, el príncipe títere, podría conspirar en silencio y no permitirá que ninguno de sus Plateados atraviese nuestras puertas. De hecho, no he visto a un solo Plateado salvo los que ya conozco. Todas las personas con habilidades son nuevasangres o ardientes, como algunos nos llaman. Si es cierto que Davidson tiene Plateados con él y que trabajan en igualdad de condiciones en su República Libre, como dice, no he visto a ninguno.

Me amarro fuerte las agujetas. La neblina forma volutas en la calle y se mantiene a baja altura en el desfiladero de ladrillos. Abro la puerta y sonrío cuando el aire fresco acaricia mi piel. Huele a lluvia y a truenos.

Como lo suponía, Cal está sentado en el último escalón y extiende las piernas sobre la angosta acera. Mi corazón salta en mi pecho cuando lo veo. Me saluda y bosteza tan ruidosamente que casi se disloca la quijada.

—¡Vaya! —lo reprendo—, no es propio de un soldado tener sueño a estas horas.

—Lo cual no quiere decir que no prefiera levantarme tarde cuando pueda —se pone en pie con fastidio exagerado y casi saca la lengua.

—Vuelve a tu pequeña habitación con literas en el cuartel. Tendrías más tiempo si te mudaras con los oficiales o dejaras de correr conmigo —subo los hombros con una sonrisa maliciosa que él imita. Tira de la orilla de mi blusa y me acerca a él.

—No te burles de mi cuarto de literas —rezonga antes de depositar un beso en mis labios y después en mi quijada y en mi cuello. Y cada uno prende fuego a mi piel. Hago a un lado su rostro de mala gana.

—Mi papá va a dispararte un día de éstos desde la ventana si insistes en besarme aquí.

—Está bien, está bien —se aleja rápidamente, pálido. Si no lo conociera bien, diría que teme a mi padre y la idea es ridícula: ¿un príncipe Plateado, un general que puede desatar infiernos con sólo chasquear los dedos, se dejaría asustar por un viejo Rojo lisiado?—. Estiremos.

Repetimos los movimientos, él los hace mejor que yo, me reprende sin enfadarse, encuentra algo mal en cada ejercicio, *No te fuerces tanto, no te columpies, lento, suave*, pero yo muero de ganas de correr. Por fin cede e inclina la cabeza para que emprendamos la marcha.

Al principio el paso es fácil, casi bailo sobre mis pies, eufórica por cada pisada y la sensación de libertad que me procura. El aire es fresco, las aves trinan, la neblina me acaricia con dedos húmedos. Mi respiración es constante y uniforme y mi pulso aumenta sin cesar. La primera vez que corrimos aquí, tuve que hacer alto para llorar; estaba tan contenta que no contuve las lágrimas. Cal fija un buen trote, impide que yo corra a toda velocidad y que los pulmones no me respondan. El primer kilómetro y medio transcurre bien, llegamos hasta la muralla, mitad de piedra y mitad de cadenas con alambre de púas, que unos cuantos soldados de Montfort patrullan. Se inclinan cuando pasamos junto a ellos, ya acostumbrados a nuestra ruta después de dos semanas de seguirla. Un poco más lejos, otros hacen sus ejercicios habituales, pero no nos unimos. Entrenan con sargentos gritones y eso no es para mí, Cal es bastante exigente ya. Por fortuna, Davidson no ha insistido en que tome mi decisión de *reinstalación* o *servicio*. De hecho, no lo he visto desde que rendí parte, pese a que ahora vive en la base con todos nosotros.

Los tres kilómetros siguientes son más difíciles, Cal impone un paso intenso. Hoy hace más calor, incluso desde esta temprana hora, y el cielo ya ha comenzado a nublarse. Mientras la bruma se disipa, sudo mucho y los labios se me llenan de sal. Sin dejar de mover las piernas, me limpio la cara con la manga de la sudadera. Cal también tiene calor, se quita su camiseta y la cuelga en la cintura de sus ajustados pantalones deportivos. Mi primera reacción es prevenirlo contra la insolación; la segunda, contemplar los músculos marcados de su abdomen. No obstante, me concentro en la pista y me obligo a correr otro kilómetro, otro y otro más. De pronto sentir su respiración a mi lado me distrae.

Damos vuelta al bosquecillo que separa los cuarteles y la calle de los oficiales del campo de aviación cuando se escucha un trueno en alguna parte, a varios kilómetros de distancia.

Cal señala en dirección al ruido y me detiene, se coloca frente a mí, me toma de los hombros con las dos manos y se inclina hasta mi cara. Sus ojos broncíneos perforan los míos, buscan algo. Un trueno estalla, más cerca ahora.

—¿Qué sucede? —pregunta muy preocupado y pone una mano en mi cuello para calmar las cicatrices que arden al rojo vivo por el esfuerzo—. Cálmate.

—¡No soy yo! —sonrío y apunto a los oscuros nubarrones de tormenta—, es el clima. A veces, cuando hace mucho calor y hay humedad, las tormentas eléctricas pueden...

—Ya entendí, gracias —ríe.

—... arruinar una carrera perfecta —digo en broma y tomo su mano.

Muestra su sonrisa torcida, es tan amplia que se forman arrugas alrededor de sus ojos. La tormenta se aproxima y siento el rugido de su corazón eléctrico. Mi pulso lo iguala, dejo de lado el seductor ronroneo de mi relámpago. No puedo permitirme desatar una tormenta aquí.

No controlo la lluvia, ésta sobreviene en una súbita cortina y ambos gritamos. Las partes de mi ropa que el sudor no había mojado, se empapan pronto. El frío repentino nos sacude, a Cal en particular.

Su piel desnuda echa humo, éste envuelve su torso y sus brazos en una fina capa de niebla gris. Las gotas de lluvia silban cuando hacen contacto con ella, hierven al momento. Eso se interrumpe cuando él se calma, pese a que vibra de calor aún. Sin pensarlo, me apiño a su lado, movida por un escalofrío.

—Regresemos —sisea sobre mi cabeza. Siento que su voz repica en mi pecho y deslizo mi palma adonde su corazón se agita en un *tempo* rápido. Late estrepitosamente bajo mi mano en marcado contraste con el tranquilo rostro de su dueño. Algo me impide acceder. Siento otro tirón más profundo dentro, en un sitio que no puedo identificar.

—¿En verdad? —susurro y doy por supuesto que la lluvia se tragará mi voz.

Sus brazos se tensan en torno mío: no pasó por alto una sola palabra.

Los árboles son jóvenes. Sus hojas y ramas no son tan largas para tapar el cielo, pero sí la calle. Lo primero que me quito es la sudadera, que cae al lodo donde aviento la de Cal también. Cada goterón es una fría sorpresa que corre por mi nariz, mi espalda o mis brazos, con los que envuelvo su cuello. Unas manos cálidas recorren mi espalda, son una delicia ajena a la lluvia. Él cubre palmo a palmo mi espalda con sus dedos, presiona cada vértebra, hago lo mismo, cuento sus costillas. Tiembla, y no por la lluvia, cuando mis uñas bajan por su costado, responde con los dientes, sube por mi mejilla hasta la oreja. Cierro los ojos un segundo, sólo puedo sentir. Cada sensación es pirotecnia, una explosión, un trueno.

La tormenta se acerca como si la atrajéramos.

Paso los dedos por su cabello, tiro de él más, más, más. Sabe a sal y humo, no puedo acercarlo lo suficiente.

—¿Lo has hecho antes? —tiemblo de frío y no de miedo, echa atrás la cabeza, casi protesto.

—No —aparta la mirada.

Cae lluvia de sus oscuras pestañas, él tensa la mandíbula como si se avergonzara.

Es clásico de Cal sentir vergüenza por algo así. Le gusta conocer el final del camino, la respuesta a una pregunta que no ha hecho todavía. Casi me río.

Este tipo de batalla es diferente. No hay adiestramiento. Y en lugar de ponernos una armadura, nos quitamos el resto de la ropa.

Después de seis meses de sentarme junto a su hermano, de prestar todo mi ser a una mala causa, no temo ceder mi cuerpo a una persona que amo, aun en el lodo. El relámpago brilla en el cielo y en el fondo de mis ojos cada nervio cobra vida chispeante. Necesito toda mi concentración para que él no sienta el extremo equivocado de mi habilidad.

Su pecho se baña de un rubor de luna bajo mis palmas, se levanta con un calor temerario. Junto a la mía, su piel parece más pálida. Se quita las pulseras con los dientes y las arroja en la maleza.

—Doy gracias a mis colores por la lluvia —murmura.

Yo siento lo contrario: quiero arder.

Me rehúso a regresar a casa cubierta de lodo y en vista de la inconveniente vivienda de Cal, no puedo asearme en su cuartel a menos que quiera compartir las regaderas con una docena de soldados. Él me quita unas hojas del cabello cuando enfilamos al hospital de la base, un edificio bajo repleto de enredaderas.

—Pareces un arbusto —dice con una sonrisa que raya en frenesí.

—Eso es justo lo que pensé que dirías.

—¿Cómo lo supiste? —casi ríe.

—Uff… —volteo, me detengo en la entrada.

El hospital está casi desierto a esta hora, atendido por contadas enfermeras y doctores que supervisan a igual número de pacientes. Los sanadores los han vuelto casi irrelevantes, necesarios sólo para enfermedades largas o lesiones muy complejas. Recorremos solos los pasillos de tabicón bajo intensas luces fluorescentes y un grato silencio. Mis mejillas arden todavía mientras mi mente pelea consigo misma. El instinto me impulsa a meter a Cal en el cuarto más cercano y cerrar la puerta con llave detrás de nosotros, pero la cordura me dice que no puedo hacerlo.

Creí que sería diferente, pensé que me sentiría distinta. La piel de Cal no borró la de Maven. Mis recuerdos continúan ahí, tan dolorosos como ayer. Y por más que lo intento, no he olvidado el precipicio que siempre se abrirá entre nosotros. Ningún tipo de amor puede borrar sus faltas, así como ninguno puede borrar las mías.

Una enfermera con una pila de cobijas da vuelta a la esquina, sus pies se desdibujan sobre el enlosado. Se detiene al vernos y las mantas casi se le caen.

—¡Ah! —exclama—. ¡Vaya si es rápida, señorita Barrow!

Mi rubor aumenta y Cal convierte una risa en tos.

—¿Disculpe? —pregunto y ella sonríe.

—Acabamos de mandar un mensaje a su casa.

—¿Qué...?

—Sígame, la llevaré con ella.

Me hace un ademán, se pasa las mantas a la cadera, Cal y yo intercambiamos miradas de confusión. Él alza los hombros y echa a andar a su zaga, despreocupado como nunca. Su cautela castrense parece muy lejana.

La enfermera parlotea animada mientras la seguimos. Su acento es de las Tierras Bajas, lo que vuelve más lentas y dulces sus palabras.

—No debe tardar mucho, progresa rápido, supongo que es una miliciana hecha y derecha, no quiere perder tiempo.

Nuestro pasillo va a dar a una unidad más grande y agitada que el resto del hospital. Amplias ventanas dan a otro jardín, oscuro y azotado por la lluvia, la afición de las Tierras Bajas a las flores es indudable. Varias puertas se levantan a cada lado, conducen a camas y habitaciones vacías. Una de ellas está abierta y más enfermeras entran y salen. Un soldado armado de la Guardia Escarlata está de turno, a pesar de que no parece muy alerta. Es temprano todavía y parpadea con lentitud, adormecido por la callada eficiencia de la unidad.

Sara Skonos está más que atenta por los dos. Antes de que pueda llamarla, alza su cabeza, con los ojos del mismo gris que la tormenta.

Julian tenía razón, su voz es encantadora.

—Buenos días —dice, es la primera vez que la oigo hablar.

Aunque no la conozco muy bien, nos abrazamos. Sus manos rozan mis brazos descubiertos, envían estrellas fugaces de alivio a mis agotados músculos. Cuando se aparta, me quita otra hoja del cabello y sacude mi hombro con recato. Sus ojos titilan al ver el lodo que mancha las extremidades de Cal. En la atmósfera aséptica del hospital, de superficies relucientes y luces radiantes, destacamos como un par de pulgares sucios y descuidados.

Tuerce los labios con la más ligera de las sonrisas.

—Espero que hayan disfrutado de su carrera matutina —Cal carraspea y se ruboriza, se limpia una mano en los pantalones, sólo consigue esparcir más el lodo comprometedor.

—Sí.

—Todas las habitaciones tienen baño con regadera, también puedo pedir mudas de ropa si quieren —apunta con el mentón.

El príncipe baja la cabeza para ocultar la acentuación de su rubor. Se aleja, deja un rastro de huellas húmedas a su paso.

Yo me quedo, permito que se adelante. Aunque Sara ha recuperado el habla gracias a que otro sanador de la piel le devolvió la lengua, supongo que no habla mucho, tiene maneras de comunicarse más significativas.

Toca mi brazo de nuevo, me conduce con suavidad hasta la puerta abierta. En ausencia de Cal, puedo pensar más claramente. Los cabos se atan uno por uno. Algo se tensa en mi pecho, es un vuelco igual de emoción y tristeza. ¡Ojalá Shade estuviera aquí!

Farley se incorpora en la cama con el rostro rojo e hinchado y una capa de sudor que le cruza la frente. Afuera el trueno se ha disipado, convertido en un aguacero que golpea las ventanas. Ella ríe cuando me ve y hace una mueca debido a su brusco movimiento. Sara llega pronto a su lado, posa sus manos relajantes en las mejillas. Una enfermera se recarga en la pared a la espera de ser útil.

—¿Corriste hasta aquí o te arrastraste por el desagüe? —pregunta Farley por encima de las atenciones de Sara. Me introduzco aún más en el cuarto con cuidado de no ensuciar nada.

—Me atrapó la tormenta.

—Claro —no suena convencida—. ¿Era Cal el que estaba contigo? —mi sonrojo iguala al suyo de repente.

—Sí.

—Qué bien —se arranca estas palabras.

Posa en mí sus ojos como si pudiera leer la última media hora en mi piel, resisto el ansia de buscar en mí huellas de manos sospechosas. Le hace un gesto a la enfermera, quien se inclina mientras le susurra algo al oído con palabras demasiado rápidas e inaudibles para que yo las capte. La enfermera asiente, sale en busca de lo solicitado y me dirige una sonrisa tiesa cuando se retira.

—Acércate otro poco, no voy a explotar —Farley mira a Sara— todavía.

La sanadora de la piel le brinda una sonrisa ensayada y complaciente.

—No tardará mucho.

Doy pasos inseguros al frente. Podría tomar la mano de Farley, si quisiera. Unas máquinas cintilan junto a su cama, vibran despacio y en silencio. Tiran de mí, su ritmo regular las vuelve hipnóticas. El dolor por Shade se acrecienta. Aunque pronto recibiremos una parte suya, él no volverá jamás, ni siquiera en un bebé que tenga sus ojos, su nombre, su sonrisa, un bebé al que no podrá amar nunca.

—Pensé en Madeline —la voz de Farley me saca de mi laberinto.

—¿Qué? —toma su colcha blanca.

—Así se llamaba mi hermana.

—¡Ah!

El año pasado encontré una foto de su familia en la oficina del coronel. Pese a que fue tomada hace muchos años, ella y su padre eran fáciles de reconocer, junto a la madre y hermana de Farley, igualmente rubias. El aspecto de todos era similar, hombros anchos, complexión atlética y acerados ojos azules. Su hermana era la menor, sus facciones aún estaban por definirse.

—O Clara, por mi madre —si quiere hablar todavía, aquí estoy para escuchar, pero no exigiré. Guardo silencio, espero, permito que ella dirija la conversación—. Murieron hace unos años, en la comarca de los Lagos, en casa. La Guardia Escarlata no fue muy cuidadosa, y uno de nuestros agentes fue capturado, con demasiada información —el dolor aparece en su rostro de cuando en cuando, debido al recuerdo y su estado presente—. Nuestra aldea era pequeña, despreciable, poco importante, el lugar perfecto para el desarrollo de una organización como la Guardia hasta que un tipo soltó su nombre bajo tortura. El rey de la comarca de los Lagos nos castigó —su figura pasa por mi mente, es un hombre pequeño, tranquilo y amenazador como la superficie del agua antes de ser perturbada, se llama Orrec Cygnet—. Mi padre y yo estábamos ausentes cuando él arrasó con las playas del Hud y sacó agua de la bahía para inundar nuestra aldea y borrarnos de la faz de su reino.

—Se ahogaron —murmuro.

—El Anegamiento de las Tierras Altas indignó a Rojos de todo el país —su voz no varía—. Mi padre narró lo ocurrido por los lagos enteros, en demasiadas aldeas y pueblos para contarlos, y la Guardia floreció —su expresión vacía pasa a ser un ceño fruncido—. *Al menos murieron por algo*, decía él. ¡Ojalá nosotros corriéramos la misma suerte!

—Es preferible vivir por algo —concuerdo, es una lección que aprendí de mala manera.

—Desde luego, desde luego... —pese a que calla, toma mi mano sin inmutarse—. ¿Cómo te adaptas?

—Despacio.

—Eso no es malo...

—Mi familia sale poco de casa, Julian nos visita cuando no se esconde en el laboratorio de la base, Kilorn está siempre cerca. Unas enfermeras ayudan a papá en la rehabilitación de su pierna, progresa mucho, por cierto —volteo hacia Sara, quien guarda silencio en su rincón y sonríe radiante y complacida—. Aunque es experto en ocultar sus sentimientos, sé que está feliz, tan feliz como puede serlo.

—No te pregunté por tu familia, te pregunté por ti —golpetea mi muñeca. Muy a mi pesar me estremezco, recuerdo el peso de los grilletes—. Por una vez te doy permiso de que te quejes, Niña Relámpago.

—Yo... —suspiro— no puedo estar sola en habitaciones con puertas con cerrojo. No puedo... —retiro poco a poco mi mano—, no me gusta sentir cosas en las muñecas, pienso que son las esposas con las que Maven me mantuvo presa. Y no veo nada como lo que es, busco engaños por todas partes, en todos.

—Ésa no es necesariamente una mala reacción —sus ojos se ensombrecen.

—Lo sé —balbuceo.

—¿Y Cal?

—¿Qué con él?

—La última vez que los vi juntos antes de... todo esto, estaban a un paso de hacerse añicos —*y a muchos del cadáver de Shade*—. Me imagino que todo se ha resuelto ya —recuerdo ese momento, no hemos tocado el tema. Mi alivio, nuestro alivio por mi huida lo desplazó al fondo, olvidado. Pero mientras ella habla, siento que la antigua herida se abre de nuevo, trato de racionalizar—. Él sigue aquí, ayudó a la Guardia en el ataque contra Arcón, dirigió la toma de Corvium. Yo sólo quería que eligiera bando y es evidente que ya lo hizo —unas palabras se insinúan en mi oído, tiran de lo hondo de mi memoria. *Escógeme. Elige el amanecer.*

—Me eligió a mí.

—Tardó mucho en hacerlo —es imposible que no esté de acuerdo. Pero al menos ya no hay vuelta atrás: Cal pertenece a la Guardia Escarlata, Maven se encargó de que todo el país lo supiera.

—Debo ir a asearme, si mis hermanos me ven así...

—Anda —busca una posición más cómoda sobre sus almohadas—. Puede ser que cuando regreses tengas ya una sobrina o sobrino —esta idea vuelve a ser agridulce, fuerzo una sonrisa por su bien.

—Me pregunto si el bebé será... como Shade —el sentido con que lo digo es obvio, no en apariencia sino en habilidad. ¿El hijo de ambos será un nuevasangre como él lo era y lo soy yo? ¿Es así como esto funciona? Farley se alza de hombros, comprende.

—No se ha teletransportado fuera de mí todavía, así que quién sabe —la enfermera regresa, lleva una taza poco profunda; me hago a un lado para que pase, pero se acerca a mí, no a Farley.

—La general me pidió que le diera esto —me tiende la taza, en ella hay una simple píldora blanca.

—Tú decides —dice Farley desde su cama, me dirige una mirada grave y acaricia su vientre—, pensé que por lo menos debías tenerla.

No dudo un segundo, la píldora pasa con facilidad.

Horas después tengo una sobrina. Mamá no permite que nadie más cargue a Clara, asegura que ve a Shade en la recién nacida pese a que eso es imposible. La pequeña guarda más parecido con un jitomate arrugado que con cualquiera de mis hermanos.

El resto de los Barrow nos reunimos emocionados en la unidad. Cal se ha marchado a retomar su horario de instrucción; no quiso inmiscuirse en un momento familiar íntimo, quería darme espacio y dárselo a los demás.

Kilorn se apiña a mi lado en una pequeña silla junto a la ventana, la lluvia amaina a ratos.

—Este clima es bueno para pescar —mira el cielo gris.

—¡No te vas a poner a hablar del clima tú también!

—¡Qué quisquillosa!

—Vives de tiempo prestado, Warren —ríe, sigue la broma.

—Creo que todos estamos en las mismas —en boca de cualquier otro sonaría a presagio, pero conozco a Kilorn lo suficiente y le doy un golpe en el hombro.

—¿Cómo va el entrenamiento?

—Bien. Montfort cuenta con varias docenas de soldados nuevasangre, todos ellos muy bien preparados. Algunas habilidades se empalman (las de Darmian, Harrick, Farrah y otros más), y sus poseedores mejoran a pasos agigantados con sus mentores. Yo me ejercito con Ada, y los chicos también, cuando no lo hacen con Cal. Necesitan una cara conocida.

—¿No hay tiempo para pescar entonces? —ríe, se inclina hacia delante, apoya los codos en las rodillas.

—No. Es curioso, antes no me gustaba levantarme para ir a trabajar al río. Detestaba las insolaciones, las quemaduras por las cuerdas, los anzuelos atascados y las vísceras de pescado en toda la ropa —se muerde las uñas—. Ahora lo echo de menos —yo extraño a ese chico también.

—Olías tan mal que nadie quería ser tu amigo.

—Quizá por eso tú y yo estábamos tan unidos, nadie soportaba mi olor ni tu actitud —sonrío y recargo la cabeza en la ventana, donde las gotas de lluvia ruedan rápidas y constantes. Las cuento en mi mente, eso es más fácil que pensar en cualquier otra cosa a mi alrededor o frente a mí. *Cuarenta y uno, cuarenta y dos…*—. No sabía que pudieras quedarte callada por tanto tiempo.

Me observa pensativo, es un ladrón también, con instintos de ladrón. Mentirle no serviría de nada, lo alejaría más y no es algo que pueda soportar ahora.

—No sé qué hacer —susurro—. Incluso en el Fuego Blanco, como prisionera, intentaba escapar, conspirar, espiar, sobrevivir. Ahora… no sé. Ignoro si podré seguir adelante.

—No tienes que hacerlo. Nadie te culparía si te apartaras de todo esto y nunca regresaras —no ceso de mirar la lluvia, siento náuseas en la boca del estómago.

—Lo sé —la culpa me corroe—. Pero incluso si pudiera desaparecer ahora con todos los que quiero, no lo haría —hay demasiado enojo en mí, demasiado odio. Kilorn asiente comprensivo.

—Y tampoco quieres pelear.

—No quiero convertirme... —mi voz se apaga. *No quiero convertirme en un monstruo, una cáscara que sólo contenga fantasmas, como Maven.*

—No lo harás, no te lo permitiré. ¡Ni siquiera me has servido de mediadora con Gisa! —muy a mi pesar contengo una carcajada.

—Es verdad.

—No eres la única que se siente así. En mi trato con los nuevasangre he descubierto que eso es lo que más temen —apoya la cabeza en la ventana—. Deberías hablar con ellos.

—Debería —lo digo en serio. Un poco de alivio brota en mi pecho, esas palabras me consuelan como nada lo había hecho en mucho tiempo.

—Y al final debes saber qué quieres —me incita con dulzura. El agua de la bañera remolinea, hierve ociosamente en gruesas burbujas blancas. Un chico pálido me mira con ojos muy abiertos y el cuello desnudo. Y no hice nada, fui débil, tonta y asustadiza. En el ensueño pongo mis manos en su cuello y lo aprieto. Él se agita en el agua caliente, se hunde para nunca emerger de nuevo. Para nunca volver a perseguirme.

—Quiero matarlo.

Kilorn entorna los párpados y un músculo tiembla en su mejilla.

—Entonces debes prepararte y ganar.

Asiento con lentitud.

En un extremo de la unidad, casi en la sombra, el coronel hace guardia, se mira los pies, no se mueve. No entra a ver a su hija y a su nieta. Pero tampoco se marcha.

VEINTITRÉS
Evangeline

Ella ríe en mi cuello, su tacto es una caricia de labios y frío acero. Mi corona descansa precariamente en sus rizos rojos, el metal y el diamante brillan entre rulos de rubí. Con su habilidad, hace titilar las gemas como estrellas luminosas.

Me incorporo y abandono con renuencia la cama, las sábanas sedosas y a Elane. Ella grita cuando abro de golpe las cortinas y dejo que el sol entre a raudales. Con un ademán opaca la ventana, la cubre de tinieblas y atenúa la luz a su entera satisfacción.

Me visto en la penumbra, me pongo breve ropa interior negra y un par de sandalias con correas. Hoy es un día especial y me tomo mi tiempo para moldear un atuendo digno de mi figura con las hojas de metal que hay en mi armario. Titanio y acero oscuro se extienden por mis extremidades. El negro y plateado atavío refleja la luz en un espectro de brillantes colores. No necesito una doncella que complete mi apariencia ni quiero que flote de un lado a otro por mi cuarto. Yo misma combino un centellante labial azul oscuro con un delineador de ojos de ébano salpicado de cristales de fabricación especial. Elane dormita entretanto, hasta que retiro la corona de su cabeza. Me asienta a la perfección.

—Es mía —le digo y me postro para besarla una vez más. Sonríe perezosa, sus labios se curvan en mi piel—. No olvides estar presente hoy.

—Como su alteza ordene —se inclina con un dejo de travesura.

El título es tan delicioso que me dan ganas de beberlo de su boca, pero me abstengo para no arruinar mi maquillaje. No miro atrás, no sea que pierda el poco autocontrol que me queda en estos tiempos.

La Casa del Risco ha pertenecido a mi familia por generaciones y se tiende sobre la cresta de una de las muchas fisuras a las que nuestra región debe su nombre. Toda acero y cristal, es mi preferida entre las fincas de la familia. Mis habitaciones dan al este, hacia el amanecer. Me gusta levantarme con el sol tanto como a Elane le desagrada. Los corredores que unen mis aposentos con los principales salones de la finca fueron diseñados por magnetrones y constan de pasarelas de acero con los lados descubiertos. Algunas siguen la superficie pero muchas otras se arquean sobre las frondosas copas de los árboles, las rocas melladas y los manantiales que salpican la propiedad. Si las hostilidades llegaran algún día a nuestra puerta, una fuerza invasora se vería en problemas para abrirse camino por una estructura erigida en su contra.

Pese al cuidado bosque y lujosos jardines del Risco, pocas aves vienen aquí. No son tan tontas para hacerlo. De niños, Ptolemus y yo empleamos muchas de ellas en la práctica de tiro. El resto cayó presa de los caprichos de mi madre.

Hace más de trescientos años, antes de que los reyes Calore subieran al poder, el Risco no existía y Norta tampoco. Este rincón era gobernado por un caudillo Samos, mi antepasado directo. La nuestra es sangre de conquistadores y nuestra suerte prospera de nuevo. Maven ya no es el único rey en Norta.

Los sirvientes son expertos en ausentarse aquí, sólo acuden cuando se les necesita o se les llama. En las últimas semanas han destacado justo en ese oficio y no es difícil adivinar la causa. Muchos Rojos han huido a las ciudades, para protegerse de la guerra civil, o al campo, para unirse a la rebelión de la Guardia Escarlata. Mi padre asegura que ésta ha escapado a las Tierras Bajas y que es casi un títere de Montfort. Él mantiene contacto con Montfort y algunos líderes de la Guardia, aunque lo hace a regañadientes. Pero por ahora el enemigo de nuestro enemigo es nuestro amigo, lo que nos convierte a tódos en tentativos aliados contra Maven.

Tolly aguarda en la terraza, la amplia sala descubierta que ocupa todo un piso de la casa mayor. Las ventanas que se abren por doquier tienen vista a los cuatro puntos cardinales sobre largos kilómetros de la Fisura. En un día muy claro puedo ver Pitarus al oeste, pese a que hay nubes bajas a lo lejos cuando las lluvias de primavera cubren el extenso valle ribereño. Al este, valles y colinas ondulan en pendientes cada vez más pronunciadas y culminan en montañas verdeazules. La región de la Fisura es, a mi parecer, la más hermosa de Norta. Y es mía, de mi familia. La Casa de Samos gobierna este paraíso.

Mi hermano posee sin duda el aspecto de un príncipe, el heredero del trono de la Fisura. En lugar de armadura, viste un uniforme nuevo, plateado mate en vez de negro, con lucientes botones de acero y ónix y una banda lustrosa y oscura que lo atraviesa del hombro a la cadera, sin medallas aún que pueda portar; todas fueron ganadas al servicio de otro rey. Su cabello de plata está húmedo, peinado hacia atrás y adherido a su cabeza, recién salido de la ducha. Mantiene su nueva mano bien cubierta, para proteger la añadidura. Wren tardó casi un día en regenerarla como era debido, e incluso entonces precisó de mucha ayuda de dos de los suyos.

—¿Dónde está mi esposa? —pregunta y mira el pasaje despejado a mis espaldas.

—La flojilla llegará más tarde —se casó con ella hace una semana, no sé si la ha visto desde la noche de bodas y apenas le importa. El acuerdo es mutuo. Él engancha su brazo sano en el mío.

—No todos pueden dormir tan poco como tú.

—¿Y qué me dices de ti? Ya me enteré de que todo ese trabajo en tu mano te ha valido varias noches en vela con Lady Wren —replico y lo miro de soslayo—, ¿o estoy mal informada? —sonríe con timidez.

—¿Eso es posible siquiera?

—No aquí.

En la Casa del Risco es casi una hazaña guardar secretos, en especial de mi madre. Sus ojos están en todo, en los ratones, los gatos y el ocasional gorrión atrevido. La luz del sol atraviesa la galería y resbala en incontables esculturas de fluido metal. Mientras pasamos, Ptolemus mueve en el aire su nueva mano y las esculturas giran con ella. Adquieren otra forma, cada cual más compleja que la anterior.

—No te entretengas, Tolly. Si los embajadores llegan antes que nosotros, papá podría exhibir nuestras cabezas en la puerta —lo reprendo.

Ríe de la amenaza común y el viejo chiste. Ninguno de nosotros ha visto jamás tal cosa. Papá ha matado antes, desde luego, pero no con tanta crueldad ni tan cerca de casa. *No derrames sangre en tu jardín*, diría él.

Nos abrimos camino por la terraza y llegamos a las pasarelas exteriores para disfrutar mejor del clima primaveral. La mayoría de los salones techados dan a las pasarelas y sus ventanas de hojas de vidrio pulido o sus puertas se abren de par en par para dejar entrar la brisa de la primavera. Agentes Samos flanquean una de ellas e inclinan la cabeza a nuestro paso, deferentes con sus príncipes. A pesar de que sonrío por el gesto, su presencia me perturba.

Estos agentes Samos supervisan una operación violenta: la fabricación de roca silente. Incluso Ptolemus palidece cuando pasamos. El olor a sangre nos sobrecoge un momento, inunda el aire de hierro afilado. Dos Arven se encuentran en el salón, encadenados a sus asientos. Ninguno está aquí por voluntad propia. Aunque su casa es aliada de Maven, precisamos de roca silente y por eso están aquí. Wren se agita entre ellos, verifica sus progresos. Las muñecas de ambos han sido abiertas y sangran profusamente en grandes cubos. Cuando lleguen a su límite, Wren los sanará y estimulará su producción de sangre para reiniciar el ciclo. Entretanto, la sangre se mezclará con cemento para endurecerse y formar los mortíferos bloques de la piedra supresora de habilidades. Para qué, no lo sé, pero no hay duda de que mi padre tiene sus planes. Quizás una prisión como la que Maven construyó para Plateados y nuevasangres por igual.

Nuestra más grandiosa cámara de recepción, que responde al apropiado nombre de Recinto del Atardecer, se ubica en la pendiente oeste. Supongo ahora que, en términos técnicos, es nuestra sala del trono también. El trayecto allá está aderezado por cortesanos de la recién creada nobleza de mi padre, los que aumentan en número a cada paso. La mayoría son primos Samos, elevados de categoría por nuestra declaración de independencia. Pese a que algunos con lazos de sangre más próximos, como los hermanos de mi padre y sus hijos, reclaman títulos de principados, el resto se contenta con los de damas y caballeros, satisfechos como siempre de vivir del nombre y las ambiciones de mi padre.

Vivos colores destacan entre el usual negro y plata, una indicación obvia de la concurrencia de hoy. Embajadores de las demás Casas en franca revuelta han venido a tratar con el reino de la Fisura, a arrodillarse. La Casa de Iral discutirá, intentará negociar. Pese a que los sedas creen que sus secretos pueden comprarles una corona, aquí el poder es la única moneda; la fuerza, el único dinero. Y cedieron ambas cosas al entrar a nuestro territorio.

La Casa de Haven ha venido también, y sus sombras se deleitan a la luz del sol mientras los forjadores de vientos de Laris, vestidos de amarillo, no se separan unos de otros. Estos últimos han comprometido ya su lealtad a mi padre y traen consigo el poderío de la flota aérea, dueños del control de la mayoría de las bases de aviación. La que más me interesa es la Casa de Haven. Aunque Elane no lo dice, extraña a su familia. Algunos de sus miembros ya han jurado lealtad a Samos pero no todos, entre ellos su padre, y a ella le acongoja ver escindida su casa. Pienso que ésa es la verdadera razón de que no haya bajado conmigo, no soporta ver su casa dividida. ¡Ojalá yo pudiera hacer que se arrodillaran por ella!

Incluso a la luz de la mañana, el Recinto del Atardecer es imponente, con su suave piso de piedra de río y la inmensa vista del valle. El río Allegiant caracolea como un listón azul por seda verde y se curva indolente cuando se hunde en la distante tempestad.

La coalición no ha llegado todavía, lo que nos da tiempo a Tolly y a mí para tomar asiento... es decir, para ocupar nuestros tronos. El suyo está a la derecha de nuestro padre, el mío a la izquierda de nuestra madre. Todos están elaborados con el más fino acero, pulido hasta el lustre espejado. Es frío al tacto y cuando me siento tengo que convencerme de no temblar. Se me pone la carne de gallina de cualquier forma, sobre todo por la expectación. Soy una princesa, Evangeline de la Fisura, de la Casa real de Samos. Creí que mi destino sería ser la reina de alguien, súbdita de la corona de otro. Esto es mucho mejor, algo que debimos haber planeado desde tiempo atrás. Casi lamento los años de mi vida que desperdicié en prepararme para ser la esposa de alguien.

Mi padre entra al aposento acompañado por múltiples consejeros e inclina la cabeza para escuchar. No habla mucho por naturaleza. Pese a que reserva para sí sus pensamientos, sabe escuchar, lo considera todo antes de tomar una decisión. No es como Maven, el imprudente rey que sólo atendía a su muy particular y fallida brújula.

Tras él aparece mi madre, sola, vestida con su verde usual, sin damas ni asesores. La mayoría le rehúye, quizá debido a la pantera negra de noventa kilogramos que le roza los talones. Le sigue el paso y sólo se separa de ella cuando mamá llega al trono. Entonces se pasea a mi alrededor y acaricia mi tobillo con su enorme cabeza. Sé que no debo moverme. Aunque el control que mamá ejerce sobre sus criaturas está muy ensayado, no es perfecto; he visto a sus mascotas morder a muchos sirvientes, lo haya querido ella o no. La pantera sacude la cara una vez antes de volver al lado de mi madre y echarse a su izquierda, entre nosotras. Mamá pone en su frente una mano de esmeraldas radiantes y palpa su sedosa piel negra.

El gato gigantesco parpadea con parsimonia sobre sus redondos ojos amarillos.

Mi mirada se cruza con la de mamá por encima de su mascota y enarco una ceja.

—¡Qué entrada!

—Era la pantera o la pitón —replica. Las esmeraldas que cubren su corona destellan, magistralmente engarzadas en plata. Su cabello cae en una hoja negra y gruesa, perfectamente liso y sedoso—. No encontré un solo vestido que combinara con la serpiente —y señala los pliegues de jade de su vestido de chifón.

Aunque dudo que ésa sea la causa, no se lo digo. Sus maquinaciones saltarán a la vista muy pronto. Inteligente como es, tiene poco talento para el subterfugio, sus amenazas son explícitas. Mi padre es su digno rival en este aspecto; sus maniobras tardan años en consumarse, se mueven siempre en las sombras.

Se yergue ahora bajo la esplendorosa luz del sol. A un gesto suyo, sus consejeros se retiran y él asciende al estrado para sentarse con nosotros. ¡Qué impresionante espectáculo! Al igual que Ptolemus, viste ropas con brocados de plata, ha dejado sus antiguas prendas negras. Puedo sentir la armadura bajo sus galas, de cromo, justo como la banda simple que atraviesa su frente. No viste piedras preciosas, no son de su agrado.

—¡Primos de hierro! —recita con aplomo ante el Recinto del Atardecer y mira las muchas caras Samos entre los presentes.

—¡Reyes de acero! —responden ellos y levantan los puños. Su fuerza retumba en mi pecho.

En Norta, en las salas del trono del Fuego Blanco o de Summerton, alguien graznaba siempre el nombre del rey para anunciar su presencia. Lo mismo que con las gemas, a mi padre le tienen sin cuidado esos despliegues. Todos aquí conocen nuestro nombre, repetirlo no sería sino una muestra de debilidad, un ansia de confirmación, y papá no tiene interés en esas expresiones.

—Comencemos —dice.

Golpetea el brazo de su trono y las pesadas puertas de hierro en el otro extremo de la sala se abren cuando giran sobre sus bisagras.

Aunque los embajadores se cuentan en corto número, son de alto rango, líderes de sus Casas. Lord Salin de Iral parece portar todas las joyas que mi padre no tiene, y su collar de rubíes y zafiros se prolonga de un hombro al otro. Sus prendas reiteran el diseño en rojo y azul, y su toga se infla alrededor de sus tobillos. Otro en su lugar tropezaría, pero un seda Iral está libre de ese temor. Se mueve con gracia certera y ojos severos y sombríos. Hace cuanto puede por estar a la altura de la memoria de su antecesora, Ara Iral. Sus escoltas son sedas también, igual de exuberantes. Son una casa hermosa, con la piel de bronce frío y el cabello negro y espeso. Sonya no está con él. Yo la consideraba una amiga en la corte, por encima de nadie más. No la extraño, quizás es mejor que no esté aquí.

Salin entrecierra los ojos cuando ve la pantera de mi madre, que ahora ronronea bajo su tacto. *¡Ah!* Lo había olvidado. A la madre de él, la asesinada dama de Iral, la llamaban la Pantera en su juventud. ¡Qué sutil eres, madre!

Media docena de sombras de Haven cobran vida entre ondulaciones y con rostros menos hostiles. Al fondo de la sala veo que Elane se cuenta entre ellos, aunque esconde la cara, oculta su dolor a la sala entera. ¡Cómo quisiera poder sentarla a mi lado! Pese a que mi familia ha sido más que complaciente con ella, eso nunca podrá suceder. Se sentará detrás de Tolly un día, no de mí.

Lord Jerald, su padre, es el miembro más distinguido de la delegación Haven. Como ella, tiene una cabellera roja y profusa y la piel brillante. Parece más joven de lo que es, suavizado por su habilidad natural para manipular la luz. Si sabe que su hija está al fondo del salón, no lo demuestra.

—¡Su majestad! —Salin Iral se inclina justo lo suficiente para ser cortés. Mi padre no baja la cabeza, sus ojos son lo único que mueve, flamean entre los embajadores.

—Muy señoras y señores míos, sean bienvenidos al reino de la Fisura.

—Le damos las gracias por su hospitalidad —revira Jerald y casi puedo oír que mi padre rechina los dientes. Detesta perder el tiempo y esas lisonjas no tienen otro cometido más que ése.

—Viajaron hasta acá, confío en que sea para cumplir su compromiso.

—Prometimos apoyarlo en una coalición para sustituir a Maven —dice Salin—, no para esto.

—Maven ha sido sustituido en la Fisura —suspira mi padre—. Y con la lealtad de ustedes, puede extenderse.

—¡Con usted como rey, un dictador por otro! —murmuraciones brotan entre los presentes y nosotros guardamos silencio mientras Salin escupe sus tonterías. Mi madre se inclina a mi lado.

—Apenas es justo comparar a mi esposo con ese príncipe hueco que no tiene vergüenza en sentarse en el trono de su padre.

—¡No me quedaré callado ni permitiré que usted se apodere de una corona que no es suya! —reclama Salin.

Mi madre afila la lengua.

—¿Se refiere a una corona de la que usted no pensó apropiarse? ¡Es una lástima que la Pantera haya sido asesinada! Habría planeado esto cuando menos —no interrumpe sus caricias del lustroso depredador a su lado, que lanza un gruñido imponente y enseña los colmillos.

—El hecho es, milord —tercia mi padre—, que aunque Maven se desploma, sus ejércitos y recursos son más numerosos que los nuestros, en especial ahora que los lacustres se han unido a él. Juntos podemos defendernos, arremeter con fuerza, esperar a que una parte mayor de su reino se desmorone, esperar a que la Guardia Escarlata...

—¡La Guardia Escarlata! —escupe Jerald en nuestro hermoso suelo y su cara se colorea con un rubor gris—. Querrá decir Montfort, el verdadero poder detrás de esos malditos terroristas, otro reino.

—Técnicamente... —comienza Tolly, pero Jerald prosigue:

—Comienzo a pensar que a ustedes no les preocupa Norta, sólo su título y su corona, conservar las piezas que puedan mientras bestias mayores devoran nuestra nación —explota.

Entre la audiencia, Elane se estremece y cierra los ojos. ¡Nadie le habla a mi padre de ese modo! La pantera se mueve de nuevo, tan enfadada como mamá. Mi padre se reclina en su trono, observa la amenaza expresa que se propaga por el Recinto del Atardecer. Después de un largo y trepidante momento, Jerald se postra sobre una rodilla.

—Disculpe, su majestad, hablé de más, no fue mi intención... —su voz se apaga bajo el vigilante ojo del rey, las palabras fenecen en sus labios carnosos.

—La Guardia Escarlata jamás echará raíces aquí, por radicales que sean quienes la respaldan —dice mi padre con resolución—. Los Rojos son inferiores, están por debajo de nosotros, eso es producto de la biología. La vida misma sabe que somos sus amos. ¿Para qué más somos Plateados? ¿Para qué más somos sus dioses sino para gobernarlos? —los primos Samos vitorean.

—¡Reyes de acero! —resuena otra vez en la cámara.

—¡Si los nuevasangre quieren unirse con insectos, que lo hagan! ¡Si quieren volver la espalda a nuestro modo de vida, que lo hagan! Y cuando regresen para combatirnos, para combatir a la naturaleza, ¡acabaremos con ellos!

La aclamación aumenta, se extiende de nuestra Casa a la de Laris. Incluso unos cuantos miembros de las demás delegaciones aplauden o asienten. Dudo que en alguna ocasión hayan oído hablar tanto a Volo Samos; él reserva su voz y sus palabras para los momentos importantes y es un hecho que éste lo es.

Sólo Salin permanece en silencio. Sus ojos oscuros, con una aplicación de delineador negro, sobresalen en marcado contraste.

—¿Por eso su hija dejó en libertad a una terrorista? ¿Por eso sacrificó a cuatro Plateados de una Casa noble para conseguirlo?

—¡Eran cuatro Arven jurados a Maven! —truena mi voz como el estallido de un látigo. El señor de Iral vuelve la vista hacia mí y me siento electrificada, casi me levanto de mi asiento. Éstas son mis primeras palabras como princesa, las primeras que pronuncio con mi voz verdadera—, cuatro soldados que le quitarían a usted todo lo que tiene si su miserable rey se lo pidiera. ¿Lamentará su suerte, milord?

—Lamento la pérdida de una valiosa rehén, nada más —arruga la frente con desprecio—. Y es obvio que cuestiono

470

su decisión, princesa —*Otra pizca de escarnio en tu voz y te cortaré la lengua.*

—La decisión fue mía —dice mi padre sin alterar la voz—. Como usted dijo, la joven Barrow era una rehén valiosa, se la arrebatamos a Maven —*y la soltamos en la plaza como a una bestia de su jaula.* Me pregunto a cuántos soldados de Maven habrá mandado a la tumba ese día; por lo menos, los necesarios para cumplir el plan de mi padre y cubrir nuestra huida.

—¡Y ahora ella puede hacer lo que quiera! —impreca Salin, quien pierde la calma poco a poco.

Mi padre no muestra ningún interés y declara lo obvio:

—Está en las Tierras Bajas, desde luego. Y le aseguro que era más peligrosa bajo el mando de Maven que lo que será bajo el de la Guardia. Nuestra preocupación debe ser eliminar a Maven, no a radicales condenados al fracaso.

—¿Fracaso? —palidece Salin—. ¡Tomaron Corvium, controlan una porción inmensa de las Tierras Bajas, usan como títere a un príncipe Plateado! Si eso es fracaso…

—Quieren volver igual lo que en esencia es desigual —dice mi madre con frío cálculo y sus palabras suenan a verdad—. Es absurdo, es como querer equilibrar una ecuación imposible. Y terminará en derramamiento de sangre pero terminará. Las Tierras Bajas se levantarán, Norta derrocará a los diablos Rojos, el mundo no cesará de girar.

La discusión llega a su fin con la voz de mamá. Como mi padre, ella se arrellana en su asiento, satisfecha. Por una vez prescinde del clásico silbido de sus serpientes, sólo la gran pantera ronronea bajo su mano.

Mi padre acomete, ansioso de asestar el golpe mortal.

—Nuestro objetivo es Maven, la comarca de los Lagos. Separar al rey de su nuevo aliado lo dejará fatalmente vulnerable.

¿Nos apoyará usted en nuestro empeño de deshacernos de este veneno para nuestro país? —Salin y Jerald intercambian miradas lentas, sus ojos coinciden en el espacio vacío entre ellos. La adrenalina hierve en mis venas. Se arrodillarán, deben hacerlo—. ¿Apoyará a la Casa de Samos, la Casa de Laris, la Casa de Lerolan...? —una voz lo interrumpe, la voz de una mujer salida... de quién sabe dónde.

—¿Acaso supones que hablas por mí?

Jerald hace girar su muñeca, mueve los dedos en un rápido círculo. Todos en la sala contienen un grito ahogado, yo entre ellos, cuando una tercera embajadora cobra súbita vida entre las Casas de Iral y de Haven. Su Casa aparece a sus espaldas, una docena de individuos ataviados de rojo y naranja, como el sol poniente, como una explosión.

Mi madre se sacude a mi lado, sorprendida por primera vez en muchos, muchos años. Mi adrenalina se torna púas de hielo que congelan mi sangre.

La líder de la Casa de Lerolan da un osado paso al frente. Su apariencia es adusta: una cabellera cana recogida en un pulcro moño, ojos ardientes como el bronce caldeado. Esta anciana no conoce el temor.

—Yo no apoyaré a un rey Samos mientras viva un heredero Calore.

—¡Sabía que olía a humo! —farfulla mi madre y retira su mano de la pantera, que se tensa de inmediato, se mueve para incorporarse y desliza las garras. La vieja simplemente se alza de hombros y sonríe.

—Eso es fácil de decir, Larentia, ahora que me ves aquí en pie —tamborilea en su costado y yo las observo con atención. Ella es una olvido, hace estallar cosas con su tacto. Si se acercara demasiado podría destrozar mi corazón o mi cerebro.

—¡Soy una reina…!

—Yo también —la sonrisa de Anabel Lerolan se ensancha. Aunque sus ropas son finas, no lleva alhajas, ni corona, nada de metal. Clavo el puño en mi costado—. No le volveremos la espalda a mi nieto. El trono de Norta pertenece a Tiberias VII.

La nuestra es una corona de flamas, no de acero —la ira de mi padre se condensa en un trueno y rompe como el rayo. Se levanta de su trono, aprieta un puño. Los refuerzos de metal de la sala se tuercen, crujen bajo su furia.

—¡Teníamos un trato, Anabel! —gruñe—, la joven Barrow a cambio de tu apoyo —ella se limita a parpadear y aun desde lejos oigo el siseo de mi hermano.

—¿Ha olvidado usted la razón de que la Guardia tenga en su poder Corvium? ¿No vio a su nieto combatir en Arcón? ¿Cómo podría el reino estar detrás de él ahora?

Anabel no se atemoriza, mantiene inmóvil su arrugado rostro, con una expresión franca y paciente. Es una anciana amable en todo, salvo por las ondas de ferocidad que emanan de ella. Espera a que mi hermano continúe, pero él no sigue y ella inclina la cabeza.

—Gracias, príncipe Ptolemus, por no pregonar al menos la indignante falsedad del asesinato de mi hijo y el exilio de mi nieto. Ambos fueron obra de Elara Merandus y ambos se difundieron en el reino con la peor propaganda que yo haya visto jamás. Sí, Tiberias ha hecho cosas terribles para sobrevivir, pero fueron justo por eso: para sobrevivir. Después de que cada uno de nosotros se volvió contra él y lo abandonó, después de que su propio y malaconsejado hermano intentó matarlo en el ruedo como a un criminal cualquiera, una corona es lo menos que podemos ofrecerle como disculpa —detrás de ella, las Casas de Iral y Haven se mantienen firmes.

Una cortina de tensión cae sobre la sala, todos la sienten. Somos Plateados, nacidos para la fuerza y el poder, entrenados para combatir, para matar. Escuchamos el tictac de un reloj en cada corazón, la cuenta regresiva al derramamiento de sangre. Intercambio una mirada fija con Elane, ella aprieta los labios en una línea lúgubre.

—¡La Fisura es mía! —ruge mi padre como una de las fieras de mamá.

El sonido vibra en mis huesos y soy al instante una niña. Pero no causa ese efecto en la vieja reina, que nada más ladea la cabeza. El sol reluce en los lacios mechones de hierro de su nuca.

—Pues consérvala —replica y alza los hombros—. Como dijiste, teníamos un trato —y con sólo esto la enrevesada confusión que amenazaba con envolver el recinto se disipa. Algunos de los primos y Lord Jerald exhalan con ruido patente. Anabel abre los brazos con un gesto de aceptación.

—Eres el rey de la Fisura, y que tu reinado dure muchos y muy prósperos años, pero mi nieto es el rey legítimo de Norta y necesitará a todos los aliados que podamos reunir para recuperar su reino.

Ni siquiera mi padre había previsto este viraje. Anabel Lerolan se ausentó de la corte muchos años, prefería estar en Delphie, la sede de su Casa. Despreciaba a Elara Merandus y no toleraba su presencia, o le temía. Supongo que ahora, cuando la reina susurro ya ha desaparecido, la reina olvido puede regresar. Y ha regresado. Intento convencerme de que no existe motivo de alarma. Cegado como mi padre puede estar, esto no significa una capitulación. Conservaremos la Fisura, conservaremos nuestra casa, mantendremos nuestras coronas. Aunque apenas han pasado unas semanas, me resisto a renunciar a lo que ya planeamos, a lo que me merezco.

—¿Cómo piensas reinstaurar a un rey que no quiere subir al trono? —cavila mi padre, abanica los dedos y contempla a Anabel entre ellos—. Tu nieto está en las Tierras Bajas...

—Mi nieto es un agente involuntario de la Guardia Escarlata, controlada a su vez por la República Libre de Montfort. Tú mismo comprobarás que el líder de ese país, quien se hace llamar primer ministro, es un sujeto muy razonable —añade con la actitud de alguien que habla del clima.

El estómago se me retuerce y me siento algo enferma. Algo en mí, un instinto profundo, me incita a dar muerte a Anabel antes de que continúe. Mi padre enarca una ceja.

—¿Has estado en contacto con él?

—Lo suficiente para negociar —la reina Lerolan adopta una sonrisa tensa—. Aunque a últimas fechas hablo más con mi nieto. Es un chico talentoso, muy diestro con las máquinas. Me buscó en su desesperación y pidió una sola cosa, que gracias a ti cumplí —*Mare.*

—¿Conoce tus planes entonces? —mi padre entrecierra los ojos.

—Los conocerá.

—¿Y qué hay de Montfort?

—Ansía aliarse con un rey. Apoyará una guerra de restauración en nombre de Tiberias VII.

—¿Tal como lo ha hecho en las Tierras Bajas? —si nadie más señalará su insensatez, yo deberé hacerlo—. El príncipe Bracken baila al son que Montfort le toca para controlarlo. Los informes indican que secuestraron a sus hijos. ¿Usted permitirá que su nieto sea su títere también? —vine con el deseo de ver arrodillarse a otros. Pese a que sigo sentada, me siento indefensa ante Anabel mientras sonríe.

475

—Como bien dijo tu madre, ellos desean volver igual lo que en esencia es desigual. Es imposible que triunfen, no podrán derramar sangre Plateada —hasta la pantera está quieta, observa el diálogo con ojos palpitantes y mueve despacio la cola. Me concentro en su piel, oscura como el cielo nocturno, un abismo, justo como al que poco a poco nos dirigimos. Mi corazón late agobiado, bombea temor y adrenalina por todo mi cuerpo. Ignoro el bando que preferirá mi padre, adónde conducirá este sendero y esto hace que la piel se me erice—. Claro que el reino de Norta y el de la Fisura —agrega Anabel— estarán firmemente unidos por su alianza... y por su enlace matrimonial.

Siento que el suelo se ladea bajo mis pies, tengo que hacer acopio de toda mi voluntad y orgullo para permanecer en mi trono frío y malicioso. *Eres de acero*, susurro en mi cabeza, *y el acero no se rompe ni se dobla*. En cambio, ya veo que reverencio, que cedo a la voluntad de mi padre. Me ofrecerá con gusto en canje si esto significa preservar su corona. El reino de la Fisura, el reino de Norta: Volo Samos tomará lo que pueda. Si este último queda fuera de su alcance, hará todo lo posible por mantener el primero, pese a que implique incumplir su promesa, venderme una vez más. Me arde la piel, pensé que ya habíamos dejado atrás todo esto. Soy una princesa ahora, y mi padre un rey. No necesito casarme con nadie por una corona. La corona está en mi sangre, está en mí.

Eso no es cierto. Necesitas a tu padre todavía, necesitas su nombre. Nunca te pertenecerás a ti misma.

La sangre brama en mis oídos, es el rugido de un huracán. No puedo mirar a Elane. Se lo prometí. Se casaría con mi hermano para que nadie nos separara nunca. Cumplió su parte, ¿y ahora? Me mandarán a Arcón, ella se quedará aquí con

Tolly como su esposa y un día será su reina. ¡Quiero gritar, quiero hacer pedazos esta silla diabólica y destruir a todos los presentes, yo incluida! ¡No puedo vivir así!

A tan sólo unas semanas de lo más parecido a la libertad que he conocido... no puedo soltarla. No puedo volver a vivir para las ambiciones de otro.

Inhalo con fuerza por la nariz, intento mantener mi rabia bajo control. A pesar de que no tengo dioses, imploro.

Di que no, di que no, di que no. Por favor, papá, di que no.

Nadie me mira, ése es mi único alivio. Nadie mira mi lento desgajamiento. Sólo tienen ojos para mi padre y su decisión. Intento abstraerme, meter mi dolor en una caja y guardarla. Aunque es fácil hacerlo en el entrenamiento, en una pelea, resulta casi imposible hacerlo ahora.

Por supuesto. La voz en mi cerebro suelta una carcajada de tristeza. *Tu camino debía traerte hasta aquí, a cualquier precio.* Fui hecha para casarme con el heredero Calore, físicamente hecha, mentalmente hecha. Construida, como se edifica un castillo o una tumba. Mi vida nunca ha sido mía y nunca lo será.

Las palabras de mi padre hunden clavos en mi corazón, cada uno es un estallido de infinita pesadumbre.

—¡Brindemos entonces por el reino de Norta! ¡Y por el reino de la Fisura!

VEINTICUATRO
Cameron

Morrey tarda más que los otros rehenes.

Algunos creyeron en cuestión de minutos. Otros demoraron varios días, aferrados con obstinación a las mentiras con que los alimentaron. *La Guardia Escarlata es una banda de terroristas, la Guardia Escarlata es mala. La Guardia Escarlata hará tu vida peor de lo que es. El rey Maven te libró de la guerra y te librará de más cosas aún.* Éstas no eran más que retorcidas verdades a medias, disfrazadas de propaganda. No entiendo cómo ellos y tantos otros se dejaron engañar. Maven aprovechó en los Rojos una sed para manipularlos. Vieron que un Plateado les rogaba que lo escucharan cuando sus predecesores no lo habían hecho nunca, y que oía la voz de personas que jamás habían sido escuchadas. Fue fácil generar esperanzas.

La Guardia Escarlata dista mucho de estar compuesta por héroes inocentes. Sus miembros tienen defectos, por decir lo menos, y combaten la opresión con la violencia. Los chicos de la Legión de la Daga desconfían. Son apenas unos adolescentes y han pasado de las trincheras de un ejército a las de otro. No los culpo por mantenerse alerta.

Morrey no abandona sus dudas debido a mí, a lo que soy. Maven acusó a la Guardia de que mataba a personas como yo. Por más que quiere, mi hermano no puede olvidar esas palabras.

Cuando nos sentamos a desayunar, con tazones de avena tan caliente que nos quema, me dispongo a responder las preguntas de costumbre. Nos gusta comer en la hierba, bajo el cielo abierto, junto a los campos de instrucción. Después de haber vivido quince años en nuestra barriada, cada brisa fresca semeja un milagro. Me siento con las piernas cruzadas dentro de un overol verde oscuro alisado por el uso y demasiadas lavadas para contarlas.

—¿Por qué no dejas esto? —va al grano, mueve tres veces la avena en dirección contraria a la de las manecillas del reloj—. No has prestado juramento a la Guardia, no tienes ninguna razón para quedarte aquí.

—¿Por qué haces eso? —golpeo su cuchara con la mía. Es una pregunta absurda pero me permite esquivar con facilidad la suya. Nunca tengo una buena respuesta para él y no soporto que me obligue a cuestionarme cosas. Él alza sus hombros angostos.

—Me gusta la rutina —contesta—. En casa… bueno, tú sabes que era horrible aunque… —mueve la pasta de nuevo, raspa el metal—. ¿Recuerdas los horarios, el silbato?

—Sí —los escucho en mis sueños todavía—. ¿Extrañas eso? —ríe.

—¡Claro que no! Es que… No saber lo que ocurrirá, no comprendo eso, me da miedo —me llevo un poco de avena a los labios, es espesa y sabrosa. Morrey me regaló su ración de azúcar y el dulzor extra elimina todo malestar.

—Creo que todos nos sentimos así. Pienso que es a eso a lo que se debe que yo siga en este lugar.

Me mira, baja los párpados contra el brillo del sol en ascenso. Éste ilumina su cara, hace ver bruscamente lo mucho que ha cambiado. Ha embarnecido gracias a que come con frecuencia, es obvio que el aire limpio le sienta bien. No escucho ya la tos seca que antes lo interrumpía cuando hablaba.

Hay algo que no ha cambiado. Todavía tiene el tatuaje de tinta negra como una marca en su cuello, igual que yo. Nuestras letras y números son casi idénticos.

NT-ARSM-188908, dice el suyo. *Ciudad Nueva, Montaje y reparación, Pequeña manufactura.* Yo soy el 188907. Nací primero. Aún me duele el recuerdo del día en que nos marcaron para atarnos por siempre a nuestro trabajo de esclavos.

—No sé adónde ir —lo digo en voz alta por primera ocasión pese a que lo he pensado todos los días desde que escapé de Corros—. No podemos ir a casa.

—Supongo que no —balbucea—. Pero ¿qué hacemos aquí? ¿Te quedarás y permitirás que estas personas…?

—Ya te dije que no quieren matar a los nuevasangre, eso es una mentira, la mentira que Maven…

—No hablo de eso, de que la Guardia vaya a matarte… sino de que de todas formas te exponen al peligro. Todo el tiempo que no estás conmigo lo dedicas a entrenar para combatir, para matar. Y en Corvium vi… cuando nos liberaste…

—*No digas lo que hice.* Lo recuerdo demasiado bien para que él describa cómo maté a dos Plateados, más rápido que nunca. Sangre manaba de sus ojos y su boca, teñía un órgano tras otro de sus entrañas en tanto mi silencio los destruía. La sentí entonces, la siento todavía, la sensación de la muerte vibra en mi cuerpo—. Sé que puedes ser útil —baja su avena y toma mis dedos; en las fábricas era yo quien se los tomaba, nuestros papeles se han invertido—. No quiero ver que te conviertes en un arma. Eres mi hermana, Cameron, hiciste todo lo que pudiste para salvarme, déjame hacer lo mismo —resoplo y me tiendo en la hierba, dejo el tazón a un lado. Me deja pensar y tiende los ojos al horizonte, agita una mano morena hacia los campos que tenemos frente a nosotros—. ¡Es tan verde aquí! ¿Crees que el resto del mundo sea igual?

—No lo sé.

—Podríamos averiguarlo —habla en voz tan baja que finjo no oírlo y guardamos silencio. Veo cómo los vientos de la primavera persiguen a las nubes en el cielo mientras él come con movimientos rápidos y eficientes—. O podríamos ir a casa. Mamá y papá...

—Imposible —me concentro en el azul del cielo, un azul como no vimos nunca en el mísero agujero donde nacimos.

—Tú me salvaste.

—Y casi morimos. Teníamos todo a nuestro favor y casi morimos —exhalo despacio—. No podemos hacer nada por ellos ahora, alguna vez creí que sí podíamos... Lo único que podemos hacer es esperar —la aflicción se refleja en su rostro y descompone su expresión. Pero asiente.

—Y mantenernos con vida, mantenernos fieles a nosotros mismos, ¿me oyes, Cam? —me toma de la mano—. No dejes que esto te cambie —y tiene razón. Aunque estoy enojada, aunque siento mucho odio por todo lo que amenaza a mi familia... ¿vale la pena alimentar esa rabia?

—¿Qué hago entonces? —me fuerzo a preguntar al fin.

—Ignoro lo que es tener una habilidad, tú tienes amigos con ellas —arruga los ojos y hace una pausa para que sus palabras causen el efecto deseado—. Tienes amigos, ¿verdad?

—me dirige una sonrisa sobre el borde de su plato, le doy un golpe en el brazo por la insinuación. Pese a que pienso en

Farley primero, ella sigue hospitalizada, apenas se adapta a su nueva vida como madre y no tiene ninguna habilidad. No sabe lo que es ser tan nocivo, controlar algo tan peligroso.

—Tengo miedo, Morrey. Cuando haces un berrinche simplemente gritas y lloras. En mi caso, con lo que puedo hacer... —tiendo una mano al cielo, flexiono los dedos contra las nubes—. Tengo miedo de esto.

—Quizás sea bueno.

—¿A qué te refieres?

—¿Recuerdas cómo usaban a los niños en casa para arreglar los engranajes grandes y los alambres muy profundos? —abre demasiado sus oscuros ojos para que entienda. Mi memoria despierta, hierro sobre hierro, el girar de la maquinaria chirriante en los talleres inmensos. Casi huelo el aceite, casi siento la llave inglesa en mi mano. Fue un alivio cuando Morrey y yo llegamos a la edad en la que ya no podíamos ser arañas, como llamaban los supervisores a los chicos de nuestra división lo bastante jóvenes para llegar hasta donde los adultos no podían y temían ser aplastados—. El miedo puede ser bueno, Cam —prosigue—, no te permite olvidar. Y el miedo que tú tienes, el respeto que tienes por esa cosa mortal dentro de ti, creo que es una habilidad también —aunque mi avena está fría ahora, me obligo a comer un bocado para no tener que hablar. El sabor dulce es demasiado intenso y la masa se me pega en los dientes—. Tus trenzas son un desastre —dice para sí.

Acude a otra rutina, antigua y conocida para ambos. Nuestros padres entraban a trabajar más temprano que nosotros y al amanecer nos ayudábamos para alistarnos. Desde hace mucho sabe cómo peinarme y no tarda nada en desenredarme el pelo. Es grato haberlo recuperado, la emoción me vence al tiempo que él ordena en dos trenzas mi negro y rizado cabello.

A pesar de que no me presiona para que tome una decisión, nuestra conversación basta para que algunas preguntas que ya me hacía salgan a la superficie. *¿Quién quiero ser? ¿Qué decisión voy a tomar?*

A lo lejos, a la orilla de los campos de entrenamiento, veo a dos figuras conocidas. Una de ellas es alta, la otra baja, las dos trotan. Lo hacen todos los días, la mayoría de nosotros conocemos ya sus ejercicios. Pese a que las piernas de Cal son mucho más largas, Mare no tiene dificultad para seguirle el paso. Cuando se acercan, veo que ella sonríe. No comprendo muchas cosas de la Niña Relámpago y sonreír mientras corre es una de ellas.

—Gracias, Morrey —me incorporo cuando termina.

No se levanta conmigo. Sigue mi mirada, posa los ojos en Mare a medida que se acerca. Ella no lo hace ponerse tenso, Cal sí. Se entretiene con los tazones, baja la cabeza para ocultar su cara de pocos amigos. Los Cole no toleran al príncipe de Norta.

Mare levanta el mentón a la vez que corre y nos reconoce a ambos. El príncipe trata de esconder su irritación cuando ella afloja el paso para acercarse a nosotros. Cal se inclina con torpeza hacia donde estamos en un remedo de saludo cortés.

—Buenos días —dice Mare, se apoya por turnos en cada pie mientras recupera el aliento. Su cutis ha mejorado más que cualquier otra cosa; una calidez dorada ha vuelto morena su piel—. Cameron, Morrey —dice y nos mira con agilidad felina.

Su mente nunca cesa de rodar en busca de grietas. Después de todo por lo que ha pasado, ¿cómo podría ser de otra forma?

484

Seguramente siente que vacilo porque se queda seria, en espera de que diga algo. A pesar de que casi pierdo la paciencia, Morrey frota mi pierna con la suya. *Haz de tripas corazón*, me digo. *Ella incluso podría comprenderlo.*

—¿No te importa si vamos a dar una vuelta? —antes de su captura se habría reído, me habría dicho que tenía que entrenar, me habría alejado como una mosca inoportuna, apenas me toleraba. Ahora mueve la cabeza, aparta a Cal con un gesto como sólo ella puede hacerlo. La prisión la cambió como nos cambió a todos.

—Claro, Cameron.

Tengo la sensación de que hablo por horas enteras, de que desahogo lo que durante tanto tiempo he guardado dentro: el temor, la cólera, la sensación de náusea que experimento cada vez que pienso en lo que puedo hacer y lo que he hecho. La forma en que me emocionaba antes, en que todo este poder me hizo sentir invencible, indestructible… y ahora avergonzada. Siento como si yo misma me abriera el estómago con un cuchillo y permitiera que mis entrañas salgan. Evito verla mientras hablo, me miro los pies durante nuestro recorrido por los campos de entrenamiento. Conforme avanzamos, cada vez más soldados llegan a las canchas, Rojos y nuevasangre, todos ellos ejecutan sus ejercicios matutinos. Con sus uniformes, los overoles verdes provistos por Montfort, es difícil saber quién es quién. Todos parecen iguales, unidos.

—Quiero proteger a mi hermano. Él me dice que deberíamos marcharnos… —mi voz se debilita, se apaga hasta que no hay más palabras. Mare es tajante en su respuesta.

—Mi hermana dice lo mismo todos los días. Quiere que acepte la oferta de reinstalación de Davidson, que deje que otros peleen —sus ojos se ensombrecen, vuelan sobre el paisaje de uniformes verdes. Es como un mecánico en sus observaciones, lo sepa o no, descifra riesgos y amenazas—. Dijo que ya hemos dado suficiente.

—¿Y qué harás entonces?

—No puedo darles la espalda —se muerde el labio, pensativa—. Hay demasiado enojo en mí. Si no encuentro la manera de deshacerme de él, podría envenenarme por el resto de mi vida. Quizá no es eso lo que tú quieres oír —sería una acusación si viniera de cualquiera, de Cal o Farley, de la Mare de hace seis meses. Sin embargo, sus palabras son cordiales.

—Si sigo en esto, me comerá viva —admito—. Si continúo como hasta ahora, si uso mi habilidad para matar... terminaré convertida en un monstruo —*Monstruo.* Tiembla cuando lo digo, se repliega en sí misma. Mare Barrow ya ha tenido su justa dosis de monstruos. Voltea para otro lado, tira ociosamente de un mechón que se riza a causa del sudor y la humedad.

—No es fácil crear monstruos, sobre todo de personas como nosotras —reclama, se recupera rápido—. No estuviste en la batalla de Arcón, o por lo menos no te vi.

—No, sólo estuve ahí para... —*Tenerte bajo control.* En su momento fue un buen plan; ahora que sé por lo que ella pasó me siento terrible. No insiste—. Fue idea de Kilorn en Trial —digo—. Él es muy hábil para relacionar a los nuevasangre y los Rojos, y sabía que yo quería desistir, así que acepté... no para pelear, no para matar, a menos que fuera absolutamente indispensable.

—Y quieres continuar por ese camino —no es una pregunta, asiento poco a poco, no debería sentirme avergonzada.

—Pienso que es mejor así, defender, no destruir —pongo las manos en mis costados, el silencio se acumula bajo mi piel.

Aunque no aborrezco mi habilidad, puedo detestar lo que genera. Mare me alienta con una sonrisa.

—No soy tu superior, no puedo decirte lo que debes hacer o la forma en que debes pelear, pero pienso que tu idea es buena. Y si alguien te dice otra cosa, envíalo conmigo —sonrío, por alguna razón siento que me han quitado un gran peso de encima.

—Gracias.

—Discúlpame, por cierto —añade y se acerca—. Soy la causa de que estés aquí. Sé ahora que lo que te hice, obligarte a que te sumaras a nuestras filas... estuvo mal y lo lamento.

—Es cierto, hiciste mal, eso es seguro... Pero al final conseguí lo que quería.

—Morrey —suspira—, me alegra que lo hayas recuperado.

Aunque no desaparece, su sonrisa se difumina, como le ocurre siempre que se habla de hermanos.

En el bajo montículo frente a nosotras Morrey espera, parado de perfil contra los edificios de la base. Cal se fue, ¡qué bueno!

Pese a que ya lleva varios meses con nosotros, el príncipe es torpe sin proponérselo, malo para la conversación y siempre nervioso cuando no tiene una estrategia que analizar. Una parte de mí piensa todavía que él nos ve a todos como objetos desechables, como naipes por tomar y arrojar conforme lo dicte la estrategia. *Pero ama a Mare*, me recuerdo. *Ama a una chica de sangre Roja.*

Eso debe contar.

Antes de que lleguemos junto a mi hermano, un último temor palpita en mi garganta.

—¿Es como si los abandonara a todos ustedes, los nuevasangre? —mi habilidad es la muerte silente, soy un arma, me guste o no. Puedo ser usada, puedo ser útil, ¿es egoísta abstenerse? Tengo la sensación de que ésta es una pregunta que Mare se ha hecho muchas veces, aunque su respuesta es para mí y sólo para mí.

—Por supuesto que no —replica—, sigues aquí. Y eres un monstruo menos del cual preocuparnos, un fantasma menos.

VEINTICINCO
Mare

Aunque durante mi estancia en la Muesca abundaron la
fatiga y el desconsuelo, ese sitio ocupa todavía un lugar en mi corazón. Por una vez recuerdo lo bueno más vívidamente que lo malo, los días en que regresábamos con los
nuevasangre que habíamos rescatado vivos y arrebatado de
las fauces de la ejecución. Se sentía como un avance. Cada
rostro era una prueba de que no estaba sola y de que podía
salvar a personas con la misma facilidad con que las mataba.
Algunos días se sentía fácil. Era lo correcto. He perseguido esa
sensación desde entonces.

La base de las Tierras Bajas tiene sus propios centros de
entrenamiento, tanto techados como a la intemperie. Algunos
están equipados para los Plateados, el resto son para que los
soldados Rojos aprendan a guerrear. El coronel y sus hombres,
que ahora se cuentan en miles y aumentan cada día, reclaman
el campo de tiro. Los nuevasangre como Ada, con habilidades
poco devastadoras, entrenan con él, perfeccionan su puntería
y habilidades de combate. Kilorn va de un lado a otro entre
las filas de soldados y los nuevasangre en los campos de entrenamiento Plateados. Pese a que no pertenece a ninguno
de ambos grupos, su presencia tranquiliza a muchos. El joven

pescador representa lo contrario a una amenaza, por no decir que les resulta una cara familiar. Y él no les teme a los ardientes como muchos de los *verdaderos* soldados Rojos. No, ha visto lo suficiente de mí para volver a temer a un nuevasangre.

Me acompaña ahora, me escolta por la orilla de un edificio del tamaño de un hangar, aunque sin pista de aterrizaje.

—Es un gimnasio de Plateados —dice y apunta a la estructura—. Hay todo tipo de cosas ahí: pesas, una pista de carreras con obstáculos, un ruedo...

—Ya entendí —conocí mis destrezas en un lugar como éste, rodeado de Plateados ansiosos que me habrían matado si hubieran visto una gota de mi sangre. Cuando menos ya no tengo que preocuparme por eso—. Quizá no debería entrenar en ningún sitio que tenga techo o lámparas.

—Quizá no —resopla.

Una de las puertas del gimnasio se abre de golpe y alguien sale con una toalla colgada al cuello. Cal se seca el sudor del rostro, ruborizado de plata todavía a causa del esfuerzo. Supongo que practicó levantamiento de pesas.

Cierra los ojos a medias y acorta muy rápido la distancia entre nosotros. Sin dejar de jadear extiende una mano, Kilorn se la toma con una sonrisa franca.

—¡Hola, Kilorn! —le dice—, ¿le das a Mare un recorrido por el lugar?

—Sí... —respondo.

—No —me interrumpe—, hoy comenzará su entrenamiento con otros —refreno el impulso a darle un codazo en el abdomen.

—¿Qué pasa? —pregunto, porque Cal se ensombrece y respira hondo.

—Pensé que ibas a darte más tiempo —Kilorn me tomó por sorpresa en el hospital pero tiene razón, no puedo quedarme sin hacer nada. Me siento inútil y estoy inquieta, el enojo me hierve bajo la piel. No soy Cameron, no soy tan fuerte para dar marcha atrás. Incluso las lámparas comienzan a chisporrotear cuando entro a un cuarto, necesito un desfogue—. Pasaron varios días, creí que todo había terminado.

Me llevo las manos a la cadera y me preparo para su inevitable réplica. Sin darse cuenta, adopta su patentada postura de *discusión con Mare*: los brazos cruzados, la frente arrugada, los pies bien plantados en el suelo. El sol brilla a mis espaldas, debe entrecerrar los ojos y, como acaba de hacer ejercicio, apesta a sudor.

Kilorn, el maldito cobarde, retrocede unos pasos.

—Mejor nos vemos cuando te desocupes —lanza sobre su hombro una sonrisa de pelagatos y me deja para que me defienda sola.

—Espera un momento —le digo a su figura en retirada apenas agita la mano, desaparece en cuanto da la vuelta en una esquina del gimnasio—. ¡Qué gran apoyo! No lo necesito —añado—, fue mi decisión. Y esto es sólo entrenamiento, estaré bien.

—La mitad de lo que me preocupa es la gente en la zona de detonación, el resto… —Cal toma mi mano y me jala, arrugo la nariz y me inmovilizo en vano: me deslizo por el pavimento de todas formas.

—¡Estás todo sudado! —sonríe y rodea mi espalda con un brazo, no hay escapatoria.

—Sí —el olor no es del todo desagradable, aunque debería serlo.

—¿Así que no pelearás conmigo por esto?

—Es tu decisión, como dijiste.

—Bueno, no tengo energía para discutir dos veces en una misma mañana —me empuja sin rudeza para ver mejor mi rostro, toma con sus pulgares la parte inferior de mi mandíbula.

—¿Fue con Gisa?

—Sí —resoplo y me retiro un mechón de la cara. En ausencia de la roca silente mi salud ha mejorado al punto de que mis uñas y mi cabello crecen de nuevo a un ritmo normal; claro que tengo grises las puntas todavía, eso nunca desaparecerá—. No deja de fastidiarme con la reinstalación, con que nos marchemos a Montfort y deje todo atrás.

—Y le dijiste que ella se fuera, ¿no?

—¡Se me salió! —me ruborizo de escarlata—. A veces... no pienso antes de hablar.

—¿Quién, tú? —ríe.

—Mamá se puso de su lado como siempre y papá no tomó partido, se hizo el mediador, ¡claro! Es como si... —mi respiración se agita— como si nada cambiara, como si hubiéramos estado otra vez en la cocina de Los Pilotes. Creo que esto no debería enfadarme tanto, viendo la situación —me obligo a mirarlo con vergüenza, a pesar de que me siento mal cuando me quejo de la familia, él lo pidió y me solté, me estudia como si fuera el terreno de un campo de batalla—. No deberías ocuparte de estas cosas, no es nada —aprieta mi mano antes de que se me ocurra retirarla, sabe que podría echar a correr.

—Pienso en los soldados con los que entrené, sobre todo en el frente. Los veía regresar físicamente intactos pero que echaban en falta algo más. No podían dormir o comer, a veces volvían al pasado, a un recuerdo de batalla revivido por un ruido, un olor u otra sensación —trago saliva y muevo en círculos mis muñecas con los dedos agitados. Las aprieto y las esposas regresan a mi memoria; esta sensación me enferma.

—Me suena…

—¿Sabes qué ayuda? —claro que no, o de lo contrario ya lo haría, así que sacudo la cabeza—. La normalidad, la rutina, hablar. Aunque sé que esto último no te gusta mucho —sonríe despacio—, lo único que tu familia quiere es que estés a salvo. Vivieron un infierno cuando estuviste… ausente —no halla aún la palabra adecuada para lo que me pasó, *capturada* o *encarcelada* no transmite el sentido correcto—. Y ahora que regresaste hacen lo que cualquiera haría: te protegen, no a la Niña Relámpago, no a Mareena Titanos, sino a ti, Mare Barrow, la chica que conocen y recuerdan, eso es todo.

—Está bien —asiento poco a poco—, gracias.

—¿Así nada más? ¿Y acerca de hablar qué me dices?

—¿Ahora mismo? —ríe y los músculos de su abdomen se tensan contra mí.

—De acuerdo, más tarde, después del entrenamiento.

—Deberías darte un baño.

—¿Lo dices en serio? Voy a estar dos pasos atrás de ti todo el tiempo. ¿Quería usted entrenar, señorita? Lo hará como se debe —me da un leve golpe en la base de la espalda y me impulsa al frente—. ¡Vamos!

Es infatigable, trota en reversa hasta que le igualo el ritmo. Pasamos la pista de carreras, la pista de obstáculos al aire libre y un campo muy amplio con el césped bien cortado, varios círculos de tierra para la práctica de boxeo y un campo de tiro de más de cuatrocientos metros de largo. Algunos nuevasangre usan las pistas de obstáculos y carreras y otros entrenan solos en el campo. A pesar de que no los conozco, las habilidades que veo me son muy familiares. Un nuevasangre similar a un ninfo hace columnas de agua clara antes de dejarlas caer al pasto, donde forman grandes charcos de lodo. Una teletransportadora sortea la pista con soltura. Aparece y desaparece ante el equipo, ríe de otros que la pasan mal. Cada vez que salta se me retuerce el estómago, recuerdo a Shade.

Los círculos para la práctica de boxeo son los que más me inquietan. No he peleado con nadie en plan de entrenamiento, por deporte, desde que lo hice con Evangeline hace muchos meses. Pese a que no es una experiencia que quiera repetir, sin duda tendré que hacerlo.

La voz de Cal me aviva, hace que devuelva mi atención a la tarea inmediata.

—Iniciarás mañana tu rutina de pesas, hoy podemos pasar a los objetivos y la teoría —lo de los *objetivos* lo entiendo, lo otro...

—¿Teoría? —nos detenemos a un lado del largo campo de tiro y vemos la niebla que se disipa a la distancia.

—Llegaste al entrenamiento una década tarde. Para que nuestras habilidades estén en toda forma para el combate debemos dedicar mucho tiempo a estudiar nuestras ventajas y desventajas, cómo usarlas.

—Como los ninfos que derrotan a los quemadores, el agua sobre el fuego.

—Algo por el estilo, eso es fácil, pero ¿si fueras el quemador? —sacudo la cabeza, él sonríe—. ¿Lo ves? Tiene su maña, requiere mucha memorización y comprensión, ser puesto a prueba. Lo conseguirás sobre la marcha.

Olvidé lo hábil que es para esto, se mueve como pez en el agua, está a sus anchas, sonríe, se muestra ansioso. Es bueno para estas cosas, es lo que entiende, en lo que destaca. Representa una cuerda de salvamento en un mundo que parece no tener sentido.

—¿Es demasiado tarde para decir que ya no quiero entrenar?

Ríe, echa hacia atrás la cabeza, una gota de sudor rueda por su cuello.

—Conmigo no hay vuelta de hoja, Barrow, dale al primer objetivo —señala a diez metros un bloque en cuadro de granito pintado como una diana—. Haz un buen tiro, que dé justo en el centro.

Sonrío, hago lo que me pide, no puedo fallar a esta distancia. Un rayo purpúreo cruza el aire y da en el blanco. Con un resonante crujido, el relámpago deja una marca negra en el centro de la diana.

Antes de que tenga tiempo de enorgullecerme, él me aparta. Me toma desprevenida y casi caigo al suelo.

—¡Hey!

Se aleja y señala:

—El siguiente objetivo, veinte metros.

—Está bien —resoplo, fijo la vista en el segundo bloque, levanto el brazo, apunto... y me empuja de nuevo, mis pies reaccionan esta vez más rápido, no lo suficiente, mi rayo se desvía, choca contra la tierra—. ¡Eso es muy poco profesional!

—Antes lo hacía con alguien que apuntara junto a mi cabeza, ¿preferirías eso? —pregunta. Niego rápidamente—. Entonces da... en... el... blanco.

Aunque en condiciones normales me enfadaría, su sonrisa se ensancha y me hace enrojecer. *Es entrenamiento*, pienso. *Contrólate.*

Cuando esta vez se dispone a empujarme, me hago a un lado, disparo y le doy al indicador de granito, eludo de nuevo y hago otro tiro. Cambia de táctica, ataca mis piernas o incluso enciende una bola de fuego frente a mí. En la primera ocasión que lo hace, acabo en el suelo tan pronto que al final escupo tierra. *Da en el blanco* se convierte en su himno, seguido por un indicador de entre diez y cincuenta metros; elige los objetivos al azar y me obliga a danzar de puntillas. Esto resulta más difícil que correr y el sol es más brutal conforme el día avanza.

—El objetivo es un raudo, ¿qué harás? —pregunta, aprieto los dientes, jadeo.

—Extiendo el rayo, lo atrapo mientras me esquiva...

—No lo digas, hazlo.

Gruño, columpio el brazo con un cortante movimiento horizontal y arrojo una descarga de voltaje hacia el objetivo. Pese a que las chispas son más débiles, menos concentradas, bastan para retardar a un raudo. Cal inclina la cabeza junto a mí, es su única señal de que hice algo bien. La sensación me agrada de todos modos.

—Treinta metros, un gemido.

Subo las manos a las orejas, lanzo un vistazo al objetivo, invoco el relámpago sin usar los dedos. Un rayo emerge de mi cuerpo, se curva como un arcoíris. Aunque falla, salpico electricidad, las chispas estallan en diferentes direcciones.

—Cinco metros, un silencio.

Pensar en un Arven me llena de pánico, intento concentrarme, mi mano busca un arma ausente, finjo que le disparo al objetivo.

—¡Bang!

—Eso no cuenta, pero está bien —resopla—. Cinco metros, un magnetrón.

A éste lo conozco íntimamente. Con toda la fuerza de que soy capaz, disparo una ráfaga de relámpagos. El objetivo se parte en dos, justo por la mitad.

—¿Es ésta una sesión de teoría? —dice una voz dulce a nuestras espaldas.

Me concentré tanto en la práctica de tiro que no me di cuenta de que Julian había llegado a observar en compañía de Kilorn. Mi antiguo maestro me dirige una sonrisa tensa, con las manos detrás de la espalda como de costumbre. Nunca lo había visto con ropa tan informal, una ligera camisa de algodón y pantalones cortos que dejan ver sus delgadas piernas. Cal debería ponerle a él también una rutina de pesas.

—Teoría —confirma el príncipe—, en cierto modo.

Me hace señas para que me detenga, me da un breve respiro, me siento en el suelo y extiendo las piernas. Pese a tantos dribleos, lo que me cansa es el relámpago. Sin la adrenalina de la batalla o una amenaza de muerte sobre mi cabeza, mi resistencia es muy reducida, por no mencionar que llevo seis meses fuera de los campos de práctica. Con movimientos acompasados, Kilorn se agacha y coloca a mi lado una botella de agua helada.

—Pensé que podrías necesitar esto —me guiña un ojo, le sonrío.

—Gracias —alcanzo a decir antes de beber un par de tragos—. ¿Qué haces aquí, Julian?

—Iba de camino al archivo y decidí venir a ver a qué se debía tanto alboroto —hace un gesto sobre su hombro, me asombra encontrar a una docena de personas en la orilla del campo mirándonos, mirándome—. Creo que tienes un poco de público.

Aprieto los dientes. ¡Vaya, qué maravilla!

Cal se mueve para cubrirme.

—Perdón, no quería turbar tu concentración.

—Está bien —hago un esfuerzo para levantarme y mis piernas protestan.

—Nos vemos después —Julian nos mira a ambos.

—Podemos acompañarte... —digo rápidamente, él me interrumpe con una sonrisa de complicidad y apunta al grupo de espectadores.

—Creo que hay gente que quiere conocerte, ¿te encargas, Kilorn?

—¡Claro! —quiero borrarle a golpes la sonrisa y lo sabe—. Después de ti, Mare.

—Bueno... —digo entre dientes.

Combato mi natural instinto de rehuir la atención y doy varios pasos hacia los nuevasangre, luego otros más hasta que llego a su lado con Cal y Kilorn. En la Muesca no quería tener amigos, es más difícil despedirse de ellos. A pesar de que eso no ha cambiado, entiendo lo que Kilorn y Julian hacen, no puedo aislarme más. Fuerzo una sonrisa cordial para quienes me rodean.

—Hola, soy Mare —suena tonto, me siento tonta. Una de ellos, la teletransportadora, inclina la cabeza. Lleva puesto un uniforme de Montfort verde oscuro, sus extremidades son largas y su cabello castaño es muy corto.

—Sí, lo sabemos, soy Arezzo —me tiende la mano—. Te saqué de Arcón de un salto, junto con Calore —no la reconocí, los minutos posteriores a mi fuga son todavía un nebuloso recuerdo de miedo, adrenalina y alivio abrumador.

—¡Claro, por supuesto! Gracias por eso —parpadeo, hago memoria.

Los demás son igual de francos y amables, se muestran complacidos de conocer a otra nuevasangre. Todos los que pertenecen a este grupo nacieron en Montfort o en países aliados y visten uniformes verdes con triángulos blancos en el pecho y distintivos en cada bíceps. Algunos son fáciles de descifrar: dos líneas onduladas en el caso del nuevasangre con aspecto de ninfo, tres flechas para el raudo. Ninguno porta insignias ni medallas, es imposible saber quién podría ser un superior, pero todos cuentan con entrenamiento si no es que también con educación militar. Se llaman por sus apellidos y cuando dan la mano aprietan fuerte; cada cual es un soldado nato o formado. La mayoría conoce de vista a Cal y le hace una inclinación muy seria, a Kilorn lo saludan como a un viejo amigo.

—¿Dónde está Ella? —pregunta éste a un joven de piel negra y pelo sorpresivamente verde, teñido desde luego, que responde al nombre de Rafe.

—Le envié un mensaje para que viniera a conocer a Mare, también a Tyton, vi que practicaban en la Colina de la Tormenta, donde se supone que todos los electricones deben entrenar —me mira como si se disculpara.

—¿Qué es un electricón? —me siento absurda de inmediato.

—Tú.

—Obvio, ¿verdad? —suspiro avergonzada. Rafe hace flotar una chispa en su mano y permite que se teja entre sus dedos. Aunque la siento, no es como mi relámpago, esas chispas verdes lo obedecen a él y sólo a él.

—Es una palabra extraña, pero nosotros también, ¿cierto? Lo miro casi sin aliento por la emoción.

—¿Eres… como yo? —asiente y señala los rayos estampados en sus mangas.

—Sí, *somos* iguales.

La Colina de la Tormenta hace honor a su nombre. Se levanta en una suave pendiente sobre otro campo en el extremo opuesto de la base, lo más lejos posible de la pista de aterrizaje, a fin de evitar que un jet sea alcanzado por un relámpago perdido. Tengo la sensación de que es artificial, a juzgar por la tierra suelta bajo mis pies cuando nos acercamos a la cima. El pasto es reciente también, obra de un verdoso o su nuevasangre equivalente. Pese a que es más exuberante que los campos de entrenamiento, la cumbre es un caos, de tierra carbonizada y aplanada, llena de grietas y con el olor de una tormenta eléctrica remota. Mientras que el resto de la base disfruta de radiantes cielos azules, sobre esta colina gira una nube negra. Es una masa de cúmulos que se eleva miles de metros en el cielo como una columna de humo oscuro. Nunca había visto nada semejante, tan controlado y contenido.

La mujer de cabello azul que vi en Arcón está parada debajo de la nube con los brazos abiertos y las palmas hacia el trueno. Un hombre muy erguido de lacio cabello blanco como la cresta de una ola se encuentra detrás de ella, delgado y esbelto en su uniforme verde. Ambos portan distintivos de rayos.

Chispas azules danzan en las manos de ella; son tan pequeñas como gusanos.

Rafe nos guía, Cal no se separa de mi lado. Aunque lidia con su justa dosis de relámpagos, la nube negra lo pone nervioso. No deja de mirarla como si temiera que fuera a explotar de un momento a otro. Algo azul destella débilmente en la oscuridad e ilumina la nube por dentro. El trueno retumba, grave y resonante como el ronroneo de un gato. Me cala hasta los huesos.

—¡Ella, Tyton! —Cal los llama y agita una mano.

Voltean cuando oyen su nombre y el brillo en las nubes se interrumpe de pronto. La chica baja las manos, da vuelta a las palmas y la masa de cúmulos se disuelve ante nuestra vista. La joven se desata en brincos de energía seguida por el muchacho inexpresivo.

—¡Ardía en deseos de conocerte! —dice ella con voz agitada y aguda, que corresponde a su talle refinado. Toma mi mano sin previo aviso y me besa ambas mejillas, su piel echa chispas que saltan a la mía, no me duelen, me reaniman—. Soy Ella y tú eres Mare, ¡claro! Y este alto y guapo chico es Tyton.

El hombre en cuestión es muy alto, de piel parda, un puñado de pecas y una quijada más puntiaguda que el borde de un risco. Sacude la cabeza y aparta su blanco cabello a un lado, lo deja caer sobre su ojo izquierdo y parpadea con el derecho. Aunque supuse por su cabello que sería viejo, no puede tener más de veinticinco años.

—Hola —es todo lo que dice, con voz ronca y segura.

—Hola —me inclino ante ellos, agobiada por su presencia y mi incapacidad para comportarme más o menos normal—. Perdón, esto es como cuando te das un toque con un cable…

Tyton entorna los ojos y Ella echa a reír, medio segundo después comprendo y me avergüenzo, Cal ríe a mi lado.

—¡Qué buen chiste, Mare! —me da un golpe discreto en el hombro, una caricia de la calidez que emana de él, como si hiciera falta en el calor de las Tierras Bajas.

—Comprendemos —dice Ella, rápida y sigilosa—. Siempre es apabullante conocer a otros ardientes, y más todavía a tres que comparten tu habilidad, ¿no es así, chicos? —le da un codazo a Tyton en el pecho y él reacciona con fastidio, Rafe sólo asiente. Tengo la sensación de que ella es la que se encarga en gran medida de hablar y pelear, por lo que recuerdo de la tormenta eléctrica azul en Arcón—. ¡Ellos me desesperan! —sacude la cabeza en su dirección—, pero ya te tengo a ti, ¿verdad, Mare? —su naturaleza ansiosa y su franca sonrisa me provocan mucha desconfianza, la gente así de amable esconde algo siempre; me trago mi sospecha para dirigirle lo que espero sea una sonrisa genuina—. Gracias por traerla —le dice a Cal y cambia de tono, la hadita alegre del cabello azul se endereza y agrava la voz, se vuelve un soldado ante mis ojos—. Creo que a partir de este momento podemos hacernos cargo de su instrucción —Cal suelta una risa gutural.

—¿Ustedes solos? ¿Hablas en serio?

—¿Tú no? —replica y entrecierra los ojos—. Vi su *práctica*, unos disparitos en un campo de tiro no harán que ella aproveche al máximo sus habilidades. ¿O sabes cómo arrancarle una tormenta? —a juzgar por la forma en que tuerce los labios, veo que él quiere decir algo inapropiado y para impedirlo tomo su muñeca.

—El pasado militar de Cal...

—... es bueno para el acondicionamiento físico —me interrumpe Ella— y perfecto para enfrentar a Plateados como lo hace él, pero tus habilidades están más allá de su comprensión. Hay cosas que no puede enseñarte, cosas que debes aprender por las malas, o sea sola, o por las buenas... con nosotros.

Aunque inquietante, su lógica es inobjetable: *hay cosas que Cal no puede enseñarme, que no comprende.* Recuerdo cuando intenté instruir a Cameron. No conocía su habilidad como la mía, era como hablar otro idioma. A pesar de que pude comunicarme, no lo hice bien.

—Observaré entonces —dice él con férrea resolución—, ¿está bien?

—¡Claro! —Ella sonríe, alegre de nuevo—, aunque yo te recomendaría que te alejes un poco y estés alerta. El relámpago es como las potrancas; por más que lo controles, siempre quiere desbocarse.

Me dirige una última mirada y el más tenue remedo de una sonrisa de apoyo antes de marcharse a la orilla, más allá del círculo de las marcas de detonación. Una vez ahí se recuesta y se apoya en sus brazos con los ojos puestos en mí.

—Es amable para ser un príncipe —dice Ella.

—Y para ser un Plateado —tercia Rafe. Lo miro confundida.

—¿No hay Plateados amables en Montfort?

—No sé, nunca he estado ahí —contesta—. Nací en las Tierras Bajas, soy de las Floridianas —dibuja puntos en el aire para ilustrar la cadena de islas pantanosas—. Montfort me reclutó hace unos meses.

—¿Y ustedes dos? —miro a Ella y a Tyton.

—Yo soy de la Pradera —responde la joven al instante—, de las Colinas de Arena. Es un país de exploradores y mi familia vivió en todas partes, pero al final nos quedamos en el oeste, en las montañas. Montfort tomó nuestra nación hace cerca de diez años y fue entonces que conocí a Tyton.

—Nací en Montfort —dice él por toda explicación. No es muy comunicativo, quizá porque Ella tiene palabras suficientes por todos.

La chica me lleva al centro de lo que sólo podría llamarse una zona de detonación hasta que estoy justo bajo la nube tormentosa aún en proceso de disiparse.

—Veamos qué tenemos aquí —me acomoda con un par de empujones ligeros.

La brisa agita su cabello y deposita en su hombro rutilantes rizos azules. Los otros dos se mueven al mismo tiempo y toman posiciones a mi alrededor hasta que ocupamos las cuatro esquinas de un cuadrado.

—Comienza despacio.

—¿Por qué? Puedo...

—¡Quiere comprobar tu control! —voltea Tyton y Ella asiente. Exhalo. Pese a que la presencia de otros electricones me emociona, me siento como una niña sobreprotegida.

—Está bien —ahueco las manos e invoco al relámpago, permito que chispas dentadas de blanco y púrpura se derramen en el cuenco de mis palmas.

—¿Chispas púrpuras? —dice Rafe—, ¡qué bien! —miro los artificiales colores de sus cabezas y sonrío, son mechones verdes, azules y blancos.

—No tengo pensado teñirme el cabello.

El verano azota las Tierras Bajas con una intensidad hirviente que Cal es el único capaz de soportar. Jadeo por la tensión y el calor y le pego en las costillas hasta que rueda, tan lenta y perezosamente que podría quedarse dormido de nuevo. En cambio, llega hasta la orilla y cae de la angosta cama al suelo laminado. Y esto lo despierta. Se levanta de un salto, el cabello negro se le adhiere en ángulos, está desnudo como un recién nacido.

—¡Por mis colores! —maldice y se frota el cráneo, no lo compadezco.

—Si no insistieras en dormir en un armario de escobas, esto no sería un problema.

Hasta el techo es deprimente, de bloques de yeso moteado. Y la única ventana abierta no hace nada para aminorar el calor, sobre todo en pleno día. No quiero pensar en lo delgadas que son las paredes. Por lo menos no tiene que dormir en literas con los demás soldados.

Ahí parado todavía, refunfuña.

—Me gustan los cuarteles —va en busca de unos pantalones cortos, se los pone y procede a devolver sus pulseras a sus muñecas. Aunque los broches son complicados, los desliza con un dejo automático— y tú no tienes que compartir el cuarto con tu hermana.

Me pongo una camiseta, nuestro descanso de mediodía terminará en unos minutos y a mí se me espera pronto en la Colina de la Tormenta.

—Es cierto, debo superar el hecho de no poder dormir sola —por *hecho* entiendo un trauma que no cesa de acongojarme: sufro terribles pesadillas si no hay alguien en la habitación conmigo. Él se detiene, con la camisa a medio meter por la cabeza, inhala fuerte y hace una mueca.

—Eso no fue lo que quise decir —me toca gruñir a mí ahora. Toco sus sábanas de corte militar, lavadas tantas veces que casi están luidas.

—Ya lo sé.

La cama se mueve, los resortes rechinan cuando se inclina hacia mí y sus labios acarician lo alto de mi cabeza.

—¿Has tenido más pesadillas?

—No —contesto tan rápido que levanta una ceja de sospecha. Pero es verdad—, mientras que Gisa esté ahí. Dice que no hago nada de ruido y en cambio ella… se me había olvidado que una persona tan pequeña podía ser tan ruidosa —río por lo bajo y me armo de valor para verlo a los ojos—. ¿Y tú?

—en la Muesca dormíamos juntos y casi todas las noches él daba vueltas, mascullaba en sueños, a veces lloraba. Le tiembla la mandíbula.

—He tenido algunas, quizá dos a la semana.

—¿Sobre qué?

—De mi padre, sobre todo. De ti, lo que se sintió pelear contigo, ver que quería matarte y no poder hacer nada para impedirlo —dobla las manos mientras recuerda el sueño—. Y de Maven, cuando era chico, de seis o siete años —ese nombre me hace sentir todavía ácido en los huesos, pese al largo tiempo transcurrido desde la última vez que lo vi. Desde entonces ha aparecido en la televisión y hecho declaraciones en varias ocasiones, pero me niego a verlas. Mis recuerdos de él son aterradores, Cal lo sabe, y por respeto a mí no había hablado de Maven hasta ahora. *Tú preguntaste*, me reprendo. Aprieto los dientes, más que nada para no vomitar todo lo que no le he dicho, sería muy doloroso para él. De nada servirá que conozca la clase de monstruo que las circunstancias hicieron de su hermano. Insiste, pierde la mirada en el recuerdo—. Le daba miedo la oscuridad hasta que un día dejó de temerle. En mis sueños juega en mi cuarto, se pasea, ve mis libros y la oscuridad lo sigue. Intento decírselo, prevenirlo, pero no le importa ni le preocupa y no puedo impedir que se lo trague entero —se pasa lentamente una mano por el rostro—. No hace falta ser un susurro para saber lo que significa.

—Elara está muerta —musito, me muevo para que estemos codo a codo. Como si sirviera de consuelo.

—Y de todas formas él te recluyó, de todas formas hizo cosas horribles —mira el suelo, no puede sostener mi mirada—. No entiendo por qué —aunque yo podría callar o distraerlo, las palabras hierven en mi garganta, él merece saber la verdad. A pesar de mi renuencia, lo tomo de la mano.

—Él recuerda que te amaba, que amaba a tu padre. Me dijo que ella le arrebató ese afecto, se lo extirpó como si fuera un tumor. Y aunque intentó hacer lo mismo con sus sentimientos por mí, y por Thomas antes, no funcionó. Ciertos tipos de amor... —se me va el aliento— son más difíciles de eliminar, según él. Pienso que ese empeño lo retorció aún más, ella volvió imposible que me olvidara. Todo lo que sentía por los dos fue corrompido, convertido en algo peor: odio en tu caso; obsesión en el mío. Y no podemos hacer nada para que él cambie, creo que ni siquiera ella habría podido remediar lo que hizo —su única respuesta es el silencio, permite que esta revelación flote en el aire. Siento una pena inmensa por el príncipe exiliado. Le ofrezco lo que creo que necesita: mi mano, mi cercanía y mi paciencia. Y después de un rato muy largo abre los ojos.

—Hasta donde sé, no hay susurros nuevasangre —dice—. No he encontrado a ninguno ni me lo han recomendado, ¡y mira que he buscado! —no me esperaba esto, parpadeo confundida—. Los nuevasangre son más fuertes que los Plateados y Elara era Plateada. Si alguien pudiera... componerlo, ¿no valdría la pena intentarlo?

—No sé —es todo lo que puedo decir, la sola idea me aturde y no sé qué pensar. Si Maven pudiera ser curado, por así decirlo, ¿eso bastaría para redimirlo? Nada cambiará lo que ha hecho; no únicamente lo que nos hizo a mí, a Cal y a su padre, también a cientos más—, en verdad no lo sé —pese a todo, esta idea le da esperanzas a Cal. Las veo ahí, como una lucecita en el fondo de sus ojos. Suspiro y aliso su cabello, necesita un corte con una mano más firme que la suya—. Supongo que si Evangeline puede cambiar, cualquiera puede hacerlo —una risa inesperada repiquetea en su pecho.

—Evangeline es la misma de siempre, sólo tuvo más incentivos para soltarte que para retenerte.

—¿Cómo lo sabes?

—Porque sé quién le dijo que lo hiciera.

—¿Qué? —pregunto con brusquedad. Suspiro, él se levanta y cruza la habitación. La pared opuesta está llena de armarios, en su mayoría vacíos; no tiene muchas pertenencias además de su ropa y algunas piezas de equipo táctico. Para mi asombro, se pone a dar vueltas y eso me intranquiliza.

—La Guardia bloqueó todos mis intentos de recuperarte —gesticula mucho con las manos mientras habla—, mensajes, infiltración, espías. Yo no iba a quedarme sentado en esa base helada a esperar a que me dijeran qué hacer, así que me puse en contacto con alguien de mi confianza —esta información la siento como un golpe bajo.

—¿Evangeline?

—¡No, por mis colores! —exclama—. Nanabel, mi abuela, la madre de mi padre... —*Anabel Lerolan, la antigua reina.*

—¿Le dices... Nanabel? —se ruboriza de plata y a mí el corazón me da un vuelco.

—La fuerza de la costumbre —rezonga—. A pesar de que se ausentó de la corte cuando aún Elara estaba ahí, pensé que podía regresar ya que ella había muerto. Nanabel sabía lo que Elara era y me conoce, no se había dejado engañar por las mentiras de la reina, había entendido el papel de Maven en la muerte de nuestro padre —eso es comunicación con el enemigo, ni Farley ni el coronel deben saberlo: príncipe de Norta o no, cualquiera lo haría fusilar si se enterara—. Estaba desesperado y ahora sé que aunque fue una tontería —añade—, resultó útil. Ella prometió liberarte cuando llegara la oportunidad y la boda fue esa oportunidad. De seguro le ofreció apoyo a Volo Samos para asegurar tu fuga y valió la pena. Ahora estás aquí gracias a ella.

—¿Así que la pusiste al tanto del ataque contra Arcón? —hablo despacio, debo entender. Él se acerca con una velocidad cegadora y se arrodilla para tomar mis manos. Pese a que sus dedos arden, no los aparto.

—Sí, está más dispuesta a tratar con Montfort de lo que creí.

—¿Se *comunicó* con ellos?

—Lo hace todavía —parpadea, por un segundo yo querría tener colores que maldecir.

—¿Cómo es posible?

—Me imagino que no necesitas una explicación sobre el funcionamiento de los radios y sus operadores —sonríe, la broma no me causa gracia—. Es obvio que Montfort está dispuesto a colaborar con los Plateados, sean quienes sean, para cumplir sus metas. Ésta es una —busca las palabras correctas— sociedad entre iguales, buscan lo mismo —el escepticismo casi me hace reír, ¿Plateados de la realeza que colaboran con Montfort... y con la Guardia? ¡Suena completamente ridículo!

—¿Y qué quieren?

—Derrocar a Maven —me recorre un escalofrío pese al calor del verano y la proximidad de Cal, lágrimas que no controlo amagan con derramarse.

—Quieren un trono de todas maneras.

—No...

—Un rey Plateado controlado por Montfort pero un rey Plateado al fin y al cabo, y los Rojos olvidados como siempre.

—Te juro que las cosas no son así.

—*¡Viva Tiberias VII!* —susurro y él se turba—. Cuando las Casas se rebelaron, Maven interrogó a sus miembros y todos los torturados murieron con esas palabras en la boca —su rostro se muda en un gesto de tristeza.

—Yo no pedí eso —murmura—, no quise eso —el joven arrodillado frente a mí nació para portar una corona, el deseo no tuvo nada que ver con su educación, el deseo le fue extirpado a base de golpes a temprana edad, reemplazado por el deber, por lo que según su maldito padre debía ser un rey.

—¿Qué quieres entonces? —Kilorn me hizo esta pregunta y con eso me dio un motivo, un propósito, un camino claro en la oscuridad—. ¿Qué quieres, Cal?

—Te quiero a ti —responde en el acto con ojos ardientes y aprieta mis dedos entre los suyos, cálidos aunque de temperatura estable. Se contiene lo más posible—. Te amo, te quiero más que a nada en el mundo.

Amor no es una palabra que nosotros usemos. La sentimos, la insinuamos, no la decimos. Hacerlo se siente definitivo, es una declaración de la que uno no puede retractarse. Soy una ladrona, conozco mis salidas. Fui una prisionera, no soporto las puertas cerradas. Pero los ojos de Cal están tan cerca, tan ansiosos, y yo siento lo mismo. Pese a que esas palabras me aterran, son la verdad, ¿y no dije que empezaría a decir la verdad?

—Yo también te amo —susurro y me inclino para apoyar mi frente en la suya, pestañas ajenas se agitan junto a mi piel—. Promételo, promete que no te irás, que no volverás con ellos, que no echarás abajo todo aquello por lo que mi hermano murió.

—Te lo prometo —su largo suspiro envuelve mi cara.

—¿Recuerdas cuando dijimos que no debía haber distracciones entre nosotros?

—Sí —pasa un dedo calcinante por mis aretes, los toca uno por uno.

—Distráeme.

VEINTISÉIS
Mare

Mi entrenamiento continúa por partida doble y me deja
exhausta. Esto es lo mejor. La fatiga vuelve fácil que
duerma y difícil que me preocupe. Cada vez que la duda
aqueja a mi cerebro, respecto a Cal, las Tierras Bajas o cualquier cosa cerca de mí, estoy demasiado cansada para resol-
verla. Corro y levanto pesas con Cal en las mañanas, y así
aprovecho los duraderos efectos de la roca silente. Después de
su peso, ningún esfuerzo físico se me complica. Él abunda un
poco en la teoría entre una tanda y otra, a pesar de que le aseguro que Ella ya cubrió eso. Sólo alza los hombros y continúa.
No menciono que el entrenamiento al que la nuevasangre
me somete es más salvaje, concebido como está, para matar.
Pese a que Cal fue educado para el combate, tuvo siempre a
la mano un sanador de la piel. Su versión de la práctica de boxeo es muy distinta a la de ella, que persigue la aniquilación
total, en tanto que él se orienta a la defensa. Su renuencia a
matar Plateados a menos que sea indispensable cobra especial
relevancia en mis horas con los electricones.

La nuevasangre Ella es pendenciera. Sus tormentas se
congregan con una velocidad asombrosa, extraen nubes negras de cielos despejados para desatar una inclemente descarga

de relámpagos. La recuerdo en Arcón, donde empuñaba un arma con una mano y el rayo en la otra. La agilidad mental de Iris Cygnet fue lo único que le impidió hacer de Maven una pila de humeantes cenizas. Aunque creo que necesitaré muchos años de entrenamiento para que mi relámpago sea algún día tan destructivo como el suyo, su tutela es invaluable. De ella aprendo que el rayo de tormenta es más poderoso que ningún otro, más caliente que la superficie del sol, con la fuerza precisa para desgajar incluso el cristal de diamante. Un solo relámpago como el suyo me deja tan vacía que apenas me sostengo en pie, y ella lo ejerce por diversión y práctica de tiro. Una vez hizo que atravesara a toda prisa un campo minado de rayos de tormenta a fin de poner a prueba mi agilidad.

El rayo de telaraña, como Rafe lo llama, es más modesto. Él usa relámpagos y chispas de sus manos y pies para formar telarañas verdes que protejan su cuerpo. A pesar de que también puede invocar tormentas, prefiere métodos más certeros y combate con precisión. Su relámpago puede adoptar formas diversas. Él es un experto del escudo, ondulada crepitación de energía eléctrica que podría detener una bala, y del látigo, que perfora rocas y huesos. Esto último es un espectáculo imponente, un arco enervante de electricidad que se mueve como una soga funesta capaz de quemar todo lo que se interponga en su camino. Siento la fuerza de esta variante cada vez que practico boxeo. Pese a que no me duele tanto como a otros, un relámpago fuera de mi control cala hondo. Por lo general termino con los pelos en punta. Y cuando Cal me besa, recibe una o dos descargas eléctricas.

El sosegado Tyton no practica el boxeo con ninguno de nosotros y, de hecho, con nadie. No ha dado ningún nombre a su especialidad, aunque Ella la llama rayo de pulsación. Su control de la electricidad es admirable. Sus chispas blanquísimas, densas y pequeñas, contienen la fuerza de un rayo de tormenta, son como una bala metálica viviente.

—Te enseñaría el rayo de cerebro —me dice un día—, pero dudo que alguien se ofrezca a colaborar en la demostración.

Pasamos juntos por los círculos de la práctica de boxeo para emprender la larga marcha por la base hasta la Colina de la Tormenta. Ahora que ya llevo algo de tiempo con ellos, Tyton me dirige un poco más que unas cuantas palabras, pese a que no deja de ser sorpresivo oír su voz lenta y metódica.

—¿Qué es el rayo de cerebro? —pregunto intrigada.

—Lo que su nombre dice.

—¡Qué útil! —se burla Ella a mi lado sin soltar la trenza con que arregla su cabello reluciente, que no ha teñido en varias semanas a juzgar por el rubio sucio de las raíces—. Él quiere decir que el cuerpo humano opera sobre una pulsación de señales eléctricas muy pequeñas, tan veloces que detectarlas es difícil y controlarlas, casi imposible. Como están más concentradas en el cerebro, es fácil aprovecharlas ahí —dirijo una mirada atónita a Tyton, quien prosigue su marcha con el cabello blanco sobre un ojo y las manos hundidas en los bolsillos, retraído, como si lo que Ella acaba de decir no fuese aterrador.

—¿Puedes controlar el cerebro de una persona? —un temor helado me sacude como si me hundieran un cuchillo en el vientre.

—No como supones.

—¿Cómo sabes...?

—Porque eres muy predecible, Mare. Aunque no leo el pensamiento sé que seis meses a merced de un susurro volvería desconfiado a cualquiera —suspira de fastidio, levanta una mano, una chispa más brillante y cegadora que el sol ondula por sus dedos; tocarla podría destrozar a un hombre—. A lo que Ella se refiere es que puedo ver a una persona y derribarla como si fuera un saco de martillos, afectar la electricidad de su cuerpo, provocarle un ataque si me apiado de ella, matarla en caso contrario.

—¿Alguno de ustedes ha aprendido eso? —pestañeo ante Ella y Rafe, ambos ríen.

—No tenemos ni de lejos el control requerido —responde Ella.

—Tyton puede matar a alguien con discreción y sin que nadie lo advierta —explica Rafe—. Podríamos estar cenando en el comedor y ver al primer ministro caer de pronto en el extremo opuesto a causa de un ataque que le costara la vida sin que Tyton parpadee ni deje de comer. ¡Claro que no creemos que vayas a hacerlo! —lo palmea en la espalda, Tyton reacciona apenas.

—Es un consuelo.

¡Qué manera tan monstruosa y tan útil de usar nuestra habilidad!

En los círculos de la práctica de boxeo alguien lanza gritos de frustración. El ruido me atrae y cuando volteo descubro que un par de nuevasangre pelea. Kilorn supervisa la práctica y nos saluda con un ademán.

—¿Darán hoy una oportunidad a los anillos? —señala los círculos de tierra que delimitan la práctica boxística—. Hace mucho que no veo echar chispas a la Niña Relámpago.

Siento un inesperado tirón de ansiedad. Pese a que me agradaría practicar con Ella o Rafe, enfrentar un relámpago con otro no sería precisamente útil. No hay razón de que

514

entrenemos con algo que no hemos de hallar durante un largo periodo.

La electricona Ella reacciona antes de que yo pueda hacerlo y da un paso al frente.

—Practicamos en la Colina de la Tormenta y ya se nos hizo tarde —Kilorn levanta una ceja, desea mi respuesta, no la de ella.

—A mí no me molestaría hacerlo, deberíamos instruirnos con lo que Maven posee en su arsenal —digo con un tono diplomático. Aunque Ella y Tyton me simpatizan, pese a lo poco que sé de él, tengo voz propia y creo que no llegaremos demasiado lejos si sólo peleamos entre nosotros—. Me gustaría practicar aquí el día de hoy —Ella abre la boca para discutir, pero Tyton habla primero.

—Está bien —dice—. ¿Con quién?

Con lo más parecido a Maven que tengamos.

—Soy mucho mejor en esto que él —Cal estira un brazo hacia arriba y el bíceps se tensa contra el fino algodón. Sonríe cuando lo miro, disfruta de la atención, arrugo la frente y cruzo los brazos. A pesar de que no ha aceptado mi solicitud, tampoco se ha negado. Y el hecho de que haya interrumpido su rutina de entrenamiento para acudir a los círculos de la práctica de boxeo dice bastante.

—Eso vuelve más fácil enfrentarlo —cuido mis palabras. *Enfrentar*, no *matar*. Desde que él mencionó su búsqueda de alguien que pueda *componer* a su hermano, tengo que andar con cautela. Por más que quiera matar a Maven por lo que me hizo, no puedo decirlo en voz alta—. Si peleo contigo en el entrenamiento, él no representa dificultad alguna —se sacude el polvo de los pies, tantea el terreno.

—Nosotros ya peleamos.

—Bajo la influencia de un susurro, alguien que manejaba los hilos, no es lo mismo.

En la orilla del círculo se forma un grupo de observadores. Cuando Cal y yo ponemos pie en el mismo terreno de práctica, la voz corre rápido. Creo incluso que Kilorn recibe apuestas, serpentea entre la docena de nuevasangres con una sonrisa sospechosa. Uno de ellos es Reese, el sanador al que golpeé el día de mi rescate. Se mantiene a la espera al igual que de los sanadores de la piel cuando entrenaba con los Plateados, listo para remediar lo que podamos hacer añicos.

Tamborileo con mis dedos. Convoco al relámpago en mis huesos, responde a mi orden y siento que las nubes se acumulan en lo alto.

—¿Me harás perder más tiempo en lo que piensas una estrategia o ya podemos comenzar?

Él parpadea y persiste en sus estiramientos.

—Ya casi termino —responde.

—De acuerdo.

Me agacho para frotar mis manos con el polvillo y limpiar el sudor. Aprendí esto de Cal, quien sonríe y hace lo mismo. Para sorpresa y deleite de más de alguno, se quita la camisa y la arroja a un lado.

Una mejor alimentación y un entrenamiento arduo nos han vuelto más musculosos a ambos, aunque yo soy ágil, esbelta y de finas curvas y él todo ángulos firmes y líneas tajantes. Lo he visto desvestido en muchas ocasiones y de todos modos me sonrojo de pies a cabeza. Trago saliva, veo de reojo que Ella y Rafe lo miran con interés.

—¿Es una maniobra de distracción? —finjo que hago caso omiso de su acto, ignoro el calor que se esparce por mi cara.

Él ladea la cabeza, es la imagen misma de la inocencia y hasta se palmea el pecho para forzar una exclamación como si dijese: ¿Quién, yo?

—Al final freirás la camisa de todas formas, ahorro provisiones. Un buen soldado —añade, empieza a dar vueltas— aprovecha todas las ventajas de que dispone —el cielo no cesa de oscurecerse, ahora es un hecho que oigo a Kilorn recibir apuestas.

—Ah, crees tener la ventaja, ¡qué lindo!

Igualo sus movimientos, circulo en la dirección contraria. Mis pies se mueven por sí solos, confío en ellos. La adrenalina se siente cercana, es hija de Los Pilotes, el ruedo de entrenamiento, cada batalla en la que he estado. Y echa raíces en mis nervios.

Escucho la voz de Cal en mi cabeza mientras se tensa y adopta una postura demasiado común. *Quemador, diez metros.* Pongo las manos en mis costados, mis dedos se mueven cuando chispas purpúreas saltan sobre mi piel. Al otro lado del círculo él agita sus muñecas y un calor ardiente atraviesa mis palmas.

Grito, salto hacia atrás y veo que mis centellas son una flama roja, me las arrebató. Con un arranque de energía las convierto en relámpago y ondean; aunque quieren tornarse fuego me concentro e impido que escapen a mi control.

—¡Primer tanto para Calore! —grita Kilorn en la orilla del círculo. Una mezcla de vítores y abucheos se esparce entre la multitud creciente. Kilorn aplaude y patalea, me recuerda el ruedo, Los Pilotes, cuando él animaba a los campeones Plateados—. ¡Vamos, Mare, dale duro!

Me doy cuenta de que ésta es una buena lección. Cal no tenía que iniciar nuestra práctica con la revelación de algo para lo que no estaba preparada. Habría podido contenerlo, esperar a usar después esa ventaja invisible. En cambio, fue la primera pieza que usó, será indulgente conmigo.

Primer error.

Me hace señas a diez metros para que continúe, es una burla barata. Él es mejor en la defensa, desea que me aproxime, ¡si tú lo quieres!

A la orilla del anillo, Ella hace una advertencia a sus compañeros:

—Yo me haría para atrás si fuera ustedes.

Mi puño se cierra y el relámpago cae. Azota con una fuerza cegadora, da en el centro del círculo como una flecha en una diana. No se hunde en el suelo, no hace crujir la tierra como debería. Empleo entonces una combinación de tormenta y telaraña. El rayo violáceo cruza el círculo de práctica, vuela sobre la tierra a la altura de las rodillas. Cal sube un brazo para cubrir sus ojos del destello y usa el otro para tender las chispas a su alrededor y convertirlas en una flama azul abrasadora. Corro y hago estallar el relámpago cuya vista no soporta. Me deslizo con un rugido en sus piernas y lo derribo, las chispas lo atacan y cae, el choque lo sacude mientras me levanto de un soplo.

Aunque el calor al rojo vivo toca mi cara, lo repelo con un escudo de electricidad. Caigo en tierra también, las piernas se me doblan. Mi rostro impacta en el piso y muerdo el polvo. Una mano ardiente sujeta mi hombro y giro sobre el codo, le doy en la mandíbula, eso quema igual. Todo su cuerpo arde en llamas, rojas y naranjas, amarillas y azules. Olas de calor distorsionan las pulsaciones que proceden de él, hacen que el mundo entero se balancee y ondule.

Apoyo el brazo en tierra y lanzo el pie, golpeo su cara tan fuerte como puedo. Se encoge y esto asfixia en cierto modo sus llamas, me da tiempo para levantarme. Con otro giro de mis brazos doy forma a un relámpago restallante que silba y chisporrotea en el aire. Él esquiva cada golpe, rueda y se encorva con la ligereza de un bailarín. Mi electricidad escupe bolas de fuego, son las piezas que aún no puedo controlar. Cal las convierte en flagelos móviles que cercan el área como un infierno. El púrpura y el rojo chocan, el ardor y la chispa, hasta que la tierra apisonada a nuestros pies se agita como un mar impetuoso y el cielo se ennegrece con una lluvia de truenos.

Él danza tan cerca que podría atacarlo. Siento la fuerza de su primera oleada cuando caigo debajo de ella, huele a pelo quemado. Conecto un golpe y le asesto un codazo brutal en un riñón. Se queja de dolor, reacciona, pasa por mi espalda sus dedos que me desgarran. Mi piel se llena de nuevas ampollas y me muerdo el labio para no gritar. Cal detendría la pelea si supiera cuánto duele. El suplicio me sube por la espalda y mis rodillas flaquean. Muevo rápido los brazos para no caer y el relámpago me sostiene. Soporto el sufrimiento calcinante porque debo saber lo que se siente, Maven podría ser peor cuando llegue el momento.

Uso de nuevo la telaraña, una maniobra defensiva para alejar sus manos de mí. Un rayo vigoroso sube por su pierna hasta sus músculos, sus huesos y sus nervios, el esqueleto de un príncipe aparece en mi cabeza. Contengo el golpe y evito así un daño permanente. Él se retuerce, cae de costado, me arrojo sin pensar sobre las pulseras que le he visto quitarse y ponerse una docena de veces. Debajo de mí sus ojos se entornan e intenta repelerme, las pulseras vuelan por los aires, lanzan destellos violáceos cuando chocan con mis chispas.

Un brazo rodea mi cintura, me da la vuelta, el suelo en mi espalda es una lengua de fuego al rojo blanco. Esta vez grito, pierdo el control, chispas emanan de mis manos y Cal se recupera, se libra de la furia del relámpago.

La lucha se encona, me levanto, mis dedos se sumergen en la tierra; a unos metros de distancia él hace lo mismo, despeinado por la estática. Ambos estamos heridos, somos demasiado orgullosos para ceder. Nos paramos como ancianos, tambaleantes sobre frágiles piernas. Desprovisto de sus pulseras, él recurre al pasto que se quema en la orilla del círculo, forma flamas con brasas que me arroja justo cuando mi rayo trepida de nuevo.

Chocan... contra una trémula pared azul que absorbe la fuerza de ambos impactos y desaparece como una ventana recién lavada.

—Quizás en la próxima ocasión deberían practicar en el campo de tiro —dice Davidson.

El primer ministro luce hoy como cualquiera, con su uniforme verde en el límite del círculo, o lo que queda de él. La tierra y la hierba son ya un caos carbonizado y descompuesto, un campo de batalla destruido por nuestras habilidades.

Me siento entre silbidos, agradezco en secreto que esto haya acabado. Hasta cuando respiro me duele la espalda. Debo ponerme de rodillas e inclinarme hacia delante, aprieto los puños y así contengo el dolor.

Cal da un paso hacia mí y se desploma, cae sobre sus codos. Jadea ruidosamente, su pecho sube y baja por la tensión. Ni siquiera tiene fuerzas para sonreír, el sudor lo cubre de la cabeza a los pies.

—Y sin público, de ser posible —agrega Davidson y a sus espaldas, mientras el humo se disipa, otra pared azul separa a los espectadores del círculo de la práctica y a un gesto suyo cobra paulatina existencia. Él adopta una tensa e insípida sonrisa y señala el símbolo impreso en su brazo, su designación, un hexágono blanco—. Soy un escudo, puedo ser útil.

—Eso está por verse —clama Kilorn, viene hacia mí y se acuclilla a mi lado—. ¡Reese! —añade sobre su hombro.

Pero el sanador pelirrojo se mantiene inmóvil a unos metros.

—Sabes que ése no es el procedimiento.

—¡Basta, Reese! —chilla Kilorn, aprieta exasperado los dientes—. Ella tiene quemada la espalda y él apenas puede caminar.

Cal parpadea hacia mí, jadea todavía. Su rostro refleja pesar y preocupación, aunque también dolor. Sufro tanto como él. El príncipe hace su mayor esfuerzo por demostrar que es fuerte e intenta incorporarse. Todo se reduce a un siseo y cae de inmediato otra vez.

Reese se mantiene firme.

—La práctica de boxeo tiene consecuencias, no somos Plateados, debemos estar conscientes del efecto que nuestras habilidades tienen en los demás —pese a que sus palabras suenan ensayadas, yo estaría de acuerdo si no experimentara tanto dolor. Recuerdo los redondeles donde los Plateados se enfrentaban por deporte, sin miedo, y mi entrenamiento en la Mansión del Sol. Un sanador de la piel estaba alerta siempre, listo para atender cada rasguño. A los Plateados no les importa lastimar a otros porque las consecuencias no son duraderas. Reese nos ve y casi apunta hacia nosotros un dedo acusador—. Esto no pone en peligro su vida. Deberán pasar veinticuatro horas así, es el protocolo, Warren.

—En condiciones normales yo estaría de acuerdo —dice Davidson y se desplaza con pie firme junto al sanador, en quien fija una mirada vacía—, pero desafortunadamente necesito a estos dos en buen estado y los necesito ahora. Hazlo.

—Señor…

—Hazlo.

La tierra me raspa los dedos, es el menor de los alivios mientras clavo mis manos en la superficie. Si eso significa terminar esta tortura, escucharé todo lo que el primer ministro quiera y lo haré con una sonrisa.

El overol que visto como uniforme me irrita la piel y huele a desinfectante. Me quejaría pero no tengo la capacidad mental después de escuchar el más reciente informe de los agentes de Davidson. Incluso el primer ministro se muestra consternado, da vueltas ante la larga mesa de consejeros militares, entre quienes Cal y yo nos encontramos. Apoya el mentón en un puño y mira el suelo con ojos indescifrables.

Farley lo observa un largo momento antes de leer la meticulosa letra de Ada. La nuevasangre poseedora de intachable información de inteligencia es ya una oficial, colabora con Farley y la Guardia Escarlata. No me sorprendería que también nombraran oficial a Clara, la bebé, quien dormita en el pecho de su madre bien envuelta en un canguro de tela. Una corona de pelusa castaño oscuro salpica su cabeza, es cierto que se parece a Shade.

—Cinco mil soldados Rojos de la Guardia Escarlata y quinientos nuevasangre de Montfort mantienen en su poder el cuartel de Corvium —recita Farley de las notas de Ada—. Se calcula que los efectivos de Maven suman miles, todos ellos Plateados, y se concentran en Fort Patriot, Harbor Bay y a las afueras de Detraon, en la comarca de los Lagos. No disponemos de cifras exactas ni de un conteo de habilidades.

Mis manos tiemblan sobre el tablero y las meto debajo de mis piernas. No puedo dejar de pensar en quién diablos ayuda a

Maven en su intento de recuperar la ciudad-fortaleza: la Casa de Samos se ha marchado; las de Laris, Iral y Haven también; igual la de Leorlan, si la abuela de Cal es de fiar. Por más que quisiera desaparecer, me obligo a hablar.

—Él cuenta con el firme apoyo de las Casas de Rhambos y Welle, colosos, guardafloras, y también de la de Arven. Podrán neutralizar cualquier ataque de los nuevasangre —no explico más, sé por experiencia lo que los Arven pueden hacer—. No conozco a los lacustres más allá de los ninfos de la realeza.

—Yo sí —el coronel apoya las palmas en la mesa—, pelean duro, resisten, y la lealtad a su rey es indeclinable. Si éste brinda apoyo al maldito... —hace una pausa y mira de soslayo a Cal, quien no reacciona— de Maven, no dudarán en seguirlo. Sus ninfos son los más implacables, desde luego, seguidos por los tormentas, escalofríos y forjadores de vientos. Los feroces caimanes son un grupo muy peligroso también.

Me estremezco cada vez que él nombra a una de estas camarillas.

Gira sobre sus talones para mirar a Tahir en su silla. Está incompleto sin su gemelo y se inclina en una posición extraña, como si compensara su ausencia.

—¿Tiene un nuevo dato sobre la fecha del ataque? —pregunta—. Si fuera dentro de una semana tendríamos más tiempo.

Tahir baja los párpados y se concentra en otra cosa, muy lejos de la sala, dondequiera que su hermano se encuentre. Como sucede en otras operaciones de la Guardia, la ubicación de Rash es secreta, aunque puedo adivinar dónde se halla. En su momento, Salida fue infiltrada en el ejército nuevasangre de Maven. Rash es su perfecto reemplazo, quizá trabaja como sirviente Rojo en la corte, ¡magnífico! Usa su vínculo con Tahir para transmitir información con igual rapidez que un radio o enlace sin evidencias ni posibilidad de intercepción.

—Estoy aún en proceso de confirmación —dice despacio—, se rumora que… —se paraliza, forma con la boca una O de sorpresa— ¡será en un máximo de veinticuatro horas, un ataque desde ambos lados de la frontera!

Me muerdo el labio y lo sangro. ¿Cómo es posible que ocurra tan pronto, sin previo aviso?

Cal comparte mi sentir.

—Creí que ustedes vigilaban el movimiento de tropas, un ejército no se concentra de la noche a la mañana —emite una ligera corriente de calor que asa mi costado derecho.

—Sabemos que la mayoría de las tropas se ubican en la comarca de los Lagos. La esposa de Maven y su alianza nos ponen en un leve aprieto —explica Farley—. No tenemos ni de cerca los recursos suficientes en esa nación, con casi toda la Guardia congregada aquí. Nos es imposible monitorear tres países al mismo tiempo…

—¿Están completamente seguros de que el objetivo es Corvium? —interrumpe Cal.

—Toda la inteligencia apunta a eso —asiente Ada sin traza alguna de vacilación.

—A Maven le gustan las trampas —detesto decir su nombre—. Podría ser una treta para atraernos en masa y atraparnos en el camino —recuerdo el estruendo de nuestro jet derribado en pleno vuelo, convertido en filos serrados contra las estrellas—. O una simulación: nos lanzamos sobre Corvium y él ataca el País Bajo, para desequilibrarnos.

—Por eso debemos esperar —Davidson aprieta un puño que revela su resolución—. Dejemos que se muevan primero para planear nuestro contraataque. Si no lo hacen sabremos que fue una celada.

—¿Y si es una ofensiva en toda forma? —la piel del coronel se enrojece tanto como su ojo.

—Actuaremos rápidamente una vez que conozcamos sus intenciones...

—¿Y cuántos de mis soldados morirán mientras ustedes actúan rápidamente?

—Tantos como los míos —replica Davidson—. No finja que los suyos son los únicos que derramarán sangre.

—¿Los míos...?

—¡Basta! —Farley grita tan fuerte que despierta a Clara, quien tiene tan buen carácter que apenas parpadea soñolienta por la interrupción de su siesta—. Si no podemos conseguir más información, nuestra única opción es esperar. Ya hemos cometido suficientes errores por precipitarnos —*Demasiadas veces para contarlas.*

—Es un sacrificio, lo admito —el primer ministro se muestra tan serio como sus generales, pétreo e impasible por la noticia. Si hubiera otra vía la seguiría, nadie la ve, ni siquiera Cal, guarda silencio—, un sacrificio de centímetros, centímetros por kilómetros.

El coronel profiere una exclamación iracunda, sacude de un puñetazo la mesa del consejo. Una jarra de agua se bambolea y Davidson la sostiene con reflejos rápidos y precisos.

—Necesitaré que te coordines, Calore.

Con su abuela, con los Plateados, con las personas que me vieron en cadenas y no hicieron nada hasta que fue conveniente, las personas que pensaban aún que mi familia debía ser de esclavos. Me muerdo la lengua. Las personas que debemos conquistar para nuestra causa.

Cal baja la cabeza.

—El reino de la Fisura ha comprometido su apoyo. Tendremos a soldados de las Casas de Samos, Iral, Laris y Lerolan.

—El reino de la Fisura... —digo entre dientes, casi escupo. Evangeline consiguió su corona después de todo.

—¿Y qué hay de usted, Barrow? —levanto la vista y encuentro la de Davidson, de rostro inexpresivo e indescifrable—. ¿Contaremos con usted también?

Mi familia resplandece un segundo ante mis ojos. Debería avergonzarme de que mi cólera, la rabia que arde sin cesar en la boca de mi estómago y en todos los rincones de mi cerebro, pese más que ella. Aunque mamá y papá me matarán por haberme marchado de nuevo, estoy dispuesta a participar en una guerra con tal de hallar algo que se asemeje a la paz.

—Sí.

VEINTISIETE
Mare

No es una trampa ni una celada. Gisa me despierta a sacudidas después de la medianoche con ojos cargados de preocupación. Hablé con mi familia durante la cena. Como era de esperar, mi decisión no le alegró precisamente. Mamá hurgó lo más que pudo, lloró por Shade —una herida fresca todavía— y mi captura, me dijo que era una egoísta por marcharme de nuevo.

Sus reproches se convirtieron más tarde en disculpas y susurros sobre lo valiente que soy, demasiado valiente, obstinada y preciosa para dejarme partir.

Papá guardó silencio, con sus nudillos blancos sobre el bastón. Somos iguales, tomamos decisiones y las cumplimos, aunque sean malas.

Cuando menos Bree y Tramy comprendieron. No se les requirió para esta misión y eso es consuelo suficiente.

—Cal está abajo —susurra Gisa con manos ansiosas sobre mis hombros—. Tienes que irte.

Mientras me incorporo con el uniforme ya puesto, tiro de ella para darle un último abrazo.

—Has repetido mucho esto… —intenta hacerse la graciosa sobre los sollozos que le cierran la garganta—. Vuelve esta vez.

Asiento, no prometo.

Kilorn nos alcanza en el pasillo con ojos adormilados y en pijama. Tampoco vendrá, Corvium excede sus límites, es otro consuelo amargo. Yo me quejaba de que debía cargar con él, afligida por el joven pescador bueno para los nudos y nada más, y ahora lo extrañaré mucho, sobre todo porque nada de eso es cierto: me protegió y me ayudó más de lo que hice por él.

Aunque abro la boca para decirlo, me calla con un presuroso beso en la mejilla.

—Intenta despedirte y te arrojaré por la escalera.

—¡No! —suelto.

Mi pecho se tensa y se me dificulta respirar mientras desciendo por cada uno de los peldaños a la planta baja.

Todos esperan, tan lúgubres como un escuadrón de fusilamiento. Los ojos de mamá lucen rojos e inflamados, los de Bree igual. El gigante me abraza primero, me levanta del piso, suelta un sollozo en mi cuello. Tramy es más reservado. Farley se encuentra en el corredor también, carga a Clara, la mece de un lado a otro. Mamá cuidará de ella, desde luego.

Por más que quiero aferrarme a cada segundo, todo se borra, el tiempo pasa rápido. Mi cabeza gira y antes de que sepa lo que ocurre ya estoy en la puerta, desciendo los escalones y subo a un vehículo. ¿Papá le dio la mano a Cal o aluciné, sigo dormida, es esto un sueño? Las luces de la base de las Tierras Bajas cruzan la oscuridad como estrellas fugaces. Los faros del transporte cortan las sombras, iluminan el camino que lleva al campo de aviación. Escucho ya el rugir de los motores y el estrépito de los aviones a reacción que enfilan hacia el cielo.

La mayoría de ellos son jets de salto, diseñados para transportar con extrema rapidez a un abultado número de soldados.

Descienden en vertical, sin pistas de aterrizaje, y pueden ser pilotados directo a Corvium. Me invade una horrible sensación de familiaridad cuando abordamos el nuestro. La última ocasión que lo hice, pasé seis meses como prisionera y volví convertida en un fantasma.

Cal siente mi molestia y se ocupa de abrochar con dedos ágiles mi cinturón de seguridad en lo que miro la rejilla metálica bajo mis pies.

—No sucederá de nuevo —murmura, tan bajo que sólo yo puedo oírlo—, esta vez será distinto —tomo su rostro en mis manos, hago que se detenga y me mire.

—¿Por qué se siente igual, entonces? —sus ojos broncíneos buscan una respuesta en los míos, no la encuentran, me besa como si eso remediara algo. Sus labios queman los míos, dura más de lo que deberían, sobre todo con tantas personas a nuestro alrededor, pero nadie protesta.

Cuando se aparta, deposita algo en mi mano.

—No olvides quién eres —susurra.

No hace falta que mire para saber que es un arete, una piedrita de color engastada en metal, algo para decir *Adiós*, *Ten cuidado*, *Recuérdame si acaso nos separamos*, otra tradición de mi antigua vida. La aprieto en mi puño, casi permito que su alfiler traspase mi piel. La veo después de que él se ha sentado frente a mí.

Es roja, por supuesto. Roja como la sangre, como el fuego, como la cólera que nos consume vivos a ambos.

Incapaz de perforar mi oído en este momento, la guardo, pongo a salvo la piedra diminuta. Pronto se sumará a las demás.

Farley se mueve con determinación, toma asiento junto a los pilotos de Montfort. Cameron la sigue, exhibe una tensa sonrisa cuando se sienta. Viste por fin un uniforme verde de oficial, como Farley, aunque el de ésta es distinto, no verde sino rojo oscuro y con una *C* blanca en el brazo, por *Comandancia*. Se rapó de nuevo en previsión de lo que vendrá, renunció a varios centímetros de su rubia cabellera en favor de su viejo estilo. Luce severa, con su torcida cicatriz facial y unos ojos azules capaces de penetrar cualquier armadura. Le sienta bien. Entiendo por qué la amaba Shade.

Pese a que tiene una razón para abandonar la lucha, más que cualquiera de nosotros, persiste. Me transmite un poco de su resolución. Si ella puede hacer esto, yo también puedo.

Davidson es el último que aborda el avión y con él somos cuarenta. Sigue a una escuadra de gravitrones a los que identifican sus distintivos de líneas descendentes. Usa su mismo uniforme maltrecho y, contra su costumbre, está despeinado. Dudo que haya dormido, lo que me asemeja un poco más a él.

Se inclina ante nosotros mientras camina por todo el jet y se sienta con Farley. Inclinan la cabeza casi de inmediato, en común acuerdo.

Mi sentido eléctrico ha mejorado mucho gracias a mi labor con los electricones. Siento el cableado de la aeronave, cada chispa, cada pulsación. Ella, Rafe y Tyton nos acompañan, desde luego, pero nadie se atrevería a reunirnos en el mismo jet de salto. Si ocurriera lo peor, no moriríamos todos.

Cal juguetea en su asiento con nerviosa energía y yo hago lo contrario, trato de insensibilizarme, de ignorar la furia voraz que clama por ser liberada. No he visto a Maven desde mi fuga e imagino su rostro como entonces, que me grita entre la multitud e intenta voltear. No quería que me marchara. Y cuando envuelva su garganta entre mis manos, no lo soltaré, no tendré miedo. Una batalla es todo lo que se interpone en mi camino.

—Mi abuela traerá a tantos como pueda —murmura Cal—. Aunque Davidson ya lo sabe, no creo que te hayan avisado.

—¡Ah!

—Tiene consigo a la Casa de Lerolan, y a las demás Casas rebeldes. También a la de Samos.

—La princesa Evangeline... —balbuceo, río todavía de sólo pensarlo.

—Por lo menos tiene ahora su propia corona —resopla conmigo— y no debe robar la de nadie.

—Ustedes estarían casados ahora si... —*si* significa muchas cosas.

—Casados el tiempo necesario para estar locos de remate —asiente—. Ella habría sido una buena reina, pero no para mí —toma mi mano sin mirar—. Y habría sido una esposa terrible.

Pese a que no tengo energía para seguir esta insinuación, una ráfaga de calidez brota en mi pecho.

El jet se sacude y acelera. Los rotores y motores chirrían, ahogan toda conversación. Con otra sacudida nos elevamos para sumergirnos en la calurosa noche de verano. Cierro los ojos un momento e imagino lo que está por venir. Conozco Corvium por fotografías y programas de televisión: negras paredes de granito, refuerzos de hierro y oro, una fortaleza inmensa que era a menudo la última escala de cualquier soldado en dirección al Obturador. En otra vida, yo habría pasado por ahí. Ahora está bajo asedio por segunda ocasión en este año. Las fuerzas de Maven emprendieron la marcha hace unas horas y aterrizaron en su pista en Rocasta antes de continuar por tierra. Deberán estar pronto en las murallas, antes que nosotros.

Cedemos centímetros por kilómetros, dijo Davidson.

Espero que tenga razón.

Cameron arroja sus cartas en mi regazo. Cuatro reinas me miran con provocadora actitud.

—Cuatro grandes damas, Barrow —dice entre risas—. ¿Qué sigue, apostarás tus malditas botas? —sonrío y junto las cartas en la pila, descarto mi inútil mano de números rojos y un príncipe negro.

—No te quedarían —respondo—, no tengo pies de canoa —lanza una carcajada, echa atrás la cabeza y sacude los pies, muy largos y delgados, en efecto. En bien de nuestros recursos, espero que ya haya terminado de crecer.

—¡Juguemos otra ronda! —se regodea y extiende una mano para requerir los naipes—. Apuesto una semana de lavandería —frente a nosotras, Cal deja de estirarse para resoplar.

—¿En verdad crees que Mare lava su ropa?

—¿Y usted, su alteza? —replico y sonrío, finge no escuchar.

Nuestras bromas son un bálsamo y una distracción. No tengo que entretenerme en la batalla que nos espera si termino desfalcada por la habilidad de Cameron para los naipes. Aprendió en las fábricas, claro. A pesar de que apenas entiendo en qué consiste este juego, me ayuda a concentrarme en el presente.

El jet de salto se balancea debajo de nosotros, rebota en una burbuja de turbulencia. Luego de muchas horas de vuelo, no me asusta y no dejo de barajar las cartas. Aunque el segundo impacto es más fuerte, no causa alarma. El tercero me arrebata los naipes de las manos, que se quedan volando en el aire. Caigo contra el respaldo de mi asiento y busco a tientas mi cinturón. Cameron hace lo mismo en tanto que Cal se abrocha y lanza una rápida mirada a la cabina. Sigo sus ojos y veo que ambos pilotos tratan desesperadamente de mantener nivelado el avión.

La vista por la ventanilla es más preocupante aún. Aunque ya debería haber amanecido, el cielo está negro.

—¡Tormentas! —deja escapar Cal en alusión al clima y los Plateados—. Tendremos que ascender.

Estas palabras salen apenas de sus labios cuando siento que el avión se inclina bajo mis pies para ganar altura. Un relámpago centellea en las entrañas de las nubes, es un rayo de verdad, nacido de las masas de cúmulos y no de la aptitud de un nuevasangre. Siento que palpita como un corazón a la distancia.

Me sujeto de las correas que cruzan mi pecho.

—No podremos aterrizar así.

—¡No podremos aterrizar de ningún modo! —gruñe Cal.

—Quizá yo pueda hacer algo, detener el rayo...

—¡No son rayos nada más! —su voz resuena aun sobre el rugido del avión en ascenso y más de una cabeza se vuelve hacia él, incluida la de Davidson—. Los forjadores de vientos y los tormentas alterarán nuestro rumbo en cuanto atravesemos las nubes y harán que nos estrellemos.

Sus ojos van y vienen por el jet para hacer un balance de nuestros recursos. Los engranajes giran en su cabeza a toda velocidad y mi temor da paso a la fe.

—¿Cuál es tu plan? —el avión corcovea de nuevo, nos hace rebotar en nuestros asientos. Esto no perturba al príncipe.

—¡Necesito gravitrones y te necesito a ti! —señala a Cameron.

—Creo saber qué te propones —asiente ella con mirada de acero.

—¡Llamen por radio a los demás jets! Necesitaremos un teletransportador aquí, debo saber dónde está el resto de los gravitrones, tendremos que distribuirlos.

—¡Ya lo oyeron! —Davidson baja la barbilla y asiente.

El trasfondo de la situación me llena de pánico cuando el aeroplano pasa a la acción. Los soldados revisan sus armas y se colocan su equipo táctico con rostros que desbordan aplomo, Cal en particular, quien abandona su asiento y se toma de los soportes para no perder el equilibrio.

—¡Vamos directo a Corvium!, ¿dónde está ese teletransportador? —Arezzo se materializa al instante, cae sobre una rodilla para detener su impulso.

—Esto no me gusta nada —escupe.

—Pues va a tener que gustarte, y a los demás transportadores también —repone Cal—. ¿Puedes saltar de un avión a otro?

—¡Por supuesto! —contesta, como si fuera la cosa más obvia del mundo.

—¡Bien! Una vez que bajemos, llevarás a Cameron al siguiente jet —*Bajemos*.

—Cal... —casi gimoteo, puedo hacer muchas cosas ¿pero eso?

Arezzo se truena los dedos y habla por encima de mí:

—¡Entendido!

—¡Gravitrones, usen sus cables, seis por cabeza, amarren fuerte!

Los nuevasangre en cuestión se levantan de un salto, sacan cuerdas de secciones especiales de sus chalecos tácticos, cada uno de los cuales cuenta con un montón de ganchos para transportar a varias personas dada la habilidad de aquéllos para manipular la gravedad. En la Muesca recluté a un hombre llamado Gareth que usaba su destreza para volar o saltar a grandes distancias. Pero no para saltar desde un jet.

De súbito siento unas náuseas atroces y el sudor rompe en mi frente.

—¿Cal? —digo de nuevo con voz un poco más alta, él me ignora.

—¡Protegerás el jet, Cam! Extrae todo el silencio que puedas, imagina una esfera, eso nos ayudará a mantenernos nivelados en medio de la tempestad.

—¡Cal! —grito por fin.

¿Soy la única que cree que es una acción suicida? ¿Soy la única persona cuerda aquí? Incluso Farley parece desconcertada, con los labios fruncidos en una línea sombría mientras se ata en uno de los seis gravitrones. Siente mis ojos, voltea, su cara titila un instante, refleja una pizca del terror que siento y me guiña un ojo. *Por Shade*, dice en silencio.

Cal me levanta, ignora mi temor o no lo nota. Me amarra al más alto de los gravitrones, una mujer larguirucha, se ata junto a mí y pasa su voluminoso brazo por mis hombros mientras el resto de mi ser se aprieta contra la nuevasangre. En todo el aeroplano los demás hacen lo mismo, flanquean las cuerdas de salvamento de sus gravitrones.

—¿Cuál es nuestra posición, piloto? —vocifera Cal sobre mi cabeza.

—¡Cinco segundos al centro! —obtiene por respuesta.

—¿Piensa pasar encima?

—¡Afirmativo, señor! ¡Sobre el centro, señor! —Cal aprieta los dientes.

—¿Arezzo?

—¡Lista, señor! —saluda.

Hay una alta probabilidad de que yo me aviente con esta pobre gravitrona sobre todo ese enjambre de personas.

—¡Tranquila! —sopla Cal en mi oído—. Sostente con fuerza, estarás bien. Cierra los ojos —¡claro que quiero hacerlo! Me desespero, golpeteo mis piernas, tiemblo, soy toda nervios y movimiento—. Esto no es una locura —musita—, la gente lo hace, los soldados entrenan para hacer cosas así —lo aprieto tanto que le duele.

—¿Tú lo has hecho? —traga saliva.

—¡Comienza, Cam! ¡Piloto, inicie el descenso!

La oleada de silencio me cae como un mazazo. No es suficiente para lastimarme, pero el recuerdo dobla mis rodillas. Aprieto los dientes para no gritar y cierro con tal fuerza los ojos que veo estrellas. El calor natural de Cal actúa como un ancla, aunque bamboleante. Me apiño contra su espalda como si pudiera ocultarme en él. Me murmura algo pero no lo escucho. No después de la sensación de lenta y sofocante oscuridad, y de una muerte aún peor. Mi pulso triplica su celeridad, se hunde en mi pecho hasta que pienso que va a explotar dentro de mí. Pese a que no puedo creerlo, quiero saltar del avión ya, hacer cualquier cosa que me permita huir del silencio de Cameron, cualquier cosa para dejar de recordar.

Apenas siento que el avión desciende o se mece en la tormenta. Cameron exhala con resoplidos constantes, intenta mantener una respiración uniforme. Si el resto de la nave siente el dolor de su habilidad, no lo demuestra. Descendemos en calma o quizá mi cuerpo se niega a oír más.

Cuando nos arrastramos al fondo y nos apretujamos en la plataforma de salida, me doy cuenta de lo que ocurre. El jet retumba azotado por vientos que Cameron no logra desviar. Ella grita algo que no entiendo debido a la percusión de la sangre en mis oídos.

El mundo se abre entonces debajo de mí y caemos.

Cuando la Casa de Samos derribó nuestro jet anterior, al menos tuvo la decencia de dejarnos en una jaula de metal. Ahora sólo tenemos el viento, la fría lluvia y la oscuridad huracanada que tiran de nosotros en todas las direcciones. Nuestro impulso debe ser suficiente para cumplir nuestro objetivo, pese a que nadie en sus cinco sentidos esperaría vernos saltar de un avión a miles de metros de altura en medio de una tempestad. El viento silba como el grito de una mujer, se clava en cada palmo de mí. Por lo menos la presión del silencio de Cameron ha desaparecido. Las venas de los relámpagos en las nubes me llaman como si se despidieran de mí antes de que me convierta en un cráter.

Todos gritan durante la caída, incluso Cal.

Aúllo todavía cuando nuestro ritmo empieza a aminorar a unos quince metros sobre las puntas dentadas de Corvium, que se alzan sobre un hexágono de edificios y murallas interiores. Y ya estoy ronca cuando rebotamos con ligereza en el pavimento, resbaloso a causa de cuando menos cinco centímetros de agua de lluvia.

Nuestro gravitrón nos desamarra a toda prisa y caigo en un charco helado y no me importa. Cal se incorpora de un salto.

Permanezco un segundo ahí, no pienso en nada, sólo miro el cielo por el que bajé y al que por alguna razón sobreviví. Cal me toma del brazo y me levanta, me devuelve literalmente a la realidad.

—El resto aterrizará también aquí, tenemos que movernos —me empuja por delante de él y tropiezo en el agua estancada—. ¡Gravitrones, Arezzo bajará con la siguiente tanda para teletransportarlos de nuevo, estén atentos!

—¡Sí, señor! —responden y se preparan para otra ronda.

Casi siento náuseas de sólo pensar en eso.

Farley sí vomita, vuelve el estómago en un callejón y desaloja el que fue su rápido desayuno. Olvidé que no soporta volar, por no hablar de la teletransportación. La caída fue peor que ambas cosas.

Me acerco a ella y la rodeo con un brazo para ayudarla a que se enderece.

—¿Estás bien?

—¡Perfecto! —contesta—, nada más le daba a esta pared una nueva capa de pintura.

Miro el cielo, que nos latiguea aún con una lluvia demasiado gélida para esta época del año, incluso en el norte.

—¡Vámonos! Aunque no están en las murallas todavía, lo estarán pronto —Cal humea levemente y cierra el cuello de su chaleco para no mojarse—. ¡Escalofríos! —dice—. Tengo la sensación de que está a punto de empezar a nevar.

—¿Debemos dirigirnos a las puertas?

—No, están protegidas con roca silente, los Plateados no pueden entrar por ahí, deben ir por allá —nos hace señas para que nosotras y el resto de nuestro jet de salto lo sigamos—. Debemos estar en las fortificaciones, listos para repeler lo que ellos lancen. La tormenta es apenas la avanzada, nos cierra el paso, reduce nuestra visión, nos mantiene ciegos hasta que ellos estén sobre nosotros.

A pesar de que es difícil seguirle el paso, en especial bajo la lluvia, avanzo a su lado. Mis botas se empapan y en poco tiempo pierdo la sensibilidad en los pies. Cal mira al frente como si sus ojos pudieran prenderle fuego al mundo entero. Pienso que quiere hacerlo, eso volvería esto más fácil.

Una vez más debe combatir —y quizá matar— a la gente que se le enseñó a proteger. Tomo su mano porque no hay palabras que pueda pronunciar ahora. Aprieta mis dedos, los suelta igual de rápido.

—Las tropas de tu abuela tampoco pueden entrar por ahí —mientras hablo, más gravitrones y soldados caen del cielo, todos gritan, todos están a salvo cuando tocan tierra.

Doblamos una esquina, pasamos de un círculo de murallas al siguiente, los dejamos atrás—. ¿Cómo uniremos nuestras fuerzas?

—Vienen de la Fisura, en el suroeste. Mantendremos ocupado al ejército de Maven para que ellos ataquen por la retaguardia. Los inmovilizaremos entre nosotros.

Trago saliva, este plan depende en gran parte del esfuerzo de un grupo de Plateados y sé que no debo confiar en ellos. La Casa de Samos podría no presentarse y dejar que nos capturen o nos maten para después desafiar a Maven de frente. Cal no es ningún tonto, sabe todo esto. Y sabe que Corvium y su guarnición son demasiado valiosas para que las perdamos. Ésta es nuestra bandera, nuestra rebelión, nuestra promesa. Estamos contra el poderío de Maven Calore y su retorcido trono.

Los nuevasangre ocupan las fortificaciones acompañados por soldados Rojos con armas y municiones. No disparan, miran a la distancia. Uno de ellos, un hombre alto y escuálido con un uniforme como el de Farley y una C en el hombro, da un paso al frente, la abraza a ella primero e inclina la cabeza.

—General Farley —le dice. Ella baja el mentón.

—General Townsend —luego se inclina ante otra oficial de alto rango vestida de verde, quizá la comandante de los nuevasangre de Montfort. La mujer pequeña y maciza, de piel de bronce y larga trenza blanca enrollada en la cabeza, corresponde la acción—. General Akkadi. ¿Qué observamos? —les pregunta a ambos.

En ese momento se acerca otra oficial vestida de rojo, no de verde, y aunque su cabello ha cambiado y ahora está teñido de escarlata, la reconozco.

—Me da gusto verte, Lory —dice Farley muy seria.

Yo la saludaría también si tuviéramos tiempo, me alegra ver a otro de los reclutas de la Muesca no sólo vivo, sino también en ascenso. Como Farley, tiene el cabello rojo muy corto; pertenece a la causa.

Inclina la cabeza ante nosotros y tiende un brazo sobre las fortificaciones con bordes de metal. Su habilidad consiste en poseer sentidos muy agudos, lo que le permite ver mucho más lejos que todos.

—El ejército de ellos está al oeste, le da la espalda al Obturador. Cuentan con tormentas y escalofríos en el primer círculo de la cubierta de nubes y no podemos verlos.

Cal se encorva y echa un vistazo a las densas nubes negras y la lluvia torrencial. Le impiden ver a más de cuatrocientos metros de las murallas.

—¿Tienen francotiradores?

—Lo intentamos —suspira el general Townsend.

—Es un desperdicio de municiones, el viento se traga las balas —confirma Akkadi.

—Entonces, también disponen de forjadores de vientos —Cal aprieta la quijada—. Éstos tienen la puntería para eso.

El significado es claro. Los forjadores de vientos de Norta, la Casa de Laris, se rebelaron contra Maven, así que esta fuerza es lacustre. Otra persona pasaría por alto el remedo de sonrisa y el alivio en los hombros de Cal pero yo no, y conozco la causa de que se sienta así: fue educado para combatir a los lacustres. Es un enemigo que no le romperá el corazón.

—Necesitamos a Ella, es la mejor con el relámpago de tormenta —apunto a las altas torres que dan a esta sección de la muralla—. Si logramos elevarla considerablemente, podría volver la tormenta contra ellos; aunque no la controlaría, la usaría para alimentarse.

—¡Bien, hagámoslo! —dice Cal con tono apremiante. Aunque lo he mirado en combate, nunca lo había visto en una situación como ésta. Se vuelve otro, adopta una concentración inflexible, es inhumano, sin siquiera un destello del príncipe cortés y abatido. El calor que le queda es un infierno hecho para destruir, pensado para ganar—. Cuando los gravitrones concluyan los descensos, dispónganlos aquí, espaciados a intervalos regulares. Los lacustres cargarán contra las murallas, compliquemos sus movimientos. ¿A quién más tiene a la mano, general Akkadi?

—Una buena combinación de fuerzas defensivas y ofensivas —responde—, bombarderos suficientes para convertir el camino al Obturador en un campo minado —señala con una sonrisa de orgullo a los nuevasangre más próximos, con una especie de rayos de sol en los hombros. Son los bombarderos, mejores que los olvidos, capaces de hacer explotar algo o a alguien con sólo una mirada, sin necesidad del tacto.

—Suena muy bien —dice Cal—, tenga listos a sus nuevasangre y arremeta a discreción.

Si a Townsend le molesta recibir órdenes, y de un Plateado además, no lo demuestra. Como el resto de nosotros, siente el redoble de la muerte en el aire; éste no es momento para la política.

—¿Y mis soldados? Tengo un millar de Rojos en las murallas.

—Manténgalos ahí. Las balas son tan buenas como las habilidades, y a veces más, pero no desperdicie su parque. Dispare sólo contra los que se deslicen por la primera oleada de defensas. Quieren cansarnos y no lo permitiremos —me mira—, ¿verdad?

—¡No, señor! —sonrío y parpadeo hacia la lluvia.

Al principio me pregunto si los lacustres son muy lentos o muy tontos para moverse. Aunque demoramos casi una hora, entre Cameron, los gravitrones y los teletransportadores, conseguimos llevar a Corvium la totalidad de los ocupantes de la treintena de jets de salto. Cerca de mil soldados, todos adiestrados y peligrosos. Nuestra ventaja, dice Cal, estriba en la incertidumbre. Los Plateados no saben todavía cómo combatir a personas como yo, no saben de lo que somos capaces. Pienso que es principalmente por eso que Cal ha dejado a Akkadi con sus propias estrategias. Él no conoce bien a sus tropas para dirigirlas como se debe. En cambio, conoce a los Rojos. Esto me deja un amargo sabor de boca, que intento tragar. En este trance no quiero preguntarme cuántos Rojos sacrificó, por una guerra vacía, el hombre que amo.

La tempestad no cede, no cesa de agitarse, de descargar lluvia. Si ellos quieren inundarnos, tardarán en hacerlo. Pese a que casi toda el agua se escurre, algunas calles y callejones de las zonas bajas acumulan quince centímetros de agua turbia. Esto incomoda a Cal, no deja de limpiarse el rostro o alisarse el cabello y la piel le humea un poco bajo el frío.

Farley no se avergüenza. Se cubrió el cabello con una chamarra desde hace un buen rato y luce como un fantasma color granate. No creo que se haya movido en veinte minutos, con la cabeza apoyada en sus brazos cruzados al tiempo que mira el paisaje. Como los demás, supone que el golpe puede llegar de un momento a otro. Esto me pone nerviosa y la constante embestida de adrenalina me debilita casi tanto como la roca silente.

Salto cuando ella habla.

—¿Piensas lo mismo que yo, Lory?

En otro punto alto, ella también se ha puesto una chamarra sobre la cabeza. No voltea, incapaz de dislocar sus sentidos.

—Espero que no.

—¿Qué? —pregunto y las miro.

Al hacerlo, me entra agua por el cuello de la camisa y me estremezco. Cal lo advierte y se acerca por la espalda para cubrirme con una parte de su calor.

Farley se vuelve lentamente para no terminar empapada.

—La tormenta se mueve, se aproxima unos metros cada minuto y lo hace cada vez más rápido.

—¡Caramba! —suelta Cal detrás de mí, entra en acción y se lleva consigo su calidez—. ¡Prepárense, gravitrones! Cuando yo diga, aprieten en esa dirección —*Aprieten.* Nunca he visto a un gravitrón usar su destreza para reforzar la gravedad, sólo para relajarla—. Hagan que todo lo que venga, caiga.

Mientras observo, la tormenta arrecia. Aunque aún remolinea, se acerca con cada rotación y las nubes se desploman en descampado. Mi relámpago crepita muy dentro con un color pálido y vacío. Entrecierro los ojos y por un momento emite destellos de color púrpura con nervaduras de furia y de fuerza. No tengo adónde apuntar todavía. Por poderoso que sea, el rayo es inútil sin un objetivo.

—Las tropas marchan detrás de la tormenta, acortan la distancia —dice Lory y confirma nuestros peores temores—. Se acercan.

VEINTIOCHO
Mare

El viento aúlla, sacude las murallas y fortificaciones, mueve de su posición a más de unos cuantos. La lluvia se congela sobre la mampostería, vuelve precario nuestro equilibrio. La primera baja es un otoño, un soldado Rojo, del ejército de Townsend. El viento atrapa su camisola y lo lanza en reversa por el sendero escurridizo. Grita cuando llega a la orilla y cae diez metros antes de elevarse al cielo gracias al esfuerzo de un gravitrón. Aterriza sobre la muralla, choca con ella en medio de un crujido espeluznante. Aunque el gravitrón no ejerció control suficiente, el soldado está vivo. Herido, pero vivo.

—¡Prepárense! —resuena entre las filas de los soldados y se transmite de los uniformes verdes a los rojos.

Cuando el viento ruge de nuevo, nos agachamos. Me cubro con el gélido metal de un baluarte, me pongo a salvo de lo peor de esta acometida. Un ataque de forjadores de vientos es impredecible, a diferencia de lo que ocurre con el clima normal. Se curva y ramifica, se clava como dedos mientras la tormenta se intensifica en torno nuestro.

Cameron se aprieta junto a mí y me sorprende verla. Debería estar con los sanadores para formar un último muro contra un asedio. Si alguien puede defenderlos de los Plateados, darles el tiempo y espacio que necesitan para tratar a nuestros soldados, es ella. Tiembla por la lluvia, castañetea los dientes, luce más joven y pequeña en la oscuridad fría y cada vez más densa. Me pregunto si ya cumplió dieciséis años.

—¿Está todo bien, Niña Relámpago? —pregunta con dificultad porque le cae agua en el rostro.

—Todo bien —respondo en un murmullo—. ¿Qué haces aquí?

—Quería ver —miente. Está aquí porque cree que debe hacerlo. *¿Es como si los abandonara?*, preguntó antes. Ahora veo esa misma pregunta en sus ojos y mi respuesta es idéntica: si no quiere ser una asesina no tiene que serlo. Sacudo la cabeza.

—Protege a los sanadores, Cameron. Regresa con ellos. Están indefensos y si caen...

—Todos lo haremos —se muerde el labio.

Nos miramos, queremos ser fuertes, buscamos fortaleza una en la otra. Está empapada igual que yo. Sus oscuras pestañas se le amontonan y da la impresión de que llora cuando parpadea. La lluvia es inclemente, nos obliga a casi cerrar los ojos mientras nos cae por el rostro. Hasta que deja de hacerlo, empieza a rodar en la dirección opuesta y se eleva. Ella abre los ojos tanto como yo y miramos horrorizadas.

—¡Ataque de ninfos! —aviso.

La lluvia reluce en el cielo, baila en el aire, se funde en gotas cada vez mayores. Y los charcos, los centímetros de agua en las calles y callejones... se vuelven ríos.

—¡Prepárense! —resuena de nuevo.

Esta vez el golpe es de agua helada en lugar de viento, con blancas espumas cuando se quiebra como una ola, se curva en lo alto y se estampa en las paredes y edificios de Corvium.

Un rocío me impacta con fuerza, azota mi cabeza contra el baluarte y el mundo gira. Varios cuerpos atraviesan el muro, giran en medio de la tempestad, sus siluetas desaparecen pronto y sus gritos con ellas. Los gravitrones salvan a algunos, pero no pueden resguardar a todos.

Cameron resbala, cae a plomo de regreso a las escaleras. Usa su aptitud para formar un capullo de protección mientras regresa a toda prisa a su puesto, detrás de la segunda muralla.

Cal derrapa junto a mí, casi pierde el equilibrio. Aturdida, me prendo de él y lo acerco. Si cruza la muralla sé que iré tras él. Mira aterrado el asalto del agua contra nuestras filas como las olas de un mar agitado. Esto lo inutiliza, la llama no tiene cabida aquí, su fuego no puede quemar y lo mismo pasa con mi rayo. Bastaría una chispa para que electrocutara a quién sabe cuántos de nuestros efectivos. No puedo correr ese riesgo.

Akkadi y Davidson no tienen esa restricción. En tanto, el primer ministro erige un destellante escudo azul en un extremo del muro para impedir que otros se desplomen y Akkadi ruge a sus tropas nuevasangre, da órdenes que no puedo oír sobre las olas que revientan.

El agua aumenta, retumbante, en súbita guerra consigo misma. Nosotros también tenemos ninfos.

Pero no tormentas, ningún nuevasangre que pueda controlar el huracán a nuestro alrededor. Su oscuridad se condensa, es tan absoluta que se diría que es medianoche. Combatiremos sin ver y esto ni siquiera ha comenzado. Pese a que no he distinguido todavía a uno solo de los soldados de Maven o del ejército lacustre, ninguna bandera roja o azul, vendrán, sin duda vendrán.

Aprieto los dientes.

—¡Levántate!

El príncipe es pesado, el temor lo entorpece. Pongo una mano en su cuello y transfiero a él la más leve de las descargas eléctricas, de las suaves que Tyton me enseñó. Se pone de pie al instante, alerta y vivaz.

—¡Bien, gracias! —susurra. Evalúa la situación con una mirada—. La temperatura está descendiendo cada vez más.

—¡Vaya si eres un genio! —siseo en respuesta. Estoy congelada de pies a cabeza.

El agua se desboca en lo alto, se dispersa y adquiere otra forma, quiere romper y disiparse. Una parte de ella se separa y salta sobre el escudo de Davidson, corre hacia la tempestad como un ave extraña. Un momento después el resto cae y nos empapa a todos de nuevo. Una aclamación se eleva de cualquier modo. Los ninfos nuevasangre, aunque inferiores en número y tomados por sorpresa, acaban de anotarse su primer tanto.

Cal no se suma a la celebración, fricciona sus muñecas entre sí y enciende en sus manos una flama débil. Chisporrotea bajo el aguacero, pugna por quemar hasta que la lluvia se torna una enconada tormenta de nieve. Bajo la densa oscuridad se vuelve roja, brilla contra las pálidas luces de Corvium y la flama de Cal.

Siento que mi cabello se hiela y astillas glaciales vuelan en todas direcciones cuando sacudo mi cola de caballo.

De la tempestad sale un rugido que no es del viento, forjado por muchas voces, una docena, una centena, un millar. La despiadada ventisca aprieta. Cal cierra un momento los ojos y lanza un sonoro suspiro.

—¡Prepárate para el ataque! —dice con voz ronca.

El primer puente de hielo atraviesa el terraplén a sesenta centímetros de mí y doy un salto hacia atrás acompañado de una exclamación. Otro divide la piedra a veinte metros y amenaza a las tropas con sus filos mellados. Arezzo y los demás teletransportadores entran en acción, recogen a los heridos para llevarlos de un salto con nuestros sanadores. Casi al instante, soldados lacustres de sombras monstruosas cruzan los puentes, suben a toda prisa por el hielo conforme aumenta, dispuestos a abalanzarse sobre nosotros.

He visto antes batallas Plateadas. Son un caos.

Esto es peor.

Cal acomete, su fuego brinca con ardor y alcanza grandes alturas. El hielo es grueso, difícil de derretir y desprende algunas partes del puente más cercano como lo haría un leñador con una sierra. Esto lo vuelve vulnerable. Traspaso al primer lacustre que se acerca y mis chispas hacen girar en la penumbra al hombre, vestido con una armadura. Sigue otro en el acto y mi piel se cubre con las venas purpúreas del relámpago sibilante. Los disparos ahogan las órdenes que cualquiera podría dar a gritos. Me concentro en mí, en Cal, en nuestra supervivencia. Farley permanece cerca, con el arma en alto. Lo mismo que Cal, me coloca contra su espalda para que defienda su punto ciego. No se arredra cuando dispara su arma, acribilla el puente más próximo. Se concentra en el hielo, no en los guerreros que emergen inesperadamente de la ventisca. El hielo cruje y se astilla bajo los agresores, se desmorona hasta fundirse en la oscuridad.

El trueno brama más cerca cada segundo. Rayos de una electricidad blanquiazul explotan en las nubes y en todos los rincones de Corvium. Desde las torres, la puntería de Ella es letal en su ataque extramuros. Un puente de hielo cae presa de su ira, se parte en dos pero vuelve a formarse en el aire por obra de un escalofrío que se esconde en algún lado. Los bombarderos hacen lo mismo, destruyen trozos de hielo cristalino con salvas de fuerza explosiva y regresan a rastras, resbalan por otra fortificación. Un relámpago verde crepita a mi izquierda y Rafe arquea su cadera contra una horda de lacustres en estampida. Su golpe topa con un escudo de agua que absorbe la corriente mientras avanzan, aunque el agua no detiene las balas. Farley dispara contra ellos y hace caer a algunos justo donde se encuentran, sus cuerpos se deslizan hacia las sombras.

Fijo mi atención en el puente de soldados más próximo, no me concentro en el hielo sino en las figuras que embisten desde las tinieblas. Su armadura azul es gruesa, escamosa y con sus cascos adquieren apariencia inhumana, lo que les facilita matar. Se empujan unos a otros contra las murallas, es una línea serpenteante de monstruos sin rostro. El relámpago púrpura estalla en mis manos y se apodera de sus corazones, salta de una armadura a otra. El metal se sobrecalienta, pasa del azul al rojo y muchos caen del puente en su agonía. Otros los reemplazan, surgidos de la tormenta. Esto es un campo de matanza, un embudo de la muerte, las lágrimas se congelan en mis mejillas cuando pierdo la cuenta del número de esqueletos que destrozo.

La muralla de la ciudad se agrieta entre mis pies, un lado se separa del otro. Un golpe atronador sacude mis huesos, y luego otro. La grieta se ensancha y salto a una orilla junto a Cal antes de que ésta me devore. Unas raíces emergen de la hendidura, tan gruesas como mi brazo, y crecen, parten la piedra como grandes dedos, forman telarañas bajo mis pies como si fueran rayos en la roca. La muralla se balancea por efecto de la tensión.

Los guardafloras están aquí.

—La muralla se vendrá abajo —dice Cal—. La desgajarán y vendrán sobre nosotros.

Cierro un puño.

—¿A menos que...? —su mirada está en blanco, no sabe qué decir—. ¡De seguro podemos hacer algo!

—Es la tormenta... si la arrojáramos y viéramos bien, dispararíamos... —prende fuego a las cada vez más cercanas raíces, la llama las recorre enteras y carboniza la planta. Ésta crece de nuevo—. ¡Necesitamos forjadores de vientos para que alejen las nubes!

—La Casa de Laris, ¿resistiremos hasta que llegue?

—Resistamos y confiemos en que sea suficiente.

—Y aquí... —apunto con la cabeza la brecha que se amplía a cada segundo, pronto un ejército Plateado pasará por ella—, ¡demos una bienvenida explosiva! —Cal asiente.

—¡Bombarderos! —ruge sobre la nieve y el viento aullador—, ¡bajen y prepárense! —señala la calle que corre dentro de la muralla, el primer punto que los lacustres usarán para invadirnos.

Una docena de bombarderos lo oyen y obedecen, abandonan sus puestos y ocupan la calle. Mis pies se mueven por sí solos, intentan seguirlos, Cal me toma por la muñeca y casi patino.

—¡No dije que tú! —gruñe—, quédate aquí.

Me zafo rápido de sus dedos, me aprieta con fuerza, como un grillete. Aun en el fragor de la batalla retrocedo en el tiempo, a un palacio en el que fui una prisionera.

—Ayudaré a los bombarderos, Cal, puedo hacerlo —sus ojos broncíneos flamean en la oscuridad, son las llamas rojas de dos velas ardientes—. Si la muralla es vencida, estarás rodeado y la tempestad será la menor de nuestras preocupaciones —su decisión es rápida... y estúpida.

—Está bien... yo iré.

—Te necesitan aquí arriba —pongo una palma en su pecho, lo aparto de mí—, Farley, Townsend, Akkadi... los soldados requieren generales en el frente, *te necesitan* —si no fuera por la batalla, él discutiría. Sólo aprieta mi mano, no hay tiempo que perder, en especial cuando tengo la razón—. Estaré bien —le digo, mientras me alejo de un salto y resbalo sobre piedras congeladas.

La tempestad se traga su respuesta. Dedico un segundo a preocuparme, me pregunto si acaso no nos veremos más. Pero esta idea se evapora al segundo siguiente, no tengo tiempo para eso, debo concentrarme, tengo que mantenerme viva.

Tras ponerme en pie me deslizo escaleras abajo, mis manos resbalan por los fríos barandales. En la calle sin viento el aire es más cálido y ya no hay charcos, se congelaron o el agua fue usada en el asalto contra los defensores de la muralla de Corvium.

Los bombarderos hacen frente a la grieta, que es cada vez más grande. Aunque en las fortificaciones es de varios metros ya, aquí mide apenas unos centímetros... y crece. Siento otro estremecimiento bajo mis pies, como una explosión o un terremoto. Trago saliva. Imagino a un coloso detrás del muro, sus puños descargando un golpe tras otro bajo nuestras plantas.

—¡Esperen para atacar! —les digo a los bombarderos, buscan mis órdenes pese a que no soy su superior—. No hagan explotar nada hasta que ellos hayan cruzado, no les vamos a ayudar a pasar.

—Cubriré la brecha tanto tiempo como pueda —dice una voz detrás de mí.

Cuando giro veo que es Davidson, con el rostro manchado de sangre gris que se vuelve negra sin cesar. Luce pálido debajo de esa sangre, sorprendido por ella.

—¡Primer ministro! —exclamo, e inclino la cabeza. Reacciona después de un largo momento, la batalla lo aturde, tan distinta en el campo a la de la sala de guerra.

Vuelvo mi electricidad contra nuestros atacantes, uso las raíces como mapa, suelto el relámpago sobre el árbol para que se rice y tuerza en la raíz. Aunque no veo al guardaflora, lo siento. Mis chispas se reblandecen en las densas raíces y de todas formas se esparcen por su cuerpo. Un chillido distante repiquetea entre las grietas de la piedra, se oye pese al caos que impera arriba y a nuestro alrededor.

Ese guardaflora no es el único Plateado capaz de derribar la roca, otro toma su sitio, un coloso a juzgar por la manera en que la piedra tiembla y se resquebraja. Varios golpes en sucesión desprenden polvo y escombros de la brecha creciente.

Davidson está a mi izquierda, boquiabierto, absorto.

—¿Es su primera batalla? —pregunto mientras otro golpe atronador da en el blanco.

—No —responde para mi sorpresa—. También fui soldado, me dijeron que aparezco en la lista de usted.

Dan Davidson. El nombre aletea en mi mente, es una mariposa que acaricia con sus alas las rejas de una jaula de huesos, surge de entre el lodo, despacio, hace un gran esfuerzo.

—La lista de Julian —digo y él asiente.

—Jacos es un hombre listo, ata cabos que nadie ve. Fui uno de los Rojos de Norta que la legión Plateada iba a ejecutar, por crímenes de sangre, no del cuerpo. Cuando escapé, los oficiales me señalaron como muerto para no tener que explicar otro delincuente perdido —humedece sus labios agrietados por el frío—. Huí a Montfort, tomé a otros como yo en la carretera —truena otro crujido, la brecha se abre ante nosotros y recupero la sensibilidad en mis pies, los muevo dentro de las botas, me preparo para pelear.

—Eso me parece familiar... —le digo.

Su voz adquiere fuerza e impulso a medida que habla, mientras recuerda el motivo de nuestra lucha.

—Montfort era una ruina, un millar de Plateados con derecho a una corona, cada montaña un reino, un país irreconocible de tan fragmentado. Los únicos que estaban unidos eran los Rojos, los ardientes esperaban en las sombras su liberación. Divide y vencerás, señorita Barrow, es la única forma de prevalecer.

El reino de Norta, el reino de la Fisura, las Tierras Bajas, la comarca de los Lagos, Plateados que se arrojan al cuello unos de otros, que se apuñalan por trozos cada vez más pequeños cuando nosotros esperamos tomarlo todo. Pese a que Davidson se muestra abrumado, casi huelo el acero en sus huesos. Quizás es un genio, y sin duda es peligroso.

Una avalancha de nieve me devuelve al momento, debo ocuparme nada más de lo que sucede ahora. *Sobrevive. Gana.*

Una energía teñida de azul atraviesa la muralla hendida, vibra en el vacío de treinta centímetros de ancho. Davidson sostiene el escudo con una mano tendida, una gota de sangre cae de su mentón, se evapora en el frío.

Una silueta aporrea el escudo con nudillos diabólicos sobre su castigada superficie. Otro coloso se une a la sombra y pugna por ensanchar la brecha aunque topa con piedra. El escudo crece a raíz de sus esfuerzos.

—¡Prepárense! —vocifera Davidson—. Cuando parta el escudo, disparen con todo —obedecemos, nos disponemos a atacar—. ¡Tres! —chispas liláceas arañan mis dedos y tejen una bola palpitante de luz destructiva—. ¡Dos! —los bombarderos se arrodillan en formación de francotiradores, tienen por armas sus ojos y sus dedos—. ¡Uno!

El escudo azul se parte en dos y estampa al par de colosos en las paredes entre temibles crujidos de huesos. Disparamos por la hendidura, mi relámpago es una centella que ilumina la oscuridad y exhibe a una docena de feroces soldados en trance de precipitarse sobre la brecha. Muchos de ellos caen de rodillas, escupen fuego y sangre y los bombarderos hacen estallar sus entrañas. Antes de que puedan recuperarse, Davidson une nuevamente el escudo y detiene una descarga vigorosa.

Nuestro éxito le sorprende.

En la muralla sobre nosotros una bola de lumbre se agita bajo la negra tormenta, es una antorcha en una noche falsa. La llama de Cal se propaga y embiste como una serpiente de fuego. El rojo calor convierte el cielo en un infierno escarlata.

Aprieto un puño y le hago señas a Davidson.

—¡Una vez más! —propongo.

Es imposible marcar el paso del tiempo, sin el sol no tengo idea de cuánto tardamos en asegurar la brecha. A pesar de que repelemos sin tregua el asalto, cada acometida aumenta un poco más la abertura. *Son centímetros por kilómetros*, me digo. En la muralla, la oleada de soldados no ha ganado las fortificaciones. Los puentes de hielo no cesan de formarse y los combatimos. Algunos cuerpos caen en la calle, lejos del alcance de un sanador; entre una arremetida y otra los arrastramos a los callejones para ocultarlos. Inspecciono todos los rostros, contengo el aliento en cada ocasión, no es Cal, no es Farley. Al único que reconozco es a Townsend, con el cuello desgajado. Aunque supongo que me invadirá la culpa o la lástima, no siento nada, sé que los colosos están sobre las murallas y destrozan a nuestros soldados.

El escudo de Davidson se amplía sobre la brecha, que tiene ya al menos tres metros de ancho y se abre como una mandíbula de piedra. Los cuerpos yacen en la boca abierta. Cadáveres humeantes derribados por el rayo o destazados brutalmente por la mirada cruel de un bombardero. Al otro lado del trémulo campo azul, varias sombras se congregan en la penumbra, a la espera de poner a prueba la muralla de nuevo. Martillos de agua y hielo se baten contra la habilidad de Davidson. El grito de un gemido reverbera más allá de su cauce e incluso su eco lastima los tímpanos. Davidson hace una mueca, la sangre sobre su rostro ya está manchada con el sudor que cae de su frente, sus mejillas y su nariz. Se acerca a su límite a pasos agigantados, el tiempo apremia.

—¡Que alguien me traiga a Rafe! —grito—. ¡Y también a Tyton!

Un emisario echa a correr tan pronto como esas palabras salen de mi boca, sube a saltos los escalones en su busca. Miro la muralla arriba, persigo una silueta conocida.

Cal se mueve a un ritmo frenético, con la precisión de una máquina. Paso, vuelta, golpe. Paso, vuelta, golpe. Como yo, busca un vacío donde la supervivencia sea el único pensamiento. A cada pausa en el ataque enemigo reorganiza a sus soldados, dirige el fuego Rojo o colabora con Akkadi y Lory en la eliminación de otro objetivo en la oscuridad. Ignoro cuántos han muerto.

Cae otro cadáver de las fortificaciones, lo tomo de los brazos para sacarlo a rastras y me doy cuenta de que su armadura no es tal, sino piezas escamadas de carne pétrea que arde con el calor de la cólera del príncipe de fuego. Retrocedo como si me quemara yo misma. Es un caimán, la escasa ropa en su cuerpo es azul y gris, de la Casa de Macanthos, Norta, uno de los de Maven.

Trago saliva por lo que esto indica. Las fuerzas de Maven han alcanzado ya las murallas. Combatimos no sólo con lacustres. Un rugido de furia surge en mi pecho y casi deseo poder cruzar la brecha, arrasar con todo al otro lado, cazarlo, matarlo entre su ejército y el mío.

El cadáver me sujeta de la muñeca en ese momento.

Gira y mi muñeca se quiebra en un instante. Grito ante el súbito dolor que sube por mi brazo.

El relámpago se extiende en todo mi cuerpo, escapa de mí como un alarido. Aunque cubre al caimán con chispas púrpuras de luz danzante, su carne pétrea es demasiado gruesa o su resolución demasiado firme. No cede, y ahora clava sus tenazas en mi cuello. Su espalda es un cúmulo de explosiones gracias a los bombarderos, trozos de piedra caen de él como piel muerta y aúlla. El dolor causa que me apriete más. Intento desprenderme de sus manos, fijas ahora en mi garganta. Su carne rocosa corta mi piel y la sangre mana entre mis dedos, roja y caliente bajo el aire helado.

Veo puntos móviles y suelto otra estampida de relámpagos nacida de mi agonía. El impacto provoca que me suelte y choque de cabeza con un edificio. Su cuerpo cuelga en la calle. Los bombarderos lo rematan, lo hacen explotar por la piel expuesta en su espalda.

A Davidson le tiemblan las piernas, sostiene aún el menguante escudo. Lo vio todo y no pudo hacer nada, a menos que quisiera que la fuerza invasora nos aplastara. Una comisura de su boca vibra como si se disculpara por haber tomado la decisión correcta.

—¿Cuánto tiempo más puede aguantar? —le pregunto entre jadeos, escupo sangre en la calle, él aprieta los dientes.

—Un poco más.

Eso no sirve, quisiera gritar.

—¿Un minuto, dos?

—Uno —suelta.

—Con eso basta.

Miro a través del escudo que se debilita, el vívido matiz azul se desvanece al mismo tiempo que la fuerza de Davidson. Mientras se aclara, ocurre lo mismo con las figuras del otro lado, de armadura azul y negro cruzado con rojo, la comarca de los Lagos y Norta, ninguna corona, ningún rey, sólo tropas de asalto enviadas a arrollarnos. Maven no pondrá un pie en Corvium a menos que la ciudad sea suya. Mientras su hermano lucha hasta la muerte en la muralla, él no es tan necio para arriesgarse en una pelea. Sabe que su fuerza está detrás de las líneas, en un trono antes que en un campo de batalla.

Rafe y Tyton llegan desde lados opuestos tras haber defendido su parte de la muralla. Mientras que el primero luce impecable, con el cabello verde todavía peinado hacia atrás, el otro está manchado de sangre plateada. No tiene heridas, sus ojos fulgen con una ira extraña, arden bajo la revuelta luz del fuego que crepita sobre nosotros.

Veo a Darmian en compañía de varios demoledores más, todos ellos dotados de un cuerpo invulnerable. Portan unas hachas siniestras, de filos trabajados hasta alcanzar la agudeza de la daga. Son buenos para enfrentar a los colosos, en el combate cuerpo a cuerpo son nuestra mejor oportunidad.

—Fórmense —dice Tyton, taciturno en extremo.

Hacemos apresuradas filas detrás de Davidson. Su brazo tiembla, aguanta lo más que puede. Rafe se coloca a mi izquierda, Tyton a mi derecha, los miro, me pregunto si debo decir algo. Siento la estática que procede de ambos, conocida pero extraña. Es su electricidad, no la mía.

En la tormenta, el trueno azul no declina. La electricona Ella nos alimenta y nosotros contribuimos a su relámpago.

—¡Tres! —dice Davidson. Verde a mi izquierda, blanco a mi derecha. Veo de reojo los colores titilantes, cada cual chispea un segundo—. ¡Dos! —inhalo de nuevo, aunque el caimán lastimó mi garganta aún respiro—. ¡Uno!

El escudo se colapsa otra vez, abre nuestras entrañas a la tempestad.

—¡BOQUETE! —retumba en las fortificaciones y las tropas dirigen su atención a la brecha.

El ejército Plateado reacciona de igual forma, se lanza hacia nosotros con un gemido ensordecedor. Rayos verdes y púrpuras sacuden el campo de matanza, cruzan la primera oleada de soldados. Tyton procede como si arrojara dardos, las minúsculas agujas de sus centellas se convierten en rayos cegadores que echan por los aires a las tropas Plateadas. Muchos son alcanzados y retorcidos, Tyton no tiene piedad.

Los bombarderos siguen nuestro ejemplo, se mueven con nosotros mientras cerramos la brecha. Les basta una línea de mira para trabajar y su destrucción toca la roca, la carne y la tierra en igual medida. La nieve cae revuelta con tierra y el aire sabe a cenizas. ¿Esto es la guerra? ¿Es así como se siente combatir en el Obturador? Tyton me hace a un lado con un brazo extendido. Darmian y los demás demoledores se distribuyen frente a nosotros, son un escudo humano. Sus hachas cortan a diestra y siniestra, rocían sangre hasta cubrir las arruinadas paredes de cada lado con franjas azogadas de plata líquida.

No. Recuerdo el Obturador, las trincheras, el horizonte abierto en cada vertiente, tendido hasta topar con una tierra hendida por cráteres a causa de décadas de sangre derramada. Cada bando conocía al otro. La guerra era mala pero seguía ciertas reglas; esto es sencillamente una pesadilla.

Un soldado tras otro, habitante de Norta o lacustre, se sumerge en la brecha, cada cual empujado por un hombre o una mujer. Al igual que en los puentes, dan a un embudo que desemboca en un campo de muerte. La tropa oscila como movida por el océano, una ola nos repele antes de que la otra nos impulse. Tenemos la ventaja, por pequeña que sea. Más colosos aporrean los muros con la esperanza de acrecentar la brecha. Los telquis vierten escombros en nuestras filas, pulverizan a uno de los bombarderos al tiempo que otro se congela con la boca abierta en un grito mudo.

Tyton danza con soltura, de cada palma suya brotan rayos blancos. Yo uso la telaraña sobre tierra, tiendo una charca de energía eléctrica bajo los pesados pies del ejército en marcha. Los cadáveres se apilan, amenazan con formar otra muralla al otro lado de la brecha, los telquis los retiran, hacen girar los cuerpos en la negra tormenta.

Aunque siento la sangre, ahora mi muñeca rota es nada más un eco de dolor. Cuelga a mi lado, doy gracias por la adrenalina que no me dejará sentir el hueso suelto.

La calle y la tierra se vuelven líquido bajo mis pies, cubiertas de rojo y de plata. El terreno lodoso reclama a más de alguno. Cuando un nuevasangre cae, un ninfo le salta encima, derrama agua por su nariz y su garganta, y aquél se ahoga ante mi vista. Otro cadáver yace a su lado, con raíces surgidas de las cuencas de sus ojos. Lo único que sé de mí es el relámpago, no recuerdo mi nombre, mi propósito, por qué lucho, sólo sé del aire en mis pulmones, de un segundo más de vida.

Un telqui nos separa, hace retroceder a Rafe al viento y a mí me impulsa en la dirección opuesta. Paso volando sobre la tropa que se abre camino por la brecha y llego al otro lado, a los campos de muerte de Corvium.

Me golpeo al caer, ruedo hasta que algo me detiene abruptamente, algo sepultado a medias en la ciénaga helada. Un filo de dolor perfora el escudo de mi adrenalina y me recuerda un hueso roto y quizá varios más. Los vientos huracanados desgarran mi ropa cuando intento incorporarme, trozos de hielo raspan mis mejillas y mis ojos. Aunque el viento aúlla, aquí no priva una oscuridad total, es gris en vez de negra, una ventisca crepuscular antes que la medianoche. Miro a un lado y otro con los ojos entrecerrados, sin aire, sin hacer otra cosa que yacer adolorida.

Lo que fueron campos descubiertos, verdes prados en declive a cada lado del Camino de Hierro, son ahora tundra congelada. Y cada hoja de hierba es una navaja de carámbano. Desde este ángulo es imposible avistar Corvium. Así como nosotros no podíamos ver bajo el negro azabache de la tempestad, las fuerzas de asalto tampoco pueden hacerlo. Eso les estorba tanto como a nosotros. Varios batallones se aglomeran como sombras, sus siluetas se recortan contra la tormenta. Algunos prueban todavía los puentes de hielo que se forman y vuelven a formarse, pese a que la mayoría enfila ahora hacia la brecha. El resto aguarda detrás de mí, es un manchón ajeno a lo peor del temporal, una reserva de cientos, quizá de miles. Banderas rojas y azules ondean al viento, tan brillantes que es posible divisarlas. *Atrapada entre una roca y un lugar inhóspito*, suspiro para mí. Estoy varada en el lodo, rodeada de cadáveres y heridos. Al menos casi todos se concentran en ellos, en sus miembros faltantes o sus vientres divididos, no en una chica Roja.

Varios soldados lacustres pasan como flechas junto a mí y aunque me dispongo a lo peor, siguen de frente, hacia las bramadoras nubes y el resto del ejército en marcha a su destrucción.

—¡Contra los sanadores! —grita uno de ellos por encima del hombro y sin mirar atrás.

Bajo la vista, descubro que estoy cubierta de sangre argentina; a pesar de que también hay roja, la mayor parte de ella es plateada.

Me froto las heridas con lodo y cubro con él las partes de mi uniforme que son verdes aún. Las cortadas duelen tanto que silbo entre dientes. Miro las nubes, observo el relámpago que palpita dentro, azul en la corona, verde en la base, donde está la brecha, donde tengo que regresar.

El lodo impregna mis miembros, quiere coagular en mí. Pongo la muñeca rota contra el pecho y me impulso con un brazo, hago lo posible por desprenderme. Me zafo con un estruendo y echo a correr, exhalo sin cesar, cada soplido arde.

Avanzo diez metros casi a espaldas del ejército Plateado antes de que comprenda que no surtirá efecto; están demasiado comprimidos para que incluso alguien como yo pueda pasar, podrían detenerme si lo intento. Mi rostro es muy conocido, aun cubierto de lodo, y no puedo arriesgarme. Tampoco puedo hacerlo por los puentes de hielo. Se derrumbarían bajo mi peso o los soldados Rojos dispararían y me matarían en mi tentativa de volver al otro lado de la muralla. Pese a que cada una de estas opciones es mala, lo mismo puede decirse de permanecer aquí. Las fuerzas de Maven lanzarán otro asalto y enviarán otra oleada de tropas. No hay salida, ni adelante ni atrás. Por un momento vacío y aterrador, contemplo la negrura de Corvium. El relámpago titila en la tormenta, más débil que antes. Ésta semeja un huracán gigantesco coronado por una masa de cúmulos y aderezado con una tormenta de nieve y vendavales. Me siento pequeña frente a eso, una estrella en un cielo de constelaciones violentas.

¿Qué podemos hacer contra esto?

El primer estrépito de un avión me obliga a arrodillarme y cubro mi cabeza con mi mano sana. Se extiende en mi pecho, es una salva de electricidad que late como un corazón agitado. Le sigue otra docena a baja altura, sus motores provocan columnas de nieve y ceniza mientras rugen entre las dos mitades del ejército.

Más jets describen caprichosas trayectorias fuera del perímetro de la tormenta, que rodean y atraviesan. Las nubes se disipan con los aviones, como magnetizadas por sus alas. Escucho entonces otro alarido. Otro viento, más fuerte que el primero, sopla con la furia de cien huracanes. Intenta aplacar la tempestad, la desgarra con fuerza. Las nubes se apartan lo suficiente para exponer las torres de Corvium, donde el relámpago azul reina. El vendaval sigue a los aviones, se acumula bajo sus alas recién pintadas.

Pintadas de un vivo color amarillo.

La Casa de Laris.

Mis labios tiran de mí hasta formar una sonrisa. Llegaron. Anabel Lerolan cumplió su palabra.

Aunque busco las otras Casas, un halcón chilla en torno mío, bate en el aire sus alas de un azul muy oscuro. Sus garras fulguran, filosas como espadas, y doy un salto atrás para proteger mi cara del ave, que lanza un agudo chirrido antes de aletear a la distancia y deslizarse sobre el campo de batalla en dirección a... ¡ay, no!

Las reservas de Maven se aproximan, son batallones y legiones de armaduras negras, azules y rojas. Las dos mitades de su ejército me harán pedazos.

No sin que yo me defienda.

Me suelto y rayos púrpura salen disparados a mi alrededor. Hago retroceder a los soldados, los fuerzo a cuestionar cada paso. Conocen mis habilidades, han visto lo que la Niña Relámpago puede hacer. A pesar de que se detienen, dura un momento, el suficiente para que gire e incline el cuerpo. Cuanto menor es el objetivo, mayor es la posibilidad de supervivencia. Mi puño sano se cierra, listo para derribar a todos conmigo.

Muchos Plateados que asaltan la brecha voltean hacia mí y la distracción es su ruina. Relámpagos verdes y blancos los traspasan y despejan el camino para la flama roja que carga en mi dirección.

Los raudos son los primeros que acortan la distancia y atrapan un relámpago de telaraña. Pese a que algunos retroceden, otros caen, incapaces de correr más rápido que las chispas. Rayos de tormenta caídos del cielo mantienen a raya lo peor, forman un círculo que me protege. Desde afuera tiene la apariencia de una jaula de electricidad, aunque es una jaula hecha por mí, que puedo controlar.

Reto a cualquier rey a enjaularme ahora.

Confío en que mi rayo lo atraiga, como una polilla a la flama de una vela. Busco a Maven en la horda que se acerca, una capa roja, una corona de flamas de hierro, una cara blanca en el mar, sus ojos tan azules que perforan montañas.

En cambio, los jets de la Casa de Laris retornan, bajan en picada sobre ambos ejércitos y se dividen a mi vera, mientras los soldados corren a esconderse y el rugiente metal vuelve presuroso a las alturas. Una docena de personas se lanzan de los jets más grandes, dan saltos mortales en el aire antes de caer en el suelo a una velocidad que desmoronaría a la mayoría de los humanos. Ellos extienden los brazos, se detienen abruptamente y ruedan por la tierra, las cenizas y la nieve. Y también por el hierro, mucho hierro.

Evangeline y su familia, incluidos su hermano y su padre, giran para hacer frente al ejército que avanza. El halcón chilla junto a ellos mientras se afana en el impetuoso viento. Evangeline mira sobre su hombro y sus ojos se encuentran con los míos.

—¡No vuelvas esto una costumbre! —protesta.

Me invade la fatiga porque, curiosamente, me siento a salvo.

Evangeline Samos me protege.

Veo de reojo un fuego que arde a ambos costados, me envuelve, casi me ciega. Doy marcha atrás y tropiezo con una pared de músculos y armadura táctica. Cal toma mi muñeca fracturada y la sostiene con delicadeza.

Por una vez no recuerdo los grilletes.

VEINTINUEVE
Evangeline

L as puertas de la torre administrativa de Corvium son de
sólido roble, pero sus bisagras y accesorios son de hierro.
Ellas se deslizan ante nosotros, se inclinan frente a la Casa
Real de Samos. Entramos con prestancia a la sala del consejo
frente a la vista de nuestro improvisado remedo de alianza.
Montfort y la Guardia Escarlata se sientan a la izquierda, con
sus sencillos uniformes verdes, y nuestros Plateados a la derecha, con los variados colores de las Casas. Sus respectivos
líderes, el primer ministro Davidson y la reina Anabel, nos ven
entrar en silencio. Anabel porta hoy su corona, lo que la señala como reina, aunque de un rey muerto hace mucho. Es un
desvencijado aro de oro rosa con incrustaciones de diminutas
gemas negras; simple, pero imponente. Ella golpetea con sus
implacables dedos el tablero de la mesa y exhibe ansiosamente su anillo de bodas, una ardiente joya encendida engastada
también en oro rosa. Al igual que Davidson, tiene la mirada de
un predador, no parpadea nunca, nunca se distrae. El príncipe
Tiberias y Mare Barrow no están aquí o no los veo. ¿Se separa-
rán para dirigirse a sus respectivos bandos y colores?

Las ventanas a cada lado del salón de la torre dan al campo,
donde el aire sigue impregnado de cenizas y cuyos terrenos

occidentales están enlodados, inundados y fangosos, a causa de la catástrofe fuera de temporada. Incluso a una altura como ésta, todo huele a sangre. Yo restregué mis manos durante lo que me pareció horas enteras para lavar cada centímetro de ellas, y no puedo deshacerme del aroma todavía. Se aferra como un fantasma, es más difícil de olvidar que los rostros de las personas que maté en el campo de batalla. El olor metálico lo infecta todo.

Pese al imponente paisaje, todas las miradas están puestas en la persona que dirige nuestra familia, más imponente aún. Mi padre no viste prendas blancas, sólo su armadura de cromo que brilla como un espejo hecho a la medida de su escueta figura. Es un rey guerrero de pies a cabeza. Mi madre no decepciona tampoco. Su corona de piedras verdes hace juego con la boa constrictor de color verde esmeralda que cuelga de su cuello y sus hombros como una pañoleta. Se desliza lentamente, sus escamas reflejan la luz de la tarde. El aspecto de Ptolemus es similar al de papá, aunque la armadura que se ciñe a su amplio pecho, estrecha cintura y esbeltas piernas es negra como el petróleo. La mía es una mezcla de ambos, en ajustadas capas de cromo y acero negro. No es la armadura que usé en el campo de batalla, sino la que necesito ahora, terrible, amenazadora, que muestre cada pizca del orgullo y el poder de la Casa de Samos.

Cuatro sillas similares a tronos se han colocado contra las ventanas y nos sentamos en ellas al mismo tiempo para presentar un frente unido, por más que yo quiera gritar.

Siento que me he traicionado a mí misma tras haber pasado varios días, semanas enteras, sin oposición, sin más que un murmullo acerca de lo mucho que me aterra el plan de mi padre. No quiero ser reina de Norta, no quiero pertenecer a nadie, aunque lo que yo deseo no importa. Nada amenazará las maquinaciones de mi padre. Al rey Volo nada se le niega, y mucho menos lo hará su propia hija, su carne y su sangre, su posesión.

Un dolor demasiado conocido asciende por mi pecho cuando me aposento en mi trono. Hago todo lo posible por guardar la calma y mostrarme obediente y callada, leal a mi sangre. Es todo lo que sé.

No he hablado con mi padre en varias semanas, sólo puedo asentir a sus órdenes, las palabras exceden mi habilidad. Si abro la boca, temo que mi temperamento se imponga. Fue idea de Tolly que guardara silencio. *Dale tiempo, Eve. Dale tiempo.* Tiempo para qué, no tengo idea. Mi padre no cambia de opinión y la reina Anabel está obstinada en que su nieto recupere su trono. Mi hermano está tan desilusionado como yo. Lo hicimos todo —casarlo con Elane, traicionar a Maven, apoyar las ambiciones palaciegas de mi padre— para que pudiéramos permanecer juntos y fue en vano. Gobernará la Fisura casado con la mujer que amo mientras a mí se me despachará como a una caja de municiones, una vez más como regalo para un rey.

Agradezco la distracción cuando Mare Barrow decide honrar al consejo con su presencia. El príncipe Tiberias se arrastra detrás de ella. Había olvidado que se ha vuelto un trágico cachorro en su presencia, todo ojos que imploran atención. Su agudo sentido militar se desperdicia en Barrow en lugar de atender sus tareas apremiantes. Los dos vibran todavía de adrenalina por el cerco reciente y no es de sorprender, fue algo brutal. Barrow aún tiene sangre en su uniforme.

Recorren juntos el pasillo central que divide la sala del consejo. Si sienten el peso de su acción no lo demuestran. La mayoría de las conversaciones se reducen a murmullos o se interrumpen para que todos puedan ver a la pareja y el lado de la sala que elige.

Mare es rápida, pasa sin decir palabra junto a la fila de uniformes verdes para ir a recargarse a la pared del fondo, fuera de los reflectores.

El príncipe, legítimo rey de Norta, no la sigue. Se acerca a su abuela y extiende una mano para abrazarla. A pesar de que Anabel es mucho más pequeña que él, reducida a una anciana en su presencia, sus brazos lo rodean con facilidad. Tienen los mismos ojos, ardientes como bronce caldeado, y ella le sonríe.

Tiberias se demora en su abrazo un momento, afianzado a la última pieza de su familia. Pese a que el asiento junto a su abuela está vacío, no lo toma, opta por unirse a Mare en la pared del fondo. Cruza los brazos sobre su amplio pecho y fija en mi padre una mirada cauterizante. Me pregunto si sabe qué ha planeado ella para nosotros dos.

Nadie toma el asiento que él rechaza. Nadie se atreve a ocupar el lugar del legítimo heredero de Norta. *Mi leal prometido*, resuena en mi cabeza. Estas palabras se burlan de mí más que las serpientes de mi madre.

Repentinamente, con un ademán, mi padre arrastra a Salin Iral de la hebilla, lo levanta de su asiento, lo hace pasar junto a su mesa y lo arrastra por el piso de roble. Nadie protesta ni hace ruido.

—¡Se supone que ustedes son cazadores! —dice papá con voz grave. Iral no se ha molestado en asearse después de la batalla, como lo evidencia el sudor que enmaraña su cabello negro. O quizás está petrificado. Yo no lo culparía.

—Su majestad…

—Aseguró que Maven no escaparía. Creo, milord, que sus palabras exactas fueron que *Ninguna lombriz escapa al puño de un seda.*

Mi padre no condesciende a mirar a este fiasco de hombre, una vergüenza para su Casa y su apellido. Mi madre mira lo suficiente por ambos, ve con sus propios ojos y con los de la verde serpiente. Ésta se da cuenta de que la miro y agita en mi dirección su rosada lengua bífida.

Los demás observan la humillación de Salin. Los Rojos se ven más sucios que él, algunos cubiertos todavía de lodo y amoratados de frío. Por lo menos no están borrachos. Lord Laris se revuelve en su silla, sorbe con ostentación el contenido de una botella más grande que la que debería permitirse a cualquiera en compañía de personas respetables, aunque ni mi padre ni mi madre ni nadie más le reprocha el licor. Laris y su Casa hicieron una magnífica tarea al aportar aviones a la causa y disipar al mismo tiempo la tormenta infernal que amenazaba con cubrir de nieve a Corvium. Mostraron su valía.

Lo mismo hicieron los nuevasangre. Por ridículo que suene el nombre que eligieron para sí, contuvieron el ataque durante horas. Sin su sangre y sacrificio, Corvium habría vuelto a manos de Maven. En cambio, él fracasó por segunda ocasión, ha sido derrotado dos veces. La primera por el vulgo y ahora a manos de un ejército apropiado y un rey apropiado. Se me retuerce el estómago. A pesar de que nosotros ganamos, siento la victoria como una derrota.

Mare frunce el ceño por ese intercambio, su cuerpo entero se tensa como un alambre retorcido. Sus ojos oscilan entre Salin y mi padre antes de dirigirse a Tolly. Siento un estremecimiento de temor por mi hermano, pese a que ella prometió que no lo mataría. En la Plaza del César desató una ira como nunca había visto y en el campo de batalla de Corvium se mantuvo firme aun rodeada por un ejército de Plateados. Su relámpago es mucho más devastador de lo que recordaba. Si ha decidido matar a Tolly ahora, dudo que alguien pueda detenerla; castigarla sí, pero no detenerla.

Tengo la sensación de que el plan de Anabel no le complacerá mucho. Cualquier mujer Plateada enamorada de un rey se contentaría con ser una consorte, vinculada aunque no casada, pero no creo que los Rojos piensen así. No tienen idea de lo importantes que son los lazos de las Casas ni de lo relevantes que han sido siempre los herederos de sangre fuerte. Creen que el amor importa cuando se recitan los votos matrimoniales. Supongo que ésa es una pequeña bendición en su vida. Sin poder, sin fuerza, no tienen nada que proteger y ningún legado que amparar. Su vida carece de importancia, pero por lo menos es suya.

Como pienso que fue la mía durante unas breves y absurdas semanas.

En el campo de batalla le dije a Mare Barrow que no se acostumbrara a que yo la salve. ¡Qué ironía! Ahora espero que me salve a mí de una idílica prisión de reina y de la jaula marital de un rey. Espero que su tormenta destruya la alianza antes siquiera de que eche raíces.

—… se prepara para escapar tanto como para atacar. Los raudos estaban listos, los vehículos, los aeroplanos. Jamás vimos a Maven —Salin sostiene su protesta, levanta las manos por encima de su cabeza. Mi padre se lo permite, le da siempre a una persona soga suficiente para que se ahorque—. El rey lacustre estaba ahí, él mismo dirigió sus tropas.

Los ojos de mi padre destellan y se ensombrecen, ésta es la única indicación de su súbita molestia.

—¿Y eso qué?

—Ahora yace en una tumba con ellos —Salin mira a su rey de acero como un niño en busca de aprobación. Tiembla hasta las puntas de los dedos. Pienso en Iris abandonada en Arcón, la nueva reina de un trono emponzoñado, ahora sin su padre, desprovista del único familiar que la acompañó al sur. Aunque ella era formidable, por decir lo menos, esto la debilitará en gran medida. Si no fuera mi enemiga, la compadecería. Mi padre se levanta despacio de su trono, con aire pensativo.

—¿Quién mató al rey de la comarca de los Lagos? —el nudo se aprieta, Salin sonríe.

—Yo.

El nudo revienta, y también papá. Con un puño apretado y en un abrir y cerrar de ojos, desprende los botones de la chaqueta de Salin y los convierte en finos punzones de hierro con los que rodea su garganta para tirar de ella y forzar a Salin a levantarse. No cesan de subir hasta que los pies de él se alzan del piso y buscan con desesperación un asidero.

En las mesas, el líder de Montfort se recarga en su silla. La mujer que está a su lado, una rubia muy seria con cicatrices faciales, tuerce los labios. La recuerdo del ataque a Summerton, fue quien estuvo a punto de quitarle la vida a mi hermano. Cal la torturó y ahora son del mismo bando. Ocupa un alto puesto en la Guardia Escarlata y, si no me equivoco, es una de las más firmes aliadas de Mare.

—Sus órdenes... —suelta Salin, se prende de los punzones de hierro que rodean su garganta y se hunden en su cuerpo. Su cara adopta una tonalidad gris cuando la sangre se acumula bajo su piel.

—¡Mis órdenes fueron matar a Maven Calore o impedir que escapara y usted no cumplió ninguna de las dos cosas!

—Yo…

—Mató a un rey de una nación soberana, un aliado de Norta que no quería más que defender a la nueva reina lacustre. ¿Y ahora? —mi padre ríe, usa su habilidad para acercar a Salin—. Usted les ha dado un maravilloso incentivo para ahogarnos a todos. La reina de la comarca de los Lagos no tolerará esto —lo abofetea con un estallido resonante, el golpe persigue avergonzar, no lastimar, y da en el clavo—. ¡Lo despojo de sus títulos y responsabilidades! Caballeros de la Casa de Iral, reorganícense como lo juzguen conveniente y quítenme de enfrente a este gusano.

La familia de Salin lo saca a rastras del recinto antes de que pueda agravar su ruina. Cuando los punzones de hierro lo sueltan, todo lo que hace es toser y quizá llorar. Pese a que sus sollozos retumban en la sala, son interrumpidos pronto por el cerrar de puertas. ¡Qué hombre tan patético!, aunque me alegra que no haya matado a Maven. Si el chiquillo Calore muriera ahora, no habría ningún obstáculo entre Cal y el trono, entre Cal y yo. De esta manera hay al menos una oscura esperanza.

—¿Alguien tiene algo útil que decir? —mi padre se sienta a sus anchas y pasa un dedo por el lomo de la serpiente de mi madre, cuyos ojos se cierran de placer. ¡Qué asco!

Daría la impresión de que Jerald Haven quiere desaparecer en su silla ¡y vaya que podría hacerlo! Mira sus manos, desea que mi padre no lo humille ahora. Por suerte, lo salva la ceñuda comandante de la Guardia Escarlata, quien se pone de pie y hace para atrás su asiento.

—Nuestra inteligencia indica que Maven Calore se sirve ahora de ojos para protegerse. Ellos pueden ver el futuro inmediato…

—¡Sabemos qué es un ojo, Roja! —mi madre chasquea la lengua.

—¡Pues qué bueno! —replica la comandante sin vacilar.

Si no fuera por mi padre y nuestra precaria posición, supongo que mamá lanzaría su verde serpiente contra la garganta de la Roja. Sólo aprieta los labios.

—Controle a su gente, primer ministro, o lo haré yo —dice mamá.

—¡Soy comandante general de la Guardia Escarlata, Plateada! —escupe en respuesta la mujer y descubro que Mare sonríe con malicia detrás de ella—. Si desea nuestra ayuda, mostrará un poco de respeto.

—Por supuesto —concede mi madre con toda generosidad, sus gemas relucen cuando baja la cabeza—. Honor a quien honor merece...

La comandante no renuncia a su mala cara, hierve de furia. Mira con repugnancia la corona de mamá.

Pienso rápido y junto las palmas. Es un ruido familiar, un llamado. Una doncella Roja de la Casa de Samos entra en silencio a la sala con una copa de vino en la mano. Conoce sus órdenes, se precipita a mi lado y me ofrece una bebida. Con lentos y exagerados movimientos, tomo la copa sin interrumpir mi contacto visual con la comandante Roja. Tamborileo el cristal cortado para ocultar mis nervios. En el peor de los casos haré enojar a mi padre, en el mejor...

Dejo caer al suelo la copa de cristal. Incluso yo me estremezco por el ruido y el significado del acto. Aunque mi padre evita reaccionar, tensa la boca. *Deberías conocerme mejor. No cederé sin pelear.*

La doncella se arrodilla a recoger con sus desnudas manos los trozos de vidrio y con ese mismo aplomo la feroz mujer

Roja salta en su mesa y provoca una agitación intempestiva. Algunos Plateados se incorporan de un salto, lo mismo que algunos Rojos. La propia Mare se aparta de la pared y se interpone en el camino de su amiga.

Pese a que la comandante Roja se eleva sobre ella, Barrow la contiene.

—¿Cómo es posible que aceptemos esto? —me grita la mujer y dirige un puño hacia la doncella tendida en el suelo. El olor a sangre aumenta diez veces mientras ella se restriega las manos—. ¿Cómo?

Todos los presentes se preguntan lo mismo, surgen gritos entre los miembros más inestables de cada bando. Nosotros somos Casas Plateadas de noble y antigua estirpe, y ahora nos aliamos con rebeldes, criminales, sirvientes y ladrones. Con habilidades o sin ellas, nuestro modo de vida es diametralmente opuesto al suyo. No perseguimos las mismas metas. La sala del consejo es un polvorín y si tengo suerte explotará, hará volar en pedazos toda amenaza de matrimonio, destruirá la jaula en la que quieren volver a meterme.

Sobre el hombro de Mare la comandante me hace un gesto de desdén, sus ojos son dos dagas azules. Si este recinto y mis ropas no gotearan metal, podría temer. Le devuelvo la mirada y soy en todo la princesa Plateada que a ella se le enseñó a odiar. A mis pies, la doncella concluye su trabajo y se marcha a rastras con manos lastimadas por los trozos de cristal. Tomo nota mental de mandarla después con Wren para que la cure.

—¡Mal hecho! —susurra mi madre en mi oído. Palmea mi brazo y la serpiente se desliza por su mano, se curva en mi piel, su carne es viscosa y fría. Aprieto los dientes para soportar la sensación.

—¿Cómo es posible que aceptemos esto?

La voz del príncipe pone fin al caos. Reduce a muchos al silencio, incluida la arrogante comandante Roja. Mare la retira, la acompaña de regreso a su silla con relativa dificultad. El resto se gira hacia el príncipe exiliado, lo observa mientras se endereza. El tiempo ha sido amable con Tiberias Calore, una vida de guerra le sienta bien. Parece vivaz y entusiasta, aun después de haber escapado por poco a la muerte en las murallas. En su asiento, su abuela se permite una ínfima sonrisa. Esto me contraría, no me gusta nada esa mirada. Clavo las manos en los brazos de mi trono, las uñas se hunden en madera en sustitución de la carne.

—Cada uno de los que estamos en esta sala sabemos que hemos llegado a un punto crítico.

Sus ojos vagan en busca de Mare, extrae su fuerza de ella. Si yo fuera sentimental, eso me conmovería. En cambio, pienso en Elane, a salvo en la casa del Risco. Ptolemus necesita un heredero y ninguno de nosotros la quería en la batalla. De todas formas, ¡cómo querría que estuviera aquí para sentarse a mi lado! ¡Cómo me gustaría no sufrir esto sola!

Cal fue educado para gobernar y no es ajeno a los discursos. De cualquier modo, no es tan talentoso como su hermano y tropieza varias veces en sus desplazamientos por la sala. Por desgracia, a nadie parece importarle.

—Los Rojos han vivido como esclavos en todo menos de nombre, atados a su suerte, sea en una barriada, en uno de nuestros palacios o en el fango de una aldea ribereña —el rubor cruza las mejillas de Mare—. Antes yo estaba convencido de lo que se me enseñó: que nuestras costumbres eran inmutables, que los Rojos eran inferiores. Nunca cambiarían de lugar a no ser que se derramara sangre y se impusiera un gran sacrificio. Yo pensaba entonces que estas cosas implicaban un costo demasiado alto. Estaba equivocado.

"Quienes discrepan —me mira y tiemblo—, quienes se creen mejores, quienes se creen dioses, están equivocados. Y no porque existan personas como la Niña Relámpago, no porque de pronto nos veamos en necesidad de aliados para derrotar a mi hermano, sino simplemente porque están en un error.

"Nací príncipe. Gocé de más privilegios que casi cualquier otro aquí. Crecí con sirvientes a mis órdenes y se me enseñó que su sangre, debido a su color, era menos importante que la mía. *Los Rojos son unos tontos. Los Rojos son unas ratas. Los Rojos no pueden controlar su vida. Los Rojos están destinados a servir.* Todos hemos escuchado estas palabras y son mentiras, cómodas mentiras que hacen nuestra vida más fácil, nuestra vergüenza inexistente y la vida de ellos insoportable —se detiene junto a su abuela, es muy alto a su lado—. Esto no puede tolerarse más. La diferencia no es división.

¡Pobre Calore, tan ingenuo! A pesar de que su abuela asiente con un gesto de aprobación, la recuerdo en mi casa y lo que dijo. Quiere a su nieto en el trono y quiere el antiguo mundo.

—Primer ministro, por favor —dice Tiberias, y señala al líder de Montfort.

Tras aclararse la garganta, aquel hombre se yergue. Aunque es más alto que la mayoría, resulta vulgar. Tiene la mirada de un pez pálido con una expresión igual de vacía.

—Rey Volo, agradecemos su ayuda en la defensa de Corvium. Aquí, ahora, ante nuestros líderes y los suyos, me gustaría conocer sus sentimientos acerca de lo que el príncipe Tiberias acaba de decir.

—Si tiene alguna pregunta, primer ministro, hágala —retumba mi padre, el hombre mantiene inmóvil su rostro, indescifrable.

Tengo la sensación de que esconde tantos secretos y ambiciones como el resto de nosotros. Eso me permitiría apretarle las tuercas.

—Rojos y Plateados, su majestad. ¿Cuál de ambos colores prevalece en esta rebelión? —mi padre exhala y una mejilla pálida le tiembla, se pasa una mano por su barba puntiaguda.

—¡Ambos, primer ministro! Ésta es una guerra en beneficio de ambos. Sobre eso, tiene usted mi palabra, jurada sobre la cabeza de mis hijos —*Muchas gracias, padre. La comandante Roja cobrará este gesto con una sonrisa si se le brinda la oportunidad de hacerlo*—. El príncipe Tiberias ha hablado con la verdad —continúa mi padre y miente con descaro—. Nuestro mundo ha cambiado, debemos cambiar con él. Enemigos comunes hacen aliados extraños, aunque aliados al fin —como con Salin, siento que un nudo se aprieta, se fija alrededor de mi cuello y amenaza con colgarme sobre el abismo. ¿Es así como me sentiré el resto de mi vida? Quiero ser fuerte, para eso entrené y sufrí, eso es lo que creí que deseaba. Pero la libertad fue demasiado dulce, un soplo de ella y no puedo soltarla. *Perdón, Elane, perdón.*

—¿Tiene otras preguntas acerca de las condiciones, ministro Davidson —prosigue mi padre—, o podemos continuar con los planes para derrocar a un tirano?

—¿Y qué condiciones son ésas?

La voz de Mare suena distinta y eso no es de sorprender. Conocí su voz anterior como prisionera, ahogada casi al punto de ser irreconocible. Sus chispas han vuelto con creces. Mira a mi padre y al primer ministro en busca de respuestas.

Mi padre explica casi radiante y yo contengo la respiración. *Sálvame, Mare Barrow. Desata la tormenta que sé que posees. Hechiza al príncipe como lo haces siempre.*

—El reino de la Fisura mantendrá su soberanía una vez que Maven sea derrocado. Los reyes de acero gobernarán por generaciones, con concesiones para mis ciudadanos Rojos por supuesto; no tengo ninguna intención de crear un Estado esclavista como el de Norta —aunque Mare dista mucho de mostrarse convencida, contiene la lengua—. Desde luego, Norta necesitará un rey propio.

Los ojos de ella se abren desmesuradamente, la acomete el horror, sacude la cabeza en dirección a Cal, quiere respuestas. Él se muestra tan desconcertado como furiosa está ella. La Niña Relámpago es más fácil de predecir que las páginas de un libro infantil.

Anabel se levanta orgullosa de su asiento. Su cara arrugada destella cuando se dirige hacia Cal y deposita una mano en su mejilla. Él está demasiado trastornado para reaccionar.

—¡Mi nieto es el legítimo rey de Norta y el trono le pertenece!

—¡Primer ministro...! —susurra Mare, mira ahora al líder de Montfort, casi ruega. Un aleteo de tristeza perfora la máscara de él.

—Montfort se compromete a respaldar la instalación en el trono de Ca... —se detiene, mira a todas partes menos a Mare Barrow— del rey Tiberias.

Una corriente de calor se extiende por el aire, el príncipe está molesto y lo peor aún está por venir, para todos. Si tengo suerte, él reducirá esta torre a cenizas.

—Afianzaremos la alianza entre la Fisura y el legítimo rey en la forma habitual —dice mi madre, hurga en la herida, disfruta esto. Debo hacer un esfuerzo enorme para contener las lágrimas dentro de mí, donde nadie pueda verlas. El verdadero significado de las palabras de mamá no se le escapa a nadie. Cal suelta un grito ahogado, una exclamación impropia de un príncipe y más todavía de un rey—. Pese a todo, la prueba de las reinas rindió una esposa para un monarca —mi madre desliza una mano sobre la mía, pasa los dedos por donde habrá de estar mi anillo de bodas.

De pronto esta sala produce una sensación asfixiante y el olor a sangre satura mis sentidos. No consigo pensar en otra cosa y me sumerjo en esa distracción, permito que el afilado hierro me abrume. Mi quijada se aprieta, mis dientes se tensan contra todas las cosas que quiero decir. Se agitan en mi garganta, ruegan ser liberadas. *Ya no quiero esto. Déjenme volver a mi hogar.* Cada palabra es una traición a mi Casa, a mi familia, a mi sangre. Mis dientes rechinan uno contra otro, hueso con hueso, son una jaula con llave para mi corazón.

Me siento atrapada en mí misma.

Oblígalo a elegir, Mare. Consigue que me haga a un lado.

Ella respira con dificultad, su pecho sube y baja a toda prisa. Como yo, querría decir a gritos demasiadas cosas. Confío en que advierta lo lejos que llega mi negativa.

—¡A nadie se le ocurrió consultarme! —sisea el príncipe y se aparta de su abuela, ha perfeccionado el arte de mirar a una docena de personas a la vez—. ¿Quieren hacerme rey... sin mi consentimiento? —Anabel no teme a la llama y toma de nuevo su rostro.

—No te haremos nada, sólo te ayudaremos a ser lo que eres. Tu padre murió por tu corona, ¿y tú quieres rechazarla, por quién? ¿Abandonar a tu país, por qué?

Él no responde. *Di que no. Di que no. Di que no.*

Pero ya veo el tirón, el señuelo. El poder seduce a todos y nos vuelve ciegos. Cal no es inmune a él. Si acaso, es muy vulnerable. Toda su vida ha mirado un trono, se ha preparado para el día en que sería suyo. Sé por experiencia que los hábitos de una persona no son fáciles de abandonar. Y sé de igual modo que pocas cosas son tan dulces como una corona. Pienso en Elane otra vez. ¿Él piensa en Mare?

—¡Necesito aire! —susurra.

Mare lo sigue, desde luego, y deja tras de sí una trémula estela de chispas.

Aunque instintivamente estoy a punto de pedir otra copa de vino, me abstengo. Mare no está aquí para detener a la comandante si se altera de nuevo y más alcohol me hará sentir peor de lo que ya me siento.

—¡Viva Tiberias VII! —exclama Anabel.

La sala repite su sentir. Yo sólo lo pronuncio sin hablar. Me siento envenenada.

EPÍLOGO

Frota entre sí sus pulseras con exasperación para que sus muñecas despidan chispas. Ninguna de ellas atrapa una flama ni la produce, todas son débiles y heladas en comparación con las mías, fútiles, inútiles. Lo sigo por una escalera de caracol hasta un balcón. Si tiene una vista encantadora, no lo sé. No estoy en condiciones de ver mucho más allá de Cal, todo se sacude en mi interior.

La esperanza y el miedo se enfrentan dentro de mí en igual medida. Los veo en Cal también, brilla en el fondo de sus ojos. Una tormenta arrecia en el bronce, son dos tipos de fuego.

—Lo prometiste —murmuro, intento trastornarlo sin mover un músculo.

Camina furiosamente de un lado a otro hasta que se recarga en el barandal. Abre y cierra la boca, busca algo que decir, cualquier explicación. *Él no es Maven. No es un mentiroso,* tengo que recordarme. *No quiere hacerte esto.* Pero ¿eso lo detendrá?

—No pensé… ¿qué persona sensata podría desear que yo sea rey después de lo que he hecho? Dime si en verdad creíste que alguien me permitiría acercarme a un trono —dice—.

¡He matado a Plateados, Mare, a mi propia gente! —esconde la cara en sus manos de fuego, restriega con ellas su rostro como si quisiera terminar consigo mismo.

—Mataste a Rojos también. Según recuerdo, acabas de decir que no había ninguna diferencia.

—Diferencia, no división.

Hago un gesto despectivo.

—Aunque pronunciaste un discurso espléndido sobre la igualdad, permitiste que ese bastardo de Samos reclamara un reino justo como el que queremos liquidar. No mientas y digas que no sabías de sus condiciones, su nueva corona... —mi voz se apaga antes de que pueda proseguir.

—¡Sabes que no tenía idea de eso!

—¿Ninguna? —levanto una ceja—. ¿Ni siquiera una insinuación de tu abuela, un sueño?

Traga saliva, es incapaz de negar sus deseos más profundos, ni siquiera lo intenta.

—No podemos hacer nada para detener a Samos. No todavía...

Le suelto una bofetada, su cabeza se mueve a causa del impacto y él se queda mirando el horizonte que yo me niego a ver.

—¡No estoy hablando de Samos! —digo con un crujido de voz.

—No lo sabía... —dice con suaves palabras en el aire cenizo. Lamentablemente, le creo. Esto me dificulta seguir enojada, y sin enojo sólo tengo temor y pesar—. En verdad, no lo sabía.

Las lágrimas abren surcos salados en mis mejillas y me odio por llorar. Acabo de ver morir a quién sabe cuántas personas. Y a muchas las maté yo misma. ¿Cómo puedo derramar lágrimas por esto, por una persona que aún respira ante mis ojos?

—¿Es ésta la parte en la que te pido que me escojas? —rechina mi voz.

Porque es una elección. Basta con que él diga no. O sí. Una palabra tiene nuestro destino en sus manos.

Escógeme a mí. Escoge el amanecer. No lo hizo antes. Debe hacerlo ahora.

Tomo su cara entre mis manos temblorosas y la giro para que me mire. Cuando él no puede hacerlo, cuando sus ojos broncíneos se fijan en mis labios o en mi hombro o en la marca expuesta al aire caliente, algo dentro de mí se rompe.

—No es forzoso que me case con ella —susurra—. Eso puede negociarse.

—No, no puede. Tú sabes que no se puede —lanzo una risa fría por su absurda postura, sus ojos se ensombrecen.

—Sabes lo que el matrimonio es para nosotros, para los Plateados. No significa nada, no influye en lo que sentimos y por quién lo sentimos.

—¿En verdad crees que estoy enojada por lo del matrimonio? —hiervo de furia, una furia ardiente, salvaje e imposible de ignorar—. ¿Realmente crees que ambiciono ser tu reina o la de cualquier otro? —unos dedos calientes tiemblan contra los míos y me aprietan cuando intento zafarlos.

—Piensa en lo que puedo hacer, Mare. En la clase de rey que puedo ser.

—¿Por qué alguien necesita ser rey siquiera? —pregunto con lentitud, afilo cada palabra.

No tiene respuesta.

En el palacio, durante mi encarcelamiento, aprendí que Maven fue obra de su madre, quien hizo de él un monstruo. No hay nada en la Tierra que pueda cambiarlo ni modificar lo que ella hizo. Pero Cal es obra de alguien también. Todos fuimos hechos por otro y tenemos un lazo de acero que nada ni nadie puede cortar.

Pensé que Cal era inmune a la corruptora tentación del poder. ¡Qué equivocada estaba!

Nació para ser rey. Esto es para lo que fue hecho. Se le forjó para desear eso.

—Tiberias... —nunca antes lo había llamado por su verdadero nombre. No le va, no nos va, pero eso es lo que él es—. Escógeme a mí.

Sus manos se deslizan sobre las mías, extiende los dedos para igualar los míos. Cuando lo hace cierro los ojos. Me doy un largo segundo para memorizar la sensación que me produce. Como ese día en las Tierras Bajas en que la lluvia nos atrapó, quiero arder. Quiero arder.

—Mare —murmura—, escógeme a mí.

Elige una corona. Elige la jaula de otro rey. Elige una traición a todo aquello por lo que has sufrido. Encuentro mi lazo de acero también, delgado pero irrompible.

—*Estoy enamorado de ti, te quiero más que a nada en el mundo* —sus palabras suenan huecas cuando salen de mí—. *Más que a nada en el mundo* —lentamente, abro por completo los ojos. Él reúne el valor suficiente para mirarme.

—Piensa en lo que podríamos hacer juntos —balbucea y me jala hacia él. Mis pies se mantienen firmes—. Sabes lo que significas para mí. Sin ti no tengo a nadie, estoy solo, no me queda nada. No me dejes solo.

Mi respiración se agita.

Lo beso por lo que pudo ser, por lo que podría ser, por lo que será... por última vez. Siento sus labios extrañamente fríos y los dos nos volvemos de hielo.

—No estás solo —la esperanza en sus ojos cala hondo—. Tienes tu corona.

Pensé que sabía lo que era un corazón roto. Pensé que eso era lo que Maven había hecho conmigo. Cuando se levantó y me dejó de rodillas. Cuando me dijo que todo lo que yo había pensado alguna vez de él era mentira. Pero entonces creía que lo amaba.

Ahora sé que no sabía qué era el amor, o cómo se siente siquiera el eco de un corazón roto.

Estar frente a una persona que es todo tu mundo y que te diga que no eres suficiente. Que no eres la elegida. Que eres una sombra de la persona que es tu sol.

—¡Por favor, Mare! —ruega como un niño en su desesperación—. ¿Cómo pensaste que terminaría esto? ¿Qué pensaste que pasaría después? —siento su calor mientras cada parte de mí se enfría—. No necesitas hacer esto...

Pero lo hago.

Me vuelvo, sorda a sus protestas. Él no intenta detenerme. Deja que me marche.

La sangre ahoga todo, menos mis pensamientos vociferantes. Ideas terribles, palabras odiosas, rotas y torcidas como un ave sin alas. Cojean, cada cual peor que la anterior. *No fuimos elegidos sino maldecidos por un dios.* Eso es lo que todos somos.

Es increíble que no caiga por la escalera de caracol de la torre, un milagro que llegue afuera sin tropezar. El sol es demasiado brillante, hace un rudo contraste con el abismo abierto dentro de mí. Introduzco una mano en el bolsillo de mi uniforme y percibo apenas el agudo escozor de algo. No tarda mucho tiempo en concretarse: el arete. El que Cal me regaló. Casi me río de sólo pensarlo, otra promesa incumplida, otra traición Calore.

Una ardiente necesidad de correr tira de mi corazón. Quiero a Kilorn, quiero a Gisa. Quiero que Shade aparezca y me diga que se trata de otro sueño. Los imagino junto a mí, sus palabras y sus brazos abiertos son un consuelo.

Otra voz los ahoga, quema mis entrañas.

Cal sigue órdenes, pero no puede tomar decisiones.

Suspiro al pensar en las palabras de Maven. Cal tomó una decisión. Y en lo más profundo de mi ser, no me sorprende. El príncipe es como ha sido siempre: una buena persona en esencia, aunque indispuesta a actuar. Indispuesta a cambiar en verdad. La corona está en su corazón y los corazones no cambian.

Farley me encuentra en un callejón donde observo una pared con la mirada perdida porque mis lágrimas se han secado hace mucho. Vacila un momento, ya sin valor. Se acerca con una lentitud casi gentil y alarga una mano para tocar mi hombro.

—No lo sabía hasta que lo supiste tú —murmura—. Te lo juro.

El hombre al que ella amaba está muerto porque alguien le quitó la vida. El mío decidió marcharse. Optó por todo lo que odio y contra todo lo que soy. Me pregunto qué duele más.

Antes de que me permita desahogarme y que ella me consuele noto que alguien más se encuentra cerca.

—Yo sí lo sabía —dice el primer ministro Davidson. Suena como una disculpa. Aunque al principio siento otro acceso de cólera, no es culpa suya. Cal no estaba obligado a aceptar. Cal no debió dejar que me marchara.

No debió saltar ansiosamente en una trampa tan bien dispuesta.

—*Divide y vencerás* —susurro, en recuerdo de las propias palabras de Davidson.

La niebla del corazón roto se despeja lo bastante para que yo entienda. Montfort y la Guardia Escarlata jamás apoyarían a un rey Plateado sin otras razones en juego.

Davidson inclina la cabeza.

—Es la única manera de vencerlos.

Samos, Calore, Cygnet, La Fisura, Norta, la comarca de los Lagos. Todas estas naciones son gobernadas por seres codiciosos, dispuestos a romperse entre sí por una corona ya rota. Todo forma parte del plan de Montfort. Fuerzo otro resoplido e intento recuperarme. Trato de olvidar a Cal, de olvidar a Maven, de concentrarme en el camino que me espera. Adónde lleva, no lo sé.

En algún lugar lejano, en algún lugar dentro de mis huesos, suena un trueno.

Dejemos que se maten uno a otro.

AGRADECIMIENTOS

Gracias al ejército de personas que hicieron y siguen haciendo posibles mis libros. A mi editora Kristen y todo el equipo editorial, la familia de HarperTeen y HarperCollins, Gina, las Elizabeth (Ward y Lynch), Margot, la mejor diseñadora de cubiertas del mundo Sarah Kaufman y el equipo de diseño. A nuestros editores y agentes internacionales, el equipo fílmico de Universal, Sara, Elizabeth, Jay, Gennifer y desde luego la central eléctrica que es New Leaf Literary. Suzie, siempre de mi lado. Pouya, Kathleen, Mia, Jo, Jackie, Jaida, Hilary, Chris, Danielle y Sara que mantienen en orden mi cabeza y que presentaron algunas notas increíbles para dar forma a *La jaula del rey*. New Leaf siempre va delante. Y una vez más, a Suzie, porque nunca podré agradecerle lo suficiente.

Gracias al igualmente formidable ejército que son mis amigos y mi familia. Mis padres, Lou y Heather, aún la razón de todo esto y del impulso detrás de todo lo que soy. Mi hermano Andy, quien es ahora un mejor adulto que yo. Mis abuelos, tías, tíos y primos, con gran amor para Kim y Michelle, lo más parecido que tengo a unas hermanas. Gracias a los amigos de mi antiguo hogar, Natalie, Alex, Katrina, Kim, Lauren y más. Gracias a los amigos en mi nueva casa, Bayan, Angela, Erin,

Jenn, Ginger, Jordan, quienes son casi como toda la población de Culver City, y quienquiera que termine en las mecedoras de PMCC Sunday. Gracias a mis compañeras de cuarto en las Mazmorras de Slytherin, Jen y Morgan, y a la compañera ocasional, Tori, para quien siempre hay un sofá-cama disponible.

Éste podría parecer un párrafo presuntuoso, pero he hecho muy buenos amigos y crecido mucho gracias a los compañeros autores que conocí el año pasado. Tenemos un oficio extraño que yo no podría ejercer sin ustedes, chicos. Sería imperdonable que no nombrara, admirara y les diera las gracias a algunos de ustedes. Primero, Emma Theriault. Recuerden ese nombre. Su apoyo ha sido invaluable al paso de los años. Gracias, en ningún orden en particular, a Adam Silvera, Renee Ahdieh, Leigh Bardugo, Jenny Han, Veronica Roth, Soman Chainani, Brendan Reichs, Dhonuelle Clayton, Maurene Goo, Sarah Enni, Kara Thomas, Danielle Paige y a toda la familia YALL. La madre guerrera Margie Stohl. La primera amiga que hice en esta industria, Sabaa Tahir, quien continúa siendo una antorcha en la noche que cae a nuestro alrededor. Mi más profundo amor y admiración para Susan Dennard, quien es no sólo un ser humano ejemplar, sino también una escritora muy talentosa con un discernimiento sin paralelo acerca de nuestro oficio. Y desde luego, Alex Bracken, quien tolera demasiadas parrafadas en mensajes de texto para contarlas, es igualmente versado en *La guerra de las galaxias* y en la historia de Estados Unidos, tiene el cachorro emperador más lindo del mundo y es en verdad un amigo atento, amable, decidido e inteligente que resulta ser también un magnífico escritor. Creo que agoté los adjetivos.

He sido bendecida con lectores y sobra decir que extiendo mi más profunda gratitud a todos y cada uno de ustedes. Para citar a JK, "ninguna historia cobra vida a menos que alguien quiera escucharla". Gracias por escuchar. Y gracias a toda la comunidad YA. Ustedes fueron una luz en las olas oscuras de 2016.

La vez pasada agradecí la pizza y eso sigue en pie. Gracias a los Parques Nacionales y el Servicio de Parques Nacionales, que sigue manteniendo y protegiendo la belleza natural del país que amo. ¡Feliz aniversario número 100! Para aprender más, ser voluntario o donar, visita www.nps.gov/getinvolved. Los tesoros naturales deben ser protegidos para las generaciones por venir.

Gracias a Hillary Rodham Clinton, Bernie Sanders, Elizabeth Warren, el presidente Barack Obama, la primera dama Michelle Obama y todos los que se empeñan en defender los derechos de las mujeres, las minorías, los estadunidenses musulmanes, los refugiados y los estadunidenses LGBTQ+. Gracias a Mitt Romney por su indeclinable oposición a la demagogia y su patriótico deber con Estados Unidos. Gracias a John McCain por su persistente lucha contra la tortura, así como por sus años de servicio y su defensa de las familias militares. Gracias a Charlie Barker, gobernador de Massachusetts, por su apoyo a la sensata reforma sobre las armas, los derechos de las mujeres y la igualdad matrimonial. Y en caso de que alguno de los anteriores haya experimentado un cambio radical de postura para el momento en que publiquemos, estos agradecimientos se escribieron en noviembre de 2016.

Gracias a los Kahn y a toda la familia de Gold Star en nuestra nación. Gracias a cada miembro de nuestro ejército, cada veterano y cada familia militar que sirve en Estados Unidos con sacrificios que la mayoría de nosotros no podemos imaginar. Y gracias a cada educador en nuestro país. Ustedes son las manos que dan forma al futuro.

Gracias al pueblo de Escocia, que votó contra la división y el temor. Gracias a los representantes electos de California, que seguirán defendiendo a sus electores. Gracias a Lin-Manuel Miranda y el reparto de *Hamilton*, que han realizado un auténtico servicio a nuestro país a través de su arte duradero. ¡Son imparables, muchachos!

Gracias a todos aquellos que ocupan puestos de poder y que hablan y actúan contra la injusticia, la tiranía y el odio en Estados Unidos y en el mundo entero. Gracias a todos los que escuchan y ven y mantienen abiertos los ojos.

Esta obra se imprimió y encuadernó
en el mes de junio de 2017, en los talleres
de Impregráfica Digital, S.A. de C.V.,
Calle España 385, Col. San Nicolás Tolentino,
C.P. 09850, Iztapalapa, Ciudad de México.